L'INDÉSIRABLE

DU MÊME AUTEUR

Caresser le velours, Denoël, 2002 (10/18, 2003)
Du bout des doigts, Denoël, 2003 (10/18, 2005)
Affinités, Denoël, 2005 (10/18, 2006)
Ronde de nuit, Denoël, 2006 (10/18, 2007)

SARAH WATERS

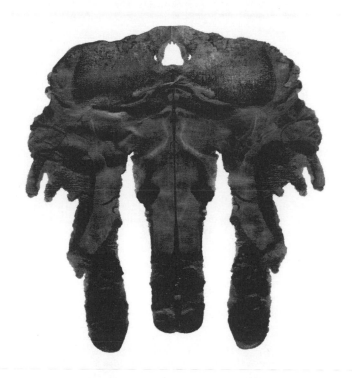

L'INDÉSIRABLE

Traduit de l'anglais (Grande-Bretagne)
par Alain Defossé

Alto

Les Éditions Alto remercient le Conseil des Arts du Canada
pour son appui financier.

Nous remercions le gouvernement du Canada de son soutien financier pour nos activités
de traduction dans le cadre du Programme national de traduction pour l'édition du livre.

La publication de cet ouvrage a été rendue possible grâce à l'aide
financière de la Société de développement des entreprises culturelles (SODEC)
et du ministère du Patrimoine canadien par l'entremise du Programme
d'aide au développement de l'industrie de l'édition (PADIÉ).

Gouvernement du Québec – Programme de crédit d'impôt
pour l'édition de livres – Gestion SODEC.

Illustrations : Gérard DuBois
www.gdubois.com

À mes parents, Debbie et Ron,
et à ma sœur, Deborah

I

J'avais dix ans quand je vis Hundreds Hall pour la première fois. C'était l'été qui suivit la guerre, les Ayres possédaient encore presque tout leur argent et demeuraient des gens importants dans la région. Nous fêtions l'Empire Day : je me tenais aligné avec d'autres enfants du village, figé dans le salut du boy-scout, tandis que Mrs Ayres et le colonel passaient devant nous, distribuant à chacun une médaille commémorative ; après quoi nous nous installâmes avec nos parents pour prendre le thé, assis à de longues tables dressées sur ce qui était, je suppose, la pelouse sud. Mrs Ayres devait avoir vingt-quatre ou vingt-cinq ans, son époux quelques années de plus ; leur petite fille, Susan, environ six ans. J'imagine qu'ils formaient une famille ravissante, mais mon souvenir est incertain. Je me souviens beaucoup mieux de la maison elle-même, qui m'apparut comme un véritable manoir. Je revois les détails architecturaux portant la trace du temps : la brique rouge patinée, les vitres inégales des fenêtres, les pierres d'angle de grès usé. Ils concouraient à rendre le bâtiment presque flou, vaguement irréel – comme une glace qui commence à fondre au soleil, me dis-je.

Bien sûr, on ne pénétrait pas à l'intérieur. Les portes et portes-fenêtres étaient ouvertes, mais chacune barrée par une corde ou un ruban ; les toilettes destinées à notre usage étaient celles des domestiques et des jardiniers, dans la dépendance abritant les étables. Toutefois, ma mère avait conservé des amies parmi les servantes et, une fois le thé pris et les gens libres de se promener à leur guise dans le parc, elle me conduisit discrètement à l'intérieur de la maison par une porte latérale, et nous y passâmes un moment avec la cuisinière et ses aides. Cette visite m'impressionna terriblement. La cuisine se trouvait en sous-sol, et l'on y accédait par un couloir voûté, frais, qui n'était pas sans évoquer les châteaux à oubliettes. Un nombre extraordinaire de gens semblaient sans cesse aller et venir, chargés de plateaux et de paniers d'osier. Les filles de cuisine avaient une telle quantité de vaisselle à laver que ma mère roula ses manches pour les aider ; et à ma plus grande joie, je fus autorisé, en remerciement de son geste, à piocher à mon gré dans les saladiers de gelée et autres gâteaux revenus intacts de la fête au-dehors. On m'installa à une table de sapin et on me mit dans la main une cuiller tirée du tiroir personnel de la famille — une lourde cuiller d'argent terni, presque plus grande que ma bouche.

Puis vint une récompense plus merveilleuse encore. Accroché haut sur le mur du couloir voûté, se trouvait un tableau constellé de clochettes accrochées à des fils, et comme l'une d'elles se mettait à sonner pour appeler une femme de chambre dans les étages, celle-ci m'emmena avec elle, de sorte que je pus jeter un coup d'œil par le rideau de feutre vert qui séparait les pièces en façade des coulisses de la maison. Je pouvais rester là et l'attendre, dit-elle, à condition d'être sage et de ne pas faire de bruit. Simplement, il fallait que je reste bien derrière le rideau, car si le colonel ou la maîtresse s'apercevaient de ma présence, cela ferait tout une histoire.

J'étais, de nature, un enfant obéissant. Mais le rideau s'ouvrait sur l'angle de deux couloirs dallés de marbre, tous deux remplis de merveilles ; et quand la femme de chambre se fut éclipsée dans une direction, je fis quelques pas, hésitants, dans l'autre. La sensation était extraordinaire. Je ne parle pas simplement du frisson de la désobéissance, mais du frisson que me procura la maison elle-même, un frisson émanant de toutes les surfaces offertes à ma vue — le luisant du sol, la patine des vitrines et des chaises de bois, le biseau d'un miroir, les arabesques d'un cadre. Je me sentis attiré vers un des murs d'un blanc immaculé, orné d'une frise en bas-relief représentant des glands et des feuilles. Je n'avais jamais rien vu de semblable, hormis à l'église, et après l'avoir admirée une seconde je fis ce qui m'apparaît aujourd'hui comme une chose terrible : je glissai mes doigts autour d'un des glands et tentai de le détacher de la frise ; et, comme je n'y parvenais pas, je tirai mon couteau de poche et creusai pour l'arracher. Je ne faisais pas cela par vandalisme. Je n'étais pas un enfant mauvais, ni brise-fer. Mais de tant admirer cette maison, j'avais le désir d'en posséder un morceau – ou plus exactement, c'était comme si cette admiration en soi, dont il me semblait qu'un enfant ordinaire ne l'aurait pas ressentie, m'en donnait le droit. J'imagine que j'étais un peu comme un homme qui exige une mèche de cheveux d'une fille dont il vient de s'enticher brusquement.

J'ai honte de dire que le gland finit par céder, quoique moins proprement que je l'eusse souhaité, dans un arrachement de fibres et une fine pluie de plâtre sablonneux ; je me rappelle ma déception, alors. J'avais peut-être imaginé que le gland était de marbre.

Toutefois, personne ne vint, personne ne me surprit. J'avais agi, comme on dit, sur une impulsion. Je glissai le gland dans ma poche et repassai derrière le rideau. La femme de chambre réapparut au bout d'une minute et me ramena en bas ; ma mère et moi fîmes nos adieux aux domestiques pour rejoindre mon père dans le jardin. Je sentais contre ma cuisse la bosse de plâtre, et cela me procurait une sorte d'excitation nauséeuse. Je commençais de redouter que le colonel Ayres, un homme effrayant, ne découvre le méfait et ne fasse arrêter la fête. Mais l'après-midi se poursuivit sans incident jusqu'au crépuscule bleuté. Mes parents et moi rejoignîmes d'autres habitants de Lidcote pour la longue marche de retour, les chauves-souris nous accompagnant de leurs battements d'ailes, tournoyant autour de nous comme accrochées à des fils invisibles.

Bien sûr, ma mère finit par découvrir le gland. Je ne cessais de le tirer de ma poche pour l'y remettre, et il avait laissé une trace crayeuse sur la flanelle grise de ma culotte courte. Quand elle eut identifié l'étrange petit objet qu'elle tenait en main, elle faillit fondre en larmes. Elle ne me gifla pas, ni n'en parla à mon père ; elle n'avait jamais aimé les disputes. Mais elle me regarda longuement, les yeux humides, comme honteuse et un peu effarée.

« Tu n'aurais pas dû, un garçon intelligent comme toi », dit-elle probablement.

On me disait toujours ce genre de chose, quand j'étais enfant. Mes parents, mes oncles, mes maîtres d'école – tous les adultes qui s'intéressaient à mon avenir. Ces paroles me mettaient dans des rages secrètes, car si d'une part je voulais désespérément être à la hauteur de ma réputation d'intelligence, d'autre part je trouvais très injuste que cette intelligence, que je n'avais pas demandée, puisse être utilisée contre moi pour m'empêcher de faire des choses.

Le gland fila au feu. Je le retrouvai tout noirci au milieu du mâchefer, le lendemain. Quoi qu'il en soit, ce devait être la dernière année de grandeur pour Hundreds Hall. L'année suivante, la fête de l'Empire Day fut organisée par une autre famille, dans une des grandes maisons du voisinage ; Hundreds avait amorcé son lent déclin. Peu après, la fille des Ayres mourut, et Mrs Ayres et le colonel commencèrent de vivre de manière moins mondaine. Je me souviens vaguement de la naissance de leurs deux autres enfants, Caroline et Roderick – mais j'étais alors entré à Leamington College, et fort occupé à livrer mes petites guerres personnelles. J'avais quinze ans quand ma mère décéda. Il se révéla qu'elle avait accumulé les fausses couches, tout au long de mon enfance, et la dernière la tua. Mon père, lui, vécut juste assez longtemps pour me voir sortir de l'École de médecine et revenir à Lidcote en tant que praticien diplômé. Le colonel Ayres décéda quelques années plus tard – d'une rupture d'anévrisme, je crois.

Avec sa mort, Hundreds Hall se retira encore davantage du monde. Les grilles du parc demeuraient fermées presque en permanence. L'épais mur de pierre brune qui entourait la propriété, quoi que pas très haut, l'était néanmoins assez pour paraître dissuasif. Et bien que la maison fût magnifique, il n'existait aucun endroit, aucun chemin dans cette partie du Warwickshire, d'où l'on pouvait l'apercevoir. Je pensais souvent à elle, enfouie là, en passant devant le mur, au cours de mes visites – la revoyant toujours telle qu'elle m'était apparue en ce jour de 1919, avec ses élégantes façades de brique et ses couloirs de marbre frais tout remplis de merveilles.

De sorte que lorsque je revis la maison – presque trente ans après cette première visite, et peu après la fin d'une autre guerre –, je fus consterné par les changements intervenus. C'est de manière parfaitement fortuite que je me retrouvai là, car les Ayres avaient pour médecin mon associé, David Graham ; mais ce jour-là, il avait une urgence, de sorte que la famille dut faire appel à un autre médecin, et ce fut moi. Je sentis le cœur me manquer à l'instant même où je pénétrai dans le parc. Je me souvenais d'une longue allée menant à la maison, bordée de massifs de rhododendrons et de lauriers parfaitement entretenus, mais le parc était à présent si négligé que ma petite voiture eut du mal à se frayer un chemin jusqu'au bâtiment. Lorsque je me fus enfin extirpé des buissons pour me retrouver sur un espace de gravier, le Hall se dressant juste devant moi, je serrai le frein à main et restai figé, atterré. Bien sûr, la maison était plus petite que dans mon souvenir – ce n'était pas tout à fait le manoir que je me rappelais – mais je m'y étais attendu. Ce qui me fit frissonner, ce furent les traces de décrépitude. Des morceaux entiers des délicates pierres d'angle patinées semblaient être tombés, de sorte que la silhouette géorgienne, un peu floue, de la maison semblait encore plus imprécise qu'auparavant. Du lierre avait poussé, puis était mort, et pendait par plaques comme des poils de queue de rat emmêlés. Les marches menant à la grande porte principale étaient fendues, et la mauvaise herbe poussait à loisir par les interstices.

Je garai la voiture et en descendis, craignant presque de claquer la portière. Le bâtiment, malgré ses dimensions, sa densité, donnait une impression de précarité. Personne ne semblait m'avoir entendu arriver et, après quelques instants d'hésitation, je traversai la cour de gravier et montai d'un pas mal assuré les marches de pierre fendues. Il faisait chaud, c'était encore une journée d'été – avec une telle absence de vent que, lorsque je tirai la poignée de la sonnette en vieux cuivre et ivoire, je perçus le tintement, pur et cristallin, mais lointain, comme résonnant dans le ventre de la maison. Le bruit de la sonnette fut immédiatement suivi par l'aboiement brutal, étouffé d'un chien.

Les aboiements cessèrent bientôt, et le silence régna pendant encore une longue minute. Puis, vers ma droite, j'entendis le gravier crisser sous un pas irrégulier, et quelques secondes plus tard le fils de la famille, Roderick, apparaissait au coin de la maison. Il me regarda, les yeux plissés, non sans suspicion, puis aperçut la serviette que je tenais à la main. Décollant de ses lèvres une cigarette toute ramollie, il m'interpella : « Vous êtes le médecin, c'est ça ? Nous attendions le Dr Graham. »

Son ton n'était pas antipathique, mais il y avait un soupçon de paresse dans sa voix ; comme si ma vue le lassait déjà. Je descendis les marches et allai à sa rencontre, me présentant comme l'associé du Dr Graham, et expliquant que celui-ci avait dû partir pour une urgence. « Eh bien, c'est aimable à vous de vous être déplacé, répondit-il un peu trop affablement. Un dimanche, en plus. Et avec cette chaleur à crever. Venez par ici, si vous voulez bien. C'est plus rapide que de passer par la maison. Au fait, je suis Roderick Ayres. »

En réalité, nous nous étions déjà rencontrés, en plus d'une occasion. Mais il l'avait de toute évidence oublié et, tandis que nous nous mettions en marche, il m'octroya une poignée de main négligente. Le contact de ses doigts me sembla étrange, rugueux comme de la peau de crocodile à certains endroits, étrangement lisses à d'autres : je savais qu'il avait eu les mains brûlées lors d'un accident, pendant la guerre, ainsi qu'une grande partie du visage. Les cicatrices mises à part, c'était un bel homme : plus grand que moi, mais mince et encore juvénile d'allure pour ses vingt-quatre ans. Ses vêtements accentuaient cet aspect, chemise à col ouvert, pantalon d'été, chaussures de toile immaculées. Il marchait sans hâte, avec une claudication prononcée.

« Vous savez pourquoi nous vous avons fait venir, je suppose ? demanda-t-il.

— Pour une de vos domestiques, d'après ce qu'on m'a dit.

— *Une* de nos domestiques ! Excellent. Il n'y en a qu'une : Betty. Des problèmes d'estomac, paraît-il. » Il paraissait sceptique. « Ma mère, ma sœur et moi nous passons généralement de médecin. Nous nous débrouillons tous seuls avec nos rhumes et nos migraines. Mais ne pas être aux petits soins pour les domestiques mérite la peine capitale, de nos jours, non ? Il semblerait que les gens de maison aient le droit d'être mieux soignés que leurs maîtres. Nous nous sommes donc résolus à faire venir quelqu'un. Attention, regardez où vous mettez les pieds, ici. »

Il m'avait conduit sur une terrasse de gravier courant tout le long de la façade nord du Hall, et me désignait un endroit où celle-ci s'était affaissée, laissant place à des trous et des failles redoutables. Je les contournai, intrigué de voir ce côté du bâtiment — mais effaré, une fois encore, de la manière dont on l'avait laissé se dégrader. Le jardin n'était qu'un enchevêtrement d'orties et de liserons. On percevait une odeur légère mais bien identifiable de canalisations bouchées. Les fenêtres devant lesquelles nous passâmes étaient poussiéreuses et constellées de traces de pluie ; toutes étaient fermées, et les volets rabattus derrière la plupart, à l'exception d'une porte-fenêtre demeurée ouverte, en haut d'une volée de marches de pierre envahie par les volubilis. J'entraperçus une grande pièce en désordre, un bureau couvert d'un fouillis de papiers, le bord d'un rideau de brocart… Ce fut tout ce que j'eus le temps de voir. Nous avions atteint une petite porte de service, et Roderick s'était immobilisé, en retrait, pour me laisser passer.

« Entrez, voulez-vous ? fit-il avec un geste de sa main marquée de cicatrices. Ma sœur est en bas. Elle va vous conduire à Betty et tout vous expliquer. »

Ce n'est que plus tard, en repensant à sa jambe abîmée, que je compris qu'il ne souhaitait pas que je le voie peiner dans l'escalier. Sur le moment, je trouvai son attitude plutôt naturelle et passai devant lui, sans un mot. J'entendis aussitôt son pas s'éloigner en faisant crisser le gravier.

J'entrai silencieusement, seul. Cette porte étroite, je m'en étais rendu compte, était celle par laquelle ma mère m'avait fait entrer plus ou moins en fraude, bien des années auparavant. Je me souvenais de l'escalier de pierre brute et, arrivé en bas, me retrouvai dans le couloir voûté qui m'avait tant impressionné alors. Mais là, nouvelle déception. Je m'étais représenté ce lieu un peu comme une crypte, ou des oubliettes ; en fait, les murs du couloir étaient enduits de cette peinture beige-vert que l'on trouve dans les commissariats et les casernes de pompiers, un chemin de coco tressé recouvrait les dalles au sol et un balai-serpillière moisissait lentement dans un seau. Personne ne vint m'accueillir, mais à ma droite une porte à demi ouverte laissait entrevoir la cuisine. Je m'en approchai doucement, jetai un coup d'œil à l'intérieur. Nouvelle déception : je découvris une vaste et morne salle, avec des buffets de style victorien et des paillasses dignes d'une morgue, à la surface violemment étrillée et récurée. Seule la vieille table de sapin – celle-là même, apparemment, où j'avais jadis mangé ma gelée et mes gâteaux – me rappelait l'excitation de cette première visite. C'était également le seul endroit de la pièce qui évoquât une quelconque activité, car une petite pile de légumes terreux y était posée, avec une cuvette d'eau et un couteau – l'eau souillée et le couteau mouillé, comme si quelqu'un venait de se mettre à la tâche, et avait été appelé ailleurs.

Je fis un pas en arrière ; ma chaussure avait dû grincer, ou ma semelle frotter sur le coco tressé. De nouveau se fit entendre cet aboiement brutal, excité – dangereusement proche, cette fois –, et une seconde plus tard un vieux labrador noir surgissait du couloir et se ruait vers moi. Je me figeai, ma sacoche levée, tandis qu'il continuait d'aboyer en dansant autour de moi, et bientôt apparut une jeune femme. « C'est bon, pauvre idiot, ça suffit ! Gyp ! Ça suffit !... Je suis vraiment navrée », lança-t-elle. Elle s'approcha, et je reconnus la sœur de Roderick, Caroline. « Je ne supporte pas les chiens qui sautent comme ça, et il le sait très bien. Gyp ! » Elle se pencha pour lui donner du dos de la main une tape sur les reins ; il se calma aussitôt.

« Pauvre idiot, répéta-t-elle, lui tiraillant les oreilles, l'air attendri. Au fond, c'est mignon. Il croit que les inconnus viennent forcément pour nous trancher la gorge et partir avec l'argenterie. Nous n'avons pas eu le cœur de lui dire que toute l'argenterie a déjà disparu. Je pensais voir le Dr Graham. Vous êtes le Dr Faraday. Nous n'avons jamais été véritablement présentés, n'est-ce pas ? »

Elle souriait et me tendit la main. Sa poignée de main était plus ferme que celle de son frère, et plus franche.

Je ne l'avais jamais vue que de loin, lors d'événements dans le comté, ou bien dans la rue, à Warwick et Leamington. Elle était plus âgée que Roderick, vingt-six ou vingt-sept ans, et j'avais toujours entendu parler d'elle, dans la région, comme d'une jeune femme « plutôt nature », une « célibataire-née », une « fille qui a de la cervelle » – en d'autres termes, elle était particulièrement quelconque, trop grande pour une femme, avec les jambes et les chevilles épaisses. Sa chevelure d'un châtain clair très anglais aurait pu, avec les soins appropriés, être très belle, mais je ne l'avais jamais vue bien arrangée, et en cet instant, par exemple, elle lui retombait sur les épaules, raide, comme si elle s'était lavé les cheveux avec du savon de cuisine et avait négligé de se coiffer. Elle avait en outre le pire goût en matière de vêtements que j'aie jamais vu chez une femme. Elle portait des sandales plates, garçonnières, et une robe d'été peu seyante, absolument pas flatteuse pour ses hanches larges et sa poitrine importante. Ses yeux noisette étaient haut placés dans un visage long, à la mâchoire carrée, son profil un peu plat. Seule sa bouche, me dis-je, était attirante : curieusement grande, bien dessinée, aux lèvres mobiles.

J'expliquai que Graham avait eu une urgence, et que l'on m'avait appelé à sa place. « Eh bien, c'est aimable à vous de vous être déplacé de si loin, dit-elle, comme son frère. Cela ne fait pas très longtemps que Betty travaille chez nous ; moins d'un mois. Sa famille vit de l'autre côté de Southam, il ne nous a pas paru utile de les déranger. De toute façon, sa mère ne vaut pas grand-chose... Donc elle a commencé à se plaindre du ventre hier soir, et comme elle ne se sentait pas mieux ce matin, ma foi, j'ai pensé qu'il valait mieux consulter. Vous voulez la voir tout de suite ? Elle est juste là. »

Tout en parlant, elle se détourna et s'éloigna d'un bon pas sur ses jambes musclées ; le chien et moi suivîmes. La pièce à laquelle elle nous mena se trouvait située tout au bout du couloir, et avait pu être autrefois, me dis-je, une sorte d'office. Elle était plus petite que la cuisine mais, comme tout le sous-sol, était dallée de pierre, avec de hautes, étroites fenêtres, et toujours cette même terne peinture de caserne. Il y avait une étroite cheminée, bien balayée, un fauteuil passé, une table et un lit à cadre métallique – de ceux qui, quand on n'en a pas l'usage, peuvent se replier et se dissimuler dans un placard à leur tête. Sous les couvertures, vêtue d'une chemise de jour ou d'une chemise de nuit sans manches, gisait une silhouette si petite, si fragile que je crus d'abord avoir affaire à une enfant ; en m'approchant, je constatai qu'il s'agissait d'une adolescente un peu en retard pour son âge. En me voyant apparaître sur le seuil, elle fit une tentative pour se redresser sur son oreiller et retomba en arrière, l'air misérable. Je m'assis sur le lit, à son chevet.

« Eh bien, tu es Betty, c'est cela ? Moi, je suis le dr Faraday. Miss Ayres me dit que tu as mal au ventre. Comment te sens-tu, pour l'instant ?

— Je vous en prie docteur, j'ai un mal de chien ! fit-elle avec un fort accent de la campagne.

— Tu as vomi ? »

Elle secoua la tête.

« Tu as eu la diarrhée ? Tu sais ce que c'est ? »

Elle hocha la tête. Puis la secoua de nouveau.

J'ouvris ma sacoche. « Très bien, on va jeter un coup d'œil. »

Ses lèvres enfantines s'entrouvrirent, juste assez pour me permettre de glisser l'extrémité du thermomètre sous sa langue, et quand j'abaissai le haut de sa chemise de nuit pour poser le stéthoscope glacé contre sa poitrine, elle sursauta et poussa un gémissement. Comme elle venait d'une famille de la région, je l'avais probablement déjà vue, ne fût-ce que pour la vacciner à l'école ; mais je n'en avais aucun souvenir. C'était le genre de fille qui n'en laisse pas. Ses cheveux sans couleur précise étaient coupés à la diable et retenus par une barrette sur le côté de son front. Elle avait un visage large, aux yeux espacés ; ses yeux eux-mêmes étaient gris et, comme souvent les yeux clairs, sans grande profondeur. Ses joues étaient pâles, à peine teintées par la gêne lorsque je relevai sa chemise pour examiner son ventre, dévoilant une culotte de flanelle défraîchie.

À peine avais-je posé légèrement les doigts au-dessus de son nombril qu'elle laissa échapper un hoquet et un cri – presque un hurlement. « Allons, tout va bien, dis-je. Voyons, où cela fait-il le plus mal ? Ici ?

— Oh ! Partout, partout !

— Est-ce que c'est une douleur brutale, comme quand on se coupe ? Ou bien est-ce qu'elle dure sans arrêt, comme une brûlure ou une migraine ?

— C'est comme une migraine, mais en même temps c'est comme quand on se coupe ! répondit-elle. Et puis ça brûle, aussi ! Oh ! » Elle cria de nouveau, ouvrant enfin tout grand la bouche pour révéler une langue et une gorge bien roses et bien saines, et une rangée de petites dents irrégulières.

« Parfait », fis-je, rabaissant sa chemise. Après quelques instants de réflexion, je me tournai vers Caroline – qui était demeurée sur le seuil, le labrador à côté d'elle, observant la scène avec anxiété. « Pourriez-vous me laisser une minute seul avec Betty, je vous prie, Miss Ayres ? »

J'avais pris un ton grave, et elle fronça les sourcils. « Oui, bien sûr. »

Elle fit signe au chien et l'emmena avec elle dans le couloir. Une fois la porte refermée, je rangeai stéthoscope et thermomètre, refermai ma sacoche avec un claquement sec. Puis je regardai attentivement la jeune fille. « Allons, Betty, dis-je posément. Me voilà dans une situation délicate. Parce que Miss Ayres s'est donné beaucoup de mal pour essayer de te soulager ; et moi, je sais pertinemment que je ne peux rien faire pour toi. »

Elle me fixait. Je continuai, de manière plus explicite. « Crois-tu que je n'ai rien de mieux à faire de ma journée que de parcourir cinq kilomètres depuis Lidcote pour venir voir de méchantes petites filles ? J'ai bien envie de t'envoyer à Leamington pour te faire faire une appendicite, pour t'apprendre. Tu n'as absolument rien. »

Elle devint cramoisie. « Oh, mais si, docteur ! s'écria-t-elle.

— Tu es une excellente actrice, il faut l'avouer. Tous ces cris, toutes ces simagrées. Mais quand j'ai envie de voir une actrice, je vais au théâtre. Qui va me payer, selon toi, maintenant ? Je ne me déplace pas pour rien, tu sais. »

L'allusion à l'argent la paniqua. « Mais je suis vraiment pas bien ! fit-elle avec une angoisse réelle. Vraiment ! J'ai *vraiment* eu mal au ventre, hier soir. J'ai eu très très mal. Et je me suis dit…

— Que quoi ? Que tu ne refuserais pas une journée au lit, c'est ça ?

— Non ! Non, c'est pas juste ! J'étais vraiment *très mal*. Et je me suis dit que… » Elle commençait de s'enrouer, ses yeux gris s'emplissaient de larmes. « Je me suis dit, répéta-t-elle d'une voix incertaine, que si je me sentais aussi mal, alors je… alors je devrais peut-être rentrer à la maison un moment. Jusqu'à ce que je me sente mieux. »

Elle tourna son visage vers moi, battant des cils. Les larmes montèrent à ses yeux, puis roulèrent en deux traits parallèles sur ses joues de bébé.

« C'est donc pour ça, toute cette histoire ? Tu veux rentrer à la maison ? C'est ça ? » Elle enfouit son visage dans ses mains et se mit à pleurer sans retenue.

Un médecin voit couler beaucoup de larmes. Certaines le touchent plus que d'autres. J'avais réellement quantité de choses à faire chez moi, et cela ne m'amusait pas du tout d'avoir été retardé pour rien. Mais elle paraissait si jeune, si désespérée, que je la laissai pleurer tout son saoul. Puis je posai doucement une main sur son épaule.

« Allons, ça suffit, maintenant. Dis-moi ce qui ne va pas. Tu ne te plais pas ici ? »

Elle tira de sous son oreiller un mouchoir bleu, tout chiffonné, et se moucha.

« Non. Pas du tout.

— Pourquoi ça ? Trop de travail ? »

Elle esquissa un haussement d'épaules résigné.

« Non, le travail, ça va.

— Tu ne fais pas tout toute seule, quand même ? »

Elle secoua la tête.

« Mrs Bazeley vient tous les jours, jusqu'à trois heures ; enfin tous les jours sauf le dimanche. Elle s'occupe de la lessive et de la cuisine, et moi de tout le reste. Et puis il y a un homme qui vient pour le jardin, de temps en temps. Miss Caroline fait un peu de…

— Eh bien, ça n'a pas l'air trop terrible. »

Elle ne répondit pas. J'insistai. Ses parents lui manquaient ? À cette question, elle fit la grimace. Elle aurait voulu avoir un petit ami ? Elle fit une grimace plus affreuse encore.

Je pris ma sacoche. « Ma foi, je ne peux pas t'aider si tu ne me dis rien. »

Me voyant me lever, elle parla enfin : « C'est cette maison !

— Cette maison ? Mais qu'est-ce qu'elle a, cette maison ?

— Oh, docteur, ce n'est pas comme une maison normale, du tout ! Elle est trop grande ! Il faut faire un kilomètre pour aller ici ou là ; et puis tout ce silence, ça fait froid dans le dos. Le jour, quand je travaille, ça va, et puis Mrs Bazeley est là. Mais la nuit, je suis toute seule. Et il n'y a pas un bruit ! Je fais des rêves horribles… Et puis en plus, ils me font sans arrêt passer par ce vieil escalier du fond, et il y a des coins et recoins partout, et on ne sait pas ce qu'on va trouver à chaque tournant. Quelquefois, j'ai l'impression que je vais *mourir* de peur !

— Mourir de peur ? Dans une si belle demeure ? Tu as de la chance de pouvoir vivre ici. Essaie de voir les choses comme ça.

— De la chance ! répéta-t-elle, incrédule. Tous mes amis me disent que je suis folle d'être entrée ici. Tout le monde se moque de moi, à la maison ! Je ne vois jamais personne. Je ne sors jamais. Mes cousines, elles travaillent toutes en usine. Et moi aussi j'aurais pu – mais mon père ne veut pas ! Il dit que je dois d'abord faire un an ici, pour apprendre à tenir une maison, et les bonnes manières. Un an ! Mais dans un an, je serai morte de terreur, j'en suis bien sûre. Ou alors morte de honte. Vous devriez voir l'horrible vieille robe et l'horrible bonnet qu'elles me forcent à porter ! Oh, ce n'est pas juste, docteur ! »

Elle avait roulé son mouchoir en une boule tout humide, qu'elle jeta brusquement au sol sur ces derniers mots.

Je me penchai pour le ramasser. « Juste ciel, que d'histoires… Un an, ça passe vite, tu sais. Quand tu seras plus âgée, ça t'apparaîtra comme trois fois rien.

— Oui, eh bien, je ne suis pas âgée, là !

— Quel âge as-tu, au fait ?

— Quatorze ans. Mais je pourrais aussi bien en avoir quatre-vingt-dix, à force d'être coincée ici !

— Ne sois pas sotte, fis-je en riant. Bon, alors qu'est-ce qu'on fait ? Il faut quand même bien que je justifie mes honoraires. Veux-tu que je parle aux Ayres ? Je suis certain qu'ils n'ont pas envie de te voir malheureuse.

— Bah, ils veulent juste que je fasse mon travail.

— Et si j'en touchais un mot à tes parents ?

— Vous rigolez ! Ma mère passe la moitié de son temps à sortir avec des types, elle se moque bien de ce que je deviens. Mon père, il est bon à rien. Tout ce qu'il fait, c'est brailler. Brailler et jurer et râler, toute la journée. Et ensuite, il reprend ma mère, chaque fois ! S'il m'a placée, c'est simplement pour que je ne devienne pas comme elle.

— Mais alors, pourquoi diable veux-tu tellement rentrer à la maison ? Tu m'as l'air bien mieux ici.

— Je ne veux pas rentrer à la *maison*. Je veux… Oh, je n'en peux *plus* ! »

Son visage s'était assombri de rage pure. Elle évoquait à présent moins une enfant qu'un jeune animal vaguement dangereux. Mais elle vit que je l'observais, et les traces de colère commencèrent de s'estomper. De nouveau, elle s'apitoyait sur elle-même – poussant des soupirs à fendre l'âme et fermant ses paupières gonflées. Nous restâmes un moment sans parler et je parcourus des yeux la pièce morose, terne, presque une cave. Le silence était si parfait qu'on avait le sentiment d'une atmosphère pressurisée : sur ce point, au moins, elle avait raison. L'air était frais, mais étrangement pesant ; on ressentait la présence de l'énorme bâtisse au-dessus — et même de l'enchevêtrement d'orties et d'herbes folles qui l'entouraient.

Je songeai à ma mère. Elle était probablement plus jeune que Betty quand elle était entrée à Hundreds Hall.

Je me levai. « Eh bien, ma chère, j'ai bien peur qu'il ne nous faille, tous, nous accommoder de choses que nous n'apprécions guère, de temps en temps. Cela s'appelle la vie ; et il n'y a aucun remède à ça. Mais voilà ce que je te propose : tu restes au lit toute la journée, et on dit que ce sont des vacances. Je ne dirai pas à Miss Ayres que tu as joué la comédie ; je te ferai envoyer un sirop pour le ventre, et en regardant la bouteille, n'oublie jamais que tu es passée tout près de l'appendicite. Cela dit, je vais quand même demander à Miss Ayres s'ils ne peuvent pas rendre ton séjour ici un peu plus agréable. En attendant, essaie encore, ne te décourage pas. Qu'en dis-tu ? »

Elle me fixa une seconde de son regard gris, inexpressif, puis hocha la tête. « Merci, docteur », fit-elle dans un chuchotement pitoyable.

Comme je sortais, elle se retourna dans son lit, dévoilant une nuque blanche et des épaules étroites, les omoplates semblables à deux petites ailes minces et fragiles.

Le couloir était désert mais, comme auparavant, le chien se mit à aboyer en entendant la porte se refermer ; dans une course précipitée de pattes et de griffes, il déboula de la cuisine. Il se rua moins frénétiquement cette fois, et son agitation se calma bientôt, sur quoi il me laissa avec plaisir le caresser et lui tirailler les oreilles. Caroline apparut sur le seuil de la cuisine, s'essuyant les mains à un torchon — d'un mouvement brusque, machinal de ménagère. Derrière elle, au mur, je remarquai que le tableau de clochettes et de fils était toujours en place ; le petit système tyrannique destiné à appeler toute une domesticité au royaume supérieur, tout là-haut.

« Tout va bien ? s'enquit-elle, tandis que le chien et moi nous avancions vers elle.

— Un petit ennui gastrique, c'est tout, répondis-je sans hésitation. Rien de grave, mais vous avez bien fait de m'appeler. On n'est jamais trop prudent avec ces problèmes de ventre, surtout par ce temps. Je vous ferai parvenir une ordonnance, et mieux vaut ne pas trop la charger de travail pendant un ou deux jours… Mais il y a autre chose. » J'étais arrivé à sa hauteur et je baissai la voix. « J'ai l'impression que son chez-elle lui manque. Cela ne vous a pas frappé ? »

Elle fronça les sourcils. « Jusqu'à présent, elle avait l'air très bien. Il lui faudra un peu de temps pour s'habituer, j'imagine.

— Et d'après ce que j'ai compris, elle dort en bas, toute seule ? Elle doit se sentir très isolée. Elle m'a parlé d'un escalier au fond, qu'elle trouve effrayant… »

Son regard s'éclaira, presque d'une lueur d'amusement. « Oh, c'est ça, n'est-ce pas ? Je la croyais au-dessus de ces sottises. Elle m'est apparue comme quelqu'un qui a la tête sur les épaules, la première fois. Mais on ne peut jamais savoir, avec ces filles de la campagne : soit elles sont d'une dureté étonnante, elles vont tordre le cou des poulets, etc. ; soit elles font des crises pour un rien. Elle a sans doute vu trop de mauvais films. Hundreds est silencieux, c'est vrai, mais il n'y a rien d'étrange ici.

— Bien sûr, vous y avez passé toute votre vie, dis-je après un silence. Mais peut-être pourriez-vous trouver un moyen de la rassurer ? »

Elle croisa les bras.

« Me mettre à lui lire des histoires pour l'endormir, par exemple ?

— Elle est terriblement jeune, Miss Ayres.

— Eh bien, nous ne la traitons pas si mal, si c'est ce que vous pensez ! Nous lui versons des gages que nous ne pouvons même pas nous permettre. Elle mange la même chose que nous. En réalité, elle a la vie plus belle que nous, à beaucoup d'égards.

— Oui, votre frère m'a dit quelque chose de ce genre. »

J'avais parlé froidement, et elle rougit, de manière guère seyante, le sang affluant à sa gorge et remontant péniblement, par taches, jusqu'à ses joues à la peau sèche. Elle détourna le regard, comme en un effort pour garder son calme. Lorsqu'elle reprit la parole, sa voix s'était quelque peu adoucie.

« Nous serions prêts à faire beaucoup de choses pour que Betty se sente bien ici, si vous voulez tout savoir. Nous ne pouvons pas nous permettre de la perdre. Notre femme de journée fait ce qu'elle peut, mais cette maison est ingérable avec un seul domestique, et nous avons eu les pires difficultés à recruter des filles, ces dernières années ; nous sommes trop isolés, trop loin du trajet de l'autobus, des choses comme ça. Notre dernière bonne est restée trois jours. Cela remonte au mois de janvier. Jusqu'à l'arrivée de Betty, c'est moi-même qui faisais l'essentiel du travail... Mais je suis contente que ce ne soit pas grave. Vraiment. »

La couleur quittait ses joues, mais ses traits s'étaient légèrement affaissés, et elle paraissait fatiguée. Jetant un regard par-dessus son épaule, je vis sur la table de cuisine le tas de légumes à présent pelés et lavés. Puis je baissai les yeux sur ses mains et remarquai pour la première fois combien elles étaient abîmées, ses ongles courts fendillés, ses jointures rougies. Ceci me frappa comme une sorte de honte ; car elle avait de jolies mains, me dis-je.

Elle avait dû suivre mon regard. Elle se détourna, l'air gêné, roula le torchon en boule et le jeta dans la cuisine, où il atterrit sur la table, à côté de la cuvette d'eau sale. « Je vous raccompagne là-haut », dit-elle, mettant ainsi implicitement fin à ma visite. Nous gravîmes en silence l'escalier de pierre – accompagnés du chien qui se mettait dans nos jambes, soupirant et grognant à chaque marche.

Mais arrivés au tournant de l'escalier, là où la porte de service donnait sur la terrasse, nous tombâmes sur Roderick qui s'apprêtait à entrer.

« Maman te cherche, Caroline, dit-il. Elle se demande quand nous allons prendre le thé. » Il m'adressa un signe de tête. « Alors, Faraday, vous lui avez trouvé quelque chose ? »

Ce « Faraday » m'agaça un peu, d'autant plus qu'il avait vingt-quatre ans et moi quarante ; mais, avant que j'aie pu répondre, Caroline s'était avancée vers lui, glissant un bras sous le sien.

« Le Dr Faraday pense que nous sommes des tortionnaires ! fit-elle en battant légèrement des cils. Il s'imagine que nous forçons Betty à ramoner les cheminées, ou des choses de ce genre.

— Ce ne serait pas une mauvaise idée, non ? fit-il avec un demi-sourire.

— Betty va très bien, dis-je. Une petite gastrite.

— Rien d'infectieux ?

— Absolument pas.

— Mais nous allons devoir lui apporter son petit déjeuner au lit, reprit Caroline, et la dorloter pendant des jours et des jours. Heureusement que je connais la cuisine par cœur, n'est-ce pas ? À ce propos... » Elle me regarda bien en face. « Ne nous abandonnez pas comme ça, docteur. À moins d'y être obligé. Voulez-vous rester pour prendre le thé avec nous ?

— Mais oui, restez », renchérit Roderick.

Son ton était toujours aussi indolent ; mais elle, en revanche, semblait assez sincère. Je pense qu'elle voulait faire oublier notre discussion à propos de Betty. Et, en partie parce que je souhaitais également faire amende honorable – mais surtout, je dois le reconnaître, parce que je me disais qu'en restant pour le thé j'aurais l'occasion de visiter davantage la maison –, j'acceptai l'invitation.

Ils s'écartèrent pour me laisser passer. Je gravis les dernières marches et émergeai sur un agréable petit palier, et reconnus l'arche voilée de rideaux de feutre jusqu'à laquelle m'avait amené la si gentille femme de chambre, en 1919. Roderick finissait de gravir lentement l'escalier, sa sœur toujours à son bras, mais arrivée au sommet elle s'écarta de lui pour ouvrir le rideau d'un geste vif et négligent.

Au-delà, les couloirs étaient plongés dans la pénombre et semblaient étrangement nus, mais, cela mis à part, c'était exactement comme dans mon souvenir, la maison s'ouvrant comme un éventail – le plafond plus haut, les dalles de pierre au sol laissant place au marbre, la triste peinture des murs du sous-sol à la soie et au stuc. Immédiatement, mon regard se porta sur la frise en bas-relief d'où j'avais arraché ce fameux gland ; puis, ma vue s'accoutumant à l'obscurité, je constatai avec dépit qu'une horde de vandales en culottes courtes avaient dû s'attaquer aux moulures de plâtre à ma suite, car des morceaux entiers en avaient disparu, et ce qu'il en restait était tout fêlé et décoloré. Le reste du mur n'était guère en meilleur état. Il y avait quelques ravissants miroirs et gravures, mais aussi des rectangles et ovales plus sombres à la place d'autres visiblement décrochés. Un des panneaux de soie lavée était déchiré, et quelqu'un l'avait raccommodé, reprisé comme une chaussette.

Je me tournai vers Caroline et Roderick, m'attendant à quelque signe d'embarras ou même d'excuse ; mais ils me précédèrent, passant devant ces dégâts comme si cela ne les concernait nullement. Nous avions pris le couloir vers la droite, au cœur de la maison, un espace uniquement éclairé par la lumière émanant des portes qui s'ouvraient d'un seul côté ; la plupart de celles-ci étant fermées, de grandes flaques d'ombres l'envahissaient, même par ce jour radieux. Le labrador noir, pataugeant de l'une à l'autre, semblait sans cesse disparaître et ressusciter. Le couloir fit un nouvel angle à quatre-vingt-dix degrés – à gauche, cette fois –, et nous trouvâmes enfin une porte à demi ouverte, laissant passer un triangle de soleil brouillé. Cette porte, me dit Caroline, était celle de la pièce où la famille passait le plus clair de son temps et que, depuis des années et des années, on avait coutume d'appeler le « petit salon ».

Bien sûr, le terme de « petit », comme je m'en étais rendu compte, était extrêmement relatif, à Hundreds Hall. La pièce devait faire dans les dix mètres de long sur six de large, et était décorée de manière quelque peu hétéroclite, avec force moulures aux murs et au plafond, et une imposante cheminée de marbre. Comme dans le couloir, toutefois, nombre de détails étaient ébréchés ou fêlés, quand ils n'avaient pas simplement disparu. Le parquet aux lames bombées, grinçantes, était recouvert de tapis usés jusqu'à la trame se chevauchant. Un divan affaissé se dissimulait à demi sous des couvertures de tartan. Deux fauteuils à oreilles de velours râpé étaient installés près de l'âtre, et un pot de chambre victorien au décor pléthorique posé au pied de l'un d'eux, rempli d'eau pour le chien.

Et pourtant, de manière étrange, le charme essentiel de cette pièce demeurait évident, comme l'ossature superbe derrière un visage ravagé. Les parfums étaient ceux des fleurs d'été : pois de senteur, réséda et giroflée. La lumière douce, à peine colorée, semblait enclose, littéralement enlacée et maintenue par les murs et le plafond pâles.

Une porte-fenêtre s'ouvrait sur une volée de marches de pierre donnant sur la terrasse et la pelouse, en l'occurrence la pelouse sud. Au sommet de ces marches, à l'instant où nous entrions, en train d'ôter ses sandales d'un geste vif pour glisser ses pieds gainés de bas dans des chaussures, se tenait Mrs Ayres. Elle portait un chapeau à large bord, sur lequel elle avait drapé une écharpe de soie légère, lâchement nouée sous son menton ; en la voyant, ses enfants se mirent à rire.

« Vous avez l'air de surgir du temps des premières voitures sans chevaux, Maman, dit Roderick.

— Oui, renchérit Caroline, ou d'un apiculteur ! J'aimerais bien, d'ailleurs ; ce serait agréable d'avoir du miel à volonté. Je vous présente de Dr Faraday, de Lidcote – c'est l'associé du Dr Graham. Il en a terminé avec Betty, et je lui ai proposé de rester pour le thé. »

Mrs Ayres s'approcha, ôtant son chapeau et laissant l'écharpe tomber mollement sur ses épaules, me tendit la main.

« Bonsoir, docteur Faraday. C'est un immense plaisir de faire enfin votre connaissance. Je jardinais – enfin, si l'on peut appeler cela jardiner, dans cette jungle –, donc j'espère que vous pardonnerez ma tenue de dimanche. Et n'est-ce pas étrange ? » Elle porta le dos de sa main à son front, pour écarter une mèche de cheveux. « Lorsque j'étais enfant, le dimanche, cela voulait dire se mettre sur son trente et un, rester assise sur un divan, en gants de dentelle, en osant à peine respirer. À présent, dimanche signifie travailler comme un éboueur – et s'habiller de même. »

Elle sourit, ses pommettes hautes s'élevèrent encore un peu plus, dessinant son visage en forme de cœur et faisant se plisser malicieusement ses beaux yeux sombres. Moins semblable à un éboueur, voilà qui aurait été difficile à imaginer, me dis-je, car elle était d'une élégance juste parfaite, dans une robe de lin usée, ses cheveux relevés et distraitement attachés révélant la ligne délicate de sa nuque. Elle avait largement plus de cinquante ans, mais sa silhouette demeurait intacte, et sa chevelure presque aussi sombre que, probablement, le jour où elle m'avait tendu ma médaille de l'Empire Day, plus jeune alors que sa fille ne l'était aujourd'hui. Quelque chose en elle – l'écharpe peut-être, ou la manière dont elle portait sa robe, le mouvement de ses hanches minces sous l'étoffe –, quelque chose lui donnait un air vaguement français, en légère dissonance avec l'allure très anglaise de ses enfants aux cheveux plus clairs. D'un geste, elle m'invita à m'asseoir dans un des fauteuils à côté de la cheminée, et prit place elle-même dans l'autre ; comme elle s'asseyait, je remarquai les chaussures qu'elle venait de passer. Elles étaient de cuir verni, avec un empiècement crème, de trop bonne qualité pour ne pas dater d'avant-guerre et, comme toutes les chaussures de femme, au regard excessivement technique d'un homme, évoquaient de petits instruments parfaits et absurdes – et vaguement troublants.

Sur une table près de son fauteuil était posé un petit tas de grosses bagues démodées, qu'elle s'employait à passer à ses doigts une à une.

Dans le mouvement de ses bras, l'écharpe glissa de ses épaules sur le sol, et Roderick, encore debout, se pencha maladroitement pour la ramasser et la remettre autour de son cou.

« Ma mère est un jeu de piste à elle seule, dit-il. Où qu'elle aille, elle sème des choses derrière elle. »

Mrs Ayres assujettit l'écharpe, ses yeux se plissant un peu de biais, une fois de plus. « Vous voyez comment mes enfants me traitent, docteur Faraday ? Je finirai comme une de ces vieilles femmes abandonnées qu'on laisse mourir de faim seule dans leur lit, j'en ai bien peur.

— Oh, nous vous jetterons bien un os de temps en temps », fit Roderick en bâillant, se dirigeant vers le divan. Il s'y installa, et cette fois la maladresse de ses mouvements m'apparut très nettement. Le regardant attentivement, je vis sa joue se crisper, pâlir, et compris enfin à quel point sa jambe blessée le tourmentait toujours, et avec quel soin il tentait de le dissimuler.

Caroline était allée chercher le thé, emmenant le chien avec elle. Mrs Ayres s'enquit de Betty, et parut fort soulagée d'apprendre qu'il n'y avait rien de sérieux.

« Quel ennui pour vous, d'avoir dû faire tout ce chemin. Vous devez avoir des cas infiniment plus graves à traiter.

— Je suis médecin de famille, dis-je. Je soigne essentiellement des éruptions cutanées et des coupures, rien de bien glorieux.

— Allons, je suis sûre que vous êtes trop modeste… Encore que, pourquoi devrait-on juger de la compétence d'un médecin en fonction de la gravité des cas dont il s'occupe, cela m'échappe. À tout prendre, ce devrait aller dans l'autre sens. »

Je souris. « Ma foi, tout médecin aime bien se trouver face à un défi, de temps à autre. Pendant la guerre, j'ai passé beaucoup de temps dans un hôpital militaire, à Rugby. Cela me manque un peu. » Je jetai un coup d'œil à son fils, qui avait sorti une boîte de tabac, un paquet de feuilles, et se roulait une cigarette. « Je m'occupais de rééducation musculaire, en fait. Stimulation électrique, etc. »

Il émit un grognement. « Ils voulaient me faire faire ces trucs-là, après mon accident. Je n'avais pas le temps, à cause de la propriété.

— Dommage.

— Roderick était dans l'Air Force, docteur, comme vous le savez probablement, précisa Mrs Ayres.

— Oui. À quel genre d'opérations avez-vous participé ? Un peu violentes, je suppose ? »

Il pencha la tête, la mâchoire en avant, pour bien montrer ses cicatrices.

« Vous voyez ça ? Mais en fait, j'ai surtout effectué des vols de reconnaissance, donc je ne peux pas trop poser au héros. Pour finir, j'ai eu un coup de malchance, sur la côte sud. Le gars en face a eu encore moins de chance que moi ; lui, et mon copilote, le pauvre diable. Moi, je me suis retrouvé avec ces grains de beauté, et un genou en marmelade.

— Je suis navré.

— Bah, j'imagine que vous avez vu bien pire dans votre hôpital de campagne. Oh, mais pardonnez-moi, je manque à tous mes… voulez-vous une cigarette ? J'en fume tellement que je finis par oublier. »

Je baissai les yeux sur la cigarette qu'il venait de rouler – assez minable à vrai dire, le genre de mégot qu'on appelait « clou de cercueil » quand j'étais étudiant en médecine – et décidai de ne pas la prendre. J'avais dans ma poche un paquet de cigarettes dignes de ce nom, mais je ne voulais pas non plus le mettre dans l'embarras en les sortant. Donc je me contentai de secouer la tête. J'avais toutefois le sentiment que sa proposition n'avait eu pour but que de changer de sujet de conversation.

Peut-être sa mère le pensait-elle aussi. Elle regardait fixement son fils, avec une expression inquiète, puis se détourna de lui, souriante. « La guerre, cela semble loin aujourd'hui, n'est-ce pas ? Comment cela a-t-il pu se faire, en à peine deux ans ? Nous avons logé ici une unité de combat, pendant une partie du conflit, vous savez. Ils ont laissé des choses incongrues dans tout le parc, des fils barbelés, des plaques de tôle : ils sont encore là, à rouiller, comme des vestiges d'un autre âge. Dieu seul sait combien de temps la paix va durer, bien entendu. Personnellement, j'ai renoncé à écouter les nouvelles ; c'est trop angoissant. On dirait que le monde est dirigé par des savants et des généraux, qui jouent avec les bombes comme les écoliers avec des billes. »

Roderick craqua une allumette. « Oh, on s'en sortira toujours, ici, à Hundreds, dit-il, serrant les lèvres autour de sa cigarette tandis que le papier s'enflammait, dangereusement proche de ses lèvres abîmées. Ici, à Hundreds, c'est la paix, la vie tranquille. »

Comme il disait cela, on perçut le cliquètement des ongles de Gyp sur le sol de marbre du couloir, semblable au léger choc des perles d'un boulier, accompagné du claquement assourdi des sandales de Caroline. Le chien ouvrit la porte avec sa truffe – chose qu'il faisait fréquemment, de toute évidence, car le chambranle était noirci par le frottement de son pelage et la belle porte ancienne tout abîmée en bas, là où lui ou d'autres chiens avaient mille fois gratté le panneau.

Caroline entra avec un plateau à thé visiblement lourd. Roderick s'accrocha au bras du divan et commença de se hisser debout pour l'aider ; je fus plus rapide.

« Attendez, laissez-moi. »

Elle me jeta un regard reconnaissant – pas tant pour elle-même, me sembla-t-il, que pour son frère, mais dit : « Oh, ne vous en faites pas. J'ai l'habitude, souvenez-vous.

— Laissez-moi au moins dégager un endroit.

— Non, non, il faut que je m'en sorte seule. Comme ça, quand je serai obligée de gagner ma vie comme serveuse au pub du coin, j'aurai acquis de la pratique. Gyp, ne reste pas dans mes jambes, tu veux bien ? »

Je m'écartai donc, et elle déposa le plateau au milieu des livres et des papiers qui encombraient une table, puis versa le thé et servit les tasses. Celles-ci étaient de vieille porcelaine tendre, et une ou deux avaient une anse réparée ; je vis qu'elle les gardait pour eux. Le thé fut accompagné de gâteau : un cake aux fruits, coupé en tranches si fines que je la soupçonnai d'avoir tiré le meilleur parti d'un reste bien frugal.

« Oh, que ne donnerait-on pas pour un scone, de la confiture, de la crème ! fit Mrs Ayres tandis qu'elle lui tendait son assiette. Ou même un vrai bon biscuit. C'est à vous que je pense en disant cela, docteur Faraday, pas à nous. Nous n'avons jamais été très portés sur les douceurs, dans la famille ; et bien sûr », elle avait de nouveau pris son air malicieux, « en tant qu'éleveurs de vaches laitières, on ne peut guère s'attendre à trouver du beurre chez nous. Mais le pire aspect du rationnement, c'est qu'il a tué le plaisir de l'hospitalité. Je trouve ça absolument déplorable. »

Elle soupira, divisant sa tanche de cake en morceaux qu'elle trempait délicatement dans son thé sans lait. Je remarquai que Caroline avait plié la sienne en deux, et n'en avait fait que deux bouchées. Roderick avait posé son assiette de côté pour se concentrer sur sa cigarette et, après avoir prélevé le papier sulfurisé et les raisins secs, jeta le reste de son gâteau à Gyp.

« Roddie ! » s'exclama Caroline. Je crus qu'elle protestait contre ce gaspillage de nourriture ; en fait, elle n'approuvait pas l'exemple que son frère donnait au chien. Elle croisa le regard de l'animal. « Vilain ! Tu sais bien que tu n'as pas le droit de mendier ! Regardez comme il me fait les yeux blancs, docteur Faraday. Vieille canaille, va. » Elle ôta un pied de sa sandale, tendit la jambe – je constatai que ses jambes étaient nues, bronzées et pas rasées – et lui donna de petits coups sur la cuisse, du bout des orteils.

« Le pauvre, dis-je par politesse, devant l'expression malheureuse du chien.

— Ne vous laissez pas avoir. C'est un affreux bonhomme. Tu es affreux, hein ? Vieux brigand. »

Elle lui donna un nouveau coup bref, puis les coups firent place à une caresse énergique. Le chien tenta non sans mal de garder son équilibre ; puis, l'air d'un vieil homme impuissant, vaincu, un peu effaré, il s'allongea à ses pieds, levant les pattes et exposant la fourrure grise de son thorax et son ventre rose. Caroline redoubla d'énergie dans sa caresse, à présent presque brutale.

Je vis le regard de Mrs Ayres s'arrêter sur la jambe duveteuse de sa fille.

« Vraiment, ma chérie, j'aurais bien aimé que tu mettes des bas. Le Dr Faraday va penser que nous sommes des sauvages. »

Caroline se mit à rire. « Il fait beaucoup trop chaud pour mettre des bas. Et je serais fort surprise que le Dr Faraday n'ait encore jamais vu une jambe nue ! »

Toutefois, elle finit par retirer sa jambe et adopter une position plus convenable. Le chien, déçu, resta les pattes en l'air, repliées. Puis il roula sur le ventre et s'employa à mâchonner un de ses coussinets, dans un bruit mouillé.

La fumée bleue de la cigarette de Roderick stagnait dans l'air chaud, immobile. Dans le jardin, un oiseau lança un cri vibrant, bien net, et nous tournâmes la tête pour l'écouter. De nouveau, je parcourus la pièce du regard, enregistrant chaque détail délicieusement adouci par le temps ; puis, me tournant davantage dans mon fauteuil, j'eus le plaisir et la surprise de voir, pour la première fois, l'extérieur de la maison par la porte-fenêtre ouverte. Une pelouse à l'abandon s'étendait devant la façade, sur trente ou quarante mètres, bordée de massifs de fleurs et se terminant par une grille de fer forgé. Mais la grille donnait elle-même sur une prairie, qui à son tour s'ouvrait sur les champs du domaine ; ceux-ci s'étendaient au loin sur un bon kilomètre. Le mur d'enceinte de Hundreds était à peine visible tout au fond, mais les terres au-delà du mur étant composées de pâturages, puis de maraîchages et de maïs, la vue se perdait à l'infini, ininterrompue, jusqu'à l'horizon où les couleurs passées se fondaient complètement dans la brume du ciel.

« Aimez-vous cette vue, docteur Faraday ? me demanda Mrs Ayres.

— Tout à fait, dis-je, me retournant vers elle. De quand date cette maison ? 1720 ? 1730 ?

— Vous êtes remarquable. Elle a été achevée en 1733.

— Oui, fis-je en hochant la tête, je pense voir ce que les architectes avaient en tête : des couloirs sombres, mais les portes ouvrant sur des pièces vastes et claires. »

Mrs Ayres sourit ; mais c'est Caroline qui me regarda d'un air ravi.

« Moi aussi, j'ai toujours aimé ça, dit-elle. Certaines personnes ont l'air de trouver nos couloirs un peu sinistres... mais vous devriez voir cette maison en hiver ! Nous aimerions pouvoir murer toutes les fenêtres, quelquefois. L'an dernier, nous avons vécu pendant deux mois presque uniquement dans cette pièce. Roddie et moi avions apporté nos matelas, et nous campions, littéralement. Les tuyaux ont gelé, le générateur est tombé en panne ; dehors, il y avait des stalactites d'un mètre de long. Nous n'osions plus sortir de la maison, de peur de nous faire transpercer... Vous habitez au-dessus de votre cabinet, n'est-ce pas ? Dans l'ancien appartement du Dr Gill ?

— Exactement. Je m'y suis installé comme jeune associé, et je n'en ai plus bougé. C'est un endroit assez quelconque. Mais mes patients savent où me trouver ; et puis c'est parfait pour un célibataire, j'imagine. »

Roderick secoua la cendre de sa cigarette.

« C'était un personnage, ce Dr Gill, n'est-ce pas ? Je l'ai consulté une ou deux fois, quand j'étais petit. Il avait un gros bocal de verre, dans lequel il disait conserver des sangsues. J'en aurais mouillé ma culotte de peur.

— Oh, tu avais peur de tout, intervint sa sœur avant que j'aie pu répondre. Un rien te terrorisait. Tu te rappelles cette espèce de géante qui travaillait à la cuisine, quand tu étais enfant ? Vous vous souvenez d'elle, Maman ? Comment s'appelait-elle ? Mary, c'est ça ? Elle mesurait un mètre quatre-vingt-cinq. Et elle avait une sœur d'un mètre quatre-vingt-sept. Une fois, Papa a voulu lui faire essayer une de ses bottes. Il avait parié avec Mr McLeod que sa botte serait trop petite. Et il avait raison. Mais le plus incroyable, c'étaient ses mains. Elle essorait les vêtements plus fort qu'un rouleau. Et elle avait toujours les doigts glacés – comme des saucisses à peine sorties du garde-manger. Je disais toujours à Roddie qu'elle se glissait dans sa chambre quand il dormait, et qu'elle mettait ses mains sous ses couvertures pour les réchauffer ; chaque fois ça le faisait pleurer.

— Sale petite peste, dit Roderick.

— Mais *comment* s'appelait-elle ?

— Je crois que c'était Miriam, dit Mrs Ayres après quelques secondes de réflexion. Miriam Arnold ; et la sœur dont tu parles, c'était Margery. Mais nous avions une autre fille, aussi, beaucoup moins grande : elle a épousé un fils Tapley, et tous deux nous ont quittés avec le chauffeur pour devenir cuisiniers dans je ne sais plus quelle maison, en dehors du comté. Miriam, elle, s'est placée chez Mrs Randall, il me semble. Mais Mrs Randall ne l'a gardée qu'un mois ou deux. Je ne sais pas ce qu'elle est devenue, après.

— Elle s'est peut-être mise à dresser des chevaux, suggéra Roderick.

— Ou bien elle est entrée dans un cirque, renchérit Caroline. Parce que nous avons réellement eu une fille, n'est-ce pas, qui nous a quittés pour rejoindre un cirque ?

« — En tout cas, elle a épousé un homme de cirque, dit Mrs Ayres. Et brisé le cœur de sa mère. Et celui de sa cousine par la même occasion, parce que sa cousine – Lavender Hewitt – était elle aussi amoureuse de cet homme, et quand il est parti avec cette autre fille, elle a cessé de s'alimenter et se serait laissée mourir. Comme le disait toujours sa mère, ce sont les lapins qui l'ont sauvée. Car elle pouvait refuser n'importe quelle nourriture, mais ne résistait pas au ragoût de lapin de sa mère. Donc pendant un certain temps, nous avons laissé son père poser des collets dans le parc et attraper autant de lapins qu'il voulait ; et finalement, ce sont nos lapins qui l'ont sauvée… »

Et le récit continuait ainsi, Caroline et Roderick aiguillonnant leur mère pour qu'elle poursuive ; tous trois se parlaient entre eux plus qu'à moi, et, mis à l'écart du jeu, je laissai mon regard passer de la mère à la fille, de la fille au fils puis à la mère, et finis par saisir leur ressemblance, non seulement de traits – les membres longs, les yeux haut placés – mais les détails presque tribaux d'attitude et de discours qu'ils partageaient. Je ressentis une légère bouffée d'agacement – un vague remous d'hostilité – qui gâcha quelque peu mon plaisir à être assis dans cette pièce ravissante. Peut-être était-ce en moi l'atavisme paysan qui se rebellait. Hundreds Hall avait été construit et entretenu, me dis-je, par ces mêmes gens dont ils se moquaient à présent. Au bout de deux cents ans, ces gens avaient commencé de ne plus donner tout leur travail, toute leur confiance à cette maison ; et la maison s'effondrait peu à peu comme un château de cartes. Cependant, la famille y demeurait, là, devant moi, jouant toujours son rôle dans la gentry, sous les moulures ébréchées de ses murs, ses tapis d'Orient râpés jusqu'à la trame et ses tasses de fine porcelaine réparées…

Mrs Ayres évoquait une autre domestique. « Oh, c'était une idiote, déclara Roderick.

— Ce n'était *pas* une idiote, le reprit Caroline avec conviction. Mais il est vrai qu'elle n'était pas particulièrement brillante. Je me souviens qu'un jour elle m'a demandé ce qu'était la cire à cacheter, et je lui ai dit que c'était une cire très spéciale que l'on utilisait pour les plafonds[1]. Je l'ai fait monter sur un escabeau et essayer de cirer le plafond du bureau de Papa. Évidemment, le résultat a été catastrophique, et la pauvre fille en a pris pour son grade. »

Elle secoua la tête, honteuse d'elle-même, mais riant toujours. Puis son regard croisa le mien, et mon expression devait être glaciale. Elle tenta de refouler son sourire.

« Je suis navrée, docteur Faraday. Je vois bien que vous ne trouvez pas ça drôle. Et vous avez raison. Rod et moi étions des enfants épouvantables ; mais nous nous sommes largement amendés, à présent. Vous pensez à cette pauvre Betty, n'est-ce pas ? »

Je pris une gorgée de thé. « Absolument pas. En fait, c'est à ma mère que je pensais.

— Votre mère ? répéta-t-elle, avec encore un écho de son rire dans la voix.

— Bien sûr, fit soudain Mrs Ayres, dans le silence qui suivit. Bien sûr, votre mère a été bonne d'enfants chez nous, autrefois, n'est-ce pas ? Je me souviens l'avoir entendu dire. Quand était-ce ? Peu de temps avant que je n'arrive, me semble-t-il. »

Elle dit cela d'une voix si calme, si aimable que je me sentis presque honteux ; car mon ton à moi avait été coupant. « Ma mère est restée ici jusqu'à l'âge d'environ dix-neuf ans, dis-je d'une voix plus affable. C'est ici qu'elle a rencontré mon père ; un livreur en épicerie. Ce que vous appelleriez une romance de cuisine, je suppose.

— Comme c'est drôle, fit Caroline, sans conviction.

— N'est-ce pas ? »

Roderick fit de nouveau tomber la cendre de sa cigarette, d'un coup sec, sans un mot. Mrs Ayres, toutefois, semblait songeuse.

---

1. Jeu sur *sealing* / *ceiling*, qui se prononcent de la même manière. *(N.d.T.)*

« Savez-vous…, fit-elle en se levant. Il me semble bien que… enfin, je peux me tromper. »

Elle se dirigea vers une table, sur laquelle étaient disposées un certain nombre de photos de famille encadrées. Elle en souleva une, la tint à bout de bras, les yeux plissés, secoua la tête.

« Sans mes lunettes, je ne peux pas en être sûre, dit-elle, me l'apportant. Mais il me semble bien, docteur Faraday, que votre mère doit se trouver quelque part dans ce groupe. »

C'était une petite photo de l'époque edwardienne, dans un cadre en écaille de tortue. Elle montrait, en sépia mais avec une belle qualité de définition, ce que je reconnus au bout d'un moment comme la façade sud du Hall, car je distinguais les grandes portes-fenêtres de la pièce où nous nous trouvions, ouvertes sur le plein soleil de l'après-midi, tout comme aujourd'hui. Réunie sur la pelouse, devant la maison, se tenait la famille de l'époque, entourée d'une domesticité non négligeable – gardien, maître d'hôtel, valet de pied, filles de cuisine, jardiniers – composant un groupe un peu débraillé et hétéroclite, presque réticent, comme si l'idée de prendre ce cliché était venue brusquement, tardivement au photographe, et que quelqu'un les avait rassemblés en hâte, les arrachant à d'autres tâches. La famille elle-même paraissait beaucoup plus à l'aise, la maîtresse des lieux – la vieille Mrs Beatrice Ayres, grand-mère de Caroline et Roderick – assise sur une chaise longue, son époux debout à ses côtés, une main posée sur son épaule, l'autre négligemment glissée dans la poche de son pantalon blanc froissé. Étendu à leurs pieds, appuyé sur un coude, non sans un soupçon de maladresse, se trouvait le mince jeune homme de quinze ans qui deviendrait le colonel ; il ressemblait énormément à Roderick aujourd'hui. Assis à côté de lui, sur un plaid écossais, ses jeunes frères et sœurs.

J'examinai le groupe plus attentivement. Les enfants étaient grands pour la plupart, mais le plus petit, encore bébé, se trouvait dans les bras d'une bonne d'enfants, blonde. Le bébé était en train de s'agiter pour lui échapper quand l'obturateur s'était déclenché, et la jeune femme tenait la tête en arrière pour éviter de recevoir un coup de coude. De sorte qu'elle ne regardait pas l'objectif, et que ses traits étaient flous.

Caroline s'était levée du divan pour venir examiner la photo avec moi. Penchée à mes côtés, elle releva une mèche de cheveux châtains, un peu secs. « Est-ce votre mère, docteur Faraday ? me demanda-t-elle, presque à voix basse.

— C'est possible. Mais en même temps… » Juste derrière la jeune fille dans l'embarras, je venais de remarquer une autre domestique, blonde également, et vêtue d'une robe et d'un bonnet semblables. Je ris, un peu gêné. « Ce pourrait aussi être celle-là. Je n'en suis pas sûr.

— Votre mère est-elle toujours en vie ? Vous pourriez peut-être lui montrer la photo ? »

Je secouai la tête. « Mes parents sont décédés, tous les deux. J'allais encore à l'école primaire quand ma mère est morte. Et mon père a été victime d'une crise cardiaque quelques années plus tard.

— Oh, je suis désolée…

— Ma foi, cela semble si loin…

— J'espère que votre mère était heureuse ici, me dit Mrs Ayres, tandis que Caroline rejoignait sa place sur le divan. L'était-elle, selon vous ? Vous a-t-elle quelquefois parlé de cette maison ? »

Je demeurai un instant silencieux, me remémorant certaines anecdotes que racontait ma mère à propos du Hall – par exemple qu'elle devait chaque matin se tenir immobile devant la gouvernante, bras tendus, tandis que celle-ci vérifiait la propreté de ses ongles ; ou bien l'habitude qu'avait Mrs Ayres de débarquer sans prévenir dans les chambres des bonnes pour perquisitionner, renverser et examiner leurs affaires, une à une…

« Je crois que ma mère s'est fait de bonnes amies parmi les autres filles », dis-je enfin.

Mrs Ayres parut contente de cette réponse ; soulagée, peut-être. « Je suis heureuse de l'entendre. Bien sûr, être domestique, c'était un tout autre mode de vie, à cette époque. Ils avaient leurs propres distractions, leurs petits scandales à eux, leurs joies. Leur dîner, pour Noël. »

Ce qui fit se lever d'autres souvenirs. Je gardais les yeux rivés à la photo, quelque peu déstabilisé, je dois le dire, par la violence de mes propres sentiments, car si j'avais parlé d'un ton léger, je me surprenais à être plus ému par l'apparition soudaine du visage de ma mère – *si* c'était bien ma mère – que je ne l'aurais imaginé. Finalement, je déposai la photo sur la table à côté de mon fauteuil. Nous parlâmes de la maison et des jardins, du temps de leur splendeur.

Mais tout en parlant, je ne cessais de jeter des coups d'œil vers la photo, et il dut paraître évident que j'avais l'esprit ailleurs. Le thé était terminé. Je laissai passer quelques minutes, puis levai les yeux vers la pendule et déclarai que je devais partir.

« Vous devriez emporter cette photo, docteur Faraday, dit Mrs Ayres avec une grande gentillesse, comme je me levais. J'aimerais que vous la preniez.

— Que je la prenne ? répétai-je, perplexe. Oh non, je ne peux pas.

— Vous devez. Vous devez la prendre, telle quelle, avec son cadre.

— Mais oui, prenez-la, renchérit Caroline comme je continuais de protester. N'oubliez pas que c'est moi qui fais le ménage, le temps que Betty se remette. Je serai immensément soulagée d'avoir un nid à poussière en moins.

— Eh bien, dans ce cas… merci, fis-je, rougissant et balbutiant presque. C'est extrêmement aimable à vous. C'est… vraiment, c'est trop gentil. »

On trouva un morceau de papier kraft déjà utilisé pour envelopper la photo, que je glissai soigneusement dans ma sacoche. Puis je fis mes adieux à Mrs Ayres et tapotai la tête toute chaude du chien.

Caroline, déjà debout, s'apprêtait à me raccompagner jusqu'à la voiture. Mais Roderick intervint soudain : « C'est bon, Caro. Je vais raccompagner le docteur. »

Il se leva non sans peine du divan, avec force grimaces. Sa sœur le regardait faire d'un œil inquiet, mais il était de toute évidence décidé à m'accompagner lui-même. Elle céda donc et me tendit sa jolie main abîmée par les travaux ménagers.

« Au revoir, docteur Faraday. Je suis très heureuse que nous ayons trouvé cette photo. Vous penserez à nous en la regardant, n'est-ce pas ?

— Absolument », dis-je.

Je suivis Roderick hors de la pièce, clignant des paupières en plongeant de nouveau dans la pénombre. Il me précéda vers la droite, et nous passâmes devant d'autres portes fermées, mais bientôt le couloir s'élargissait et s'éclaircissait, et nous émergeâmes dans ce qui m'apparut être le hall d'entrée de la maison.

Là, je fus obligé de faire halte pour regarder autour de moi ; car le hall était ravissant. Le sol en était de dalles de marbre rose et vert pâle disposées en échiquier. Les murs étaient recouverts de lambris de bois clair, dans lesquels se reflétait le chatoiement rouge du sol. Là, dominant tout, commençait le grand escalier d'ébène qui s'élevait en une élégante spirale carrée aux angles adoucis sur deux étages encore, sa rampe à boule en tête de serpent, bien cirée, l'accompagnant en une seule ligne ininterrompue. La cage de l'escalier devait aisément mesurer quatre mètres cinquante de largeur, sur une hauteur d'une vingtaine de mètres ; elle baignait dans une lumière douce, laiteuse, provenant d'une coupole de verre dépoli ménagée dans le toit, juste au centre.

« Du plus bel effet, n'est-ce pas ? fit Roderick, me voyant lever les yeux. Cette coupole nous a posé les pires problèmes pendant le black-out, naturellement. »

Il ouvrit la grande porte d'entrée. Celle-ci avait dû prendre l'eau à certain moment et, un peu voilée, raclait horriblement le marbre du sol. Je le rejoignis au sommet du perron, et la chaleur du jour pénétra dans le hall, nous enveloppant dans un tourbillon.

Il fit la grimace. « Il fait encore torride, j'en ai bien peur. Je ne vous envie pas, de devoir retourner à Lidcote… Vous avez quel genre de voiture ? Une Ruby ? Vous en êtes content ? »

Mon auto était d'un modèle on ne peut plus courant, et il n'y avait pas de quoi s'extasier. Mais c'était de toute évidence le genre d'homme qui s'intéresse aux voitures, à la mécanique en soi, donc je l'y amenai et lui désignai deux ou trois détails, avant de soulever le capot pour lui montrer les entrailles du véhicule.

« Ces routes de campagne ne l'arrangent pas, dis-je en refermant le capot.

— J'imagine que non. Combien de kilomètres faites-vous par jour, en moyenne ?

— Dans une petite journée, j'ai quinze ou vingt patients à voir. Une grosse journée, ça peut aller jusqu'à trente. Des gens du coin, essentiellement, même si j'ai deux ou trois patients à Banbury.

— Vous êtes un homme très occupé.

— Trop, quelquefois.

— Avec tous ces bobos. Oh, cela me fait penser… » Il porta la main à sa poche. « Combien vous dois-je, pour Betty ? »

Tout d'abord, je ne voulus pas prendre son argent, pensant à la générosité de sa mère, avec la photo de famille. Comme il insistait, je dis que je lui enverrais une note d'honoraires. Mais il se mit à rire. « Écoutez, à votre place, je prendrais l'argent tant qu'on vous le propose. Quels sont vos tarifs ? Quatre shillings ? Plus ? Allez, dites-moi. Nous n'en sommes pas encore à demander la charité. »

Donc je lui dis, non sans réticence, que je prendrais quatre shillings pour la visite et l'ordonnance. Il tira de sa poche une poignée de piécettes toutes chaudes, qu'il compta en les déposant dans ma paume. Ce faisant, il avait dû changer de position, et le mouvement sembla être douloureux : la crispation réapparut sur sa joue, et cette fois je faillis faire une remarque. Mais comme pour les cigarettes, je ne tenais pas à le mettre dans l'embarras, et je m'abstins. Il resta immobile, bras croisés, l'air tout à fait à l'aise, tandis que je lançais le moteur, et, comme je m'éloignais, il leva une main lente puis se détourna et se dirigea vers la maison. Mais je gardais le regard sur lui, dans le rétroviseur, et le vis gravir avec difficulté les marches du perron. La maison parut l'avaler, comme il disparaissait de son pas bancal dans l'ombre du grand hall.

Un peu plus loin, l'allée amorçait un tournant entre les buissons non taillés, et la voiture se mit à cahoter et à faire des embardées ; la maison avait disparu.

Ce soir-là, comme souvent le dimanche, je dînai avec David Graham et son épouse Anne. Le patient que Graham avait dû voir en urgence s'en était bien tiré, malgré un pronostic très défavorable, et nous passâmes la majeure partie du repas à en parler ; et ce n'est qu'arrivés au pudding aux pommes que j'évoquai ma visite à Hundreds Halls, en son absence.

Il leva aussitôt les yeux vers moi, envieux. « Vraiment ? Comment est-ce, maintenant ? Cela fait des années que la famille n'a plus fait appel à moi. D'après ce que j'ai entendu dire, c'est une jolie dégringolade ; ils sont dans la dèche, carrément. »

Je décrivis ce que j'avais vu de la maison et des jardins. « Ça fait mal au cœur, dis-je, de voir à quel point tout a changé. Je ne sais pas si Roderick sait bien ce qu'il fait. Ça n'a pas l'air d'être le cas.

— Pauvre Roderick, intervint Anne. J'ai toujours pensé que c'était un brave garçon, un gentil. On ne peut que le plaindre.

— À cause de ses cicatrices, et tout ça ?

— Oh, oui, en partie. Mais surtout parce qu'il a tellement l'air dépassé par les événements. Il a été obligé de grandir trop vite ; comme tous les garçons de sa génération. Mais lui, il avait Hundreds sur les épaules, en plus de la guerre. Et il n'a pas le tempérament de son père.

— Eh bien, ça jouerait plutôt en sa faveur. Je me souviens du colonel comme d'un homme plutôt brutal, pas vous ? Quand j'étais jeune, je l'ai vu un jour piquer une rage contre un automobiliste qui avait paraît-il effrayé son cheval. Il a fini par sauter de sa selle et démolir un phare de l'auto à coups de pied !

— Il avait certainement son tempérament, dit Graham en prenant une cuillerée de pomme cuite. Typiquement vieux châtelain.

— Un tyran féodal, en d'autres termes.

— Ma foi, je n'aurais pas aimé être à sa place. Il devait passer la moitié de sa vie à s'arracher les cheveux à cause des problèmes d'argent. Je crois que cette propriété n'était déjà plus rentable quand il en a hérité. Je sais qu'il a vendu des terres aux alentours, tout au long des années vingt ; j'entends encore mon père dire que c'était comme de vouloir écoper un paquebot qui sombre. J'ai entendu dire qu'à sa mort il a laissé à l'Administration des dettes astronomiques ! Comment cette famille tient encore le coup, ça, c'est un vrai mystère.

— Et l'accident de Roderick ? m'enquis-je. Sa jambe m'a paru dans un triste état. Je me demandais si quelques séances d'électrothérapie pourraient lui faire du bien – à condition qu'il me laisse l'approcher assez près pour ça. On dirait un peu qu'ils s'enorgueillissent de vivre à la manière des Brontë, fiers et isolés, préférant cautériser eux-mêmes leurs plaies, etc. Cela vous ennuierait que je le lui propose ?

— Allez-y, allez-y, fit Graham avec un haussement d'épaules. Comme je vous l'ai dit, ils ne m'ont pas appelé depuis si longtemps que je ne peux même plus me prétendre leur médecin de famille. Je me souviens de sa blessure : une vilaine fracture ouverte, mal réduite. Quant aux brûlures, elles parlent d'elles-mêmes. » Il prit encore quelques bouchées, puis se fit pensif. « Je pense qu'il y avait aussi chez lui quelques troubles nerveux, quand il est rentré. »

Voilà qui était nouveau. « Vraiment ? Ça ne devait pas être trop sérieux. En tout cas, il a l'air fort détendu, à présent.

— Eh bien, c'était quand même assez grave pour qu'ils tiennent à rester discrets sur le sujet. Mais il est vrai que toutes ces familles sont très susceptibles. Je ne me souviens pas que Mrs Ayres ait même fait venir une infirmière. Elle s'est occupée elle-même de Roderick, puis a fait revenir Caroline pour l'aider, à la fin de la guerre. Caroline s'en sortait très bien de son côté, elle travaillait pour les auxiliaires de la Marine, ou chez les WAAFS, je ne sais plus. Une fille remarquable. »

Il disait « une fille remarquable », exactement comme j'avais entendu d'autres personnes le dire quand il était question de Caroline Ayres, et je savais que, comme pour tout le monde, ce terme était plus ou moins un euphémisme pour ne pas dire « quelconque ». Je ne répondis rien, et nous terminâmes le pudding en silence. Anne reposa sa cuiller dans sa soucoupe, puis se leva pour aller fermer une fenêtre ; c'était un dîner tardif, et nous avions allumé une bougie sur la table ; le crépuscule descendait, et des phalènes voletaient autour de la flamme.

« Vous souvenez-vous de leur première fille ? demanda-t-elle en se rasseyant. Susan, la petite qui est morte ? Très jolie, comme sa mère. J'étais allée à son anniversaire, pour ses sept ans. Ses parents lui avaient offert une bague en argent, sertie d'un vrai diamant. Oh mon Dieu, j'en étais malade de jalousie. Et quelques semaines plus tard, elle était morte… La scarlatine, je crois ? Je sais que c'était un truc comme ça. »

Graham s'essuyait la bouche avec sa serviette. « Ce n'était pas plutôt la diphtérie ? »

Elle fit la grimace. « Si, c'est ça. Quelle horreur… Je me rappelle l'enterrement. Avec le petit cercueil, et toutes ces fleurs. Des masses, des masses de fleurs. »

Je me souvins alors que j'y étais, moi aussi. Je me revoyais immobile avec mes parents sur le trottoir de la grande rue de Lidcote, regardant le cercueil passer. Je revoyais Mrs Ayres, jeune, voilée d'épais crêpe noir, comme une sinistre mariée. Je revoyais ma mère qui pleurait doucement ; mon père, la main posée sur mon épaule ; moi dans mon nouvel uniforme d'écolier, tout raide et dégageant une odeur acide de tissu neuf.

Pour quelque raison, cette pensée m'accabla plus qu'elle n'aurait dû. Anne et la bonne débarrassèrent la table, et Graham et moi restâmes seuls, à discuter travail ; ce qui acheva de me déprimer. Graham était plus jeune que moi, mais s'en sortait mieux : il avait pris un cabinet en tant que fils de médecin, avec de l'argent et une réputation déjà établie. Moi, j'étais arrivé comme une sorte de stagiaire auprès de l'associé de son père, le Dr Gill – ce « personnage », comme Roderick l'avait décrit en termes surannés ; en réalité un vieil homme parfaitement oisif qui, sous prétexte de me chaperonner, m'avait laissé racheter le cabinet à la sueur de mon front, durant de longues, longues années, pénibles et mal payées. Gill avait pris sa retraite avant la guerre et vivait dans une charmante maison à colombages non loin de Stratford-on-Avon. Ce n'est que récemment que j'avais commencé à dégager des bénéfices. À présent, avec la menace de l'Assurance maladie, les cabinets privés semblaient condamnés à disparaître. En outre, tous mes patients les plus démunis auraient bientôt la possibilité de me quitter pour s'inscrire chez un autre praticien, réduisant d'autant mes revenus. J'avais déjà passé quelques nuits blanches à ruminer tout cela.

« Je vais tous les perdre, dis-je soudain à Graham, les coudes posés sur la table, me frottant le visage d'une main lasse.

— Ne soyez pas idiot. Ils n'ont pas plus de raison de vous quitter que de me quitter moi – ou Seeley, ou Morrison.

— Morrison leur prescrit tout le sirop et les sels de magnésie qu'ils veulent. Ils aiment ça. Seeley a pour lui ses bonnes manières, ses attentions envers les dames. Un jeune gars bien propre, séduisant, d'une bonne famille ; ça aussi, ils aiment. Moi, ils ne m'aiment pas. Ils ne m'ont jamais aimé. Ils n'ont jamais su où me situer. Je ne chasse pas, je ne joue pas au bridge ; mais je ne joue pas non plus aux fléchettes ni au football. Je ne suis pas assez chic pour la gentry — et pas assez chic pour les ouvriers. Ils veulent tous pouvoir admirer leur médecin. Ils n'ont pas envie que ce soit un type comme eux.

— Oh, vous dites des sottises. Tout ce qu'ils veulent, c'est un type qui connaisse son boulot ! Ce qui est largement votre cas. À la limite, vous péchez par excès de conscience professionnelle. Vous avez trop le temps de vous faire du souci. Vous devriez vous marier ; ça vous ferait le plus grand bien. »

J'éclatai de rire. « Juste ciel ! J'ai déjà peine à subvenir à mes besoins, alors vous me voyez avec une femme et des enfants ! »

Il avait entendu cela cent fois mais, indulgent, me laissa grommeler tout mon saoul. Anne apporta du café, et nous discutâmes jusqu'à presque onze heures du soir. Je serais bien resté encore mais, devinant qu'ils n'avaient guère de temps pour eux seuls, je finis par faire mes adieux. Leur maison est située à l'opposé du village par rapport à la mienne, soit à dix minutes de marche ; la nuit était encore si calme, si chaude que je pris le chemin des écoliers, d'un pas tranquille, m'arrêtant pour allumer une cigarette puis, ôtant ma veste, continuai en bras de chemise, cravate dégrafée.

Le rez-de-chaussée de ma maison est dévolu à ma pratique, cabinet de consultation, bureau et salle d'attente, la cuisine et le salon se trouvent à l'étage, et ma chambre sous le toit. C'était, comme je l'avais dit à Caroline Ayres, un endroit très quelconque. Je n'avais jamais eu le temps ni l'argent pour le rafraîchir, et il avait gardé la même décoration déprimante que j'avais trouvée en m'y installant — murs couleur moutarde et papier peint à motifs en relief —, ainsi qu'une cuisine étroite, peu pratique. Une femme à la journée, Mrs Rush, faisait le ménage et préparait mes repas. Quand je ne voyais pas de patients, je passais le plus clair de mon temps au rez-de-chaussée, à rédiger des ordonnances, à lire ou écrire assis à mon bureau. En rentrant, je me dirigeai droit vers mon cabinet pour revoir mon programme de la journée du lendemain et préparer ma sacoche ; et ce n'est qu'en ouvrant celle-ci, mon regard tombant sur le petit paquet de papier kraft, que je me rappelai la photo que Mrs Ayres m'avait offerte à Hundreds Hall. Je défis le papier, examinai de nouveau le cliché ; puis, toujours perplexe quant à cette bonne d'enfants blonde, et souhaitant comparer son visage avec d'autres photos que j'avais, je l'emportai à l'étage. Dans un des placards de ma chambre, une boîte à biscuits en fer recelait papiers et souvenirs de famille rassemblés par mes parents. Je l'exhumai et, l'ayant posée sur le lit, commençai d'inventorier son contenu.

Je n'avais plus ouvert cette boîte depuis des années, et j'avais oublié ce qu'elle renfermait. Je constatai avec surprise que la plupart des papiers et diverses babioles concernaient mon propre passé. Mon acte de naissance par exemple, accompagné d'une espèce de brochure à caractère pieux ; une enveloppe brune, molletonnée, révéla deux de mes dents de lait et une mèche de mes cheveux, bébé, incroyablement doux et blonds ; ensuite, un fouillis de médailles de scoutisme et de natation, des certificats de scolarité, des bulletins scolaires, des diplômes de remise de prix – tout cela en vrac, de sorte qu'un article de journal à demi déchiré annonçant mon diplôme de fin d'études, à la sortie de l'école de médecine, s'était accroché à une lettre de mon premier professeur principal, me recommandant « avec ferveur » pour une bourse à Leamington College. Il y avait même, et je fus effaré de la voir, cette fameuse médaille qui m'avait été remise à Hundreds Hall par une Mrs Ayres toute jeune. On l'avait soigneusement enveloppée dans du papier de soie, et elle me tomba dans la paume, lourde, avec son ruban aux couleurs fraîches, comme neuf, la surface de bronze à peine ternie par le temps.

Mais de la vie de mes parents, très peu de témoignages, comme je m'en aperçus avec un léger choc. J'imagine qu'il n'y avait simplement pas grand-chose à garder. Deux ou trois cartes postales sentimentales, datant de la guerre, couvertes d'une écriture appliquée, neutre, truffée de fautes ; une pièce de monnaie porte-bonheur, avec un trou percé en son centre pour y passer un cordon ; un petit bouquet de violettes en papier – et c'était à peu près tout. Il m'avait semblé me souvenir de photos, mais il n'y en avait qu'une, format carte postale, toute passée, aux coins enroulés. Elle avait été prise dans la tente d'un photographe, lors d'une kermesse de campagne, et montrait mes parents en couple d'amoureux, posant devant un décor extravagant de montagnes grandioses, dans un panier à linge de corde censé être la nacelle d'une montgolfière.

Je posai le cliché à côté du groupe photographié à Hundreds, mon regard passant de l'un à l'autre. Mais, compte tenu de l'angle qu'avait le visage de ma mère montgolfiériste et de la plume fatiguée qui retombait de son chapeau, je n'arrivais pas à en savoir plus, et je finis par abandonner. La photo prise à la kermesse, elle aussi, avait commencé de m'émouvoir ; et, en parcourant de nouveau les papiers, les articles découpés célébrant mes propres succès, en pensant au soin et à la fierté avec lesquels mes parents les avaient préservés, je me sentis honteux. Mon père avait accumulé les dettes pour mon éducation. Dettes qui avaient probablement ruiné sa santé ; et qui avaient presque certainement contribué à affaiblir celle de ma mère. Et tout cela pour quel résultat ? J'étais médecin, un bon médecin sans histoire. Dans un autre contexte, j'aurais pu être mieux que bon. Mais j'avais commencé ma carrière lesté de mes propres dettes, et après quinze ans passés dans le même petit cabinet de campagne, j'attendais encore de gagner ma vie correctement.

Je ne me suis jamais vu comme un insatisfait. J'ai toujours été trop occupé pour laisser à l'insatisfaction le temps de faire son trou. Mais j'ai parfois connu des heures sombres, des accès de cafard terribles quand je voyais ma vie, inscrite d'avance, là, devant moi, aussi sèche, aussi creuse et insignifiante qu'une noix gâtée ; et c'est une de ces crises qui me saisit soudain. J'oubliai les modestes mais nombreux succès que j'avais connus professionnellement, pour ne plus voir que les échecs : les erreurs de diagnostic, les occasions ratées, les manques d'audace et les déceptions. Je pensai à mes années de guerre dont il n'y avait rien à dire — passées ici, dans le Warwick-shire, tandis que mes collègues plus jeunes, Graham et Morrison, s'engageaient dans les parachutistes. Je ressentais le vide des pièces au-dessous, et me souvins d'une jeune fille dont j'étais éperdument amoureux, quand j'étais étudiant en médecine : une fille issue d'une bonne famille de Birmingham, dont les parents ne m'avaient pas considéré comme un parti convenable, et qui m'avait finalement laissé choir pour un autre homme. Après être tombé de si haut, j'avais quelque peu tourné le dos à l'aspect sentimental de l'exis-tence, et les quelques histoires que j'avais eues depuis, je les avais vécues sans conviction. À présent, ces étreintes sans passion me reve-naient, dans toute leur crudité aride, mécanique. Je sentis monter une vague de dégoût envers moi-même, et de pitié pour ces femmes.

La chaleur était étouffante sous le toit. J'éteignis la lampe, allumai une cigarette et m'étendis là, au milieu des photos, papiers et souvenirs jonchant le lit. La fenêtre était ouverte, le rideau tiré. Il n'y avait pas de lune, mais l'obscurité était celle, inconfortable, de la nuit d'été, toute grouillante de mouvements et de bruits presque imperceptibles. Mon regard s'y perdit ; et, comme une étrange image-reflet de ma journée, je vis apparaître Hundreds Hall. Je vis ses vastes espaces frais, pleins de parfums, la lumière versée entre ses murs comme un vin clair dans un verre. Et je visualisai ses habitants, tels qu'ils devaient être en cet instant : Betty dans sa chambre, Mrs Ayres et Caroline dans la leur, Roderick dans la sienne...

Je demeurai un long moment ainsi, les yeux ouverts, immobile, la cigarette se consumant lentement, devenant cendre entre mes doigts.

II

Ma crise de cafard passa avec la nuit ; au matin, je l'avais presque
oubliée. Ce jour-là commença une brève période d'intense activité
pour Graham et moi, car avec la chaleur s'était déclenchée dans la
région toute une série de petites épidémies, et une vilaine fièvre esti-
vale commençait de se répandre dans les villages alentour. Un enfant
déjà délicat était très atteint, et je lui consacrai beaucoup de temps,
passant le voir jusqu'à trois fois par jour, jusqu'à ce qu'il aille mieux.
Ce n'était pas une question d'argent : c'était un patient mutualisé,
ce qui signifiait que je ne recevais qu'une poignée de shillings pour
le soigner, lui et ses frères et sœurs, au long d'une année entière.
Mais je connaissais bien sa famille, j'aimais beaucoup ces gens, et je
fus heureux de le voir se remettre ; ses parents me témoignèrent une
reconnaissance touchante.

Avec tout cela, je me souvins de justesse d'envoyer l'ordonnance
de Betty au Hall, mais n'eus pas d'autre contact avec elle ni avec les
Ayres. Lors de ma tournée, je continuais de passer devant le mur de
Hundreds, et me surprenais de temps en temps à songer avec une
sorte de tristesse au terrain devenu jungle qui s'étendait au-delà,
avec au beau milieu cette pauvre maison négligée qui s'enfonçait
lentement dans sa déréliction. Mais tandis que nous passions le plus

chaud de l'été, et que la saison commençait de décliner, je me surpris à ne plus guère y penser. Ma visite chez les Ayres me parut bientôt vaguement irréelle – comme un rêve marquant, mais que l'on sait n'être qu'un rêve.

Puis, un soir de la fin août – soit plus d'un mois après la visite que j'avais rendue à Betty –, je roulais dans la campagne, du côté de Lidcote, quand j'aperçus un grand chien noir qui flairait la poussière de la route. Il devait être sept heures environ. Le soleil était encore assez haut, mais le ciel commençait de rosir ; j'avais fini mes consultations au cabinet et me rendais chez un patient, dans un des villages voisins. En entendant ma voiture, le chien se mit à aboyer, et comme il levait la tête et avançait, je remarquai son pelage grisonnant et reconnus le vieux labrador de Hundreds, Gyp. Une seconde plus tard, j'aperçus Caroline. Elle se tenait tout au bord de la route, du côté de l'ombre. Sans chapeau, jambes nues, elle tendait le bras vers un buisson – et avait si bien réussi à se frayer un passage entre les branches que, sans la présence de Gyp, je serais passé sans même la remarquer. En approchant, je la vis semoncer le chien et lui faire signe de se taire ; elle tourna la tête vers ma voiture, plissant les paupières pour se protéger, probablement, de l'éclat du soleil sur le pare-brise. Je vis alors qu'elle portait un sac en bandoulière et tenait à la main un mouchoir à pois, fermé comme un baluchon de cheminot. Arrivé à sa hauteur, je freinai et l'appelai par la fenêtre ouverte.

« Vous vous êtes enfuie de la maison, Miss Ayres ? »

Elle me reconnut alors et, souriant, commença de s'extraire maladroitement des branchages, levant la main pour détacher ses cheveux prisonniers des ronces, avant de rejoindre d'un bond la route poussiéreuse. Elle épousseta sa robe – la même robe de coton peu seyante qu'elle portait la dernière fois que je l'avais vue. « J'étais au village, pour faire des courses pour ma mère. Et puis je me suis laissé détourner du chemin. Regardez. »

Elle ouvrit son ballot avec précaution, et je me rendis compte que ce que j'avais pris pour des pois imprimés sur le mouchoir était en fait des taches de jus violacé ; elle avait doublé le tissu avec des feuilles de patience et le remplissait de mûres. Elle cueillit pour moi une des plus grosses et souffla légèrement dessus pour en ôter la poussière, avant de me la tendre. Je la mis dans ma bouche et sentis le fruit se briser entre ma langue et mon palais, tiède comme du sang, d'une douceur extraordinaire.

« Elles sont délicieuses, n'est-ce pas ? » fit-elle. Elle m'en tendit une autre, puis en prit une pour elle-même. « Mon frère et moi venions en cueillir ici, quand nous étions petits ; c'est le meilleur coin pour les mûres, dans tout le comté, je ne sais pas pourquoi. Ailleurs, tout peut être sec comme le Sahara, mais ici, elles sont toujours parfaites. Il doit y avoir une source ou quelque chose comme ça. »

Elle porta un pouce à la commissure de ses lèvres pour attraper un ruisselet de jus sombre, puis fronça les sourcils, faussement contrariée. « Mais c'est là un des secrets de famille des Ayres, et je n'aurais pas dû tant parler. À présent, j'ai bien peur de devoir vous tuer. Ou bien jurez-vous de garder cette information pour vous ?

— Je le jure.

— Sur l'honneur ?

— Sur l'honneur », affirmai-je en riant.

L'air méfiant, elle me tendit une autre mûre. « Mon Dieu, j'imagine que je suis contrainte de vous faire confiance. Ce doit être terriblement grave d'assassiner un médecin, après tout ; juste un peu moins que de tuer un albatros. Et puis sans doute très difficile, car vous devez connaître toutes les astuces et toutes les parades. »

Elle ramena ses cheveux en arrière, apparemment contente de pouvoir bavarder un peu, immobile à environ un mètre de ma portière, grande, solide sur ses jambes un peu épaisses ; conscient du moteur qui tournait au ralenti, gaspillant autant d'essence, je coupai le contact. L'auto parut s'affaisser, comme soulagée, et je ressentis alors la moiteur lourde, sirupeuse, épuisante de l'été. Des champs, assourdis par la chaleur et la distance, nous parvenaient les grincements et claquements des machines agricoles, accompagnés de cris et d'appels. Par ces soirées de fin août, les moissonneurs profitaient de la fraîcheur de la nuit pour travailler jusqu'à onze heures passées.

Caroline cueillit un nouveau fruit. « Vous n'avez pas demandé de nouvelles de Betty, fit-elle, penchant la tête.

— J'allais le faire. Comment va-t-elle ? Plus de problèmes ?

— Plus du tout ! Elle a passé toute une journée au lit, puis a connu une guérison miraculeuse. Depuis, nous faisons de notre mieux pour la faire se sentir davantage chez elle. Nous lui avons dit qu'elle n'était pas obligée de passer par l'escalier du fond si elle ne l'aime pas. Et Roddie lui a déniché une petite radio ; ce qui l'a enchantée au-delà du dicible. Apparemment, ils avaient une radio à la maison, mais elle a été brisée au cours d'une dispute quelconque. Maintenant, il faut aller jusqu'à Lidcote une fois par semaine, pour faire recharger la pile ; mais nous pensons que ça en vaut la peine, s'il faut ça pour la contenter… Dites-moi la vérité, quand même. Ce médicament que vous lui avez prescrit, c'est une pure plaisanterie, n'est-ce pas ? Est-ce qu'elle a *vraiment* eu quelque chose ?

— Je ne peux absolument pas vous le dire, répondis-je d'un ton supérieur. Secret médical, n'est-ce pas. En outre, vous pourriez m'attaquer pour faute professionnelle.

— Ha ha. » Son visage s'assombrit. « Trop facile. Nous ne pourrions pas nous offrir les services d'un avocat… »

Elle détourna la tête, comme Gyp laissait échapper trois aboiements brefs, furieux. Pendant que nous parlions, il avait continué de flairer l'herbe du bas-côté, et soudain ce fut un battement d'ailes frénétique de l'autre côté de la haie et il disparut par une trouée dans les buissons.

« Il chasse un oiseau, dit Caroline. Quel vieil idiot. C'étaient nos oiseaux, autrefois, vous savez ; maintenant, ce sont ceux de Mr Milton. Il ne va pas apprécier, si Gyp attrape une perdrix. Gyp ! Gyppo ! Reviens ! Reviens *tout de suite*, sale bête ! »

Me tendant vivement le ballot de mûres, elle s'élança à sa poursuite. Je l'observai qui se penchait dans la haie, écartant les ronces et appelant son chien, apparemment sans crainte des araignées ni des épines auxquelles ses cheveux châtains s'accrochaient de plus belle. Il lui fallut deux minutes pour récupérer l'animal, et le temps que celui-ci revienne en trottant vers la voiture, l'air extrêmement fier de lui, sa langue rose pendant hors de sa gueule ouverte, je m'étais souvenu du patient qui m'attendait et annonçai qu'il me fallait repartir.

« Eh bien, prenez quelques mûres, alors », dit-elle aimablement, tandis que je lançais le moteur. Mais en la voyant commencer à trier les baies, il m'apparut que ma route me conduisait plus ou moins dans la direction de Hundreds et, la maison se trouvant encore à cinq bons kilomètres de distance, je proposai de la déposer en chemin. J'hésitai à le faire, ne sachant pas si elle accepterait ; toute autre considération mise à part, elle semblait parfaitement à son aise, là, sur cette route de campagne poussiéreuse, un peu comme un vagabond ou un romanichel. Elle sembla également hésiter – mais il apparut qu'elle ne faisait que réfléchir à ma proposition. « Avec grand plaisir, dit-elle enfin, jetant un coup d'œil à sa montre-bracelet. Et si vous voulez bien me déposer à l'entrée du chemin de la ferme, plutôt qu'à la grille du parc, je vous en serai encore plus reconnaissante. Mon frère est là-bas. J'allais le laisser travailler seul, mais je pense qu'il ne serait pas mécontent d'avoir un peu d'aide ; c'est généralement le cas. »

Je dis que j'en serais ravi. J'ouvris la portière passager pour laisser Gyp bondir à l'arrière ; quand il eut suffisamment tourné et retourné sur lui-même avant de s'affaler, elle rabattit le siège avant et s'installa à mes côtés.

Comme elle s'asseyait, je sentis la voiture s'affaisser légèrement, les amortisseurs grincer sous le poids de son corps, et je déplorai soudain d'avoir un véhicule si petit et si vieux. Toutefois, elle parut ne pas s'en formaliser. Elle posa la sacoche à plat sur ses genoux, le ballot de mûres par-dessus, et laissa échapper un soupir de satisfaction, apparemment heureuse de pouvoir s'asseoir. Elle portait ses sandales à talon plat, et ses jambes nues n'étaient toujours pas rasées ; chaque minuscule poil était recouvert de poussière, comme un cil passé au rimmel.

Une fois en route, elle me tendit encore une mûre, mais cette fois je secouai la tête, ne souhaitant pas dévorer toute sa récolte. Elle en prit une elle-même, et je lui demandai des nouvelles de sa mère et de son frère.

« Maman va très bien, répondit-elle en déglutissant. C'est gentil de me poser la question. Elle a été très heureuse de faire votre connaissance. Elle adore savoir qui est qui, dans le comté. Nous sortons beaucoup moins qu'autrefois, voyez-vous, et elle préfère recevoir le moins possible, compte tenu de l'état lamentable de la maison, elle se sent donc un peu coupée du monde. Quant à Roddie, il va… ma foi, il va comme il va toujours, il travaille trop, il ne mange pas assez… Sa jambe, c'est un vrai problème.

— Oui, je me suis posé la question.

— Je ne sais pas jusqu'à quel point elle le tourmente. Beaucoup, j'imagine. Il dit qu'il n'a pas le temps de se faire soigner. Ce qu'il veut dire en réalité, je suppose, c'est que nous n'avons pas l'argent pour ça. »

C'était la deuxième fois qu'elle faisait allusion à l'argent, mais il n'y avait plus trace d'aucune mélancolie dans sa voix, son ton était pragmatique, elle constatait. « La situation est à ce point mauvaise ? » demandai-je en rétrogradant dans un virage. Et comme elle ne répondait pas tout de suite : « Vous êtes froissée de ma question ?

— Non, cela m'est égal. Je songeais simplement à quoi vous répondre… Elle est assez grave, pour être honnête. Jusqu'à quel point, je n'en sais rien, parce que c'est Rod qui s'occupe de tous les comptes, et il est assez secret. Tout ce qu'il dit, c'est qu'il va réussir à nous sortir de là. Nous essayons tous les deux de cacher la vérité à Maman, mais elle doit bien se rendre compte que la vie à Hundreds ne sera plus jamais ce qu'elle a été. Nous avons déjà perdu trop de terres. La ferme constitue plus ou moins notre unique source de revenus, à présent. Et puis le monde a changé, n'est-ce pas ? C'est pour ça que nous tenions tellement à garder Betty. Je ne peux pas vous dire à quel point c'est important pour Maman de pouvoir sonner une domestique, comme autrefois, au lieu de devoir crapahuter nous-mêmes à la cuisine pour chercher un pichet d'eau chaude ou je ne sais quoi. Ce genre de chose signifie beaucoup. Nous avions de nombreux domestiques à Hundreds, vous voyez, jusqu'à la guerre. »

Là encore, son ton était neutre, factuel ; comme si elle parlait à quelqu'un de son milieu. Mais elle demeura silencieuse un instant, puis remua sur son siège, l'air mal à l'aise, et ajouta d'une voix changée : « Mon Dieu, comme vous devez nous trouver futiles. Je suis navrée.

— Pas du tout », dis-je.

Mais ce qu'elle avait impliqué était assez clair, et son embarras évident ne fit que m'embarrasser à mon tour. La route que nous avions prise, aussi, était une route que je me souvenais avoir souvent empruntée quand j'étais enfant, à cette même époque de l'année – quand j'apportais le « casse-croûte » de midi, pain et fromage, à mes oncles qui aidaient à la moisson sur les terres de Hundreds. Ces hommes auraient sans aucun doute trouvé incroyable de me voir, trente ans plus tard, médecin diplômé, roulant sur cette même route, dans ma propre automobile, avec la fille du châtelain assise à mes côtés. Mais je me sentais soudain submergé par un sentiment absurde de maladresse et de mensonge – comme si mes ancêtres laboureurs, apparus devant moi en cet instant, avaient percé à jour l'imposteur que j'étais, et avaient ri de moi.

Je ne dis donc plus rien pendant un moment, ni Caroline d'ailleurs ; toute notre légèreté semblait avoir disparu. C'était fort dommage, car la promenade était agréable entre les buissons fleuris, parfumés, constellés d'églantiers, de valériane rouge et de chèvrefeuille d'un blanc crémeux. Là où les haies s'ouvraient sur une barrière, on apercevait les champs au-delà, certains déjà hérissés d'éteules entre lesquelles picoraient les freux, d'autres encore couverts de blé pâle, ponctué des taches de sang des coquelicots.

Nous arrivâmes à l'entrée de l'allée de la ferme de Hundreds, et je ralentis pour m'y engager. Mais Caroline se raidit, comme prête à descendre là.

« Ne vous donnez pas la peine de m'emmener jusqu'au bout. C'est à deux pas.

— Vous en êtes sûre ?

— Tout à fait.

— Bon, très bien. »

Je supposai qu'elle en avait assez de moi ; et je ne pouvais pas le lui reprocher. Mais quand j'eus serré le frein à main, laissant le moteur tourner au ralenti, elle tendit le bras pour ouvrir la portière, puis s'immobilisa, la main posée sur la poignée. Elle se tourna vers moi. « Merci mille fois de m'avoir accompagnée, docteur Faraday, fit-elle d'une voix mal assurée. Je suis navrée d'avoir dit tellement de bêtises. Vous devez penser ce que pensent la plupart des gens en voyant Hundreds dans l'état où elle est aujourd'hui : que nous sommes fous à lier de continuer à y vivre, d'essayer de maintenir les lieux tels qu'ils étaient ; que nous devrions... laisser tomber. En vérité, voyez-vous, nous savons très bien quelle chance nous avons eue de simplement vivre là. Nous sommes obligés de garder l'endroit plus ou moins en état, de remplir notre part du contrat, en quelque sorte. Et ce peut être une pression terrible, quelquefois. »

Son ton était simple, d'une grande sincérité, et je me rendis soudain compte qu'elle avait une voix très agréable, basse et mélodieuse – la voix d'une femme beaucoup plus séduisante, de sorte qu'elle me frappa d'autant plus, là, dans cette chaude lumière du crépuscule qui baignait l'intérieur de la voiture.

Mes sentiments mêlés commencèrent de s'exprimer. « Je ne pense pas une seconde que vous soyez fous, Miss Ayres. Je souhaiterais simplement pouvoir faire quelque chose pour alléger le fardeau qui pèse sur votre famille. Ce doit être le médecin qui parle en moi, j'imagine. La jambe de votre frère, par exemple. Je me suis dit que, si je pouvais l'examiner soigneusement… »

Elle secoua la tête. « C'est très gentil à vous. Mais j'étais sérieuse, il y a un instant, quand j'ai dit que nous n'avons pas l'argent pour un traitement.

— Et si l'on oubliait les honoraires ?

— Ma foi, ce serait encore plus gentil ! Mais je ne pense pas que mon frère l'entendrait de cette oreille. Il fait preuve d'une espèce d'orgueil mal placé, quand il s'agit de ces choses-là.

— Ah… mais il y a peut-être moyen de contourner ça, aussi… »

Depuis mon passage à Hundreds, j'avais gardé cette vague idée derrière la tête ; soudain, en en parlant, elle prenait forme d'elle-même. Je lui racontai les succès que j'avais connus par le passé en utilisant l'électrothérapie pour traiter des dégâts musculaires tout à fait comparables à ceux de son frère. Je lui expliquai qu'on ne trouvait guère les bobines d'induction que dans des services spécialisés, où l'on avait tendance à les utiliser sur les blessures récentes, mais que mon idée était qu'elles pouvaient avoir une application beaucoup plus large.

« Il faut convaincre les médecins généralistes, dis-je. Ils ont besoin de preuves. J'ai chez moi le matériel nécessaire, mais je rencontre rarement de cas qui justifie qu'on l'utilise. Si j'avais le bon patient, et consignais par écrit les avancées du traitement, au fur et à mesure, pour en faire un article – eh bien somme toute, c'est le patient qui me rendrait une espèce de service. Et je ne songerais même pas à lui faire payer quoi que ce soit. »

Elle plissa les paupières. « Je commence à voir se dessiner les contours d'un magnifique arrangement.

— Exactement. Votre frère n'aurait même pas à se rendre à mon cabinet : l'appareil est parfaitement transportable, je pourrais l'apporter au Hall. Bien sûr, je ne peux pas garantir à cent pour cent la guérison. Mais si je réussissais à lui administrer des séances à raison de, disons, une fois par semaine pendant deux ou trois mois, il est possible que cela lui fasse un bien énorme… Qu'en pensez-vous ?

— J'en pense que c'est une idée superbe ! fit-elle, l'air sincèrement enchanté. Mais vous ne craignez pas de perdre votre temps ? Il y a certainement des cas qui le mériteraient davantage.

— Votre frère me semble largement le mériter. Et quant à perdre mon temps – mon Dieu, pour être tout à fait honnête, je ne pense pas que cela nuise à mon image à l'hôpital du district, que l'on me voie tenter d'innover, en prenant une initiative de cette nature. »

Tout cela était vrai ; mais si j'avais été parfaitement honnête dans ma proposition, j'aurais pu ajouter que j'avais également l'espoir d'impressionner la gentry de la région – qui, entendant peut-être parler de ma réussite auprès de Roderick Ayres, daignerait éventuellement, au bout de vingt ans, envisager de faire appel à moi pour s'occuper de ses maux… Nous en discutâmes pendant encore une ou deux minutes, le moteur tournant toujours au ralenti ; et, de plus en plus enthousiaste au fur et à mesure que je développais ma théorie, elle finit par dire : « Écoutez, si vous veniez avec moi jusqu'à la ferme, pour expliquer tout ceci à Roddie, directement ? »

Je jetai un coup d'œil à ma montre. « Ma foi, j'ai promis de passer voir mon patient.

— Oh, il ne peut pas attendre un petit peu ? Un patient, cela doit faire preuve de patience, après tout. Comme son nom l'indique… Juste cinq minutes, le temps de lui expliquer la chose ? Simplement de lui répéter ce que vous venez de me dire. »

Elle parlait à présent comme une gamine tout excitée, et il était difficile de lui résister. « D'accord », dis-je enfin, et je lançai la voiture sur le chemin de terre. Après un petit trajet tout de creux et de bosses, nous arrivâmes dans la cour pavée. Devant nous s'élevait la ferme de Hundreds, une lugubre construction victorienne. À notre gauche se trouvaient l'étable et les bâtiments de traite. Nous étions visiblement arrivés à la fin de celle-ci, car il ne restait plus qu'un petit groupe de vaches à attendre, agitées, visiblement mécontentes qu'on les fasse sortir de leur étable. Les autres — une cinquantaine à première vue — se trouvaient déjà parquées dans un enclos, à peine visibles de l'autre côté de la cour.

Nous descendîmes de voiture avec Gyp et commençâmes de traverser la cour, en choisissant les pavés où poser le pied. C'était chose malaisée : toutes les cours de ferme sont sales, par définition, mais celle-ci était plus infecte que la plupart, la boue et la bouse avaient été généreusement labourées par les sabots, puis s'étaient durcies en crêtes et ornières au long de cet été chaud et sec. Le bâtiment, quand nous l'atteignîmes, se révéla être un vieux hangar de bois dans un état de déréliction assez évident, d'où s'échappaient de chaudes bouffées de fumier et d'ammoniaque, comme d'une serre tropicale. Il n'y avait pas là de machine à traire, juste des seaux et des tabourets, et dans la première stalle nous découvrîmes le fermier, Makins, et son grand fils, chacun assis auprès d'une vache. Makins n'était pas originaire du comté, il était arrivé quelques années auparavant, mais je le connaissais de vue, un homme d'une cinquantaine d'années, au visage en lame de couteau, l'air toujours épuisé, l'image même du fermier qui ne compte pas sa peine. Caroline l'appela, et il nous adressa un signe de tête, me jetant un regard vaguement intrigué ; avançant encore dans le hangar, nous tombâmes sur Roderick, à ma grande surprise. J'aurais cru le trouver dans le corps principal de la ferme, ou occupé quelque part ailleurs sur l'exploitation, mais non, il était là, en train de traire avec les autres, le visage tout rouge de chaleur et d'effort, ses longues jambes fines repliées sous lui, le front pressé contre le flanc brun, poussiéreux de l'animal.

Il leva les yeux, cligna des paupières en me voyant — pas franchement content, me dis-je, d'être surpris à travailler ainsi, mais il parvint aisément à cacher ses sentiments. « Vous me pardonnerez, mais

je ne peux pas vous serrer la main ! » fit-il d'un ton léger. Puis il regarda sa sœur : « Tout va bien ?

— Tout va très bien, dit-elle. Le Dr Faraday souhaiterait te parler
de quelque chose, c'est tout.

— Bon, je n'en ai pas pour longtemps – allez, du calme, gros
machin. »

La vache dont il s'occupait avait commencé de s'agiter au son de
nos voix. Caroline me tira en arrière.

« Elles sont nerveuses, avec les étrangers. Moi, elles me connais-
sent. Cela ne vous ennuie pas, si je les aide ?

— Bien sûr que non », répondis-je.

Elle pénétra dans l'étable, enfila des bottes de caoutchouc et un
tablier de toile souillée, se déplaçant avec aisance au milieu des
animaux qui attendaient, puis en ramena une au bâtiment de traite,
l'installa dans la stalle voisine de celle de son frère. Les bras déjà nus,
elle n'avait pas à rouler ses manches, mais elle se lava les mains à un
robinet avant de les asperger de désinfectant ; puis elle apporta un
tabouret et un seau de zinc, les déposa à côté de la vache – la repoussant du coude pour la positionner correctement – et se mit au travail.
J'entendais les jets sonores du lait dans le seau de métal vide, voyais
le mouvement rapide et régulier de ses bras. M'écartant d'un pas,
j'aperçus, sous le vaste postérieur de la vache, l'éclair de ses mains
tirant sur les pis blancs, incroyablement élastiques.

Elle en termina avec l'animal et passa à un autre avant que
Roderick en ait fini avec le sien. Il emmena sa vache hors du bâtiment, vida son seau de lait mousseux dans une cuve métallique impeccablement récurée, puis vint vers moi et m'adressa un coup de
menton, en essuyant ses doigts sur son tablier.

« Qu'est-ce que je peux faire pour vous ? »

Je ne tenais pas à le distraire de son travail et lui expliquai brièvement ce que j'avais en tête, formulant la chose comme si c'était une faveur que je lui demandais, en lui expliquant qu'il m'aiderait à mener à bien une recherche d'importance... Le projet, toutefois, sonnait de manière moins convaincante que quand je l'avais développé pour sa sœur, dans la voiture, et il m'écouta avec sur le visage une expression sceptique, particulièrement quand je décrivis le principe électrique du traitement. « Je suis désolé, mais nous n'avons déjà pas assez de pétrole pour faire fonctionner le générateur durant la journée », dit-il, secouant la tête comme pour mettre un terme à l'entretien. Mais je lui assurai que le système était indépendant et s'alimentait sur sa propre batterie sèche. Je voyais Caroline qui nous observait et, quand elle en eut fini avec une autre vache, elle nous rejoignit et ajouta ses arguments aux miens. Roderick ne cessait de jeter des regards inquiets vers les dernières bêtes qui attendaient, impatientes, dans l'étable, et je pense qu'il finit par accepter l'idée simplement pour se débarrasser de nous. Dès qu'il le put, il se dirigea en boitant vers l'étable pour aller chercher une nouvelle vache à traire, et c'est Caroline qui fixa la date de ma venue.

« Je m'arrangerai pour qu'il soit là, murmura-t-elle. Ne vous inquiétez pas. » Puis, comme si l'idée lui venait soudain : « Et de votre côté, prévoyez assez de temps pour rester prendre le thé, n'est-ce pas ? Je sais que Maman voudra vous garder.

— Mais oui, dis-je, ravi, avec grand plaisir. Merci, Miss Ayres. »

Sur quoi elle prit une expression de douleur feinte, assez drôle. « Oh, appelez-moi Caroline, je vous en prie. Dieu sait que j'ai des années et des années devant moi pour me faire appeler la vieille Miss Ayres... Mais je continuerai à vous appeler docteur, si ça ne vous ennuie pas. C'est toujours délicat de transgresser ces barrières professionnelles, je ne sais pourquoi. »

Souriante, elle me tendit son avant-bras tout chaud, d'où émanait la douce odeur du lait ; et nous échangeâmes une poignée de main, là, dans l'étable, comme deux maquignons scellant un accord.

Le jour dont nous avions convenu était le dimanche suivant : encore une belle journée, avec quelque chose d'épuisé, une sécheresse dans l'air, un ciel lourd et embrumé de poussière de terre et de grain. La façade carrée, rouge du Hall m'apparut curieusement pâle et immatérielle tandis que je m'en approchais, et ce n'est que quand je me garai sur le gravier de la cour qu'il parut se dessiner nettement : de nouveau, je distinguai tous les signes de la déréliction et, encore plus que lors de ma première visite, j'eus le sentiment d'une maison en équilibre précaire. On pouvait voir, de manière douloureuse, tout à la fois le bâtiment superbe qu'il était encore récemment et la ruine qu'il était en passe de devenir.

Cette fois, Roderick avait dû guetter ma venue. La porte d'entrée s'ouvrit dans un raclement, et il apparut au sommet du perron tandis que je descendais de voiture. Comme je me dirigeais vers lui, ma sacoche dans une main et dans l'autre la bobine d'induction rangée dans sa mallette de bois, il fronça les sourcils.

« C'est ça, ce fameux appareil ? J'imaginais quelque chose de plus important. On dirait un truc pour mettre des sandwiches.

— Il est plus puissant que vous ne le croiriez.

— Ma foi, si vous le dites… Suivez-moi, je vous montre ma chambre. »

Sa manière de s'adresser à moi laissait supposer qu'il regrettait d'avoir accepté toute cette histoire. Il me précéda pourtant dans la maison, prenant à droite de l'escalier, cette fois, le long d'un nouveau couloir frais et plongé dans la pénombre. Il ouvrit la dernière porte en marmonnant : « C'est un peu le bazar là-dedans, j'en ai bien peur. »

J'entrai à sa suite, posai mes affaires ; puis je parcourus la pièce des yeux, un peu surpris. Lorsqu'il avait parlé de « chambre », j'avais tout naturellement visualisé une chambre à coucher ordinaire, mais c'était là une pièce immense — ou du moins elle me parut telle, car je ne m'étais pas encore tout à fait habitué à l'échelle de toute chose à Hundreds Hall – aux murs recouverts de lambris, au plafond orné de moulures en treillage, et pourvue d'une vaste cheminée de pierre de style gothique.

« C'était la salle de billard, autrefois, m'expliqua Roderick en voyant mon expression. C'est mon arrière-grand-père qui l'a aménagée. Il devait se prendre pour un baron ou quelque chose comme ça, vous ne pensez pas ? Mais nous avons perdu tout le matériel de billard il y a des années, et quand je suis rentré de la RAF – enfin, rentré de l'hôpital –, il m'a fallu pas mal de temps pour pouvoir monter l'escalier, donc ma mère et ma sœur ont eu l'idée de m'installer un lit ici. Je m'y suis si bien habitué qu'il ne m'a pas paru utile de retourner dormir à l'étage. C'est ici aussi que je travaille.

— Oui, dis-je, je vois. »

Je me rendis compte que c'était la pièce que j'avais entraperçue depuis la terrasse, au mois de juin. Elle était simplement un peu plus en désordre qu'elle ne m'avait semblé alors. Dans un coin, un lit peu engageant, au cadre métallique, avec une coiffeuse juste à côté, flanquée d'une antique table de toilette surmontée d'un miroir. Face à la cheminée gothique étaient placés deux vieux fauteuils de cuir, assez beaux mais forts éraflés et cédant aux coutures. Il y avait deux portes-fenêtres voilées de rideaux, l'une donnant sur les marches envahies de liseron qui descendaient jusqu'à la terrasse ; devant l'autre, brisant la ligne élégante de l'huisserie, Roderick avait installé un bureau et un fauteuil pivotant. De toute évidence, il avait choisi cet emplacement pour le bureau afin de bénéficier au mieux de la lumière du nord, mais ainsi disposé, sa surface bien éclairée – presque entièrement recouverte par une litière de papiers divers, registres, chemises cartonnées, manuels techniques, tasses de thé sales et cendriers débordants – il agissait sur le regard comme une sorte d'aimant, attirant l'œil sur lui de quelque point de la pièce où l'on se trouve. Ce bureau agissait également comme un aimant sur Roderick, mais d'une autre manière, car tout en me parlant il s'y était dirigé et s'employait à fouiller dans l'invraisemblable désordre qui le recouvrait. Il finit par trouver un bout de crayon puis, fouillant dans sa poche, il en tira un morceau de papier et se mit à recopier dans un registre ce qui me parut être une liste de sommes d'argent.

« Asseyez-vous, je vous en prie, fit-il par-dessus son épaule. J'en ai pour une seconde. Mais je viens d'arriver de la ferme, et si je ne note pas immédiatement ces sacrés chiffres, j'oublie, à tous les coups. »

Je m'assis donc, une ou deux minutes. Mais comme il ne faisait pas mine de me rejoindre, je me dis que je ferais aussi bien de préparer mon matériel et déposai la mallette entre les deux fauteuils de cuir râpé, puis l'ouvris et en tirai l'appareil. Je l'avais déjà souvent utilisé, et c'était un système fort simple, fait de câbles, d'une batterie sèche et d'électrodes métalliques ; toutefois, il avait une allure assez intimidante avec ses cosses et ses fils et, levant la tête, je vis que Roderick avait quitté son bureau pour l'examiner non sans angoisse.

« C'est un vrai petit monstre, fit-il, tiraillant sur sa lèvre. Vous voulez commencer tout de suite ?

— Mon Dieu, dis-je, m'immobilisant, les câbles emmêlés entre mes mains, je pensais que c'était prévu ainsi. Mais si vous ne préférez pas...

— Non, non, c'est parfait. Puisque vous êtes là, autant continuer. Je me déshabille, ou non ? Comment ça marche ? »

Je lui dis qu'il lui suffirait de rouler la jambe de son pantalon flottant, jusqu'au-dessus du genou. Il parut heureux de ne pas avoir à se déshabiller devant moi, mais une fois ôté sa chaussure de tennis et sa chaussette cent fois reprisée, et ayant retroussé son pantalon, il croisa les bras, détournant le regard.

« J'ai l'impression de passer une initiation pour devenir franc-maçon ! Il faut prêter serment, quelque chose comme ça ? »

Je me mis à rire. « Dans un premier, temps, vous devez simplement vous asseoir et me laisser vous examiner, si ça ne vous ennuie pas. Ça ne prendra pas longtemps. »

66

Il prit place dans le fauteuil et je m'accroupis devant lui, saisis doucement sa jambe abîmée, l'allongeant le plus droit possible. Comme le muscle se tendait, il laissa échapper un grognement de douleur.

« Ça va, vous supportez ? Malheureusement, je suis obligé de la faire bouger un peu, pour bien évaluer le problème. »

Sa jambe était mince dans ma main, couverte de poils noirs touffus, mais au-dessous la peau avait un aspect jaunâtre, exsangue, et en divers endroits du mollet et du tibia les poils faisaient place à des sillons et des arêtes glabres, rosées et luisantes. Le genou blanc et bulbeux, évoquant quelque tubercule étrange, était terriblement raide. Le muscle du mollet, faible et rigide, laissait sentir sous les doigts des nœuds de tissu induré. La cheville – que Roderick épuisait littéralement, compensant la carence de mouvement du haut de la jambe – paraissait enflée, enflammée.

« Plutôt moche, n'est-ce pas ? fit-il d'une voix plus basse, tandis que je faisais tourner jambe et cheville dans diverses positions.

— Eh bien, votre circulation sanguine est mauvaise, et il y a pas mal d'adhérences. Ce n'est pas formidable, non. Mais j'ai vu bien pire, croyez-moi… Et comme ça ?

— Ouille ! Horrible.

— Et là ? »

Il se rejeta brusquement en arrière. « Bon Dieu ! Mais qu'est-ce que vous faites, vous cherchez à me déboîter complètement, ou quoi ? »

Je repris sa jambe, doucement, et la remis dans sa position naturelle, puis passai un petit moment à la chauffer, simplement, et à malaxer le muscle rigide du mollet entre mes doigts. Puis je m'employai à l'équiper, trempant de solution saline de petits carrés de gaze avant de les fixer aux électrodes que je posai sur sa jambe, tenues par des bandes élastiques. Il se pencha pour me regarder faire, l'air soudain plus intéressé. Comme je procédais aux derniers réglages de l'appareil, il demanda d'une voix juvénile, « C'est le condensateur, c'est ça ? Oui, je vois. Et là, c'est pour couper le courant, je suppose… Dites donc, est-ce que vous avez un permis, pour utiliser ça ? Je ne vais pas avoir des étincelles qui sortent des oreilles, ou quelque chose comme ça ?

— J'espère bien que non. Mais disons que le dernier patient que j'ai traité ainsi économise une fortune en permanentes. »

Il cligna des paupières, inconscient du ton que j'avais pris et croyant une seconde que je parlais sérieusement. Puis il croisa mon regard – il le croisa véritablement pour la première fois depuis que j'étais arrivé, et peut-être pour la première fois tout court ; il finit par me « voir » – et sourit. Son sourire, en faisant se relever tous ses traits, métamorphosait son visage et faisait oublier ses cicatrices. La ressemblance entre lui et sa mère apparaissait alors.

« Vous êtes prêt ? » demandai-je.

Il fit une grimace, l'air plus juvénile que jamais. « On dirait, oui.

— Bon, on y va. »

J'appuyai sur le commutateur. Il poussa un jappement, sa jambe partant brusquement en avant dans un réflexe involontaire. Puis il se mit à rire.

« Ça ne fait pas mal ?

— Non. On dirait des milliers d'aiguilles, c'est tout. Et ça chauffe, maintenant ! C'est normal ?

— Parfait. Dites-moi quand la sensation de chaleur aura diminué, et je mettrai un peu plus de courant. »

Nous laissâmes passer cinq ou dix minutes ainsi, jusqu'à ce que la sensation de chaleur dans sa jambe ait un niveau constant, ce qui signifiait que le courant avait atteint son point maximum. Sur quoi je laissai l'appareil travailler tout seul et m'assis dans le deuxième fauteuil de cuir. Roderick se mit à fouiller dans sa poche de pantalon pour y prendre son tabac et son carnet de feuilles. Mais je ne supportais pas de le voir encore se rouler un de ces « clous de cercueil », donc je sortis mon étui et mon briquet, et nous prîmes chacun une vraie cigarette. Il tira une longue bouffée de la sienne, fermant les yeux et laissant sa tête s'incliner sur son cou mince.

« Vous avez l'air fatigué », dis-je avec sollicitude.

Immédiatement, il s'efforça de se redresser. « Tout va bien. Simplement, je me suis levé à six heures ce matin, pour la traite. Ce n'est pas si terrible, par ce temps, bien sûr ; c'est en hiver que l'on souffre… Et puis avoir Makins comme fermier, ce n'est pas un cadeau.

— Non ? Pourquoi cela ? »

De nouveau, il changea de position et me répondit non sans une certaine réticence. « Oh, je ne devrais pas me plaindre. Il en a vu, avec cette sacrée vague de chaleur : nous avons perdu du lait, nous avons perdu de la pâture, on a même dû entamer les réserves de fourrage de l'hiver prochain. Mais il veut toujours mille choses impossibles, et n'a aucune idée de la manière d'y parvenir. Tout cela me retombe sur les épaules, malheureusement. »

Je lui demandai de quel genre de choses il voulait parler.

« Eh bien, reprit-il avec toujours cette vague réticence dans la voix, sa grande idée, c'est de faire installer un branchement depuis la canalisation principale. Et tant que j'y serai, d'apporter l'électricité à la ferme. Il dit que, même si le puits se remplit de nouveau, la pompe est sur le point de rendre l'âme. Il veut que je la remplace ; et maintenant il s'est mis en tête que le bâtiment de traite est dangereux. Il veut que je le démolisse pour en construire un nouveau, en brique. Avec un bâtiment en brique et des trayeuses électriques, nous pourrions produire du lait certifié par le gouvernement et dégager plus de bénéfices. Il n'a que ça en tête. »

Il tendit la main vers un cendrier de métal posé sur une table à côté de lui, déjà rempli à ras bord de mégots semblables à des vers desséchés. Je me penchai et y fis également tomber la cendre de ma cigarette. « Ma foi, j'ai bien peur qu'il n'ait raison, pour le lait », dis-je.

Roderick se mit à rire. « Je sais bien qu'il a raison ! Il a raison de A à Z. Cette ferme est dans un état lamentable. Mais qu'est-ce que je peux y faire ? Vous ne pouvez pas débloquer un peu de capital ? ne cesse-t-il de me demander. Comme s'il avait lu ça dans un maga-zine et que la formule lui avait plu. Je lui ai honnêtement dit que Hundreds n'avait plus de capital à débloquer. Il ne veut pas me croire. Il nous voit vivre dans cette grande demeure ; il s'imagine que nous dormons sur des lingots. Il ne nous voit pas crapahuter la nuit avec des bougies et des lanternes, parce qu'on n'a plus de pétrole pour le générateur. Il ne voit pas ma sœur en train de frotter les carrelages et faire la vaisselle à l'eau froide... » Il eut un brusque mouvement de la main vers le bureau. « J'ai écrit à la banque, j'ai préparé une demande de permis de construire. Hier, j'ai parlé à un type du conseil municipal à propos du branchement d'eau et d'élec-tricité. Il n'a pas été très encourageant ; il m'a dit que nous étions trop isolés pour que ce soit rentable à leurs yeux. Mais naturelle-ment, il faut mettre tout ça par écrit, avec des plans et des rapports de géomètre, et Dieu sait quoi encore. Tout ça, j'imagine, pour que le dossier puisse faire le tour d'une dizaine de services différents avant d'être rejeté en bonne et due forme... »

Il s'était mis à parler presque comme malgré lui, on aurait dit qu'une source interne jaillissait en mots et s'alimentait de ses propres paroles : j'observai ses traits délicats qui se modifiaient au fur et à mesure, se durcissant, le mouvement incessant de ses mains, levées, abaissées, et me rappelai soudain ce que m'avait dit Graham, à pro-pos de « troubles nerveux » consécutifs à son accident, lorsqu'il était rentré. Depuis le début, j'avais envisagé ses manières comme celles d'un homme un peu nonchalant, décontracté. Je me rendais soudain compte que cette décontraction recouvrait tout autre chose : peut-être un épuisement général, peut-être une tenue à distance de l'angoisse, très consciente ; peut-être même, au contraire, une tension intérieure, si forte et si permanente qu'elle prenait le visage de la nonchalance.

Sentant peser sur lui mon regard pensif, il se tut brusquement, tira profondément sur sa cigarette, exhala lentement la fumée. « Il ne faut pas me laisser ratiociner comme ça, dit-il d'une voix changée. Je peux me montrer mortellement ennuyeux, avec tout ça.

— Pas du tout, dis-je. J'aimerais en savoir plus. »

Mais il était de toute évidence décidé à changer de sujet, et nous parlâmes d'autre chose pendant encore cinq ou dix minutes. De temps à autre, je me penchais pour vérifier comment réagissait sa jambe et lui demandais ce qu'il ressentait au niveau du muscle. « Ça va très bien », disait-il, mais je le voyais rougir chaque fois et devinai qu'il devait souffrir un peu. Bientôt, il apparut clairement que sa jambe commençait de le démanger. Il se mettait à tripoter les électrodes, à en frotter le bord. Lorsque je coupai enfin l'appareil et ôtai les élastiques, il se gratta vigoureusement le mollet de haut en bas, visiblement soulagé d'être libéré.

La partie traitée, comme je m'y attendais, montrait une chair chaude et humide, presque écarlate. Je l'essuyai, la talquai, et passai encore deux minutes à masser le muscle du bout des doigts. Mais visiblement, c'était pour lui une chose que d'être relié à une machine impersonnelle, et une tout autre chose que de me voir là accroupi devant lui, à lui malaxer la jambe de mes doigts blancs de talc : il s'agitait, mal à l'aise, et je le laissai finalement se lever. Il remit sa chaussette, sa chaussure de tennis, et déroula sa jambe de pantalon, tout cela sans un mot. Mais, ayant fait quelques pas dans la pièce, il se retourna vers moi, l'air surpris et content. « Ce n'est pas si mal, vous savez. Vraiment, ce n'est pas mal du tout. »

Je me rendis alors compte à quel point j'avais souhaité que le traitement soit une réussite. « Marchez encore, dis-je, que je vous voie… Oui, vous êtes beaucoup plus à l'aise, c'est très clair. Mais n'abusez pas. C'est un bon début, mais il faut y aller progressivement. Pour le moment, l'important est de garder ce muscle chaud. Vous avez du liniment, j'imagine ? »

Il parcourut la pièce des yeux, l'air sceptique. « Je crois qu'ils m'avaient donné une lotion quelconque, en me renvoyant à la maison.

— Peu importe. Je vais vous faire une ordonnance.

— Oh, mais non. Vous vous êtes donné assez de mal comme ça.

— Mais c'est vous qui me rendez un service, je vous l'ai déjà dit, n'est-ce pas ?

— Bon… »

Ayant prévu tout cela, j'avais mis un flacon dans ma sacoche. Il le prit et resta là à observer l'étiquette, tandis que je m'occupais de l'appareil. Comme je repliais la gaze, on frappa à la porte, ce qui me fit légèrement sursauter car je n'avais perçu aucun bruit de pas : malgré les deux grandes portes-fenêtres, les lambris qui couvraient les murs donnaient à la chambre quelque chose de calfeutré, d'isolé, comme les cabines d'un paquebot situées aux ponts inférieurs. Roderick répondit, et la porte s'ouvrit. Gyp apparut, se frayant un passage sitôt le panneau entrebâillé et trottant immédiatement vers moi ; derrière lui, plus hésitante, se tenait Caroline. Elle portait ce jour-là un corsage bon marché fourré n'importe comment dans la ceinture d'une jupe de coton informe.

« Alors, tu es cuit à point, Roddie ? fit-elle.

— À cœur, répondit-il.

— C'est ça, l'appareil ? Diable… On dirait un peu le matériel du Dr Frankenstein, non ? »

Elle m'observa pendant que je rangeais la machine dans sa mallette, puis remarqua son frère qui, machinalement, ne cessait de plier et déplier la jambe. Elle dut voir, à son aisance, à l'expression de son visage, le soulagement que le traitement lui avait procuré, car elle me lança un regard grave, plein de reconnaissance, qui pour quelque raison me fit autant plaisir que le succès qu'avait rencontré le traitement lui-même. Puis soudain, comme gênée de sa propre émotion, elle se détourna pour ramasser une feuille de papier tombée au sol, et commença de se plaindre plaisamment du manque d'ordre dont Roderick faisait preuve.

« Si seulement il existait aussi un appareil pour faire le ménage dans sa chambre ! »

Roderick avait débouché son flacon de liniment et le portait à ses narines.

« J'avais cru comprendre qu'on avait déjà ce genre d'appareil à la maison, dit-il. Il s'appelle Betty. Sinon, pourquoi la payons-nous ?

— Ne l'écoutez pas, docteur. Il ne laisse jamais cette pauvre Betty entrer ici.

— Je n'arrive jamais à l'empêcher d'entrer, plutôt ! Elle déplace tout, elle range les choses dans des coins où je ne peux plus mettre la main dessus, et ensuite elle prétend n'avoir touché à rien. »

Il parlait d'un ton absent, ayant de nouveau dérivé vers ce bureau qui l'attirait comme un aimant, le flacon posé de côté, sa jambe oubliée ; et, après avoir ouvert un dossier de papier-kraft écorné, il se pencha, les sourcils froncés, puis, toujours machinalement, sortit son tabac et son papier pour se rouler une cigarette.

Je vis Caroline l'observer, le visage grave de nouveau.

« J'aimerais bien que tu laisses tomber ces sales trucs », dit-elle. Elle se dirigea vers un des panneaux de chêne qui couvraient les murs, caressa le bois de la paume. « Regardez ces malheureux lambris. La fumée les abîme complètement. Il faudrait les cirer ou les huiler, faire quelque chose, je ne sais pas.

— Oh, toute la maison a besoin que l'on fasse *quelque chose*, bâilla Roderick. Si tu connais le moyen de faire *quelque chose* avec *rien* – sans argent, je veux dire –, eh bien vas-y, ne te gêne pas. En plus… », il avait redressé la tête et croisé mon regard, et fit un nouvel effort évident pour mettre un peu de gaieté dans sa voix, « c'est un devoir pour un garçon d'enfumer sa chambre, vous êtes bien d'accord, docteur Faraday ? »

Il désigna d'un grand geste le plafond mouluré que j'avais d'abord cru jauni par le temps, mais dont je me rendais compte à présent qu'il était couvert de nicotine, en taches irrégulières, œuvre d'un demi-siècle de joueurs de billards soufflant la fumée de leurs cigares.

Il retourna bientôt à ses papiers, et Caroline et moi le laissâmes, sentant que c'était ce qu'il souhaitait. Il promit d'une voix un peu vague de nous rejoindre bientôt pour le thé.

Sa sœur secoua la tête. « Il en a pour des heures, à présent, murmura-t-elle tandis que nous nous éloignions dans le couloir. J'aimerais bien qu'il me laisse une part du travail, mais il ne voudra jamais… Dites, sa jambe allait réellement mieux, n'est-ce pas ? Je ne vous remercierai jamais assez de l'aider ainsi.

— Il peut s'aider lui-même, en faisant les exercices appropriés. Même un simple massage quotidien serait considérablement bénéfique pour les muscles. Je lui ai donné un liniment ; pouvez-vous vérifier qu'il l'utilise bien ?

— Je ferai de mon mieux. Mais vous avez dû remarquer à quel point il prend peu soin de lui. » Elle ralentit le pas. « Comment le trouvez-vous, franchement ?

— Je pense qu'il a un excellent fond de santé. Et en outre, je le trouve charmant. C'est dommage qu'on l'ait laissé installer sa chambre de cette manière, en donnant toute la place aux affaires, au travail.

— Je sais. Notre père gérait les affaires du domaine dans la bibliothèque. Roderick travaille sur son ancien bureau, mais je ne me souviens pas l'avoir vu couvert d'un tel fouillis par le passé, alors qu'il y avait quatre fermes à diriger, à l'époque. Cela dit nous avions un gérant pour nous aider ; un certain Mr McLeod. Il a dû nous quitter pendant la guerre. Il avait son propre bureau, juste là. Cette partie du Hall était le « domaine des hommes », si vous voyez ce que je veux dire, et toujours en pleine activité. Aujourd'hui, mis à part la chambre de Roderick, tout ce côté de la maison pourrait aussi bien ne pas exister. »

Elle avait dit cela tout naturellement, mais c'était pour moi nouveau et intrigant, cette idée de grandir dans une maison comportant tant de pièces que l'on pouvait les condamner et les oublier. Lorsque j'exprimai cela à Caroline, toutefois, elle laissa échapper ce rire sans joie qui était le sien.

« La nouveauté de la chose ne dure pas longtemps, croyez-moi ! On finit vite par les envisager comme des parents pauvres, assommants, car on ne peut pas les abandonner complètement ; elles ont des accidents ou tombent malades, et finissent par coûter plus cher que si on s'en était débarrassé avec une pension mensuelle. C'est une honte, car il y a des choses très belles ici… Mais je peux vous faire visiter toute la maison, si cela vous tente ? Si vous me promettez de détourner les yeux devant les détails les plus atroces ? Je vous propose la visite guidée à six pence. Qu'en dites-vous ? »

Elle paraissait réellement désireuse de le faire, et je répondis que ce serait avec grand plaisir, si cela n'obligeait pas sa mère à nous attendre. « Oh, Maman est une edwardienne pure et dure : elle considère que c'est une faute grave que de prendre le thé avant quatre heures. Il est quelle heure, là ? » Il était trois heures et demie à peine passées. « Nous avons tout le temps qu'il faut. Commençons par le devant. »

Elle claqua des doigts pour appeler Gyp, qui trottait devant nous, et me fit faire demi-tour, repassant devant la porte de la chambre de son frère.

« Vous connaissez le grand hall, bien entendu », dit-elle comme nous y débouchions. Je déposai ma sacoche et ma mallette. « Le sol est en marbre de Carrare, épais de huit centimètres – d'où les plafonds voûtés dans les pièces qui se trouvent au-dessous. C'est une horreur à entretenir. L'escalier : il était considéré comme un chef-d'œuvre technique lors de sa construction, à cause du deuxième palier ouvert en galerie ; il n'en existe pas beaucoup de semblables. Mon père disait toujours que ça lui faisait penser à un grand magasin. Ma grand-mère a toujours refusé de l'emprunter ; il lui donnait le vertige… Là-bas, c'est notre ancien salon du matin, mais je ne vais pas vous le montrer : il est quasiment vide et dans un triste état. Allons plutôt par là. »

Elle ouvrit la porte d'une pièce plongée dans la pénombre qui, après qu'elle se fut dirigée vers les fenêtres obturées de volets pour donner un peu de clarté, se révéla être une assez vaste bibliothèque, fort agréable. La plupart des rayonnages, toutefois, étaient recouverts de draps, et une partie du mobilier avait de toute évidence disparu : elle plongea la main dans une vitrine protégée par un fin grillage et en tira délicatement deux ou trois ouvrages, me disant que c'étaient les plus précieux de la maison, mais je voyais bien que la pièce n'était plus du tout ce qu'elle avait été, et il n'y avait guère de raisons de s'y attarder. Elle alla à la cheminée et jeta un coup d'œil dans le conduit d'évacuation, inquiète d'un morceau de suie compacte tombée sur la grille ; puis elle referma le volet et me conduisit dans la pièce voisine – l'ancien bureau dont elle avait parlé, aux murs lambrissés comme ceux de la chambre de Roderick, avec les mêmes détails de style gothique. Suivait la porte de celle-ci et, juste au-delà, l'arche masquée par un rideau qui menait au sous-sol. Les dépassant sans bruit, nous nous trouvâmes dans la « cordonnerie », pièce confinée où régnait une odeur de moisi, emplie d'imperméables et de bottes de caoutchouc hors d'âge, de raquettes de tennis et de maillets de croquet, mais qui était en fait, me dit-elle, une sorte de vestiaire, à l'époque où la famille possédait une écurie. Une porte ouvrait sur des toilettes délicatement carrelées de delft, appelées pendant plus d'un siècle, me dit-elle, le « quartier des messieurs ».

De nouveau, elle fit claquer ses doigts pour appeler Gyp, et nous poursuivîmes la visite.

« Vous ne vous ennuyez pas, au moins ? s'enquit-elle.

— Pas le moins du monde.

— Je suis un bon guide ?

— Un guide idéal.

— Mon Dieu, nous arrivons à un de ces endroits où vous allez devoir détourner la tête. Mais vous vous moquez, maintenant ! C'est déloyal ! »

Je fus obligé de lui expliquer pourquoi je souriais : le mur dont elle parlait était celui d'où j'avais arraché le gland de stuc, tant d'années auparavant. Je lui racontai l'anecdote non sans inquiétude, ne sachant pas trop comment elle la prendrait. Mais elle ouvrit grand les yeux, comme enchantée.

« Oh, mais c'est trop drôle ! Et Maman vous a réellement donné une médaille ? Comme la reine Alexandra ? Je me demande si elle se souvient de vous.

— Je vous en prie, n'y faites pas allusion devant elle, dis-je. Je suis sûr qu'elle n'en a aucun souvenir. Nous étions une cinquantaine de sales garnements aux genoux couronnés, et moi au milieu.

— Mais déjà, à l'époque, vous avez aimé cette maison ?

— Assez pour la vandaliser.

— Eh bien, dit-elle avec gentillesse, je ne vous reprocherai pas d'avoir voulu saccager ces moulures idiotes. Elles ne demandaient que ça. Et si vous avez commencé le travail, j'ai bien peur que Roddie et moi, à nous deux, ne l'ayons... Mais c'est étrange, non ? En fait, vous avez connu Hundreds avant lui, avant moi.

— Oui, c'est vrai », dis-je, soudain frappé par cette idée.

Nous nous éloignâmes des moulures mutilées pour poursuivre notre visite. Elle attira mon attention sur une petite série de portraits, des toiles boueuses dans de lourds cadres dorés. Ceux-ci, comme dans un film américain parodiant les riches patriciens, formaient ce qu'elle appelait « notre album de famille ».

« Aucun n'est de très bonne facture, ni n'a une grande valeur, j'en ai bien peur, dit-elle. Tous ceux qui valaient quelque chose ont été vendus, avec le mobilier. Mais ils sont amusants, si vous voyez quelque chose dans cette mauvaise lumière. »

Elle désigna le premier. « Voici William Barner Ayres. C'est lui qui a fait bâtir le Hall. Un vrai gars de la campagne, comme tous les Ayres, mais assez radin, aussi : nous avons des lettres de lui adressées à l'architecte, dans lesquelles il se plaint des factures exorbitantes et le menace plus ou moins de lui envoyer des hommes de main. Là, c'est Matthew Ayres, qui a emmené ses troupes à Boston. Il est revenu en disgrâce, flanqué d'une épouse américaine, et est mort trois mois plus tard ; nous aimons à penser qu'elle l'a empoisonné… Voici Ralph Billington Ayres, le neveu de Matthew — le joueur de la famille, qui gérait une deuxième propriété dans le Norfolk et a tout perdu en une seule partie de cartes… Et puis voici Catherine Ayres, sa belle-fille, et donc mon arrière-grand-mère. C'était une Irlandaise, héritière d'une famille de riches éleveurs de chevaux de course, et elle a restauré la fortune de la nôtre. On dit qu'elle ne pouvait même pas s'approcher d'un cheval, sous peine de l'effrayer. On voit bien d'où je tiens mon allure, n'est-ce pas ? »

Elle avait ri en disant cela, car la femme du portrait était d'une laideur saisissante ; mais en fait, Caroline lui ressemblait un peu, juste un peu — et j'eus un léger choc en le constatant, car je m'étais sans m'en rendre compte habitué à ses traits masculins, tout comme aux cicatrices de Roderick. J'esquissai un geste de dénégation polie, mais elle s'était déjà détournée. Elle avait, dit-elle, encore deux pièces à me montrer, mais voulait garder « le meilleur pour la fin ». Je trouvai assez singulière la suivante dans laquelle elle m'entraîna : une salle à manger décorée dans un style orientaliste, aux murs couverts de papier clair, peint à la main et, sur la table cirée, deux candélabres en or moulu aux branches et bobèches serpentines. Mais déjà elle me ramenait au milieu du couloir et, ouvrant une nouvelle porte, me demanda de me tenir sur le seuil tandis qu'elle s'enfonçait dans la pénombre pour aller ouvrir les volets d'une fenêtre.

Le couloir courait du nord au sud, et toutes les pièces qu'il desservait étaient orientées à l'ouest. L'après-midi était ensoleillé, la lumière traversait les interstices des volets comme autant de lames et, avant même qu'elle ne soulève l'espagnolette, je vis que nous nous trouvions devant un espace très vaste, très impressionnant, ponctué ici et là de quelques meubles recouverts de draps. Mais lorsqu'elle tira les volets grinçants et que les détails surgirent autour de moi, je demeurai si effaré que je ne pus m'empêcher de rire.

La pièce était un grand salon octogonal d'environ douze mètres de diamètre. Les murs étaient couverts d'un papier jaune vif, et le sol de tapis verdâtres à motifs ; la cheminée était de marbre blanc, immaculé, et du centre du plafond lourdement mouluré pendait un grand lustre doré à pampilles de cristal.

« C'est assez insensé, non ? fit Caroline, riant également.

— C'est incroyable ! On n'imaginerait jamais une pièce pareille en voyant le reste de la maison – qui est somme toute assez sobre.

— Eh oui. Je pense que l'architecte qui l'a construite aurait fondu en larmes s'il avait su ce qui allait suivre. C'est Ralph Billington Ayres – vous vous souvenez ? la fine lame de la famille ? – qui a fait ajouter cette pièce dans les années 1820, alors qu'il avait encore presque toute sa fortune. Apparemment, tout le monde raffolait du jaune, à cette époque ; Dieu sait pourquoi. Le papier est d'origine, c'est pourquoi nous l'avons conservé. Mais comme vous pouvez voir – elle désignait divers endroits où le papier se décollait du mur et retombait –, lui n'a pas tant l'air de tenir à nous. Je ne peux malheureusement pas vous montrer le lustre dans toute sa splendeur, puisque le générateur est éteint ; mais je peux vous dire que c'est quelque chose d'impressionnant quand il brille de tous ses feux. Il est d'origine, lui aussi, mais mes parents l'ont fait électrifier au début de leur mariage. Ils donnaient de nombreuses réceptions à cette époque, quand leur train de vie pouvait encore le leur permettre. Les tapis sont en lambeaux, naturellement. On peut les rouler pour danser. »

Elle me désigna encore deux ou trois détails, soulevant les draps pour me montrer une ravissante chaise basse Regency ou une vitrine, ou un divan.

« Qu'est-ce que c'est ? » m'enquis-je devant un meuble aux contours irréguliers. « Un piano ? »

Elle releva un coin de la housse molletonnée. « C'est un clavecin flamand, plus ancien que la maison. Vous n'en jouez pas, j'imagine ?

— Dieu du ciel, non.

— Ni moi. C'est bien dommage. Il mériterait bien qu'on le fasse se dégourdir un peu, le pauvre. »

Mais elle avait dit cela sans grande émotion, passant machinalement la main sur la caisse décorée de l'instrument avant de laisser retomber la housse pour se diriger vers la fenêtre aux volets ouverts, où je la rejoignis. C'était en fait une porte-fenêtre entièrement vitrée qui, comme celles de la chambre de Roderick et du petit salon, s'ouvrait sur quelques marches donnant accès à la terrasse. Comme je le vis en m'approchant, ce petit perron s'était effondré : la marche supérieure tenait encore au seuil, mais les autres gisaient, éparpillées sur le gravier un mètre vingt plus bas, sombres et patinées comme si elles y demeuraient depuis bien longtemps. Sans se laisser décourager, Caroline saisit la poignée de la porte-fenêtre et l'ouvrit, sur quoi nous nous retrouvâmes au bord du petit précipice, baignés par l'air tiède et doux et parfumé, avec sous nos yeux la pelouse ouest. Celle-ci avait dû autrefois être soigneusement tondue et aplanie, me dis-je : peut-être y jouait-on au croquet. À présent, le sol était irrégulier, ponctué de taupinières et de touffes de chardons, et en certains endroits l'herbe devait arriver aux genoux. Les massifs hirsutes qui l'entouraient laissaient la place à des groupes de hêtres rouges d'une couleur magnifique mais visiblement jamais élagués ; et les deux immenses ormes non ébranchés au-delà, quand le soleil commençait de baisser, devaient plonger toute la scène dans leur ombre portée.

Loin vers la droite s'élevait un petit groupe de bâtiments, le garage et les écuries abandonnées. Une grande horloge blanche surmontait la porte des écuries.

« Neuf heures moins vingt », fis-je à haute voix, en regardant les aiguilles ornementées, à présent figées.

Caroline hocha la tête. « C'est Roddie et moi qui avons fait ça, quand elle est tombée en panne. » Puis, voyant l'incompréhension se peindre sur mon visage : « Neuf heures moins vingt, c'est l'heure à laquelle s'arrêtent les pendules de Miss Havisham, dans *Les Grandes Espérances*. Nous avions trouvé ça extrêmement amusant, à l'époque. Ça semble un peu moins drôle aujourd'hui, je dois le reconnaître... Derrière les écuries se trouvent les anciens jardins, le potager, etc. »

Je n'en distinguais que le mur. Il était construit dans la même brique rouge, patinée que la maison ; une ouverture voûtée laissait entrevoir des allées de cendrée, des bordures à l'abandon, et ce qui me parut être un cognassier ou un néflier. Étant amateur de jardins clos, je dis spontanément que j'aimerais bien aller y jeter un coup d'œil.

Caroline regarda sa montre. « Eh bien, nous avons encore presque vingt minutes devant nous, dit-elle d'une voix énergique. C'est plus rapide par là.

— Par là ? »

Elle s'appuya au chambranle de la porte-fenêtre, se pencha, plia les genoux. « En sautant, je veux dire. »

Je la tirai en arrière. « Oh, non, je suis trop vieux pour ce genre de sport. Vous m'y emmènerez une autre fois, d'accord ?

— Vous êtes sûr ?

— Tout à fait.

— Bon, comme vous voudrez. »

Elle semblait déçue. Je pense que notre petite visite guidée l'avait un peu exaltée ; à moins que ce ne soit sa jeunesse qui se manifestait, malgré elle. Elle demeura encore quelques minutes à mes côtés, puis fit de nouveau le tour de la pièce, s'assurant que les meubles étaient bien protégés, soulevant ici et là un coin de tapis, à la recherche de poissons d'argent ou de mites.

« Adieu, pauvre salon abandonné », dit-elle quand nous eûmes regagné le couloir à l'aveuglette, dans la pénombre, une fois la fenêtre fermée et les volets assujettis. « Je suis très heureux d'avoir pu voir la maison. Elle est merveilleuse », dis-je, peut-être à cause de ce soupir perceptible dans sa voix, comme elle tournait la clef dans la serrure.

« Vous le pensez vraiment ?

— Ma foi, pas vous ?

— Oh, ce n'est pas une cabane infâme, évidemment. »

Cette fois-ci, son côté gamine désinvolte m'agaça brusquement. « Je vous en prie, Caroline, soyons sérieux », dis-je.

C'était la première fois que je l'appelais par son prénom, ce qui peut-être, ajouté à mon ton légèrement sévère, la mit mal à l'aise. Elle rougit à sa manière peu seyante, et toute gaieté disparut. Elle croisa mon regard. « Vous avez raison », dit-elle dans une sorte d'aveu, faisant amende honorable, « Hundreds est superbe. Mais c'est une sorte de superbe monstre ! Il faut sans cesse la nourrir, lui donner de l'argent, du travail. Et quand on les sent, *eux* », elle désigna de la tête l'alignement des sombres portraits, « derrière son épaule, en train de vous surveiller sans cesse, cela peut prendre l'allure d'un fardeau effrayant... C'est pour Rod que c'est le plus difficile, parce qu'il a toute la responsabilité, c'est lui le maître. Il ne veut pas laisser tomber les gens, vous voyez. »

Je me rendis compte qu'elle avait une manière bien particulière de toujours détourner d'elle-même la conversation. « Je suis sûr que votre frère fait tout ce qu'il peut, dis-je. Et vous aussi. » Mais le tintement d'une pendule quelque part dans la maison, sonnant quatre coups vifs et clairs, couvrit mes paroles, et elle me toucha le bras, son regard s'éclairant.

« Venez. Ma mère attend. La visite guidée à six pence inclut aussi les rafraîchissements, n'oubliez pas ! »

Nous empruntâmes le couloir jusqu'à l'extrémité du suivant et pénétrâmes dans le petit salon.

Mrs Ayres était installée à son bureau et s'employait à étaler de la colle sur un petit morceau de papier. Comme nous entrions, elle leva vers nous un regard presque coupable, et je me demandai pourquoi ; puis je vis que ce qu'elle encollait était en réalité un timbre non oblitéré, mais qui avait, de toute évidence, déjà voyagé par les bons soins de la poste.

« Ma foi, dit-elle en appliquant le timbre sur une enveloppe, je crains que ce ne soit pas entièrement légal. Mais Dieu sait que nous vivons dans une époque sans foi ni loi. Vous ne me dénoncerez pas, docteur Faraday ?

— Non seulement je n'en ferai rien, mais je serai heureux de cautionner ce délit. Je porterai la lettre à la poste de Lidcote, si vous voulez.

— Vraiment ? C'est extrêmement aimable à vous. Les facteurs sont tellement paresseux, de nos jours. Avant la guerre, Wills venait jusqu'à la porte, deux fois par jour. L'homme qui fait sa tournée, à présent, se plaint de devoir faire un tel détour. Nous avons de la chance quand il ne laisse pas le courrier à la grille, tout au bout de l'allée. »

Elle traversa la pièce en parlant, esquissant un petit geste élégant de ses mains fines et chargées de bagues, et je la suivis jusqu'aux fauteuils, devant la cheminée. Elle était plus ou moins vêtue comme lors de ma première visite, d'une robe de lin plissée agrémentée d'une écharpe de soie nouée sous sa gorge, et d'une autre paire de chaussures de cuir quelque peu étonnantes. « Caroline m'a dit ce que vous faites pour Roderick, déclara-t-elle en posant sur moi un regard chaleureux. Je vous suis infiniment reconnaissante de vous intéresser ainsi à lui. Pensez-vous réellement que ce traitement apportera une amélioration ?

— Ma foi, les premiers résultats sont prometteurs.

— Ils sont plus que prometteurs, intervint Caroline, se laissant tomber sur le divan. Le Dr Faraday est trop modeste. Non, ça lui fait vraiment du bien, Maman.

— Mais alors c'est merveilleux ! Roderick travaille si dur, vous savez, docteur. Le pauvre garçon. Je crains qu'il ne soit pas aussi doué que son père l'était pour gérer le domaine. Il n'a pas le sens de la terre, toutes ces choses, vous voyez. »

Je la soupçonnais d'avoir raison. Mais je répondis courtoisement que, selon moi, le sens de la terre ne comptait plus à ce point, aujourd'hui, étant donné les contraintes que l'on imposait aux fermiers ; et, avec cet immédiat désir de plaire qui caractérise les gens véritablement charmants, elle répondit aussitôt : « Absolument. Vous êtes certainement beaucoup plus au courant de ces choses que moi… Caroline vous a fait visiter la maison, je crois.

— C'est exact.

— Et vous avez apprécié ?

— Énormément.

— J'en suis heureuse. Bien entendu, elle n'est plus que l'ombre de ce qu'elle était. Mais mon Dieu, nous devons nous estimer heureux d'avoir simplement réussi à la garder, comme ne cessent de me le rappeler mes enfants… Je pense réellement que les maisons du dix-huitième siècle sont les plus charmantes. Un siècle si parfaitement civilisé. Celle dans laquelle j'ai grandi était une immense horreur victorienne. C'est devenu une pension catholique à présent, et grand bien fasse aux bonnes sœurs, c'est tout ce que je peux dire. Cela dit, je m'inquiète souvent pour ces pauvres petites filles. Il y a tant de corridors sinistres, de coins et de recoins. Nous disions toujours qu'elle était hantée, quand j'étais enfant ; mais je ne le pense pas. Mon père y est décédé, et il vouait aux catholiques une haine farouche… Vous avez entendu parler des changements intervenus à Standish, bien entendu ? »

Je hochai la tête. « Oui. Enfin, juste des échos, par mes patients essentiellement. »

Standish était une « grande maison » des environs, un manoir élisabéthain dont les propriétaires, les Randall, avaient quitté le pays pour commencer une nouvelle vie en Afrique du Sud. La demeure, vide depuis deux ans, venait d'être vendue : l'acquéreur était un homme originaire de Londres appelé Peter Baker-Hyde, un architecte travaillant à la reconstruction de Coventry, et qui avait décidé de faire de Standish sa retraite campagnarde, séduit par ce qu'il appelait le « charme de l'isolement ».

« D'après ce que j'en sais, dis-je, il a une épouse et une petite fille ; mais pas de chevaux ni de chiens. Et il paraît qu'il a aussi un très bon état de service, pendant la guerre – il a fait figure de héros en Italie. De toute évidence, il s'en est bien sorti depuis : il aurait dépensé des sommes considérables pour rénover la maison. »

Je dis cela avec une once d'acidité, car l'argent frais des nouveaux habitants de Standish ne me serait jamais destiné ; j'avais appris dans la semaine que Mr Baker-Hyde et son épouse s'étaient inscrits chez un de mes concurrents, le Dr Seeley.

Caroline se mit à rire. « C'est un urbaniste, n'est-ce pas ? Il va probablement faire raser Standish pour construire une piste de patin à roulettes. À moins qu'ils ne vendent la maison aux Américains.

Ils la feront transporter jusque là-bas par bateau, pour la reconstruire, comme ils l'ont fait avec le prieuré de Warwick. Il paraît que l'on peut vendre n'importe quelle vieille poutre noircie aux Américains en leur disant qu'elle vient de la forêt d'Arden, ou que Shakespeare a éternué dessus.

— Comme tu es cynique ! fit sa mère. Personnellement, je trouve que ces Baker-Hyde ont l'air de gens charmants. Il reste si peu de gens fréquentables dans le comté, nous devrions leur être reconnaissants de reprendre Standish. Quand je pense à toutes ces belles demeures, et à ce qu'elles sont devenues, je me sens presque seule au monde. Umberslade Hall, où le père du colonel allait chasser : remplie de secrétaires et de machines à écrire. Woodcote, déserte ; et Mariden Hall aussi, je crois. Charlecote et Coughton, toutes deux passées aux mains de l'Administration publique... »

Un soupir était perceptible dans sa voix, son ton s'était fait grave, presque plaintif ; l'espace d'une seconde, elle parut son âge. Puis elle tourna la tête et son expression changea. Elle avait, tout comme moi, perçu le léger tintement de porcelaine et de cuillers qui faisait écho dans le couloir. Elle posa une main sur sa poitrine et se pencha vers moi. « Voilà ce que mon fils appelle "la polka des squelettes", me dit-elle dans un chuchotement faussement angoissé. Betty fait preuve d'un réel génie pour laisser tomber les tasses, savez-vous. Et nous n'avons pas assez de porcelaine pour... » Le tintement se fit plus sonore, et elle ferma les yeux. « Oh, mon Dieu... Faites attention, Betty ! s'écria-t-elle en direction de la porte.

— Mais je fais attention, Madame ! », telle fut la réponse, sur un ton piqué au vif ; à la seconde suivante, la jeune fille apparaissait sur le seuil, sourcils froncés et rougissant dans son effort pour bien manier le lourd plateau d'acajou.

Je me levai pour l'aider, mais Caroline m'avait précédé. D'une main ferme, elle prit le plateau de celles de Betty, le posa, l'observa.

« Pas une seule goutte renversée ! Ce doit être en votre honneur, docteur. Vous avez vu que nous avons le Dr Faraday, Betty ? Il vous a sauvé la vie avec son traitement miracle, vous devez vous en souvenir ? »

Betty baissa la tête. « Oui, Miss. »

« Comment vas-tu, Betty ? demandai-je avec un sourire.

— Je vais bien, merci, docteur.

— Eh bien, j'en suis heureux, et en effet tu as très bonne mine. Et puis, quelle élégance ! »

J'avais dit cela en toute innocence, mais son visage s'assombrit légèrement, comme si elle me soupçonnait de se moquer d'elle ; je me souvins alors qu'elle s'était plainte de cette « horrible robe » que les Ayres l'obligeaient à porter. De fait, elle était assez singulièrement attifée d'une robe noire à tablier blanc, avec des manchettes et un grand col amidonnés qui lui faisaient des poignets et un cou d'enfant ou de naine ; sur sa tête, un petit bonnet tout plissé, le genre d'ornement que je ne me souvenais plus avoir vu dans un salon du Warwickshire depuis avant la guerre. Mais dans ce décor désuet, d'une élégance délabrée, il était difficile de l'imaginer vêtue autrement.

Et elle paraissait en effet assez en forme, et se donna du mal pour bien nous servir, nous tendant tasses et tranches de gâteau, comme si elle s'était adaptée sans problème. Cela fait, elle osa même une petite révérence, à peine esquissée. « C'est bien, Betty, merci », dit Mrs Ayres, sur quoi Betty se détourna et sortit. Nous entendîmes décroître les claquements et couinements de ses grosses chaussures, tandis qu'elle s'éloignait pour regagner le sous-sol.

« Pauvre Betty », fit Caroline, tout en déposant un bol de thé sur le sol à l'attention de Gyp. « Elle n'a rien d'une domestique-née. »

Mais sa mère se montra indulgente. « Oh, il faut lui laisser plus de temps. Je me souviens que ma grand-tante disait toujours qu'une maison bien tenue était comparable à une huître. Les filles y entrent comme un grain de sable, voyez-vous ; dix ans plus tard, ce sont des perles qui en sortent. »

Elle s'était adressée à moi, autant qu'à Caroline – oubliant de toute évidence, en cet instant, que ma propre mère avait été jadis un de ces grains de sable dont parlait sa grand-tante. Je pense que Caroline elle-même l'avait oublié. Toutes deux, confortablement installées dans leur fauteuil, sur leur divan, savouraient le thé et le gâteau que Betty avait préparés pour elles, puis leur avait périlleusement apportés, puis versé et coupé et servis dans des tasses et des assiettes que, sur un coup de sonnette, elle se hâterait d'emporter et de laver… Toutefois, je ne dis rien. Moi aussi, je savourais le thé et le gâteau. Car si la maison, telle une huître, s'employait à transformer peu à peu Betty, la polissant, la recouvrant jour après jour d'une nouvelle et imperceptible couche de son charme si particulier, j'imagine qu'elle avait également commencé de mettre en œuvre le même processus avec moi.

Tout comme Caroline l'avait prédit, son frère ne nous rejoignit pas ce jour-là : c'est elle qui, un peu plus tard, me raccompagna jusqu'à ma voiture. Elle me demanda si je rentrais directement à Lidcote ; je lui dis que j'avais d'abord prévu une visite dans un autre village, que je nommai. « Oh, dit-elle alors, vous devriez continuer tout droit, en traversant le parc, et sortir par l'autre grille. C'est beaucoup plus rapide que de faire demi-tour et de contourner toute la propriété. Cela dit, cette allée est en aussi mauvais état que l'autre, donc faites attention à vos pneus. » Puis une idée parut la frapper. « Mais je pense à une chose. Est-ce que cela vous arrangerait, de passer quelquefois par le parc ? De vous en servir comme d'un raccourci entre deux visites à vos patients ?

— Ma foi, dis-je, réfléchissant à la chose, oui, certainement, ce serait très pratique.

— Alors n'hésitez pas, chaque fois que vous en aurez besoin ! C'est idiot que nous n'y ayons pas pensé plus tôt. Les portails sont fermés avec du fil de fer, nous faisons cela depuis la guerre, parce que nous commencions à avoir des problèmes avec des vagabonds qui pénétraient dans la propriété. Vous n'aurez qu'à le remettre en place après votre passage, les portails ne sont jamais réellement verrouillés.

— Vraiment, cela ne vous ennuierait pas ? Ni votre mère ni votre frère ? Parce que je vais vous prendre au mot, vous savez, et vous me verrez passer tous les jours. »

Elle sourit. « Cela nous fera plaisir. Pas vrai, Gyp ? »

Elle recula d'un pas et posa les mains sur ses hanches pour me regarder mettre la voiture en marche et démarrer, puis elle fit claquer ses doigts en direction du chien, et tous deux rentrèrent vers la maison, foulant le gravier.

Je me dirigeai au jugé vers la partie nord du parc, cherchant l'entrée de l'autre allée ; je roulais lentement, incertain du chemin à prendre, et aperçus par hasard les fenêtres de la chambre de Roderick. Celui-ci ne remarqua pas la voiture, mais je le vis en passant, très clairement : il était assis à son bureau, la joue appuyée sur la main, le regard fixé sur les papiers et registres étalés devant lui, comme accablé d'une perplexité et d'une lassitude infinies.

III

À partir de ce jour, je pris l'habitude de passer chaque dimanche au Hall pour m'occuper de la jambe de Roderick, puis de rester prendre le thé avec sa mère et sa sœur. Et, comme j'utilisais le raccourci du parc de Hundreds entre deux visites, je me trouvais souvent là-bas. J'appréciais ces moments ; c'était un tel contraste avec ma vie de tous les jours. Je ne pénétrais jamais dans le parc, refermant les grilles avant d'emprunter d'un bout à l'autre l'allée envahie par l'herbe folle, sans, chaque fois, éprouver le petit frisson de l'aventure. En arrivant à hauteur de la grande maison rouge, délabrée, j'avais toujours le sentiment que la vie ordinaire basculait imperceptiblement, et que je glissais dans quelque univers différent, étrange et rare.

J'avais également commencé d'apprécier les Ayres pour eux-mêmes. C'est Caroline que je voyais le plus souvent. Je constatai qu'elle se promenait presque quotidiennement dans le parc, de sorte que j'apercevais souvent sa silhouette singulière, longues jambes et larges hanches, avec à ses côtés Gyp qui se frayait un chemin dans les hautes herbes. Quand elle se trouvait assez proche, j'arrêtais la voiture, baissais ma glace, et nous bavardions un peu, comme cette première fois, sur le bord de la route. Elle semblait toujours occupée à quelque chose, portait toujours au bras un sac ou un panier remplis de fruits, ou de champignons, ou de rameaux de bois sec pour allumer le feu. Ç'aurait aussi bien pu être une fille de fermiers, me disais-je ; plus j'en apprenais sur Hundreds, plus je m'attristais que sa vie, comme celle de son frère, fût faite de tant de travail et de si peu de plaisir. Un jour, un voisin me donna deux pots de miel de ses ruches, pour m'être occupé de son fils qui avait fait une mauvaise coqueluche. Je me souvenais que Caroline avait dit avoir envie de miel, lors de ma première visite, et je lui en offris un. C'était un geste très naturel, mais elle parut effarée et émerveillée par ce cadeau, et brandit le pot doré au soleil pour le montrer à sa mère.

« Oh, mais il ne fallait pas !

— Pourquoi cela ? Un vieux célibataire comme moi.

— Vous êtes réellement trop bon pour nous », fit alors Mrs Ayres, d'une voix douce, avec presque une ombre de reproche.

Mais en fait, ma bonté se résumait à très peu de chose ; simplement, cette famille vivait dans un tel isolement, une telle précarité, que le moindre petit événement, le moindre changement inattendu, en bien ou en mal, avait sur elle un impact considérable. À la mi-septembre par exemple, alors que je soignais Roderick depuis un mois, le long été finit par expirer. Une journée de tempête fit brusquement chuter les températures, et deux ou trois jours de pluie soutenue suivirent : le puits de Hundreds était sauf, et le lait coula en abondance pour la première fois depuis des mois ; le soulagement de Roderick était si palpable qu'il en était presque douloureux à voir. Son humeur s'allégea d'un seul coup. Il passa moins de temps vissé à son bureau et commença d'évoquer presque avec enthousiasme des projets d'amélioration pour la ferme. Il engagea deux laboureurs pour aider aux champs. Et, les mauvaises herbes qui envahissaient les pelouses du domaine ayant brusquement repris de la vigueur, il demanda à l'homme à tout faire, Barrett, de prendre la faux. Sur quoi elles réapparurent magnifiques, d'une texture lisse et dense comme le pelage d'un mouton fraîchement tondu, conférant à la maison un aspect plus impressionnant – plus semblable, me dis-je, à celui qu'elle aurait dû avoir ; plus semblable aussi à celui dont je me souvenais, quand, trente ans auparavant, je l'avais vue pour la première fois.

Entre-temps, non loin de là, au manoir de Standish, Mr et Mrs Baker-Hyde avaient tranquillement pris leurs quartiers. On commençait de les rencontrer plus souvent dans le voisinage ; Mrs Ayres croisa l'épouse, Diana, au cours d'une de ses rares expéditions à Leamington, et la trouva tout aussi charmante qu'elle l'avait espéré. Sur la lancée de cette rencontre, elle se mit à songer à organiser une « petite réception » à Hundreds, en manière de bienvenue aux nouveaux arrivants dans la région.

Nous devions être à la fin septembre. Elle me fit part de son projet au cours du thé, avec Caroline, après que j'avais soigné la jambe de Roderick. L'idée du Hall ouvert à des étrangers me troubla quelque peu, et la perplexité dut se lire sur mon visage.

« Oh, mais nous donnions deux ou trois soirées par an, autrefois, vous savez, dit-elle. Même pendant la guerre, je réussissais à organiser régulièrement un petit souper pour les officiers cantonnés chez nous. Il est vrai qu'avec les tickets, on pouvait s'autoriser plus de choses, à l'époque. Je ne pourrais plus me permettre un vrai dîner, aujourd'hui. Mais nous avons Betty, après tout. Un domestique, cela fait toute la différence, et ma foi, on peut quand même lui faire confiance pour aller et venir avec un pichet à la main. Non, j'ai pensé à une petite soirée, un petit cocktail, quelque chose de très simple, pas plus de dix personnes. Les Desmond, peut-être, et les Rossiter…

— Et vous aussi, bien sûr, docteur Faraday, ajouta Caroline comme sa mère laissait sa pensée en suspens.

— Oui, renchérit Mrs Ayres. Oui, bien sûr, vous devez être des nôtres. »

Elle avait dit cela avec une certaine chaleur, mais aussi avec une imperceptible hésitation ; je ne pouvais le lui reprocher car, si j'étais devenu un visiteur régulier, je n'étais aucunement ce que l'on pouvait appeler un ami de la famille. M'ayant invité, toutefois, elle envisagea courageusement la chose. Ma seule soirée libre était celle du dimanche ; je la passais généralement avec les Graham. Mais elle dit que le dimanche était un soir aussi bon qu'un autre, sur quoi elle alla vivement chercher son agenda et se mit à suggérer des dates.

La chose en resta là pour cette fois ; et comme à ma visite suivante il n'était plus fait allusion à la soirée, je me demandais si l'idée n'avait pas fait long feu. Quelques jours plus tard, en prenant mon raccourci à travers le parc, j'aperçus Caroline. Celle-ci me dit qu'après moult échanges de courrier entre sa mère et Diana Baker-Hyde, une date avait finalement été arrêtée, celle du troisième dimanche à venir.

Elle en parlait sans grand enthousiasme.

« Cela n'a pas l'air de beaucoup vous réjouir », dis-je.

Elle remonta le col de sa veste, ramenant les pointes contre son menton.

« Oh, je ne fais que me plier à ce qui est inévitable, dit-elle. La plupart des gens pensent que ma mère est une incorrigible rêveuse, vous savez, mais une fois qu'elle a une idée en tête, il est inutile d'essayer de la dissuader. Rod dit que donner une soirée dans une maison dans un tel état, ce sera comme Sarah Bernhardt jouant Juliette avec une jambe de bois ; et je dois dire qu'il n'a pas tort. Personnellement, je préférerais rester dans le petit salon avec Gyp et la TSF. Ça me semble un projet autrement distrayant que de devoir faire des efforts d'élégance pour des gens que nous ne connaissons même pas, et que nous n'apprécierons sans doute pas beaucoup. »

Elle semblait mal à l'aise ce disant, et son ton ne m'apparut pas très sincère ; et bien qu'elle continuât de grommeler, il m'apparut qu'elle était en fait relativement heureuse de cette soirée à venir, car au cours des deux semaines suivantes elle se jeta à corps perdu dans un grand ménage du Hall, serrant ses cheveux sous un turban pour se mettre à étriller le sol, à quatre pattes, flanquée de Betty et de la femme à la journée, Mrs Bazeley. À chaque passage, je trouvais des tapis tendus et destinés à être battus, des tableaux nouvellement apparus sur des murs vides et diverses pièces de mobilier sorties des réserves.

« On croirait qu'on reçoit Sa Majesté en personne ! » s'exclama un jour Mrs Bazeley, alors que j'étais descendu à la cuisine pour préparer de la solution saline pour le traitement de Rod. Elle était spécialement venue ce dimanche. « Que d'histoires, c'est à se demander. Cette pauvre Betty en a des ampoules ! Montre tes doigts au docteur, Betty. »

Betty qui, assise à la table, s'employait à nettoyer diverses pièces d'argenterie avec du Miror et un chiffon blanc, posa aussitôt son chiffon doux pour me montrer ses paumes – heureuse qu'on lui prête quelque attention, je suppose. Après trois mois passés à Hundreds, ses mains enfantines étaient devenues plus épaisses et quelque peu marquées, mais je saisis un bout de son doigt et le secouai.

« Continue, dis-je. Ce n'est pas pire que si tu travaillais dans les champs – ou à l'usine, d'ailleurs. Ce sont des bonnes mains de paysanne, crois-moi.

— Des mains de paysanne ! » s'exclama Mrs Bazeley, tandis que Betty, l'air offensé, retournait à son argenterie. « Mais c'est en faisant les lustres qu'elle a attrapé tout ça. Miss Caroline l'a obligée à nettoyer ces sacrées larmes de cristal, une par une – vous m'excusez, docteur. Mais ces lustres, il faudrait les descendre, carrément. Dans le temps, il y avait des hommes qui venaient les chercher pour les emporter à Birmingham, pour les tremper. Non, tout ce tintouin pour boire deux trois verres… même pas un vrai dîner. Et ce n'est que des gens de Londres, n'est-ce pas ? »

Néanmoins, les préparatifs continuaient ; je remarquai que Mrs Bazeley se donnait autant de mal que les autres. Difficile, après tout, de ne pas être séduite par la nouveauté de la chose, car en cette année de strict rationnement, même une petite soirée sans prétention était un événement dont on ne pouvait que se réjouir. Je n'avais pas encore rencontré les Baker-Hyde, et j'étais curieux de faire leur connaissance – curieux, également, de voir le Hall apprêté comme à l'époque de ses fastes. Et j'étais aussi, je le constatai avec surprise et agacement, quelque peu nerveux. J'avais le sentiment qu'il me fallait me montrer à la hauteur de l'occasion, sans savoir exactement comment. Le vendredi précédant la soirée, j'allai chez le coiffeur. Le samedi, je demandai à ma logeuse, Mrs Rush, d'exhumer mon habit de soirée. Elle découvrit des mites dans les coutures de la veste, et la chemise était si usée par endroits qu'elle dut en couper les pans pour la rapiécer. Lorsque je me regardai enfin dans le miroir embrumé de mon armoire à glace, mon allure de clochard de luxe ne me rasséréna pas. Mes cheveux avaient depuis peu commencé de se clairsemer et ainsi, fraîchement tondu, je paraissais chauve au niveau des tempes. J'avais dû voir un patient jusque tard dans la nuit et j'avais les yeux rouges du manque de sommeil. Je me rendis compte avec consternation que je ressemblais à mon père ; ou plutôt à mon père s'il avait jamais porté une tenue de soirée : c'est-à-dire plus à l'aise et plus soi-même en blouse et tablier de boutiquier.

Graham et Anne, un peu excités de m'imaginer frayant avec les Ayres au lieu de dîner chez eux comme tous les dimanches, m'avaient proposé de m'arrêter pour prendre un verre, en route pour ma soirée. J'arrivai tête basse, et comme je m'y étais attendu, Graham éclata de rire en voyant mon allure. Anne, plus délicate, alla chercher une brosse et m'épousseta les épaules, puis défit mon nœud de cravate pour le refaire elle-même.

« Voilà, vous êtes parfaitement élégant », dit-elle quand elle en eut fini, avec cette voix que les femmes prennent pour complimenter sur son élégance quelqu'un qui ne l'est pas.

« J'espère que vous avez mis un maillot de corps ! fit Graham. Morrison est allé à une soirée au Hall, il y a quelques années de cela. Il dit qu'il ne s'est jamais autant gelé, de toute sa vie. »

Et de fait, l'été si chaud avait fait place à un automne très mitigé, et la journée avait été fraîche et humide. Comme je quittais Lidcote, la pluie se mit à tomber continûment, transformant les routes de campagne poussiéreuses en rivières de boue. Je dus bondir hors de la voiture, une couverture sur la tête, pour ouvrir les grilles du parc et, émergeant de l'allée trempée aux buissons lourds de pluie pour déboucher sur le terre-plein de gravier, c'est avec une certaine fascination que je levai les yeux vers le Hall : je ne m'y étais jamais rendu à une heure si tardive et, avec ses contours brouillés, la maison semblait se vider de son sang, vampirisée par un ciel de plus en plus sombre. Je courus jusqu'au perron et tirai le cordon de la sonnette, la pluie tombant à seaux à présent. Personne ne vint ouvrir. Les bords de mon chapeau commençaient de me tomber sur les oreilles. Finalement, craignant de mourir noyé debout, j'ouvris moi-même la porte non verrouillée et me glissai dans le hall.

Une des particularités de la maison était d'offrir deux atmosphères distinctes, à l'extérieur et à l'intérieur. Comme je fermais la porte derrière moi, le bruit de la pluie cessa, et je constatai que le hall était doucement éclairé à l'électricité, juste assez pour mettre en valeur le reflet du sol de marbre fraîchement ciré. Chaque table supportait un bouquet de fleurs de saison, roses tardives et chrysanthèmes bronze. L'étage était faiblement éclairé, l'étage supérieur encore plus faiblement, de sorte que la cage d'escalier s'élevait comme un puits d'ombre ; la coupole de verre au sommet gardait les derniers reflets du crépuscule et paraissait comme suspendue dans l'obscurité, vaste disque translucide. Le silence était absolu. Ayant ôté mon chapeau détrempé et brossé mes épaules pour en chasser les gouttes, je m'avançai doucement et demeurai ainsi une minute, la tête levée, au centre du hall, immobile sur le sol miroitant.

Puis je m'avançai dans le couloir sud. Le petit salon se révéla allumé et chauffé, mais désert ; plus loin, je distinguai une lumière plus intense provenant de la porte ouverte du grand salon, et je m'y dirigeai. Au bruit de mes pas, Gyp se mit à aboyer ; une seconde plus tard, il se précipitait vers moi, déjà prêt à jouer. Puis me parvint la voix de Caroline : « C'est toi, Roddie ? »

Il y avait une nuance de lassitude dans son ton. M'approchant, je répondis, un peu gêné : « Non, ce n'est que moi, le dr Faraday ! Je suis entré tout seul, cela ne vous ennuie pas, j'espère. Suis-je affreusement en avance ? »

Je l'entendis rire. « Pas du tout. C'est nous qui sommes affreusement en retard. Venez, entrez. Moi, je ne peux pas bouger. »

Il s'avéra qu'elle me parlait juchée sur un petit escabeau, contre le mur du fond du salon. Au départ, je ne compris pas pourquoi ; j'étais trop ébloui par la pièce elle-même. Celle-ci était déjà étonnante plongée dans la pénombre et les meubles recouverts de draps, mais à présent ses divans et chaises délicats étaient tous dévoilés, et le lustre – un de ceux, probablement, qui étaient responsables des ampoules de Betty – éclairait *a giorno*. Plusieurs autres petites lampes étaient allumées, et toute cette lumière, reflétée ici et là dans l'or de divers ornements et encadrements de miroirs, se réverbérait surtout dans le jaune Regency toujours frais des murs.

Caroline me vit cligner des paupières. « Ne vous inquiétez pas, vos yeux cesseront bientôt de couler. Ôtez votre manteau et servez-vous quelque chose à boire. Maman est encore en train de s'habiller, et Rod est coincé à la ferme pour un problème quelconque. Mais j'en ai presque fini. »

Je me rendis alors compte de ce qui l'occupait : elle faisait le tour de la pièce avec dans la main une poignée de punaises, et s'employait à fixer au mur les bords du papier jaune, là où ils retombaient ou cloquaient. Je voulus l'aider, mais le temps que j'arrive jusqu'à elle, elle avait déjà posé la dernière punaise ; je me contentai de maintenir l'escabeau et de lui tendre la main pour qu'elle s'y appuie tandis qu'elle en descendait avec précaution, en relevant l'ourlet de sa jupe : elle portait une robe du soir en mousseline bleue et des escarpins et gants gris argent ; ses cheveux étaient remontés et maintenus d'un côté par un peigne de broderie diamantée. La robe était loin d'être neuve et, pour être franc, ne l'avantageait guère. Le décolleté montrait ses clavicules proéminentes et les tendons du cou, et le corsage était trop étroit pour son buste généreux. Elle avait légèrement fardé ses paupières et ses joues, et ses lèvres peintes d'un rouge éclatant paraissaient presque trop épaisses, sa bouche immense. En fait, je me dis qu'elle aurait été infiniment plus jolie et plus elle-même sans le moindre maquillage, et avec une de ses vieilles jupes informes et un pauvre corsage ; et que j'aurais infiniment préféré la voir ainsi vêtue. Mais sous cette lumière crue, j'étais bien conscient de mes propres lacunes.

Ses joues rosirent légèrement sous le fard. Évitant mon regard, elle s'adressa au chien.

« Et il ne s'est toujours pas servi quelque chose à boire ! Pourtant, ta maîtresse sera un véritable bonheur pour les yeux, après un cocktail ou deux, hein, Gyp ? »

Je me rendis compte qu'elle était mal à l'aise, pas très naturelle. Je supposai qu'elle s'angoissait un peu pour la soirée à venir. Elle sonna pour appeler Betty ; je perçus le grincement étouffé du fil d'acier glissant dans sa gaine à l'intérieur du mur. Puis elle m'accompagna au buffet, où était disposée une rangée de fort beaux verres de cristal taillé et ce qui, pour l'époque, constituait une variété de boissons assez impressionnante : sherry, gin, vermouth italien, bitters et limonade. Personnellement, j'avais apporté une demi-bouteille de rhum Navy ; nous venions de nous en servir deux petits verres quand Betty apparut, en réponse à la sonnette. Elle était sur son trente et un, comme tout le reste de la maison : ses manchettes, col et tablier étaient d'un blanc aveuglant, et sa petite coiffe plus élaborée qu'à l'habitude, ornée d'un ruché de dentelle, vertical, un peu comme une gaufrette piquée dans des boules de glace. Mais elle venait de préparer des assiettes de sandwiches au sous-sol, et paraissait quelque peu en sueur, débordée. Caroline l'avait appelée pour qu'elle emporte l'escabeau, et elle alla le chercher d'une démarche rapide et pas très gracieuse. Sans doute s'était-elle trop pressée ou avait-elle mésestimé son poids : elle avait à peine fait deux pas qu'il s'effondrait au sol.

Caroline et moi sursautâmes, et le chien se mit à aboyer.

« Tais-toi, Gyp, espèce d'idiot ! » fit Caroline. Puis du même ton, à Betty : « Mais qu'est-ce que vous fichez, grands dieux ?

— Je fais rien du tout ! » répondit la jeune fille en secouant la tête, sa coiffe glissant de biais. « C'est cette échelle qui est bizarre, c'est tout. Tout est bizarre, dans cette maison !

— Oh, mais ne soyez pas sotte.

— Je ne suis pas sotte.

— Bon, dis-je d'une voix apaisante, aidant Betty à ramasser l'escabeau et à trouver une meilleure prise. Il n'y a pas de mal. Rien de cassé. Ça va aller, comme ça ? »

Elle jeta un regard noir à Caroline, mais emporta l'escabeau sans un mot — évitant de peu Mrs Ayres qui arrivait juste et avait saisi la fin de l'incident.

« Mais dieu du ciel, quelle agitation ! » fit-elle en pénétrant dans la pièce. Puis elle me vit. « Docteur Faraday, vous êtes déjà là. Et quelle élégance. Mais que devez-vous penser de nous ? »

Elle vint vers moi, lissant son visage et ses manières, et me tendit la main. Elle était vêtue à la manière d'une élégante veuve française, de soie foncée. Sur sa tête, une écharpe de dentelle noire, sorte de mantille très fine agrafée sur sa gorge par une broche ornée d'un camée. En passant sous le lustre, elle leva les yeux, paupières plissées, ses hautes pommettes remontant encore.

« Comme cette lumière est violente, n'est-ce pas ? Elle n'était certainement pas aussi forte, autrefois. Ou bien c'est nous qui étions plus jeunes, peut-être... Caroline, laisse-moi te regarder, ma chérie. »

Après cette histoire d'escabeau, Caroline semblait plus mal à l'aise que jamais. Elle prit une pose de mannequin et dit d'une voix crispée, artificielle : « Cela conviendra ? Pas véritablement à la hauteur de tes espérances, je sais.

— Oh, mais quelle idée », répondit sa mère, et le ton de sa voix me rappela celui qu'Anne avait employé avec moi. « Tu es ravissante. Tire un peu sur tes gants, voilà, c'est parfait… Toujours pas de nouvelles de Roderick ? J'espère qu'il ne va pas se faire prier. Cet après-midi, il pestait contre son habit de soirée en disant que tout flottait sur lui, maintenant. Je lui ai dit qu'il avait beaucoup de chance d'en avoir encore un – merci, docteur Faraday, un sherry, volontiers. »

Je lui tendis son verre ; elle le prit d'une main absente, me regarda en souriant machinalement.

« Vous rendez-vous compte ? Il y a si longtemps que l'on n'a plus reçu, dans cette maison, que j'en ai presque le trac.

— Eh bien personne ne le soupçonnerait », dis-je.

Elle n'écoutait pas. « Je serais plus tranquille avec mon fils auprès de moi. Quelquefois, savez-vous, je pense qu'il oublie que c'est lui le maître de Hundreds. »

D'après ce que j'avais pu voir de Roderick au cours des semaines passées, je trouvais très peu probable qu'il l'oublie une seule seconde ; je regardai Caroline, et vis clairement qu'elle pensait la même chose. Mais Mrs Ayres continuait d'examiner la pièce, agitée. Elle prit une seule gorgée, puis posa son verre et se dirigea vers le buffet, contrariée qu'on n'y ait pas disposé assez de bouteilles de sherry. Sur quoi elle vérifia le contenu des coffrets de cigarettes, et essaya un à un les briquets de table. Soudain, une bouffée de fumée, émanant de la cheminée, la fit se diriger vers l'âtre, tout angoissée, s'inquiétant du conduit non ramoné et du bois humide.

Mais il n'était plus temps d'aller chercher d'autres bûches. Comme elle se redressait, un écho de voix nous parvint du couloir, et les premiers invités dignes de ce nom firent leur apparition : Bill et Helen Desmond, des gens de Lidcote que je connaissais vaguement ; Mr et Mrs Rossiter, que je connaissais uniquement de vue ; et une vieille demoiselle, Miss Dabney. Ils étaient venus ensemble, pressés dans la voiture des Desmond, pour économiser l'essence. Tous se plaignaient du temps, tandis que Betty empilait pardessus et chapeaux trempés sur son bras. Elle les fit entrer dans le salon, et sa coiffe était de nouveau d'aplomb ; la crise de mauvaise humeur semblait passée. Je croisai son regard et lui fis un clin d'œil. L'espace d'une seconde, elle parut stupéfaite, puis rentra le menton avec un sourire enfantin.

Aucun des nouveaux arrivants ne me reconnut, dans mes vêtements de soirée. Rossiter était un magistrat à la retraite, Bill Desmond un gros propriétaire terrien, et ce n'était pas là le genre de personnes que j'avais l'habitude de fréquenter. C'est l'épouse de Desmond qui me reconnut la première.

« Oh, fit-elle d'une voix angoissée, personne n'est malade, j'espère ?

— Malade ? » répéta Mrs Ayres. Puis, avec un petit rire mondain : « Oh, mais non. Le Dr Faraday est notre invité, ce soir ! Mr et Mrs Rossiter, vous connaissez le Dr Faraday, n'est-ce pas ? Et vous également, Miss Dabney ? »

En fait, j'avais déjà soigné Miss Dabney, en deux ou trois occasions. Elle était plus ou moins hypocondriaque, le genre de patient qui pourrait suffire à faire vivre correctement un médecin. Mais elle conservait des principes quelque peu démodés, considérait de haut les simples généralistes, et je pense qu'elle fut surprise de me trouver là, à Hundreds, un verre de rhum à la main. Sa surprise, toutefois, fut noyée par l'agitation qui suivit leur arrivée, car chacun y allait de son commentaire sur le salon ; il fallait servir les boissons ; et puis Gyp, l'adorable Gyp, passait d'un convive à l'autre, la truffe tendue, et chacun devait le flatter et le caresser pour s'en débarrasser.

Puis Caroline offrit des cigarettes, et les invités purent s'arrêter sur elle.

« Juste ciel, s'exclama Mr Rossiter avec une pesante galanterie, mais qui est cette jeune beauté ? »

Caroline pencha la tête. « Juste cette bonne vieille Caroline avec du rouge à lèvres, j'en ai bien peur.

— Allons, ne soyez pas sotte, ma chère, dit Mrs Rossiter, prenant une cigarette dans le coffret. Vous êtes absolument ravissante. Vous êtes la digne fille de votre père, et c'était un très bel homme. » Elle se tourna vers Mrs Ayres. « Le colonel aurait tant aimé voir cette pièce ainsi, n'est-ce pas, Angela ? Il aimait tellement les réceptions. Un danseur extraordinaire ; d'une incroyable élégance. Je me souviens vous avoir vu danser tous les deux, lors d'une soirée, à Warwick. C'était un bonheur de vous observer ; vous étiez douce à l'œil comme un duvet de chardon. Les jeunes d'aujourd'hui n'ont plus l'air de connaître nos danses d'autrefois, et quand aux danses modernes — ma foi, j'avoue peut-être mon âge, mais les danses modernes me semblent d'une telle vulgarité. Tout le monde en train de sauter dans tous les sens ; on se croirait dans un asile de fous ! Et ça ne peut pas être bon pour la santé. Qu'en pensez-vous, docteur Faraday ? »

Je fis une réponse passe-partout, et la conversation roula encore un moment sur ce sujet, avant d'en revenir bientôt aux grands bals et soirées donnés dans le comté au fil des années, de sorte que j'eus moins à y contribuer. « Ce devait être en 1928 ou 1929 », entendis-je Miss Dabney dire à propos de quelque réception particulièrement étincelante ; et, avec un amusement quelque peu grinçant, je revoyais ma vie dans ces années-là, jeune étudiant en médecine à Birmingham, épuisé de trop de travail, la faim au ventre en permanence, et créchant dans une soupente au toit percé digne de Dickens, quand Gyp se mit à aboyer. Caroline le saisit par le collier pour l'empêcher de se précipiter dans le couloir. Nous perçûmes des voix, parmi lesquelles une voix d'enfant — « Il y a un chien ? » —, et les nôtres se turent. Un groupe apparut sur le seuil : deux hommes en complet-veston, une jolie femme en robe de cocktail vivement colorée, et une jolie petite fille de huit ou neuf ans.

La présence de l'enfant nous surprit tous. C'était en fait la fille des Baker-Hyde, Gillian. Quant au deuxième homme, il était visiblement attendu, par Mrs Ayres au moins ; personnellement, je n'en avais pas entendu parler. On me le présenta comme Mr Morley, le frère cadet de Mrs Baker-Hyde.

« Je passe souvent le week-end chez Diana et Peter, dit-il en serrant les mains, donc je me suis dit, eh bien allons-y. Ma foi, on dirait que nous ne faisons pas très bonne impression, dès le départ. » Puis, s'adressant à son beau-frère : « Peter ! lança-t-il, tu vas te faire virer du comté, mon vieux ! »

Il faisait allusion à leur complet de ville ; car Bill Desmond, Mr Rossiter et moi portions tous des habits de soirée très vieux style, et Mrs Ayres et les autres dames des robes longues. Les Baker-Hyde, toutefois, semblaient décidés à tourner en dérision cette situation embarrassante ; en fait, c'est nous qui finîmes par nous sentir gênés de notre tenue. Non que Mr et Mrs Baker-Hyde se fussent montrés condescendants de quelque manière que ce soit. Tout au contraire, je dois dire que, ce soir-là, je les trouvai extrêmement agréables et bien élevés – quoiqu'avec une sorte de vernis étonnant, je pouvais donc très bien comprendre que certaines personnes de la région les trouvent tout à fait étrangers aux codes en vigueur à la campagne. La petite fille possédait déjà leur assurance et n'hésitait visiblement pas à parler avec les adultes sur un pied d'égalité, mais c'était quand même, essentiellement, une enfant. Par exemple, elle parut intriguée et réjouie de voir Betty en tablier et coiffe, et feignit d'avoir peur de Gyp, avec mille manières. Au moment de servir les cocktails, on lui donna une limonade, mais elle fit un tel raffut pour avoir du vin que son père finit par vider son verre dans le sien. Les adultes du Warwickshire observèrent, fascinés et consternés, le sherry se diluer dans le grand verre de l'enfant.

Dès le premier instant, Mr Morley, le frère de Mrs Baker-Hyde, ne m'inspira aucune sympathie. Il devait avoir dans les vingt-sept ans ; il portait les cheveux plaqués et des lunettes américaines sans monture, et ne tarda pas à faire savoir à tout le monde qu'il travaillait pour une agence de publicité londonienne, mais commençait juste à se faire un nom dans l'industrie cinématographique en écrivant des « traitements ». Il ne consentit pas à s'étendre, pour notre édification, sur ce qu'étaient ces « traitements », et Mr Rossiter, comprenant mal les derniers mots, crut qu'il était plus ou moins dans la médecine, comme moi, ce qui conduisit à quelques minutes de confusion. Mr Morley rit non sans indulgence de son erreur. Je le vis, tout en sirotant son cocktail, me regarder de bas en haut avant de me rayer des cadres ; je le vis faire de même avec tout le monde, avant que dix minutes ne se soient écoulées. Mrs Ayres, toutefois, en tant que maîtresse de maison, semblait décidée à le recevoir du mieux possible. « Il faut que vous rencontriez les Desmond, Mr Morley », l'entendis-je dire, tandis qu'elle le guidait d'un petit groupe à l'autre. Puis, quand il nous eut rejoints, Mr Rossiter et moi, près de la cheminée : « Mais asseyez-vous, messieurs… vous aussi, Mr Morley. »

Elle lui prit le bras et demeura un instant immobile, comme si elle ne savait trop où l'installer ; finalement, et de manière apparemment toute naturelle, elle le conduisit vers le divan. Caroline y était déjà assise avec Mrs Rossiter, mais c'était un très grand divan. Mr Morley hésita un instant puis, l'air résigné, s'assit à la place libre au côté de Caroline. Aussitôt, celle-ci se pencha pour ajuster le collier de Gyp ; son mouvement était si faux, si artificiel, que je pensai : « Pauvre Caroline ! Elle doit se demander comment échapper à ça. » Mais comme elle se redressait, je vis son expression curieusement empruntée, tandis qu'elle portait la main à ses cheveux en un geste étonnamment féminin de sa part. Mon regard passait d'elle à Mr Morley, dont la posture semblait plutôt contrainte. Je me souvins de tout ce travail, de ces préparatifs qui s'étaient poursuivis jusque dans la soirée ; je me souvins de la nervosité de Caroline. Et avec une curieuse hostilité, un étrange sentiment de trahison, je compris brusquement le pourquoi de cette réception, et le but que poursuivaient Mrs Ayres et Caroline elle-même, de toute évidence.

À la seconde où tout cela m'apparaissait, Mrs Rossiter se leva.

« Il faut laisser les jeunes bavarder entre eux », murmura-t-elle avec un regard complice adressé à son époux et à moi. Puis, tendant son verre vide : « Docteur Faraday, auriez-vous l'amabilité de me servir encore un peu de sherry ? Vous seriez un ange. »

J'emportai le verre au buffet et le remplis. Ce faisant, je surpris mon reflet dans un des nombreux miroirs de la pièce : dans cette lumière impitoyable, la bouteille à la main, j'avais plus que jamais l'air d'un épicier au crâne déjà dégarni. Je rapportai son verre à Mrs Rossiter, qui me remercia de façon théâtrale : « Oh, *mille* mercis. » Mais elle souriait comme Mrs Ayres l'avait fait quand je lui avais rendu le même service, son regard dérivant et me quittant alors même qu'elle me remerciait. Sur quoi elle reprit la conversation avec son époux.

Peut-être était-ce mon moral en berne ; peut-être était-ce la sophistication des Baker-Hyde, que rien ne pouvait égaler ; mais la fête, à peine commencée, me parut perdre de son lustre. Le grand salon lui-même me semblait avoir rétréci, à présent que les habitants de Standish l'avaient investi. Comme la soirée s'avançait, je les vis faire de leur mieux pour l'admirer, louant le décor Regency, le papier peint, le plafond mouluré, Mrs Baker-Hyde en particulier en fit le tour lentement, appréciant chaque détail. La pièce était immense, et plus chauffée depuis longtemps : un bon feu brûlait dans l'âtre, mais l'atmosphère s'imprégnait sournoisement d'une fraîcheur et d'une humidité pénétrantes qui la firent, deux ou trois fois, frissonner et se frotter discrètement les bras, qu'elle avait nus. Elle finit par se rapprocher de la cheminée, disant quelle voulait examiner de plus près une paire de mignonnes chaises dorées disposées de part et d'autre de celle-ci ; et, apprenant que les assises étaient d'origine et avaient été créées dans les années 1820 pour le mobilier du salon octogonal, elle déclara : « Je m'en doutais. Quelle chance qu'elles aient traversé tout ce temps ! Quand nous sommes arrivés à Standish, il y avait des tapisseries superbes, mais quasiment détruites par les mites ; nous avons dû nous en débarrasser. Ça m'a vraiment fait mal au cœur.

— Oh oui, c'est *affreusement* dommage, renchérit Mrs Ayres. Ces tapisseries étaient des merveilles. »

Mrs Baker-Hyde se tourna vers elle. « Vous les connaissiez ?

— Oui, bien sûr », répondit Mrs Ayres ; le colonel et elle devaient être des habitués de Standish, autrefois. J'y étais allé moi-même, pour soigner une domestique, et je savais qu'en cet instant, comme nous tous d'ailleurs, elle pensait à ces magnifiques pièces et couloirs sombres, avec leurs anciens tapis et tentures, leurs lambris délicatement sculptés qui recouvraient presque tous les murs, et dont la moitié au moins – ainsi que Peter Baker-Hyde s'employait à nous l'expliquer – s'était révélée infestée de bêtes à bois et avait dû être arrachée.

« C'est terrible de devoir se séparer des choses, dit son épouse, peut-être en réponse à nos visages graves, mais on ne peut pas tout conserver éternellement, et nous avons sauvé ce que nous pouvions.

— Ma foi, reprit son mari, quelques années de plus, et toute la maison était totalement perdue. Les Randall semblaient penser qu'ils faisaient leur devoir en ne bougeant pas d'un pouce et en ignorant toute initiative pour moderniser les lieux ; mais de mon point de vue, s'ils n'avaient pas les moyens d'entretenir la maison, ils auraient dû la quitter depuis longtemps, pour qu'on la transforme en hôtel ou en club de golf. » Il hocha la tête, souriant à Mrs Ayres. « Vous vous en sortez bien, ici, n'est-ce pas ? Je me suis laissé dire que vous avez vendu la plus grande partie de vos terres agricoles. Je ne vous blâme pas ; nous songeons à faire la même chose. Cela dit, nous tenons à notre parc. » Il se tourna vers la petite fille. « N'est-ce pas, Kitty ? »

Celle-ci était assise à côté de sa mère. « Je vais avoir un poney tout blanc ! s'exclama-t-elle, les yeux brillants. Je vais apprendre à sauter avec. »

Sa mère se mit à rire. « Et moi aussi. » Elle tendit le bras et caressa les cheveux de la petite fille. À son poignet, les bracelets d'esclave en argent s'entrechoquèrent dans un tintement de cloches. « Nous apprendrons ensemble, d'accord ?

— Vous ne montez pas ? s'enquit Helen Desmond.

— Pas du tout, j'en ai bien peur.

— Uniquement à moto », intervint Mr Morley d'une voix flûtée, depuis le divan. Il venait d'offrir une cigarette à Caroline, mais se détournait d'elle, le briquet à la main. « Un de nos amis en a une. Vous devriez voir Diana foncer avec ! Une vraie Walkyrie !

— Arrête, Tony ! »

Ils rirent ensemble de ce qui était visiblement une plaisanterie intime. Caroline porta de nouveau la main à ses cheveux, dérangeant légèrement son peigne de strass.

« Vous avez des chevaux, je suppose ? demanda Peter Baker-Hyde à Mrs Ayres. Tout le monde a l'air d'en posséder, ici. »

Mrs Ayres secoua la tête. « Je suis beaucoup trop vieille pour monter encore. De temps à autre, Caroline loue un cheval au vieux Patmore, à Lidcote ; encore que son cheptel ne soit plus ce qu'il était. Du vivant de mon époux, nous avions une écurie.

— Une fort belle écurie, ajouta Mr Rossiter.

— Et puis, avec la guerre, les choses sont devenues plus difficiles. Et quand mon fils a été blessé, nous avons décidé d'abandonner… Roderick était dans la RAF, savez-vous.

— Ah, fit Mr Baker-Hyde. Eh bien, nous ne lui en ferons pas reproche, pas vrai Tony ? Il volait sur quoi ? Des mosquitoes ? Très bien ! Un gars m'a emmené à bord d'un de ces engins, un jour, et je n'ai eu qu'une hâte, en descendre. C'était comme d'être à l'intérieur d'une boîte de sardines projetée dans tous les sens. Non, patauger un peu à Anzio, c'était plus pour moi. Il a eu la jambe abîmée, d'après ce que j'ai compris. C'est bien triste à entendre. Comment s'en sort-il ?

— Ma foi, pas trop mal.

— Garder le sens de l'humour, c'est ça, l'essentiel, naturellement... J'aimerais bien le rencontrer.

— Eh bien, dit Mrs Ayres, l'air gêné, je sais qu'il aimerait également beaucoup faire votre connaissance. » Elle baissa les yeux sur sa
montre-bracelet. « Je ne sais réellement comment m'excuser de son
retard. C'est malheureusement le pire aspect des choses, quand on
gère une ferme : on ne peut jamais rien prévoir... » Elle releva la
tête, regarda autour d'elle ; je pensai une seconde qu'elle allait me
faire signe. Mais c'est Betty qu'elle appela.

« Betty, voulez-vous courir à la chambre de Mr Roderick, pour
voir ce qui le retient ainsi ? Dites-lui bien que nous l'attendons
tous. »

Betty s'éclipsa, toute rose de l'importance de sa responsabilité.
Quelques minutes plus tard, elle réapparaissait, disant que Mr Roderick s'habillait et qu'il nous rejoindrait dès que possible.

Toutefois, la soirée s'avançait, et Rod n'apparaissait toujours pas.
Les verres furent remplis de nouveau, et la petite fille commença de
s'agiter, réclamant encore un peu de vin. Quelqu'un suggéra qu'elle
devait être fatiguée, et que ce devait vraiment être une fête pour elle
de se voir ainsi autoriser à rester debout bien après l'heure où les
enfants se couchent ; sur quoi sa mère lui caressa la tête d'une main
indulgente : « Oh, nous la laissons plus ou moins courir comme elle
veut jusqu'à ce qu'elle tombe de sommeil. Je ne vois pas l'intérêt de
les envoyer au lit par principe. Cela crée toutes sortes de névroses. »

L'enfant confirma elle-même, d'une voix aiguë, discordante,
qu'elle ne se couchait jamais avant minuit – et de plus qu'on l'autorisait souvent à boire du cognac après dîner, et qu'une fois elle avait
même fumé une demi-cigarette.

« Ma foi, mieux vaudrait qu'il n'y ait ni cognac ni cigarettes ici,
déclara Mrs Rossiter, car je doute que le Dr Faraday approuve de
voir une enfant faire tout cela. »

Je dis, l'air faussement solennel, qu'en effet je n'approuverais pas, en aucun cas. « Et moi non plus, glissa Caroline, d'une voix discrète mais bien perceptible. C'est déjà bien assez que tous ces sales mômes viennent voler les oranges. » Ce à quoi Mr Morley se tourna vers elle, l'air effaré, tandis qu'un silence déconcerté tombait, vite rompu par Gillian déclarant que si, elle voulait fumer une cigarette, personne ne pourrait l'en empêcher ; et que même, si elle en avait envie, elle fumerait plein de cigares !

Pauvre gamine. Ce n'était pas ce que ma mère aurait appelé une enfant « attachante ». Mais je pense que nous étions tous plutôt contents qu'elle soit là, car, comme un chaton avec une pelote de laine, elle nous fournissait quelque chose à regarder en souriant quand les conversations languissaient. Seule Mrs Ayres, je le remarquai, semblait avoir l'esprit ailleurs – de toute évidence, elle pensait à Roderick. Comme au bout d'un quart d'heure il n'y avait toujours aucun signe de lui, elle envoya de nouveau Betty à sa chambre ; et cette fois, la jeune fille revint presque aussitôt. Un peu rouge, me sembla-t-il, elle se glissa en hâte jusqu'à Mrs Ayres et lui chuchota quelque chose à l'oreille. Miss Dabney me tenait la jambe – elle voulait un conseil sur un de ses nombreux maux – et je ne pouvais pas décemment la planter là, sinon je serais allé aux nouvelles. Mais je dus me contenter de voir Mrs Ayres présenter ses excuses à ses invités avant de disparaître pour se rendre elle-même chez Roderick.

Après quoi, et même avec la petite fille pour nous distraire, la soirée se traîna. Quelqu'un fit remarquer qu'il pleuvait encore, et toutes les têtes se tournèrent avec reconnaissance vers la pluie qui tambourinait sur les vitres, sur quoi on parla du temps, du fermage et de la situation du pays en général. Diana Baker-Hyde repéra un gramophone et une armoire de disques, et demanda si l'on pouvait mettre un peu de musique. Mais apparemment, les disques ne lui plaisaient guère, car elle abandonna son idée, l'air déçu, après les avoir brièvement passés en revue.

Et le piano ? suggéra-t-elle alors.

« Ce n'est pas un piano, ignorante, fit son frère, balayant l'assistance du regard. C'est une épinette, n'est-ce pas ? »

Apprenant que c'était en réalité un clavecin flamand, Mrs Baker-Hyde s'exclama : « Vraiment ? Mais c'est merveilleux ! Et on peut en jouer, Miss Ayres ? Il n'est pas trop vieux, trop fragile ? Parce que Tony peut jouer de toutes sortes de pianos. Ne fais pas cette tête, Tony, tu sais bien que c'est vrai ! »

Sans un mot ni un regard pour Caroline, son frère se leva du divan, se dirigea vers le clavecin et appuya sur une touche. Le son s'éleva, nostalgique, mais atrocement désaccordé ; enchanté, il prit place sur le tabouret et se lança dans une folle improvisation de jazz. Caroline demeura un moment seule sur le divan, tirant machinalement sur un fil qui s'était défait à un doigt de ses gants argentés. Puis, brusquement, elle se leva et se dirigea vers la cheminée pour ajouter du bois dans l'âtre enfumé.

C'est alors que Mrs Ayres réapparut. Elle jeta un regard surpris et contrarié à Mr Morley installé au clavier, puis secoua la tête, comme Mrs Rossiter et Helen Desmond lui demandait, pleines d'espoir : « Alors, et Roderick ?

— Roderick ne se sent pas très bien, j'en ai peur, dit-elle en faisant tourner les bagues à ses doigts, et ne pourra se joindre à nous, finalement. Il en est absolument désolé.

— Oh, mais quel dommage ! »

Caroline leva les yeux. « Je peux faire quelque chose, Maman ? » s'enquit-elle. Je fis un pas vers elle, la même question aux lèvres. « Non, non, tout va bien, répondit Mrs Ayres. Je lui ai fait prendre de l'aspirine. Il s'est simplement trop fatigué à la ferme, rien de plus. »

Elle prit son verre et rejoignit Mrs Baker-Hyde, qui lui jeta un regard plein de compassion. « C'est sa blessure, je suppose ? »

Mrs Ayres hésita, puis hocha la tête — et à cette seconde je compris que quelque chose n'allait réellement pas bien, car si la jambe de Roderick pouvait poser problème, cela faisait plusieurs semaines à présent, en grande partie grâce à mon traitement, qu'elle ne le faisait plus souffrir à ce point. « Pauvre Roderick, déclara à cet instant Mr Rossiter, prenant tout le monde à témoin. Il était si plein d'énergie, quand il était jeune. Vous souvenez-vous de la fois où Michael Martin et lui avaient volé l'automobile du professeur ? »

L'évocation de ce souvenir tenait du coup de génie, et d'une certaine manière sauva la soirée : si l'anecdote prit une ou deux minutes à raconter, une autre suivit aussitôt. Tout le monde, apparemment, se souvenait de Roderick avec une grande affection, et je suppose que l'émotion créée tout d'abord par son accident, et ensuite par le fait qu'il ait dû endosser si jeune les responsabilités d'une exploitation agricole, ne faisait que décupler cette affection. Mais là encore, je ne pouvais guère apporter ma pierre à la conversation ; elle n'était pas non plus d'un grand intérêt pour les gens de Standish. Mr Morley continuait de plaquer ses accords dissonants sur le clavecin. Les Baker-Hyde écoutèrent poliment les anecdotes, mais avec une expression quelque peu figée ; bientôt, Gillian se mit à tourmenter sa mère en réclamant les toilettes, dans un chuchotement bien audible, et Mrs Baker-Hyde alla trouver Caroline avant de l'emmener. Son époux profita de l'occasion pour se détacher du groupe et errer de-ci de-là dans le salon. Betty arrivait avec un plateau de toasts aux anchois, et ils se rencontrèrent.

« Bonsoir », l'entendis-je dire, comme je me dirigeais vers le buffet pour servir une limonade à Miss Dabney. « Vous travaillez dur, n'est-ce pas ? D'abord vous nous prenez nos manteaux ; maintenant vous apportez des sandwiches. Vous n'avez pas un maître d'hôtel ou quelque chose comme ça, pour vous aider ? »

Je suppose que bavarder avec les domestiques faisait partie des manières modernes, simples et décontractées. Mais ce n'était pas ainsi que Mrs Ayres avait formé Betty, et je la vis le regarder d'un œil blanc, perplexe, comme si elle se demandait si elle devait réellement répondre ou non. « Non, Monsieur », dit-elle enfin.

Il se mit à rire. « Eh bien c'est dommage. Je serais vous, je m'inscrirais à un syndicat. Mais je vais vous dire une chose : votre petit bonnet me plaît bien. » Il tendit le bras, donna une pichenette sur la dentelle de sa coiffe. « J'aimerais voir la tête de notre bonne, si on lui disait de mettre un truc comme ça ! »

Il avait surpris mon regard, et cette dernière phrase s'adressait à moi plus qu'à Betty. Celle-ci baissa la tête et s'éloigna, et comme je versais la limonade, il s'approcha de moi.

« C'est extraordinaire, cet endroit, n'est-ce pas ? murmura-t-il, jetant un bref coup d'œil aux autres. Je peux bien vous dire que j'ai été ravi de l'invitation, simplement pour avoir l'occasion de voir un peu les lieux. Vous êtes le médecin de la famille, si j'ai bien compris. Ils tiennent à vous avoir sous la main, à cause du fils, c'est ça ? Je n'avais pas compris qu'il était en si mauvais état.

— Ce n'est pas le cas, dis-je. Et je ne suis pas ici ce soir en tant que médecin, j'ai été invité, tout comme vous.

— Ah bon ? Oh, j'avais l'impression que vous étiez là à cause du fils, je ne sais pas pourquoi... C'est moche, ce qu'il a, d'après ce que j'ai entendu dire. Des cicatrices et tout ça. Je suppose qu'il préfère éviter les mondanités ? »

Je lui répondis que, pour autant que je le sache, Roderick se réjouissait de cette soirée, mais qu'il avait tendance à trop en faire à la ferme et avait dû s'épuiser au travail. Mr Baker-Hyde hocha la tête, l'air indifférent. Il releva sa manchette pour consulter sa montre et étouffa un bâillement.

« Bien, il va être temps que je ramène toute ma petite troupe à Standish – à condition, naturellement, de réussir à arracher mon beau-frère à cet instrument de dingue. » Il jeta un regard en direction de Mr Morley, rétrécissant les paupières. « Avez-vous jamais vu un pareil crétin ? Et c'est à cause de lui que nous sommes ici ! Ma femme, Dieu sait pourquoi, s'est mis en tête qu'il doit se marier. Notre hôtesse et elle ont monté toute cette soirée pour le présenter à la fille de la maison. Ma foi, il ne m'a pas fallu deux minutes pour voir comment ça allait tourner. Tony est sans doute un affreux lourdaud, mais il sait au moins apprécier une jolie fille... »

Il me disait tout cela sans la moindre vilenie, simplement comme un type qui discute avec un autre. Il n'avait pas vu Caroline qui nous regardait de loin, assise près du feu ; il n'avait pas pensé aux caprices de l'acoustique, dans cette pièce à la forme bizarre où un murmure pouvait porter loin, et une exclamation se perdre. Il vida son verre d'un trait, le posa, et adressa un signe de tête à son épouse qui venait de revenir avec Gillian. Je voyais qu'il attendait à présent un trou dans la conversation, qui lui permettrait de présenter ses respects aux invités et de ramener les siens chez lui.

C'est alors qu'arriva un de ces moments – il devait y en avoir plusieurs, au cours des mois qui allaient suivre – auxquels je ne pourrais plus jamais penser sans un sentiment de profonde consternation – presque avec culpabilité. Car j'aurais aisément pu faire quelque chose pour faciliter son départ ; mais si j'intervins, ce fut précisément dans le sens inverse. Mr et Mrs Rossiter finissaient de narrer leur dernière anecdote sur le jeune Roderick, et bien que nous n'ayons quasiment pas échangé une parole de toute la soirée, je m'adressai à eux en revenant vers Miss Dabney – une question absolument anodine, quelque chose comme « Et qu'en a dit le colonel ? » – ce qui relança aussitôt le flot des souvenirs. Je vis le visage de Mr Baker-Hyde s'affaisser et en éprouvai une joie quelque peu puérile. Je ressentais le besoin gratuit, presque malveillant, de lui rendre les choses le plus difficile possible.

Mais je ne regretterai jamais assez d'avoir agi ainsi ; car quelque chose d'horrible allait arriver à sa petite fille, Gillian.

Depuis leur arrivée, elle n'avait cessé de faire des manières à propos de Gyp, feignant d'avoir peur de lui, se réfugiant ostensiblement dans les jupes de sa mère dès que ses gambades amicales dans le salon l'amenaient non loin d'elle. Depuis un petit moment, toutefois, elle avait changé de caprice et décidé de faire quelques tentatives d'approche. Je pense aussi que le vacarme que faisait Mr Morley au clavecin commençait d'agacer le chien, car il s'était dirigé vers une fenêtre pour se coucher derrière le rideau. Le rejoignant là-bas, Gillian tira à elle un tabouret bas et se mit à lui caresser la tête d'une main maladroite, en lui racontant de gentilles sottises à l'oreille : « Oh, le *beau* chien. Tu es un *très joli* chien, un *brave* toutou », comme ça, sans arrêt. Nous la voyions à demi, car elle était en partie cachée par le rideau. Je remarquai que sa mère ne cessait de se tourner vers elle, comme si elle craignait que Gyp ne lui donne un coup de dents. « Gillie, fais attention, ma chérie ! » lui lança-t-elle une fois – ce qui fit discrètement ricaner Caroline, car Gyp était réellement l'animal le plus doux que l'on puisse imaginer, et le seul risque était que la petite ne finisse par l'épuiser à force de babiller et de lui tripoter la tête. C'est pourquoi Caroline aussi ne cessait de jeter des regards à Gillian, tout comme Mrs Baker-Hyde ; de temps en temps, Helen Desmond ou Miss Dabney, ou les Rossiter, jetaient également un coup d'œil dans cette direction, agacés par la voix de la petite fille ; je me surpris à faire de même. En fait, je dirais que la seule personne qui, probablement, ne surveillait pas Gillian, était Betty. Après avoir servi les toasts, elle s'était postée près de la porte et demeurait là, les yeux baissés, comme on lui avait appris à le faire. Et pourtant – et c'est là une chose extraordinaire – aucun d'entre nous, après coup, ne put affirmer avoir eu les yeux sur Gillian au moment précis où l'incident arriva.

En revanche, nous perçûmes tous les bruits – des bruits horribles, que j'entends encore aujourd'hui –, une sorte de jappement déchirant émanant de Gyp, mêlé au cri de Gillian, un cri aigu, perçant, sur une seule note, qui se fit presque aussitôt plainte sourde, basse, comme un vagissement liquide. Je crois que le malheureux chien fut aussi surpris que nous : il bondit loin de la fenêtre, faisant s'envoler le rideau et distrayant un instant notre attention de la petite fille. Puis une des dames, je ne sais plus laquelle, vit ce qui était arrivé et poussa un cri, à son tour. Mr Baker-Hyde, ou son beau-frère

peut-être, se mit à hurler : « *Bon Dieu ! Gillian !* » Tous deux se
précipitèrent, l'un d'eux se prenant les pieds dans un ourlet du tapis
et manquant s'étaler. Un verre, posé en hâte sur la cheminée, s'écrasa
devant l'âtre. Une masse de corps me cachait à présent la petite fille ;
je ne voyais d'elle qu'un bras et une main, sur lesquels ruisselait du
sang. Même en cet instant – je suppose que le fracas du verre brisé
m'avait mis cette idée en tête –, je crus qu'une vitre s'était cassée et
l'avait coupée au bras, et coupé Gyp aussi peut-être. Mais Diana
Baker-Hyde s'était ruée hors de son fauteuil et, se frayant un chemin
jusqu'à sa fille, se mit à hurler ; m'avançant moi-même, je vis ce
qu'elle avait vu. Le sang ne provenait pas du bras de Gillian, mais
de son visage. Sa joue et sa lèvre n'étaient plus que deux morceaux
de chair pendante – quasiment arrachés. Gyp l'avait mordue.

La pauvre enfant était toute blanche, raidie, en état de choc. Son
père, à ses côtés, avançait une main tremblante vers son visage, approchait les doigts puis reculait, ne sachant pas s'il devait toucher la
blessure ou non ; ne sachant que faire. Je me retrouvai agenouillé
près de lui sans savoir comment j'étais arrivé là. Je suppose que mon
instinct professionnel m'avait propulsé malgré moi. Je l'aidai à la
soulever et nous la portâmes jusqu'au divan, l'allongeant bien à plat
sur le dos ; divers mouchoirs surgirent, que l'on pressa sur sa joue –
dont celui d'Helen Desmond, délicatement brodé et garni de fine
dentelle, et bientôt détrempé de sang écarlate. Je fis ce que je pouvais
pour juguler le saignement et nettoyer la plaie, mais la tâche était
malaisée. Ce genre de blessure semble toujours plus grave qu'elle ne
l'est en réalité, en particulier sur un enfant, mais néanmoins j'avais
aussitôt vu que la morsure était très vilaine.

« Bon Dieu ! » s'exclama de nouveau Peter Baker-Hyde. Son
épouse et lui serraient les mains de l'enfant ; elle sanglotait. Tous
deux avaient du sang sur leurs vêtements – comme nous tous, je
pense –, un sang encore plus rouge, encore plus horrible sous la lumière crue du lustre. « Bon Dieu, mais regardez ! Regardez dans
quel état elle est ! » Il passa la main dans ses cheveux. « Mais qu'est-
ce qui s'est passé ? Pourquoi personne n'a… ? Mais qu'est-ce qui
s'est passé, bon Dieu ?

— Peu importe, ce n'est pas le moment », dis-je calmement. Les mouchoirs toujours pressés sur la blessure, je tentais d'évaluer la gravité des dégâts, aussi vite que possible.

« Mais regardez-la !

— Elle est en état de choc, c'est tout. Mais il va falloir la recoudre. La recoudre de manière importante, j'en ai bien peur. Et le plus tôt sera le mieux.

— La recoudre ? » Il avait les yeux fous. Je pense qu'il avait oublié que j'étais médecin.

« J'ai ma sacoche avec moi, dans la voiture. Mr Desmond, pourriez-vous… ?

— Oui, bien sûr », dit Bill Desmond dans un souffle, avant de sortir en toute hâte.

Puis j'appelai Betty. Elle s'était tenue à l'écart alors que tout le monde se précipitait, et observait la scène d'un regard terrifié – presque aussi blême que Gillian elle-même. Je lui dis de descendre faire chauffer une bouilloire d'eau, et d'aller chercher des couvertures et un oreiller. Puis, tout doucement, et avec à mes côtés Mrs Baker-Hyde maintenant maladroitement les mouchoirs en boule contre le visage de sa fille, d'une main si tremblante que ses bracelets d'esclave en argent s'entrechoquaient, je soulevai la petite dans mes bras. Même au travers de ma chemise et de ma veste, je sentis son corps tout froid. Ses yeux s'étaient assombris et elle était en sueur, sous le choc. « Nous allons la descendre à la cuisine, dis-je.

— À la cuisine ? répéta son père.

— J'aurai besoin d'eau. »

Alors, il comprit. « Vous avez l'intention de faire ça ici ? Vous plaisantez ! Il faut un hôpital – un cabinet médical, au moins… On ne peut pas téléphoner ?

— L'hôpital le plus proche est à presque quinze kilomètres, et mon cabinet à huit. Vous pouvez me croire, mieux vaut ne pas prendre la route par une nuit comme celle-ci, et avec une blessure pareille. Plus vite on s'occupera d'elle, mieux ce sera. Et puis il faut aussi penser à l'hémorragie.

— Laisse faire le docteur, Peter, je t'en prie, dit Mrs Baker-Hyde, recommençant de sangloter.

— Oui, intervint Mrs Ayres, s'avançant et posant une main sur son bras. Nous devons laisser le Dr Faraday s'en occuper, maintenant. »

Je crois avoir alors remarqué que Mr Baker-Hyde se détourna de Mrs Ayres et se débarrassa avec rudesse de sa main, mais j'étais trop occupé avec l'enfant pour accorder une grande importance à ce geste. Quelque chose d'autre aussi se produisit, qui ne me frappa guère sur le moment, mais en y repensant je m'aperçus que cela présageait nombre d'événements survenus au cours des jours qui suivirent. Mrs Baker-Hyde et moi avions précautionneusement porté Gillian jusqu'au seuil, où nous tombâmes sur Bill Desmond qui revenait, ma sacoche à la main. Helen Desmond et Mrs Ayres nous regardaient, immobiles, figées d'angoisse, tandis que Mrs Rossiter et Miss Dabney, l'esprit perturbé, se baissaient pour ramasser les éclats de verre devant l'âtre – Miss Dabney se coupant d'ailleurs au doigt, et ajoutant un peu de sang frais à celui qui souillait déjà le tapis. Peter Baker-Hyde me suivait de près, précédant son beau-frère ; mais ce dernier dut soudain apercevoir Gyp, qui était demeuré dissimulé sous une table. Il se dirigea vivement vers le chien et, proférant un juron, lui lança un coup de pied ; le coup devait être dur, car Gyp poussa un jappement de douleur. À la plus grande surprise de l'homme, je suppose, Caroline se précipita vers lui et le repoussa.

« Mais que faites-vous ? » s'écria-t-elle. J'entends encore sa voix : aiguë, presque stridente, méconnaissable.

Il rajusta sa veste. « Vous n'avez pas remarqué ? Votre sacré chien vient d'arracher la moitié du visage de ma nièce ! »

— Et vous n'arrangez pas les choses, rétorqua-t-elle, s'agenouillant et attirant Gyp contre elle. Vous l'avez terrifié !

— J'aimerais bien faire pire que le terrifier ! Qu'est-ce que ça signifie, de le laisser traîner n'importe où, comme ça, quand il y a des enfants ? Il devrait être enchaîné !

— Il est parfaitement inoffensif, quand on ne le provoque pas. »

Mr Morley s'éloignait déjà ; il se retourna brusquement. « Qu'est-ce que vous entendez par là ? »

Elle secoua la tête. « Arrêtez de crier, si c'est possible.

— Arrêter de crier ? Mais vous voyez ce qu'il lui a fait ?

— Il n'a jamais mordu personne. C'est un chien domestique.

— C'est une bête sauvage. Il faudrait l'abattre, un point c'est tout ! »

La dispute se poursuivit, mais j'en avais à peine conscience, occupé que j'étais à porter l'enfant raidie dans mes bras, à lui faire franchir le seuil puis négocier les divers couloirs jusqu'à l'escalier du sous-sol. Et comme je commençais de le descendre, leurs voix se firent plus assourdies. Dans la cuisine, je trouvai Betty en train de faire chauffer de l'eau, comme je le lui avais demandé. Elle avait également apporté des couvertures et des oreillers, et je lui dis de débarrasser la table, ce qu'elle fit, les mains tremblantes, avant d'y étendre des feuilles de papier d'emballage. J'allongeai Gillian sur la table, entourée de couvertures, puis ouvris ma sacoche et cherchai parmi mes divers instruments. J'étais tellement absorbé dans mes préparatifs que, quand j'ôtai ma veste pour rouler mes manches et me laver les mains, je fus effaré de constater que j'étais en habit de soirée. J'avais oublié où j'étais, et croyais porter mon habituelle vieille veste de tweed.

En fait, j'étais souvent obligé de réaliser ce genre de chirurgie mineure, que ce soit à mon cabinet ou au domicile du patient. Une fois, je n'avais même pas trente ans, j'avais été appelé dans une ferme et y avais trouvé un jeune homme terriblement mutilé à la jambe, après un accident lors des battages. J'avais dû l'amputer au niveau du genou, sur la table de la cuisine, comme ici. Quelques jours plus tard, la famille m'avait invité à partager leur dîner, et nous avions mangé à cette même table, à présent nettoyée de ses taches de sang – le jeune homme parmi nous, tout pâle encore, mais avalant joyeusement son repas tout en plaisantant sur l'économie de cuir de bottes réalisée. Mais c'étaient là des gens de la campagne, durs au mal ; pour les Baker-Hyde, la scène devait être insoutenable, tandis que je trempais l'aiguille et le fil dans du phénol, et m'étrillais soigneusement les phalanges et les ongles avec une brosse végétale. La cuisine elle-même devait les angoisser, avec son mobilier victorien patiné, son dallage de pierres, sa batterie de casseroles monstrueuse. Et après le salon suréclairé, la pièce paraissait affreusement sombre. Je dus demander à Mrs Baker-Hyde de prendre une lampe à huile dans un placard et de l'approcher du visage de sa fille, pour que j'aie assez de lumière pour la recoudre.

L'enfant aurait-elle été plus âgée, j'aurais peut-être utilisé une bombe de chlorure d'éthyle pour geler la blessure. Mais je craignais qu'elle ne se mette à gigoter et, après l'avoir lavée avec de l'eau et de la teinture d'iode, je lui administrai un anesthésique général pour la mettre dans un état de sommeil léger. Toutefois, je savais que l'opération serait douloureuse. Je dis à sa mère de rejoindre les autres invités à l'étage, dans le grand salon, et comme je le craignais la pauvre enfant ne cessa de gémir tandis que je travaillais, les larmes coulant abondamment de ses yeux. Grâce au ciel, aucune artère n'avait été touchée, mais la manière dont la chair était déchiquetée rendait ma tâche plus délicate que je ne l'aurais souhaité – mon souci essentiel étant de réduire au minimum les cicatrices qui allaient apparaître, car je savais qu'elles seraient importantes, même après le travail le plus minutieux. Le père de l'enfant était assis à mes côtés, tenant la main de la petite et grimaçant à chaque insertion de l'aiguille, mais sans cesser d'observer l'opération, comme s'il craignait de détourner le regard – comme s'il attendait, guettait une erreur de ma part. Quelques minutes après que j'eus commencé, son beau-frère apparut, le visage encore rouge de son altercation avec Caroline. « Quels *sales* gens, dit-il. Cette fille est une dingue ! » Puis il vit ce que j'étais en train de faire, et tout le sang se retira de son visage. Il alluma une cigarette qu'il fuma à quelque distance de la table. Puis – et ce fut sa seule initiative un peu intelligente de toute la soirée – il dit à Betty de nous préparer du thé et de nous l'apporter.

Les autres, restés au salon, tentaient de réconforter la mère de la petite fille. Mrs Ayres descendit, une fois, pour demander comment les choses se passaient : elle demeura une minute à me regarder travailler, angoissée pour l'enfant et visiblement bouleversée par ce travail de couture dans la chair. Je remarquai que Mr Baker-Hyde ne tourna même pas la tête vers elle.

L'opération prit presque une heure et, quand j'en eus terminé, la petite fille encore à demi inconsciente, je dis à son père de la ramener à la maison. J'avais l'intention de les suivre avec ma voiture et de passer au cabinet pour prendre deux ou trois choses avant de les rejoindre à Standish, où je m'occuperais de la coucher. Je n'en avais pas parlé à ses parents, car il était très faible, mais il fallait éviter tout risque d'infection ou d'empoisonnement du sang.

On envoya Betty prévenir la mère, et Mr Baker-Hyde et Mr Morley portèrent Gillian jusqu'à la voiture. La sensibilité lui revenait peu à peu et, comme ils la déposaient sur la banquette arrière, elle se mit à pleurer à fendre l'âme. J'avais posé des bandes de gaze sur son visage – mais pour protéger ses parents plus qu'elle-même, car les coutures et la teinture d'iode faisaient paraître la blessure monstrueuse.

Revenant au salon pour dire au revoir, je trouvai tous les invités encore présents, debout ou assis, silencieux, comme sous le choc – un peu comme après un raid aérien. Du sang était encore visible sur le tapis et sur le divan, mais quelqu'un avait tenté de le nettoyer avec un chiffon et de l'eau, et il formait à présent de grandes auréoles rosâtres.

« Quelle sale histoire », laissa tomber Mr Rossiter.

Helen Desmond avait pleuré. « Pauvre, pauvre enfant », dit-elle. Puis, plus bas : « Elle gardera des marques terribles, n'est-ce pas ? Mais qu'est-ce qui a pu se passer ? Gyp n'est pas un chien mordeur, n'est-ce pas ?

— Bien sûr que non ! » s'exclama Caroline, de cette voix nouvelle, tendue, artificielle. Elle était assise à l'écart, Gyp à côté d'elle ; l'animal tremblait, et elle lui caressait la tête. Mais ses propres mains tremblaient aussi. Le fard de ses joues, le rouge de ses lèvres étaient devenus livides, et son peigne de broderie diamantée pendait de biais dans sa chevelure.

« Quelque chose a dû l'effrayer, dit Bill Desmond. Il a dû s'imaginer voir ou entendre quelque chose. Est-ce que l'un d'entre nous a crié, ou fait un mouvement brusque ? J'ai beau me creuser la tête…

— Ce n'était pas *nous*, dit Caroline. La gamine a dû l'agacer. Ça ne me surprendrait pas si… »

Elle se tut, comme Peter Baker-Hyde apparaissait derrière moi sur le seuil. Il avait mis son pardessus et son chapeau, et on distinguait une traînée de sang sur son front. « Nous sommes prêts, docteur », dit-il d'une voix calme. Il n'eut pas un regard pour les autres. Je ne sais pas s'il avait aperçu Gyp.

Mrs Ayres s'avança. « J'espère que vous nous donnerez des nouvelles, dès demain ? »

Il enfilait ses gants de conduite, d'un geste saccadé, toujours sans la regarder. « Si vous y tenez. »

Elle s'approcha encore. « Je suis véritablement consternée que tout ceci soit arrivé, Mr Baker-Hyde, et dans ma demeure », dit-elle avec une grande douceur, une grande sincérité.

Il lui adressa un bref regard. « Oui, Mrs Ayres. Moi de même. »

Je le suivis au-dehors, dans la nuit, et me mis au volant. Il me fallut plusieurs essais avant de réussir à lancer le moteur, car la pluie tombait sans cesse depuis des heures, et l'allumage était humide : nous ne le savions pas, mais cette nuit-là serait la charnière des saisons, le début d'un hiver sinistre. Je manœuvrai et attendis que Peter Baker-Hyde passe devant moi. Il roulait avec ce que je ressentis comme une lenteur torturante sur le chemin cahoteux qui menait à l'entrée du parc, mais quand son beau-frère eut bondi pour ouvrir la grille et la refermer derrière nous, il écrasa l'accélérateur, et je me surpris à le suivre à la même allure – les paupières plissées pour ne pas quitter des yeux, entre deux oscillations des essuie-glaces, les feux arrière de sa luxueuse automobile, jusqu'à ce qu'ils paraissent flotter dans l'obscurité des routes sinueuses du Warwickshire.

IV

Il était à peu près une heure quand je laissai les Baker-Hyde, sur la promesse de revenir le lendemain matin. Mon cabinet de consultations, le matin, est ouvert de neuf heures à dix heures passées, et il était presque onze heures quand je m'arrêtai devant le perron de Standish ; la première chose que je vis en arrivant était une Packard d'un marron boueux, que j'identifiai aussitôt comme l'auto de mon rival le Dr Seeley. Je trouvai assez normal que les Baker-Hyde aient fait appel à lui : c'était, après tout, leur médecin attitré. Mais c'est toujours quelque chose d'embarrassant pour un praticien, quand un patient prend une telle décision sans l'en avertir. Une sorte de maître d'hôtel ou de secrétaire m'introduisit dans la maison, où je tombai sur Seeley qui redescendait juste de la chambre de la petite fille. C'était un homme grand et bien bâti, qui paraissait plus impressionnant que jamais dans l'étroit escalier du seizième siècle. Il fut visiblement aussi embarrassé de me voir, ma sacoche à la main, que je l'étais moi-même.

« Ils m'ont appelé à la première heure, dit-il, m'emmenant à l'écart pour discuter de la petite patiente. C'est la deuxième fois que je passe. » Il alluma une cigarette. « Si j'ai bien compris, vous étiez à Hundreds quand c'est arrivé ? Un sacré coup de chance. Mais c'est terrible pour la gamine, n'est-ce pas ?

— Terrible. Comment l'avez-vous trouvée ? Et la blessure ?

— Aucun problème avec la blessure. Vous avez fait un meilleur travail que je ne l'aurais fait. Et sur une table de cuisine ! Les cicatrices seront épouvantables, bien entendu. Quel dommage, surtout pour une jeune fille de son milieu. Les parents tiennent absolument à l'envoyer à Londres voir un spécialiste, mais je serais surpris, même à Londres, qu'on puisse grand-chose pour elle. Mais en même temps, qui sait ? Les chirurgiens plastiques ont eu pas mal l'occasion de s'entraîner, au cours des dernières années. Ce dont elle a besoin pour le moment, c'est de repos. Nous allons faire venir une infirmière, et je lui ai prescrit du Luminal, histoire de l'assommer un peu, pendant deux ou trois jours. Après quoi, ma foi, nous verrons. »

Il dit quelques mots à Peter Baker-Hyde, puis m'adressa un signe de tête et fila poursuivre sa tournée. Je demeurai dans le hall au pied de l'escalier, ressentant toujours l'ambiguïté de la situation, mais espérant quand même voir l'enfant, bien sûr. Son père, toutefois, me fit savoir sans ambages qu'il préférait qu'on la laisse tranquille. Il paraissait sincèrement reconnaissant de mon intervention – « Grâce au ciel, vous étiez là ! » dit-il, serrant ma main dans les siennes – mais son bras remonta jusqu'à mon épaule et, doucement mais fermement, il me guida vers la porte. Je compris que j'étais dorénavant écarté de cette affaire.

« Vous nous adresserez votre note d'honoraires, n'est-ce pas ? » dit-il en me raccompagnant jusqu'à ma voiture. Et comme je lui répondais que je ne voulais pas l'ennuyer avec ça, il glissa d'autorité deux guinées dans ma paume. Puis il songea à l'essence que j'avais dépensée pour venir deux fois à Standish, et appela un de ses jardiniers pour qu'il aille en chercher un bidon. Cette générosité était excessive, mais en même temps il y avait une sorte de dureté dans ce geste. J'avais le sentiment pénible d'être payé pour disparaître. Nous demeurâmes silencieux sous le crachin, tandis que le jardinier faisait le plein de mon réservoir et que je me répétais combien il était dommage que je ne puisse monter une seconde, jeter un dernier coup d'œil à la petite fille. Ce que j'aurais largement plus apprécié que des guinées ou de l'essence.

Ce n'est qu'en me glissant derrière le volant que je songeai à lui demander s'il avait envoyé un mot à Hundreds, pour prévenir que Gillian allait bien ; ce sur quoi il se fit plus sec encore.

« Ceux-là, fit-il avec un coup de menton, ils entendront certainement parler de nous. Nous allons porter cette affaire un peu plus loin, n'en doutez pas. »

Je m'attendais un peu à cela, mais demeurai consterné par la dureté de sa voix. « Que voulez-vous dire ? fis-je, me relevant. Vous avez prévenu la police ?

— Pas encore, mais nous en avons l'intention. Et nous voulons tout au moins que ce chien soit abattu.

— Mais enfin, Gyp n'est qu'un pauvre vieux...

— Oui, il devient sénile, de toute évidence !

— Pour autant que je le sache, cet accident ne lui ressemble pas du tout.

— Cela ne constitue guère une consolation pour mon épouse et pour moi. Vous n'espérez tout de même pas que nous allons rester là sans rien faire, tant que ce chien n'est pas supprimé ? » Il leva les yeux vers les étroites fenêtres à meneaux au-dessus de la porte, dont une était ouverte, et baissa d'un ton : « Toute la vie de Gillian sera extrêmement affectée ; vous en êtes conscient, sans aucun doute. Le Dr Seeley m'a dit que c'était une pure chance, si elle n'avait pas été victime d'un empoisonnement du sang ! Et tout ça parce que ces gens, ces Ayres, s'estiment trop supérieurs pour attacher un chien dangereux ! Imaginez qu'il attaque un autre enfant ? »

Je ne pensais pas que cela arrive jamais, et même si je ne dis rien, il dut lire le doute sur mon visage. « Écoutez, reprit-il, je sais que vous êtes plus ou moins un ami de la famille. Je ne m'attends pas à vous voir prendre mon parti contre eux. Mais par contre, je vois très bien des choses qui vous échappent peut-être : ils se croient toujours au-dessus de tout le monde, par ici, comme les maîtres du manoir. Ils ont probablement dressé ce chien à chasser les intrus ! Vous devriez bien observer ce tas de ruine dans lequel ils vivent. Ils sont obsolètes, docteur. Et pour ne rien vous cacher, je commence à penser que ce comté tout entier est obsolète. »

Je faillis répliquer que, sauf erreur de ma part, c'était précisément le côté passéiste du comté qui l'avait attiré au départ. Mais je me contentai de lui demander de ne pas porter l'affaire devant la police, au moins, avant d'avoir revu Mrs Ayres. « Très bien, dit-il enfin. Je passerai là-bas dès que je serai sûr que Gillian est hors de danger. Mais s'ils ont le moindre respect envers les autres et envers eux-mêmes, ils auront fait abattre ce chien d'ici là. »

Aucun des six ou sept patients que je vis durant le reste de la matinée ne fit allusion au drame de Hundreds ; mais les potins vont si vite, à la campagne, que lors de mes consultations de fin d'après-midi je m'aperçus que des récits horrifiants de l'accident de Gillian circulaient déjà entre les boutiques et les pubs. Un homme que j'allai voir après-dîner, ce soir-là, me donna une version exacte de tout l'incident, jusqu'au moindre détail, à celui-ci près que c'était le Dr Seeley qui était sur les lieux et avait recousu la petite fille, et non moi. C'était un ouvrier agricole affligé d'une pleurésie récurrente, et je faisais tout mon possible pour éviter qu'elle ne dégénère en quelque chose de plus vilain. Mais ses conditions de vie n'étaient guère favorables – il vivait dans une petite maison mitoyenne, au sol de brique humide – et, comme de nombreux ouvriers, travaillait trop et buvait de même. Il me raconta la chose entre deux quintes de toux.

« Il lui a carrément arraché toute la joue, il paraît. Et il a failli em-porter le nez avec. C'est comme ça, les chiens. Je l'ai dit cent fois, un chien, ça peut toujours vous tuer. C'est pas une question de race. N'importe quel chien, il peut devenir dingue. »

Me rappelant ma conversation avec Peter Baker-Hyde, je lui demandai si, selon lui, le chien en question devrait être abattu. Il répondit immédiatement que non – parce que, comme il venait de le dire, n'importe quel chien pouvait mordre, et à quoi ça ressemblerait de punir un être pour quelque chose qui est naturel en lui ?

Était-ce aussi, demandai-je, ce que les autres gens disaient ? Ma foi, il avait entendu divers sons de cloches. « Certains disent qu'on devrait lui donner le fouet, et d'autres qu'il faudrait lui mettre une balle. Naturellement, il faut penser à la famille.

— Aux gens de Hundreds, vous voulez dire ?

— Non, pas ceux-là. À la famille de la petite fille, les Baker-Pie[1]. » Il émit un rire gargouillant.

« Mais ça ne va pas être dur pour les Ayres, de devoir se séparer de leur chien ?

129

— Ah... », fit-il, toussant de nouveau, puis se penchant pour cracher dans la cheminée où aucun feu ne brûlait. « Ils ont dû se séparer de bien d'autres choses, pas vrai ? »

Ses paroles me troublèrent quelque peu. Toute la journée, je n'avais cessé de me demander quelle était l'atmosphère, au Hall. Et comme, en sortant de chez lui, je me trouvais non loin des grilles du parc, je décidai de passer les voir.

C'était la première fois que je me rendais à Hundreds sans y avoir été invité et, comme le soir précédent, la pluie tombait à verse et personne n'entendit ma voiture. Je sonnai, puis me glissai en hâte dans la maison et fus aussitôt accueilli par ce pauvre Gyp lui-même : il surgit dans le grand hall, aboyant sans conviction, ses griffes cliquetant sur le marbre. Il devait de quelque manière avoir conscience

---

1. *Baker pie* : gâteau du boulanger. *(N.d.T.)*

d'être au centre d'un drame, car il m'apparut vaguement abattu et déconcerté, pas du tout lui-même. Il me faisait penser à une vieille femme que j'avais un jour traitée, une ancienne maîtresse d'école dont l'esprit commençait de s'égarer, de sorte qu'il lui arrivait de sortir de sa maison en chaussons et chemise de nuit. L'espace d'une seconde, je me dis que, peut-être, il était *réellement* en train de perdre l'esprit. Que savais-je de son caractère, après tout ? Mais quand je m'accroupis pour lui tirailler les oreilles, il parut redevenir l'adorable vieux Gyp. Sa gueule ouverte montrait sa langue rose et saine, ses dents de vieux chien, d'un blanc un peu jaunâtre.

« Quelle histoire, hein Gyp ? dis-je doucement. Mais qu'est-ce qui t'es passé par la tête, bonhomme ? Hein ? »

« Qui est là ? » entendis-je Mrs Ayres demander, quelque part dans la maison. Puis elle apparut, à peine visible dans l'ombre, vêtue d'une de ses habituelles robes sombres, avec un châle imprimé cachemire, encore plus sombre, drapé autour de ses épaules. « Docteur Faraday », fit-elle, surprise, resserrant son châle sur sa poitrine. Son visage en forme de cœur paraissait crispé. « Tout va bien ? »

Je me redressai. « Je m'inquiétais pour vous, dis-je simplement.

— Vraiment ? » Son expression s'adoucit. « C'est tellement gentil à vous. Mais entrez, ne prenez pas froid. Il fait frais ce soir, n'est-ce pas ? »

Il ne faisait pas froid à ce point, en fait, mais tandis que je lui emboîtais le pas jusqu'au petit salon, il me sembla que, comme dans la saison, quelque chose avait imperceptiblement changé dans l'atmosphère de la maison. Dans le couloir au plafond haut, délicieusement frais et aéré au cours du long été, régnait à présent une vague humidité, après seulement deux jours de pluie. Dans le petit salon lui-même, les rideaux étaient tirés devant les fenêtres, un feu de rameaux et de pommes de pin craquait dans l'âtre, et l'on avait rapproché les fauteuils et le divan de la cheminée ; l'impression produite, curieusement, n'était pas de confort et d'intimité ; on aurait plutôt dit que les sièges formaient un îlot de lumière et de chaleur entouré, juste au-delà, d'une vaste zone de tapis usés se perdant dans l'ombre. Mrs Ayres avait quitté un des fauteuils, et dans l'autre, face à moi comme j'entrais, était assis Roderick. Je l'avais vu la semaine passée, mais son aspect me frappa. Il portait un de ses vieux pull-overs épais de la RAF, et ses cheveux, comme les miens, étaient fraîchement coupés ; avec le large dossier derrière sa tête, il paraissait d'une minceur fantomatique. Il sembla froncer les sourcils en me voyant ; après une seconde d'hésitation, il saisit les accoudoirs de son fauteuil comme pour se lever et me l'offrir. Je lui fis signe de se rasseoir et pris place aux côtés de Caroline, sur le divan. Gyp arriva et s'allongea à mes pieds sur la carpette, avec un de ces lourds soupirs terriblement humains.

Personne n'avait prononcé le moindre mot, même pour m'accueillir. Caroline était assise les jambes repliées sous elle, l'air tendu, malheureux, tirant sur la couture de ses chaussettes de laine. Roderick commença nerveusement de se rouler une cigarette, avec des gestes saccadés. Mrs Ayres arrangea de nouveau le châle sur ses épaules. « Nous avons tous la tête à l'envers aujourd'hui, docteur Faraday, comme vous pouvez bien l'imaginer. Êtes-vous passé à Standish ? Dites-moi, je vous en prie, comment va la petite ?

— Elle va bien, pour autant que je le sache », répondis-je. Puis, comme elle me regardait sans comprendre : « Je ne l'ai pas vue. Ils ont appelé Jim Seeley pour s'occuper d'elle. Je l'ai trouvé là-bas, ce matin.

— Seeley ! » s'exclama-t-elle, et je fus surpris du mépris qu'exprimait sa voix, avant de me souvenir que c'était le père de Seeley qui avait soigné sa propre fille – sa première petite fille, qui était morte. « Ils auraient aussi bien pu appeler Crouch, le coiffeur. Que vous a-t-il dit ?

— Pas grand-chose. Gillian semble se remettre aussi bien que possible. Apparemment, ses parents ont l'intention de l'emmener à Londres, dès qu'elle sera en état de voyager.

— Pauvre, pauvre enfant. Je n'ai pas cessé de penser à elle, de toute la journée. Savez-vous que j'ai appelé là-bas ? Trois fois. Et personne n'a voulu me répondre – je n'ai eu qu'une bonne. J'ai songé à faire porter quelque chose. Des fleurs, peut-être ? Un cadeau, je ne sais pas ? Parce que, avec des gens comme les Baker-Hyde… ma foi, on peut difficilement leur envoyer de l'argent. Je me souviens d'un jeune garçon, il y a des années – Daniel Hibbit, te souviens-tu, Caroline ? Il avait été blessé par un cheval, sur nos terres, et était resté plus ou moins paralysé. Nous nous sommes occupés de tout, j'en suis certaine. Mais dans un cas comme celui-là, on ne sait trop que faire… » Sa voix s'éteignit.

Caroline s'agita sur le divan, à côté de moi. « J'ai autant de peine que tout le monde pour cette enfant, dit-elle, tiraillant la couture de sa chaussette sur ses orteils. Mais je ressentirais la même chose si elle s'était pris le bras dans une essoreuse ou brûlée à un fourneau. C'était juste une terrible malchance, n'est-ce pas ? Ni de l'argent ni des fleurs n'arrangeront rien. Qu'est-ce que l'on *peut* y faire ? »

Elle gardait la tête basse, le menton enfoui dans sa poitrine, et sa voix semblait lointaine, étouffée. « Je crains que les Baker-Hyde n'attendent quelque chose », dis-je.

Mais elle reprit la parole, m'interrompant. « De toute façon, il n'est pas possible de raisonner avec des gens comme ça. Savez-vous ce que le beau-frère m'a dit, hier soir ? Non seulement ils se débarrassent de presque tous les lambris, à Standish, mais ils ont l'intention d'ouvrir toute l'aile sud de la maison ! Ils vont y installer une sorte de cinéma, pour leurs amis. Ils garderont la galerie, c'est tout. Le poulailler, comme il dit.

— Mon Dieu, répondit sa mère d'une voix absente, les maisons changent, n'est-ce pas. Ton père et moi avons bien fait des transformations, ici, au début de notre mariage. Mais je trouve consternant qu'on ne puisse sauver les tapisseries de Standish. Avez-vous jamais vu ces tapisseries, docteur Faraday ? Agnes Randall en aurait le cœur brisé. »

Je ne répondis rien ; et comme Caroline et elle poursuivaient sur ce sujet pendant quelques minutes encore, je ne pus m'empêcher de penser que, consciemment ou non, elles cherchaient à éviter d'aborder la question la plus urgente.

« Vous savez, dis-je enfin, vu l'état de Gillian, les transformations de Standish doivent être à peu près la dernière préoccupation des Baker-Hyde, en ce moment. »

Mrs Ayres parut affligée. « Oh, mais si seulement, si seulement ils n'avaient pas amené cette enfant avec eux ! Pourquoi diable l'ont-ils emmenée ? Ils ont probablement une nurse, une gouvernante pour s'occuper d'elle. Ils en ont les moyens, de toute évidence.

— Ils pensent probablement qu'une gouvernante lui donnerait un complexe », dit Caroline, s'agitant de nouveau. Puis elle ajouta, dans une sorte de murmure nerveux : « En tout cas, maintenant elle en aura un, complexe. »

Je me tournai vers elle, choqué. « Caroline ! » fit sa mère, horri-fiée.

Caroline elle-même, pour être honnête, semblait aussi effarée que nous de ses propres paroles. Elle croisa mon regard, et son visage avait une expression affreuse, ses lèvres figées en une sorte de demi-sourire, mais ses yeux presque angoissés ; puis elle se détourna. Je remarquai qu'il n'y avait plus trace de maquillage sur son visage : ses joues paraissaient sèches et sa bouche légèrement enflée – comme si elle s'était étrillée sans ménagement avec un gant de toilette.

Je vis le regard de Roderick posé sur elle, tandis qu'il tirait une bouffée de sa cigarette. Son visage était rouge par endroits, à cause de la chaleur du feu, les cicatrices roses, luisantes sur ses joues et ses mâchoires ressortant comme autant de marques de doigts diaboli-ques. Mais, de manière étrange, il ne fit aucun commentaire. Aucun d'entre eux, m'apparut-il, n'imaginait à quel point les Baker-Hyde prenaient cette affaire au sérieux. Ils semblaient plutôt tourner le dos à l'incident, se serrer les coudes, resserrer les rangs… Je ressentis une vague pointe d'hostilité envers eux, comme lors de ma première visite. Une fois retombée l'émotion soulevée par la remarque de Caroline, je repris la parole pour leur expliquer, clairement, le contenu de ma conversation avec Peter Baker-Hyde dans la cour de Standish, plus tôt dans la journée.

Mrs Ayres écouta en silence, les mains jointes devant son visage, la tête basse. Caroline, elle, me fixait avec sur le visage une expression d'horreur totale.

« Faire abattre Gyp ?

— Je suis navré, Caroline. Mais peut-on les blâmer ? Vous deviez vous attendre à cela. »

Je pense que c'était le cas, je le lisais dans ses yeux. « Bien sûr que non ! » s'exclama-t-elle pourtant.

Percevant l'angoisse dans sa voix, Gyp s'était levé. Il demeurait immobile, l'air perplexe, inquiet, la fixant comme s'il attendait le mot ou le geste qui lui permettrait de se détendre de nouveau. Elle se pencha, posa une main sur le cou du chien et l'attira à elle, mais c'est à moi qu'elle s'adressait.

« Et en quoi cela va-t-il arranger les choses, selon eux ? Si se débarrasser de Gyp voulait dire que cette enfant puisse être miraculeusement *dé*mordue, alors je n'hésiterais pas. Je préférerais être mordue, *moi*, plutôt que de revivre la soirée d'hier ! Ils veulent le punir, c'est tout – ils veulent nous punir. Ils ne peuvent pas dire cela sérieusement.

— J'ai bien peur que si, dis-je. Et à propos de la police également.

— Oh, mais c'est abominable », dit Mrs Ayres, se tordant presque les mains à présent. « Abominable. Que va faire la police, selon vous ?

— Ma foi, je suppose qu'ils vont devoir prendre l'affaire au sérieux, si un homme comme Baker-Hyde porte plainte. Et puis, il y a le côté bouleversant de cet accident. » Je regardai Roderick, décidé à le faire s'engager un peu. « Vous ne croyez pas, Rod ? »

Il s'agita dans son fauteuil, l'air mal à l'aise.

« Je ne sais vraiment pas quoi penser », dit-il d'une voix sourde. Il s'éclaircit la gorge. « Nous avons bien déclaré Gyp, non ? Si c'est le cas, ça peut nous aider.

— Évidemment que nous avons déclaré Gyp ! Mais déclaré ou pas, il ne s'agit pas d'un chien dangereux en liberté dans la rue. Il s'agit d'un chien domestique, chez ses maîtres, que l'on a agacé jusqu'à ce qu'il s'énerve. Tous les gens présents hier soir pourront en témoigner. Si les Baker-Hyde ne comprennent pas cela… Oh, et puis c'est insupportable ! Pourquoi ces gens ont-ils acheté Standish ! Et pourquoi avons-nous donné cette maudite réception !

— Je suppose que Mr et Mrs Baker-Hyde aussi se posent ces questions, dis-je. L'accident de Gillian les a littéralement ravagés.

— Bien sûr, c'est tout naturel, dit Mrs Ayres. N'importe qui a pu voir que cette enfant restera horriblement défigurée. C'est une des pires choses qui puisse arriver à des parents. »

Le silence tomba sur ces paroles, et mon regard passa malgré moi du visage de Mrs Ayres à celui de son fils. Il baissait les yeux, comme s'il fixait ses mains. Je devinai une émotion derrière ses paupières baissées, mais son comportement me laissait toujours perplexe. Il releva la tête, et une fois de plus sa voix s'enroua, il dut s'éclaircir la gorge. « Je regrette de ne pas avoir été là, avec vous tous, hier soir.

— Oh, moi aussi, Roddie ! renchérit sa sœur.

— Je ne peux pas m'empêcher de me sentir responsable, d'une certaine manière, reprit-il.

— Nous ressentons tous cela, dis-je. Moi aussi. »

Il me regarda, sans expression.

« Ce n'était la faute de personne, dit Caroline. C'est ce fameux beau-frère qui s'est déchaîné sur le clavecin. Et si les parents avaient su tenir la petite au lieu de la laisser courir partout – ou mieux encore, s'ils ne l'avaient simplement pas amenée... »

Ce qui nous ramenait exactement au point de départ, si ce n'est que, cette fois, c'est Caroline, sa mère et moi qui revécûmes le drame du début à la fin, chacun apportant sa vision légèrement différente des événements. De temps à autre, je jetais un regard vers Rod. Je le vis allumer une nouvelle cigarette – qu'il rata complètement, laissant tomber du tabac sur ses genoux –, je le sentais remuer sans cesse, s'agiter, comme agacé par nos voix. Toutefois, je ne m'étais pas rendu compte à quel point il se sentait mal jusqu'à ce qu'il bondisse soudain sur ses pieds.

« Assez ! fit-il. Je ne peux plus supporter ça. J'en ai assez entendu pour aujourd'hui. Excusez-moi, Maman, docteur : je retourne à ma chambre. Je suis désolé. Je... je suis désolé. »

Il parlait d'une voix si épuisée et se déplaçait si péniblement que je fis mine de me lever pour l'aider.

« Ça va aller ?

— Très bien », fit-il aussitôt, tendant une main comme pour me repousser. « Ne vous inquiétez pas. Réellement, je vais très bien. » Il eut un sourire peu convaincant. « Simplement, je me sens un peu minable, après hier soir. Je vais... je vais dire à Betty de m'apporter un cacao. Après une bonne nuit de sommeil, je serai en pleine forme. »

Sa sœur se leva, se dirigea vers lui et glissa un bras sous le sien.

« Vous n'avez pas besoin de moi, Maman ? fit-elle à mi-voix. Dans ce cas, je vais aussi vous dire bonsoir. » Elle me jeta un regard gêné. « Merci d'être passé nous voir, docteur Faraday. C'est très attentionné de votre part. »

Je fus contraint de me lever à mon tour. « Désolé de n'avoir pas pu apporter de meilleures nouvelles. Mais je vous en prie, essayez de ne pas trop vous inquiéter.

— Oh, je ne suis pas inquiète », fit-elle avec un sourire aussi brave que celui de son frère. « Ces gens peuvent bien dire ce qu'ils veulent. Ils ne toucheront pas à Gyp. Je ne les laisserai pas faire. »

Roderick et elle sortirent, le chien trottinant fidèlement sur leurs talons, rassuré, pour le moment, par l'assurance de leurs voix.

Je regardai la porte se fermer sur eux, puis me retournai vers Mrs Ayres. À présent que ses enfants avaient disparu, elle paraissait terriblement fatiguée. Je n'avais encore jamais passé un moment seul avec elle et me demandai si je ne ferais pas mieux de lui présenter mes respects et de partir. Ma journée avait commencé tôt, et j'étais moi-même épuisé.

Mais elle me fit signe d'approcher, d'un geste las. « Asseyez-vous dans le fauteuil de Roderick, docteur Faraday, que je puisse vous voir plus facilement. »

Je m'approchai donc du feu.

« Tout cela a été un choc terrible pour vous, dis-je en prenant place dans le fauteuil.

— Terrible, répondit-elle aussitôt. Je n'ai pas fermé l'œil de la nuit. Je pensais à cette pauvre enfant. Une chose aussi abominable, et ici en plus ! Et puis… »

Elle s'était mise à faire tourner machinalement les bagues à ses doigts, et j'eus envie de me pencher pour poser une main sur les siennes. « En fait, dit-elle enfin, je suis également assez inquiète pour Roderick », et sa voix s'était faite encore plus tendue, plus angoissée.

Je jetai un coup d'œil vers la porte. « Oui. Il n'a pas du tout l'air dans son assiette. Cette histoire l'a bouleversé à ce point ?

— Vous n'avez pas remarqué ? Hier soir ?

— Hier soir ? » J'avais oublié, avec le drame qui avait suivi ; mais cela me revint soudain. « Vous avez envoyé Betty…

— La pauvre, il l'a terrifiée. Elle est revenue me chercher. Et je l'ai trouvé… mon Dieu, dans un état si bizarre !

— Que voulez-vous dire ? Il était malade ?

— Je ne sais pas, dit-elle d'une voix réticente. Il disait qu'il avait mal à la tête. Mais il avait un visage effrayant — à moitié en tenue de soirée, en sueur, et tremblant comme une feuille. »

Je le regardai fixement. « Il n'avait… il n'avait pas bu ? »

C'était la seule idée qui me venait, et cette suggestion était embarrassante. Mais elle secoua la tête, nullement gênée.

« Non, ce n'était pas cela, j'en suis sûre. Mais je ne sais pas, du tout, ce que cela pouvait être. Tout d'abord, il m'a demandé de rester avec lui. Il m'a prise par la main, comme un enfant ! Et puis, brusquement, il a changé d'idée, il m'a dit de le laisser seul. Il m'a presque poussée hors de sa chambre. J'ai dit à Betty de lui apporter de l'aspirine. Il n'était pas question qu'il apparaisse dans cet état. J'ai dû trouver une excuse quelconque. Que pouvais-je faire d'autre ?

— Vous pouviez me prévenir.

— J'aurais bien aimé ! Il ne voulait pas. Et bien entendu j'ai réfléchi à ce que les invités auraient pensé. Je craignais qu'il ne déboule dans le salon, qu'il ne fasse une scène, que sais-je. À présent, je regrette presque qu'il ne l'ait pas fait. Parce que, alors, cette pauvre petite fille n'aurait pas… »

Elle avait la gorge si serrée que sa voix s'étrangla. Nous demeurâmes silencieux, consternés, et de nouveau je repensai à la soirée, aux claquements nerveux des mâchoires de Gyp, au cri suraigu et au gémissement qui avait suivi. À ce moment précis, Rod était dans sa chambre, dans un curieux état de nerfs ; et tandis que je portais

Gillian au sous-sol, que je m'occupais de son visage, il y était demeuré, percevant probablement l'agitation derrière sa porte, mais incapable de sortir et d'affronter la situation. Cette idée était affreuse.

Je saisis les bras de mon fauteuil. « Et si j'allais lui parler ? »

Mais Mrs Ayres tendit le bras. « N'en faites rien. Je ne pense pas qu'il le souhaite.

— Quel mal cela peut-il faire ?

— Vous avez bien vu dans quel état il était ce soir : perturbé, éteint, perdu. Il a été ainsi toute la journée. J'ai pratiquement dû le supplier pour qu'il nous rejoigne ici. Sa sœur ne sait pas comment je l'ai trouvé hier soir ; elle croit qu'il a eu une mauvaise migraine et s'est couché, rien de plus. Je pense qu'il a honte. Je pense… Oh, docteur Faraday, je ne cesse de penser à l'état dans lequel il était quand il nous est revenu de l'hôpital ! »

Elle pencha la tête, se remit à faire tourner ses bagues.

« Je ne vous en ai jamais parlé, dit-elle sans vraiment croiser mon regard. À l'époque, son médecin traitant a appelé ça une dépression. Mais selon moi, c'était plus que cela. Il paraissait ne jamais dormir. Il avait des crises de rage, ou boudait pendant des jours. Il utilisait un langage ordurier. Je ne le reconnaissais plus. Mon propre fils ! Cela a duré des mois et des mois. J'ai dû cesser d'inviter des gens à la maison. J'avais honte de lui ! »

Je ne suis pas certain que ce qu'elle me disait là me surprît. David Graham avait fait allusion aux « troubles nerveux » de Roderick, l'été passé, et d'après ce que j'avais moi-même vu de lui depuis lors – son obsession du travail, ses accès d'irritation, d'agacement – il m'apparaissait clair que ses problèmes n'étaient pas entièrement résolus.

« Je suis désolé, dis-je. Pauvre Rod. Et pauvre vous, et pauvre Caroline aussi ! Mais vous savez, j'ai soigné beaucoup de blessés…

— Bien sûr, coupa-t-elle, je sais que ce qui est arrivé à Rod aurait pu être infiniment pire.

— Ce n'est pas ce que je voulais dire. Je pense à la guérison, à l'étrangeté de la chose. Le processus est différent pour chaque patient. Il n'est certainement pas étonnant que cette blessure ait mis Roderick en rage. Un jeune homme, en pleine forme ? Moi aussi j'aurais été furieux, à l'âge de Roderick, de devoir vivre ce qu'il a vécu. D'être né avec tant d'atouts, et d'en perdre tant : la santé, l'attrait physique – et la liberté, d'une certaine manière. »

Elle secoua la tête, dubitative. « C'était plus qu'une simple colère. C'était comme si la guerre elle-même l'avait transformé, avait fait de lui un étranger. Il paraissait se haïr, et haïr tous ceux qui l'entouraient. Mon Dieu, quand je pense à tous les jeunes hommes comme lui, et aux choses effrayantes qu'on leur a demandé de faire au nom de la paix… !

— Ma foi, tout cela est derrière nous, à présent, dis-je doucement. Il est encore jeune. Il se remettra.

— Mais vous ne l'avez pas vu, hier soir ! J'ai peur, docteur. S'il devait retomber malade, qu'arriverait-il ? Nous avons déjà perdu tant de choses. Mes enfants essaient de me cacher le pire, mais je ne suis pas folle. Je sais très bien que cette propriété vit sur son capital, et je sais ce que cela signifie… Mais nous avons perdu d'autres choses, aussi. Nous avons perdu des amis ; c'est la dure loi de notre milieu. Et puis je regarde Caroline, et je la vois se négliger de plus en plus, devenir de plus en plus singulière chaque jour qui passe. En fait, c'était pour elle, savez-vous, si j'ai donné cette soirée. Et cela a été un désastre, comme tout le reste… Quand je serai partie, elle n'aura plus rien. Et si elle devait perdre aussi son frère… Et puis ces gens, maintenant, qui parlent de porter plainte à la police, contre nous ! Je ne… réellement, je ne sais pas si je pourrai supporter ça ! »

Sa voix, jusqu'alors égale, monta brusquement de plusieurs tons, vacillante, sur ces derniers mots. Elle porta la main à ses yeux pour cacher son visage.

En y repensant plus tard, je me rendis compte des fardeaux qui avaient été les siens, depuis tant d'années : la mort d'un enfant, la mort d'un époux, les angoisses de la guerre, un fils blessé, la propriété qui périclitait... Mais ces fardeaux, elle les avait brillamment dissimulés sous un voile d'élégance et de charme, et la voir soudain perdre le contrôle d'elle-même et se mettre à pleurer sans retenue avait quelque chose de choquant. L'espace d'une seconde, je demeurai figé face à elle, presque hypnotisé ; puis je me levai et vins m'accroupir à ses côtés et, après une légère hésitation, lui pris la main – doucement, fermement, dans un geste de médecin. Ses doigts serrèrent les miens, et elle se calma un peu. Je lui tendis mon mouchoir et elle se tamponna les yeux, embarrassée.

« Si un des enfants devait arriver..., fit-elle en jetant un regard angoissé par-dessus son épaule. Ou bien Betty ! Je ne supporterais pas d'être vue dans cet état. Je n'ai jamais vu ma propre mère pleurer ; elle méprisait les femmes qui pleurent. Pardonnez-moi, docteur Faraday. J'ai à peine fermé l'œil la nuit dernière, comme je vous l'ai dit, et le manque de sommeil ne me réussit pas, c'est tout... Je dois être affreuse à voir, maintenant. Vous voulez bien éteindre cette lampe, je vous prie ? »

J'éteignis la lampe qu'elle me désignait : une lampe de lecture ornée de pampilles, sur la table à côté d'elle. « Vous n'avez pas à craindre la lumière, dis-je comme les perles de verre s'assombrissaient. Aujourd'hui pas plus qu'hier. »

Elle se tamponnait de nouveau le visage, mais croisa mon regard avec une surprise un peu lasse. « J'ignorais que vous étiez aussi galant, docteur. »

Je me sentis rougir légèrement. Mais, avant que j'aie pu répondre, elle avait repris la parole.

« Oh, il est vrai que les hommes acquièrent la galanterie comme les femmes acquièrent des rides. Mon époux était extrêmement galant. Je suis heureuse qu'il ne soit plus de ce monde pour me voir telle que je suis aujourd'hui. Sa galanterie serait mise à rude épreuve.

Il me semble que j'ai vieilli de dix ans au cours de l'hiver dernier. Et je vieillirai sans doute de dix ans au cours de celui qui vient.

— Et vous aurez l'air d'avoir quarante ans », dis-je, ce qui la fit rire, d'un vrai rire. Je fus heureux de voir la vie et la couleur revenir à son visage.

Après quoi nous devisâmes de choses et d'autres. Elle me demanda de lui servir quelque chose à boire et de lui offrir une cigarette. Et ce n'est qu'en me levant pour prendre congé que je me souvins de la raison essentielle de ma visite : Peter Baker-Hyde.

Elle se contenta de lever une main lasse, comme épuisée par toute cette histoire.

« Ce nom a été trop souvent prononcé dans cette maison, aujourd'hui, dit-elle. S'il veut nous nuire, laissons-le faire. Il n'ira pas bien loin. Comment le pourrait-il ?

— Vous le pensez réellement ?

— Je le sais. D'ici deux jours, cette affreuse histoire aura fait long feu. Vous verrez. »

Elle en semblait aussi certaine que sa fille ; je n'insistai pas.

Mais Caroline et elle se trompaient. L'affaire n'en resta pas là. Le lendemain même, Mr Baker-Hyde se rendait au Hall pour faire savoir à la famille qu'il avait l'intention de porter plainte à la police, à moins qu'ils n'acceptent d'abattre Gyp eux-mêmes. Il resta une heure avec Mrs Ayres et Roderick, discutant d'abord raisonnablement, ainsi que devait me le raconter plus tard Mrs Ayres, de sorte que, l'espace d'un moment, elle crut qu'elle réussirait à le faire changer d'avis.

« Personne ne déplore plus cruellement que moi ce qui est arrivé à votre fille », lui dit-elle, avec ce qu'il dut bien percevoir comme une vraie sincérité. « Mais abattre Gyp n'y changera rien. Quant à la possibilité que ce chien morde un autre enfant – ma foi, vous voyez bien comment nous vivons, ici. Il n'y a absolument aucun autre enfant susceptible de le provoquer. »

C'était sans doute là une malencontreuse manière de formuler les choses, et j'imagine aisément l'effet que ces paroles durent avoir sur l'attitude de Mr Baker-Hyde. Pire encore, c'est l'instant que Caroline choisit pour apparaître, Gyp sur les talons. Ils avaient dû se promener dans le parc, comme je les avais souvent vus le faire : Caroline un peu rouge, énergique, la mise négligée, et Gyp tout crotté et ravi, avec sa grande langue rose. En les voyant, Mr Baker-Hyde dut aussi revoir sa petite fille gisant à présent à la maison, le visage ravagé. Il dit plus tard au Dr Seeley, qui me le rapporta, que si en cet instant il avait eu une arme à la main il aurait « descendu ce sale clébard, et toute la famille avec ».

La conversation dégénéra rapidement en échange d'insultes et de menaces, et il partit, démarrant dans un jaillissement de graviers. Caroline regarda la voiture s'éloigner, les mains aux hanches ; puis, tremblante d'émotion et de rage, elle fila jusqu'à une des dépendances et exhuma deux vieux cadenas et des chaînes. Elle traversa le parc d'une grille à l'autre, et verrouilla les deux.

C'est ma logeuse qui me raconta cela ; elle le tenait d'une de ses voisines qui était cousine de Barrett, l'homme à tout faire de Hundreds. L'affaire était largement commentée dans les villages alentours, et si certains exprimaient leur compassion pour les Ayres, la plupart des gens semblaient penser que l'obstination de la famille à propos de Gyp ne faisait qu'aggraver la situation. Le vendredi, je croisai Bill Desmond, selon qui ce n'était qu'une question de temps avant que les Ayres fassent « le nécessaire » et abattent le pauvre animal. Mais suivirent deux jours de silence, et je commençai de me demander si les choses n'étaient pas en train de se calmer d'elles-mêmes. Puis, au début de la semaine suivante, une patiente de Kenilworth me demanda comment allait « cette pauvre petite Baker-Hyde » – de manière presque négligente, mais avec néanmoins une nuance d'admiration dans la voix, ajoutant qu'elle avait entendu dire que j'étais présent sur place et que j'avais pratiquement sauvé la vie de l'enfant. Comme, effaré, je lui demandais qui diable lui avait dit cela, elle me tendit le dernier numéro d'un hebdomadaire de Coventry : j'y découvris un compte rendu détaillé de l'affaire. Les Baker-Hyde avaient fait admettre la petite dans un hôpital de Birmingham, pour poursuivre ses soins, et c'est de là que provenaient les informations. On disait que l'enfant avait été agressée « avec une incroyable sauvagerie », mais se remettait bien. Ses parents étaient déterminés à ce que l'animal en question soit abattu et se renseignaient auprès des autorités légales afin que ce soit mené à bien. Mrs Ayres, Mr Roderick Ayres et Miss Caroline Ayres demeuraient injoignables.

Pour autant que je le sache, on ne recevait pas les journaux de Coventry à Hundreds, mais ils étaient largement diffusés dans toute la région, et que celui-ci ait parlé de l'affaire m'apparut assez inquiétant. Je téléphonai au Hall et demandai s'ils avaient vu cet article ; ce n'était pas le cas, donc je passai leur apporter un exemplaire du journal en rentrant à la maison. Roderick lut le papier dans un silence sinistre, avant de le passer à sa sœur. Elle le lut à son tour et, pour la première fois depuis le début de cette histoire, je vis son assurance vaciller et l'angoisse s'inscrire sur son visage. Mrs Ayres, elle, était franchement affolée. Un certain nombre de journaux s'étaient intéressés à Roderick, lorsqu'il avait été blessé à la guerre, et cela lui avait laissé, je pense, la terreur morbide de se voir exposée en place publique. Pour une fois, elle m'accompagna jusqu'à ma voiture, pour que nous puissions parler hors de portée d'oreille de ses enfants.

« J'ai quelque chose à vous dire », fit-elle à voix basse, relevant son châle sur ses cheveux. « Je n'en ai pas encore parlé à Caroline ni à Roderick. L'inspecteur Allam m'a appelée : Mr Baker-Hyde est sur le point de porter l'affaire en justice. Il voulait me prévenir ; mon époux et lui étaient dans le même régiment, voyez-vous. Il m'a expliqué très clairement que dans un cas semblable, où c'est un enfant qui est impliqué, nous avons très peu de chances de gagner.

J'ai parlé à Mr Hepton », c'était l'avocat de la famille, « et il est du même avis. Il m'a également dit qu'il y aurait peut-être plus qu'une amende à payer ; il parle de dommages et intérêts, je ne sais trop… Je n'arrive pas à croire que cela prenne de telles proportions. Toutes autres choses mises à part, je n'ai pas les moyens financiers d'aller en justice ! J'ai tenté de préparer Caroline au pire, mais elle ne veut rien entendre. Je ne la comprends pas. Elle est plus bouleversée qu'elle ne l'a été par l'accident de son frère. »

Moi non plus, je ne comprenais pas. « Ma foi, elle tient énormément à Gyp, dis-je toutefois.

— Nous tenons tous à lui ! Mais tout compte fait, ce n'est qu'un chien, et un vieux chien. Je ne peux simplement pas laisser notre famille aller au tribunal. Je dois songer à Roderick, au moins. Il est toujours loin d'être remis. C'est la dernière chose dont il ait besoin. »

Elle posa une main sur mon bras et me regarda bien en face. « Vous avez déjà tant fait pour nous, docteur, que j'ai peine à vous demander encore quelque chose. Mais je ne tiens pas à mêler Bill Desmond ou Raymond Rossiter à nos ennuis. Quand le moment sera venu, pour Gyp… je me demandais… pourriez-vous nous aider, *vous* ? »

Je restai une seconde muet de surprise. « Vous voulez dire, à le tuer ? »

Elle hocha la tête. « Je ne peux pas demander ça à Roderick, quant à Caroline, c'est évidemment hors de question…

— Évidemment.

— Je ne sais pas vers qui me tourner. Si le colonel était encore de ce monde…

— Oui, bien sûr », fis-je, non sans réticence, mais avec le sentiment que je pouvais difficilement répondre autre chose. « Oui, répétai-je, d'une voix plus ferme, je vous aiderai, bien sûr. »

Sa main était toujours posée sur mon bras. Je la recouvris de la mienne, et elle baissa la tête, soulagée et reconnaissante, tout son visage s'affaissant, comme épuisé, presque âgé soudain.

« Mais vous pensez réellement que Caroline va permettre cela ? lui demandai-je comme elle ôtait sa main.

— Elle le fera, pour le bien de la famille, répondit-elle simplement. Uniquement pour cela. »

Et cette fois, elle avait raison. Elle m'appela le soir même, pour me dire que l'inspecteur Allam avait de nouveau parlé aux Baker-Hyde, et qu'après des négociations ardues ils avaient accepté non sans réticence de retirer leur plainte, à condition que Gyp soit abattu sans délai. Elle en semblait éperdument soulagée, et pour ma part j'étais content que l'affaire se résolve ainsi ; mais je passai une nuit éprouvante en pensant à ce que j'avais accepté de faire pour l'aider, le lendemain. Vers trois heures du matin, alors que je sombrais enfin dans un sommeil à peu près normal, je fus réveillé par la sonnette de nuit de mon cabinet. Un homme arrivait en courant d'un village voisin pour me demander de m'occuper de sa femme sur le point d'accoucher, et dont le travail se passait mal. Je m'habillai et le ramenai chez lui ; c'était la première grossesse de son épouse, et la délivrance promettait d'être délicate, mais à six heures et demie nous en avions terminé, le bébé portant aux tempes la marque des forceps, mais en bonne santé et criant fort. L'homme devait être aux champs à sept heures, donc nous laissâmes son épouse et le bébé à la garde de la sage-femme, et je le déposai à la ferme où il travaillait. Je l'entendis partir pour les champs en sifflotant – heureux car l'enfant était un garçon, et que les épouses de ses frères, me dit-il, ne « pouvaient produire que des pisseuses ».

J'étais content pour lui, et sous l'effet de cette vague euphorie qui suit généralement un accouchement réussi, particulièrement quand le manque de sommeil s'en mêle ; mais cette euphorie rétrécit comme peau de chagrin quand je pensai à la tâche qui m'attendait à Hundreds. Je n'avais pas envie de rentrer à Lidcote pour en repartir après ; je pris une petite route que je connaissais, qui traversait les bois pour aboutir à une clairière et à un étang cerné de hautes herbes. L'endroit, en plein été, était pittoresque, et fournissait un abri aux amoureux. Mais ç'avait été également, ainsi que je me le rappelai trop tard, le théâtre d'un suicide, pendant la guerre, et l'eau sombre, les arbres aux couleurs de fruits gâtés me parurent mélancoliques, tandis que je m'arrêtais et coupais le moteur. Il faisait trop froid pour sortir : j'allumai une cigarette et baissai ma vitre, me recroquevillant contre la fraîcheur. J'avais déjà aperçu des hérons, ici, et parfois des grèbes faisant leur parade d'amour ; aujourd'hui, l'étang semblait sans vie. Un unique oiseau appela, sur une branche, puis appela de nouveau, sans obtenir de réponse. Puis une pluie fine commença de tomber, et le vent se leva, venu de nulle part, pour mieux ponctuer mes joues comme d'autant d'aiguilles. Je jetai ma cigarette et remontai la glace en hâte.

Trois kilomètres plus loin se trouvait le chemin qui m'amènerait à la grille ouest du parc de Hundreds. J'attendis qu'il soit presque huit heures, puis démarrai et repris la route.

La chaîne et le cadenas avaient été ôtés, et j'entrai sans difficulté. Il faisait plus clair dans le parc que dans les allées et la maison, visible d'assez loin quand on arrivait par l'ouest, paraissait immense, massive dans l'aube fuligineuse, comme un immense cube d'ombre. Mais je savais que la famille se levait tôt, et en m'approchant je distinguai de la fumée sortant des cheminées. Comme je contournais le bâtiment, mes pneus faisant crisser le gravier, je vis une lumière s'allumer à la fenêtre près de l'entrée principale.

Avant même que je ne l'atteigne, la porte s'ouvrit. C'était Mrs Ayres. Elle était toute pâle.

« Je ne suis pas trop en avance ? » m'enquis-je.

Elle secoua la tête. « C'est la même chose pour nous. Roderick est déjà parti pour la ferme. Je pense qu'aucun d'entre nous n'a fermé l'œil de la nuit. Vous non plus, d'après votre mine. Personne n'est mort, j'espère ?

— Non, un accouchement.

— Le bébé va bien ?

— Le bébé et la mère… Où est Caroline ?

— À l'étage, avec Gyp. Elle a sans doute entendu votre voiture.

— Vous l'avez prévenue de mon arrivée ? Elle sait pourquoi je suis ici ?

— Oui, elle le sait.

— Et comment l'a-t-elle pris ? »

Pour toute réponse, Mrs Ayres secoua de nouveau la tête. Elle me conduisit au petit salon et m'y laissa en compagnie d'un feu crépitant, fraîchement allumé. Quand elle réapparut, elle portait un plateau chargé de thé, de pain et de bacon froid qu'elle posa à côté de moi avant de s'asseoir à son tour tandis que je mangeais, ne prenant rien elle-même. La voir jouer le rôle de la domestique ne fit qu'ajouter à mon malaise. Une fois le petit déjeuner terminé, je ne traînai pas, mais pris ma sacoche et la laissai me précéder dans le hall, puis dans l'escalier, jusqu'au premier étage.

Elle me quitta à la porte de Caroline. Elle était entrouverte, mais je frappai néanmoins puis, n'obtenant pas de réponse, l'ouvris doucement et entrai. Je découvris une pièce grande et agréable, aux murs lambrissés de clair, avec un étroit lit à baldaquin ; mais je remarquai aussi que tout y était défraîchi, les rideaux du lit délavés, les tapis usés jusqu'à la trame, le parquet peint en un blanc tournant au gris sale. Il y avait deux fenêtres à guillotine, et Caroline était assise devant l'une d'elles, sur une sorte d'ottomane capitonnée, avec Gyp à ses pieds. Il avait posé la tête sur ses genoux, mais en me voyant leva le museau et écarta les mâchoires, sa queue faisant du tam-tam sur le parquet. Caroline gardait le visage tourné vers le dehors, et je ne dis rien avant d'être tout près d'elle.

« Vous êtes venu aussi tôt que possible, dit-elle enfin.

— J'étais déjà levé, auprès d'une patiente. Et est-ce qu'il ne vaut pas mieux en finir tout de suite, Caroline, plutôt que de risquer de voir la police envoyer un homme pour le faire ? Vous préféreriez que ce soit un étranger ? »

Elle tourna enfin la tête vers moi : elle faisait peur à voir, les cheveux ébouriffés, le visage blême, les yeux rouges et gonflés d'avoir trop pleuré ou pas assez dormi. « Pourquoi en parlez-vous tous comme d'une chose ordinaire, d'une chose raisonnable qu'il faut bien faire ?

— Allons, Caroline. Vous savez que c'est nécessaire.

— Tout simplement parce que tout le monde dit que ça l'est ! C'est comme... comme de partir pour la guerre. Pourquoi devrais-je accepter ? Ce n'est pas ma guerre.

— Caroline, cette petite fille...

— Nous aurions pu porter cette affaire au tribunal, vous savez, et nous aurions pu la gagner. C'est ce qu'a dit Mr Hepton. Maman n'a pas voulu le laisser essayer.

— Mais un jugement, au tribunal ! Songez au moins à l'argent que cela représente !

— Je me serais débrouillée pour trouver l'argent.

— Alors pensez à la publicité dont vous auriez fait l'objet. À la mauvaise publicité. Essayer de vous défendre, alors que cette enfant est si gravement blessée ! Ça paraît presque indécent. »

Elle eut un mouvement d'agacement. « Qui se soucie de la publicité ? Maman, et elle seule. Elle a simplement peur que les gens

voient à quel point nous sommes dans la gêne. Quant à la décence…
plus personne ne s'intéresse à ce genre de chose.

— Votre famille en a déjà trop vu. Votre frère…

— Oh oui, mon frère ! Il faut penser à lui, n'est-ce pas ? Comme
si nous ne faisions jamais quoi que ce soit d'autre. Il aurait pu
s'opposer à Maman, pour une fois. Mais il n'en a rien fait, il n'a rien
fait du tout ! »

Je ne l'avais encore jamais entendue critiquer Roderick, sauf pour
plaisanter, et je fus frappé par sa virulence. Mais en même temps ses
yeux rougissaient, sa voix vacillait, plus faible, et je pense qu'elle
savait qu'il n'y avait pas d'autre issue. Elle se détourna, regardant de
nouveau par la fenêtre. Je demeurai un moment immobile, silencieux, puis je dis, tout doucement : « Il faut être courageuse, Caroline. Je suis navré… Je m'en occupe maintenant ?

— Mon Dieu, murmura-t-elle, fermant les yeux.

— Il est vieux, Caroline.

— Et cela rend la chose plus acceptable ?

— Je vous donne ma parole qu'il ne souffrira pas. »

Elle resta un moment figée, raidie ; puis ses épaules s'affaissèrent,
elle laissa échapper un soupir, et avec lui toute agressivité parut la
quitter. « Oh, emmenez-le. Nous avons tout perdu, alors pourquoi
pas lui aussi ? Je suis lasse de me battre. »

Son ton était si découragé que je devinai enfin, derrière sa résistance, d'autres pertes, d'autres deuils ; et je sentis que je l'avais méju-
gée. Elle posa la main sur la tête du chien et, comprenant qu'elle
parlait de lui, mais percevant aussi le désespoir dans sa voix, il leva
vers elle un regard plein de confiance et d'inquiétude, puis se souleva
sur les pattes antérieures et tendit le museau vers son visage.

« Pauvre idiot », dit-elle, se laissant lécher. Puis elle le repoussa.
« Le Dr Faraday veut t'emmener, tu ne vois pas ?

— Voulez-vous que je le fasse ici ?

— Non, surtout pas. Je ne veux pas voir ça. Descendez avec lui, quelque part. Allez, vas-y, Gyp. » Et elle le poussa vers moi, presque brutalement, de sorte qu'il tomba de l'ottomane sur le sol. « Allez ! » répéta-t-elle, puis, comme il hésitait : « Mais pauvre idiot ! Le Dr Faraday t'attend, je t'ai dit ! Allez, file ! »

Gyp vint donc vers moi, tout confiant, et après un dernier regard à Caroline je le fis sortir et refermai doucement la porte derrière moi. Il me suivit dans l'escalier puis dans le couloir, jusqu'à la cuisine, et je le fis entrer dans l'arrière-cuisine et se coucher sur une vieille carpette. Il se rendait compte que tout cela était étrange, accoutumé qu'il était aux habitudes immuables de Caroline ; mais il devait aussi sentir que quelque chose était déréglé dans la maison, et en devinait peut-être même la raison. Je me demandais ce qui se passait dans sa tête – s'il avait des souvenirs de la soirée et de ce qu'il avait fait, s'il se sentait honteux, coupable. Mais en le regardant droit dans les yeux, je ne pus y lire qu'incompréhension ; et ayant ouvert ma sacoche pour y prendre ce dont j'avais besoin, je posai une main sur sa tête : « Eh bien, quelle histoire, mon vieux Gyp. Mais c'est fini tout ça, ne t'en fais pas. Tu es un brave vieux chien. » Et tout en continuant de lui murmurer des sottises de ce genre, je glissai mon bras sous ses pattes avant, de sorte que quand l'injection eut fait son effet il s'affaissa sur ma main, et je perçus le battement de son cœur dans ma paume, qui s'affolait puis s'arrêtait brusquement.

Mrs Ayres m'avait dit que Barrett l'enterrerait, et je le recouvris avec la carpette, puis me lavai les mains et retournai dans la cuisine. J'y trouvai Mrs Bazeley : elle venait juste d'arriver et attachait son tablier. Quand je lui dis ce que je venais de faire, elle secoua la tête, consternée.

« C'est-y pas une honte ? fit-elle. La maison ne sera plus la même, sans ce vieux chien dans nos pattes. Vous vous rendez compte, docteur ? Je l'ai toujours connu, et j'aurais donné ma main à couper qu'il n'y a pas plus de méchanceté en lui que de beurre en branche. J'aurais laissé mes petits-enfants jouer seuls avec lui, je vous jure.

— Moi aussi, Mrs Bazeley, répondis-je d'une voix défaite. Si j'en avais eu. »

Mais après tout, la table de cuisine était là, sous mes yeux, pour me rappeler cette soirée horrible, et si récente. Et Betty aussi était là – je ne l'avais pas remarquée. Elle se tenait à demi dissimulée par une porte qui donnait sur un des couloirs ; devant elle, une pile de torchons fraîchement lavés, qu'elle s'employait à plier. Mais ses gestes étaient étrangement saccadés, ses épaules étroites semblaient secouées de tressaillements, et au bout de deux ou trois secondes je compris qu'elle pleurait. Elle tourna la tête, me vit la regarder et se mit à pleurer plus fort. « Ce pauvre vieux chien, docteur Faraday ! s'exclama-t-elle, avec une violence qui me saisit. Tout le monde lui en veut, mais ce n'était pas sa faute ! C'est pas juste ! »

Sa voix se brisa, et Mrs Bazeley traversa la cuisine pour la prendre dans ses bras.

« Allons, allons, fit-elle, tapotant le dos de Betty d'une main maladroite. Vous voyez comme tout ça nous a tourneboulées, docteur ? On ne sait plus où on en est. Betty a son idée… je ne sais pas. » Elle parut gênée. « Elle pense qu'il y a quelque chose de pas normal, dans la manière dont la petite s'est fait mordre.

— De pas normal ? Mais qu'est-ce que vous voulez dire ? »

Betty souleva la tête de l'épaule de Mrs Bazeley. « Il y a un sale truc dans cette maison, voilà ce que je veux dire ! Un truc mauvais, qui fait arriver des choses horribles ! »

Je la regardai un moment fixement, puis me frottai le visage. « Betty…

— C'est vrai ! Je l'ai senti ! »

Son regard passait de Mrs Bazeley à moi. Ses yeux gris étaient tout agrandis, et elle tremblait légèrement. Mais, comme cela m'était déjà arrivé avec elle, j'eus l'intuition qu'au fond elle jouissait de l'émotion, de l'attention quelle suscitait. « Bien, fis-je d'un ton moins indulgent. Nous sommes tous tristes et fatigués.

— Mais ce n'est pas la fatigue !

— Très bien ! répétai-je, d'un ton franchement dur cette fois. C'est de la pure idiotie et tu le sais parfaitement. C'est une grande maison, presque vide, mais j'aurais cru que tu t'y serais faite, à présent ?

— Mais je m'y *suis* faite ! Ce n'est pas *ça* !

— Non, parce que ce n'est rien du tout. Il n'y a rien de mauvais ici, rien de bizarre. Ce qui s'est passé avec Gyp et cette malheureuse petite fille était un accident, rien de plus.

— Ce n'était pas un accident ! C'était la mauvaise chose qui a murmuré quelque chose à l'oreille de Gyp ou qui l'a... qui l'a mordu.

— Tu as *entendu* quelqu'un murmurer ?

— Non, fit-elle avec réticence.

— Non. Moi non plus. Ni personne, parmi tous les gens présents à cette soirée. Mrs Bazeley, avez-vous jamais vu trace de cette "mauvaise chose" dont parle Betty ? »

Mrs Bazeley secoua la tête. « Non, docteur. Je n'ai jamais rien vu de bizarre, ici, rien du tout.

— Et depuis combien de temps travaillez-vous dans cette maison ?

— Ma foi, ça va faire bientôt dix ans.

— Et voilà, dis-je, me tournant vers Betty. Ça ne suffit pas à te rassurer ?

— Non, ça ne suffit pas ! Ce n'est pas parce qu'elle ne l'a pas vu que ça n'est pas vrai ! C'est peut-être un... c'est peut-être nouveau.

— Oh, mais pour l'amour de Dieu ! Bon, écoute, sois gentille et essuie tes yeux. Et j'espère, ajoutai-je, que tu ne vas pas t'amuser à parler de tout ça à Mrs Ayres ou à Miss Caroline. C'est vraiment la dernière chose dont elles ont besoin, en ce moment. Elles ont été bonnes pour toi, d'accord ? Tu te rappelles, quand elles m'ont appelé pour te soigner, quand tu t'es sentie si mal, au mois de juin ? »

Je la regardai bien en face en disant cela. Elle comprit, et rougit légèrement. Mais son expression, malgré tout, se fit têtue. « Il y a une mauvaise chose, ici, répéta-t-elle dans un chuchotement. Il y a quelque chose de *mauvais* ! »

Puis elle cacha de nouveau son visage contre l'épaule de Mrs Bazeley et se remit à pleurer, avec une conviction renouvelée.

V

Au cours des semaines qui suivirent, et de manière assez prévisible, l'atmosphère à Hundreds Hall se fit accablante, chargée de tristesse et de découragement. Il fallait déjà, simplement, s'habituer à l'absence physique de Gyp : les jours s'étaient assombris, bien sûr, mais la maison semblait encore plus ténébreuse et privée de vie sans le trottinement sympathique du chien passant d'une pièce à l'autre. Continuant de m'y rendre une fois par semaine pour m'occuper de la jambe de Rod, il m'était devenu plus naturel d'y pénétrer comme un membre de la famille, et parfois, en ouvrant la porte, je me surprenais à guetter le cliquètement de ses griffes sur le marbre ; ou bien il m'arrivait de tourner la tête vers une ombre – pensant que cette forme sombre que je percevais du coin de l'œil était Gyp et, chaque fois, ressentant un pincement au cœur, tandis que tous les événements passés me revenaient brutalement à l'esprit.

J'en parlai à Mrs Ayres, qui hocha la tête ; par un après-midi pluvieux, elle s'était immobilisée dans le hall d'entrée, absolument persuadée d'avoir entendu le chien aller et venir à l'étage. Le son était si distinct qu'elle était montée vérifier, presque angoissée – pour s'apercevoir que ce qu'elle avait pris pour le bruit de ses griffes sur le parquet était en fait le toc-toc rapide de gouttes s'échappant d'une gouttière cassée, au-dehors. Quelque chose de similaire arriva à Mrs Bazeley. Elle se surprit à préparer une gamelle de pain trempé de sauce de viande, avant de la poser près de la porte de la cuisine, comme elle le faisait naguère pour Gyp. Elle la laissa là une demi-heure, se demandant où était passé le chien – et faillit fondre en larmes, me dit-elle, en se souvenant qu'il n'était plus là. « Et le plus bizarre, ajouta-t-elle, c'est que si j'avais fait ça, c'est parce que je l'avais entendu descendre les marches du sous-sol. Vous savez comment il soufflait, comme un vieux bonhomme ? J'aurais pu jurer que je l'avais entendu ! »

Quant à la pauvre Caroline, je ne pourrais pas vous dire combien de fois elle prit un son quelconque pour le cliquètement des griffes de Gyp, ou se tourna vers une ombre en pensant que c'était lui. Elle demanda à Barrett de creuser une tombe pour lui parmi les pierres de marbre qui indiquaient la présence d'un curieux petit cimetière pour les animaux de la maison, parmi les arbres du parc. Elle fit un tour funèbre de la maison, ramassant les bols et les couvertures disséminés dans diverses pièces à l'usage du chien, et s'en débarrassa. Mais, ce faisant, elle paraissait cadenasser sa propre colère et son propre chagrin, avec une détermination qui me mettait mal à l'aise. Lors de ma première visite au Hall, après cette matinée sinistre où j'avais endormi Gyp, je me fis un devoir de la chercher, souhaitant évacuer toute rancune larvée entre nous. Mais lorsque je lui demandai comment elle se sentait, elle me répondit brièvement, d'une voix sèche, sans expression : « Tout va très bien. Tout ça est derrière nous, n'est-ce pas ? Désolée d'avoir été agressive. Ce n'était pas votre faute, j'en suis bien consciente. N'en parlons plus. Tenez, regardez ce que j'ai trouvé hier dans une des pièces à l'étage », sur quoi elle produisit un quelconque bibelot ancien qu'elle avait exhumé du fond d'un tiroir ; et elle ne fit plus allusion à Gyp.

Je savais ne pas la connaître assez bien pour insister. Mais je parlai d'elle avec sa mère, qui semblait penser qu'elle « se remettrait à sa manière ».

« Caroline n'a jamais été d'un tempérament à montrer ses sentiments, me dit-elle avec un soupir. Mais elle est terriblement
sensible. C'est pourquoi je l'ai fait revenir pour aider son frère, quand
il a été blessé. Elle était à la hauteur de n'importe quelle infirmière
à cette époque, savez-vous… Et connaissez-vous la dernière nouvelle ? Mrs Rossiter est passée ce matin même pour nous l'apprendre.
Apparemment, les Baker-Hyde vont partir. Ils ramènent leur petite
fille à Londres ; les domestiques suivront la semaine prochaine. Ce
pauvre Standish va se retrouver de nouveau fermé, et mis en vente.
Mais je pense que c'est aussi bien. Imaginez que Caroline ou
Roderick, ou même moi, tombions sur ces gens à Lidcote ou
Leamington ! »

Cette nouvelle me soulagea également. L'idée de devoir croiser
régulièrement les Baker-Hyde ne me réjouissait pas plus que
Mrs Ayres. Je me félicitais également que les journaux du comté
aient cessé de s'intéresser à l'affaire. Et bien que l'on ne puisse rien
contre les potins des environs, et que parfois tel ou tel collègue ou
patient aborde cette histoire, sachant que j'avais été plus ou moins
impliqué, je faisais de mon mieux pour changer de sujet chaque fois
qu'il en était question ; bientôt, on cessa tout à fait d'en parler.

Mais je m'interrogeais néanmoins sur Caroline. De temps à autre,
je l'apercevais en traversant le parc, comme auparavant ; sans Gyp
trottant à ses côtés, sa silhouette m'apparaissait comme terriblement
solitaire. Si je m'arrêtais pour lui parler, elle paraissait assez désireuse
de bavarder un peu, ainsi qu'elle en avait coutume auparavant. Elle
semblait toujours aussi solide, aussi saine. Seul son visage trahissait
les tourments des semaines passées, car vu sous un certain angle il
apparaissait plus lourd, plus disgracieux que jamais – comme si, avec
la disparition de son chien, avaient également disparu les dernières
traces d'un certain optimisme, les derniers feux de sa jeunesse.

« Caroline vous dit-elle parfois ce qu'elle ressent ? » demandai-je à son frère un jour de novembre, alors que je m'occupais de sa jambe.

Il secoua la tête, fronçant les sourcils. « Apparemment, elle n'y tient pas.

— Vous ne pouvez pas… l'amener à parler ? La faire s'ouvrir un petit peu ? »

Les sourcils se froncèrent de plus belle. « Je pourrais, sans doute. Mais je n'ai pas le temps pour ça.

— Vous n'avez pas de temps pour votre sœur ? » fis-je d'un ton léger.

Il ne réagit pas, et je me souviens l'avoir regardé avec compassion tandis qu'il rougissait et détournait la tête, comme s'il se sentait incapable de me répondre. En fait, j'étais alors presque plus troublé par son comportement que par celui de Caroline. Que toute cette histoire avec les Baker-Hyde et la disparition de Gyp aient laissé des traces était chose compréhensible, mais elles semblaient avoir eu, sur lui aussi, un effet dévastateur qui me laissait très perplexe. Ce n'était pas seulement le fait d'être préoccupé, renfermé, de passer tout son temps à travailler dans sa chambre, car il en était ainsi depuis des mois. Il y avait quelque chose *d'autre*, une chose que je voyais, ou plutôt ressentais sans cesse derrière son attitude : comme un accablement, ou même un effroi.

Je n'avais pas oublié ce que sa mère m'avait rapporté de l'état dans lequel elle l'avait trouvé, le soir de la réception. Il me semblait que s'il existait un instant précis où s'était déclenché ce nouveau comportement, c'était celui-là. J'avais plusieurs fois tenté d'aborder ce sujet avec lui, et chaque fois il avait trouvé le moyen, que ce soit en restant silencieux ou en déviant la conversation, de m'en écarter. J'aurais peut-être dû abandonner. J'avais certainement assez à faire avec mes propres soucis, à cette époque, car la vague de froid avait apporté son lot d'affections hivernales, et mes journées étaient chargées. Mais c'était aller contre mon caractère que de laisser les choses en l'état ;

et, plus encore, je me sentais simplement concerné par cette famille, d'une manière qui n'existait pas trois ou quatre semaines auparavant. Donc, une fois les électrodes en place et le courant branché, je lui dis franchement ce qui me préoccupait.

Sa réaction me consterna.

« C'est ça que ma mère appelle respecter une confidence, n'est-ce pas ? fit-il, s'agitant furieusement dans son fauteuil. J'aurais dû m'y attendre. Que vous a-t-elle dit exactement ? Qu'elle m'avait trouvé mort de trouille, planqué sous mon lit ?

— Elle était inquiète pour vous.

— Grands dieux ! Je n'avais simplement pas envie de participer à une soirée imbécile ! J'avais une migraine atroce. Je suis resté dans ma chambre et j'ai bu un verre. Et ensuite je suis allé me coucher. C'est un crime ?

— Bien sûr que non, Rod. Simplement, de la manière dont elle m'a décrit votre...

— Mais pour l'amour de Dieu, elle exagère tout ! Elle imagine des trucs, sans arrêt ! Mais pour ce qui est devant son nez... oh, laissez tomber. Si elle pense que je perds la boule, eh bien soit. Elle n'a aucune idée de rien. Aucun de vous n'en a idée. Si seulement vous saviez... »

Il ravala le reste de sa phrase. Saisi par la violence de sa réaction, j'insistai. « Si nous savions quoi ? »

Il demeura un instant raidi, luttant visiblement contre lui-même. « Oh, laissez tomber », répéta-t-il enfin. Puis il se pencha vivement, saisit les fils qui couraient de sa jambe à la bobine et les arracha. « Et puis on laisse tomber tout ça, aussi. J'en ai assez. Ça ne me fait rien. »

Les électrodes sautèrent de leurs attaches et tombèrent au sol. Il défit les bandes élastiques puis se leva maladroitement et, sa jambe

159

de pantalon encore roulée et le pied nu, se dirigea vers son bureau, me tournant le dos.

Je mis fin à la séance pour ce jour-là, et le laissai à sa colère. La semaine suivante, il s'excusa, et nous reprîmes le traitement normalement ; il semblait s'être calmé. Toutefois, lors de ma visite suivante, quelque chose de nouveau commença de se produire. En arrivant, je le trouvai avec une coupure au nez et un œil au beurre noir.

« Bon, ne me regardez pas comme ça, fit-il en voyant mon visage. J'ai déjà eu Caroline sur le dos toute la matinée, elle voulait me coller des tranches de bacon ou Dieu sait quoi sur la figure. »

Je jetai un coup d'œil à sa sœur – elle était avec lui dans la chambre ; je pense qu'elle m'avait attendu – puis me dirigeai vers lui, prenant sa tête entre mes mains pour l'examiner à la lumière de la fenêtre.

« Mais grands dieux, qu'est-ce qui est arrivé ?

— Une chose idiote, répondit-il, se libérant, agacé, tellement idiote que c'est presque trop gênant d'en parler. Je me suis réveillé au milieu de la nuit, je suis allé aux toilettes à l'aveuglette, et un pauvre imbécile – moi, en l'occurrence – avait laissé la porte grande ouverte, et je l'ai prise en pleine figure, sur la tranche.

— Il s'est évanoui, ajouta Caroline. C'est uniquement grâce à Betty s'il n'a pas… je ne sais pas, avalé sa langue, quelque chose comme ça.

— Ne dis pas n'importe quoi ! fit son frère. Je ne me suis pas évanoui.

— Si ! Il était étendu de tout son long, docteur. Et il a poussé un tel cri que cela a réveillé Betty, en bas. La pauvre, elle pensait que c'étaient des voleurs. Elle est montée tout doucement et elle l'a trouvé là, par terre, alors elle est venue me réveiller, ce qui était la meilleure chose à faire. Il était encore assommé quand je suis arrivée. »

Rod fronça les sourcils, furieux. « Ne l'écoutez pas, docteur. Elle exagère.

— Je n'exagère pas, et tu le sais très bien. Nous avons dû lui jeter de l'eau froide sur le visage pour qu'il revienne à lui, et une fois réveillé il s'est montré particulièrement ingrat, il nous a dit de le laisser, dans des termes extrêmement…

— Bon, d'accord, coupa son frère. Je suis un crétin, la preuve en est faite. Mais il me semble l'avoir dit moi-même. On peut peut-être passer à autre chose ? »

Il parlait d'une voix dure. Caroline parut un moment déconcertée, puis fit en sorte de changer de sujet. Toutefois, il ne se joignait pas à la conversation mais demeurait assis, silencieux, tandis que nous parlions ; et pour la première fois, alors que je préparais le matériel pour la séance, il refusa carrément – disant une fois de plus qu'il était « fatigué » de tout ça, et que « ça ne lui faisait rien ».

Sa sœur le fixa, l'air effaré. « Oh, Rod, mais tu sais bien que ce n'est pas vrai !

— C'est ma jambe, non ? rétorqua-t-il, agressif.

— Mais le Dr Faraday s'est donné tellement de mal…

— Eh bien, si le Dr Faraday veut se décarcasser pour des gens qu'il connaît à peine, c'est son droit. Je vous dis que j'en ai assez de me faire pincer et triturer ! Ou bien mes jambes font-elles partie de la propriété, comme tout ici ? Il faut les réparer comme on peut, pour en tirer encore un petit quelque chose, et peu importe si elles finissent comme des moignons. C'est cela que vous pensez ?

— Rod ! Tu es injuste !

— Ce n'est pas grave, dis-je d'une voix apaisante. Rod n'est pas obligé de suivre ce traitement s'il ne veut pas. Il ne paie pas pour cela, après tout.

— Mais, reprit Caroline, comme si elle n'avait pas entendu, votre article...

— Mon article est pratiquement achevé. Et comme Rod le sait probablement, le traitement a maintenant atteint son effet maximum. Je ne fais plus qu'entretenir le muscle, à présent. »

Rod s'était éloigné, il ne voulait plus discuter. Nous finîmes par le laisser et rejoignîmes Mrs Ayres au petit salon pour prendre un thé quelque peu morose. Mais avant de partir je descendis au sous-sol pour parler à Betty, qui confirma ce que Caroline m'avait raconté. Elle me dit qu'elle dormait profondément quand un cri l'avait brusquement réveillée ; elle avait cru que quelqu'un l'appelait et était montée encore tout ensommeillée. Elle avait trouvé la porte de Rod ouverte, et Rod gisant sur le sol, avec du sang sur le visage, si inerte et si pâle qu'elle l'avait cru mort, l'espace d'un instant, et avait « failli se mettre à crier ». Puis, prenant sur elle, elle était allée chercher Caroline, et à elles deux elles avaient réussi à le faire revenir à lui. Il s'était réveillé en « jurant et en disant des trucs bizarres ».

« Quel genre de trucs ? » demandai-je.

Elle contracta son visage, essayant de se souvenir. « Des trucs bizarres, je ne sais pas. Pas normaux. Comme quand le dentiste vous endort. »

Elle ne pouvait pas m'en dire plus, et je n'insistai pas.

Quelques jours plus tard, toutefois – alors que l'ecchymose de son œil, loin d'avoir disparu, avait pris une ravissante teinte bleu-vert que Caroline qualifiait d'« œuf de pigeon » –, Rod se blessa de nouveau. Là encore, il s'était, disait-il, levé au milieu de la nuit pour traverser sa chambre « à l'aveuglette ». Cette fois, il avait buté dans un repose-pieds qui avait mystérieusement quitté sa place habituelle pour venir se mettre directement sur son chemin, et il avait trébuché, chuté, et s'était fait mal au poignet en tombant. Il tenta de minimiser l'incident en me le racontant, et me laissa lui bander le poignet avec l'air de trouver la chose aussi drôle que dérisoire. Mais je vis bien, à l'état de son bras, à sa réaction lorsque je le pris entre mes mains, que la douleur était sévère, et son attitude me laissa très perplexe.

Plus tard, j'en parlai à sa mère. L'angoisse se peignit aussitôt sur son visage tandis qu'elle joignait les mains, comme elle le faisait si souvent à présent, pour faire tourner les bagues démodées à ses doigts.

« Que pensez-vous qu'il se passe, franchement ? me demanda-t-elle. Il ne me dit rien ; j'ai essayé de le faire parler, encore et encore. De toute évidence, il n'arrive pas à dormir. Bien sûr, je pense qu'aucun d'entre nous ne dort très bien, ces derniers temps... Mais se promener comme ça, la nuit ! Ce n'est tout de même pas normal, n'est-ce pas ?

— Vous pensez réellement qu'il a trébuché, donc ?

— Mais quoi d'autre ? Il a toujours la jambe très raide, lorsqu'il est resté un moment allongé.

— C'est vrai. Mais, le repose-pieds, alors ?

— Mon Dieu, sa chambre est dans un état de désordre épouvantable. Ça a toujours été ainsi.

— Mais Betty ne la range jamais ? »

Elle perçut la nuance d'inquiétude dans ma voix, et son regard se durcit, aiguisé par l'angoisse. « Vous ne pensez tout de même pas, dites-moi, qu'il a quelque chose de grave ? De plus grave que ces fameuses migraines dont il souffre ? »

Mais si, j'y avais déjà pensé. Tout en lui bandant le poignet, je lui avais parlé de ces maux de tête, et il m'avait répondu qu'à part ces deux blessures mineures il n'avait aucun problème de santé. Il semblait sincère ; et même s'il paraissait fatigué, je ne pus détecter aucune trace de réel problème chez lui, que ce soit dans son regard, son attitude ou son teint. Juste un certain *quelque chose* impossible à déterminer, vague comme un parfum ou une ombre, qui continuait de me troubler. Sa mère paraissait si angoissée que je ne souhaitais pas l'accabler davantage. Je me rappelais ses larmes, le soir où j'étais passé, après la réception. Je lui dis que je m'inquiétais sans doute à tort – minimisant les choses exactement comme Rod l'avait fait lui-même.

Toutefois, j'étais suffisamment perplexe pour éprouver le besoin d'en parler à quelqu'un. Je trouvai donc un prétexte pour passer au Hall, plus tard cette même semaine, et cherchai Caroline afin de lui parler seul à seul.

Je la trouvai dans la bibliothèque. Elle était assise en tailleur sur le sol, avec devant elle une pile de volumes reliés de cuir, dont elle nourrissait les couvertures de lanoline. La lumière du nord était tout juste suffisante pour l'éclairer, car depuis que le temps s'était mis à la pluie les volets de bois avaient commencé de se gauchir à cause de l'humidité, et elle n'était parvenue à en ouvrir qu'un, et encore, pas entièrement. Des draps blancs étaient encore accrochés sur la plupart des étagères, comme autant de linceuls. Elle ne s'était pas donné la peine d'allumer un feu, et la pièce était fort froide, et fort triste.

Elle parut agréablement surprise de me voir arriver par un après-midi de semaine.

« Regardez ces merveilleuses éditions anciennes », dit-elle, me montrant deux petits livres brunis à la reliure encore humide et luisante de lanoline, comme deux marrons d'Inde fraîchement sortis de leur bogue. Je tirai un tabouret à moi et m'assis à ses côtés ; elle ouvrit un des livres, commença d'en tourner les pages.

« Je n'avance pas très vite, pour être honnête. Il est toujours tentant de s'arrêter pour lire au lieu de travailler. Je viens de trouver quelque chose, chez Herrick, cela m'a fait sourire. Tenez, écoutez. » La couverture du livre craqua un peu comme elle l'ouvrait. « Écoutez ça, et dites-moi à quoi cela vous fait penser. » Elle se mit à lire à haute voix, de son ton agréable, un peu cuivré :

La langue des Enfants sera ton mets,
Leur Lait ta boisson ; et de la Pâte d'Aveline
Tu feras ton pain
Beurré de Crème de Primevères :
Les Tables de tes Banquets seront les Collines
Couvertes de Marguerites et de Narcisses ;
Là où tu t'assoiras, le Rouge-gorge
Te servira la viande de sa mélodie.

Elle releva la tête. « Ç'aurait pu être un discours du ministre de l'Alimentation, vous ne trouvez pas ? Tout y est, sauf le mode d'emploi des carnets de rationnement. Je me demande quel goût peut avoir la pâte d'aveline.

— Ça doit ressembler à du beurre de cacahuète.

— Oui, sûrement ; en plus mauvais encore. »

Nous nous sourîmes. Elle reposa son volume de Herrick et reprit le livre dont elle s'occupait à mon arrivée, le lustrant d'une main ferme, régulière. Mais lorsque je lui dis ce que j'avais en tête – que je voulais parler de Roderick avec elle –, le mouvement ralentit et son sourire s'effaça.

« Je me demandais jusqu'à quel point vous l'aviez remarqué. J'ai failli moi-même venir vous trouver pour en parler. Mais avec tout ce qui s'est passé… »

Ce fut là la seule fois qu'elle évoqua, de manière aussi allusive que ce fût, la mort de Gyp ; et ce disant, elle baissa la tête, de sorte que je vis ses paupières baissées, lourdes, humides, comme étrangement nues au-dessus de ses joues sèches.

« Il n'arrête pas de dire qu'il va bien, mais je sais que non. Maman aussi le sait. Cette histoire de porte, par exemple. Depuis quand Rod laisserait-il sa porte ouverte la nuit ? Et il a *vraiment* déliré en revenant à lui, malgré ce qu'il prétend. Je crois qu'il fait des cauchemars. Il ne cesse d'entendre des bruits, alors qu'il n'y a rien. » Elle tendit le bras vers le pot de lanoline, y plongea les doigts. « Je suppose qu'il ne vous a pas dit qu'il a débarqué dans ma chambre au milieu de la nuit, la semaine dernière ?

— Dans votre chambre ? Non, je ne suis pas au courant. »

Elle hocha la tête et se remit à travailler, levant les yeux vers moi de temps à autre. « Il m'a réveillée. Je ne sais pas quelle heure il pouvait être ; bien avant l'aube, en tout cas. Je ne savais pas du tout ce qui se passait. Il est entré en trombe, en me demandant pour l'amour de Dieu d'arrêter de déplacer les meubles, parce que ça le rendait fou ! Et puis il m'a vue, au lit, et il est devenu *vert*, je n'exagère pas – comme son œil. Sa chambre se trouve presque directement sous la mienne, vous voyez, et il m'a dit que cela faisait une heure qu'il n'arrivait pas à dormir, en m'entendant traîner des objets sur le parquet. Il pensait que j'avais décidé de changer les meubles de place ! Il avait rêvé, naturellement. La maison était tranquille comme une tombe ; elle l'est toujours. Mais pour lui, son rêve semblait plus vrai que moi-même, et c'était ça le plus horrible. Il lui a fallu un temps fou pour se calmer. Finalement, je l'ai fait s'allonger à côté de moi. Je me suis rendormie, mais je ne sais pas si lui y est parvenu. Je pense plutôt qu'il est resté comme ça, les yeux ouverts, tout le reste de la nuit – parfaitement éveillé, comme s'il surveillait ou attendait quelque chose, je ne sais pas. »

Ses paroles me laissèrent pensif. « Il n'a pas perdu conscience, ou quelque chose comme ça ? m'enquis-je.

— Perdu conscience ?

— Il n'aurait pas eu une sorte de... de crise ?

— D'épilepsie vous voulez dire ? Oh, non. Non, ce n'était pas du tout ça. Quand j'étais jeune, j'ai connu une fille qui en faisait ; c'était affreux à voir, je m'en souviens. Je ne pense pas pouvoir me tromper là-dessus.

« — Eh bien, dis-je, toutes les crises ne se ressemblent pas. Cela serait assez cohérent, somme toute. Le fait de se blesser, son absence de souvenirs, son comportement bizarre... »

Elle secoua la tête, l'air sceptique. « Je ne sais pas. Je ne pense pas que c'était ça. Et pourquoi se mettrait-il à faire des crises maintenant ? Il n'en a jamais eu auparavant.

— Ma foi, peut-être que si. Vous l'aurait-il dit ? Les gens ont un curieux sentiment de honte, face à l'épilepsie. »

Elle fronça les sourcils, réfléchissant ; puis, de nouveau, elle secoua la tête. « Non, je ne pense vraiment pas que c'était ça. »

Elle essuya la lanoline sur ses doigts, revissa le couvercle du pot, puis se leva. Par le volet ouvert, on apercevait une étroite bande de ciel s'assombrissant rapidement, et la pièce semblait plus froide, plus sinistre que jamais. « Mon Dieu, mais c'est une véritable glacière, ici ! » fit-elle. Elle souffla dans ses mains. « Vous voulez bien m'aider ? »

Elle désignait le plateau de livres nettoyés. Je m'avançai pour l'aider à le soulever, et nous le déposâmes sur une table. Puis elle épousseta sa jupe. « Savez-vous où est Rod, en ce moment ? demanda-t-elle sans lever les yeux.

— Je l'ai vu avec Barrett, en arrivant, ils se dirigeaient vers les anciens jardins. Pourquoi ? Vous pensez que nous devrions aller lui parler ?

— Non, ce n'est pas ça. Simplement... êtes-vous entré dans sa chambre, récemment ?

— Dans sa chambre ? Non, pas depuis un moment. Je n'y suis plus le bienvenu, apparemment.

— Moi non plus. Mais j'y suis entrée il y a deux ou trois jours, pendant qu'il était sorti, et j'ai remarqué quelque chose de... enfin, quelque chose de bizarre. Je ne sais pas si ça peut conforter votre théorie sur l'épilepsie ou pas ; plutôt non, selon moi. Mais voulez-vous venir avec moi, que je vous montre ? Si Barrett a réussi à lui mettre le grappin dessus, ils en ont pour des heures. »

L'idée ne me plaisait pas trop. « Je ne suis pas sûr que nous devrions, Caroline. Rod n'apprécierait pas, n'est-ce pas ?

— Ce ne sera pas long. Et c'est une chose que j'aimerais que vous voyiez vous-même... Venez, s'il vous plaît. Je n'ai personne d'autre à qui en parler. »

C'était plus ou moins ce même sentiment qui m'avait amené à elle ; et comme elle était visiblement très troublée, j'acceptai. Elle me précéda, et nous prîmes silencieusement le couloir qui menait à la chambre de Rod.

L'après-midi touchait à sa fin, et Mrs Bazeley était déjà rentrée chez elle, mais en approchant de la voûte masquée par un rideau qui menait aux pièces de service, nous perçûmes le vague chuintement de la radio, ce qui signifiait que Betty était occupée à la cuisine. Caroline jeta un bref regard en direction du rideau tandis qu'elle tournait la poignée de la porte, et grimaça comme le pêne grinçait.

« N'imaginez pas que ce soit dans mes habitudes, murmura-t-elle quand nous fûmes à l'intérieur. Si quelqu'un vient, je mentirai en disant que nous cherchions un livre ou quelque chose. Ne vous en offusquez pas non plus... Tenez, voilà ce que je voulais vous montrer. »

Je ne sais pas pourquoi, mais je m'étais attendu à ce qu'elle me conduise au bureau de Rod, à ses papiers. Mais elle resta immobile, et me désigna le dos de la porte refermée.

C'était une porte de chêne, assortie aux lambris qui couvraient les murs de la pièce et, comme à peu près tout à Hundreds, le bois n'était pas dans le meilleur état qui fût. J'imagine que le chêne, à la grande époque, avait dû rutiler d'un lustre rougeâtre, magnifique ; à présent, bien que demeurant impressionnant, il était terni et légèrement rayé, craquelé et desséché à certains endroits. Mais le panneau que Caroline me désigna portait une marque différente. Celle-ci se trouvait à hauteur de poitrine, et se révélait petite, noire, comme une trace de brûlure – comme cette trace que je me souvenais avoir toujours vue sur le plancher de la petite maison où j'avais grandi, après que ma mère avait un jour par inadvertance laissé le fer par terre, en repassant du linge.

Je regardai Caroline, l'air interrogateur. « Qu'est-ce que c'est ?

— À vous de me le dire. »

Je m'approchai. « Rod aurait allumé des bougies et en aurait laissé tomber une ?

— C'est d'abord ce que j'ai pensé. Il y a une table pas loin, vous voyez. Le générateur nous a lâchés deux ou trois fois, ces derniers temps ; je me suis dit que, pour une raison étrange, Rod devait avoir placé la table à cet endroit, avec une bougie dessus, et puis s'était endormi, par exemple, en oubliant la bougie allumée. J'étais assez contrariée, comme vous l'imaginez. Je lui ai dit d'arrêter d'être idiot et de ne plus jamais faire ça.

— Et qu'a-t-il répondu ?

— Il a dit qu'il n'avait jamais allumé de bougie. Quand le courant fait défaut, il utilise cette lampe, là-bas. » Elle désigna une vieille lampe à pétrole Tilley posée sur un secrétaire, de l'autre côté de la pièce. « Mrs Bazeley dit la même chose. Elle a toujours en bas un tiroir plein de bougies, en cas de panne du générateur, et selon elle Rod n'en a pas pris une. Il dit qu'il ne sait pas d'où vient cette marque. Qu'il ne l'avait pas remarquée avant que je ne la lui montre. Mais en même temps, il n'a pas eu l'air d'aimer la voir là, du tout. J'ai eu l'impression qu'elle le… enfin, que cela lui glaçait les sangs. »

Je m'approchai de nouveau de la porte et passai mes doigts sur la marque. Elle ne laissa sur eux aucune trace de suie, ni aucune odeur, et sa surface était lisse. Plus je l'examinais, en fait, plus il me semblait qu'elle était recouverte d'une imperceptible patine, ou duvet –

comme si, de manière étrange, elle s'était développée *sous* la surface du bois.

« Elle ne pourrait pas avoir été là depuis longtemps, sans que vous l'ayez remarqué ?

— Non, je ne pense pas. J'imagine qu'elle aurait attiré mon regard en ouvrant ou fermant la porte. Et vous ne vous souvenez pas – la toute première fois que vous avez soigné la jambe de Rod ? J'étais à peu près ici, et je m'étais plainte de l'état des lambris. Cette marque n'existait pas, j'en suis certaine… Betty ne sait pas quoi en dire. Ni Mrs Bazeley. »

Son allusion, non pas à Mrs Bazeley mais à Betty, me rendit pensif. « Vous avez amené Betty ici, pour lui montrer la marque ?

— Discrètement, comme vous. Elle a été aussi surprise que moi.

— Vous le croyez, réellement ? Vous ne pensez pas qu'elle pourrait l'avoir faite elle-même, et avoir trop peur pour l'avouer ? Elle a pu passer devant cette porte avec une lampe à pétrole à la main. Ou elle a pu renverser quelque chose. Un produit décapant, je ne sais pas.

— Décapant ? Il n'y a rien de plus fort dans les placards de cuisine que des cristaux et du savon liquide ! J'en sais quelque chose. Non. Betty a ses humeurs, mais je ne la crois pas menteuse. Et de toute façon, peu importe : je suis revenue hier, pendant que Rod était sorti, et j'ai de nouveau examiné les lieux. Je n'ai rien trouvé de spécial jusqu'au moment où j'ai fait ça. »

Elle renversa la tête en arrière, et je l'imitai. La marque me sauta aux yeux. Elle se trouvait au plafond cette fois – ce plafond mouluré, patiné par la nicotine. Une petite tache sombre, sans forme définie, exactement semblable à celle de la porte ; et là encore, on aurait dit que quelqu'un avait immobilisé une flamme, ou posé un fer à repasser brûlant, juste assez longtemps pour laisser une marque noire, mais sans détruire le plâtre.

Caroline scrutait mon visage. « J'aimerais bien savoir, dit-elle, comment une domestique peut être maladroite au point de brûler le plafond, à trois mètres cinquante du sol. »

Je la regardai une seconde, puis traversai la pièce jusqu'à me trouver exactement sous la tache. « Est-elle vraiment semblable à l'autre ? demandai-je, plissant les yeux, la tête renversée.

— Oui. J'ai même apporté l'escabeau pour bien regarder. C'est la même chose, voire en pire. Et il n'y a rien au-dessous qui puisse expliquer sa présence – uniquement la table de toilette de Rod, comme vous pouvez le voir. Et même s'il a posé sa lampe à pétrole dessus, compte tenu de la hauteur du plafond… enfin voilà.

— Et c'est bien une marque de brûlure, due à la chaleur ? Ce ne serait pas une sorte de réaction chimique à quelque chose, je ne sais pas… ?

— Une réaction chimique qui produirait l'autocombustion des panneaux de vieux chêne et des moulures de plâtre ? Pour ne pas parler de ceci. Regardez. »

Un peu étourdi, je la suivis jusqu'à la cheminée, et elle me désigna la lourde ottomane victorienne installée à côté, à l'opposé du coffre à petit bois. Sans aucun doute possible, le cuir du siège présentait une petite marque noire, identique à celles de la porte et du plafond.

« N'exagérons pas, Caroline, dis-je. Cette trace peut être là depuis des années. C'est probablement une étincelle jaillie de la cheminée, qui aura atterri dessus. Le plafond aussi est peut-être taché depuis longtemps. Personnellement, je ne pense pas que je l'aurais remarqué.

— Vous avez peut-être raison. J'espère que vous avez raison. Mais vous ne trouvez pas que c'est étrange que ce soit la porte et l'ottomane ? Alors que c'est justement la porte sur laquelle Rod s'est jeté, l'autre nuit, en se blessant à l'œil, et ceci le siège sur lequel il a trébuché ?

— C'est sur *ça* qu'il est tombé ? » J'avais imaginé quelque délicat repose-pieds. « Mais enfin, elle doit peser une tonne ! Comment aurait-elle pu se retrouver comme ça au beau milieu de la pièce ?

— C'est bien ce que j'aimerais savoir. Et aussi la provenance de cette trace. Comme si elle était, enfin, marquée au *fer rouge.* Ça fait froid dans le dos, je trouve.

— Et vous avez posé la question à Rod ?

— Je lui ai montré la tache sur la porte et celle au plafond, mais pas celle-ci. Sa réaction a été trop bizarre pour les deux autres.

— Bizarre ?

— Il m'a paru… gêné. Je ne sais pas. Comme coupable. »

Elle prononça ce dernier mot avec réticence et, levant les yeux vers elle, je commençai d'entrevoir la logique angoissée de ses pensées. « Vous ne pensez pas qu'il ait fait ces marques lui-même, n'est-ce pas ? demandai-je doucement.

— Je ne sais pas ! fit-elle, éperdue. Dans son sommeil, peut-être… ? Ou au cours d'une de ces crises dont vous parliez ? Après tout, il fait bien d'autres choses – s'il est capable d'ouvrir des portes et de déplacer des meubles et se blesser tout seul ; s'il est capable de débarquer dans ma chambre à trois heures du matin pour *me* demander d'arrêter de déplacer les meubles ! – alors ne peut-il pas aussi faire quelque chose comme ça ? » Elle jeta un bref regard vers la porte et baissa d'un ton. « Et s'il peut faire ça, docteur, eh bien, que serait-il capable de faire d'autre ? »

Je réfléchis un moment. « En avez-vous parlé à votre mère ?

— Non. Je ne tiens pas à l'inquiéter. Et puis qu'y a-t-il à raconter, en fait ? Ce ne sont que deux ou trois marques bizarres. Je ne sais pas pourquoi cela me trouble à ce point… Non, c'est faux. Je le sais très bien. » Elle se fit hésitante. « C'est parce que nous avons déjà eu des problèmes, avec Rod. Vous êtes au courant ?

— Votre mère m'en a parlé, un peu. Je suis désolé. Cela a dû être très dur. »

Elle hocha la tête. « Un très, très sale moment. Toutes ses blessures étaient fraîches, ses cicatrices épouvantables, sa jambe dans un tel état que l'on pouvait penser qu'il resterait plus ou moins estropié pour le reste de sa vie. Mais il ne voulait rien faire pour se soigner, et c'était ça le pire. Il restait là, à broyer du noir, à fumer cigarette sur cigarette – et à boire aussi, je pense. Vous savez que son navigateur est mort, quand leur avion s'est écrasé ? Je pense qu'il se tenait pour responsable de cela. Ce n'était la faute de personne, bien sûr – enfin, à part celle des Allemands. Mais il paraît que c'est toujours terrible pour un pilote, quand il perd son coéquipier. Il était plus jeune que Roddie ; dix-neuf ans à peine. Roddie disait que cela aurait dû être l'inverse : que ce garçon avait davantage de raisons de vivre que lui. Très agréable pour maman et moi d'entendre ça, comme vous pouvez l'imaginer.

— J'imagine, oui. Et a-t-il recommencé à tenir des propos de ce genre, ces derniers temps ?

— Pas à moi, en tout cas. Ni à maman, pour autant que je le sache. Mais je vois bien qu'elle a peur qu'il ne retombe malade. C'est peut-être cette angoisse qui nous fait imaginer des choses ? Je ne sais pas. Il y a… il y a quelque chose qui ne va pas. Chez Rod. C'est comme s'il était envoûté. Il ne sort quasiment plus jamais, vous savez, même pour aller à la ferme. Il reste là, enfermé, en disant qu'il s'occupe de ses papiers. Mais regardez-les, ses papiers ! »

D'un geste, elle me désigna le bureau et la table installée à côté de son fauteuil, tous deux presque entièrement recouverts de lettres et de registres et de feuilles tapées à la machine, vaguement empilés, presque en vrac. « Il se noie dans tout cela, dit-elle. Mais il refuse que je l'aide. Il dit qu'il a une méthode à lui, et que je ne comprendrais pas. Vous voyez le résultat de sa méthode. Ces derniers temps, la seule personne qu'il laisse pénétrer ici, c'est Betty. Au moins, elle balaie les tapis et vide les cendriers… J'aimerais bien qu'il parte un moment, qu'il prenne des vacances ou quelque chose comme ça. Mais il ne voudra jamais. Il ne quittera pas la propriété. Et si encore sa présence changeait quelque chose ! Le domaine est condamné, quoi qu'il fasse. » Elle se laissa tomber sur l'ottomane, appuya le menton dans ses paumes. « Quelquefois, je me dis qu'il ferait mieux de tout laisser tomber et de s'en débarrasser. »

Elle dit cela d'un ton las, mais calme, pragmatique, laissant presque ses yeux se fermer, et de nouveau j'eus cette étrange impression de nudité à voir ses paupières légèrement enflées. Je la regardai, troublé.

« Vous ne le pensez pas vraiment, Caroline. Vous ne supporteriez pas de perdre Hundreds, n'est-ce pas ? »

Elle répondit d'un ton presque négligent. « Oh, mais j'ai été élevée dans cette optique, vous savez. Le perdre, je veux dire, une fois Rod marié. La nouvelle Mrs Ayres ne voudrait jamais d'une belle-sœur vieille fille à traîner dans la maison ; ni d'une belle-mère, en fait. C'est la situation la plus idiote du monde. Tant que Roddie continue à entretenir tant bien que mal le domaine, trop épuisé et occupé pour trouver une épouse, et probablement en train de se tuer à la tâche – tant qu'il continue, maman et moi pouvons rester ici. Mais, en même temps, Hundreds est un tel fardeau pour nous tous que l'on peut se demander si cela vaut la peine d'y rester... »

Sa voix s'éteignit, et nous demeurâmes silencieux jusqu'à ce que le silence cotonneux de la pièce se fasse trop oppressant. J'allai de nouveau observer les trois marques de brûlure : je me rendis soudain compte qu'elle étaient semblables aux cicatrices que Rod portait au visage et aux mains. Comme si la maison se couvrait de ses propres cicatrices, peut-être en réponse à sa tristesse et à sa colère – ou bien à celles de Caroline ou de sa mère –, en réponse aux chagrins et désillusions de toute la famille. Cette pensée était horrible. Je compris soudain ce que Caroline voulait exprimer, quand elle disait que les marques sur les murs et les meubles lui faisaient « froid dans le dos ».

Je dus frissonner. Caroline se leva. « Écoutez, je suis navrée de vous avoir raconté tout ça, dit-elle. Ce n'est pas votre affaire, du tout.

— Oh, mais si, d'une certaine manière.

— Réellement ?

— Ma foi, je suis plus ou moins devenu le médecin de Rod. »

Elle eut un sourire sans joie. « Oui, mais en fait vous ne l'êtes pas vraiment, n'est-ce pas ? Comme vous le disiez l'autre jour, Rod ne paie pas d'honoraires. Vous pouvez bien présenter les choses comme vous le voulez, je sais bien que c'est une faveur que vous lui faites, à présent. Et même si c'est incroyablement gentil à vous, il ne faut plus nous laisser vous entraîner dans nos problèmes. Vous souvenez-vous de ce que je vous ai dit à propos de cette maison quand je vous l'ai fait visiter, la première fois ? Elle est avide, gloutonne. Elle absorbe tout votre temps, toute votre énergie. Elle vous avale entière-ment, si vous la laissez faire. »

Je demeurai une seconde sans répondre. Je venais de voir une image, non de Hundreds Hall, mais de ma propre maison, avec ses pièces banales, sans histoire, n'exigeant rien et totalement sans vie. Je la retrouverais dans un moment, pour y prendre un dîner de céli-bataire, fait de viande froide et de pommes de terre à l'eau, accom-pagnées d'une demi-bouteille de bière éventée.

« Je suis heureux de vous aider, Caroline, dis-je d'une voix ferme. Réellement.

— Vous le pensez vraiment ?

— Oui. Je ne sais pas plus que vous ce qui se passe ici. Mais j'ai-merais vous aider à le découvrir. Et je suis prêt à affronter la maison-qui-vous-mange, ne vous inquiétez pas pour cela. Je suis assez indigeste comme garçon, vous savez. »

Elle eut un vrai sourire, cette fois, et ferma de nouveau les yeux, un instant. « Merci », dit-elle.

Nous ne nous attardâmes pas davantage. Nous commencions à craindre que Rod ne rentre et ne nous surprenne là. Nous retournâmes donc discrètement à la bibliothèque, pour que Caroline range la pièce et referme le volet. Puis, essayant de chasser nos inquiétudes, nous rejoignîmes sa mère au petit salon.

Toutefois, au cours des jours suivants, je demeurai perplexe quant à l'état de Roderick ; et ce doit être au cours de la semaine suivante, un après-midi, que tout s'éclaircit enfin – ou s'assombrit définitivement, selon le point de vue. Je traversais Lidcote pour rentrer, vers les cinq heures, quand, non sans surprise, j'aperçus Roderick dans la rue principale. Naguère, sa présence aurait été chose naturelle, car il s'y rendait souvent faire des achats pour la ferme. Mais, comme Caroline me l'avait dit, il ne quittait plus guère Hundreds à présent, et bien qu'il eût toujours son allure de jeune châtelain, avec son pardessus et sa casquette de tweed, la bride de sa sacoche de cuir portée en bandoulière lui traversant la poitrine, il émanait de lui, de manière évidente, une sorte d'accablement, de malaise – dans la manière dont il marchait, col remonté, épaules voûtées, comme s'il affrontait davantage que la bise glacée de novembre. Lorsque je m'arrêtai à sa hauteur, de l'autre côté de la rue, et baissai ma vitre pour l'appeler, il se tourna vers moi avec une expression de surprise ; et l'espace d'une seconde – je pourrais le jurer – je vis là un homme effrayé, un homme traqué.

Il s'approcha lentement de la voiture, et je lui demandai ce qui l'amenait au village. Il me dit qu'il s'était rendu chez Maurice Babb, le grand entrepreneur de la région. Le conseil municipal venait d'acheter la dernière parcelle disponible des terres agricoles des Ayres ; on projetait d'y construire un nouveau lotissement, Babb étant maître d'œuvre. Rod et lui avaient mis au point les derniers détails du contrat.

« Il m'a fait venir dans ses bureaux, comme un représentant de commerce, dit Rod d'une voix amère. Imaginez un type comme ça suggérer une telle chose à mon père ! Mais il sait que je vais accepter, évidemment. Il sait que je n'ai pas le choix. »

Il tira sur les revers de son pardessus et parut de nouveau accablé, malheureux. Je n'avais guère de paroles réconfortantes à lui offrir, quant à la vente de ses terres. En réalité, j'étais ravi d'apprendre que l'on allait construire de nouveaux logements, qui manquaient tant dans la région. Pensant soudain à sa jambe je m'enquis : « Vous n'êtes pas venu à pied ?

— Non, non, répondit-il. Barrett a réussi à me trouver de l'essence, et j'ai pris la voiture. »

Il désigna la rue d'un coup de menton, et j'aperçus l'auto bien reconnaissable des Ayres, une vieille Rolls Royce noir et ivoire, quelque peu délabrée, garée un peu plus loin. « J'avais peur qu'elle ne me claque entre les mains, dit-il, ç'aurait été le bouquet final. Mais non, elle a roulé sans problème. »

Il semblait s'être un peu récupéré à présent. « Eh bien, espérons qu'elle vous ramènera de même ! dis-je. Vous n'êtes pas pressé de rentrer, si j'ai bien compris ? Alors entrez chez moi un moment, histoire de vous réchauffer.

— Oh, c'est impossible, dit-il aussitôt.

— Mais pourquoi ? »

Son regard se fit fuyant. « Je ne vais pas vous retarder dans votre travail.

— Mais non ! J'ai presque une heure devant moi avant d'ouvrir le cabinet, et c'est toujours un moment creux dans la journée. Et puis je vous ai à peine vu, ces derniers temps. Allez, venez. »

Il était réticent, de toute évidence ; j'insistai avec douceur mais fermeté, et il accepta finalement d'entrer, « juste cinq minutes ». Je garai la voiture et le retrouvai devant ma porte. Comme le feu n'était pas allumé à l'étage, je le conduisis dans mon bureau ; je tirai une chaise de derrière la table et la disposai face à l'autre, près de l'antique fourneau Tortoise, qui gardait encore juste assez de braises pour, une fois réalimenté, donner une bonne flambée. J'y passai quelques minutes, et quand je me redressai, Rod, ayant ôté sa casquette et déposé sa sacoche, faisait lentement le tour de la pièce. Il observait les étagères, sur lesquelles j'avais disposé quelques vieux pots désuets et autres instruments obsolètes qui avaient appartenu au Dr Gill.

Je fus heureux de le voir d'humeur un peu plus légère. « Voilà cet horrible bocal à sangsues qui me donnait des cauchemars épouvantables, quand j'étais enfant. Le Dr Gill n'a sans doute jamais utilisé de sangsues, n'est-ce pas ?

— J'ai bien peur que si. C'était tout à fait le genre d'homme à croire à la vertu des sangsues. Des sangsues, de la réglisse et de l'huile de foie de morue. Vous n'ôtez pas votre pardessus ? J'en ai pour une seconde. »

Tout en parlant, je passai dans mon cabinet de consultation, juste à côté, et pris une bouteille et deux verres dans le tiroir de mon bureau.

« Bien, n'allez pas vous imaginer, dis-je, revenant en brandissant la bouteille, que j'aie pour habitude de boire avant six heures. Mais vous avez l'air d'avoir besoin d'un remontant, et ce n'est que du madère. Je le garde sous la main pour les femmes enceintes. Soit elles ont envie de fêter ça, vous voyez – soit il leur faut quelque chose pour surmonter le choc. »

Il eut un sourire, mais celui-ci s'effaça rapidement de son visage.

« Je viens de boire un verre avec Babb. Et pas de madère, je peux vous le dire ! Il a dit que nous devions trinquer à la signature du contrat ; que sinon cela nous porterait malchance. J'ai failli lui répondre qu'en ce qui me concerne, j'ai déjà eu ma dose de malchance ; et que vendre ces terres en fait partie. Quant à l'argent que ça nous rapporte… me croirez-vous si je vous dis qu'il est déjà pratiquement dépensé ? »

Mais il prit le verre que je lui tendais et le heurta doucement contre le mien. Je vis, surpris, le liquide trembler, et, peut-être pour dissimuler ce tremblement de sa main, il prit une gorgée rapide, puis se mit à faire rouler la tige du verre à pied entre ses doigts, dans un sens, dans l'autre. Comme nous nous dirigions vers les fauteuils, je l'examinai plus attentivement. Je remarquai la manière étrange, tout à la fois tendue et absente, avec laquelle il s'installait dans le sien. Comme s'il avait eu à l'intérieur de son corps des petits poids qui roulaient ici et là, de manière imprévisible.

« Vous avez l'air crevé, Rod », dis-je.

Il leva une main, s'essuya les lèvres. Son poignet était toujours bandé, le crêpe tout sali et effrangé dans la paume. « Ce doit être cette histoire de vente des terres, dit-il.

— Vous ne devriez pas en faire une chose si personnelle. Il y a probablement en Angleterre une centaine de propriétaires terriens dans votre situation, et qui font tous ce que vous avez fait aujourd'hui.

— Une centaine ou un millier, oui, répondit-il, mais sans grande conviction. Tous les types que j'ai connus à l'école, tous mes anciens copains de la RAF : chaque fois que j'ai des nouvelles de l'un ou l'autre, c'est la même histoire. La plupart ont déjà dépensé leur héritage. Certains sont obligés de travailler. Leurs parents sont pris à la gorge… Ce matin, j'ai ouvert un journal : un pasteur dégoisait tant qu'il pouvait sur "la honte des Allemands". Pourquoi est-ce que personne n'écrit d'article sur "la honte des Anglais" ?… de l'Anglais qui bosse dur, et qui depuis la fin de la guerre a vu ses propriétés et ses revenus fondre comme neige au soleil ? Et, pendant ce temps, de sales petits affairistes avides comme Babb s'en sortent très bien, des types sans terre, sans famille, qui ne représentent rien dans un comté – des gens comme ce foutu Baker-Hyde… »

Sa gorge s'était nouée, et il ne put finir. Il renversa la tête en arrière et finit son madère d'un trait, puis se remit à faire tourner le verre vide entre ses doigts, dans un geste encore plus nerveux qu'auparavant. Son regard s'était soudain fait terne, comme tourné vers l'intérieur, il paraissait hors d'atteinte, de manière angoissante. Il s'agita un peu, et j'eus de nouveau cette impression qu'il y avait en lui des poids non arrimés qui allaient et venaient, rendaient ses gestes saccadés, le déséquilibraient.

J'étais également consterné qu'il ait mentionné Peter Baker-Hyde. Cela me donnait, me sembla-t-il, une idée de ce qui n'avait cessé de le tracasser, depuis tout ce temps. C'était comme s'il avait fait une sorte de fétiche de cet homme, avec son épouse séduisante et sa fortune et ses excellents états de service pendant la guerre.

« Écoutez, Rod, cette espèce de fixation sur les Baker-Hyde, ou je ne sais quoi, c'est intenable : vous ne pouvez pas laisser tomber une bonne fois pour toutes ? Vous concentrer sur ce que vous avez, au lieu d'être obnubilé par ce que vous pensez ne pas avoir ? Beaucoup de gens vous envieraient, vous savez ? »

Il me jeta un regard bizarre : « M'envier, moi ?

— Mais oui ! Prenez cette maison dans laquelle vous vivez, déjà. Je sais qu'elle est terriblement difficile à entretenir, mais pour l'amour de Dieu ! Ne voyez-vous pas qu'en nourrissant ce genre de rancœur, vous rendez la vie plus difficile à votre mère et à votre sœur ? Je ne sais pas ce que vous avez, depuis quelque temps. Si quelque chose vous pèse…

— Nom d'un chien ! explosa-t-il soudain. Si vous l'aimez tant, cette sacrée maison, eh bien essayez donc de la gérer vous-même ! J'aimerais vous y voir. Vous n'avez aucune idée de ce que c'est ! Vous ne vous rendez pas compte que si j'arrêtais ne fût-ce qu'un jour de… » Il déglutit, et sa pomme d'Adam fit un bond douloureux à voir.

« Arrêter de quoi ? demandai-je.

« — D'empêcher le pire. De le repousser, sans arrêt. Ne savez-vous pas qu'à chaque seconde de chaque jour tout risque de se casser la figure, en nous emportant, Caroline, moi et notre mère ? Mon Dieu, mais vous n'avez pas la moindre idée de ce que c'est, aucun de vous ! Ça me tue ! »

Il posa une main sur le dos de son fauteuil et se redressa, fit mine de se lever ; puis il parut changer d'avis et se rassit brusquement. Il tremblait réellement à présent. Je ne savais pas si c'était d'émotion ou de colère, mais je détournai les yeux une minute ou deux, pour lui laisser le temps de se reprendre. Le poêle ne chauffait pas comme il l'aurait dû : je m'en approchai pour régler le tirage. Mais, ce faisant, j'eus conscience que Rod demeurait nerveux, agité ; et bien-tôt sa nervosité devint telle qu'elle prit un tour inquiétant. « Nom d'un chien ! » l'entendis-je répéter, d'une voix sourde, comme à bout. Je l'observai attentivement et vis qu'il était tout pâle, en sueur, secoué de tremblements comme un homme victime des fièvres.

Je me redressai, alarmé. L'espace d'un instant, j'eus la certitude d'avoir vu juste, à propos de l'épilepsie : il allait faire une crise, là, devant moi.

Mais il passa une main sur son visage. « Ne me regardez pas ! fit-il.

— Pardon ?

— Ne me regardez pas. Allez là-bas. »

Je me rendis alors compte qu'il n'était pas malade, mais en proie à une attaque de panique irrépressible, et que la gêne d'être vu dans cet état ne faisait qu'aggraver les choses. Je lui tournai donc le dos et me dirigeai vers la fenêtre, contemplant la rue, le nez contre le rideau de filet. Aujourd'hui encore je me souviens de son odeur de poussière, qui chatouillait désagréablement les narines. « Rod…, dis-je enfin.

— Ne me regardez pas ! »

— Je ne vous regarde pas. Je regarde la rue au-dehors. » J'entendais sa respiration rapide, hachée, les contractions de sa gorge nouée par les larmes. Je pris une voix très douce, très égale. « Je vois mon auto. J'ai l'impression qu'elle a besoin d'un bon lavage et d'un bon lustrage. Un peu plus loin, j'aperçois la vôtre, et elle est encore plus sale… Voici Mrs Walker et son petit garçon. Et voilà Enid, qui travaille chez les Desmond. Elle est en colère, apparemment : elle a mis son chapeau tout de travers. Mrs Crouch sort sur son perron pour secouer un chiffon… Je peux vous regarder, maintenant ?

— Non ! Restez comme ça. Continuez à parler.

— Très bien, je continue. C'est drôle comme il est difficile de parler, quand quelqu'un vous demande de ne pas vous arrêter. Et bien sûr, je suis plus habitué à écouter. Avez-vous jamais pensé à cela, Rod ? À quel point écouter est important, dans la profession que j'exerce ? Je compare souvent les médecins de famille à des prêtres. Les gens nous racontent leurs secrets, en sachant que nous ne les jugerons pas. Ils savent que nous avons l'habitude de voir l'être humain dans sa nudité, dépouillé, comme un écorché… Certains médecins n'aiment pas cela. J'en ai connu un ou deux qui, à force de regarder les faiblesses humaines, ont développé une sorte de mépris de l'humanité. J'en ai connu – beaucoup, plus que vous ne le croiriez – qui se sont mis à boire. Pour certains d'entre nous, toutefois, c'est une leçon d'humilité. Nous constatons quelle affaire ingrate c'est, de vivre. De vivre, simplement – sans parler des guerres et tout ça, juste de ce qu'il faut supporter, des propriétés à entretenir, des fermes à gérer… La plupart des gens réussissent tant bien que mal à se débrouiller, à tenir jusqu'au bout, vous savez… »

Je me retournai lentement vers lui. Il croisa mon regard avec une expression misérable, mais ne protesta pas. Il était dans un état de tension insoutenable, respirant par le nez, la bouche hermétiquement scellée. Son visage était exsangue. Même la peau lisse, douce de ses cicatrices avait perdu toute couleur. Seule demeurait la contusion verdâtre de son œil ; ses joues étaient trempées de sueur, et peut-être de larmes. Mais le pire moment était passé, et je le vis se calmer peu à peu. Je me dirigeai vers lui, sortis un paquet de cigarettes, et il en prit une avec reconnaissance, bien qu'il dût la porter des deux mains à sa bouche quand je lui tendis du feu.

Comme il exhalait la première bouffée irrégulière, je lui posai doucement la question :

« Que se passe-t-il, Rod ? »

Il essuya son visage, baissa la tête. « Rien. Ça va, maintenant.

— Ça va ? Mais regardez-vous !

— C'est la fatigue de... de devoir toujours garder le dessus. Elle voudrait me voir m'effondrer, c'est tout. Mais je ne céderai pas. Et elle le sait, vous voyez, alors elle insiste, toujours plus fort. »

Il était toujours un peu haletant, défait, mais plus raisonnable, et ce mélange de raison et de panique, dans ses paroles, dans sa voix, se révélait déstabilisant. Je retournai à ma chaise et, une fois assis, demandai de nouveau : « Mais que se passe-t-il ? Je sais qu'il y a quelque chose. Vous ne voulez pas me le dire ? »

Il leva les yeux vers moi, gardant la tête basse. « Je voudrais bien, fit-il avec une simplicité désespérée. Mais mieux vaudrait pour vous que je me taise.

— Et pourquoi cela ?

— Je pourrais... vous contaminer.

— Me contaminer ! N'oubliez pas que, chaque jour, je soigne des infections.

— Pas comme celle-ci.

— Pourquoi, elle ressemble à quoi ? »

Il baissa de nouveau les yeux. « C'est un truc... répugnant. »

Il avait dit cela d'un air de dégoût, avec un geste de dégoût ; et cette association des deux mots – « infection » et « répugnant » – fit surgir en moi une idée de ce que le problème pouvait être. Je fus si surpris, si consterné, et en même temps si soulagé que cela puisse se révéler quelque chose d'aussi trivial, que je faillis sourire. « C'est donc ça, Rod ? fis-je. Mais enfin, pourquoi n'êtes-vous pas venu me trouver avant ! »

Il me regarda sans comprendre ; et comme je m'expliquais plus clairement sur ce que j'avais cru comprendre, il éclata d'un rire sinistre.

« Juste ciel ! fit-il, s'essuyant le visage. Si seulement c'était aussi simple que ça ! Quant à vous parler de mes *symptômes*... » Son expression se fit de nouveau lugubre. « Vous ne me croirez pas, si je vous le dis.

— On parie ? le pressai-je.

— Mais je vous ai dit que j'étais d'accord !

— Bien, alors quand sont-ils apparus, ces fameux symptômes ?

— Quand ? À votre avis ? Le soir de cette sacrée réception. »

J'avais senti cela venir. « Votre mère dit que vous avez eu une migraine. Ça a commencé comme ça ?

— La migraine, ce n'était rien. Je n'ai dit ça que pour cacher *l'autre* chose. »

Je voyais qu'il luttait contre lui-même. « *Dites-moi*, Rod. »

Il posa une main sur sa bouche, pressant les lèvres entre ses dents. « Si jamais ça devait se savoir...

— Je vous donne ma parole que je n'en parlerai à personne. »

Ceci le fit bondir. « Non ! il ne faut pas ! Vous ne devez rien dire à ma mère, ni à ma sœur !

— Je ne dirai rien si vous ne le souhaitez pas.

— Vous avez dit que vous étiez comme une sorte de prêtre, vous vous souvenez ? Un prêtre respecte le secret de la confession, n'est-ce pas ? Vous devez me le promettre !

— Je vous le promets, Rod.

— C'est sûr ?

— Absolument. »

Il détourna les yeux, se tripotant de nouveau les lèvres, et demeura si longtemps silencieux que je crus qu'il s'était retiré en lui-même, hors d'atteinte. Puis il prit une bouffée de sa cigarette et fit un geste du bras, son verre à la main.

« Bon. Dieu sait que ce sera un soulagement de partager ça avec quelqu'un, enfin. Mais il faut d'abord me resservir à boire. Sans ça, je n'y arriverai pas. »

Je remplis généreusement son verre – il avait toujours les mains trop tremblantes pour se servir lui-même – qu'il vida d'un trait, avant d'en réclamer un autre. Celui-ci vide, il commença, lentement, d'une voix hachée, à me raconter en détail ce qui lui était arrivé, le soir où la petite fille des Baker-Hyde avait été défigurée.

Comme je le savais, il avait, depuis le début, vu cette soirée d'un mauvais œil. Il n'aimait pas ce qu'il avait entendu dire des Baker-Hyde ; l'idée de devoir jouer les « maîtres de maison » le mettait mal à l'aise, et il se sentirait idiot dans un habit de soirée qu'il n'avait plus porté depuis trois ans. Mais il avait accepté tout cela pour Caroline, et pour faire plaisir à sa mère. Le soir en question, il avait réellement été retenu à la ferme, même si tout le monde penserait, il le supposait, qu'il avait traîné. C'était une panne de machine qui l'avait retenu là-bas, car, comme Makins le prédisait depuis des semaines, la pompe semblait sur le point de lâcher, et il était hors de question de laisser le métayer se débrouiller seul avec ce problème. Rod avait de solides connaissances en mécanique, grâce à son séjour dans la RAF ; avec le fils de Makins, ils avaient réussi à réparer provisoirement l'engin, mais cela les avait accaparés jusqu'à huit heures largement sonnées. Le temps qu'il traverse le parc et entre discrètement au Hall par la porte de derrière, les Baker-Hyde et Mr Morley se présentaient déjà à l'entrée principale. Rod portait toujours ses vêtements de travail souillés de poussière et de graisse. Il n'avait plus le temps de monter faire une toilette digne de ce nom dans la salle de bains, à l'étage ; il se contenterait d'un rapide débarbouillage avec une cuvette d'eau chaude, à sa table de toilette. Il appela Betty, mais elle était occupée avec les invités, dans le grand salon. Il attendit, sonna de nouveau ; puis finit par descendre lui-même à la cuisine pour faire chauffer de l'eau.

C'est alors, dit-il, que se produisit la première chose étrange. Son habit de soirée était sur le lit, prêt à être enfilé. Comme nombre d'anciens soldats, il prenait un soin parfait de ses vêtements, et avait lui-même épousseté sa tenue plus tôt dans la journée avant de la déposer soigneusement, sans un faux pli. Après avoir fait sa toilette de chat, il passa le pantalon et la chemise, puis chercha son faux col – en vain. Il souleva la veste, regarda au-dessous. Il chercha sous le lit – partout, dans tous les endroits possibles et imaginables – mais ce sacré faux col demeurait introuvable. Chose d'autant plus agaçante que c'était, bien entendu, un col de soirée, précisément destiné à être porté avec la chemise qu'il avait sur le dos. Et comme c'était un des derniers cols non rapiécé ou non retourné qu'il eût en sa possession, il ne pouvait tout simplement pas en prendre un autre dans le tiroir de sa commode.

« Ça semble d'une sottise sans nom, n'est-ce pas ? fit-il, l'air abattu. Et sur le moment même, je me suis rendu compte à quel point c'était idiot. Je ne voulais pas assister à cette foutue soirée, dès le départ, et voilà – j'étais censé être l'hôte, le maître de Hundreds, et je faisais attendre tout le monde pendant que je cavalais comme un idiot d'un bout de ma chambre à l'autre, tout ça parce que je ne possédais qu'un seul faux col présentable ! »

C'est à ce moment que Betty était arrivée, envoyée par Mrs Ayres pour voir ce qui le retenait. Il lui expliqua la chose, lui demandant si elle avait par hasard touché à ce faux col ; elle répondit qu'elle ne l'avait plus vu depuis le matin, lorsqu'elle l'avait monté avec le reste de son linge. « Bon, alors aidez-moi à le trouver, pour l'amour de Dieu », fit-il, et elle passa une bonne minute à fouiller partout avec lui – vérifiant les endroits où il avait déjà cherché, sans rien trouver –, jusqu'au moment où, énervé de toute cette histoire, il lui dit « un peu rudement, j'en ai peur », de laisser tomber et d'aller retrouver sa mère. Une fois Betty partie, il abandonna les recherches. Il ouvrit son tiroir, décidé à improviser un col de soirée avec un de ses cols habituels. S'il avait su que les Baker-Hyde seraient habillés de manière si informelle, il se serait fait moins de souci. En l'occurrence, il ne pouvait s'empêcher de voir le visage déconfit de sa mère s'il pénétrait dans le salon « attifé comme un garnement qui s'est battu à l'école ».

C'est alors que se produisit une chose beaucoup plus étrange encore. Tandis qu'il passait en revue le contenu de ses tiroirs, il perçut un bruit derrière son dos, dans la chambre vide. Une sorte de bruit d'éclaboussure, léger mais bien audible. Il se dit qu'un objet posé sur sa table de toilette avait dû, pour une raison ou pour une autre, tomber dans la cuvette d'eau. Il se détourna – et ne put en croire ses yeux. L'objet qui avait plongé tout seul dans la cuvette était son faux col disparu.

Il se précipita aussitôt pour le repêcher ; puis demeura figé, le col à la main, essayant de comprendre comment une telle chose avait pu arriver. Le col n'était pas posé sur la table, de cela il était certain. Il n'y avait à proximité aucune autre surface plane d'où il aurait pu glisser – et de toute façon, aucune raison pour qu'il ait glissé tout seul. Rien non plus au-dessus de la table de toilette à quoi il aurait pu s'accrocher avant de tomber brusquement – ni applique, ni crochet d'aucune sorte –, à supposer même qu'un faux col blanc raide d'amidon ait pu sans qu'on le voie ramper sur le mur jusqu'à une applique ou un crochet. Il n'y avait rien, me dit-il, qu'une sorte de trace presque imperceptible sur le plâtre du plafond, au-dessus de sa tête.

Tout cela le laissa perplexe, sans l'affoler encore. Le col ruisselait d'eau savonneuse, mais un col mouillé lui parut encore préférable à pas de col du tout, et il le sécha du mieux qu'il pût, puis se posta devant le miroir de sa coiffeuse pour bien l'assujettir, avant de nouer sa cravate. Il n'avait plus qu'à mettre ses boutons de manchettes, puis brillantiner et peigner ses cheveux, et il serait fin prêt. Il ouvrit le petit tube d'ivoire dans lequel il rangeait ses boutons de manchettes du soir ; il était vide.

C'était là une chose si absurde, si exaspérante qu'il laissa échapper un rire. Il n'avait pas directement vu ces boutons de manchettes ce jour-là, mais avait, le matin même, accidentellement heurté le tube des doigts, et se souvenait parfaitement avoir entendu les bijoux s'entrechoquer à l'intérieur. Depuis, il n'avait plus touché au tube d'ivoire. Il n'arrivait pas à croire que Betty ou Mrs Bazeley en aient ôté les boutons de manchettes, ni que Caroline ou sa mère soient venues les prendre. Pour quelle raison ? Il secoua la tête et regarda autour de lui, puis s'adressa à haute voix à la chambre – aux « esprits », aux « mauvais génies » ou Dieu savait quoi, qui semblaient décidés à le faire tourner en bourrique, ce soir. « Vous ne voulez pas que j'aille à la soirée, c'est ça ? Eh bien, je vais vous dire une bonne chose : moi non plus, je n'en ai pas envie. Mais il n'est pas question d'envie, là, j'en ai bien peur. Alors rendez-moi ces p… de boutons de manchettes, d'accord ? »

Il referma le tube d'ivoire et alla le reposer à sa place, à côté de son peigne et de ses brosses ; et à la seconde même où il retirait sa main, il vit du coin de l'œil, dans le miroir de la coiffeuse, quelque chose tomber derrière lui – quelque chose de sombre, de petit, comme une araignée tombant du plafond. Suivit immédiatement un tintement de métal contre de la porcelaine, un tintement si sonore dans la pièce silencieuse qu'il lui causa « la trouille de sa vie ». Il se détourna et, avec le sentiment croissant d'être dans un mauvais rêve, se dirigea lentement vers la table de toilette. Là, au fond de la cuvette, il vit ses boutons de manchettes. La table elle-même était tout éclaboussée, l'eau trouble dans la cuvette encore agitée, clapotante. Il renversa la tête en arrière, leva les yeux. Là encore, le plafond était lisse et presque intact – si ce n'est que cette « trace » qu'il avait remarquée auparavant était à présent nettement plus sombre.

C'est alors, dit-il, qu'il s'était rendu compte que quelque chose de réellement insensé était à l'œuvre dans sa chambre. Il ne pouvait mettre ses propres sens en doute : il avait vu tomber les boutons de manchettes, avait entendu le tintement sonore, le bruit d'éclaboussure quand ils avaient atterri dans la cuvette. Mais d'où avaient-ils bien pu tomber ? Il tira son fauteuil et s'y percha en équilibre instable, pour examiner le plafond de plus près. Rien, à part cette curieuse trace sombre. Comme si les bijoux s'étaient matérialisés d'eux-mêmes, par génération spontanée. Il descendit lourdement du fauteuil – sa jambe commençait de le tourmenter – et regarda de nouveau dans la cuvette de sa table de toilette. Une fine écume blanchâtre se refermait déjà à la surface de l'eau, mais il lui suffisait de retrousser sa manche de chemise pour repêcher les boutons de manchettes. Toutefois, il n'arrivait pas à s'y résoudre. Il ne savait absolument plus que faire. Il songea de nouveau au salon brillamment illuminé – à sa mère et à sa sœur qui l'attendaient, aux Desmond, Rossiter, Baker-Hyde – et même à moi et Betty –, tout le monde attendant, attendant qu'il apparaisse, un verre de sherry à la main ; et il se mit à transpirer. Croisant son visage dans le miroir circulaire qui lui servait à se raser, il lui sembla voir les gouttes de sueur jaillir « comme des vers » de chaque pore de sa peau.

Cependant, la manifestation la plus grotesque qui soit restait à venir. Il était toujours là, à contempler son visage luisant, quand, incrédule et horrifié, il vit le miroir agité d'une sorte de frisson. Il s'agissait d'une vieille glace victorienne, un miroir circulaire biseauté enchâssé dans un cadre de cuivre pivotant sur un socle de porcelaine. L'objet était, je le savais, relativement lourd : un léger coup ou des pas sur le parquet aux alentours ne l'ébranleraient aucunement. Rod était parfaitement immobile dans cette pièce vide, et sous ses yeux le miroir frémit de nouveau, puis vacilla et commença de *se déplacer sur la table de toilette,* se dirigeant vers lui. C'était exactement, me dit-il, comme si le miroir marchait – ou plus exactement comme s'il venait de découvrir sa *capacité* à marcher. Il avançait par saccades, le dessous du socle, en porcelaine brute, émettant un crissement insupportable contre la surface de marbre ciré.

« C'était la chose la plus épouvantable que j'aie jamais vue », poursuivit Rod, me décrivant la chose d'une voix tremblante, en essuyant la sueur qui s'était remise à perler à son front et à sa lèvre, à l'évocation de cet instant. « D'autant plus effrayante que ce miroir était un objet parfaitement ordinaire. Si un… je ne sais pas, si un *monstre* était soudain apparu dans la pièce, un spectre, une apparition, je crois que j'aurais mieux encaissé le choc. Mais *ça*… c'était affreux, c'était *malsain*. C'était comme si tout, tous les objets ordinaires de la vie quotidienne, pouvait à tout moment se mettre à agir ainsi – et vous envahir. Et c'était horrible. Mais ce qui a suivi… »

Ce qui allait suivre était pire encore. Rod n'avait cessé d'observer le miroir qui avançait par à-coups vers lui, malade d'angoisse devant ce qu'il ne cessait de me décrire comme quelque chose de *malsain*. Ce sentiment lui venait pour partie de ce que le miroir bougeait de manière impersonnelle, pourrait-on dire. Dieu seul sait comment il avait pu s'animer ; mais Rod avait le sentiment que ce qui l'animait était aveugle, sans discernement. Que s'il posait la main à plat sur son chemin, le socle de porcelaine trouverait un moyen sournois de franchir l'obstacle, de ramper sur ses doigts. Naturellement, il n'en fit rien. S'il eut une quelconque réaction, ce fut un mouvement de recul. Mais il voyait à présent le miroir approcher du bord de la table de marbre, et s'apprêtait à le regarder vaciller et tomber avec une fascination horrifiée. Il resta là où il était, à un ou deux mètres de distance. Le miroir continua d'avancer, jusqu'à ce qu'un centimètre puis deux du socle dépassent du rebord. Il eut alors l'impression qu'il cherchait, comme à tâtons, une autre surface, un autre appui ; puis il vit le miroir s'incliner comme le socle basculait, en perte d'équilibre. Et il tendit la main, d'un geste instinctif, pour l'empêcher de tomber tout à fait. C'est alors que le miroir parut brusquement « prendre son élan pour bondir » – et à la seconde suivante s'élança droit vers sa tête. Il pivota brusquement sur lui-même, juste à temps pour recevoir un coup cinglant derrière l'oreille. Il entendit le fracas du miroir et du socle de porcelaine s'écrasant sur le sol derrière lui. Se détournant, il en vit les morceaux épars sur le tapis, inoffensifs, comme si quelque main maladroite avait fait tomber l'objet.

C'est à cet instant précis que Betty réapparut. Elle frappa à la porte et Rod, les nerfs tendus comme des cordes de violon, laissa échapper un cri. Ne comprenant pas ce qui se passait, elle poussa la porte, timidement, et le vit figé, comme fasciné, le regard fixé sur le miroir brisé au sol. De manière bien naturelle, elle s'avança, prête à en ramasser les morceaux. Il ne se rappelait plus ce qu'il lui dit alors, mais ce dut être quelque chose d'assez violent, car elle le laissa aussitôt et retourna en hâte dans le grand salon – et c'est là que je la vis chuchoter à l'oreille de Mrs Ayres, tout en émoi. Mrs Ayres se précipita avec elle dans la chambre de Roderick, et comprit immédiatement que quelque chose de grave se passait. Il suait plus que jamais et tremblait comme un homme en proie à une forte fièvre. Il devait être, je suppose, dans un état comparable à celui dans lequel il se trouvait en me racontant cette histoire. En voyant sa mère, sa première impulsion fut, comme un enfant, de lui prendre la main ; mais il avait suffisamment recouvré ses esprits, me dit-il, pour comprendre qu'il ne devait en aucun cas la mêler à ce qui arrivait là. Il avait vu ce miroir bondir vers sa tête : l'objet n'avait pas été projeté au hasard – il l'avait bien senti animé par quelque élan extraordinairement déterminé, précis, hostile. Il ne voulait pas voir sa mère exposée à une telle chose. Il lui expliqua de manière confuse et fragmentaire qu'il avait abusé de ses forces à la ferme, et qu'une terrible migraine lui sciait littéralement la tête en deux. Il était visiblement si mal en point et si bouleversé qu'elle voulait m'envoyer chercher, mais il refusa ; il ne voulait qu'une chose, la faire sortir de cette pièce aussi vite que possible. Les quelque dix minutes qu'elle passa là avec lui avaient été, me dit-il, parmi les plus éprouvantes de son existence. L'effort nécessaire à dissimuler ce qu'il venait de vivre, ajouté à sa propre terreur à l'idée de se retrouver de nouveau seul, pour peut-être devoir revivre tout cela, devait le faire ressembler à un dément. Un moment, il faillit littéralement fondre en larmes – et seules la consternation, l'angoisse peintes sur le visage de sa mère lui donnèrent la force de se retenir. Une fois Betty et elle parties, il s'assit sur son lit, dans le coin de la pièce, les genoux repliés contre la poitrine. Sa jambe blessée lui causait une douleur sourde, palpitante, mais peu importait – il lui en était presque reconnaissant, car elle le forçait à rester en éveil. Car ce qu'il lui fallait faire, à présent, me dit-il, c'était *surveiller*. Surveiller chaque objet, chaque coin d'ombre de la pièce, la parcourir des yeux, sans relâche, d'un mur à l'autre. Il savait que cette chose malveillante qui avait tenté de le blesser était encore présente dans la chambre, qu'elle attendait.

« C'était ça le pire, me dit-il. Je savais que cette chose me haïssait, me haïssait réellement, sans aucune logique, sans aucune raison. Je savais qu'elle me voulait du mal. Ce n'était même pas comme en vol, quand on repérait un chasseur ennemi : on le voit foncer sur soi, c'est une machine, avec à l'intérieur un homme qui fait de son mieux pour vous pulvériser dans le ciel. C'était *propre*, en comparaison. Il y avait une logique, une honnêteté à cela. Mais là, j'étais devant quelque chose de malsain, de méprisable. Que je ne pouvais pas viser avec une arme. Que je ne pouvais pas poignarder, ni assommer avec un tisonnier ; parce que le couteau, le tisonnier auraient pu s'animer dans ma propre main ! J'avais l'impression que même les couvertures sur lesquelles j'étais assis pouvaient soudain se soulever, se rabattre et m'étouffer ! »

Il était demeuré ainsi pendant une demi-heure peut-être – « mais ç'aurait aussi bien pu être mille ans » –, tremblant et tendu jusqu'à la douleur, dans cet effort éperdu pour essayer de tenir à l'écart cette chose malfaisante ; et finalement c'était devenu trop pour lui, ses nerfs avaient craqué. Il s'entendit soudain crier, crier à la chose de le laisser tranquille, pour l'amour de Dieu – et le son de sa propre voix l'effraya ; peut-être toutefois avait-il brisé quelque mauvais charme. Aussitôt, il ressentit une modification – la présence malveillante s'était évanouie. Il observa les choses autour de lui et, « je n'arrive pas à l'expliquer. Je ne sais pas comment je le savais. Mais je savais que les objets étaient redevenus ordinaires, inanimés ». Complètement bouleversé, il avala « un grand verre de cognac » et se glissa sous les couvertures, roulé en boule, comme un bébé. Il régnait dans la chambre, comme toujours, un silence ouaté, comme si elle était phoniquement isolée du reste de la maison. Si des bruits se firent entendre derrière sa porte, des pas, des murmures angoissés, soit il ne les entendit pas, soit il était trop épuisé pour se demander de quoi il s'agissait. Il sombra dans un sommeil agité dont Caroline le tira deux heures plus tard. Elle était venue voir comment il allait et lui raconter ce qui était arrivé avec Gyp et Gillian. Il écouta son récit avec une horreur croissante – comprenant que la petite fille avait dû se faire mordre à l'instant précis, ou presque, où il avait crié à cette présence malfaisante de le laisser, de partir.

Il me regardait en disant cela, et ses yeux rougis paraissaient brûler dans son visage abîmé. « Comprenez-vous ? reprit-il. C'était ma faute ! J'avais chassé cette chose, par pure lâcheté ; et la chose s'en était allée, ailleurs, pour blesser quelqu'un d'autre. Cette pauvre enfant ! Si j'avais su, j'aurais supporté n'importe quoi – absolument n'importe quoi… » Il essuya ses lèvres et fit un effort sur lui-même, puis continua plus calmement. « Je peux vous dire que je n'ai plus jamais baissé la garde. Quand cette chose vient, à présent, je l'attends de pied ferme. Je ne cesse de la guetter. La plupart du temps, ça va. Elle ne vient pas pendant des jours. Mais elle aime bien me prendre par surprise. On dirait un gamin mauvais, sournois. Qui me tendrait des pièges. Cette fois-là, la chose a ouvert la porte de ma chambre, pour que je me fracasse le nez. Elle a chamboulé mes papiers ; mis des meubles sur mon chemin, pour que je tombe et que je me casse le cou ! Mais je m'en fiche. Elle peut bien me faire ce qu'elle veut. Parce que tant que je peux la garder enfermée dans ma chambre, vous voyez, je peux contenir l'infection. Et c'est le plus important, vous ne pensez pas ? De garder enfermée la source de la contagion, à l'écart de ma sœur et de ma mère ? »

VI

Nombre de fois au cours de ma carrière de médecin, en examinant un patient ou consultant les résultats de tel ou tel examen, il m'est apparu peu à peu, mais de manière inéluctable, que j'avais entre les mains un cas désespéré. Je pense, par exemple, à une jeune femme mariée, enceinte depuis peu, qui était venue me voir pour une coqueluche : je me souviens très nettement avoir posé le stéthoscope sur son sein et perçu les premiers signes encore faibles, mais mortels, d'une tuberculose. Je revois aussi ce jeune homme plein de talent venu me consulter pour des « douleurs grandissantes » – en réalité les prémisses d'une maladie musculaire qui devait l'emporter en moins de cinq ans. La tumeur qui grossit, le cancer qui gagne, l'œil qui se voile peu à peu : cela fait partie du lot des médecins de famille, à côté des éruptions et des entorses, mais je n'ai jamais pu m'y habituer, je n'ai jamais pu entrapercevoir soudain, avec certitude, la nature de tels maux, sans un sentiment d'accablement, d'impuissance, de consternation.

C'est un sentiment de cet ordre qui s'empara de moi tandis que j'écoutais Rod me raconter son histoire peu commune. Je ne sais trop combien de temps cela dura, car il parlait de façon hachée, avec des hésitations, des réticences, comme s'il se recroquevillait sur lui-même face aux détails les plus éprouvants. Je demeurai la plupart du temps sans rien dire, et quand il en eut terminé nous restâmes ainsi, dans la pièce silencieuse que je parcourus des yeux, familière, rassurante, tangible – le poêle, la table, les instruments et flacons, l'écriture du vieux Gill sur les étiquettes passées, *Mist. Scialle, Pot. Iod.* – et il me sembla que tout était devenu vaguement étrange, comme légèrement de biais.

Rod m'observait. Il essuya son visage, puis roula son mouchoir en une boule qu'il se mit à malaxer. « Vous vouliez savoir, dit-il. Je vous avais prévenu que c'était une très sale histoire. »

Je m'éclaircis la gorge. « Je suis très heureux que vous m'en ayez parlé.

— Vraiment ?

— Bien sûr. Simplement, je regrette que vous ne l'ayez pas fait plus tôt. Ça me brise le cœur de penser que vous avez traversé cela tout seul, Rod.

— Il le fallait, n'est-ce pas. Pour ma famille.

— Oui, je comprends.

— Et j'espère que vous ne me jugez pas trop sévèrement, pour la petite fille. Je vous jure devant Dieu que si j'avais su...

— Non, non. Personne ne peut vous le reprocher. Il y a juste une chose que j'aimerais savoir. J'aimerais bien vous examiner, si c'est possible.

— M'examiner ? Pourquoi ?

— Vous êtes assez fatigué, n'est-ce pas ?

— Fatigué ? Juste ciel, mais je suis sans cesse sur le pied de guerre. J'ose à peine fermer l'œil de la nuit. J'ai sans cesse peur que cette *chose* ne revienne. »

Je m'étais levé pour prendre ma sacoche et, comme obéissant à un signal, il commença d'ôter son pull-over et sa chemise. Il resta debout sur le tapis de cheminée, en maillot de corps et pantalon, avec ce bandage sale autour du poignet, se frottant les bras pour se réchauffer, l'air singulièrement jeune, fragile, vulnérable. Je l'examinai rapidement, de la manière la plus classique, respiration, cœur, tension artérielle, etc. Mais en réalité, c'est pour gagner un peu de temps que je faisais tout cela, car je voyais déjà – n'importe qui l'aurait vu – quelle était la vraie nature de son mal. Ce qu'il venait de me raconter, en fait, m'avait très profondément secoué, et je devais à présent envisager comment m'y prendre avec lui.

Comme je l'avais deviné, il n'y avait aucun problème sérieux chez lui, mis à part la sous-alimentation et une extrême fatigue ; ce qui était le cas de la moitié de mes voisins. Je pris mon temps pour ranger mes instruments, sans cesser de réfléchir. Il reboutonna sa chemise.

« Alors ?

— Vous l'avez dit vous-même, Rod : vous êtes épuisé. Et l'épuisement... ma foi, ça crée des effets bizarres, ça joue des tours pas drôles. »

Il fronça les sourcils. « Des tours ?

— Écoutez, dis-je. Je ne vais pas prétendre que ce que vous venez de me dire ne m'a pas inquiété au plus haut point. Je ne vais pas y aller par quatre chemins avec vous. Je pense que votre problème est mental. Je pense que... écoutez-moi, Rod. » Il avait commencé de se détourner, déçu et déjà en colère. « Je pense que ce que vous avez subi, là, s'apparente à ce que l'on pourrait appeler une tempête nerveuse. C'est plus courant qu'on ne le pense, chez les personnes très stressées. Et regardons les choses en face, vous subissez en permanence une pression énorme, depuis votre retour de la RAF. Je pense que cette tension, combinée au traumatisme de la guerre...

— Le traumatisme de la guerre ! fit-il avec mépris.

— Un choc à retardement. Cela aussi est plus courant qu'on ne le croirait. »

Il secoua la tête. « Je sais ce que je sais, dit-il d'un ton ferme. Et je sais ce que j'ai vu.

— Vous savez ce que vous *croyez* avoir vu. Ce que vos nerfs épuisés, hypertendus, vous ont persuadé que vous voyiez.

— Ce n'est pas du tout ça ! Vous ne comprenez donc pas ? Nom d'un chien, mais j'aurais mieux fait de ne rien vous dire. Vous m'avez demandé de le raconter. Je ne voulais pas, mais vous m'y avez forcé. Et maintenant vous me le rejetez à la figure, en me faisant passer pour une espèce de dingo !

— Si vous pouviez simplement vous octroyer une bonne nuit de sommeil…

— Je vous l'ai dit : la chose reviendra, si je dors.

— Non, Rod. Je peux même vous assurer qu'elle ne reviendra que si vous ne dormez *pas*, parce que cette chose est une illusion…

— Une *illusion* ? C'est ça que vous pensez ?

— … une illusion qui se nourrit de votre fatigue. Je pense que vous devriez quitter le Hall un certain temps. Et tout de suite. Prendre des vacances, quelque chose comme ça. »

Il était en train d'enfiler son pull-over et, comme son visage émergeait du col, il me fixa d'un air incrédule. « Partir ? Vous n'avez donc pas écouté un traître mot de ce que je vous ai dit ? Mais si je partais, Dieu seul sait ce qui pourrait arriver ! » Il lissa ses cheveux d'une main fébrile, enfila son pardessus. Il avait vu l'heure à la pendule. « Je me suis déjà absenté trop longtemps. Et cela aussi, c'est votre faute. Il faut que je rentre.

— Laissez-moi au moins vous donner du Luminal.

— Une drogue ? Vous pensez que ça va m'aider ? » Puis, d'un ton coupant, me voyant me diriger vers une étagère et prendre un tube de comprimés : « Non. Pas question. Ils m'en ont gavé, après mon accident. Je n'en veux pas. Inutile de m'en donner, je les ficherai en l'air.

— Vous pouvez changer d'avis.

— Je ne changerai pas d'avis. »

Je revins vers lui, les mains vides. « Rod, écoutez-moi, je vous en prie. Si je n'arrive pas à vous convaincre de partir un peu, eh bien, je connais un médecin, un excellent médecin. Il a une clinique à Birmingham, spécialisée dans les cas comme le vôtre. Laissez-moi vous l'amener, pour parler un peu avec vous ; pour vous écouter. Il n'exigera rien d'autre : vous écouter lui parler comme vous venez de me parler, à l'instant. »

Son visage s'était durci. « Un médecin pour les fous, c'est ça que vous voulez dire. Un psychiatre, ou un psychologue ou je ne sais trop comment on les appelle. Mon problème n'est pas là. Mon problème ne vient pas de moi. Le problème, c'est Hundreds. Vous ne le voyez donc pas ? Ce n'est pas un médecin qu'il me faut, mais plutôt un… », il chercha un mot, « un *prêtre* ou quelque chose comme ça. Si seulement vous aviez ressenti ce que…

— Alors laissez-moi vous accompagner ! coupai-je, sur une impulsion. Que je passe un peu de temps dans votre chambre, pour voir si cette chose apparaît ! »

Il hésita, réfléchissant ; et le voir faire, le voir envisager l'idée comme s'il s'agissait d'une chose possible, raisonnable, *sensée*, était presque plus perturbant que tout le reste. Mais finalement il secoua la tête, et sa voix s'était de nouveau faite glacée.

« Non. Je ne peux pas prendre ce risque. Je ne vais pas jouer à ça. La chose n'aimerait pas. » Il mit sa casquette. « Il faut que j'y aille. Désolé de vous avoir parlé de tout ça. J'aurais dû savoir que vous ne comprendriez pas.

— Écoutez-moi, Rod, je vous en prie. » L'idée de le lâcher était à présent intolérable. « Je ne peux pas vous laisser partir comme ça ! Avez-vous oublié dans quel état vous étiez, il y a cinq minutes ? Cette panique épouvantable ? Imaginez que ça vous reprenne.

— Ça n'arrivera pas. Vous m'avez eu par surprise, c'est tout. Je n'aurais pas dû entrer ici, au départ. On a besoin de moi à la maison.

— Alors parlez-en au moins à votre mère. Ou bien laissez-moi lui en parler pour vous.

— Non », fit-il d'un ton coupant. Il s'était dirigé vers la porte, mais se tourna soudain vers moi, et comme auparavant je fus décontenancé en lisant une réelle colère dans ses yeux. « Elle ne doit rien savoir de tout ça. Ni ma sœur. Vous ne leur direz rien. Vous avez promis. Vous m'avez donné votre parole, et je vous ai fait confiance. Et vous n'en parlerez pas non plus à votre fameux ami médecin. Vous dites que je suis en train de devenir fou. Eh bien parfait, croyez cela si vous le voulez, si ça vous fait vous sentir mieux ; si vous êtes trop lâche pour affronter la vérité. Mais alors, ayez au moins la correction de me laisser devenir fou tranquillement. »

Son ton de voix était dur, ferme, absurdement raisonnable. Il fit passer la lanière de son sac par-dessus son épaule et rapprocha les revers de son pardessus, et seules la pâleur de son visage, la légère rougeur de ses paupières pouvaient suggérer qu'il était la proie d'une si terrible hallucination ; sinon, il avait toujours cette allure de jeune châtelain. Je savais à présent qu'il était inutile d'essayer de le garder ici. Il s'était dirigé vers la porte du bureau mais, d'après les bruits perceptibles au-delà, il était clair que mes premiers patients arrivaient, et il fit un geste impatient en direction du cabinet de consultation, sur quoi je le guidai pour qu'il sorte par le jardin. Cela avec le cœur fort lourd, et un sentiment d'intense frustration ; à peine la porte refermée, je retournai à la fenêtre du bureau et me postai derrière le rideau de filet poussiéreux pour le voir émerger au flanc de la maison, se dirigeant à pas rapides et claudicants vers sa voiture garée plus loin dans la rue principale.

Que devais-je faire ? Il était clair – affreusement clair – que depuis ces dernières semaines Rod était la victime d'hallucinations extrêmement puissantes. Ce qui, d'une certaine manière, n'était guère étonnant, compte tenu des divers fardeaux qu'il avait dû supporter. De toute évidence, le mélange de soucis, d'angoisses, de fatigue avait débordé, envahissant son cerveau, au point que même les « choses ordinaires », comme il le disait, lui semblaient se rebeller contre lui. Que ces hallucinations soient survenues pour la première fois lors d'une soirée donnée pour des voisins plus à l'aise n'était peut-être pas si étonnant ; et il m'apparaissait également significatif, hélas, que la pire d'entre elles ait eu pour objet un *miroir* – lequel, avant de commencer à « marcher », avait reflété son visage abîmé, et avait fini fracassé sur le sol. Tout cela, comme je le dis, était assez impressionnant, mais pouvait se justifier par la collusion d'une tension nerveuse et de soucis réels. Je trouvais fort inquiétant en revanche qu'il soit si attaché à croire à son hallucination qu'il en éprouvait cette angoisse apparemment logique que sa sœur et sa mère puissent être « contaminées » par cette chose diabolique, quelle qu'elle fût, qui avait envahi sa chambre, dès lors qu'il ne serait plus là pour les en protéger.

Je passai les heures suivantes à réfléchir encore et encore à ce qui lui arrivait. Même en m'occupant de mes autres patients, une partie de mon esprit demeurait avec Rod, écoutant avec consternation son horrible récit. Je ne crois pas avoir connu un autre moment dans ma carrière où j'aie été à ce point perplexe quant à ce qu'il convenait de faire. Nul doute que mes relations avec la famille interféraient avec ma capacité de jugement. J'aurais probablement dû immédiatement remettre le cas de Rod entre les mains d'un collègue. Mais, en réalité, dans quelle mesure était-ce un *cas* ? Rod n'était pas venu me voir en tant que médecin. Comme il l'avait dit lui-même, il n'avait au départ aucune intention de se confier à moi. Et il n'était certainement pas question de lui faire payer des honoraires de soins pour une écoute, un conseil, que ce soit moi ou un autre médecin. Je ne le soupçonnais pas, à ce stade, de représenter un danger pour lui-même ni pour les autres. Je pensais plus probable que son hallucination continuerait peu à peu de grandir en force et en fréquence jusqu'à ce qu'elle l'ait entièrement consumé : en d'autres termes, il allait s'épuiser lui-même, jusqu'à la dépression totale.

Mon plus gros dilemme était de savoir que dire à Mrs Ayres et à Caroline – si tant est que je dusse leur dire quelque chose. J'avais donné à Rod ma parole que je ne parlerais pas ; et même si je n'avais été qu'à demi sérieux en me comparant à un prêtre, aucun médecin ne prend à la légère le secret médical. Je passai une soirée affreusement tendue, décidant d'une chose puis changeant aussitôt d'avis… Finalement, à presque dix heures, j'allai sonner chez les Graham pour discuter de tout cela avec eux. Je les avais moins fréquentés, ces derniers temps, et Graham fut surpris de me voir. Anne était à l'étage, me dit-il – un des enfants était un peu patraque –, mais il me conduisit au salon et écouta mon histoire du début à la fin.

Il se révéla aussi choqué que je l'avais été.

« Mais comment tout cela a-t-il pu si mal tourner ? Il n'y a pas eu de signe avant-coureur ?

— Je savais que quelque chose n'allait pas, dis-je. Mais pas à ce point.

— Qu'avez-vous l'intention de faire ?

— C'est justement ce que j'essaie de déterminer. Je n'ai même pas de diagnostic précis. »

Il réfléchit. « Vous avez pensé à l'épilepsie, bien sûr ?

— Cela a été ma toute première idée. Et je pense que cela peut expliquer en partie son état. D'abord l'aura, les sensations anormales – auditives, visuelles, etc. Et puis la crise elle-même, suivie d'un état d'épuisement ; tout ça correspond, dans une certaine mesure. Mais je n'arrive pas à croire que ce soit là l'unique explication.

— Et l'hypothyroïdie ?

— J'y ai pensé, aussi. Mais il est difficile de passer à côté, n'est-ce pas ? Et il n'y a aucun symptôme.

— Est-ce que quelque chose pourrait altérer les fonctions du cerveau ? Une tumeur, par exemple ?

— Dieu du ciel, j'espère que non ! C'est possible, bien sûr. Mais là encore, il n'y a pas d'autres signes… Non, mon idée est que c'est purement nerveux.

— Ce qui serait tout aussi ennuyeux, en fait.

— Je sais bien. Et ni sa mère ni sa sœur ne savent rien. Pensez-vous que je devrais leur en parler ? C'est ce qui me préoccupe le plus. »

Il secoua la tête, gonfla les joues. « À présent, vous les connaissez mieux que moi. Roderick ne vous en saura certainement pas gré. En même temps, cela pourrait le mener à une véritable crise, identifiable.

— Ou lui faire perdre complètement la tête.

— C'est un risque, sans aucun doute. Pourquoi ne pas vous octroyer deux ou trois jours de réflexion ?

— Et pendant ce temps, dis-je d'une voix sombre, les choses ne feront qu'empirer, à Hundreds.

— Peut-être, mais cela, au moins, n'est pas de votre ressort », conclut-il.

Il s'était exprimé avec un certain détachement : je me souvenais l'avoir déjà entendu employer ce ton lors d'autres conversations à propos des Ayres, mais cette fois cela me secoua quelque peu. Je finis mon verre et rentrai lentement chez moi, reconnaissant qu'il m'ait écouté, soulagé d'avoir pu discuter avec quelqu'un de ce cas, mais pas plus avancé quant à la manière de le gérer. Et ce n'est qu'en entrant dans mon bureau plongé dans la pénombre, en voyant les deux fauteuils de part et d'autre du poêle, avec de nouveau dans l'oreille la voix haletante, éperdue de Rod, que toute la violence de son histoire me revint ; et je compris qu'il était simplement de mon devoir de mettre sa famille un tant soit peu au courant de son état dès que possible.

C'est néanmoins le cœur lourd que je fis le trajet jusqu'à Hundreds, le lendemain. On aurait dit que mon rôle auprès des Ayres, dorénavant, consistait soit à les mettre en garde contre quelque chose, soit à effectuer quelque sinistre tâche pour eux. Avec le jour, également, ma résolution avait légèrement fléchi. Pensant à la promesse que j'avais faite, je conduisais, si l'on peut concevoir une telle chose, comme recroquevillé sur moi-même, pétri de réticence, espérant plus que tout ne pas tomber sur Rod, que ce soit dans le parc ou dans la maison. Quelques jours à peine s'étaient écoulés depuis ma dernière visite, et ni Mrs Ayres ni Caroline ne s'attendaient à me voir ; je les trouvai toutes deux dans le petit salon, mais je vis aussitôt que je les décontenançais quelque peu en débarquant comme ça, sans prévenir.

« Ma foi, docteur, vous nous faites des surprises ! » fit Mrs Ayres, portant une main vierge de bagues à son visage. « Je ne me serais pas habillée de manière si négligée si j'avais su que vous passiez. Et Caroline, avons-nous quoi que ce soit à offrir au docteur, avec son thé ? Il me semble qu'il nous reste du pain et de la margarine dans la cuisine. Tu ferais mieux de sonner Betty. »

Je n'avais pas voulu téléphoner, par crainte d'alerter Roderick, et j'étais à présent si habitué à aller et venir à Hundreds qu'il ne m'était pas venu à l'esprit que ma visite impromptue pourrait les déstabiliser. Mrs Ayres demeurait courtoise, mais avec une légère nuance de reproche dans la voix. Je ne l'avais encore jamais vue aussi prise de court ; c'était comme si, non poudrée, sans bagues à ses doigts, je l'avais surprise départie de son charme. Mais les raisons de sa mauvaise humeur m'apparurent bientôt car je dus, pour m'asseoir, déplacer plusieurs boîtes plates, posées sur le divan : elles contenaient de vieux albums de photos de famille que Caroline venait d'exhumer d'un des placards du salon du matin, et qui s'étaient révélés, après examen, piquetés par l'humidité, couverts de taches de moisissure et pratiquement détruits.

« C'est tragique ! s'exclama Mrs Ayres, me montrant les pages délabrées. Il doit y avoir là quatre-vingts ans de photos – et non seulement celles du colonel, mais de mon côté aussi, des branches Singleton et Brooke. Et savez-vous, cela fait des mois que je demande à Caroline et à Roderick de chercher ces albums et de s'assurer qu'ils sont à l'abri. J'ignorais complètement qu'ils se trouvaient dans le salon du matin ; je les croyais rangés quelque part dans un des greniers. »

Je jetai un regard à Caroline – qui, après avoir sonné Betty, était retournée à son fauteuil et tournait les pages d'un autre album, d'un air distant, résigné. « Ils n'auraient hélas pas été plus à l'abri dans les greniers, dit-elle sans lever les yeux. La dernière fois que je suis montée là-haut, c'était pour vérifier l'état d'avancement d'une fuite ou d'une autre. Il y avait des paniers entiers de livres datant de quand Roddie et moi étions enfants, tous littéralement rongés par l'humidité.

— Eh bien, tu aurais dû m'en parler, Caroline.

— Je suis certaine de l'avoir fait, Maman, à ce moment-là.

— Je sais bien que vous avez mille choses en tête, ton frère et toi, mais tout cela est terriblement contrariant. Regardez, docteur. » Elle me tendait une vieille photo au format *carte de visite*, toute raide, dont les ornements victoriens désuets et déjà pâlis disparaissaient quasiment sous les taches de rouille. « C'est le père du colonel, jeune homme. J'ai toujours pensé que Roderick lui ressemblait énormément.

— Oui », dis-je d'une voix absente, à présent tendu, guettant une occasion de parler. « Où est Roderick, à propos ?

— Oh, dans sa chambre, j'imagine. » Elle prit une autre photo. « Tenez, en voilà encore une, tout abîmée... Et celle-ci, aussi... Celle-là, je m'en souviens – oh, mais quelle horreur ! Elle est complètement fichue ! Ma famille, juste avant la guerre. Tous mes frères sont là, regardez, on arrive à peine à les reconnaître maintenant : Charlie, Lionel, Mortimer, Frank ; et puis ma sœur, Cissie. J'étais mariée depuis un an, et j'étais à la maison avec mon bébé, et nous n'en savions rien, mais plus jamais la famille ne serait ainsi réunie, car six mois plus tard les hostilités commençaient, et nous avons perdu deux des garçons presque en même temps. »

Son ton avait changé, une vraie douleur s'y était glissée. Cette fois, Caroline leva les yeux, et nous échangeâmes un regard. Betty apparut, et fut chargée d'aller préparer le thé – dont je n'avais nulle envie, sans même parler de temps pour cela –, et Mrs Ayres continua d'examiner lentement, tristement, les clichés embrumés. Je pensai à tout ce qu'elle avait traversé récemment, et aux terribles nouvelles que j'étais venu lui apprendre ; j'observais ses mains agitées de mouvements nerveux, hésitants, qui vierges de bagues semblaient comme nues, épaissies aux jointures. Et soudain, l'idée de devoir ajouter encore à ses tourments m'apparut intolérable. Je me souvenais de la conversation que j'avais eue avec Caroline, la semaine précédente ; il me vint à l'esprit que c'était peut-être à elle que je devrais parler, pour commencer au moins. Je passai quelques minutes à tenter de croiser de nouveau son regard, sans succès ; puis, Betty réapparaissant avec le thé, je me levai pour l'aider et tendis sa tasse à Caroline, tandis que Betty servait Mrs Ayres. Et comme Caroline levait les yeux, vaguement surprise, tendant la main pour saisir la soucoupe, j'approchai ma tête de son oreille et chuchotai : « Pouvez-vous vous arranger pour que nous nous voyions seul à seul ? »

Elle eut un mouvement de recul, saisie par mes paroles, ou peut-être simplement par mon souffle contre sa joue. Elle me regarda bien en face, jeta un coup d'œil vers sa mère et hocha brièvement la tête. Je retournai au divan. Sur quoi nous laissâmes s'écouler cinq ou dix minutes, buvant notre thé et grignotant les maigres tranches de gâteau desséché qui l'accompagnaient.

Puis elle se pencha en avant, comme si une idée lui venait soudain.

« Maman, dit-elle, je voulais vous dire : j'ai préparé un paquet de vieux livres pour la Croix-Rouge. Je me disais que le Dr Faraday pourrait peut-être les emporter à Lidcote, en voiture. Je n'aime pas demander ce genre de chose à Rod. Je suis navrée de vous déranger avec ça, docteur, mais cela vous ennuierait-il ? Ils sont dans la bibliothèque, déjà emballés, tout prêts. »

Elle avait parlé sans l'ombre d'une gêne, sans même rosir le moins du monde ; je dois admettre que, pour ma part, mon cœur battait la chamade. Mrs Ayres répondit, un peu dépitée, que ma foi, elle pouvait bien rester seule deux ou trois minutes, avant de se remettre à tourner les pages moisies des albums.

« Ce ne sera pas long », me dit Caroline, d'un ton toujours aussi naturel, comme j'ouvrais la porte ; mais des yeux elle indiqua le couloir, et nous nous dirigeâmes rapidement et discrètement vers la bibliothèque, où elle alla droit à la fenêtre pour ouvrir l'unique volet encore en état. Comme la lumière hivernale envahissait la pièce, les étagères voilées de draps parurent se dresser soudain autour de nous comme autant de fantômes soudain réveillés. J'avançai de quelques pas pour échapper à la pénombre, et Caroline me rejoignit et s'immobilisa devant moi.

« Il est arrivé quelque chose ? me demanda-t-elle d'un ton grave. C'est Rod ?

— Oui », dis-je. Et je m'employai à lui expliquer, aussi brièvement que possible, ce que son frère m'avait confié dans mon bureau, la veille au soir. Elle m'écouta avec une horreur grandissante – mais aussi, me sembla-t-il, avec l'air de comprendre enfin quelque chose, comme si mes paroles lui apportaient un éclairage, si terrible fût-il, lui donnaient la clef d'un puzzle dont la cohérence lui avait jusqu'alors échappé. La seule fois qu'elle m'interrompit, ce fut quand je lui répétai ce que Rod m'avait dit à propos de la tache apparue au plafond. Elle me prit le bras : « Cette marque, et les autres ! Nous les avons bien vues ! Je *savais* qu'il y avait quelque chose de bizarre. Vous ne pensez pas que… ? Cela ne pourrait-il pas être… ? »

Je me rendis compte non sans surprise qu'elle était presque prête à prendre au sérieux les allégations de son frère. « Mais n'importe quoi a pu produire ces marques, Caroline, dis-je. Rod a pu les faire lui-même, simplement pour justifier ses hallucinations. Ou bien c'est leur apparition même qui a pu déclencher tout cela chez lui. »

Elle ôta sa main. « Oui, bien sûr… Et vous pensez réellement que c'est ce qui arrive ? Ça ne pourrait pas être ce dont vous aviez parlé avant ? Des crises, tout ça… ? »

Je secouai la tête. « Je préférerais que ce soit un problème *physique*, croyez-moi ; ce serait plus facile à soigner. Mais j'ai bien peur qu'on ne soit là devant une sorte de, enfin, de dérangement mental. »

Ces paroles lui firent un choc. L'espace d'une seconde, elle parut effrayée. « Pauvre, pauvre Rod, dit-elle enfin. C'est affreux, n'est-ce pas ? Mais que pouvons-nous faire ? Avez-vous l'intention d'en parler à ma mère ?

— J'en avais l'intention. C'est pour cela que je suis passé. Mais en la voyant avec ces photos…

— Il n'y a pas que les photos, vous savez. Elle change. La plupart du temps, elle est elle-même. Mais certains jours on la trouve comme ça, absente, larmoyante, perdue dans le passé. Rod et elle en sont presque à se disputer, à propos de la ferme. Apparemment, de nouvelles dettes sont apparues. Il prend tout ça tellement personnellement ! Et puis il se referme. Je comprends pourquoi, à présent. C'est trop affreux… Il a réellement dit ces choses effrayantes, et il y croyait ? Vous êtes sûr de ne pas avoir mal compris ?

— Je préférerais, pour nous tous, que ce soit le cas. Mais non, il n'y avait aucune possibilité de se tromper, hélas. S'il ne me laisse pas s'occuper de lui, nous n'avons plus qu'à espérer que son esprit s'éclaircira de lui-même, d'une manière ou d'une autre. C'est possible, à présent que les Baker-Hyde ont quitté le comté, et que toute cette horrible histoire est enfin réglée ; quoique ce que vous me dites à propos de la ferme ne soit pas très positif. En tout cas, je ne peux rien faire pour lui tant qu'il reste bloqué sur cette idée qu'il vous protège, vous et votre mère.

— Ne pensez-vous pas que si je lui parlais… ?

— Vous pouvez toujours essayer ; même si je ne vous souhaite pas d'entendre ce que j'ai entendu de sa propre bouche. La meilleure chose à faire, pour le moment, c'est peut-être de simplement le tenir à l'œil – de le surveiller, vous et moi, en priant le ciel pour que cela n'empire pas.

— Et si cela empire ? demanda-t-elle.

— Dans ce cas, dis-je, eh bien si c'était une autre maison que celle-ci, une autre famille, je sais ce que je ferais. J'appellerais David Graham et je ferais interner Rod de force, dans un asile psychiatrique. »

Elle posa une main sur sa bouche. « On en arriverait là, vous en êtes sûr ?

— Je pense à la façon dont il s'est blessé. J'ai l'impression qu'il se punit lui-même. De toute évidence, il se sent coupable, peut-être à cause de ce qui arrive à Hundreds ; peut-être aussi à cause de ce qui est arrivé à son navigateur, pendant la guerre. Il tente peut-être de se faire du mal, inconsciemment. En même temps, il cherche peut-être de l'aide. Il connaît mon pouvoir en tant que médecin. Il peut se blesser lui-même dans l'espoir que je prendrai des mesures radicales… »

Je m'interrompis. Nous étions demeurés immobiles dans la faible lumière que donnait l'unique volet ouvert, à parler à voix basse, tendue. Soudain, quelque part derrière mon épaule, comme du plus profond des ombres qui envahissaient la pièce, se fit entendre un petit crissement métallique ; nous tournâmes tous deux la tête. Le crissement se reproduisit : il provenait, je m'en rendis compte, de la poignée de la porte de la bibliothèque, qui tournait lentement. Dans la pénombre, et compte tenu de notre état de tension, cette poignée qui tournait paraissait presque surnaturelle. J'entendis Caroline retenir son souffle et la sentis s'approcher encore de moi, effrayée. Comme la porte s'ouvrait lentement, la lumière du couloir éclaira Rod immobile sur le seuil, et nous fûmes l'un et l'autre soulagés l'espace d'une seconde, me sembla-t-il. Puis nous vîmes l'expression de son visage et nous écartâmes vivement l'un de l'autre.

Nous nous sentions coupables, et cela devait se voir. « J'ai entendu votre voiture, docteur, dit Rod, froidement. Je m'attendais un peu à quelque chose de ce genre. » Puis, à sa sœur : « Qu'est-ce qu'il t'a dit ? Que je suis maboule, cinglé, un truc comme ça ? Et je suppose qu'il en a aussi parlé à Maman.

— Je n'ai pas encore parlé à votre mère, répondis-je avant que Caroline puisse parler.

— Eh bien c'est très magnanime. » De nouveau, il regarda sa sœur. « Il m'a donné sa parole, tu sais, qu'il ne dirait rien à personne. Voilà de toute évidence ce que vaut la parole d'un médecin. D'un médecin comme lui, en tout cas. »

Caroline ne réagit pas. « Roddie, dit-elle, nous sommes inquiets pour toi. Tu n'es plus toi-même, et tu le sais très bien. Entre, tu veux ? Nous ne tenons pas à ce que Betty ou Maman nous entendent. »

Il demeura un instant figé, puis fit quelques pas, referma la porte et s'y adossa. « Donc, toi *aussi*, tu crois que je suis cinglé, fit-il d'une voix dure.

— Je pense que tu as besoin de repos, dit Caroline, d'une coupure… n'importe quoi, mais de partir un moment, ailleurs.

— Ailleurs ? Mais tu es pire que lui ! Pourquoi est-ce que tout le monde veut absolument m'éloigner ?

— Nous ne voulons que t'aider. Nous pensons que tu es mal en point et que tu dois te faire soigner. Est-ce vrai que tu as… vu des choses ? »

Il baissa les yeux, agacé. « Nom d'un chien, c'est comme après mon accident ! S'il s'agit de me surveiller, de me tenir à l'œil sans arrêt, de s'occuper de moi comme d'un bébé…

— Dis-moi, Rod ! Est-ce vrai que tu crois qu'il y a quelque chose… quelque chose, dans cette maison ? Une chose qui te veut du mal ? »

Il demeura un moment sans répondre. Puis il finit par relever la tête, la regarda bien en face. « Selon toi ? » fit-il d'une voix posée.

À ma grande surprise, je la vis fléchir sous son regard, comme devant quelque chose d'invisible.

« Je… je ne sais pas quoi penser. Mais j'ai peur pour toi, Rod.

— Peur ! Bien sûr que tu as de quoi avoir peur, vous avez de quoi avoir peur, tous les deux. Mais pas pour moi. Ni *de* moi, non plus, si c'est ce qui vous inquiète. Vous ne comprenez donc pas ? C'est moi seul qui tiens cette maison debout !

— Je sais que c'est ce que vous ressentez, Rod, dis-je. Si vous nous laissiez simplement vous aider…

— C'est votre façon de m'aider, ça ? De vous précipiter pour trouver ma sœur, quand vous m'avez *promis*…

— Oui, c'est *ma* façon de vous aider, tout à fait. Parce que j'y ai bien réfléchi, et je ne pense pas que vous soyez en mesure de vous aider vous-même.

— Mais vous ne voyez donc pas ? Comment pouvez-vous ne pas voir, après tout ce que je vous ai raconté hier ! Ce n'est pas à *moi* que je pense. Dieu du ciel ! Je n'ai jamais obtenu la moindre reconnaissance pour tout ce que j'ai fait pour cette famille – et pas même maintenant, alors que je me débats comme un beau diable, au point d'y laisser ma peau ! Je ferais peut-être mieux de tout abandonner, de fermer les yeux sur tout, pour une fois, de regarder ailleurs. Et là, on verrait ce qui arrive. »

Il semblait soudain bouder – comme un écolier qui contesterait une mauvaise appréciation sur son carnet de notes. Il croisa les bras, épaules voûtées, et l'aspect horrible, lugubre de ce que nous évoquions, qui un instant auparavant encore paraissait si palpable, sembla curieusement s'évaporer. Je vis Caroline me regarder avec pour la première fois un certain doute, et je fis un pas en avant. « Rod, dis-je d'une voix pressante, vous devez comprendre que nous sommes terriblement inquiets. Cela ne peut pas continuer ainsi.

— Je ne veux pas en parler, dit-il d'un ton ferme. Ça ne sert à rien.

— Je pense que vous êtes réellement malade, Rod. Et nous devons déterminer quelle est exactement la nature de ce mal, de manière à pouvoir vous soigner.

— Ce qui me rend malade, c'est vous, et votre insistance ! Si seulement vous me fichiez la paix, si vous nous fichiez la paix à tous… Mais vous avez toujours été ligués contre moi, tous les deux. Et puis cette histoire avec ma jambe, en disant que c'était un service que je rendais à l'hôpital.

— Comment oses-tu dire ça, intervint Caroline, alors que le Dr Faraday a été si gentil !

— Parce qu'il est gentil, maintenant ?

— Rod, je t'en prie.

— Je te l'ai bien dit, non ? Je ne veux pas en parler ! »

Il se détourna, ouvrit la lourde porte à toute volée et sortit. Il la claqua derrière lui avec une telle violence qu'une traînée de poussière tomba comme un voile d'une fente au plafond, tandis que deux draps glissaient des étagères pour atterrir sur le sol en un tas d'où émanait une odeur de moisi.

Caroline et moi échangeâmes un regard d'impuissance, puis traversâmes lentement la pièce pour les ramasser.

« Que pouvons-nous faire ? » me demanda-t-elle tandis que nous remettions les draps en place. « S'il est aussi atteint que vous le dites, mais refuse de nous laisser l'aider…

— Je ne sais pas. Réellement, je n'en sais rien. Comme je vous l'ai dit tout à l'heure, nous ne pouvons que le surveiller et espérer regagner sa confiance. Et cela vous incombera surtout à vous, j'en ai bien peur. »

Elle hocha la tête, puis scruta mon visage. Elle hésita une seconde. « Vous en êtes certain ? Pour ce qu'il vous a dit ? Il semble tellement… tellement raisonnable.

— Je sais bien. Mais si vous l'aviez vu hier, vous ne diriez pas cela. Et pourtant, ce qu'il dit est sensé – je vous jure que c'est le plus curieux mélange de raison et de fantasmes que j'aie jamais vu.

— Et vous ne pensez pas qu'il… qu'il puisse y avoir une… une part de vérité, en fait, dans ce qu'il dit ? »

Une fois de plus, je demeurai surpris qu'elle puisse même envisager cela. « Je suis navré, Caroline. C'est très, très dur, quand ce genre de chose arrive à un être aimé.

— Oui, probablement. »

L'incertitude était perceptible dans sa voix. Elle joignit les mains, caressant du pouce ses phalanges, machinalement, et je la vis frissonner.

« Vous avez froid. »

Elle secoua la tête. « Pas froid. Peur. »

D'un geste mal assuré, je posai une main sur les siennes. Aussitôt, ses doigts rejoignirent les miens, comme avec reconnaissance.

« Je n'avais pas l'intention de vous effrayer, dis-je. Je suis désolé de vous accabler avec tout ça. » Je jetai un regard autour de moi. « Cette maison est bien sinistre, par un jour comme celui-ci ! C'est probablement une des raisons de l'état dans lequel se trouve Rod. Si seulement il n'avait pas laissé les choses aller si loin ! Et à présent… Bon sang. » Préoccupé, je venais juste de voir quelle heure il était. « Il faut que je m'en aille. Ça va aller ? Vous me prévenez aussitôt, si vous constatez un changement quelconque ? »

Elle me le promit. « C'est bien », dis-je, pressant ses doigts dans les miens.

Sa main demeura un instant dans la mienne, puis s'échappa. Nous retournâmes au petit salon.

« Mais comme vous avez été longs ! s'exclama Mrs Ayres comme nous entrions. Et qu'était ce fracas infernal ? Betty et moi avons cru que le toit s'effondrait ! »

La jeune fille était à ses côtés : elle avait dû lui demander de rester lorsqu'elle était venue reprendre le plateau du thé, à moins qu'elle ne l'ait délibérément appelée auprès d'elle ; elle lui montrait les photos abîmées – elle en avait étalé cinq ou six devant elle, apparemment des portraits de Caroline et Roderick enfants – et se mit soudain à les rassembler d'une main impatiente.

« Je suis navrée, Maman, dit Caroline. J'ai claqué une porte par inadvertance. Et maintenant il y a de la poussière sur le tapis de la bibliothèque. Vous vous en occuperez, Betty. »

Betty baissa la tête et esquissa une petite révérence. « Oui, Miss », fit-elle avant de disparaître.

Je ne pouvais pas traîner plus longtemps, et je présentai mes respects, poliment mais en toute hâte – croisant le regard de Caroline et essayant de mettre dans le mien autant de compassion et d'encouragement que possible – sur quoi j'emboîtai le pas à Betty. Arrivé dans le hall, je jetai un regard par la porte ouverte de la bibliothèque et la vis à genoux, armée d'une balayette et d'une pelle à poussière, brossant sans conviction le tapis usé jusqu'à la trame. Et soudain, en voyant le mouvement répétitif de ses épaules dans ce geste, je me souvins de son curieux éclat, le matin où j'avais euthanasié Gyp. La coïncidence m'apparut curieuse, entre son affirmation de la présence d'une « mauvaise chose » à Hundreds et l'écho qu'y faisaient, à présent, les hallucinations de Roderick… Je me dirigeai vers elle et lui parlai doucement, essayant de savoir si elle n'avait pas dit quelque chose qui aurait pu faire germer cette idée dans son esprit à lui.

Elle me jura que non.

« Vous m'avez bien dit de ne pas en parler, pas vrai ? Eh bien, je n'ai rien dit, pas un mot !

— Même pour rire ?

— Non ! »

Elle parlait avec une grande conviction – mais également, me sembla-t-il, avec une imperceptible nuance de plaisir secret. Je me souvins quelle excellente petite comédienne elle faisait : plongeant mon regard dans ses yeux gris, sans expression, je ne sus, pour la première fois, si ce que j'y lisais était de l'innocence ou de la rouerie. « Tu en es bien certaine ? Tu n'as rien dit, rien fait ? Même histoire de t'amuser ? De faire bouger les choses ? De mettre un peu d'animation ?

— Je n'ai rien fait du tout, dit-elle, et je n'ai rien dit ! De toute façon, je n'aime pas penser à ça. Ça me donne la chair de poule quand j'y pense, toute seule en bas. Mais ce n'est pas ma chose à *moi* ; c'est ce que dit Mrs Bazeley. Elle dit que si je la laisse dans son coin, elle ne reviendra plus m'embêter. »

Je dus me contenter de cela. Elle retourna à sa balayette. Je demeurai encore quelques secondes à l'observer, puis quittai la maison.

Je parlai plusieurs fois avec Caroline, au cours des huit ou quinze jours qui suivirent. Elle me dit que rien n'avait vraiment changé, que Rod demeurait toujours aussi renfermé, mais sinon tout à fait sensé. Et lors de ma visite suivante il vint lui-même m'ouvrir quand je frappai à la porte de sa chambre, pour m'annoncer en termes très sobres qu'il « n'avait rien à me dire et voulait simplement qu'on le laisse tranquille » – sur quoi il me referma la porte au nez, avec une détermination terrible. En d'autres termes, mon intervention avait eu très exactement l'effet que je redoutais le plus. Il n'était plus question à présent de poursuivre le traitement de sa jambe : j'avais achevé mon article et l'avais soumis à qui de droit et, sans plus de raison de me rendre à Hundreds, mes visites s'espacèrent notablement. Je m'aperçus qu'elles me manquaient, non sans une grande surprise. La famille me manquait ; la maison elle-même me manquait. Je m'inquiétais pour la pauvre Mrs Ayres, accablée de tourments, et pensais souvent à Caroline ; je me demandais comment elle pouvait supporter la vie là-bas, dans une atmosphère si déprimante, et invoquais cet instant dans la bibliothèque, son geste épuisé, réticent, pour ôter sa main de la mienne.

Décembre arriva, et le temps se fit encore plus hivernal. Une épidémie de grippe se déclencha dans la région, la première de l'année. Deux de mes patients les plus âgés moururent, et plusieurs autres furent sérieusement malades. Graham lui-même fut atteint ; notre remplaçant, Wise, prit en charge une partie de ses patients, mais le reste de ses tournées s'ajouta aux miennes, et bientôt je travaillai presque vingt-quatre heures sur vingt-quatre. Les premiers jours du mois, je ne m'approchai guère de Hundreds, mais plutôt de la ferme, où l'épouse et la fille de Makins étaient toutes deux alitées, d'où un manque de bras pour la traite des vaches. Makins lui-même était grognon, à cran, et parlait de tout envoyer promener. Cela faisait trois semaines, me dit-il, qu'il n'avait pas vu l'ombre d'un cheveu de Roderick Ayres – plus depuis le dernier jour du terme, lorsqu'il était passé encaisser son loyer. « C'est ça qu'on appelle un gentleman farmer, me dit-il non sans amertume. Tant que le soleil brille et que les oiseaux chantent, tout va bien. Mais au premier nuage, Monsieur reste à la maison à se tourner les pouces. »

Il était prêt à continuer comme ça, mais je n'avais pas le temps d'écouter ses doléances. Je n'avais pas non plus le temps de m'arrêter au Hall, comme je l'aurais fait naguère. Mais ce que m'avait dit Makins m'inquiétait quelque peu, et le soir même j'appelai à Hundreds. C'est Mrs Ayres qui répondit, d'une voix fatiguée. « Oh, docteur Faraday, comme cela fait plaisir de vous entendre ! Nous n'avons plus vu personne depuis des siècles. Ce temps épouvantable nous rend la vie si difficile. Cette maison manque tellement de confort, par ce climat.

— Mais vous allez bien ? m'enquis-je. Tous ? Caroline, Rod ?

— Nous… tout va très bien.

— J'ai parlé avec Makins… »

La ligne se mit à crachoter. « Il faut passer nous voir ! s'exclama-t-elle au travers des parasites. C'est d'accord ? Venez dîner, un soir ! Nous vous préparerons un bon dîner digne de ce nom, comme autrefois. Cela vous tente-t-il ? »

Je répondis que oui, tout à fait. La ligne, trop mauvaise, nous empêcha de poursuivre. Entre deux craquements, nous fixâmes néanmoins une date, à deux ou trois jours de là.

Dans ce court laps de temps, le climat ne fit que se détériorer. Ce fut par une soirée pluvieuse, venteuse, sans lune et sans étoiles, que je me rendis de nouveau à Hundreds. Je ne sais pas s'il faut en imputer la faute à la pluie et à l'obscurité, ou bien si j'avais oublié à quel point la maison était négligée, délabrée ; mais quand je pénétrai dans le hall, sa tristesse, sa froideur me tombèrent sur les épaules. Certaines ampoules avaient claqué sur les appliques, et l'escalier s'élevait dans la pénombre, tout comme le soir de la fameuse réception ; l'effet, à présent, était étrangement pesant, comme si la nuit hostile avait réussi à se glisser par des interstices dans la maçonnerie, et demeurait là, planant comme une fumée ou un brouillard, au cœur même de la maison. Il faisait également un froid perçant. Quelques radiateurs antédiluviens cliquetaient et gargouillaient, dont la chaleur avait tôt fait de s'évaporer. J'empruntai le couloir dallé de marbre et découvris toute la famille réunie dans le petit salon, les fauteuils tirés devant la cheminée pour essayer de se réchauffer, et vêtue de tenues singulières – Caroline avec un mantelet de peau de phoque pelée par-dessus sa robe, Mrs Ayres arborant une robe du soir en soie toute raide, avec un collier, des bagues d'émeraudes, et des châles espagnols et indiens aux couleurs criardes sur les épaules, le tout agrémenté d'une mantille noire sur la tête ; quant à Roderick, il avait enfilé un gilet de laine beigeasse sous sa veste d'habit, et des mitaines.

« Pardonnez-nous, docteur, dit Mrs Ayres, se levant pour m'accueillir. Je n'ose pas penser à l'allure que nous devons avoir ! » Mais elle avait parlé d'un ton léger, et je compris qu'elle ne se rendait en fait pas compte à quel point ses enfants et elle formaient un tableau extravagant. Cela me mit mal à l'aise, pour quelque raison. J'imagine que je les voyais soudain, de même que j'avais vu la maison, avec les yeux d'un étranger.

Je regardai Rod plus attentivement ; et ce que je vis me désola. Alors que sa sœur et sa mère me saluaient, il demeura en arrière, ostensiblement. Et bien qu'il me serrât finalement la main, ce fut d'une poigne molle, sans un mot, presque sans lever les yeux, pour bien me faire comprendre que son bonjour était de pure convention, peut-être pour ne pas choquer sa mère. Mais je m'étais attendu à tout cela. Il y avait autre chose, quelque chose qui me troublait beaucoup plus. Toute sa posture avait changé. Alors que je l'avais toujours vu se tenir droit, tendu, telle une personne traquée ou prête à affronter un malheur, il paraissait à présent *affaissé*, comme si le fait que le malheur frappe ou non lui était quasiment indifférent. Tandis que Mrs Ayres, Caroline et moi bavardions de tout et de rien, des nouvelles du comté et des derniers potins, essayant de nous donner une apparence de normalité, il resta tassé dans son fauteuil, nous observant sous ses sourcils un peu froncés, mais sans dire un mot. Il ne se leva qu'une seule fois, et ce fut pour se diriger vers le bar et remplir son verre de gin-vermouth. À sa manière de saisir les bouteilles, à la manière dont il dosa un cocktail carabiné, je devinai qu'il devait boire sans cesse, depuis un bon moment.

C'était affreux à voir. Betty arriva pour nous annoncer que le dîner était servi, et je profitai du mouvement pour m'approcher de Caroline : « Tout va bien ? » murmurai-je.

Elle jeta un rapide coup d'œil à sa mère et à son frère, puis secoua la tête, brièvement. Nous pénétrâmes dans le couloir, et elle resserra le col de son mantelet contre la fraîcheur qui semblait monter du sol de marbre.

Nous dînions dans la salle à manger, et Mrs Ayres, dans l'intention de m'offrir « un dîner digne de ce nom, comme autrefois », avait demandé à Betty de préparer une table d'apparat, avec de la porcelaine chinoise pour aller avec le papier à motif oriental, et de l'argenterie ancienne. Les candélabres dorés étaient allumés, et la flamme des bougies vacillait de manière inquiétante dans le courant d'air qui filtrait des fenêtres disjointes. Caroline et moi prîmes place l'un en face de l'autre, séparés par toute la largeur de la table, tandis que Mrs Ayres s'asseyait au bout ; Roderick se dirigea vers la place du maître – l'ancienne chaise de son père, je suppose –, présidant le dîner. Il était à peine assis qu'il se servit un verre de vin, et comme Betty, ayant emporté la bouteille à l'autre extrémité de la table, approchait avec la soupière, il posa la main sur son assiette.

« *Oh, emportez cette sale soupe ! Je ne veux pas de soupe aujourd'hui !* » fit-il d'une voix criarde, contrefaite. Puis : « Savez-vous ce qui arrive au méchant garçon, dans ce poème d'Hoffmann, Betty ?

— Non, Monsieur, fit-elle, hésitante.

— Non, *M'sieur*, répéta-t-il, l'imitant. Eh bien, il finit brûlé vif sur un bûcher.

— Absolument pas, intervint Caroline avec une amorce de sourire. Il meurt d'inanition. Ce qui sera aussi ton cas, Rod, si tu ne prends pas soin de toi. Encore que cela ne préoccupe vraiment personne ici. Mange un peu de soupe.

— Mais je vous ai dit, répondit-il, reprenant sa voix de fausset, *je ne veux pas de soupe aujourd'hui !* Par contre vous pouvez me rapporter le vin, Betty. Merci. »

Il remplit de nouveau son verre, d'un geste maladroit, le col de la bouteille venant heurter le cristal dans un tintement sonore. C'était un magnifique verre Regency, sorti tout spécialement, je suppose, avec la porcelaine et l'argenterie ; le sourire de Caroline s'effaça brusquement et elle regarda son frère avec un réel agacement — à tel point que je fus saisi par l'éclair d'hostilité qui étincela dans ses yeux. Elle devait garder ce regard dur pendant tout le reste du repas, ce que je trouvai infiniment dommage, car elle était à son avantage dans la lueur des bougies ; ses traits lourds s'adoucissaient, tandis que le mantelet dissimulait les lignes anguleuses de ses clavicules et de ses épaules.

La lumière des bougies seyait également à Mrs Ayres. Elle ne dit rien à son fils, mais entretint pour moi le flot lisse d'une conversation légère et tranquille, comme dans le petit salon. Tout d'abord, je pris cela comme un simple signe de son éducation ; j'imaginai qu'elle était embarrassée par le comportement de Rod et faisait de son mieux pour le faire oublier. Peu à peu, toutefois, je perçus quelque chose de cassant, d'aigre dans son ton, et je me souvins de ce que Caroline m'avait dit dans la bibliothèque, que sa mère et son frère « en étaient presque à se disputer ». Et je me surpris à souhaiter — chose qui ne m'était encore jamais arrivée à Hundreds —, je me surpris à souhaiter n'être pas venu et à attendre la fin du dîner avec impatience. La maison, me dis-je, ne méritait pas toute cette mauvaise humeur ; et moi non plus.

Mrs Ayres et moi finîmes par parler d'un de mes patients, que j'avais récemment soigné pour une grippe, un ancien métayer de Hundreds qui vivait à quelque huit cents mètres de la grille ouest du parc. Je dis à quel point j'avais de la chance de pouvoir traverser celui-ci pour me rendre chez lui ; cela raccourcissait notablement ma tournée. Mrs Ayres approuva — avant d'ajouter, de manière quelque peu mystérieuse : « J'espère vraiment que cela pourra continuer.

— Vraiment ? fis-je étonné. Ma foi, pourquoi cela cesserait-il ? »

Elle jeta un coup d'œil appuyé à son fils, comme s'il devait parler. Mais il demeura muet, le regard perdu dans son verre de vin, et elle se tamponna les lèvres avec sa serviette de lin, puis reprit : « Docteur, Roderick m'a apporté de fort mauvaises nouvelles, aujourd'hui, j'en ai bien peur. Il semblerait que nous soyons contraints de vendre encore des terres.

— C'est vrai ? demandais-je, me tournant vers Roderick. Je croyais qu'il n'y en avait plus à céder. Et qui veut acheter, cette fois ?

— Le conseil municipal, pour ne pas changer, répondit Mrs Ayres comme Rod continuait de se taire. Et avec Maurice Babb comme entrepreneur, une fois de plus. Ils prévoient la construction d'encore vingt-quatre maisons. Pouvez-vous imaginer ça ? Je pensais que les règlements interdiraient une telle chose, puisqu'ils semblent interdire tout le reste. Mais apparemment ce gouvernement paraît trop heureux de distribuer les autorisations à des gens qui veulent démembrer les parcs et les propriétés pour pouvoir entasser vingt-quatre familles sur un hectare et demi de terrain. Cela va nous obliger à ouvrir une brèche dans le mur d'enceinte, pour poser des tuyaux, des buses, etc.

— Dans le mur ? » fis-je, ne comprenant pas.

Caroline prit la parole. « Rod leur a proposé des terres dépendant de la ferme, dit-elle calmement, et ils n'en ont pas voulu. Ils ne veulent que la pelouse aux couleuvres, à l'ouest. Parce qu'ils ont finalement pris une décision, voyez-vous, pour l'adduction d'eau et l'électricité ; ils ne vont pas prolonger le réseau jusqu'à Hundreds uniquement pour nous, mais ils le feront si cela concerne un nouveau lotissement. Apparemment, l'argent récolté nous permettra tout juste de faire poser des tuyaux et des lignes jusqu'à la ferme. »

L'espace d'un moment, je restai muet, trop consterné pour trouver quoi répondre. La pelouse aux couleuvres – ainsi que Caroline et Rod l'avaient baptisée dans leur enfance, je le savais – était contiguë au mur, mais située dans l'enceinte du parc, à environ huit cents mètres de la maison elle-même. En plein été, elle était demeurée dissimulée à la vue, mais avec la chute des feuilles, en automne, elle devenait visible des façades sud et ouest de la maison, lointaine bande floue de vert, de blanc et d'argent, ondulant, aussi douce au regard qu'un velours caressé. L'idée que Rod était prêt, sérieusement, à s'en séparer me bouleversait terriblement.

« Mais ce n'est pas possible, dis-je, m'adressant à lui. Vous ne pouvez pas ouvrir une brèche dans le parc. Il y a certainement une autre possibilité ? »

Là encore, c'est sa mère qui répondit à sa place. « Aucune, apparemment, à moins de vendre entièrement le parc et la maison ; et même Roderick considère que cette idée est inenvisageable, après tout ce que nous avons déjà accepté pour les garder. Nous exigerons, comme condition à la vente, que Babb fasse ériger une clôture autour du chantier – que nous n'ayons pas à voir ça, au moins. »

Roderick prit soudain la parole. « Oui, il nous faut une clôture pour tenir éloignée la racaille, dit-il d'une voix pâteuse. Encore que cela ne les dissuadera pas. Ils ne tarderont pas à venir escalader les murs de la maison, la nuit, un coutelas entre les dents. Tu auras intérêt à garder un pistolet sous ton lit, Caroline !

— Ce ne sont pas des pirates, pauvre idiot, murmura-t-elle sans lever les yeux de son assiette.

— Ah bon ? Je n'en suis pas si sûr. Je pense qu'ils n'aimeraient rien tant que nous pendre tous à la grand-vergue ; ils attendent simplement qu'Atlee leur en donne l'autorisation. Ce qu'il fera probablement, d'ailleurs. Les gens ordinaires détestent les gens comme nous, tu ne le sais donc pas ?

— Je t'en prie, Roderick, intervint Mrs Ayres, mal à l'aise. Personne ne hait les gens comme nous. Pas dans le Warwickshire.

— Particulièrement dans le Warwickshire ! De l'autre côté, dans le *Gloz*tershire, ils ont encore l'esprit féodal, c'est dans le sang. Mais les gens du Warwickshire ont toujours été des hommes d'affaires – déjà, du temps de la guerre civile. N'oubliez pas qu'ils étaient tous pour Cromwell. Et maintenant, ils voient bien dans quel sens le vent souffle. Je ne serais pas surpris s'ils voulaient nous couper la tête ! Parce que nos têtes, nous avons brillamment réussi à ne pas les sauver. » Il gesticula. « Regardez-nous, Caroline et moi, la génisse et le taureau, premiers prix du Salon ! Nous ne faisons pas grand-chose pour perpétuer la race ! N'importe qui jurerait que nous faisons tout notre possible pour courir à l'extinction !

— Rod », dis-je, voyant l'expression de sa sœur.

Il se tourna vers moi. « Quoi ? Vous devriez vous réjouir. Vous êtes bien de la race des pirates, n'est-ce pas ? Vous ne pensez tout de même pas que nous vous aurions invité, sinon ! Maman est bien trop gênée pour nous montrer à nos vrais amis tels que nous sommes à présent. Vous n'avez toujours pas compris ça ? »

Je me sentis rougir, de colère plus que d'autre chose ; je n'allais pas lui donner la satisfaction de trahir un autre sentiment, et gardai les yeux rivés sur lui tout en continuant de manger – décidé à lui faire baisser les siens, dans une lutte d'homme à homme. Je pense que cette stratégie fonctionna, car il croisa mon regard, battit des paupières et, l'espace d'un moment, parut honteux et comme un peu perdu, comme un gamin qui se vante et se sent soudain intimidé par sa propre forfanterie.

Caroline avait baissé la tête et se concentrait aussi sur son assiette. Mrs Ayres ne dit rien pendant une minute ou deux, puis posa fourchette et couteau. Et lorsqu'elle reprit la parole, ce fut pour demander des nouvelles d'un autre de mes patients, comme si la conversation n'avait jamais cessé. Ses manières étaient aisées, sa voix douce ; elle n'adressa plus un regard à son fils. Elle semblait l'avoir évincé de la table – l'avoir plongé dans l'ombre, comme si elle soufflait les bougies devant lui, une à une.

Le dîner n'était plus récupérable. Arriva le dessert, un gâteau aux framboises en conserve légèrement aigre, accompagné de crème en boîte ; la pièce restait fraîche et humide, le vent gémissait dans la cheminée ; quand bien même notre humeur nous y aurait-elle conviés, le repas n'évoquait guère un de ceux d'avant-guerre, où l'on pouvait traîner après le dîner. Mrs Ayres dit à Betty que nous prendrions le café dans le petit salon ; Caroline, sa mère et moi nous levâmes et posâmes notre serviette.

Seul Rod traînait. Arrivé à la porte, il déclara d'une voix maussade : « Je ne vous accompagne pas, je suis sûr que ça vous est égal. J'ai des papiers à voir.

— Des papiers à cigarette, j'imagine », dit Caroline, s'éloignant dans le couloir et ouvrant la porte du petit salon pour sa mère.

Roderick me regarda, cligna des yeux, et de nouveau j'eus cette impression qu'il se trouvait piégé par son propre accès d'humeur, et secrètement déconcerté par sa propre attitude. Je l'observai qui se détournait et entamait le sinistre petit trajet jusqu'à sa chambre, et ressentis un élan de compassion pour lui ; cela me semblait cruel de notre part, de le laisser partir ainsi. Mais je rejoignis sa mère et sa sœur, qui s'employaient à ajouter du bois dans l'âtre.

« Je dois vous présenter des excuses pour mon fils », dit Mrs Ayres en s'asseyant. Elle porta la main à sa tempe, comme si elle avait mal à la tête. « Il s'est comporté de manière impardonnable. Il ne voit donc pas à quel point il nous rend tous malheureux ? S'il a maintenant l'intention de se mettre à boire, pour couronner le tout, je devrai demander à Betty de cacher le vin. Jamais je n'ai vu son père ivre à table... J'espère que vous savez à quel point vous êtes le bienvenu dans cette maison. Voulez-vous vous asseoir là, en face de moi ? »

Ce que je fis, un certain temps. Betty nous apporta le café, et nous parlâmes encore de la vente des terres. Je leur demandai de nouveau s'il n'y avait aucune alternative, soulignant les nuisances et le bouleversement que le chantier apporterait, et l'impact inévitable sur leur vie à Hundreds. Mais elles l'avaient déjà envisagé et s'y étaient de toute évidence résignées. Même Caroline semblait curieusement passive devant la chose. Je me dis que j'en parlerais de nouveau à

Roderick. Et puis cette image de lui, seul, malheureux, à l'autre bout de la maison, me perturbait. Le café terminé, je reposai ma tasse et dis que j'allais le trouver, pour voir si je pouvais l'aider dans son travail.

Comme je l'avais soupçonné, cette histoire de travail était un prétexte : en entrant, je le trouvai assis dans une demi-obscurité, le feu dans la cheminée éclairant seul la pièce. Je n'avais pas frappé cette fois, pour ne pas lui donner l'occasion de m'interdire l'accès à sa chambre. Il tourna la tête vers moi. « Je pensais bien que vous viendriez, fit-il d'une voix boudeuse.

— Je peux rester un moment avec vous ?

— À votre avis ? Vous voyez à quel point je suis occupé. Non, non, n'allumez pas ! J'ai un sacré mal de tête. » Je l'entendis poser un verre, et il se pencha. « Je vais pousser un peu le feu. Dieu sait qu'il fait assez froid comme ça. »

Il prit deux bûches dans le coffre à côté de la cheminée, et les jeta maladroitement dans l'âtre. Des étincelles montèrent en crépitant dans le conduit, des braises sautèrent hors du foyer, l'espace de quelques instants les bûches étouffèrent la flambée, et la pièce se fit plus sombre encore. Mais quand je me fus approché de lui, tirant l'autre fauteuil pour m'y asseoir, les flammes avaient commencé de lécher le bois humide, et je le voyais nettement. Il s'était affaissé dans son fauteuil, jambes tendues devant lui. Il portait toujours sa tenue de soirée, son gilet de laine et ses mitaines, mais avait dégrafé sa cravate et un bouton, de sorte que son col rebiquait d'un côté comme celui d'un ivrogne de comédie.

C'était la première fois que je pénétrais dans sa chambre depuis qu'il m'avait raconté cette histoire extraordinaire, dans mon bureau, et je me surpris à jeter des regards nerveux autour de moi. À distance du feu, les coins d'ombre dense étaient presque impénétrables, mais je distinguai vaguement les draps froissés sur le lit, avec la coiffeuse à côté et, non loin, la table de toilette à dessus de marbre.

Du miroir – lequel j'avais la dernière fois vu posé sur la tablette, à côté du rasoir et du savon à barbe –, aucune trace.

Lorsque je me retournai vers Roderick, il avait commencé de se rouler maladroitement une cigarette sur ses genoux. Même dans la lueur vacillante du feu, je voyais son visage rougi, bouffi d'alcool. Je me mis à évoquer, comme j'en avais l'intention, la vente des terres – penché en avant, parlant avec conviction, essayant de lui faire entendre raison. Mais il gardait la tête détournée, ne voulait rien savoir. Je finis par abandonner.

« Vous avez l'air dans un sale état, Rod », dis-je, me calant de nouveau dans mon fauteuil.

Ceci le fit rire. « Ha ! J'espère que ce n'est pas un avis médical. Nous n'avons pas les moyens.

— Pourquoi vous infligez-vous tout cela ? La propriété tombe en morceaux, et regardez-vous ! Vous avez bu du gin, du vermouth, du vin, et... », je désignai d'un signe de tête le verre posé sur des liasses de papier recouvrant la table, à son coude, « et c'est quoi, ça ? Du gin, encore ? »

Il jura, doucement. « Bon Dieu ! Et alors ? Un gars n'a pas le droit de s'en prendre une, de temps à autre ?

— Pas un gars dans votre situation, non.

— C'est quoi, ma situation ? Maître du château ?

— Oui, si vous voulez le voir ainsi. »

Il passa le bout de sa langue sur le papier gommé, le visage renfrogné. « C'est à ma mère que vous pensez.

— Votre mère serait affreusement malheureuse, si elle vous voyait ainsi.

— Alors faites-moi une faveur, mon vieux, vous voulez bien ? Ne lui dites pas. » Il porta la cigarette à ses lèvres, et l'alluma à la cheminée avec un tortillon de papier journal. « De toute façon, reprit-il, se carrant de nouveau dans son fauteuil, il est un peu tard pour commencer à jouer les mères dévouées. Vingt-quatre ans trop tard, pour être précis. Vingt-six, dans le cas de Caroline.

— Votre mère vous aime tendrement. Ne soyez pas sot.

— Vous savez tout sur tout, naturellement.

— Je sais ce qu'elle m'a dit.

— Oui, vous êtes des grands potes, tous les deux, pas vrai ? Et *qu'est-ce* qu'elle vous a dit ? À quel point je l'ai *déçue* ? Elle ne m'a jamais pardonné, vous savez, de m'être laissé descendre, et estropier. Toute notre vie, nous l'avons déçue, ma sœur et moi. Je crois que nous l'avons déçue de simplement être nés. »

Je ne répondis pas à cela, et il demeura un moment silencieux, le regard perdu dans les flammes dans la cheminée. Quand il reprit la parole, c'était d'un ton plus léger, presque nonchalant. « Saviez-vous que je m'étais enfui de l'école, quand j'étais gamin ? »

Je clignai des paupières. « Non, dis-je avec réticence, je ne le savais pas.

— Eh bien si. Personne n'en a parlé, mais je me suis enfui, deux fois. La première fois, j'avais huit ou neuf ans, pas plus ; je ne suis pas allé bien loin. La deuxième fois, par contre, j'étais plus âgé, treize ans peut-être. Je suis sorti, comme ça, personne ne m'a arrêté. Je suis allé jusqu'à un bar d'hôtel. J'ai téléphoné à Morris, le chauffeur de mon père, et il est venu me prendre. Ça a toujours été un copain pour moi. Il m'a acheté un sandwich au jambon et une limonade, et nous avons discuté à une table… J'avais tout prévu. Je savais qu'il avait un frère qui tenait un garage et, comme j'avais cinquante livres à moi, je pensais pouvoir prendre des parts dans l'affaire – et m'installer avec son frère, devenir mécanicien. Je m'y connaissais réellement en mécanique, vous savez. »

Il tira sur sa cigarette. « Morris a été d'une gentillesse terrible. Il m'a dit : "Eh bien, Master Roderick" – il avait un accent de Manchester à couper au couteau – "Eh bien, Master Roderick, je suis sûr que vous feriez un excellent mécanicien, et mon frère serait très honoré de vous avoir avec lui, mais vous ne croyez pas que cela briserait le cœur de vos parents, parce que vous êtes quand même l'héritier du domaine, et tout ça ?" Il voulait me raccompagner à l'école, mais j'ai refusé. Comme il ne savait plus que faire de moi, il m'a ramené ici, m'a confié à Cook, et Cook m'a conduit jusqu'à ma mère. Ils s'imaginaient que ma mère prendrait soin de moi, arrondirait les angles avec mon père – comme le font les mères dans les films, ou au théâtre. Mais non : elle m'a simplement dit à quel point je la *décevais*, et elle m'a envoyé à mon père, pour que je lui explique moi-même ce que je faisais ici. Il a piqué une colère du feu de Dieu, naturellement, et il m'a battu – il m'a rossé devant la fenêtre grande ouverte, là où n'importe quel domestique aurait pu nous voir. » Il se mit à rire. « Et moi, je m'étais enfui de l'école parce qu'un autre élève me battait ! Un sale type qui s'appelait Hugh Nash. Il m'appelait toujours "Ayres et ses Grands Airs". Mais même lui avait la correction de me battre en privé… »

Sa cigarette se consumait entre ses doigts, mais il restait immobile et sa voix baissa d'un ton. « Nash a fini par s'engager dans la Navy. Il s'est fait tuer au large de la Malaisie. Et vous savez, quand j'ai appris sa mort, je me suis senti soulagé. J'étais déjà dans l'Air Force à cette époque, et je me suis senti soulagé – comme si on était encore à l'école et qu'un élève m'avait dit que ses parents l'avaient inscrit dans un autre établissement… Ce pauvre Morris est mort, lui aussi, je pense. Je me demande comment s'en est sorti son frère. » Sa voix se fit dure. « Je regrette de ne *pas* avoir pris des parts dans ce garage. Je serais bien plus heureux que je ne le suis aujourd'hui, à me crever le train pour cette foutue propriété. Pourquoi je fais tout ça ? *Pour le bien de la famille*, allez-vous me répondre, avec votre fameuse perspicacité. Croyez-vous réellement que cette famille vaille qu'on la sauve ? Regardez ma sœur ! Cette maison lui a pompé toutes ses forces – comme elle le fait avec moi. Voilà ce qu'elle fait, cette maison. Elle cherche à nous détruire, tous. Et tant mieux si je résiste encore, si je fais face, mais combien de temps croyez-vous que je vais pouvoir tenir comme ça ? Et quand elle en aura fini avec moi…

— Arrêtez, Rod », dis-je, car sa voix avait monté d'un ton, et il se montrait tout agité soudain : constatant que sa cigarette s'était éteinte, il s'était penché pour tendre au feu un nouveau morceau de papier, puis l'avait rejeté avec une telle violence que celui-ci avait rebondi sur le manteau de cheminée et flambait à présent au bord du tapis. Je le ramassai et le jetai dans l'âtre ; puis, voyant son état, je tendis le bras vers le pare-feu – c'était une cheminée munie d'une de ces délicates grilles de mailles métalliques – et l'abaissai.

Il se rejeta au fond de son fauteuil, bras croisés, l'air sur la défensive. Il prit une ou deux rapides bouffées de sa cigarette, comme en cachette, puis, penchant la tête, commença de parcourir la pièce des yeux, des yeux très grands et très noirs dans son visage blême, émacié. Je savais ce qu'il cherchait ainsi, et sentis un profond découragement m'envahir, comme une nausée. Jusqu'alors, il n'avait fait aucune allusion à son fantasme ; son comportement était resté surprenant, déplaisant, mais somme toute raisonnable. Mais je voyais soudain que rien n'avait changé. Son esprit était toujours embrumé. Peut-être la boisson lui donnait-elle simplement du courage, et la mauvaise humeur était-elle une espèce de fanfaronnade désespérée.

« Il va se passer des choses, ce soir, dit-il, le regard toujours mouvant. Je le sens. J'ai appris à le sentir, maintenant. Je suis comme une girouette, je commence à tressaillir quand le vent va se lever. »

Il parlait d'une voix presque lugubre, de sorte que je ne pouvais dire dans quelle mesure il en rajoutait, et dans quelle mesure il était parfaitement sérieux. Mais – impossible de résister – mon regard suivit le sien malgré moi. De nouveau, mon œil fut attiré par la table de toilette ; et cette fois encore je penchai la tête pour examiner le plafond au-dessus. Je distinguai à peine, dans la pénombre, cette espèce de tache ou de trace – et sentis soudain le cœur me manquer comme j'en apercevais une autre, similaire, environ un mètre plus loin. Plus loin encore, j'en vis une autre. Mes yeux tombèrent sur le mur derrière le lit de Rod, et là aussi j'en vis une. Du moins, c'est ce qu'il me sembla. Je ne pouvais en être certain, tant la pénombre vous joue des tours. Mais mon regard se mit à parcourir toute la pièce, d'un coin à l'autre, et elle m'apparut brusquement constellée de ces mystérieuses taches ; et soudain, l'idée de laisser Rod seul ici encore une nuit – ou même une heure ! – me fut insupportable. Je m'arrachai à la pénombre et, m'avançant dans mon fauteuil : « Rod, fis-je d'une voix pressante, rentrez à Lidcote avec moi, d'accord ?

— À Lidcote ?

— Je pense que vous serez plus en sécurité là-bas.

— Je ne peux pas m'en aller. Je vous l'ai bien dit, non ? Le vent va se lever…

— Arrêtez de dire ce genre de chose ! »

Il cligna des paupières, comme s'il comprenait soudain. Puis il pencha la tête de nouveau. « Vous avez peur, fit-il, presque taquin.

— Écoutez-moi, Rod.

— Vous aussi vous le sentez, n'est-ce pas ? Vous le sentez, et vous avez peur. Vous ne me croyiez pas. Vous n'aviez que l'*épuisement nerveux* à la bouche, le *choc post-traumatique*. Et maintenant vous êtes encore plus effrayé que moi ! »

Je me rendis compte que j'avais peur, en effet – non pas de ce qui le faisait délirer, mais de quelque chose de plus vague et de plus redoutable. Je tendis un bras, tentai de lui saisir le poignet.

« Rod, pour l'amour de Dieu ! Je pense que vous êtes en danger ! »

Mon geste le fit sursauter ; il recula brusquement. Puis – sans doute était-ce l'alcool – il partit dans une rage terrible.

« Mais qu'est-ce que ça veut dire ! s'écria-t-il, me repoussant. Ôtez vos sales pattes de sur moi ! Et ne venez pas encore me dire ce que je dois faire ! Vous n'arrêtez pas. Et quand vous n'êtes pas en train de m'accabler de vos conseils à la noix, vous me tripotez avec vos sales doigts de toubib. Et quand vous ne me tripotez pas, vous m'observez, vous m'observez comme une bête curieuse, avec vos sales yeux de toubib ! Nom de Dieu, mais pour qui vous prenez-vous, en fait ? Qu'est-ce que vous foutez là ? Comment avez-vous réussi à vous introduire comme ça dans ma famille ? Vous n'êtes pas des nôtres ! Vous n'êtes personne ! »

Il reposa son verre brutalement, et le gin éclaboussa les papiers. « J'appelle Betty pour qu'elle vous raccompagne », conclut-il, de manière absurde.

Il se dirigea vers la cheminée d'une démarche mal assurée et saisit la poignée de la sonnette, tirant et secouant, encore et encore, si fort que nous perçûmes le tintement affolé au sous-sol. Il évoquait curieusement celui des cloches des abris antiaériens dans les villages, pendant la guerre, et cela ajouta une sorte de panique instinctive au choc, à la tempête intérieure que ses paroles avaient déclenchés en moi.

Je me levai et me dirigeai vers la porte, l'ouvris à l'instant où apparaissait Betty, effarée, le souffle court. Je tentai de l'empêcher d'entrer.

« Tout va bien, il n'y a rien. C'était une erreur. Vous pouvez redescendre.

— Le Dr Faraday s'en va, cria Roderick derrière moi. Il a sa tournée à faire. C'est trop dommage, n'est-ce pas ? Raccompagnez-le jusqu'au hall, voulez-vous, et n'oubliez pas de prendre son pardessus et son chapeau au passage. »

La jeune fille et moi nous regardâmes ; mais que diable pouvais-je faire ? Je venais moi-même, quelques instants auparavant, de rappeler à Rod qu'il était le chef de famille, un adulte, maître de sa maison et de ses domestiques. « Très bien », dis-je enfin d'une voix brève. Elle s'écarta pour me laisser passer, et je l'entendis se hâter d'aller chercher mes affaires.

J'étais si bouleversé que je dus faire halte un instant à la porte du petit salon pour reprendre contenance ; et, en entrant, je me sentais encore tellement agité que je crus que mon visage, mon allure me trahiraient aussitôt. Mais personne ne parut s'apercevoir de rien. Caroline avait un roman ouvert sur les genoux, et Mrs Ayres ronflait franchement dans son fauteuil, près du feu. Ce qui me causa un nouveau choc : je ne l'avais encore jamais vue endormie et, comme je me dirigeais vers elle, elle s'éveilla et me regarda brièvement avec ce qui pouvait être l'expression un peu effarée, un peu effrayée d'une vieille femme perdue. Le châle qu'elle avait posé sur ses genoux glissait à terre. Je me penchai pour le ramasser, et quand je me relevai pour le lui tendre elle le prit et le remit en place, de nouveau elle-même.

Elle me demanda dans quel état était Roderick. J'hésitai. « Pas extraordinaire, pour être honnête, dis-je enfin. J'aimerais... j'aimerais savoir quoi en dire. Caroline, pouvez-vous aller le voir, dans une minute ou deux ?

— Pas s'il est ivre, répondit-elle. Il est trop pénible.

— Ivre ! répéta Mrs Ayres, avec un imperceptible mépris. Remercions le ciel que sa grand-mère ne soit plus là pour le voir ainsi – je veux dire la mère du colonel. Elle disait toujours que rien n'était plus consternant que la vision d'un homme pris de boisson ; et je dois dire que je l'approuve. Quant à ma famille, du côté de ma mère... il me semble que mes arrière-grands-parents étaient radicalement contre l'alcool. Oui, j'en suis presque sûre.

— Quand même, dis-je, adressant à Caroline un regard appuyé, pourriez-vous passer voir votre frère avant d'aller vous coucher, pour vous assurer que tout va bien ? »

Elle finit par saisir ce qu'il y avait derrière mes paroles ; elle leva les yeux, croisa mon regard. Puis elle referma les paupières, l'air las, et répondit d'un petit hochement de tête.

Cela me rassura quelque peu, mais j'étais à présent incapable de rester assis près du feu à bavarder de choses et d'autres. Je les remerciai pour le dîner et leur souhaitai une bonne nuit. Betty m'attendait dans le hall, avec mon chapeau et mon pardessus, et en la voyant me revinrent les paroles de Rod : *Pour qui vous prenez-vous ? Vous n'êtes personne !*

Dehors, le temps toujours aussi hostile parut éperonner ma mauvaise humeur. L'émotion et la fureur grandissaient en moi, de sorte que je conduisais mal, faisant craquer les vitesses, prenant un virage trop rapidement et manquant de peu quitter la route. Décidé à essayer de me calmer, je travaillai sur diverses ordonnances et factures jusqu'à minuit largement passé ; enfin couché, je demeurai agité – espérant presque que l'on m'appellerait pour une urgence, afin de m'arracher à ce ressassement sinistre.

Le téléphone ne sonna pas, et je finis par rallumer, me lever et me servir un verre. Comme je retournais au lit, mon regard tomba sur cette vieille photo prise au Hall, dans son élégant cadre d'écaille : je l'avais gardée sur ma table de chevet, avec la médaille de l'Empire Day. Je la pris, observai le visage de ma mère. Puis mon regard passa à la maison derrière elle et, comme cela m'arrivait parfois, je me mis à songer à ceux qu'elle abritait maintenant, me demandant s'ils trouvaient mieux que moi le repos, dans leurs pièces sombres, froides, si loin les unes des autres. C'était en juillet que Mrs Ayres m'avait offert cette photo, et nous étions à présent début décembre. Comment était-il possible, me demandai-je, qu'en quelques mois à peine ma vie soit ainsi devenue si mêlée à celle de cette famille, au point de me retrouver si déstabilisé, si bouleversé ?

L'alcool aidant à émousser ma colère, je finis par m'endormir. Mais je dormis mal ; et tandis que je dormais d'un sommeil agité, parcouru de rêves sinistres, de rêves de violence, quelque chose de terrible arrivait à Hundreds Hall.

VII

Les faits, tels que je les reconstituai plus tard, étaient les suivants.

Après mon départ, Mrs Ayres et Caroline demeurèrent un peu plus d'une heure dans le petit salon ; au cours de cette heure, vaguement mal à l'aise après mon sous-entendu, Caroline alla jeter un coup d'œil sur Rod. Elle le trouva vautré avec une bouteille de gin vide, la bouche grande ouverte, trop ivre pour prononcer un mot, et sa première réaction, me dit-elle, fut de contrariété : elle était fort tentée de le laisser comme ça, à « cuver dans son fauteuil ». Puis il leva vers elle un regard larmoyant, et quelque chose dans ses yeux la toucha – une étincelle, une trace de lui avant. L'espace d'un moment, elle se sentit presque submergée de désespoir devant la situation. Elle s'agenouilla à ses côtés et prit sa main, la porta à son propre visage, posant son front contre ses phalanges. « Que t'est-il arrivé, Roddie ? fit-elle. Je ne te reconnais pas. Tu me manques. Qu'est-ce qui s'est passé ? »

Il remua les doigts contre sa joue, mais sans pouvoir ou sans vouloir répondre. Elle demeura encore un moment ainsi auprès de lui puis, se reprenant, décida de le coucher. Pensant qu'il avait besoin d'aller aux toilettes, elle le remit sur pied et l'envoya au « quartier

des messieurs », au fond du couloir, puis, quand il en fut revenu, lui
ôta ses chaussures et son col, puis son pantalon. Elle était habituée
à l'habiller et le déshabiller, depuis la période où elle s'était occupée
de lui après son accident, et tout cela n'avait rien de nouveau pour
elle. Il s'évanouit plus ou moins à l'instant où sa tête touchait l'oreiller, dit-elle, sur quoi il demeura là, ronflant et puant l'alcool. Il gisait
sur le dos et, se rappelant ses cours de secourisme, pendant la guerre,
elle tenta de le faire basculer sur le côté, pour le cas où il serait
malade. Mais il résistait à tous ses efforts et, épuisée et frustrée, elle
finit par abandonner.

Elle s'assura qu'il était bien couvert avant de le laisser, et se
dirigea vers la cheminée, releva le pare-feu et ajouta un peu de bois.
Puis elle rabaissa le pare-feu, elle en était absolument certaine ; elle
était également certaine qu'aucune cigarette ne se consumait dans un
cendrier et qu'aucune lampe, ni bougie, ne brûlait. Elle retourna au
petit salon, où elle passa encore une demi-heure en compagnie de sa
mère. Puis toutes deux allèrent se coucher, bien avant minuit ;
Caroline lut dix minutes, un quart d'heure avant d'éteindre ; elle
s'endormit presque instantanément.

Elle fut brusquement réveillée quelques heures plus tard – vers
trois heures et demie, devait-il s'avérer – par un fracas lointain, mais
très reconnaissable de verre brisé. Le bruit provenait de juste sous ses
fenêtres – autrement dit, d'une de celles de la chambre de son frère.
Effrayée, elle s'assit tout droit sur son lit. Elle supposait que Rod
s'était réveillé et bousculait tout dans sa chambre, et sa première
pensée fut de l'empêcher de monter à l'étage et de déranger leur
mère. Elle se mit péniblement sur pied, passa sa robe de chambre ;
elle réunissait son courage pour descendre et affronter son frère
quand il lui vint à l'esprit que le fracas avait pu ne pas être causé par
lui, mais par un cambrioleur essayant de pénétrer par effraction dans
la maison. Lui revenaient peut-être les paroles de Rod, à propos de
pirates et de coutelas. Quoi qu'il en soit, elle se dirigea silencieusement vers la fenêtre, tira le rideau, regarda au-dehors. Et là, elle vit
le jardin tout baigné d'une lueur jaune, vacillante, et une odeur de
fumée lui parvint – la maison était en feu.

L'incendie est toujours la chose la plus redoutée, dans une grande demeure comme Hundreds Hall. Une ou deux fois par le passé s'étaient déclarés des feux de cuisine, que l'on avait aisément pu maîtriser. Pendant la guerre, Mrs Ayres n'avait cessé de craindre les raids aériens, et des seaux d'eau et de sable, des tuyaux et pompes à main étaient disposés à chaque étage – et ne servirent jamais, en fait. Ces pompes étaient à présent rangées ; il n'y avait pas d'extincteur ; seuls demeuraient, accrochés dans un couloir du sous-sol, une batterie de vieux seaux de cuir, moisis et probablement troués – gardés là plus pour leur caractère pittoresque que pour autre chose. C'est un miracle que Caroline, sachant cela, ne se soit pas mise à paniquer devant les flammes jaunes. Au contraire, devait-elle m'avouer plus tard, pendant un bref moment, un moment intense, elle en avait conçu une sorte d'*excitation.* Elle s'était dit que tous les problèmes que posait le Hall seraient résolus si le bâtiment, simplement, brûlait des caves aux greniers. Elle avait revu toutes ces années passées à entretenir la maison, tous les lambris et les parquets qu'elle avait cirés, toutes les vitres nettoyées, toutes les assiettes lavées ; et au lieu de haïr le feu qui menaçait de lui arracher tout cela, elle avait eu envie de tout lui abandonner, dans une sorte de reddition frénétique.

Puis elle pensa à son frère. Elle attrapa le tapis de cheminée, les couvertures sur son lit, et se rua vers l'escalier – appelant sa mère à pleine voix. Dans le hall, à l'étage inférieur, la fumée se faisait de plus en plus dense ; dans le couloir, l'air déjà irrespirable la fit larmoyer. Elle traversa la cordonnerie jusqu'aux toilettes des messieurs pour tremper carpette et couvertures au robinet du lavabo. Elle saisit le cordon de la sonnette et la tira violemment, encore et encore – un peu, je suppose, comme Roderick l'avait fait devant moi quelques heures auparavant. Le temps qu'elle ressorte, titubant sous le poids des couvertures trempées, une Betty affolée surgissait de derrière le rideau sous l'arche, pieds nus et en chemise de nuit.

« Allez chercher de l'eau ! lui lança Caroline. Il y a le feu ! Vous ne sentez pas ? Apportez vos couvertures, n'importe quoi ! Vite ! »

Et, étreignant les couvertures trempées contre sa poitrine, elle courut, haletante, en sueur, vers la chambre de Roderick.

Elle commença de tousser et suffoquer, dit-elle, avant même d'avoir ouvert la porte. Quand elle entra, la fumée était si épaisse, si âcre qu'elle lui évoqua un exercice qu'elle avait pratiqué dans une chambre à gaz, lorsqu'elle était chez les Wrens, dans la Marine. Mais à l'époque on lui avait donné un masque, naturellement ; le but de l'exercice était d'apprendre à le mettre en urgence. Là, elle ne pouvait qu'enfoncer son nez et sa bouche dans le tissu trempé qu'elle tenait à pleins bras, et avancer à toute force. La chaleur était déjà terrible. Où qu'elle regarde dans la pièce, elle voyait des flammes : le feu semblait être partout à la fois et, l'espace d'un moment horrible, elle crut ne pas y arriver, devoir faire machine arrière. Mais comme elle se détournait, prête à rebrousser chemin, elle perdit tout sens de l'orientation, et une panique absolue s'empara d'elle. Les flammes venaient la lécher, et elle jeta frénétiquement les couvertures mouillées dans leur direction. Puis elle s'attaqua à un autre foyer, avec le tapis de cheminée, et aperçut bientôt Betty et sa mère qui luttaient également avec des couvertures. La fumée s'élevait en tourbillons noirs et, comme elle se raréfiait un instant, elle entrevit Roderick, gisant sur le lit comme elle l'avait laissé, à demi conscient, toussant, comme s'il revenait à lui. Deux des rideaux de brocart étaient en feu ; deux autres, presque entièrement calcinés, s'apprêtaient à tomber. Elle parvint à se frayer un chemin et à glisser un bras entre eux pour ouvrir la porte-fenêtre.

Je frissonnai en entendant cela car, le feu eût-il été plus violent dans la pièce, le brusque appel d'air froid se serait certainement révélé fatal. Mais les flammes devaient déjà être plus ou moins sous contrôle et, grâce au ciel, la nuit était encore pluvieuse. Caroline aida un Roderick titubant à aller s'asseoir sur les marches de pierre, puis retourna aider sa mère. La fumée se dissipait, me dit-elle, mais la pièce lui apparut comme une vision de l'enfer : d'une chaleur terrible, et constellée de mille petits yeux rougeoyants, diaboliques, tandis que des tourbillons de braises et des langues de feu semblaient brusquement se jeter vers son visage et ses mains. Mrs Ayres toussait et cherchait à reprendre souffle, échevelée, sa chemise de nuit souillée. Betty faisait des allers et retours avec des casseroles d'eau, et la fumée et les cendres, les fragments de tapis encore brasillants se transformaient en flaques de boue noirâtre, épaisse, sous les pieds nus des trois femmes.

Elles s'acharnèrent sur la pièce probablement plus longtemps qu'il n'était nécessaire, damant un départ de feu puis se détournant pour s'apercevoir, quelques minutes plus tard, que les flammes menaçaient de nouveau ; après quoi, plus sûrement, elles passèrent méthodiquement d'un endroit à l'autre, y versant de l'eau, et utilisant des tisonniers pour écraser et piler les braises étincelantes. Toutes trois étaient prises de nausée, la respiration sifflante dans la fumée acre, les yeux larmoyant en traînées pâles sur les joues souillées de suie, et se mirent bientôt à trembler, en partie à cause des nerfs, en partie à cause du froid qui monta dans la chambre avec une rapidité effrayante, à peine la dernière flamme était-elle noyée.

Roderick, semblait-il, était demeuré sur le seuil de la porte-fenêtre ouverte, accroché au chambranle. Il était encore très ivre, mais au-delà – et cela n'avait rien de très surprenant, sachant ce qu'il avait connu durant la guerre –, la vue des flammes et la fumée suffocante paraissaient le paralyser. Il regardait la scène, les yeux écarquillés, mais impuissant, tandis que sa mère et sa sœur finissaient de sécuriser les lieux ; puis il se laissa guider, mais ce n'est qu'une fois arrivé à la cuisine, assis à la table, avec une couverture autour des épaules, qu'il commença de comprendre à quel point ils étaient tous passés à deux doigts d'un désastre absolu, et il agrippa la main de sa sœur.

« Tu vois ce qui est arrivé, Caro ? Tu vois ce que veut cette chose ? Juste ciel, mais elle est plus maligne que je ne l'avais pensé ! Si tu ne t'étais pas réveillée… ! Si tu n'étais pas descendue… !

— Que dit-il ? » s'enquit Mrs Ayres, troublée par son comportement, ne comprenant pas. « Que veut-il dire, Caroline ?

« — Rien, il ne veut rien dire », répondit Caroline, sachant fort bien ce dont il parlait, mais tenant à protéger sa mère. « Il est encore ivre. Roddie, je t'en prie. »

Mais soudain, disait-elle, il s'était mis à se comporter « comme un fou », enfonçant ses poings serrés dans ses yeux, puis saisissant ses cheveux à pleines mains, avant de contempler ses doigts d'un air horrifié – car il les avait brillantinés, et dans la fumée la brillantine s'était transformée en une sorte de goudron mêlé de particules noires. Il s'essuya les paumes sur le devant de sa chemise, dans un geste compulsif. Il se mit à tousser, puis tenta péniblement de reprendre souffle, et cet effort le jeta dans une sorte de panique de suffocation. Il tendait les bras vers Caroline en répétant : « Je suis désolé », encore et encore. Sa respiration était hachée, son haleine saturée d'alcool, il avait les yeux écarlates dans un visage noirci de suie, et sa chemise était détrempée par la pluie. Il s'accrocha à sa mère, les mains trem-blantes. « Maman, je suis désolé ! »

Après ce cauchemar de l'incendie, c'en était trop. Mrs Ayres baissa les yeux vers lui avec une horreur absolue, l'espace d'une seconde, puis cria : « Silence ! », d'une voix brisée. « Oh, mais tais-toi, pour l'amour de Dieu ! » Et comme il continuait de délirer, en larmes, Caroline se dirigea vers lui, leva la main et le gifla à toute volée.

Elle disait avoir ressenti la brûlure dans sa paume avant même de savoir ce qu'elle faisait ; puis elle posa la main sur sa bouche, effarée, effrayée, comme si c'était elle que l'on avait frappée. Rod se tut brus-quement et se couvrit le visage de ses mains. Mrs Ayres continuait de l'observer, ses épaules tressaillant chaque fois qu'elle reprenait son souffle, haletante. « Nous sommes tous un peu dérangés, je crois, dit enfin Caroline d'une voix mal assurée. Nous sommes tous un peu dérangés… Betty ? Êtes-vous là ? »

La jeune fille s'approcha, les yeux écarquillés, le visage blême, rayée tel un tigre de traînées de suie. « Ça va, Betty ? »

Elle hocha la tête.

« Vous n'êtes pas brûlée, vous n'avez rien ?

— Non, Miss. »

Sa voix n'était qu'un chuchotement, mais au moins elle parlait, et Caroline s'apaisa.

« Merci, Betty. Vous avez été très courageuse. Ne vous inquiétez pas pour mon frère. Il est… il n'est pas lui-même. D'ailleurs aucun de nous ne l'est. Y a-t-il de l'eau chaude prête ? Allumez le fourneau, voulez-vous, et faites chauffer de l'eau, assez pour prendre le thé et remplir deux ou trois cuvettes. Que nous puissions nous débarbouiller un peu avant de retourner nous coucher. Maman, vous devriez vous asseoir. »

Mrs Ayres semblait un peu perdue. Caroline fit le tour de la table pour l'aider à s'asseoir sur une chaise et couvrir ses épaules d'une couverture. Mais son propre corps tremblait, elle se sentait brusquement sans force, comme si elle avait soulevé des poids invraisemblables, et une fois sa mère installée, elle tira aussi une chaise et s'y laissa tomber, lourdement.

Sur quoi, pendant cinq ou dix minutes, les seuls sons perceptibles dans la cuisine furent le ronflement des flammes dans le fourneau, le chuintement de l'eau qui chauffait, le tintement de la porcelaine et du métal tandis que Betty s'affairait à disposer des cuvettes et chercher des serviettes. Finalement, la jeune fille appela Mrs Ayres, doucement ; elle l'aida à aller jusqu'à l'évier, où elle lui lava les mains, le visage et les pieds. Elle fit de même pour Caroline, puis regarda en direction de Rod, l'air perplexe. Il s'était toutefois suffisamment calmé pour comprendre ce qu'elle attendait de lui, et se diriger en titubant vers l'évier. Mais il agissait tel un somnambule, mettant ses mains dans l'eau et laissant Betty les laver et les rincer, puis demeurant impavide, le regard fixe, tandis qu'elle nettoyait les traces sur son visage. Ses cheveux goudronnés résistèrent à toute tentative de lavage ; alors elle prit un peigne, recueillant les fragments de brûlé, les cendres huileuses sur une feuille de papier journal avant de la poser, froissée en boule, sur la paillasse. Quand elle en eut terminé, il s'écarta machinalement pour la laisser vider l'eau souillée dans l'évier. Il parcourut la cuisine des yeux, croisa le regard de sa sœur, et son expression, me dirait Caroline, était un tel mélange de peur et d'incompréhension qu'elle ne put le supporter. Elle se détourna, rejoignant sa mère.

Puis arriva une chose très étrange. Caroline avait à peine fait un pas vers la table qu'elle vit, du coin de l'œil, son frère esquisser un geste — un geste aussi simple, lui sembla-t-il à ce moment, que de porter la main à son visage pour se ronger un ongle ou se frotter la joue. Au même instant, Betty aussi bougea — se détourna brièvement de l'évier pour laisser tomber une serviette dans un seau posé près d'elle. Mais comme elle se relevait, la jeune fille laissa échapper un petit cri : Caroline se retourna franchement et, à son effarement total, vit, derrière l'épaule de son frère, des flammes s'élever de nouveau. « Roddie ! » s'écria-t-elle, terrifiée. Il se détourna, vit ce qu'elle voyait et recula d'un bond. Sur l'égouttoir de bois, à quelques centimètres de là où il se trouvait, se consumait une petite boule de feu. C'était le journal que Betty avait utilisé pour récupérer les cendres de ses cheveux. Elle l'avait ensuite froissé vaguement, sans trop serrer — et de manière incroyable, inexplicable, le papier journal s'était enflammé.

Ce n'était rien, bien sûr, en comparaison du petit enfer qui s'était déclenché dans la chambre de Rod. Caroline traversa la cuisine en hâte et jeta la boule enflammée dans l'évier. Les flammes se firent plus hautes, puis diminuèrent rapidement ; le papier noirci, presque impalpable, garda un moment sa forme avant de s'émietter, s'effondrant en copeaux de cendre. Mais la chose la plus effarante était en soi que le papier ait pu s'embraser. Mrs Ayres et Caroline échangèrent un regard perplexe. « Qu'avez-vous vu ? » demandèrent-elles à Betty, qui répondit, les yeux agrandis par l'effroi : « Je ne sais pas, Miss ! Rien du tout ! Juste la fumée, et les flammes jaunes qui venaient de derrière Mr Roderick. »

Elle paraissait aussi effarée qu'eux. Après y avoir réfléchi, elles durent en arriver, quelque peu sceptiques toutefois, à cette conclusion qu'une des cendres recueillies dans les cheveux de Rod était encore légèrement rouge, et que le papier sec lui avait redonné vie. C'était là, bien sûr, une idée fort troublante. Elles commencèrent de regarder ici et là, s'attendant plus ou moins à voir s'élever d'autres flammes. Roderick en particulier se montrait en plein désarroi, au bord de la panique. Comme sa mère suggérait que Caroline, Betty et elle devraient peut-être retourner dans sa chambre pour vérifier de nouveau l'état des cendres, il s'écria qu'elles ne pouvaient pas le laisser tout seul ! Qu'il ne pourrait « pas l'arrêter » ! Donc, de crainte de le voir s'effondrer complètement, elles l'emmenèrent avec elles. Elles lui donnèrent une chaise demeurée intacte, sur laquelle il s'assit jambes repliées, les mains aux lèvres, le regard affolé, tandis qu'épuisées elles inspectaient chaque surface carbonisée. Mais tout était froid, trempé, crasseux. Elles abandonnèrent leurs recherches peu avant l'aube.

Je m'éveillai une ou deux heures plus tard, assez fatigué de trop de mauvais rêves, mais sans rien savoir de la catastrophe qui avait failli engloutir Hundreds Hall au cours de la nuit ; en fait, je ne sus rien de l'incendie jusqu'à ce que j'en entende parler par un de mes patients du soir, qui en avait lui-même entendu parler par un livreur qui s'était rendu là-bas dans la matinée. Dans un premier temps, je ne le crus pas. Il me paraissait impossible que la famille ait pu subir une telle épreuve sans m'en avoir dit mot. Puis quelqu'un d'autre me parla de l'affaire, comme si tout le monde était au courant. Toujours sceptique, j'appelai Mrs Ayres qui, à ma totale stupéfaction, me confirma toute l'histoire. Sa voix était si épuisée, si accablée que je me maudis de ne pas avoir téléphoné plus tôt, à temps pour pouvoir y aller – car j'avais commencé de passer un soir par semaine à l'hôpital du district, et ce soir-là en était un, je ne pouvais aucunement m'y soustraire. Elle m'assura que Caroline, Roderick et elle n'avaient rien, qu'ils étaient juste très fatigués. Elle me dit que l'incendie lui avait causé une « petite frayeur » : c'est ainsi qu'elle le formula et, peut-être à cause de ces mots, je m'imaginai un incident relativement mineur. Je ne me rappelais que trop bien l'état dans lequel j'avais laissé Rod ; je le revoyais renverser ses verres avec des gestes brusques, allumer une cigarette et laisser tomber le morceau de papier journal enflammé sur le tapis de cheminée. Je supposai qu'il avait créé un début d'incendie avec une cigarette… Mais je savais aussi que même un feu de petite taille peut produire une grande quantité de fumée. Et que l'effet de l'inhalation des fumées peut atteindre son point culminant deux ou trois jours après le sinistre. Je me couchai donc inquiet pour la famille et passai une deuxième nuit à me tourmenter à son propos.

Le lendemain, je me rendis là-bas en fin de matinée, après ma tournée, et les trouvai tous fort atteints, comme je l'avais craint. D'un point de vue purement physique, Betty et Roderick étaient les moins affectés. Elle s'était tenue près de la porte pendant que le feu faisait rage, et n'avait cessé de faire des allers et retours pour chercher de l'eau aux toilettes. Roderick, lui, était demeuré allongé sur son lit, respirant faiblement, tandis que l'essentiel de la fumée formait un nuage dense au-dessus de sa tête. Mais Mrs Ayres était à présent dans un état pitoyable – faible, le souffle court, plus ou moins confinée dans sa chambre – et Caroline faisait peur à voir, la voix rauque, la gorge gonflée, les cheveux roussis, le visage et les mains marqués de traces rouges laissées par les braises et les étincelles. Elle m'accueillit à la porte, et en la voyant ainsi, tellement plus abîmée que je ne m'y attendais, je posai malgré moi ma sacoche à terre et la pris par les épaules pour bien examiner son visage.

« Oh, Caroline… »

Elle cligna des paupières, gênée, mais ses yeux se remplirent de larmes. « Je ressemble à une méchante sorcière qu'on aurait arrachée au bûcher à la dernière minute », dit-elle.

Elle se détourna et se mit à tousser. « Entrez, vite, ne prenez pas froid », dis-je.

Le temps que je reprenne ma sacoche et que je la rejoigne, sa toux s'était calmée, elle avait essuyé son visage, et les larmes avaient disparu. Je refermai la porte – en aveugle, brusquement saisi par l'épouvantable odeur de brûlé qui régnait dans le hall ; saisi aussi par l'aspect du hall lui-même, qui semblait tendu de draperies de deuil, chaque mur, chaque surface recouverts de traces noires, de fragments carbonisés, de suie.

« Terrible, n'est-ce pas ? fit Caroline d'une voix rauque, suivant mon regard. Et plus on avance, pire c'est, j'en ai bien peur. Venez voir. » Elle me précéda dans le couloir nord. « L'odeur a imprégné toute la maison, jusqu'aux combles, je me demande comment c'est possible. Ne vous en faites pas pour la boue à vos semelles, nous avons renoncé à nettoyer ce parquet, pour le moment. Mais faites attention à ne pas frotter votre veste contre les murs. La suie, ça colle terriblement. »

La porte de la chambre de Rod était entrouverte et, en m'en approchant, j'en vis assez pour me préparer à la scène de carnage qui m'attendait au-delà. Même ainsi, comme Caroline y pénétrait, je demeurai un instant sur le seuil, trop consterné pour la suivre. Mrs Bazeley – qui se trouvait là avec Betty, en train de laver les murs – croisa mon regard et hocha la tête, la mine sinistre.

« Vous faites les mêmes yeux que moi, docteur, dit-elle, quand je suis arrivée hier matin. Et je peux vous dire que vous n'avez rien vu. On en avait jusqu'aux chevilles, pas vrai, Betty ? »

La pièce avait été vidée de presque tout son mobilier, qui s'entassait sur la terrasse, devant la porte-fenêtre grande ouverte. Le tapis également avait été roulé et ôté, et des feuilles de journal disposées sur le parquet à larges lames, mais celui-ci était encore si imprégné de cendres mouillées que le papier faisait une sorte de bouillie grisâtre, comme du porridge souillé de suie. Les murs dégoulinaient d'eau grise, sous les brosses de Mrs Bazeley et de Betty. Les lambris étaient noircis, calcinés par endroits, et quant au plafond – ce fameux plafond mouluré en forme de treillage – il était d'un noir parfait, dans lequel les mystérieuses traces avaient disparu pour toujours.

« C'est incroyable, dis-je à Caroline. Je ne pouvais pas savoir ! Si j'avais su... »

Je n'achevai pas, car peu importait que j'aie su ou non, puisque je n'aurais rien pu faire. Mais je me sentais extrêmement affecté qu'une telle chose ait pu arriver à la famille en mon absence. « La maison tout entière aurait pu disparaître, dis-je. C'est une idée insupportable ! Et Rod se trouvait *là*, au beau milieu de tout ça ? Il va bien, vraiment ? »

Elle me lança un regard étrange, me sembla-t-il, puis jeta un bref coup d'œil à Mrs Bazeley.

« Oui, il va bien. Simplement, il a la respiration sifflante, comme nous tous. Presque toutes ses affaires ont brûlé. Son fauteuil – regardez, là-bas –, son fauteuil semble avoir particulièrement souffert ; et son bureau, et sa table aussi. »

Jetant un regard par la porte-fenêtre, je vis le bureau, pieds et tiroirs intacts, mais le plateau tout noir et craquelé, comme si l'on y avait allumé un feu de joie. Et soudain je compris pourquoi il y avait tant de cendre dans la pièce. « Ses papiers ! »

Caroline hocha la tête d'un air las. « C'était probablement ce qu'il y avait de plus sec, dans cette maison.

— Il n'en reste plus rien ?

— Si, quelques-uns. Je ne sais pas ce qui a brûlé ou pas. Je ne sais pas vraiment ce qu'il y avait, ici. Des plans de la maison et de la propriété, probablement. Et puis toutes sortes de cartes, des copies des actes concernant la ferme et le cottage, et des lettres, des factures, des notes appartenant à mon père... » Sa voix s'enroua, et elle se remit à tousser.

« Quel malheur, quel affreux malheur », dis-je, regardant autour de moi et découvrant partout de nouveaux dégâts : une toile au mur, calcinée, des lampes aux globes et pampilles noircies. « Une si jolie pièce. Qu'allez-vous faire ? Peut-on la remettre en état ? Je suppose que l'on doit pouvoir remplacer les lambris les plus abîmés. Et puis passer le plafond au blanc. »

Elle haussa les épaules, abattue. « Maman dit qu'une fois la pièce simplement nettoyée, on n'a qu'à la fermer, comme les autres. Nous n'avons certainement pas les moyens de la restaurer.

— Mais, et l'assurance ? »

De nouveau, elle jeta un regard à Mrs Bazeley et à Betty. Elles s'échinaient toujours sur les murs, et, sous le couvert du frottement sonore des brosses, elle me dit à voix basse : « Rod a laissé les primes s'accumuler, sans les payer. Nous venons de nous en apercevoir.

— Il n'a pas payé l'assurance !

— Depuis des mois, apparemment. Pour faire des économies. » Elle ferma les paupières, secoua lentement la tête, puis se dirigea vers la porte-fenêtre. « Sortons une minute, voulez-vous ? »

Nous descendîmes les degrés de pierre, et je contemplai au passage le mobilier endommagé, la table et le bureau fichus, le fauteuil au cuir disparu, le rembourrage de crin et les ressorts apparents, comme les os et les entrailles de quelque monstrueuse pièce d'anatomie. C'était une vision sinistre. La journée, quoiqu'il ne plût pas, était glacée. Je vis Caroline frissonner. Je voulais l'examiner, ainsi que Betty, et aussi sa mère, son frère, et je lui demandai de rentrer dans la maison, pour rejoindre le petit salon ou n'importe quel endroit chauffé. Mais, après une légère hésitation, elle regarda vers la porte-fenêtre, puis s'en écarta de nouveau, m'entraînant. Elle se remit à tousser, sa gorge douloureuse lui arrachant une grimace comme elle déglutissait.

« Vous avez parlé avec Maman, hier, me dit-elle d'une voix très basse. Vous a-t-elle dit quoi que ce soit, à propos de ce qui aurait pu causer l'incendie ? »

Elle gardait les yeux rivés aux miens. « Elle m'a juste dit qu'il s'était déclaré dans la chambre de Rod, après que tout le monde s'était couché, et que vous l'aviez découvert, et éteint. J'ai supposé que Rod, saoul comme il l'était, avait fait une bêtise avec sa cigarette.

— C'est aussi ce que nous avons pensé, dit-elle. Dans un premier temps. »

Ce « dans un premier temps » me surprit. « De quoi Rod lui-même se souvient-il ? demandai-je avec circonspection.

— De rien du tout.

— Je suppose qu'il a perdu connaissance et que… eh bien, il a pu se réveiller plus tard, vouloir allumer une cigarette, aller à la cheminée, prendre un morceau de papier… ? »

De nouveau, elle avala sa salive, non sans difficulté. Elle avait visiblement peine à parler. « Je ne sais pas. Je ne sais simplement pas quoi penser. » Elle se tourna vers la porte-fenêtre, désigna l'intérieur de la maison d'un signe de tête. « Avez-vous remarqué la cheminée ? »

Levant les yeux, je distinguai la cheminée. L'âtre était protégé par le pare-feu métallique abaissé. « C'est ainsi qu'elle était quand j'ai laissé Rod, quelques heures avant que le feu ne prenne. Lorsque je suis redescendue, elle était noire, le feu éteint, comme si rien n'avait bougé. Mais les autres foyers, ma foi, je ne cesse de les revoir. Il n'y en avait pas qu'un, vous savez. Il y en avait, je ne sais pas, peut-être cinq ou six, à différents endroits.

— Autant que cela ? fis-je, saisi. Mais c'est un miracle, Caroline, qu'aucun de vous n'ait été plus sérieusement touché !

— Ce n'est pas ce que je voulais dire… Nous avons travaillé sur les incendies, chez les Wrens. On nous a appris comment un feu se propage. Il s'étend, voyez-vous. Il ne saute pas d'un point à un autre. Et ces foyers, là, c'était plus comme des petits départs de feu distincts, qui auraient pu être provoqués par… par des cartouches incendiaires, quelque chose comme ça. Regardez le fauteuil de Rod ;

on dirait que les flammes ont jailli au beau milieu ; les pieds sont intacts. Le bureau et la table, même chose. Et puis ces rideaux. » Elle souleva la paire de rideaux de brocart qui s'étaient consumés et décrochés de leurs anneaux, et que l'on avait déposés sur le bras du fauteuil endommagé. « Regardez, le feu a pris là, à mi-hauteur. Comment est-ce possible ? De chaque côté, les murs étaient juste noircis. C'est comme si... » Elle jeta un nouveau coup d'œil dans la pièce, craignant plus que jamais d'être entendue. « Ma foi, que Rod ait été imprudent avec une cigarette ou une bougie, c'est une chose. Mais on dirait que ce feu a été provoqué. Délibérément, je veux dire.

— Vous pensez que Rod aurait... ? fis-je, stupéfait.

— Je ne sais pas, dit-elle vivement. Vraiment je ne sais pas. Mais j'ai repensé à ce qu'il vous a dit, l'autre soir, dans votre cabinet. Et ces traces que nous avons découvertes dans sa chambre... c'étaient bien des brûlures, n'est-ce pas ? N'est-ce pas ? Elles prennent une espèce de signification tout à fait horrible, à présent. Et il y a autre chose, aussi. »

Elle me raconta alors cet étrange incident, dans la cuisine, lorsque la boule de papier journal froissé avait brusquement paru s'enflammer dans le dos de Rod. Sur le moment, comme je l'ai dit, tous avaient pensé à une braise mal éteinte. Mais, depuis, Caroline était redescendue jeter un coup d'œil et avait trouvé une boîte d'allumettes de ménage sur une étagère, juste à côté. Bien que cela lui semblât assez improbable, il était néanmoins possible, disait-elle, que Roderick, tandis qu'on ne le regardait pas, ait pris une allumette et enflammé lui-même le journal.

Cela me paraissait franchement excessif. « Je ne veux pas mettre vos propos en doute, Caroline, dis-je. Mais vous aviez tous subi une vilaine épreuve. Je ne suis pas surpris que vous ayez encore vu des flammes.

— Vous pensez que nous avons imaginé cette histoire de journal enflammé ? Tous les quatre ?

— Ma foi…

— Nous n'avons rien imaginé, je peux vous l'assurer. Les flammes étaient réelles. Et si ce n'est pas Roddie qui a fait cela, alors… alors qui, ou quoi ? C'est ce qui me terrifie, presque plus que tout le reste. C'est pour ça que je me dis que cela doit *forcément* être Rod. »

Je ne voyais pas bien où elle voulait en venir ; mais de toute évidence, elle était, oui, réellement effrayée. « Écoutez, dis-je, essayons de considérer les choses calmement. Il n'y a aucune preuve, n'est-ce pas, que cela ait été autre chose qu'un accident ?

— Je n'en suis pas sûre. Je me demande ce qu'en déduirait un policier. Vous savez que le commis de Paget est passé hier matin, pour nous livrer la viande ? Il a senti l'odeur de fumée et, avant que j'aie pu l'en empêcher, il a fait le tour pour jeter un coup d'œil par les fenêtres. Il était pompier à Coventry pendant la guerre, vous savez. Je lui ai raconté n'importe quoi, en parlant d'un chauffage à bain d'huile, mais j'ai bien vu qu'il regardait tout, qu'il remarquait tout. Et j'ai vu aussi à son visage qu'il ne me croyait pas.

— Mais ce que vous suggérez là est abominable ! dis-je dans un souffle. Imaginer Rod, de sang-froid, faire le tour de la pièce avec…

— Je sais ! Je sais, c'est monstrueux ! Et je ne dis pas qu'il l'ait fait délibérément, docteur. Je ne pense pas qu'il voulait faire de mal à quiconque. Je ne croirai jamais une chose pareille. Mais, mon Dieu… » Son visage se crispa, exprimant un affreux chagrin. « Des gens ne font-ils pas des choses terribles, parfois, sans même s'en rendre compte ? »

Je ne répondis rien. Une fois de plus, je parcourus des yeux le mobilier saccagé : le fauteuil, la table, le bureau au plateau calciné, réduit en cendres, sur lequel j'avais si souvent vu Rod penché, dans un état proche du désespoir. Je me souvenais l'avoir vu, quelques heures avant l'incendie, se mettre en rage contre son père, sa mère, la propriété tout entière. *Il va se passer des choses, ce soir*, m'avait-il dit, avec une sorte de sinistre malice ; et j'avais détourné les yeux – n'est-ce pas ? – pour contempler les coins d'ombre de la chambre, et vu les murs, le plafond constellés – elles semblaient presque grouiller ! – de ces petites traces noires, si dérangeantes.

Je passai une main sur mon visage. « Oh, Caroline, quelle horrible histoire. Je ne peux m'empêcher de me sentir responsable.

— Comment cela ?

— Jamais je n'aurais dû laisser votre frère tout seul ! Je l'ai abandonné. Je vous ai tous abandonnés… Où est-il, maintenant ? Que dit-il ? »

Son expression se fit étrange, de nouveau. « Nous l'avons installé à l'étage, dans son ancienne chambre. Mais on ne peut rien tirer de lui, rien de sensé. Il est dans un… dans un sale état. Nous pouvons sans doute compter sur Betty, mais nous ne voulons pas que Mrs Bazeley le voie comme ça. Personne ne doit le voir comme ça, si on peut l'éviter. Les Rossiter sont passés hier, et j'ai été obligée de les renvoyer, de crainte qu'il ne fasse un scandale. Ce n'est pas l'état de choc, c'est… c'est autre chose. Maman lui a pris ses cigarettes et tout ça. Elle l'a… » Ses paupières palpitèrent, un peu de sang lui monta aux joues. « Elle l'a enfermé à clef.

— À clef ? répétai-je, incrédule.

— Elle a réfléchi à cet incendie, tout comme moi. Elle croyait d'abord à un accident ; c'est ce que nous pensions tous. Mais ensuite, en le voyant agir, en l'écoutant parler, il est apparu clairement qu'il y avait autre chose. J'ai été obligée de lui parler du reste. Et à présent elle a peur de ce qu'il pourrait faire. »

Elle se détourna et se mit à tousser, et cette fois la quinte ne se calma pas. Elle avait trop longtemps parlé, avec trop d'énergie, et il faisait froid au-dehors. Elle semblait terriblement faible, épuisée.

Je l'emmenai au petit salon, où je l'examinai. Puis je montai à l'étage pour m'occuper de sa mère et de son frère.

Je passai tout d'abord voir Mrs Ayres. Elle était adossée à des oreillers, tout emmitouflée dans des liseuses et des châles, ses longs cheveux dénoués sur les épaules, le visage blême, les traits tirés. Mais elle fut visiblement très contente de me voir.

« Oh, docteur Faraday, fit-elle d'une voix cassée, vous rendez-vous compte, une telle calamité ? Je commence à penser que cette famille est maudite, qu'un sort nous a été jeté. Je ne comprends pas. Qu'avons-nous fait ? Qui avons-nous irrité à ce point ? Le savez-vous ? »

Elle était presque sérieuse. Je pris une chaise, la tirai à son chevet et commençai à l'examiner. « Vous avez certainement eu plus que votre part de malchance, dis-je. Je suis vraiment désolé. »

Elle toussa, penchée en avant, puis se laissa retomber sur les oreillers. Mais elle soutenait mon regard. « Vous êtes entré dans la chambre de Roderick ? »

J'appliquais le stéthoscope, ici, là. « Une seconde je vous prie... Oui.

— Vous avez vu le bureau, le fauteuil ?

— Essayez de ne pas parler un instant. »

Je la forçai à se pencher de nouveau, pour passer à son dos. Puis je rangeai le stéthoscope et, sentant son regard toujours sur moi, je répondis. « Oui.

— Et qu'en pensez-vous ?

— Je ne sais pas.

— Je pense que si, vous le savez. Oh, docteur, je n'aurais jamais cru devoir un jour avoir peur de mon propre fils ! Je ne cesse d'imaginer ce qui aurait pu arriver. Dès que je ferme les yeux, je vois des flammes. »

Elle s'enroua. Une nouvelle quinte de toux la saisit, plus sérieuse que la précédente, et elle ne put achever. Je la maintins par les épaules, toute secouée, puis lui fis boire un peu d'eau et lui donnai un mouchoir propre pour s'essuyer la bouche et les yeux. Elle se laissa retomber sur ses oreillers, le sang au visage, épuisée.

« Vous parlez trop », dis-je.

Elle secoua la tête. « Il faut que je parle ! Je n'ai personne avec qui parler de tout cela, à part Caroline et vous, et elle et moi n'avons cessé d'en discuter, à en devenir folles ! Elle m'a dit certaines choses, hier… des choses effarantes ! J'avais peine à y croire. Elle m'a dit que Roderick se comporte comme un quasi dément. Qu'il y avait déjà des traces de feu dans sa chambre, avant cette nuit-là. Qu'elle vous avait montré ces traces. Est-ce vrai ? »

Je remuai sur ma chaise, mal à l'aise. « Elle m'a montré quelque chose, en effet.

— Et ni vous ni elle ne m'en avez parlé ?

— Nous ne tenions pas à vous bouleverser. Nous voulions vous protéger, autant que possible. Bien sûr, si je m'étais douté une seconde que l'état de Roderick mènerait à une telle chose… »

Son visage s'affaissa. « Son "état", dites-vous. Donc vous saviez qu'il était malade.

— Je savais qu'il n'était pas bien. Pour être tout à fait franc, je me doutais qu'il n'était pas bien du tout. Mais je lui avais fait une promesse.

— Il est venu vous trouver, je suppose, pour vous raconter des histoires à propos de cette maison. En prétendant qu'il y avait quelque chose dans la maison, quelque chose qui lui voulait du mal. Est-ce cela ? »

J'hésitai, et elle le vit. « Je vous en prie, soyez honnête avec moi, docteur, fit-elle avec une douceur insistante.

« — Oui, c'est cela. Je suis navré. » Et je lui racontai tout ce qui s'était passé : la crise de panique de Rod dans mon cabinet, ses propos étranges, effrayants, son caractère maussade et ses crises de rage depuis lors, les menaces implicites dans certaines de ses paroles...

Elle m'écouta en silence – tendant la main, à un certain moment, pour prendre la mienne, sans baisser les yeux. Je constatai que ses ongles étaient tout rayés, comme ceux d'un vieillard, et encore incrustés de suie. Ses phalanges portaient la trace des braises, comme autant de minuscules échos aux cicatrices de son fils. Plus je parlais, plus sa main serrait fort la mienne, et quand j'en eus terminé elle tourna vers moi un regard presque hagard.

« Mon pauvre, pauvre garçon ! Et je ne me doutais de rien. Il n'a jamais eu la force de caractère de son père, cela, je le savais. Mais imaginer qu'il perde l'esprit à ce point ! A-t-il vraiment... ? » Elle porta son autre main à sa poitrine. « A-t-il vraiment dit toutes ces choses contre Hundreds ? Contre moi ?

— Vous voyez ? C'est précisément pourquoi j'hésitais à vous en parler. Il n'était pas lui-même quand il parlait ainsi. Il savait à peine ce qu'il disait. »

Elle paraissait ne pas m'avoir entendu. « Est-il possible qu'il nous haïsse tous à ce point ? Que ce soit arrivé à cause de cela ?

— Non, non. De toute évidence, c'est l'épuisement nerveux qui... »

Elle parut plus effarée que jamais. « L'épuisement nerveux ?

— Dû aux problèmes de la maison, de la ferme. Au contrecoup de son accident. À son séjour dans la RAF... qui peut le dire ? Est-ce vraiment important de savoir quelle en est la cause ? »

De nouveau, elle parut ne pas écouter. Elle serra mes doigts dans les siens, comme saisie d'une terrible angoisse. « Dites-moi, docteur : est-ce ma faute ? »

La question, et la violente émotion qui la sous-tendait, me prit de court. « Bien sûr que non, dis-je.

— Mais je suis sa mère ! C'est son foyer ! Et qu'une telle chose puisse arriver… ce n'est pas normal. Ce n'est pas naturel. J'ai dû commettre une erreur, quelque part. N'est-ce pas ? Imaginons, docteur Faraday, que quelque chose… »

Elle retira sa main et baissa les yeux, comme honteuse. « Imaginons que quelque chose, reprit-elle, soit intervenu dans mes sentiments envers lui, quand il était petit. Une ombre, un boulversement, un deuil. » Sa voix était neutre. « Vous savez sans doute que j'ai eu un autre enfant, avant Caroline et Roderick. Ma petite Susan. »

Je hochai la tête. « Je m'en souviens. Je suis désolé. »

Elle fit un geste vague et détourna la tête, acceptant ma compassion tout en paraissant indiquer qu'elle n'était d'aucun poids face à sa douleur. « C'était mon seul vrai amour, reprit-elle, toujours d'une voix presque sans émotion. Cela vous semble étrange ? Je n'aurais jamais pensé, quand j'étais jeune, pouvoir tomber amoureuse de ma propre enfant, mais elle et moi étions comme deux amoureuses. Après sa mort, pendant bien longtemps, j'ai gardé le sentiment que j'étais peut-être morte avec elle. Et c'était peut-être le cas… Les gens m'ont dit que le meilleur moyen de surmonter le décès d'un enfant était d'en avoir un autre, aussi vite que possible. Ma mère m'a dit cela, ma belle-mère, mes tantes, ma sœur… Puis, à la naissance de Caroline, ils ont changé de discours. Ils disaient : "Mon Dieu, bien sûr, une petite fille te fera penser à celle que tu as perdue, alors il faut essayer encore, essayer d'avoir un garçon ; une mère aime toujours ses fils…" Puis, à la naissance de Roderick : "Mais enfin, que se passe-t-il encore ? Tu ne sais donc pas que les gens de notre milieu ne font pas tant d'histoires ? Regarde-toi, dans ta superbe maison, avec un époux qui a survécu à la guerre, et deux enfants en pleine santé. Si tu ne trouves pas le moyen d'être heureuse, avec tout cela, eh bien cesse au moins de te plaindre…" »

De nouveau elle se mit à tousser et s'essuya les yeux. « Cela a dû être très dur pour vous, dis-je quand la quinte se fut calmée.

— Moins que pour mes enfants.

— Ne dites pas cela. L'amour n'est pas une chose que l'on peut peser, calibrer, n'est-ce pas ?

— Vous avez peut-être raison. Et pourtant – je les *aime*, docteur ; je les aime vraiment. Mais combien de fois cet amour m'est-il apparu comme une chose ennuyeuse, à peine vivante ! Et cela parce que *j'étais* à peine vivante, voyez-vous… Je pense que Caroline n'en a pas souffert. Des deux, c'est Roderick qui a toujours été le plus sensible. Serait-il possible qu'il ait ressenti, en grandissant, une sorte de mensonge chez moi, et qu'il me haïsse pour cela ? »

Je repensai aux propos de Rod, le soir de l'incendie. Je l'entendais encore me dire que sa sœur et lui avaient déçu leur mère « simplement d'être nés ». Mais l'expression de Mrs Ayres était à présent éperdue ; et j'en avais déjà trop dit. À quoi bon lui faire part de cela, aussi ? « Vous vous faites des idées, dis-je donc, lui prenant la main. Vous êtes malade, et épuisée. Un malheur fait toujours s'éveiller une foule d'autres tourments, ce n'est que cela. »

Elle me fixait, voulant désespérément me croire. « Vous le pensez vraiment ?

— Je le sais. Il ne faut pas broyer du noir à propos du passé. La chose que nous avons à régler, maintenant, n'est pas de savoir ce qui a rendu Rod ainsi, mais comment nous allons pouvoir l'aider à s'en tirer.

— Mais imaginez que le mal soit trop profond, déjà ? Imaginez qu'on ne puisse pas le soigner ?

— Bien sûr que si, nous pouvons. Vous parlez comme s'il était perdu ! Avec des soins appropriés… »

Elle secoua la tête, se remit à tousser. « Nous ne pouvons pas le soigner ici. Caroline et moi n'avons simplement plus la force. Rappelez-vous, nous sommes déjà passées par là.

— Alors, une infirmière, peut-être ?

— Je ne crois pas qu'une infirmière pourrait s'en sortir avec lui !

— Oh, mais il y a certainement… »

Elle détourna le regard. « Caroline…, fit-elle d'un air presque coupable, Caroline m'a dit que vous aviez parlé d'un hôpital.

— Oui, dis-je après une seconde. À certain moment, j'ai espéré pouvoir persuader Rod de s'y faire admettre lui-même. L'endroit que j'avais en tête est une maison de santé privée. Pour les troubles mentaux de ce genre.

— Les troubles mentaux, répéta-t-elle.

— Ne vous laissez pas trop effrayer par ce terme, dis-je aussitôt. Il recouvre toute sorte de problèmes. La clinique se trouve à Birmingham, et elle est très discrète. Mais mon Dieu, elle n'est pas bon marché. Même avec la pension d'invalidité de Rod, j'ai bien peur que les frais de séjour ne soient une lourde charge. Peut-être que, finalement, une infirmière fiable et compétente, ici même, à demeure, serait la meilleure solution…

— J'ai peur, docteur Faraday. Une infirmière ne peut pas tout faire, être partout, tout le temps. Imaginez que Roderick recommence à mettre le feu ? La prochaine fois, il réussira peut-être à faire flamber le Hall du sol au plafond, ou à se tuer – ou à tuer sa sœur, ou moi, ou une domestique ! Avez-vous songé à cela ? Imaginez la suite ! La police, une enquête, les journaux… et pour de bon, cette fois ; pas comme pour cette misérable histoire avec Gyp. Et qu'adviendrait-il de lui, alors ? Pour tout le monde, cet incendie était accidentel, et c'est Roderick qui a été le plus atteint. Si nous l'éloignons maintenant, nous pourrons dire que nous l'envoyons se reposer, se rétablir loin du Warwickshire en hiver. Ne pensez-vous pas ? Je pose la question à l'ami autant qu'au médecin. Aidez-nous, je vous en prie. Vous avez toujours été si bon pour nous. »

Je voyais bien la logique de son raisonnement. J'avais bien conscience de n'avoir déjà que trop hésité avec Roderick, pour un résultat catastrophique. S'éloigner un moment de la propriété ne pourrait certes pas lui faire de mal ; c'était ce que je souhaitais, depuis le départ. Mais en même temps, la différence était considérable entre le pousser à se faire admettre en clinique de son plein gré et l'y faire admettre de force.

« C'est une possibilité, sans aucun doute. Bien sûr, il vous faudra faire venir un deuxième médecin, pour avoir un deuxième avis. Mais il ne faut pas agir avec précipitation. Si terrifiant cet incident ait-il été, il a pu lui causer un choc salutaire et le débarrasser de ses fantasmes. Je n'arrive toujours pas à croire que...

— Vous ne l'avez pas encore vu », murmura-t-elle, m'interrompant.

Elle avait cette même expression étrange que Caroline. « Non, pas encore, répondis-je au bout d'un instant.

— Allez lui parler, allez-y maintenant, voulez-vous ? Et vous reviendrez me dire ce que vous en pensez. Attendez une seconde. »

Je m'étais déjà levé, mais elle me rappelait. Et, sous mes yeux, elle ouvrit le tiroir de sa table de chevet et en tira quelque chose. C'était une clef.

Je tendis la main et la pris, non sans appréhension.

La chambre dans laquelle on l'avait cantonné était celle qu'il occupait enfant, je suppose, celle dans laquelle il dormait pendant les vacances scolaires et, plus tard, lors de ses permissions, durant son court séjour dans la RAF, avant l'accident. Elle se trouvait juste au coin du palier, tout près de celle de sa mère, dont elle n'était séparée que par un cagibi ayant autrefois fait office de penderie, et c'était horrible de se dire qu'il était resté là, enfermé, tout ce temps – horrible également de devoir frapper à sa porte en l'appelant d'une voix claire, puis, sans réponse, de devoir introduire la clef dans la serrure, comme un geôlier. Je ne savais pas à quoi m'attendre en entrant. Je n'aurais pas été surpris qu'il se précipite vers la porte, luttant pour retrouver la liberté. En ouvrant, je me souviens avoir hésité une seconde, prêt à la violence, à des insultes.

Mais ce que je découvris était, d'une certaine manière, bien pire. Les rideaux à moitié tirés aux fenêtres plongeaient la pièce dans la pénombre. Il me fallut un moment pour distinguer Rod assis dans son lit, vêtu d'un pyjama rayé, comme un petit garçon, et d'une robe de chambre bleue. Au lieu de se ruer vers la porte, il me regarda approcher, parfaitement immobile. Il portait une main à sa bouche, les doigts repliés, et tripotait machinalement sa lèvre du pouce. Même dans cette faible lumière, et à distance, je vis à quel point il allait mal. De plus près, je distinguai son teint d'un blanc jaunâtre malsain, et ses yeux gonflés, comme irrités. De la suie semblait encore imprégner les pores de sa peau et ses cheveux graisseux, pas lavés. Sur ses joues, la barbe avait poussé en îlots irréguliers, à cause des cicatrices ; sa bouche était pâle, ses lèvres rentrées. Je fus également frappé par l'*odeur* qui émanait de lui : une odeur de fumée, de transpiration et de mauvaise haleine. Sous son lit, un pot de chambre qui, de toute évidence, venait de servir.

Comme je m'approchais de lui, il garda les yeux rivés sur mon visage, mais sans rien dire. Ce n'est que quand, m'étant assis sur le lit à son chevet et ayant ouvert ma sacoche, j'écartai les pans de sa veste de pyjama pour l'ausculter, qu'il rompit le silence. « Vous l'entendez ? », voilà ce qu'il demanda.

Sa voix était à peine rauque. Je le fis se pencher pour poser le stéthoscope contre son dos. « Qu'est-ce que j'entends ? »

Sa bouche était tout contre mon oreille. « Vous savez bien, dit-il.

259

— Tout ce que j'entends, c'est que, comme votre mère et votre sœur, vous avez inhalé pas mal de fumée l'autre nuit. Je veux m'assurer qu'elle ne vous a pas fait trop de mal.

— Me faire du mal ? Oh, elle ne ferait jamais ça. Elle ne veut pas. Plus maintenant.

— Restez un instant sans rien dire, voulez-vous ? »

Je déplaçai l'appareil. Son cœur cognait et sa capacité respiratoire était diminuée, mais je ne perçus aucune trace d'adhérence ou d'incapacité fonctionnelle dans ses poumons, et je le reposai contre ses oreillers et reboutonnai sa veste. Il me laissa faire, mais son regard se perdit, et bientôt il porta de nouveau sa main à sa bouche, se remit à se triturer les lèvres.

« Rod, dis-je, cet incendie a terrifié tout le monde. Personne ne semble savoir comment le feu a pris. De quoi vous souvenez-vous ? Pouvez-vous me le dire ? » Il semblait ne pas écouter. « Rod ? »

Son regard revint sur moi, et il fronça les sourcils, l'air presque agressif. « Je l'ai déjà dit à tout le monde : je ne me souviens de rien. Juste de vous dans la chambre, et puis de Betty, et ensuite Caroline qui m'a mis au lit. Je crois que j'ai fait un rêve.

— Quel genre de rêve ? »

Il tripotait toujours sa bouche. « Un rêve, je ne sais pas. Quelle importance ?

— Vous avez pu rêver, disons, que vous vous leviez. Que vous essayiez d'allumer une cigarette, ou une bougie. »

Ses doigts s'immobilisèrent. Il me regarda d'un air incrédule. « Vous n'êtes tout de même pas en train de faire comme si c'était un accident !

— Je ne sais pas encore quoi en penser. »

Il s'agita dans son lit, énervé soudain. « Après ce que je vous ai raconté ! Même Caroline voit bien que ce n'est pas un accident ! Elle dit qu'il y avait plein de départs de feu. Elle dit que les autres traces, dans ma chambre, c'étaient déjà des petits départs de feu, mais qui n'ont pas pris.

— Ce n'est pas une certitude. Et on ne le saura sans doute jamais.

— *Moi*, je le sais. Je savais, ce soir-là. Je vous ai bien dit qu'il allait se passer des choses, n'est-ce pas ? Pourquoi m'avez-vous laissé seul ? Vous ne pouviez pas voir que je n'aurais pas la force ?

— Rod, je vous en prie. »

Mais il s'agitait sans cesse à présent, comme s'il ne pouvait contrôler les mouvements de son corps. On aurait dit un homme souffrant de delirium tremens, et c'était affreux à voir.

Finalement, il saisit mon bras, s'y agrippa. « Et si Caroline n'était pas descendue à temps ? » Ses yeux brûlaient, lui mangeaient le visage. « La maison aurait pu flamber, entièrement ! Ma sœur, ma mère, Betty…

— Allons, Rod. Calmez-vous.

— Me calmer ? Mais je suis quasiment un assassin !

— Ne soyez pas idiot.

— Parce que c'est ce que tout le monde dit, n'est-ce pas ?

— Personne ne dit rien. »

Il tordait la manche de ma veste. « Mais ils ont raison, vous ne comprenez pas ? Je pensais être capable de tenir cette chose à l'écart, d'arrêter la contagion. Mais je n'ai pas la force. Cela fait trop longtemps que cette chose est entrée en moi. Et qu'elle me *transforme*. Elle me rend *comme elle*. Je pensais protéger Maman et Caroline. Mais en fait, elle n'a cessé de passer *par moi*, pour réussir à les atteindre, elles. C'était… que faites-vous ? »

Je m'étais arraché à lui pour saisir ma sacoche. Il me vit en tirer un tube de comprimés.

« Non ! » cria-t-il, lançant le bras et projetant le tube au travers de la pièce. « Je ne veux pas de ça ! Vous ne comprenez donc pas ? Vous voulez aider la chose ? C'est ça que vous voulez ? Je ne dois pas m'endormir ! »

Le coup qu'il m'avait porté à la main, et la démence qui se lisait sur son visage, s'entendait dans ses propos, m'effrayèrent. Mais je me penchai, le regardai droit dans les yeux, ses pauvres yeux gonflés. « Vous n'avez pas dormi ? Pas depuis l'avant-dernière nuit ? » Je saisis son poignet. Le pouls battait toujours la chamade.

Il se dégagea. « Comment pourrais-je dormir ? C'était déjà assez pénible avant.

— Mais Rod, vous devez absolument dormir.

— Je n'ose pas ! Et vous non plus, vous n'oseriez pas, si vous saviez. La nuit dernière... » Il baissa d'un ton et jeta un regard méfiant aux alentours. « La nuit dernière, j'ai entendu des bruits. J'ai pensé qu'il y avait quelque chose à la porte, qui grattait pour entrer. Et puis je me suis rendu compte que le bruit venait de l'*intérieur* de moi, que la chose qui grattait était en moi et essayait de *sortir*. Elle attend, vous voyez. C'est très joli de m'enfermer à clef, mais si par malheur je m'endors... »

Il n'acheva pas, mais me regarda avec dans les yeux ce qu'il pensait de toute évidence être un sous-entendu lourd de signification. Puis il replia les genoux, porta la main à sa bouche et recommença de se triturer les lèvres. Je me levai pour aller ramasser les comprimés qu'il avait envoyés voler dans toute la pièce ; ce faisant, je m'aperçus que ma main tremblait, car je me rendais compte à quel point il était loin, perdu dans son délire. Je me redressai et restai là à le regarder, impuissant, puis parcourus la pièce des yeux, voyant partout les petits objets quelconques et tragiques témoignant du garçon charmant, plein de vie qu'il avait dû être autrefois : les livres d'aventures sur leur étagère, les trophées, les modèles réduits, les plans de vol de la RAF, avec des annotations griffonnées d'une main adolescente... Qui aurait jamais pu prédire un tel naufrage ? Comment était-ce arrivé ? Il m'apparut soudain que sa mère devait avoir raison : aucune accumulation de soucis, de tension, si lourde soit-elle, ne pouvait expliquer un tel état. Il devait y avoir quelque chose d'autre, à la racine de cela, et une indication, un signe que je n'arrivais pas à voir.

Je revins vers le lit, le regardai bien en face ; puis finis par détourner les yeux, vaincu. « Je vais devoir vous laisser, Rod. Cela me crève le cœur. Puis-je dire à Caroline de venir vous tenir compagnie ? »

Il secoua la tête. « Non, il ne faut pas.

— Alors y a-t-il autre chose que je puisse faire ? »

Il me regarda, l'air pensif. Et lorsqu'il reprit la parole ce fut d'une voix changée, avec toute la politesse, toute la docilité du jeune garçon que je visualisais quelques instants auparavant. « Pourrais-je avoir une cigarette, s'il vous plaît ? Je ne suis pas autorisé à fumer quand je suis seul. Mais si vous restez avec moi pendant que je la fume, cela ne posera pas de problème, n'est-ce pas ? »

Je lui donnai une cigarette et l'allumai — ses mains auraient refusé de le faire, et il plissa les paupières et se couvrit le visage quand je craquai l'allumette —, puis m'assis à ses côtés tandis qu'il la fumait entièrement, la respiration légèrement sifflante. Quand il eut terminé, il me tendit le mégot pour que je l'emporte. « Vous n'avez pas oublié vos allumettes ? » demanda-t-il d'une voix angoissée, comme je me levais de nouveau. Je dus lui montrer la boîte et la remettre ostensiblement dans ma poche, comme en une sorte de pantomime, avant qu'il ne me laisse partir.

Puis, et ce fut là le moment le plus poignant, il insista pour m'accompagner jusqu'à la porte, pour s'assurer que je la refermais bien à clef derrière moi. Je sortis deux fois, une première pour emporter le pot de chambre à la salle de bains, où je le vidai et le rinçai ; mais, même pour ce bref aller et retour, il insista pour que je l'enferme, et en revenant je le trouvai attendant juste derrière la porte, comme perturbé par cette allée et venue. Avant de sortir pour de bon, je lui pris la main – mais là encore, ce sursis ne parut que le mettre mal à l'aise, ses doigts étaient inertes entre les miens, et il détourna le regard, comme agacé. Lorsque je fermai enfin la porte, ce fut d'un geste ferme, sur quoi je tournai la clef d'une main résolue afin qu'il ne puisse y avoir aucun doute ; mais en m'éloignant j'entendis le grincement de la poignée, et me retournai pour voir le pêne bouger et le panneau remuer imperceptiblement dans le chambranle. Il s'assurait qu'il était bien enfermé. La poignée tourna deux ou trois fois avant de s'immobiliser. Cette vision, me semble-t-il, me bouleversa plus que tout le reste.

Je rapportai la clef à sa mère. Elle vit combien j'étais ému et consterné. Nous demeurâmes un moment sans parler, puis, à voix basse, funèbre, commençâmes d'évoquer les mesures à prendre pour faire interner Rod.

Ce fut assez simple, somme toute. Tout d'abord, je fis venir David Graham, pour qu'il confirme que l'état de Rod ne permettait pas de le soigner de manière conventionnelle, puis le directeur de la clinique – un certain Dr Warren – descendit de Birmingham pour procéder à son propre examen, apportant les papiers nécessaires. C'était le dimanche de cette même semaine, soit quatre jours après l'incendie : durant tout ce temps, Rod n'avait pas dormi, s'opposant violemment à toutes mes tentatives pour lui administrer un sédatif, et avait atteint un point de quasi-hystérie qui, je pense, choqua même le Dr Warren. Je ne savais pas comment il accueillerait cette nouvelle que nous avions l'intention de le faire admettre dans ce qui était, de fait, un hôpital psychiatrique ; à mon grand soulagement – mais également à mon grand désespoir, dans un certain sens –, il se montra d'une reconnaissance presque pathétique. « Vous me surveillerez, là-bas, n'est-ce pas ? » demanda-t-il, s'accrochant désespérément à la main du Dr Warren. « La chose ne pourra pas sortir de moi, si vous me surveillez. Et même si elle sort, eh bien ce ne sera pas ma faute, n'est-ce pas, s'il arrive quelque chose, si quelqu'un est blessé ? »

Sa mère était présente dans la pièce tandis qu'il délirait ainsi. Elle était encore faible et respirait très difficilement, mais elle s'était levée et habillée pour recevoir le Dr Warren. Voyant à quel point le comportement de Roderick la bouleversait, je l'emmenai au rez-de-chaussée. Nous rejoignîmes Caroline au petit salon, et Warren lui-même nous rejoignit quelques minutes plus tard.

« C'est bien triste, déclara-t-il, secouant la tête. Affreusement triste. Je vois sur son dossier médical que Roderick a été soigné pour des troubles nerveux au cours des mois qui ont suivi son accident ; mais il n'y avait aucun signe prémonitoire, à l'époque, d'un réel déséquilibre mental ? Et rien de particulier n'est arrivé, qui puisse provoquer ceci ? Un deuil ? Un choc quelconque ? »

Je lui avais déjà fourni, par courrier, un compte rendu assez précis de la situation. De toute évidence, il avait le sentiment – tout comme moi, profondément – que quelque chose manquait, qu'un jeune homme fondamentalement en bonne santé comme Roderick ne pouvait s'être ainsi détérioré de façon aussi spectaculaire, et aussi rapide, sans cause précise. Nous lui parlâmes de nouveau des fantasmes de Rod, de ses crises de panique, de ces traces inquiétantes sur les murs de sa chambre. Je lui énumérai les divers soucis qu'il s'était mis sur le dos depuis quelque temps, en tant que maître et gestionnaire de la propriété.

« Ma foi, il est possible que nous ne trouvions jamais la vraie racine du mal, dit-il enfin. Mais en tant que médecin de la famille, vous êtes prêt à le confier à mes soins ? »

Je dis que oui.

« Et vous, Mrs Ayres, sa mère, vous êtes également désireuse que je m'occupe de lui ? »

Elle hocha la tête.

« Dans ce cas, je pense que le mieux est que je l'emmène tout de suite. Je n'avais pas prévu cela. J'avais l'intention de simplement l'examiner, et de revenir assisté dans quelques jours, le cas échéant. Mais mon chauffeur est un homme tout à fait compétent, et je suis certain que vous ne m'en voudrez pas, si je dis que ce n'est pas bon pour vous, pour vous tous, de garder Roderick ici plus longtemps. Il paraît tout à fait prêt à partir maintenant. »

Lui et moi nous occupâmes des papiers administratifs, tandis que Mrs Ayres et Caroline, le visage sombre, montaient à l'étage pour préparer les affaires de Rod, puis le chercher. Lorsqu'elles nous l'amenèrent, il descendit l'escalier d'un pas hésitant, comme un vieillard. Elles lui avaient mis ses vêtements habituels et son pardessus de tweed, mais il était si maigre, comme rabougri, que sa tenue paraissait de trois tailles trop grande. Sa claudication était très prononcée – autant que six mois auparavant, et c'est avec consternation que je pensai à toutes ces heures de traitement gâchées. Caroline avait tenté de le raser, maladroitement : des coupures balafraient son menton. Son regard noir, perçant, dardait en tous sens, et il ne cessait de porter fébrilement ses mains à sa bouche et de triturer ses lèvres.

« Je pars vraiment avec le Dr Warren ? me demanda-t-il. Maman dit que je vais partir avec lui. »

Je le lui confirmai et l'emmenai à la fenêtre pour lui montrer l'élégante Humber Snipe noire de Warren garée devant la maison, le chauffeur fumant une cigarette à côté. Il observa la voiture avec un tel intérêt, d'une façon si naturelle, si juvénile – se détournant même pour demander au Dr Warren combien de chevaux faisait le moteur – que l'espace d'une seconde il fut de nouveau lui-même, tel qu'il ne l'avait plus été depuis des semaines, et dans un instant de vertige je fus saisi d'un doute quant au bien-fondé de cette horrible situation.

Mais il était trop tard. Les papiers étaient signés, et le Dr Warren prêt à partir. En outre, Roderick redevint nerveux au moment des au revoir. Il rendit très affectueusement son étreinte à sa sœur et me laissa lui serrer la main. Mais tandis que sa mère l'embrassait, son regard se remit à aller en tous sens, frénétique : « Où est Betty ? Il faut que je dise au revoir à Betty, n'est-ce pas ? »

Il commençait de se montrer si agité que Caroline se rendit en hâte à la cuisine pour chercher Betty. La jeune fille s'immobilisa timidement devant Rod, qui lui adressa un signe de tête, très bref et saccadé.

« Je pars un moment, Betty. Donc vous aurez une personne de moins de qui vous occuper. Mais vous garderez ma chambre bien propre et bien rangée, pendant mon absence ? »

Elle battit des cils, jeta un regard à Mrs Ayres, et répondit enfin : « Oui, Mr Roderick.

— Parfait. » Sa paupière battit imperceptiblement, en une amorce de clin d'œil. Puis il se mit à tapoter ses poches, et je compris qu'il cherchait, absurdement, une pièce de monnaie à lui donner. « C'est bien, Betty, vous pouvez y aller », intervint Mrs Ayres d'une voix douce ; et, avec un soulagement évident, la jeune fille s'éclipsa. Rod la regarda s'éloigner, palpant toujours ses poches, sourcils froncés. Craignant qu'il ne recommence à s'agiter, Warren et moi le fîmes sortir, le conduisant en direction de la voiture.

Il s'installa à l'arrière sans faire d'histoire. Le Dr Warren me serra la main. Je revins vers le perron et demeurai sur les marches avec Mrs Ayres et Caroline jusqu'à ce que la Snipe, les pneus faisant crisser le gravier, ait disparu de notre vue.

Tout cela eut lieu, je l'ai dit, un dimanche, en l'absence de Mrs Bazeley. Jusqu'à quel point était-elle au courant de l'état de Roderick et ce que lui en avait dit Betty, je l'ignore. Mrs Ayres l'informa de ce que Roderick avait quitté le comté pour « séjourner chez des amis » : telle était la fable qu'elle avait mise au point, et si quiconque de la région devait me poser des questions, je devais répondre que, l'ayant examiné après l'incendie, j'avais jugé préférable de l'envoyer se reposer, pour le bien de ses poumons. Je ne voulais pas voir les Ayres devenir des objets de curiosité ou de commentaires et, même à des gens comme les Desmond ou les Rossiter, qui connaissaient bien la famille, je racontai un mélange de mensonges et de semi-vérités, tentant de les éloigner de la réalité des faits. Je ne suis pas de nature fourbe, et devoir sans cesse étouffer tout commérage se révélait parfois usant. Mais j'avais aussi des journées fort occupées par ailleurs car – de manière assez ironique, à cause du succès de cet article sur le traitement de la jambe de Rod – on m'avait proposé de devenir membre du comité médical d'un hôpital, et j'avais quantité de nouvelles charges. Ce travail supplémentaire se révélait, en fait, une distraction bienvenue.

Une fois par semaine, pendant le reste du mois, j'emmenai Mrs Ayres et Caroline voir Roderick à la clinique de Birmingham. C'était un voyage bien sinistre, d'autant plus que la clinique était située

dans un quartier de la ville sévèrement bombardé durant la guerre ; à Lidcote, nous n'étions pas accoutumés à voir des ruines et des routes défoncées, et ces immeubles vidés, aux fenêtres béantes, aveugles, se dressant comme autant de fantômes dans ce qui semblait être un brouillard perpétuel, ne cessèrent jamais de nous démoraliser. Les visites non plus n'étaient jamais une grande réussite, pour d'autres raisons. Roderick se montrait à cran, pas du tout communicatif, et ce plaisir supposé de nous montrer les lieux, de nous emmener nous promener dans les jardins dénudés par l'hiver, de prendre le thé dans une salle remplie d'autres hommes désœuvrés ou au regard fou, semblait le remplir de honte. Une ou deux fois, dans les premiers temps, il s'enquit de la propriété, souhaitant savoir comment marchait la ferme ; toutefois, au fil du temps, il parut se désintéresser du sort de Hundreds. Nous nous cantonnions, autant que faire se pouvait, à des sujets neutres, des histoires du village, mais d'après certains de ses propos il me parut évident – et probablement à sa mère et à sa sœur, également – que la conscience qu'il avait des paroles échangées était étrangement diminuée. Une fois, il demanda des nouvelles de Gyp. « Mais Gyp est mort, tu le sais bien, Rod », répondit Caroline d'une voix un peu effrayée, sur quoi il plissa les paupières, comme s'il faisait un effort pour se souvenir, et répondit vaguement, « Ah, oui. Il y avait eu un problème, c'est ça ? Et Gyp s'était blessé ? Pauvre vieux bonhomme. »

Il aurait pu se trouver à l'hôpital depuis des années, plutôt que des semaines, tant ses pensées étaient floues, embrumées ; et à la fin de notre troisième visite, juste avant Noël, visite au cours de laquelle nous avions trouvé la clinique pavoisée de tristes guirlandes de papier brun, ses patients portant sur la tête de ridicules petits chapeaux de carton, et Roderick lui-même encore plus vague, plus apathique qu'à l'ordinaire, je fus heureux que l'assistant du Dr Warren me demande de le suivre à l'écart pour me donner des nouvelles de son évolution.

« Il ne s'en sort pas trop mal, somme toute », dit-il. C'était un homme plus jeune que le Dr Warren, légèrement plus spontané et cordial. « En tout cas, il semble s'être débarrassé de la plupart de ses obsessions. Nous avons réussi à lui faire prendre du bromure de lithium, et cela a été efficace. Il dort mieux, c'est certain. J'aimerais pouvoir dire que son cas est exceptionnel mais, comme vous avez dû le remarquer, nous avons ici pas mal de types de son âge : dipsomanie, troubles nerveux, des hommes encore en état de choc… Tout cela fait partie intégrante du malaise de l'après-guerre, selon moi ; c'est toujours le même problème, à la base, même s'il a des conséquences différentes selon le tempérament du sujet. Si Rod n'avait pas été le jeune homme qu'il a été, né dans son milieu, il aurait pu se tourner vers le jeu ou vers les femmes – ou le suicide. Il apprécie toujours qu'on l'enferme dans sa chambre la nuit ; nous espérons le débarrasser de cela. Vous n'avez pas observé de grand changement chez lui, mais, ma foi », il parut embarrassé, « la raison pour laquelle j'ai demandé à vous parler, c'est que je pense que ces visites que vous lui rendez retardent son évolution. Il est toujours convaincu que sa famille court un danger quelconque ; il a le sentiment de devoir maîtriser ce danger, et cet effort l'épuise. Quand personne n'est là pour lui rappeler sa maison, c'est un tout autre homme, beaucoup plus vivant. Les infirmières comme moi l'avons observé, et nous sommes tous du même avis. »

Nous nous trouvions dans son bureau, pourvu d'une fenêtre donnant sur la cour de la clinique, et je voyais Mrs Ayres et Caroline retourner vers ma voiture, courbées et emmitouflées contre le froid. « Mon Dieu, ces visites coûtent aussi beaucoup à sa mère et à sa sœur, dis-je. Je peux tout à fait les dissuader de m'accompagner, si vous voulez, et venir seul. »

Il me tendit un coffret de cigarettes posé sur son bureau, m'en offrit une.

« Pour être franc, je pense que Rod préférerait que *personne* ne vienne pendant un moment. Vous éveillez trop fortement le passé pour lui. Et c'est à son avenir qu'il faut penser.

— Mais quand même, dis-je, la main suspendue au-dessus du coffret, je suis son médecin traitant. Et cela mis à part, lui et moi sommes bons amis.

— En réalité, Rod a clairement demandé que vous le laissiez tous en paix pendant un moment. Je suis navré. »

Je ne pris pas de cigarette, finalement. Je saluai le médecin et traversai à mon tour la cour pour rejoindre Mrs Ayres et Caroline et les ramener à la maison ; et au cours des semaines qui suivirent, si nous écrivîmes régulièrement à Roderick, qui nous répondait à l'occasion par des courriers moroses, aucune de ses lettres ne nous encouragea à lui rendre une nouvelle visite. À Hundreds, sa chambre aux murs fuligineux, au plafond noirci, fut simplement condamnée. Et comme Mrs Ayres, à présent, se réveillait souvent en toussant, haletante, au milieu de la nuit, réclamant un médicament ou un inhalateur, son ancienne chambre de garçon, juste au coin du palier, fut allouée à Betty.

« Il est beaucoup plus logique de la faire dormir là, près de nous, m'expliqua Mrs Ayres, la respiration sifflante. Et Dieu sait que cette fille le mérite ! Elle a toujours été présente et dévouée, au travers de tous ces drames. Et puis elle se sent trop seule, dans ce sous-sol. »

Betty, bien évidemment, fut ravie de ce changement. Mais je me surpris, moi, à en être quelque peu troublé et, jetant un coup d'œil dans la pièce peu de temps après qu'elle s'y fut installée, je me sentis encore plus déstabilisé. Les plans de la RAF, les trophées, les livres de jeune garçon avaient tous disparu, et les quelques modestes affaires de la jeune fille – les jupons et le bas reprisés, la brosse à cheveux de chez Woolworth et les épingles en vrac, les cartes postales sentimentales punaisées aux murs – suffisaient étrangement à la métamorphoser. Dès lors, toute la partie nord du Hall, que Caroline m'avait un jour décrite comme « le territoire des hommes », fut quasi désertée. Il m'arrivait de m'y aventurer, à l'occasion, et les pièces m'apparaissaient comme autant de membres morts, paralysés. Bientôt, ce fut, de manière presque surnaturelle, comme si Rod n'avait jamais été le maître des lieux – comme si, encore plus radicalement que ce pauvre Gyp avant lui, il avait disparu sans laisser de trace.

VIII

Roderick ayant quitté la scène, il apparut clairement que Hundreds entrait dans une nouvelle ère. D'un point de vue purement matériel, le changement s'opéra presque aussitôt, car les finances déjà plus que précaires du domaine pâtirent durement des frais de séjour à la clinique, et il fallut mettre en place des mesures d'économie drastiques pour y faire face. Par exemple, on éteignait à présent le générateur pendant des jours d'affilée, et me rendant au Hall, par ces soirées d'hiver, je trouvais souvent les lieux plongés dans l'obscurité presque totale. On laissait pour moi une vieille lanterne de cuivre sur une table, juste à la porte d'entrée, et je devais me guider ainsi au travers de la maison — je revois les murs imprégnés d'une odeur de fumée du couloir danser devant moi dans la douce lueur jaune, avant de replonger dans l'ombre après mon passage. Mrs Ayres et Caroline se tenaient ensemble dans le petit salon, lisant ou cousant ou écoutant la radio à piles à la lumière de bougies ou de lampes à pétrole. La faible clarté des flammes les obligeait à plisser les yeux, mais la pièce évoquait une sorte de cocon chaud et lumineux, en comparaison du noir d'encre qui régnait partout ailleurs. Quand elles sonnaient Betty, celle-ci apparaissait armée d'un chandelier démodé, les yeux écarquillés, semblable à un personnage de comptine.

Toutes trois se firent à ces conditions de vie avec une force d'âme saisissante. Betty était habituée aux lampes à pétrole et aux bougies ; elle n'avait connu que cela durant toute son enfance. Elle semblait également s'être habituée au Hall à présent, comme si tous ces drames avaient eu pour résultat de lui donner sa place dans la maison, alors même qu'ils en chassaient Roderick. Caroline prétendait aimer la pénombre, faisant remarquer que de toute façon cette maison n'avait pas été conçue pour l'éclairage électrique, et qu'on y vivait finalement comme on devait y vivre. Mais il me semblait percer la bravade derrière ce genre de réflexion, et je m'inquiétais terriblement de les voir, elle et sa mère, dans un tel dénuement. Mes visites s'étaient espacées au cours des dernières semaines, au moment où l'état de Rod était le plus problématique, mais je recommençai de me rendre au Hall une ou même deux fois par semaine, apportant souvent des petits cadeaux d'épicerie, ou du charbon, en prétendant parfois que ceux-ci m'avaient été offerts par un de mes patients. Noël approchait – une période toujours un peu étrange pour un célibataire comme moi. Il était question cette année-là que je le passe, comme cela m'était déjà arrivé, dans la famille d'un ancien collègue, du côté de Banbury. Mais Mrs Ayres fit un commentaire quelconque, et je compris qu'elle comptait sur ma présence, qu'elle tenait pour acquis que je passe le réveillon avec elles, à Hundreds ; touché, je présentai mes excuses à mes amis de Banbury, et Caroline, elle et moi fîmes un dîner tranquille autour de la longue table d'acajou, dans la salle à manger glaciale et pleine de courants d'air – nous servant nous-mêmes car Betty, pour une fois, passait la journée et la nuit chez ses parents.

Mais l'absence de Roderick produisit un autre effet. Ainsi réunis, je pense qu'aucun de nous n'aurait pu ne pas se souvenir de la dernière fois où nous nous étions retrouvés là, quelques heures avant l'incendie, Rod lui-même faisant planer sur le dîner une atmosphère lourde d'hostilité. En d'autres termes, je pense qu'aucun d'entre nous n'aurait pu ne pas ressentir un soulagement coupable, d'être ainsi débarrassé de cette lourdeur, de cette ombre. Il est évident que Rod manquait terriblement à sa mère et à sa sœur, ce n'était pas à mettre en doute. Le Hall semblait quelquefois affreusement silencieux et privé de vie, abritant uniquement ces trois femmes discrètes. Mais l'ambiance y était aussi incomparablement moins tendue. Et d'un point de vue strictement pratique, financier, malgré l'obsession de Rod quant à la gestion de la propriété, le fait qu'il ne soit plus là pour s'en occuper semblait – ainsi que Caroline, je m'en souvenais, l'avait un jour prédit – ne quasi rien changer, de manière fort étonnante. Le domaine continuait de tenir le coup, tant bien que mal. Et peut-être même plutôt bien que mal, finalement. Ayant écrit aux banquiers et aux agents de change afin qu'ils lui envoient des copies des divers rapports comptables qui avaient brûlé dans l'incendie, Caroline avait découvert quel point catastrophique les finances de la famille avaient atteint. Après une longue et franche conversation avec sa mère, elles avaient décidé d'un commun accord de mettre en place ces nouvelles économies de combustible et de lumière. Elle ratissait la maison sans merci, cherchant quoi que ce soit qui puisse se vendre, et bientôt des tableaux, des livres, des meubles jusqu'alors gardés par sentimentalisme, alors que l'on se séparait d'objets moins précieux, se retrouvèrent dans les salles des ventes de Birmingham. De manière peut-être plus significative encore, elle reprit en main les négociations avec le conseil municipal en vue de la vente d'une partie du parc. Le marché fut conclu pour le Nouvel An, et à peine deux ou trois jours plus tard, pénétrant dans la propriété par la grille ouest, je fus consterné en voyant Babb, le promoteur, parcourir les lieux avec des géomètres, s'employant déjà à jalonner le terrain constructible. Les travaux de creusement commencèrent peu après, et bientôt les premières buses et fondations étaient en place. Du jour au lendemain, sembla-t-il, une partie du mur d'enceinte de Hundreds tomba, et depuis la route qui longeait la brèche on avait une vue directe sur le Hall, au travers du parc. La maison me parut plus lointaine, et en même temps plus étrangement vulnérable qu'elle ne l'avait jamais semblé derrière son mur intact.

De toute évidence, Caroline partageait cette impression. « Maman et moi nous sentons affreusement exposées, me dit-elle un jour, à la mi-janvier. C'est comme si nous étions sans cesse en sous-vêtements, comme dans un mauvais rêve. Mais bon, nous avons pris une décision, et c'est comme ça. Nous avons eu des nouvelles du Dr Warren, ce matin, savez-vous, et Rod ne va pas mieux ; d'après ce que j'ai compris, son état a même empiré. En réalité, personne ne peut dire quand il sera en assez bonne forme pour revenir à la maison. L'argent de la vente nous permettra de tenir tout l'hiver, et au printemps l'adduction d'eau ira jusqu'à la ferme. Ce qui changera tout, d'après Makins. »

Elle se frotta les yeux, et ses paupières se plissèrent. « Oh, je ne sais pas. Tout est tellement incertain. Quant à tout cela… ! » Nous nous trouvions dans le petit salon, attendant que sa mère descende, et d'un geste las, un geste sans espoir, elle désigna la table à écrire de Mrs Ayres qu'elle utilisait pour rédiger ses courriers concernant la propriété, et qui était couverte de lettres et de plans. « Je vous jure que c'est pire que du chiendent. Ça rampe de partout, ça n'arrête pas. À chaque courrier que j'adresse au conseil municipal, ils en veulent deux copies supplémentaires. Je commence à *rêver* en triple exemplaire !

— On croirait entendre votre frère », dis-je d'un ton d'avertissement.

Elle parut saisie. « Ne dites pas cela ! Pauvre Roddie. Je comprends mieux à présent pourquoi toutes ces affaires le dévoraient littéralement. C'est comme au jeu : c'est toujours à la prochaine donne que la chance va tourner. Cela dit… » Relevant le poignet de son pull-over, elle me tendit son avant-bras nu. « Pincez-moi si vous me surprenez encore une fois à parler comme lui. D'accord ? »

Je pris son poignet et, au lieu de le pincer, le secouai doucement, car il n'y avait pas assez de chair pour pouvoir pincer quoi que ce fût ; son bras hâlé, constellé de taches de rousseur, était mince comme celui d'un jeune garçon, et sa jolie main en paraissait plus grande, mais également plus féminine. En sentant le petit os du poignet rouler doucement sous ma paume, tandis qu'elle se dégageait, j'eus un petit élan envers elle. Elle croisa mon regard et sourit, mais je maintenais fermement le bout de ses doigts. « Faites attention, Caroline, n'est-ce pas ? dis-je d'un ton plus grave. Ne prenez pas trop de choses sur vous. Ou alors laissez-moi vous aider. »

Elle dégagea ses doigts, gênée, croisa les bras.

« Vous nous aidez bien assez comme ça. Pour être honnête, je ne sais pas comment nous nous en serions sortis sans vous, ces derniers mois. Vous connaissez tous nos secrets. Vous et Betty. Quelle étrange idée ! Mais en même temps, c'est votre métier, de connaître les secrets de gens, je suppose. Et le sien aussi, d'une certaine manière.

— J'espère être votre ami, et pas seulement votre médecin.

— Oh, mais vous l'êtes », répondit-elle de façon automatique. Puis elle réfléchit un instant et le répéta, avec plus de chaleur, plus de conviction : « Vous l'êtes. Encore que Dieu seul sache *pourquoi* vous êtes notre ami, puisque nous n'avons fait que vous apporter des soucis, et vous avez déjà vos patients pour cela. Vous n'en avez pas assez, quelque fois ?

— Je tiens beaucoup à mes soucis, dis-je commençant de sourire.

— Ils font marcher les affaires.

— Certains, oui, tout à fait. Il y en a d'autres aussi, que j'aime pour eux-mêmes. Mais ce sont ceux pour lesquels j'ai tendance à m'inquiéter. Et je m'inquiète pour vous. »

J'avais légèrement insisté sur le « vous », et elle se mit à rire, puis sembla de nouveau surprise.

« Mais pourquoi, grands dieux ? Je vais bien. Je vais toujours bien. Aller bien, c'est mon "truc" – vous l'ignoriez ?

— Mmmm. Je serais plus convaincu par ces propos si vous aviez l'air moins fatiguée en les tenant. Pourquoi au moins ne pas… »

Elle inclina la tête. « Ne pas quoi… ? »

Cela faisait des semaines que j'avais l'intention de lui en parler, mais je n'avais jamais trouvé le moment adéquat. « Eh bien, pourquoi ne pas reprendre un chien ? » fis-je d'une voix un peu précipitée.

Elle changea aussitôt d'expression, son visage se ferma. Elle se détourna. « Je ne veux pas.

— J'étais à Pease Hill Farm, lundi. Leur retriever attend des petits, c'est une très belle chienne. » Puis, voyant sa résistance, j'ajoutai doucement : « Personne ne penserait que vous remplacez Gyp. »

Elle secoua la tête. « Ce n'est pas ça. C'est... ce ne serait pas sûr. »

Je la fixai. « Pas sûr ? Vous voulez dire, pour vous ? Pour votre mère ? Ce qui est arrivé à Gillian ne doit pas vous...

— Ce n'est pas ce que je veux dire, coupa-t-elle. Pour le chien, ajouta-t-elle d'une voix réticente.

— Pour le chien !

— Je suis sans doute idiote. » Elle s'était à demi détournée. « Simplement, quelquefois, je ne peux pas m'empêcher de penser à Roddie, et à tout ce qu'il a dit à propos de cette maison. Nous l'avons enfermé dans cette clinique, n'est-ce pas ? Nous l'avons éloigné, parce que c'était plus facile que d'écouter réellement ce qu'il disait. J'en suis venue à le haïr, vous savez, au cours des dernières semaines. Mais imaginez que ce soit notre haine, ou le fait que nous ne l'écoutions pas, qui l'ai mis dans cet état ? Imaginez que... »

Elle avait abaissé les poignets de son pull-over, qui lui couvraient les phalanges. Elle les tiraillait à présent, ses doigts fébriles triturant et écartant les mailles jusqu'à ce que ses pouces aient trouvé un trou par lequel traverser la laine. « Parfois, cette maison me semble *réellement* avoir changé, vous savez. Je ne sais pas si c'est moi qui ai fini par ressentir cela, ou si c'est elle qui me regarde différemment, ou... » Elle surprit mon regard, changea de ton. « Vous devez penser que je suis folle.

— Jamais je ne pourrai penser que vous êtes folle, dis-je après un instant. Mais je vois à quel point la maison, la ferme, l'état dans lequel tout cela se trouve peuvent vous déprimer.

— Me déprimer, répéta-t-elle, triturant toujours ses poignets. Vous pensez que ce n'est que cela.

— Je le sais. Une fois le printemps arrivé, et Roderick rétabli, et la propriété remise sur pied, vous verrez les choses de manière totalement différente. J'en suis certain.

— Et vous pensez réellement que cela vaut la peine de... de continuer à se battre, pour Hundreds ? »

La question me choqua. « Mais bien sûr ! Pas vous ? »

Elle ne répondit pas ; bientôt, la porte du petit salon s'ouvrait, et sa mère apparut, sa présence annulant toute possibilité de poursuivre cette conversation. Mrs Ayres entra en toussant, et Caroline et moi l'aidâmes à s'installer dans son fauteuil. « Merci, c'est parfait, dit-elle, me prenant le bras. Je suis tout à fait bien. Mais je me suis allongée une heure, et c'est une sottise à ne pas faire en ce moment, maintenant j'ai l'impression d'avoir des tonnes de boue au fond des poumons. »

Elle toussa de nouveau dans son mouchoir, puis s'essuya les yeux. Plusieurs châles lui entouraient les épaules, et elle avait coiffé sa mantille de dentelle. Elle était pâle, délicate comme quelque fleur à la tige fragile : tous les soucis de ces dernières semaines l'avaient fait vieillir, la fumée avait un peu altéré ses poumons, et elle souffrait à présent d'une légère bronchite chronique. Même le court trajet depuis sa chambre, dans la maison glacée, l'épuisait. Sa toux se calma, mais sa respiration demeurait sifflante.

« Comment allez-vous, docteur ? Caroline vous a-t-elle dit que nous avions eu des nouvelles du Dr Warren ? » Elle secoua la tête, les lèvres pincées. « De mauvaises nouvelles, j'en ai bien peur.

— Oui. Je suis désolé. »

Nous en parlâmes un moment tous trois, avant d'en revenir à cet autre sujet d'actualité, tout aussi déprimant : le chantier en cours. Mais bientôt la voix vint à manquer à Mrs Ayres, et Caroline et moi poursuivîmes la conversation plus ou moins seuls : elle demeura un moment assise à nous écouter, comme frustrée par son propre silence, ses mains baguées reposant dans son giron. Finalement, comme nous continuions, elle ramassa ses châles autour d'elle, se dirigea vers sa table à écrire et se mit à fouiller dans les papiers.

Caroline la suivit du regard.

« Que cherchez-vous, Maman ? »

Mrs Ayres scrutait l'intérieur d'une enveloppe, comme si elle n'avait pas entendu. « Quelle absurdité, cette Administration ! » Sa voix était fragile comme une toile d'araignée à présent. « Le gouvernement ne parle-t-il pas du rationnement de papier ?

— Oui, je sais. C'est pénible. Mais que cherchez-vous ?

— La dernière lettre de ta tante Cissie. J'aimerais la montrer au Dr Faraday.

— Ma foi, je crains qu'elle ne soit plus là, répondit Caroline en se levant. J'ai dû la déplacer. Revenez vous asseoir, je vais la chercher. »

Elle se dirigea vers une commode, prit la lettre dans un des tiroirs, la tendit à sa mère. Mrs Ayres la saisit et revint vers son fauteuil, un de ses châles espagnols glissant de ses épaules, ses longues franges commençant de balayer le sol. Elle mit un certain temps à s'installer avant d'ouvrir la lettre. Puis elle s'aperçut qu'elle ne savait plus où elle avait posé ses lunettes de lecture.

« Oh, juste ciel, il ne manquait plus que ça », murmura-t-elle, fermant les yeux d'agacement.

Elle se mit à chercher autour d'elle. Au bout d'un moment, Caroline et moi fîmes de même.

« Bien, où les aviez-vous, la dernière fois ? demanda Caroline en soulevant un coussin.

— Ici même, dans cette pièce. J'en suis certaine. Je les avais en main quand Betty a apporté la lettre du Dr Warren, ce matin. Tu ne les as pas déplacées ? »

Caroline fronça les sourcils. « Je ne les ai même pas vues.

— Eh bien, quelqu'un a dû les changer de place. Oh, je vous prie de m'excuser, docteur. Tout ceci est affreusement ennuyeux pour vous. »

Nous passâmes cinq minutes d'horloge à fouiller la pièce, remuant les papiers et ouvrant les tiroirs, regardant sous les chaises, etc. ; tout cela sans le moindre succès. Finalement, Caroline sonna Betty – bien que sa mère ne cessât de protester que c'était inutile, car elle se souvenait parfaitement où elle avait mis ses lunettes pour la dernière fois, et c'était ici même, dans le petit salon – et l'envoya chercher à l'étage.

Betty réapparut presque aussitôt, ayant trouvé la paire de lunettes posée sur un oreiller, sur le lit de sa maîtresse.

Elle les lui tendit d'un air d'excuse. Mrs Ayres les regarda une seconde, figée, puis les prit des mains de la jeune fille, détournant la tête en un mouvement de dégoût.

« Voilà ce que c'est d'être vieille, Betty », dit-elle.

Caroline se mit à rire. D'un rire quelque peu forcé, me sembla-t-il. « Ne soyez pas sotte, Maman !

— Non, réellement. Tu sais, je ne serais pas étonnée de finir comme Tante Dodo, la tante de mon père. Elle égarait si souvent les choses qu'un de ses fils lui avait offert un petit singe indien. Il avait un panier accroché sur le dos, dans lequel elle rangeait ses ciseaux et ses dés, etc., et elle le promenait avec un ruban.

— Eh bien, je suis sûre que l'on doit pouvoir vous trouver un singe, si vous en voulez un.

— Oh, plus personne ne ferait une chose pareille, de nos jours, dit Mrs Ayres en chaussant ses lunettes. Une quelconque association pousserait des hauts cris, ou bien Mr Gandhi s'y opposerait. Aujourd'hui, les singes ont probablement le droit de vote, en Inde. Merci, Betty. »

La crise d'enrouement était passée, et elle avait presque retrouvé sa voix normale. Elle déplia la feuille de papier, trouva le passage qu'elle recherchait et nous le lut à voix haute. Il se révéla être un conseil que lui transmettait sa sœur, émanant d'un parlementaire conservateur très concerné par le démembrement des anciennes propriétés ; en fait, il ne faisait que confirmer ce que nous savions déjà : il n'y aurait que sanctions et restrictions pour les propriétaires terriens tant que le gouvernement actuel serait au pouvoir, et le mieux que la gentry puisse faire était de « serrer les dents et se serrer la ceinture » jusqu'aux prochaines élections.

« Ma foi, dit Caroline, une fois la lecture achevée, c'est très bien pour ceux qui ont une ceinture, mais pour ceux qui n'ont même plus de boucle ? Si l'on pouvait faire de son domaine une sorte de *bois dormant* en attendant qu'avec un peu de chance un gouvernement conservateur se présente comme le prince charmant dans quelques années, ce serait parfait. Mais si nous attendons sans rien faire pour Hundreds, ne fût-ce qu'un an, nous coulons. Je regrette presque que le conseil municipal ne veuille pas nous acheter plus de terres. Avec cinquante maisons supplémentaires, nous parviendrions peut-être tout juste à payer toutes nos dettes… »

Nous continuâmes à discuter ainsi, dans une ambiance quelque peu morose, jusqu'à ce que Betty apporte le thé, sur quoi le silence se fit, chacun de nous perdu dans ses pensées. Mrs Ayres manquait encore parfois de souffle, soupirant de temps à autre ou toussant dans son mouchoir. Caroline ne cessait de jeter des regards à la table à écrire, ruminant probablement les difficultés qui accablaient la propriété. Assis avec ma tasse de porcelaine à la main, légère et chaude entre mes doigts, je me surpris, je ne sais pourquoi, à laisser mon regard errer dans la pièce tout en me remémorant ma première visite en ce lieu. Je revoyais ce pauvre Gyp, vautré sur le parquet comme un vieillard courbé par l'âge, tandis que Caroline caressait machinalement son ventre de ses orteils nus. Je revoyais Rod se pencher pour ramasser l'écharpe de sa mère. *Ma mère est un jeu de piste à elle seule...* À présent, Gyp et lui avaient tous deux disparu. La porte-fenêtre, alors grande ouverte, était maintenant close sur le froid du dehors ; un parevent bas avait été vissé devant elle pour empêcher le plus gros des courants d'air de passer, et il masquait également en partie la lumière du jour. L'odeur âcre de l'incendie planait encore dans l'air ; les moulures de plâtre aux murs étaient pleines de coins d'ombres d'aspect graisseux, là où la suie s'était déposée, portée par l'appel d'air. Régnait aussi un vague relent de laine mouillée, car quelques vêtements de Caroline, trempés par la pluie, avaient été mis à sécher devant l'âtre, sur un vieux séchoir pliant. Je n'imaginais pas Mrs Ayres, six mois auparavant, laissant cette pièce servir de buanderie. Puis je visualisai cette femme élégante et bronzée qui était arrivée du jardin, avec ces chaussures si étonnantes, en ce jour de juillet ; et je la regardai aujourd'hui, toussant et soupirant dans ses châles hétéroclites, et me rendis compte à quel point elle avait changé, elle aussi.

Je jetai un coup d'œil vers Caroline et la vis observer sa mère avec un visage anxieux, comme si elle pensait la même chose que moi. Nos regards se croisèrent, et elle cligna des paupières.

« Comme nous sommes donc sinistres, aujourd'hui ! » s'exclama-t-elle, finissant son thé avant de se lever. Elle alla à une fenêtre et demeura immobile, regardant au-dehors, les bras croisés contre le froid, le visage levé vers le ciel gris. « La pluie se calme, c'est déjà ça. Je crois que je vais descendre jusqu'au chantier avant qu'il ne fasse noir... Oh, j'y vais tous les jours, ajouta-t-elle comme, se détournant, elle surprenait mon regard étonné. Babb m'a donné une copie des plans, et je vais voir comment cela avance. Lui et moi sommes de grands amis, à présent.

— Je croyais que vous vouliez qu'il monte une clôture tout autour ?

— Au début, oui. Mais il y a quelque chose d'horriblement fascinant à voir tout cela. C'est comme une sorte d'affreuse blessure : on ne peut pas s'empêcher de soulever le bandage. » Quittant la fenêtre, elle alla prendre son manteau, son chapeau et son écharpe sur le séchoir. « Accompagnez-moi, si vous voulez, me dit-elle d'un ton négligent en commençant de s'habiller. Si vous avez le temps. »

J'en avais en effet le temps, car le nombre de mes patients était limité ce jour-là. Mais je m'étais couché tard la veille, je m'étais réveillé tôt et je sentais soudain le poids des ans ; l'idée de crapahuter au travers du parc, dans le froid et l'humidité, ne me séduisait guère. Pas plus que je ne trouvais très gracieuse la suggestion que me faisait Caroline de laisser sa mère toute seule. Toutefois, comme je la regardais, perplexe, Mrs Ayres dit : « Mais oui, allez-y, docteur. J'aimerais beaucoup avoir l'avis d'un homme sur les travaux. » Après cela, je pouvais difficilement refuser. Caroline sonna de nouveau Betty, qui m'apporta mes affaires. Nous alimentâmes le feu dans la cheminée et nous assurâmes que Mrs Ayres avait bien tout ce dont elle avait besoin. Pour gagner du temps, nous sortîmes de la maison directement par le petit salon, en enjambant l'écran bas installé en travers de la porte-fenêtre, puis descendîmes l'escalier de pierre pour traverser la pelouse sud. L'herbe mouillée collait à nos chaussures, et mon revers de pantalon fut aussitôt trempé et les bas de Caroline tout auréolés. Là où le sol était gorgé d'eau, nous marchions sur la pointe des pieds, en nous tenant maladroitement par la main, avant de nous séparer quand nous atteignions un endroit plus sec ou un chemin de gravier traversant la grande pelouse jusqu'au chantier à ciel ouvert, au-delà des limites du parc.

Là, le vent était aussi palpable qu'un lourd rideau de velours, et nous dûmes presque nous battre pour avancer. Mais nous allions au rythme de Caroline, visiblement heureuse d'être hors de la maison, et j'arrivais tout juste à suivre le pas de ses jambes robustes. Elle avait enfoncé les mains au fond de ses poches et son manteau, ainsi tendu, faisait ressortir les courbes de ses hanches et de sa poitrine. Le vent piquant avait rosi ses joues ; ses cheveux, qu'elle avait fourrés n'importe comment sous un chapeau de laine assez effroyable, s'échappaient ici et là en mèches folles que les coups de vent fouettaient éperdument. Toutefois, elle ne semblait pas du tout hors d'haleine. Contrairement à sa mère, elle s'était promptement débarrassée des effets nocifs de l'incendie, et son visage ne portait plus trace de la fatigue que j'y lisais quelques minutes auparavant. Somme toute, il y avait chez elle quelque chose de sain, de puissant, d'aisé – comme si elle ne pouvait pas plus s'empêcher d'être solide, me dis-je avec une pointe d'admiration, qu'une beauté ne pouvait s'empêcher d'être belle.

Son plaisir à marcher était contagieux. Je commençai à me réchauffer, et finalement à goûter l'assaut des bourrasques glacées. C'était une chose inédite, aussi, que de me trouver dans le parc à pied, au lieu de le traverser en voiture, car le terrain que je voyais par la fenêtre de l'auto comme une nappe verte uniforme paraissait très différent de près : nous foulions des petites flaques de perce-neige courbant leur tige dans l'herbe agitée, et ici et là, quand l'herbe se faisait plus rare, des petits boutons de crocus, bien serrés, pointaient déjà hors de terre, comme avides d'air et de soleil. Cependant, nous ne cessions d'apercevoir devant nous, à la lisière du parc, la brèche dans le mur d'enceinte et, devant, ce vaste espace de sol boueux sur lequel allaient et venaient six ou sept hommes armés de pelles et de brouettes. Au fur et à mesure que nous approchions, et que je distinguais mieux les détails, je commençai à prendre la véritable mesure du chantier. La si charmante pelouse aux couleuvres avait totalement disparu, et pour toujours. À la place, un espace d'au moins cent mètres de longueur avait été dénudé et aplani, et la terre durcie par le rouleau compresseur était déjà morcelée, divisée en parcelles par des poteaux, des tranchées et des amorces de mur.

Caroline et moi nous approchâmes d'une des tranchées. Elle attendait encore d'être comblée et, comme nous nous tenions au bord, je vis avec consternation que le déblai utilisé pour la fondation des nouvelles maisons était essentiellement composé des pierres brisées de l'ancien mur d'enceinte.

« Quel gâchis ! fis-je.

— Je sais, répondit Caroline d'une voix tranquille. C'est abominable, n'est-ce pas ? Bien sûr, les gens ont besoin de maisons et tout ça. Mais c'est comme si on broyait Hundreds – comme si on l'avalait pour le recracher en sales petits morceaux. »

Sa voix avait baissé d'un ton sur les derniers mots. Maurice Babb en personne se tenait en lisière du chantier, en train de parler à son contremaître, appuyé à la portière ouverte de sa voiture. En nous apercevant, il se dirigea vers nous d'une démarche nonchalante. C'était un homme d'une cinquantaine d'années, petit, avec une poitrine bombée de coq : vantard de tempérament, mais malin ; un bon homme d'affaires. Comme moi, il venait d'un milieu populaire et s'était fait sa place au soleil – et cela, ainsi qu'il me l'avait rappelé une ou deux fois au cours des années, sans aucune aide, de personne. Il souleva son chapeau à l'intention de Caroline et me serra la main. La sienne était chaude malgré le froid qui régnait, et ses doigts épais, un peu boudinés, évoquaient des saucisses à demi cuites.

« Je savais que vous alliez passer, Miss Ayres, dit-il d'une voix aimable. Mes hommes disaient que la pluie vous empêcherait de venir, mais moi je leur ai dit, Miss Ayres, ce n'est pas le genre de dame qui va se laisser décourager par deux gouttes. D'ailleurs vous voilà. Vous venez inspecter les travaux, comme toujours ? Vous savez, docteur, Miss Ayres ferait rougir mon chef de chantier.

— Je vous crois volontiers », dis-je avec un sourire.

Caroline rougit imperceptiblement. Une mèche de cheveux vint se coller à sa bouche, et elle s'en débarrassa pour dire, quoique de manière pas très convaincante : « Le Dr Faraday se demandait comment avançaient les choses, Mr Babb. Je l'ai amené pour qu'il voie où vous en êtes.

— Eh bien, je suis ravi de le lui montrer ! Et d'autant plus qu'il est médecin. Mr Wilson, l'inspecteur de l'hygiène, est passé la semaine dernière. Il a dit qu'il ne pouvait y avoir meilleur endroit en termes de qualité d'air et de drainage du sol, et je pense que vous serez du même avis. Vous voyez comment le terrain est disposé ? » Il fit un grand geste de son bras court et dodu. « On va avoir six maisons là, et ensuite un vide au niveau du virage ; et là-bas, six autres. Des maisons mitoyennes, par deux. En brique rouge, vous noterez bien… » Il désigna les ternes, grossières briques mécaniques à nos pieds, « pour aller avec le Hall. Un beau petit lotissement ! Tenez, venez par là, si vous voulez bien, je vais vous faire visiter. Attention aux cordes, Miss Ayres. »

Il lui tendit sa main boudinée. Caroline n'en avait pas besoin – elle mesurait bon nombre de centimètres de plus que lui – mais se laissa obligeamment aider à enjamber la tranchée, sur quoi nous nous dirigeâmes vers un endroit du chantier où les travaux étaient plus avancés. Il nous expliqua encore l'emplacement de chaque maison par rapport aux maisons voisines, puis, l'enthousiasme s'emparant de lui, nous fit pénétrer dans un des espaces déjà délimités et nous décrivit les pièces les unes après les autres : la « salle de séjour », la cuisine équipée avec sa gazinière et ses prises électriques, la salle de bains avec baignoire encastrée… L'ensemble m'apparut à peine plus grand qu'un ring de boxe, mais apparemment deux ou trois personnes étaient déjà venues pour demander comment on pouvait s'inscrire pour avoir un logement. Lui-même, nous dit-il, s'était vu proposer de l'argent et « autant de cigarettes et de viande qu'il voudrait », s'il pouvait « donner un petit coup de pouce ».

« Je leur ai dit, mais je ne peux rien faire, moi ! C'est à la mairie qu'il faut vous adresser ! » Il baissa la voix. « Cela dit, et entre nous, n'est-ce pas, ils peuvent bien aller les supplier à genoux, à la mairie : la liste est déjà complète depuis six mois. Mon frère Dougie et sa femme se sont inscrits pour avoir une maison, et j'espère bien qu'ils en auront une, parce que vous savez où ils vivent pour l'instant, Miss Ayres ? Dans deux pièces à Southam, avec la belle-mère. Ça ne peut pas durer comme ça. Une comme celles-ci, ce serait parfait pour eux. Avec un bout de jardin derrière, vous voyez, avec une allée et une barrière en chaîne. Et le bus depuis Lidcote va venir jusqu'ici – vous êtes au courant, docteur ? Il passera par Barn Bridge Road. C'est prévu en juin, je crois. »

Il continua ainsi pendant un bon moment, jusqu'à ce que son chef de chantier l'appelle, sur quoi il présenta ses hommages, me tendit de nouveau ses cinq saucisses et nous laissa. Caroline s'éloigna pour regarder un ouvrier travailler, tandis que je demeurais dans l'espace quadrillé au sol de ciment, plus ou moins devant la future fenêtre de la cuisine, je suppose, le regard fixé sur le Hall, au fond du parc. Il était parfaitement visible au loin, surtout en cette saison, avec les arbres dénudés ; je me rendis compte qu'il serait encore plus nettement visible du premier étage de cette maison. Je voyais aussi très bien que les barrières de fil de fer tendues à l'arrière du lotissement n'empêcheraient nullement les enfants des vingt-quatre familles d'envahir le parc…

Je rejoignis Caroline au bord de la dalle de ciment, et nous bavardâmes une minute avec l'homme qu'elle regardait travailler. Je le connaissais fort bien ; en fait, c'était plus ou moins un cousin à moi, du côté de ma mère. Nous avions partagé le même bureau à l'école communale, deux salles de classe, où j'allais quand j'étais enfant ; nous étions bons copains, à cette époque. Plus tard, quand j'étais entré à Leamington College, l'amitié s'était aigrie, et pendant un certain temps lui et son frère aîné Coddy m'avaient quelque peu persécuté – m'attendant dissimulés avec des graviers plein les mains quand je rentrais à bicyclette, en fin d'après-midi. Mais c'était il y a bien longtemps. Depuis, il s'était marié, deux fois. Sa première épouse et son enfant étaient morts, mais il avait deux grands fils qui venaient de s'installer à Coventry. Caroline lui demanda comment ils s'en sortaient, et il nous répondit, avec ce lourd accent du War- wickshire dont j'avais toujours peine à croire qu'il avait aussi un jour été le mien, qu'ils étaient entrés directement à l'usine, et qu'à eux deux ils rapportaient à la maison plus de leurs vingt livres hebdo- madaires. J'aurais dû être content d'entendre cela ; et c'était probablement plus, me dis-je, que les Ayres ne devaient avoir pour vivre par mois. Toutefois, l'homme avait ôté sa casquette pour parler à Caroline – et il me jeta un regard comme intimidé, assorti d'un curieux hochement de tête, tandis que nous nous éloignions. Je savais que, même après tout ce temps, cela lui faisait toujours bizarre de m'appeler « Docteur », mais il était tout aussi hors de question pour lui d'utiliser mon prénom ou de me donner du « Monsieur ».

« Au revoir, Tom », fis-je du ton le plus naturel possible. Et Caroline ajouta, avec une chaleur sincère : « À bientôt, Pritchett. Ça m'a fait plaisir de bavarder avec vous. Je suis heureuse que vos garçons s'en sortent si bien. »

J'aurais soudain souhaité, sans trop savoir pourquoi, qu'elle ne portât pas ce chapeau ridicule. Nous commençâmes de rentrer vers le Hall, et je sentis que Pritchett s'interrompait dans son travail pour nous observer, et peut-être pour échanger un clin d'œil avec un de ses collègues.

Nous traversâmes la pelouse, suivant à rebours la trace plus sombre de nos pas dans l'herbe, tous deux pensifs après cette excursion. Quand elle reprit la parole, ce fut d'un ton animé, mais sans croiser mon regard.

« C'est un personnage, ce Babb, n'est-ce pas ? Et les maisons promettent vraiment d'être magnifiques. Tout à fait ce qu'il faudrait à vos patients les plus démunis, je suppose.

— Tout à fait. Plus d'humidité, plus de plafonds trop bas. Excellentes conditions sanitaires. Des chambres séparées pour les garçons et les filles.

— Un bon départ pour les enfants, comme on dit. Et merveilleux pour Dougie Babb, si cela veut dire qu'il échappera enfin à son affreuse belle-mère... En fait, docteur... » Elle se tourna enfin vers moi, puis jeta un regard chagrin par-dessus son épaule. « J'aimerais mieux m'installer dans notre vieille étable que vivre dans une petite boîte en brique comme celles-ci, avec salle de séjour et cuisine équipée. » Elle se pencha pour ramasser un rameau que le vent avait projeté au milieu du parc, et se mit à balayer l'herbe avec. « Mais d'ailleurs, *qu'est-ce* qu'une cuisine équipée ?

— Il n'y a plus de vilains espaces vides entre les appareils, dis-je. Et plus de recoins bizarres.

— Et plus aucun caractère, j'imagine. Où est le problème, avec les vides et les recoins ? À quoi ressemblerait la vie, sans ces choses-là ?

— Ma foi », dis-je, revoyant certains foyers parmi les plus sordides que je visitais au cours de mes tournées, « il arrive qu'on en ait plus qu'il n'en faut. Ma mère aurait été heureuse de vivre dans une maison comme ça, ajoutai-je, comme l'idée me venait soudain. Et si j'avais été un garçon différent, peut-être y vivrait-elle à présent, avec mon père. »

Caroline me jeta un coup d'œil. « Que voulez-vous dire ? »

Je lui racontai brièvement la manière dont mes parents avaient dû lutter pour simplement compléter les bourses et les aides qui m'avaient permis d'entrer à Leamington College, puis à la faculté de médecine : les dettes qu'ils avaient contractées, les économies de disette qu'ils avaient faites, les heures supplémentaires de mon père, ma mère se mettant à la couture et à la blanchisserie, alors qu'elle était à peine assez forte pour porter les paquets de linge mouillé de la lessiveuse à la bassine.

J'entendais la colère monter dans ma voix, sans pouvoir l'arrêter. « Ils ont sacrifié tout ce qu'ils avaient pour faire de moi un médecin, et je ne me suis même pas rendu compte que ma mère était malade. Ils ont dépensé une petite fortune pour mon éducation, et tout ce que j'ai appris, c'est que ma façon de parler n'allait pas, mes vêtements n'allaient pas, mes manières de table n'allaient pas – rien n'allait. En fait, j'ai appris à avoir honte d'eux. Jamais je n'invitais de camarade à passer me prendre à la maison. Un jour, ils sont venus à une réunion, à l'école ; j'avais reçu un prix de science. Ce que j'ai lu sur le visage des autres garçons disait tout. Je ne leur ai jamais plus proposé de venir. Une fois, devant un de ses clients, j'ai traité mon père de pauvre... »

Je m'interrompis. Elle resta un moment silencieuse, puis, d'une voix aussi douce que le vacarme des rafales le lui autorisait : « Mais eux ont dû être extrêmement fiers de vous. »

Je haussai les épaules. « Peut-être. Mais la fierté, ça ne remplace pas le bonheur, n'est-ce pas ? En réalité, cela aurait été bien mieux pour eux si j'avais été comme mes cousins – comme Tom Pritchett, là-bas. Et peut-être pour *moi* aussi. »

Je la vis froncer les sourcils. Elle se remit à balayer le sol avec la branche. « Tout ce temps, dit-elle sans me regarder, je n'ai cessé de penser que vous deviez un peu nous haïr, ma mère, mon frère et moi.

— Vous haïr ? répétai-je, stupéfait.

— Oui, par rapport à vos parents. Mais là, on dirait presque que... enfin, que vous vous haïssez vous-même. »

Je ne répondis rien, et nous continuâmes de marcher en silence, soudain assez mal à l'aise. Voyant que le jour n'allait pas tarder à se coucher, nous accélérâmes l'allure. Bientôt, nous quittâmes nos propres traces pour chercher un chemin plus au sec et suivîmes un autre trajet vers la maison, arrivant à un endroit où le mur du jardin laissait place à une ancienne dépendance aux flancs effondrés et envahis par les herbes, et dont je demandai s'il s'agissait de toilettes. Ce qui fit sourire Caroline et nous arracha à nos sombres pensées. Traversant non sans peine la tranchée encombrée de ronces, nous nous trouvâmes devant une pelouse gorgée d'eau et, comme auparavant, dûmes traverser maladroitement, sur la pointe des pieds. Mes chaussures de ville n'étaient pas faites pour ce genre d'exercice, et à un moment je manquai de faire le grand écart. Elle éclata de rire, le sang lui remontant à la gorge et jusqu'à ses joues déjà roses, les faisant comme rayonner.

Nous contournâmes la maison pour entrer par la porte du jardin, à cause de nos semelles boueuses. Le Hall, comme toujours à présent, n'étais pas éclairé, et bien que ce fût une journée grise, s'en approcher était comme de pénétrer dans une zone d'ombre, comme si ses murs mêmes, ses fenêtres obstruées, absorbaient la toute dernière clarté de l'après-midi. Ayant essuyé ses chaussures sur le paillasson bien rude, elle fit une pause, levant les yeux, et je fus navré de voir réapparaître sur son visage les traces de fatigue, la peau si fine autour de ses yeux gonflée comme la surface du lait qui chauffe.

« Les journées sont encore courtes, dit-elle en observant la maison. Je déteste ces journées d'hiver, pas vous ? Elles rendent les choses pénibles encore plus pénibles. J'aimerais tellement que Roddie soit là. Parce que juste ma mère et moi, toutes seules… » Elle baissa les yeux. « Mon Dieu, Maman est adorable, bien sûr. Et ce n'est pas sa faute si elle est en mauvaise santé. Mais je ne sais pas, quelquefois, j'ai l'impression qu'elle devient chaque jour un peu plus bizarre, et j'ai bien peur de ne pas toujours faire preuve de patience. Avec Rod, nous nous amusions. De bêtises, n'est-ce pas. Je veux dire, avant qu'il ne tombe malade.

— Il sera de retour d'ici peu, dis-je doucement.

— Vous le pensez réellement ? Je voudrais tellement qu'on puisse le voir. C'est tellement contre nature de penser à lui là-bas, malade, et seul ! Nous ne savons rien de ce qui lui arrive. Vous ne croyez pas que nous devrions quand même lui rendre visite ?

— Nous pouvons, si vous voulez, dis-je. Je me ferai un plaisir de vous emmener. Mais Rod n'a donné aucun signe, n'est-ce pas, qu'il aimerait recevoir notre visite ? »

Elle secoua la tête, le visage chagrin. « Le Dr Warren dit qu'il préfère rester dans l'isolement.

— Eh bien, le Dr Warren connaît son travail.

— Sans doute, oui…

— Laissez passer encore un peu de temps, conclus-je. Comme je vous l'ai dit tout à l'heure : le printemps sera bientôt là, et tout paraîtra différent, vous verrez. »

Elle hocha brièvement la tête, désireuse de me croire. Puis elle recommença de frapper énergiquement ses semelles sur le paillasson et, avec un soupir résigné, pénétra de nouveau dans la maison sombre et glacée pour aller retrouver sa mère.

Ce soupir, je me surpris à y repenser un ou deux jours plus tard, tandis que je me préparais pour le bal de l'hôpital de la région. Ce bal était un événement annuel, destiné à récolter des fonds ; personne ne le prenait véritablement au sérieux, à part les plus jeunes, mais les médecins des environs aimaient bien y assister avec leurs épouses et leurs enfants les plus âgés. Nous, médecins de Lidcote, nous y rendions à tour de rôle, et cette année c'était le tour de Graham et moi, tandis que notre remplaçant Frank Wise et Morrison, l'associé du Dr Seeley, demeuraient de garde. En tant que célibataire, j'étais libre de venir avec une ou deux personnes de mon choix et, y pensant quelques mois auparavant, j'avais songé à Mrs Ayres. Dans l'état de santé fragile où elle se trouvait à présent, c'était hors de question ; mais il m'apparut que Caroline accepterait peut-être d'être ma cavalière, ne serait-ce que pour s'échapper une soirée de Hundreds. Bien entendu, je pensais qu'elle pourrait également être choquée par ma proposition de dernière minute de l'emmener à ce qui était essentiellement une soirée professionnelle, et j'hésitais à le lui sug-gérer ou non. Mais j'avais oublié cette veine sarcastique qui coulait en elle.

« Un bal de médecins ! » s'exclama-t-elle, ravie, quand j'appelai finalement pour l'inviter. « Oh, mais j'adorerais cela.

— Vous en êtes certaine ? C'est un peu désuet, comme soirée. Et en outre, il y a plus d'infirmières que de médecins. Les femmes sont beaucoup plus nombreuses que les hommes.

— J'imagine bien ! Toutes roses d'excitation de pouvoir quitter un peu leur service en civil, comme les jeunes Wrens autrefois, aux bals de la Navy. Et l'infirmière en chef se laisse aller et boit un peu trop, et se comporte mal avec les chirurgiens, c'est cela ? Oh, dites-moi que c'est cela !

— Non, non, je ne dis plus rien, sinon ce ne sera pas une surprise. »

Elle se mit à rire, et même au-delà des imperfections et parasites de la communication, je sentis un réel plaisir dans sa voix et me félicitai de l'avoir invitée. Je ne sais pas si, en acceptant ma proposition, elle avait autre chose en tête. Il me semblait improbable qu'une jeune femme célibataire de son âge se réjouisse d'un bal à venir sans accorder une pensée aux hommes libres qui s'y trouveraient peut-être. Mais si c'était son cas, elle cachait fort bien cette arrière-pensée. Peut-être son humiliation face à Mr Morley lui avait-elle appris à se montrer prudente. Elle évoquait ce bal comme si elle et moi devions être deux vieillards qui regardent la jeunesse s'amuser. Et lorsque je passai la prendre, ce soir-là, je la trouvai sobrement vêtue d'une robe sans manches vert olive, les cheveux dénoués et naturels, la gorge et les mains nues, comme toujours, et le visage presque vierge de maquillage.

Nous abandonnâmes Mrs Ayres dans le petit salon, apparemment pas du tout mécontente d'avoir une soirée à elle seule. Un plateau sur les genoux, elle relisait de vieilles lettres de feu son époux, les classant en petites liasses bien nettes.

Néanmoins, je me sentais quelque peu mal à l'aise de la laisser seule. « Votre mère va vraiment s'en sortir toute seule ? demandai-je à Caroline comme nous démarrions.

— Oh, elle a Betty, n'oubliez pas. Betty peut passer des heures assise à lui tenir compagnie. Elles se sont mises à jouer ensemble, vous ne le saviez pas ? Maman a exhumé de vieux échiquiers quand nous faisions le tri des meubles. Elles jouent aux dames et au halma.

— Betty et votre mère ?

— Ça semble bizarre, je sais. Je n'ai aucun souvenir que Maman ait jamais voulu jouer à des jeux de société avec Roddie et moi. Mais elle semble y avoir pris goût, à présent. Betty aussi aime bien ça. Elles jouent un demi-penny, et Maman la laisse gagner... Je ne crois pas que cette pauvre Betty se soit beaucoup amusée chez ses parents, à Noël. Sa mère a l'air épouvantable, donc rien d'étonnant à ce qu'elle préfère la mienne. Et, de toute façon, les gens *aiment* Maman, toujours, c'est comme ça... »

Elle bâilla ce disant, et resserra son manteau contre le froid. Au bout d'un moment, bercés par le bruit du moteur et le mouvement de l'auto – il y avait presque une demi-heure jusqu'à Leamington, par ces routes hivernales –, nous tombâmes dans un silence agréable, paisible.

Mais une fois rejoint l'hôpital, la foule de voitures et de personnes qui s'y pressait, nous nous réveillâmes bel et bien. Le bal était organisé dans une des salles de conférence, une vaste pièce au parquet ciré ; pour ce soir, on avait ôté bureaux et bancs, les plafonniers étaient éteints, remplacés par de jolies ampoules multicolores et autres décorations tendues de poutre en poutre. Lorsque nous entrâmes, un orchestre, pas formidable, s'employait à jouer un morceau instrumental. Le parquet glissant avait été généreusement saupoudré de craie, et plusieurs couples avaient déjà obligeamment ouvert le bal. D'autres demeuraient aux tables installées au pourtour de la salle, rassemblant leur courage avant de se lancer à leur tour.

Une longue table sur tréteaux faisait office de bar. Nous nous dirigeâmes vers celle-ci mais je fus presque aussitôt arrêté par deux collègues : Bland et Rickett, le premier chirurgien, l'autre médecin généraliste à Leamington. Je les présentai à Caroline, sur quoi s'engagea le genre de petite conversation habituelle. Ils tenaient des gobelets de carton à la main et, me voyant jeter un coup d'œil vers le bar, Rickett s'enquit : « Alors, vous filiez vers le punch au chloroforme ? Ne vous laissez pas tromper par le nom ; on dirait de la limonade éventée. Attendez une seconde. Voilà votre sauveur. »

Il tendit la main derrière Caroline pour attraper quelqu'un par le bras : c'était un brancardier, « notre trafiquant personnel », expliqua Bland à Caroline, tandis que Rickett murmurait quelque chose à l'oreille de l'homme. Le brancardier s'éclipsa et réapparut une minute plus tard avec quatre autres gobelets pleins à ras bord de ce liquide rosâtre que je voyais servi au bar à la louche, toutefois généreusement additionné de cognac, comme je m'en aperçus bientôt.

« C'est beaucoup mieux comme ça, déclara Rickett, faisant claquer ses lèvres. Vous ne trouvez pas, Miss… ? » Il avait oublié le nom de Caroline.

Le cognac était raide, et le punch en soi avait été sucré à la saccharine. « Vous arrivez à boire un truc pareil ? » demandai-je à Caroline, une fois Bland et Rickett disparus.

Elle riait. « Je ne vais pas le gaspiller, ce serait dommage. Est-ce vraiment de l'alcool de marché noir ?

— Probablement.

— Très choquant.

— Ma foi, je pense qu'un peu de cognac de contrebande ne peut pas nous faire de mal. » Je posai ma main sur ses reins pour la guider hors du va-et-vient permanent qu'occasionnait la proximité du bar. La salle se remplissait rapidement.

Nous nous mîmes à chercher une table libre. Mais bientôt quelqu'un d'autre m'arrêta pour me saluer – un des médecins consultants cette fois, et en l'occurrence celui auquel j'avais soumis mon article sur le traitement couronné de succès de la jambe de Rod. Il n'était pas question de ne pas lui consacrer quelques instants, et il me retint un quart d'heure, me demandant mon avis sur un processus thérapeutique qu'il avait lui-même inventé. Il ne faisait guère d'effort pour inclure Caroline dans la conversation, et je lui jetai de brefs coups d'œil pendant qu'il discourait : elle parcourait la salle des yeux en prenant de brèves gorgées de son cocktail, l'air pas très à l'aise. Mais, de temps à autre également, elle me regardait tandis que l'homme me parlait, un peu comme si elle me voyait sous un jour nouveau.

« Vous êtes connu comme le loup blanc, ici, me dit-elle quand le consultant se fut enfin éloigné.

— Ah ! » Je pris une grande gorgée de punch. « Je suis absolument anonyme, je peux vous l'assurer.

— Eh bien, soyons deux anonymes parmi la foule, dans ce cas. Cela me fera un changement très agréable. Ces derniers temps, je ne peux pas me rendre dans le moindre village sans avoir la sensation que tout le monde me regarde, en pensant *tiens, voilà cette pauvre Miss Ayres, du Hall, là-haut…* Tenez, regardez ! » Elle avait détourné la tête. « Toutes les infirmières sont arrivées, en troupeau, et elles sont exactement comme je l'imaginais ! De vraies bécasses, toutes rougissantes. Vous savez, j'ai songé à devenir infirmière, pendant la guerre. Mais tant de gens m'ont dit que j'étais faite pour ça que ça a fini par m'en dégoûter. Je n'arrivais pas à le prendre comme un compliment, je ne sais pas pourquoi. Et donc je me suis engagée dans les Wrens. Et puis j'ai quand même fini par faire l'infirmière, pour Roddie.

— Cela vous a manqué, la vie à l'armée ? » m'enquis-je, percevant la note de nostalgie dans sa voix.

Elle hocha la tête. « Énormément, au début. J'étais douée, vous savez. C'est honteux à avouer, n'est-ce pas ? Mais j'aimais bien cette espèce de jeu avec les bateaux. J'aimais le côté militaire, aussi. Qu'il n'y ait qu'une manière de faire les choses, qu'une sorte de bas, de chaussures à mettre, qu'une seule manière de se coiffer. J'avais l'intention de continuer, après la guerre, de partir pour l'Italie ou pour Singapour. Mais une fois de retour à Hundreds… »

Elle fit un brusque mouvement du bras, comme un couple la bousculait en passant ; le punch déborda et elle leva son gobelet pour en recueillir les gouttes du bout de la langue, après quoi elle demeura silencieuse. Un chanteur avait rejoint l'orchestre, et la musique s'était faite plus forte et plus entraînante. Les gens se dirigeaient en hâte vers la piste, et il était devenu difficile de rester là, immobiles, à parler.

« Ne restons pas là, dis-je, assez fort pour dominer la musique. Et si je vous trouvais un cavalier, pour danser un peu ? Tenez, Mr Andrews, le chirurgien-chef de l'hôpital. »

Elle posa une main sur mon bras. « Oh, ne me présentez plus d'homme pour l'instant. Et surtout pas de chirurgien. Chaque fois qu'il posera les yeux sur moi, je penserai qu'il me jauge avant de sortir son scalpel. En outre, les hommes détestent danser avec les grandes femmes. Nous pouvons danser tous les deux, non ?

— Bien sûr, dis-je, si vous voulez. »

Nous finîmes nos boissons et posâmes les gobelets avant de nous diriger vers la piste. Il y eut un instant de gêne, comme nous nous mettions dans cette posture toujours un peu artificielle qui est celle de la danse, nous joignant non sans difficulté à la foule qui s'agitait sans merci.

« Je déteste toujours ce moment-là, dit Caroline. C'est comme de devoir entrer dans un ascenseur perpétuel.

— Alors fermez les yeux », répondis-je, la guidant sur un quickstep. Après un certain nombre de coups de coude et de talon de la part de nos voisins, nous nous fondîmes dans le rythme général et commençâmes de nous frayer un chemin parmi les danseurs.

Elle ouvrit les yeux, impressionnée. « Mais comment allons-nous faire pour nous dégager ?

— Il sera temps d'y penser plus tard.

— Il faudra attendre les morceaux lents… Vous dansez plutôt bien, en fait.

— Vous aussi.

— Cela a l'air de vous surprendre. J'adore danser. J'ai toujours aimé ça. Pendant la guerre, je dansais à m'en user les jambes. C'était la chose la plus agréable, dans tout cela : tout le monde dansait, sans arrêt. Quand j'étais plus jeune, je dansais avec mon père. Il était si grand que cela ne posait pas de problème que je le sois aussi. Il m'a appris tous les pas que je connais. Rod, lui, était au-dessous de tout. Il disait que je le portais comme un paquet, qu'il avait l'impression de danser avec un garçon. Je ne vous porte pas comme un paquet, n'est-ce pas ?

— Pas le moins du monde.

— Et je ne parle pas trop ? Je sais que certains hommes n'aiment pas ça. Je suppose que ça les empêche de garder le rythme. »

Je lui dis qu'elle pouvait bavarder autant qu'elle le voulait. En réalité, j'étais ravi de la voir de si bonne humeur, de la sentir si détendue, si souple et animée entre mes bras. Nous gardions entre nous une petite distance réglementaire, mais de temps à autre le mouvement de la foule la pressait plus fort contre moi, et je sentais ses seins fermes, denses s'appuyer contre ma poitrine, la pression de ses hanches solides. Quand nous tournions, les muscles de ses reins se tendaient et roulaient sous ma paume et mes doigts écartés. Sa main dans la mienne était toute collante du punch renversé ; un instant, elle tourna la tête pour observer la piste bondée, et je perçus le parfum du cognac sur ses lèvres. Je me rendis compte qu'elle était légèrement grise. Peut-être l'étais-je aussi. Mais je ressentis un élan envers elle, si brusque, si évident qu'il me fit sourire.

Elle renversa la tête pour bien me regarder. « Qu'est-ce qui vous fait sourire comme ça ? On dirait un danseur de concours. Vous avez un numéro accroché dans le dos ? » Elle jeta un coup d'œil par-dessus mon épaule, feignant de vérifier ; de nouveau sa poitrine vint s'écraser contre la mienne. Puis elle me chuchota à l'oreille : « Le Dr Seeley ! Faites-moi tourner, que vous puissiez voir son nœud papillon et sa boutonnière ! »

Je tournai et aperçus l'homme, un costaud, quelque chose d'un ours, qui dansait avec son épouse. Le nœud papillon était à pois, et la fleur de boutonnière une sorte d'orchidée charnue ; Dieu seul sait où il avait déniché ça. Une mèche de cheveux raide et abondamment brillantinée retombait sur son front.

« Il se prend pour Oscar Wilde, dis-je.

— Oscar Wilde ! » Caroline éclata de rire. « Si seulement c'était le cas ! Quand j'étais jeune, toutes les filles l'appelaient "la Pieuvre". Il était toujours plus que prêt à nous raccompagner en voiture. Et avait beau avoir les deux mains sur le volant, il semblait toujours en posséder au moins une de plus… Éloignons-nous, qu'il ne nous voie pas. Vous devez toujours me raconter les potins, n'oubliez pas. Restons au bord de la piste…

— Hé, dites, qui conduit, là ? Je commence doucement à comprendre ce que Roderick voulait dire, quand il disait que vous le transportiez comme un paquet.

— Restez au bord, dit-elle, riant de nouveau, et vous me direz au fur et à mesure qui sont untel et untel, et qui a tué le plus de patients, et quel médecin couche avec quelle infirmière, enfin tous les scandales… »

Nous continuâmes ainsi pendant encore deux ou trois danses, et je fis de mon mieux pour lui désigner les personnalités les plus importantes de l'hôpital et lui fournir quelques ragots convenables ; sur quoi l'orchestre passa à une valse, et la piste se clairsema. Nous retournâmes au bar pour reprendre un punch. Il faisait plus chaud dans la salle, à présent. Levant les yeux, j'aperçus David Graham qui venait d'arriver avec Anne et se dirigeait vers nous. Pensant à sa dernière rencontre avec Caroline – lorsqu'il était passé à Hundreds pour confirmer mon avis à propos de Roderick, la veille du jour où celui-ci avait été emmené –, je me penchai vers elle. « Le Dr Graham vient vers nous. Cela vous ennuie de le voir ? » demandai-je, aussi discrètement que possible, malgré la musique.

Elle secoua brièvement la tête, sans me regarder.

« Non, cela m'est égal. Je me doutais qu'il serait là. »

Toutefois, la légère gêne perceptible à l'arrivée des Graham se dissipa bientôt. Ils avaient invité des amis, un couple entre deux âges, de Stratford, ainsi que leur fille mariée ; il se révéla que la jeune femme et Caroline étaient de vieilles amies. Elles s'embrassèrent chaleureusement, avec force rires et exclamations.

« Nous nous sommes connues, oh, mais il y a des années ! me dit Caroline. Cela remonte à la guerre. »

Brenda, la jeune femme, était blonde et jolie – avec un côté un peu mondain aussi, me dis-je. J'étais heureux pour Caroline, mais également vaguement déçu pour moi-même, car avec son arrivée et celle de ses parents, il semblait qu'une ligne fût tracée entre les jeunes et ceux d'âge mûr. Caroline et elle, à quelque distance, allumèrent une cigarette ; bientôt, elles se dirigeaient vers les lavabos des dames, bras dessus bras dessous.

Le temps qu'elles en reviennent, j'avais été phagocyté par Graham et ses amis, qui avaient trouvé une table à l'écart du vacarme de l'orchestre et produit deux bouteilles de vin d'Algérie. On tendit des gobelets à Caroline et Brenda, on les invita à s'asseoir ; mais elles refusèrent, préférant demeurer debout, à regarder la piste, Brenda agitant les hanches au rythme de la musique tout en buvant, l'air impatient. Les morceaux redevenaient rythmés, et toutes deux avaient envie de danser.

« Cela ne vous ennuie pas ? demanda Caroline d'un air d'excuse, tout en s'éloignant déjà. Brenda connaît des gens, là-bas, et voudrait me les présenter.

— Allez-y, allez danser, dis-je.

— Je ne serai pas longue, je vous le promets.

— Cela fait plaisir de voir Caroline sortir un peu et s'amuser »,
me dit Graham quand elle eut disparu.

Je hochai la tête. « Oui.

— Vous vous voyez beaucoup, tous les deux ?

— Ma foi, je passe les voir dès que je peux.

— Bien sûr », fit-il, comme s'il en attendait plus. Puis, d'un ton
plus confidentiel : « Aucune amélioration pour son frère, je suppose ? »

Je lui livrai les dernières informations que m'avait données le Dr
Warren. Puis nous échangeâmes des nouvelles de deux ou trois de
nos patients, avant d'engager avec son ami de Stratford une discussion sur l'instauration prochaine de l'Assurance maladie. Celui-ci,
comme la plupart des médecins généralistes, y était résolument
opposé ; David Graham, lui, était passionnément en faveur de ce
système, alors que pour ma part j'étais pessimiste, persuadé que cela
sonnerait la fin de ma carrière, de sorte que le débat était assez vif
et dura un certain temps. Je levais parfois les yeux pour chercher
Caroline sur la piste. Et, de temps à autre, Brenda et elle réap-
paraissaient à la table pour se resservir de vin.

« Tout va bien ? » lui demandai-je, ou plutôt articulai-je silencieusement par-dessus l'épaule de Graham. « Je ne vous néglige pas
trop ? »

Elle secouait la tête, avec un large sourire. « Ne soyez pas sot ! »

« Vous pensez vraiment que Caroline s'amuse ? demandai-je à
Anne comme la soirée s'avançait. J'ai le sentiment de l'avoir un peu
abandonnée. »

Elle jeta un coup d'œil à son époux et dit quelques mots qui
m'échappèrent à cause de la musique, quelque chose comme « Oh,
on s'habitue ! » ou peut-être même « Il faudra qu'elle s'y habitue ! » – quelques mots qui, en tout cas, me donnèrent l'impression

qu'elle m'avait mal compris. Mais, lisant la perplexité sur mon visage, elle ajouta en riant : « Brenda s'occupe d'elle, ne vous en faites pas. Elle est en de bonnes mains. »

Puis, vers onze heures et demie, quelqu'un prit le micro pour annoncer une série de danses avec changements de partenaire, et ce fut une migration générale vers la piste, à laquelle Graham et moi dûmes nous joindre d'autorité. Tout naturellement, je cherchai de nouveau Caroline du regard, et la vis attirée dans le demi-cercle des femmes, de l'autre côté de la salle ; après quoi je ne la quittai plus des yeux, espérant tomber sur elle lors d'une pause dans la musique. Mais, à chaque reprise, nous ne nous dirigions en hâte l'un vers l'autre que pour nous voir attirés dans des directions opposées. Le groupe des femmes, abondamment garni d'infirmières, était plus important que celui des hommes : je la vis sourire et manquer tomber, comme elle se mélangeait les pieds avec l'autre fille et, passant près de moi à un moment, elle croisa mon regard et fit une grimace. « C'est l'horreur ! » s'écria-t-elle, du moins c'est ce que je compris. La fois suivante, elle riait. Ses cheveux détachés lui retombaient sur le visage, collés à ses joues et à ses lèvres en mèches plus sombres, humides de transpiration. Elle finit par atterrir à deux ou trois couples de moi, à ma gauche, et dans la course aimable mais résolue qui suivit je m'élançai pour la rejoindre – et fus pris de vitesse par un grand et gros type en sueur, tout rouge, que j'identifiai presque aussitôt comme Jim Seeley. Il se trouvait être le partenaire qui lui était effectivement destiné dans le cercle, mais elle me jeta un regard d'angoisse comique tandis qu'il la serrait contre elle, la guidant dans un fox-trot endiablé, le menton collé contre son oreille.

Je fis cette danse avec une des jeunes infirmières, et quand elle prit fin, les cercles se reformant dans un chahut renouvelé, je quittai la piste. Je me dirigeai vers le bar pour prendre un nouveau gobelet de punch dilué, puis m'extirpai de la foule pour observer les danseurs sur la piste. Je vis que Caroline s'était arrachée à l'étreinte de Seeley et avait trouvé un cavalier moins encombrant, un jeune homme à lunettes d'écaille. Seeley lui-même, tout comme moi, avait carrément laissé tomber la piste pour le bar. Il venait de vider son gobelet de punch d'une seule gorgée et sortait un paquet de cigarettes et un briquet – et, levant les yeux et croisant mon regard, il s'approcha et me tendit l'étui.

« C'est des soirs comme ça que je sens le poids de l'âge, Faraday, dit-il, une fois nos cigarettes allumées. Elles ne vous semblent pas un peu jeunettes, toutes ces petites infirmières ? Je vous jure, tout à l'heure, j'ai dansé avec une gamine, elle n'avait pas l'air plus vieille que ma nièce de douze ans. Remarquez, ça doit bien plaire à un vieux pervers comme... » Suivit le nom d'un des chirurgiens les plus éminents, qui s'était trouvé au centre d'un petit scandale, un an ou deux auparavant. « Mais quand je demande à une fille, en dansant, si elle se plaît dans la région, et qu'elle me répond que ça lui rappelle l'endroit où elle a été évacuée en 1940, avec les autres mômes – ma foi, ça ne pousse pas trop à la romance, n'est-ce pas. Quant à cette manière de s'agiter en tourbillonnant dans tous les sens, moi je préférerais une bonne vieille valse. Je suppose qu'ils ne vont pas tarder à passer à la rumba. Et là, Dieu nous aide. »

Il sortit un mouchoir et s'en tamponna le visage, puis le glissa sous son col pour s'essuyer le cou. Il avait la gorge écarlate, et son nœud papillon battait de l'aile. Je remarquai soudain que son orchidée avait disparu, il n'en restait que la tige dressée dépassant de sa boutonnière, légèrement laiteuse au bout. Dopé par l'exercice et l'alcool, il dégageait une chaleur de radiateur, et il était impossible de se tenir près de lui dans cette salle déjà surchauffée sans avoir envie de s'enfuir. Mais, ayant accepté une cigarette, il me parut correct de lui tenir compagnie, au moins le temps de la fumer. Donc il continua de s'éponger, soufflant et grommelant pendant encore une minute ou deux ; puis notre regard revint tout naturellement à la piste et nous demeurâmes silencieux, observant les couples qui s'agitaient.

Tout d'abord, je ne vis pas Caroline et pensai qu'elle avait quitté le groupe des danseurs. Mais non, elle dansait toujours avec le jeune homme à lunettes, et une fois que je l'eus découverte mes yeux revinrent sans cesse à elle, d'eux-mêmes. La série de danses croisées était terminée, et le morceau était plus calme, mais l'hilarité et l'excitation demeuraient présentes, et Caroline, comme tout le monde, avait le visage humide de sueur, les cheveux hirsutes, les chaussures et les bas marqués de traces de craie, et sa gorge, ses bras étaient encore tout roses, comme rayonnants. Je trouvai que cette vivacité du teint lui allait bien. Et dans cette robe sans histoire, cette posture si naturelle, elle paraissait très jeune – comme si sa jeunesse, fouettée par la danse et le rire, était remontée à la surface, suivant le flux du sang.

Je l'observai tout au long de cette danse et jusqu'au début de la suivante ; et quand Seeley reprit la parole, je compris que lui aussi l'avait attentivement regardée.

« Caroline Ayres a l'air en forme », dit-il.

Je m'éloignai d'un pas pour écraser ma cigarette à la table la plus proche. « Oui, n'est-ce pas ? répondis-je en revenant auprès de lui.

— Une fameuse danseuse, en tout cas. Elle a une paire de hanches, elle le sait, et elle sait les utiliser. La plupart des Anglaises dansent avec les pieds. » Son ton de voix, son expression se firent calculateurs. « Vous l'avez déjà vue à cheval, je suppose ? Il y a quelque chose, là, aucun doute. C'est trop dommage qu'elle n'ait pas le physique pour aller avec. Cela dit… », il prit une dernière bouffée de sa cigarette, « cela ne devrait pas vous décourager. »

Je crus un instant avoir mal compris. Puis je vis à son visage que non.

Lui aussi vit mon expression. Il avait pincé les lèvres pour diriger de biais la fumée de sa cigarette, mais il se mit à rire et l'exhala n'importe comment. « Oh, allez ! Ce n'est pas un secret, n'est-ce pas, tout le temps que vous passez chez eux ? Je peux bien vous dire que les discussions vont bon train dans les environs, pour savoir sur laquelle des deux vous avez jeté votre dévolu – la mère ou la fille. »

Il disait cela comme si c'était une énorme plaisanterie – comme s'il me poussait à participer à une méchante farce, tel un chef de dortoir applaudissant un jeune élève pour avoir eu le culot de regarder par l'imposte, au-dessus de la chambre de la surveillante.

« Cela doit être extrêmement distrayant, en effet », dis-je d'une voix glaciale.

Mais il se remit à rire. « Ne le prenez pas comme ça ! Vous savez ce que c'est, dans les villages. Presque pire que dans les hôpitaux. Nous sommes tous comme des prisonniers, finalement ; il faut bien qu'on s'amuse avec ce qu'on a. Personnellement, je ne vois pas pourquoi vous hésitez tant. Mrs Ayres était une fort belle femme, dans son jeune temps, je vous l'accorde. Mais à votre place je miserais sur Caroline – tout simplement parce qu'il lui reste quand même pas mal de bonnes années, vous voyez. »

Ses paroles, quand j'y repense aujourd'hui, me paraissent si odieuses que j'ai du mal à croire que j'aie pu rester là, à l'écouter, les yeux fixés sur sa face suante et rougeaude, sans lui avoir immédiatement collé mon poing dans la figure. Mais ce qui me saisissait surtout, en cet instant, c'était cette imperceptible condescendance. J'avais l'impression de passer pour un crétin, et il me semblait que le frapper ne ferait que prouver, à sa grande satisfaction, que j'étais précisément ce qu'il pensait de moi – une sorte d'être primaire, un peu attardé. Je demeurai donc immobile, silencieux, avec l'envie de le faire taire, mais sans trop savoir comment m'y prendre. Il lut la confusion sur mon visage et me donna un coup de coude, rien de moins.

« Ça fait réfléchir, pas vrai ? Eh bien, au boulot, et dès ce soir, jeune homme ! » Il désigna la piste d'un grand geste. « Avant que ce nigaud à lunettes ne vous vole la place. Après tout, il y a un long trajet dans le noir, pour rentrer jusqu'à Hundreds. »

Je finis par me secouer. « Je vois votre épouse là-bas, je crois », dis-je, désignant un point dans la foule, derrière son épaule.

Il cligna des paupières et se retourna ; je m'éloignai aussitôt, me frayant un chemin irrégulier et aléatoire entre les tables et les chaises. Je me dirigeai vers la porte, avec l'intention de sortir pour prendre le frais de la nuit, une minute ou deux. Mais comme je passais non loin de la table que j'avais partagée avec les Graham, le couple de Stratford, me voyant marcher d'un air vaguement égaré, supposa tout naturellement que je ne retrouvais pas ma place et m'appela, me faisant signe de venir. Ils semblaient si ravis de me voir réapparaître – la femme, qui s'appuyait sur une canne, ne pouvait participer à la danse – que je n'eus pas le cœur de continuer et les rejoignis à leur table, où je passai le reste de la soirée à bavarder avec eux. Je n'ai plus la moindre idée de quoi. J'étais si bouleversé par les paroles de Seeley, et de manière si ambiguë que j'avais peine à faire le tri dans mes propres sentiments.

Le fait que j'aie amené Caroline ici sans penser une seconde à ce que cela pouvait signifier pour les autres paraissait brusquement incroyable. J'avais sans doute pris l'habitude de passer du temps avec elle, là-bas, dans l'isolement de Hundreds ; et si, une fois ou deux, il m'était arrivé de ressentir un élan envers elle – eh bien, c'était juste une de ces choses que fait naître, tout naturellement, la proximité entre un homme et une femme : ainsi les allumettes qui s'enflamment quand on secoue la boîte. Imaginer que, tout ce temps, les gens n'avaient cessé de nous épier, de spéculer – de se frotter les mains… ! Je me sentais dupé, d'une certaine manière ; dupé, et exhibé aux yeux de tous comme une dupe. Une part de mon émotion, je suis navré d'avoir à le dire, n'était qu'embarras pur et simple, répugnance bien masculine à voir mon nom accolé à celui d'une fille notoirement quelconque. Et la honte s'y ajouta, comme je m'en rendais compte. Mais il y avait aussi, de manière contradictoire, une part d'orgueil : pourquoi diable, me demandais-je, ne pourrais-je pas inviter Caroline Ayres à une soirée, si cela me chante ? Pourquoi diable ne pourrais-je pas danser avec la fille du châtelain, si la fille du châtelain a envie de danser avec moi ?

Et mêlée à tout cela, une sorte de possessivité compulsive à l'égard de Caroline semblait s'être fait jour en moi, surgie de nulle part. Je revoyais le petit sourire de Seeley, tandis qu'il la regardait évoluer sur la piste. *Elle a une paire de hanches, elle le sait, et elle sait les utiliser…*

Vous l'avez déjà vue à cheval, je suppose ? J'aurais dû cogner quand j'en avais la possibilité, me disais-je, furieux. C'était en tout cas ce que j'aurais fait s'il était apparu à l'instant pour tenir de tels propos. Je le cherchai même des yeux dans la salle, avec cette idée absurde d'aller le trouver… Je ne le vis pas. Il ne dansait pas, il ne regardait pas les danseurs. Toutefois, je ne voyais pas Caroline non plus ; ni le garçon à lunettes d'écaille. Cela commença de m'inquiéter. Je continuais de bavarder poliment avec le couple de Stratford, en buvant du vin et en fumant des cigarettes. Mais, tandis que nous devisions, mes yeux devaient me trahir. Ce bal n'avait plus aucune signification soudain, les danseurs m'apparaissaient comme des déments gesticulants. Tout ce que je souhaitais, c'était voir Caroline émerger de cette masse de visages suants et rouges, pour pouvoir lui passer son manteau et la ramener à la maison.

À plus d'une heure du matin, la musique arrêtée, les lumières revenues, elle réapparut enfin à la table. Brenda l'accompagnait, toutes deux arrivaient juste de la piste de danse, les yeux flous, la bouche humide, le rouge à lèvres un peu barbouillé. Elle demeura à deux mètres de moi, bâillant, tirant sur le haut de sa robe pour la décoller de sa peau moite, et dévoilant un morceau de bretelle de soutien-gorge au niveau de son aisselle – dévoilant l'aisselle elle-même, un creux de muscles ombré d'un fin duvet légèrement marqué de talc. Et lorsqu'elle croisa mon regard et sourit, bien que j'eusse impatiemment attendu son retour, je ressentis, de manière inexplicable, une sorte de crispation qui s'apparentait à de la colère, et dus me détourner. Je lui dis, assez sèchement, que j'allais chercher nos affaires au vestiaire, et Brenda et elle filèrent de nouveau aux lavabos des dames. Lorsqu'elles revinrent, bâillant toujours, je fus soulagé de voir qu'elle avait mis un peu d'ordre dans ses cheveux et s'était refait un masque convenable et conventionnel, grâce à la poudre et au rouge à lèvres.

« Mon Dieu, mais je faisais peur à voir ! » s'exclama-t-elle tandis que je l'aidais à passer son manteau. Son regard parcourut la salle, s'éleva jusqu'aux poutres dont les décorations révélaient à présent leurs réelles couleurs délavées. « Un peu comme cet endroit. C'est terrible, non, la manière dont tout le charme s'évapore quand on allume les lumières ? Mais cela dit, je regrette que ce soit déjà fini… Il y avait une fille en larmes dans les lavabos. J'imagine que c'est un de vos collègues, un médecin sans pitié, qui lui a brisé le cœur. »

Sans lever les yeux, je désignai son manteau qu'elle avait laissé ouvert.

« Vous devriez le boutonner. Il va faire glacial au-dehors. Vous n'avez pas pris d'écharpe ?

— J'ai oublié.

— Alors relevez vos revers, d'accord ? »

D'une main, elle serra contre elle le col de son manteau et glissa son autre bras sous le mien. Un geste léger, naturel, mais j'aurais préféré qu'elle ne le fît pas. Nous présentâmes nos respects aux Graham, au couple de Stratford et à la blonde, la mondaine Brenda, et je me sentais affreusement mal à l'aise, imaginant lire une moquerie dans tous les regards, et devinant ce qu'ils pensaient tandis que nous nous dirigions vers la sortie et – ainsi que l'avait dit Seeley – « le long trajet dans le noir jusqu'à Hundreds ». Puis je me souvins de cette étrange réflexion qu'avait faite en riant Anne Graham, comme je m'enquérais de Caroline : que celle-ci devait « s'habituer à être abandonnée », comme si elle s'apprêtait à être épouse de médecin… Cela ne fit qu'aggraver mon malaise. Une fois les au revoir échangés, je trouvai le moyen, pour traverser la salle, de faire passer Caroline devant moi, de manière que nos bras se désenlacent.

Sur le parking, le sol était si gelé, le froid si intense, si pénétrant, qu'elle s'accrocha de nouveau à moi.

« Je vous ai prévenue que vous alliez être glacée, dis-je.

— Ou bien me casser une jambe. J'ai des talons hauts, n'oubliez pas. Au secours ! » Elle trébucha et se mit à rire, me saisissant à deux mains pour me tenir plus près encore.

Ce geste me fit une impression déplaisante. Elle avait bu ce punch au cognac en début de soirée, et ensuite un ou deux verres de vin, et j'avais été heureux de la voir – ainsi que je le pensais alors – se relâcher un peu. Mais alors que, au cours de ces premières danses, je l'avais sentie réellement détendue, un peu grise entre mes bras, il me semblait à présent que sa gaieté avait quelque chose d'imperceptiblement forcé. « Oh, mais c'est tellement dommage de devoir partir maintenant ! » fit-elle de nouveau, mais avec trop d'élan. On aurait dit qu'elle attendait de la soirée plus que celle-ci ne lui avait encore apporté, et la fouettait à gestes de plus en plus larges et durs, comme pour la forcer à rendre gorge. Avant d'arriver à la voiture, elle trouva le moyen de trébucher encore, ou fit semblant ; et quand je l'installai sur le siège, déposant un plaid autour de ses épaules, elle se mit à trembler violemment, ses dents s'entrechoquant comme des dés dans une tasse. Ma voiture étant dépourvue de chauffage, j'avais pris une bouillotte pour elle, et une thermos d'eau chaude pour la remplir. Je m'y employai puis la lui tendis, et elle la glissa sous son manteau avec reconnaissance. Mais comme je lançais le moteur, elle baissa sa glace et, grelottant toujours, passa la tête à l'extérieur.

« Mais que faites-vous ?

— Je regarde les étoiles. Elles brillent, ce soir.

— Pour l'amour de Dieu, regardez-les avec la vitre fermée. Vous allez attraper un coup de froid. »

Elle se mit à rire. « On croirait presque entendre un médecin. »

Je la saisis par la manche et l'attirai dans l'habitacle. « On croirait presque entendre la sotte jeune fille que vous n'êtes pas, je le sais parfaitement, dis-je. Asseyez-vous normalement et fermez cette fenêtre. »

Elle obtempéra, docile soudain, peut-être refroidie par l'irritation perceptible dans ma voix, ou bien surprise. J'en étais moi-même surpris, car en réalité elle n'avait rien fait qui mérite cela. C'était la faute de Seeley, avec son sale petit esprit ; et je l'avais laissé filer sans rien dire.

Nous quittâmes l'enceinte de l'hôpital en silence, dans un relatif embouteillage au début, mais échappâmes bientôt au concert de klaxons et de saluts braillés et de timbres de bicyclette pour emprunter des routes plus tranquilles. Caroline demeurait immobile, recroquevillée sous son plaid, et peu à peu je sentis ses longs membres se détendre, au fur et à mesure qu'elle se réchauffait. En retour, mon humeur s'allégea quelque peu.

« Ça va mieux ? demandai-je.

— Oui, merci. »

Nous avions laissé derrière nous les faubourgs de Leamington pour rejoindre des routes de campagne non éclairées. La chaussée était gelée, le bitume et les haies de part et d'autre d'un blanc étincelant : ils semblaient s'écarter dans la lueur des phares, passer comme une écume et disparaître dans l'ombre, telle l'eau fendue par la proue d'un bateau. Caroline demeura un long moment figée, le regard rivé devant elle, puis se frotta les yeux.

« Cette route finit par m'hypnotiser. Pas vous ?

— J'ai l'habitude », dis-je.

Ma réponse parut la frapper. « Oui, bien sûr, dit-elle en me regardant. L'habitude de conduire la nuit. Avec tous ces gens qui doivent guetter le bruit du moteur, la lumière des phares. Et qui sont tellement heureux de vous voir arriver. Si, là, nous nous rendions au chevet de quelqu'un, en urgence, comme ces gens nous attendraient impatiemment. Je n'y avais jamais pensé auparavant. Est-ce que cela ne vous effraie pas, quelquefois ? »

Je changeai de vitesse. « Pourquoi cela devrait-il m'effrayer ?

— À cause de la responsabilité, j'imagine.

— Je vous l'ai dit tout à l'heure, je suis anonyme. La plupart du temps, les gens ne me voient même pas. Ils voient le "docteur". Ils voient la sacoche. C'est le plus important, la sacoche. Le vieux Dr Gill me l'avait dit. Quand j'ai obtenu mon diplôme, mon père m'a acheté une superbe sacoche en cuir, toute neuve. Gill y a jeté un coup d'œil et a déclaré que je n'irais pas loin avec un truc comme ça, que personne ne me ferait confiance. Il m'a donné une vieille sacoche à lui, toute cabossée. Je l'ai utilisée pendant des années.

— Quand même », reprit-elle au bout d'un moment, comme si elle n'avait pas écouté, « tous ces gens doivent vous attendre, vous espérer si fort. Peut-être que cela vous plaît. C'est ça ? »

Je lui jetai un regard dans la pénombre. « C'est ça, quoi ?

— Cela vous plaît, qu'il y ait toujours quelqu'un qui vous attende, quelque part dans la nuit ? »

Je ne répondis rien. Elle n'avait pas l'air de vouloir en savoir plus. Plus que jamais, j'avais le sentiment de quelque chose de faux chez elle, comme si elle jouait de l'obscurité, de cette intimité sans repères de l'auto pour essayer de se donner une nouvelle personnalité – celle de Brenda, peut-être. Elle resta un moment silencieuse, puis se mit à fredonner. C'était une des chansons sur lesquelles elle avait dansé avec le jeune homme à lunettes, et je sentis mon humeur s'assombrir de nouveau. Elle tendit la main vers son sac à main, chercha quelque chose à l'intérieur. « Votre voiture a-t-elle un truc, là, un allume-cigare ? » demandat-elle, sortant un paquet de cigarettes. Sa main caressa la surface du tableau de bord, pâle dans le noir, puis se retira. « Peu importe, j'ai des allumettes quelque part… Je vous en allume une ?

— Je peux l'allumer moi-même, vous n'avez qu'à me la donner.

— Oh, laissez-moi le faire. Ce sera comme dans les films. »

Il y eut le grattement puis l'éclair d'une allumette, et du coin de l'œil je vis son visage et ses mains surgir dans la lumière. Elle avait deux cigarettes entre les lèvres : elle les alluma toutes deux, puis en décolla une de ses lèvres et tendit le bras pour la poser entre les miennes. Légèrement troublé par le frôlement de ses doigts glacés — et par le contact sec de la cigarette, dont l'extrémité avait un imperceptible goût de rouge à lèvres —, je l'ôtai aussitôt et la gardai entre mes doigts, sur le volant.

Nous fumâmes en silence pendant un moment. Elle approcha son visage de la glace et se mit à dessiner des traits et des cercles dans la buée que faisait son haleine sur la vitre froide. Puis, brusquement : « Brenda, cette fille que j'ai rencontrée ce soir... Je ne l'aime pas beaucoup, vous savez.

— Ah bon ? Je n'aurais jamais cru ça. Vous vous êtes tombé dans les bras, comme deux sœurs depuis longtemps séparées.

— Oh, les femmes font toujours ça.

— Oui, je me suis souvent dit que ce devait être épuisant d'être une femme.

— Ça l'est, si on veut bien jouer son rôle. C'est pourquoi je le fais si rarement. Savez-vous comment je l'ai connue ?

— Brenda ? Chez les Wrens, je suppose.

— Non. Juste avant. Nous avons été îlotières ensemble, pour surveiller les départs de feu, pendant six semaines environ. Nous n'avons rien en commun, mais j'imagine que l'ennui nous a poussées à discuter. Elle avait rencontré un garçon — couché avec lui, je veux dire — et elle venait de s'apercevoir qu'elle était enceinte. Elle voulait se débarrasser du bébé, et elle cherchait une fille pour l'accompagner à la pharmacie et l'aider à se procurer des produits ; j'ai accepté. Nous sommes allées à Birmingham, où personne ne nous connaissait. Le type était horrible : guindé et méprisant et en même temps tout excité, exactement comme on peut l'imaginer. Je n'arrive jamais à décider si c'est rassurant ou déprimant, quand les gens se révèlent tels qu'on les imaginait... En tout cas, ça a marché. »

Je changeai de nouveau de vitesse. « J'en doute, dis-je. Ce genre de truc marche rarement.

— C'est vrai ? fit Caroline, surprise. Ce serait une simple coïncidence, alors ?

— Une simple coïncidence.

— Un coup de chance, pour cette chère Brenda. Après tout ce mal qu'elle s'était donné. Mais Brenda est le genre de personne qui attire la chance ou la malchance – des choses en tout cas, bonnes ou mauvaises. Il y a des gens comme ça, vous ne croyez pas ? » Elle tira sur sa cigarette. « Elle m'a demandé qui vous étiez.

— Quoi ? Qui cela ?

— Brenda. Elle pensait que vous étiez peut-être mon beau-père ! Et quand je lui ai dit que ce n'était pas le cas, elle vous a de nouveau regardé, en plissant les paupières de manière horrible, et elle a dit, "ton beau tout court, alors". C'est sa forme d'esprit. »

Juste ciel ! pensai-je. Apparemment, c'était la forme d'esprit de tout le monde ; et tout cela devait être un magnifique sujet de plaisanterie. « Eh bien, j'espère que vous lui avez aussitôt mis les points sur les i », dis-je. Elle ne répondit pas. Elle continuait de dessiner des traits sur la vitre. « C'est ce que vous avez fait, non ?

— Oh, je l'ai laissée un moment s'imaginer des choses – pas longtemps, juste pour voir, pour rire. Elle aussi devait se rappeler notre voyage à Birmingham. Elle a dit que l'avantage, quand on était avec un médecin, c'est que l'on craignait moins de "faire un faux pas". Ce à quoi j'ai répondu : "J'en sais quelque chose, ma chère ! Je me suis quatre fois foulé la cheville, et mon médecin a été un amour !" »

Elle prit une nouvelle bouffée de sa cigarette, puis continua, d'un ton froid. « Pas du tout, en fait. Je lui ai dit la vérité : que vous étiez un ami de la famille, et que vous m'aviez invitée à ce bal par gentillesse, pour me faire plaisir. Je pense que j'ai dû me déconsidérer totalement à ses yeux.

— Elle m'a l'air d'une jeune femme particulièrement antipathique. »

Elle se mit à rire. « Comme vous êtes collet monté ! La plupart des jeunes femmes parlent ainsi – aux autres jeunes femmes, j'entends. Mais je vous dis, je ne l'ai jamais beaucoup aimée. Dieu du ciel, je ne sens plus mes pieds ! »

Elle s'agita une seconde, essayant de se réchauffer. Je me rendis compte qu'elle se débarrassait de ses souliers ; puis elle replia les jambes et glissa sa jupe et son manteau sous ses genoux, se tournant vers moi, ses pieds nus sous les bas coincés dans le petit espace entre nos deux sièges. Sans lâcher la cigarette à demi fumée, elle saisit ses orteils et commença de les frictionner.

Au bout d'une minute ou deux, elle finit par écraser sa cigarette dans le cendrier du tableau de bord, puis souffla dans ses paumes avant de les poser à plat sur l'arrière de ses talons. Sur quoi elle ne fit plus un bruit ; la tête rentrée dans les épaules, elle parut s'assoupir. Ou peut-être fit-elle semblant. Dans un virage, je sentis une plaque de verglas sous les pneus, et la voiture dérapa un peu ; je dus freiner délicatement, par petites pressions, ralentissant presque au pas, ce qui l'aurait certainement éveillée si elle avait effectivement somnolé, mais elle ne bougea pas. Un peu plus tard, je dus m'arrêter à un croisement et me tournai pour la regarder. Ses paupières étaient toujours closes et, dans la pénombre, avec son manteau et sa robe sombres, elle apparaissait comme un assemblage de fragments anguleux : le visage carré aux sourcils épais, le gros diamant rouge vif de la bouche, la gorge découverte, les mollets musculeux, les longues mains pâles.

Ces fragments s'animèrent comme elle ouvrait les yeux. Elle soutint mon regard, le sien brillant légèrement dans l'éclat reflété de la route gelée. Lorsqu'elle parla, sa voix avait perdu toute effronterie ; elle était neutre, presque triste. « La première fois que je suis montée dans cette voiture, dit-elle, nous avons mangé des mûres. Vous vous en souvenez ? »

Je passai la première, embrayai. « Bien sûr que je m'en souviens. »

Je sentais toujours son regard sur moi. Puis elle se détourna, regarda au-dehors par la vitre.

« Où sommes-nous ?

— Sur la route de Hundreds.

— Si près ?

— Vous devez être fatiguée.

— Non. Pas vraiment.

— Même pas après avoir tant dansé, avec tant de jeunes gens ?

— Ça m'a réveillée, de danser, dit-elle, toujours de cette voix sans timbre, même si, en effet, un ou deux des jeunes gens ont failli me faire me rendormir. »

J'ouvris la bouche pour dire quelque chose, puis me ravisai. Puis lâchai finalement :

« Et le type à lunettes ? »

Elle se tourna vers moi, intriguée. « Vous l'avez bien vu, non ? C'était le pire de tous. Alan – ou Alec, quelque chose comme ça. Il m'a raconté qu'il travaillait dans un des laboratoires, à l'hôpital, en essayant de se donner une compétence et une importance considérables ; mais ça ne me semble pas possible. Il habite "en ville", chez "papa et maman". Je n'en sais pas plus. Il n'arrivait pas bien à parler tout en dansant. D'ailleurs il n'arrivait pas bien à danser non plus. »

Elle baissa la tête, de sorte que sa joue vint s'appuyer au dossier de son siège, et de nouveau je dus lutter contre une vague d'émotions mêlées. « Pauvre petit Alan, ou Alec », fis-je d'un ton un peu grinçant, qu'elle parut ne pas remarquer. Elle avait rentré le menton dans son col, et sa voix était à présent étouffée : « En fait, je crois que je n'ai pas vraiment aimé danser, jamais autant qu'avec vous, au début. »

Je ne répondis pas. Après un silence, elle reprit : « Je reboirais bien une goutte de cognac. Vous n'avez pas une flasque de quelque chose, dans la voiture ? » Sur quoi elle tendit le bras vers le tableau de bord et ouvrit la boîte à gants, se mit à fouiller à tâtons parmi les divers papiers, outils et paquets de cigarettes vides.

« Ne faites pas cela, s'il vous plaît, dis-je.

— Pourquoi ? Vous avez un secret ? De toute façon, il n'y a rien, là-dedans. » Elle referma la boîte à gants dans un claquement sec, puis se retourna pour regarder vers la banquette arrière. La bouillotte glissa de son manteau pour tomber sur le plancher. Elle était animée, de nouveau. « Et dans votre sacoche, vous n'avez rien ?

— Ne soyez pas sotte.

— Il doit bien y avoir quelque chose ?

— Je peux vous offrir un petit coup de chlorure d'éthyle, si ça vous tente.

— Ça me ferait dormir, c'est cela ? Mais je ne veux pas dormir. Autant être déjà rentrée à Hundreds, alors. Oh, mon Dieu, mais je n'ai pas envie de rentrer à Hundreds ! Vous ne pouvez pas m'emmener ailleurs ? »

Elle s'agitait comme une gamine ; et que ce soit cela, ou simplement les mouvements de la voiture, ses pieds dépassaient de plus en plus entre nos deux sièges, et je sentis bientôt, imperceptiblement, le frottement amorti de ses orteils contre ma cuisse.

« Votre mère va vous attendre, Caroline, dis-je, mal à l'aise.

— Oh, Maman s'en fiche. Elle se sera couchée et aura laissée Betty m'attendre à sa place. De toute façon, elles savent que je suis avec vous. Le chaperon de toute confiance, etc. Peu importe l'heure à laquelle nous rentrons. »

Je lui jetai un coup d'œil. « Vous n'êtes pas sérieuse ? Il est deux heures passées. J'ouvre mon cabinet à neuf heures.

— On pourrait s'arrêter, marcher un moment.

— Avec vos chaussures de bal !

— Je n'ai pas envie de rentrer tout de suite, c'est tout. On ne peut pas aller quelque part, pour parler, fumer des cigarettes ?

— Aller où ?

— N'importe où. Vous devez bien connaître un endroit.

— Ne soyez pas sotte », répétai-je.

Mais ma voix manquait de conviction. Car malgré moi – comme si cette image avait attendu son heure, juste sous la surface, et jaillissait soudain, libérée par ses paroles –, malgré moi, je pensais à ce lieu où je m'arrêtais quelquefois : l'étang sombre, entouré de roseaux. J'imaginais l'eau immobile reflétant les étoiles, l'herbe givrée craquant sous le pas ; le silence, la paix des lieux. Le tournant se trouvait à deux ou trois kilomètres devant nous.

Peut-être sentit-elle un changement chez moi. Elle cessa de s'agiter, et nous plongeâmes dans un silence presque palpable. La route montait, puis décrivait une boucle, puis redescendait ; nous n'étions plus qu'à une minute du chemin qui menait à l'étang. Jusqu'à la dernière minute, me semble-t-il, je ne sus pas si j'allais tourner. Puis brusquement je ralentis, débrayai, rétrogradai en hâte. À mes côtés, Caroline tendit le bras vers le tableau de bord pour se retenir, comme je braquais. Elle s'y attendait encore moins que moi. Dans le mouvement de la voiture, ses pieds glissèrent plus loin, et l'espace d'une seconde je les sentis sous ma cuisse, fermes, intrusifs comme des petits animaux fouisseurs. Puis nous roulâmes plus paisiblement, et elle les retira, son siège craquant comme elle s'appuyait des talons pour les empêcher de glisser plus loin.

Était-elle sérieuse quand elle parlait de s'arrêter, de fumer des cigarettes ? Avais-je, en visualisant cet endroit, oublié qu'il était deux heures du matin ? Je coupai le moteur, et les phares s'éteignirent : il n'y avait rien à voir, ni étang, ni herbe, ni roseaux. Nous aurions pu nous trouver n'importe où, ou nulle part. Seul le silence était celui que j'avais imaginé : si intense qu'il semblait grossir le moindre son qui le brisait, de sorte que me parvenaient, de manière étrangement amplifiée, chaque respiration de Caroline, la crispation et le relâchement de sa gorge quand elle déglutissait, le décollement de sa langue contre son palais quand elle entrouvrait la bouche. Une minute durant, peut-être plus, nous demeurâmes ainsi, sans bouger davantage, moi les mains toujours posées sur le volant, elle le bras tendu contre le tableau de bord, comme si elle se retenait encore contre les cahots.

Puis je me tournai, tentai de la regarder. Il faisait trop sombre pour distinguer son visage, mais je parvenais sans peine à imaginer cette combinaison peu gracieuse des traits familiaux. J'entendais encore la voix de Seeley : *Il y a quelque chose, là, aucun doute…* Et je l'avais senti, n'est-ce pas ? Je pense que je l'avais senti dès la première fois, en la voyant caresser de ses orteils dénudés le ventre de Gyp ; et je l'avais senti mille fois depuis, en remarquant le renflement de ses hanches, sa poitrine gonflée, l'aisance, la fermeté de ses mouvements. Mais – là encore, j'avais honte de le reconnaître, comme j'ai honte aujourd'hui de ce souvenir – ce sentiment faisait se lever autre chose en moi, un malaise, une chose plus sombre, plus souterraine, peut-être proche de la répulsion. Ce n'était pas notre différence d'âge. Je pense n'y avoir même jamais pensé. C'était comme si ce qui m'attirait vers elle me repoussait également. Comme si je la désirais malgré moi… Je repensai à Seeley. Rien de tout cela, je le savais, n'aurait eu de sens à ses yeux. Seeley l'aurait embrassée, en se fichant du reste. Je l'avais souvent imaginé, ce baiser. Ses lèvres fraîches, et la surprenante chaleur au-delà. Dans l'ombre, l'ouverture lente, hésitante d'une déchirure humide, mouvante, savoureuse. Seeley, lui, l'aurait fait.

Mais je ne suis pas Seeley. Cela faisait longtemps que je n'avais pas embrassé une femme ; des années s'étaient écoulées, en fait, depuis la dernière fois que j'avais tenu une femme dans mes bras avec autre chose qu'un désir plutôt machinal. Je ressentis une brève flambée de panique. Et si je ne savais plus ? Et Caroline, à côté de moi, peut-être aussi peu sûre d'elle que moi, mais jeune, vivante, désirante, offerte… J'ôtai enfin ma main du volant et la posai, hésitante, sur un de ses pieds. Ses orteils s'agitèrent comme si je les chatouillais, mais sinon, aucune réaction. Je gardai la main ainsi pendant quelques secondes, l'espace de six ou sept battements de cœur, puis, lentement, l'avançai – mes doigts glissant sur la surface lisse et délicate du bas, caressant l'arche du cou-de-pied, le relief de la cheville, au creux du talon. Comme elle ne réagissait toujours pas, ma main remonta régulièrement, jusqu'à venir se nicher dans la fente tiède, légèrement humide, entre son mollet replié et l'arrière de sa cuisse. Alors je me tournai et me penchai vers elle, prêt à la prendre par l'épaule de l'autre main pour attirer son visage vers le mien. Mais, dans le noir, mes doigts rencontrèrent le revers de son manteau ; mon pouce glissa juste à côté du pli, toucha le renflement de sa poitrine. Il me sembla la sentir tressaillir, ou frissonner, tandis que mon pouce effleurait doucement sa robe. De nouveau ses lèvres s'entrouvrirent, je perçus le mouvement de sa langue contre son palais, le chuintement d'une inspiration.

La robe était munie de trois boutons de perle, que je dégrafai maladroitement. Au-dessous, elle portait une combinaison immaculée, avec une garniture de dentelle légère. Au-dessous encore, son soutien-gorge, rigide, austère, aux élastiques solides, le genre d'accessoire que j'avais souvent vu porter mes patientes depuis la guerre, de sorte que l'espace d'un moment, me souvenant de ces scènes aucunement érotiques dans mon cabinet de consultations, mon désir déjà fragile faillit presque s'évanouir. Puis elle bougea, ou reprit son souffle ; son sein se souleva sous ma main, et je sentis sous ma paume non plus le bonnet rigide du soutien-gorge, mais la chair chaude et pleine au-dessous, le téton durci – aussi dur, me semblait-il, que l'extrémité d'un de ses doigts fuselés. Cela agit sur mon désir comme une mèche que l'on allume, et je me penchai davantage, mon chapeau glissant et tombant. J'écartai la jambe que j'agrippais de ma main gauche, l'attirai derrière moi. Son autre jambe vint se coller à mon ventre, lourde et chaude. J'enfonçai mon visage dans sa poitrine et dus essayer de remonter jusqu'à ses lèvres. Je me mouvais maladroitement contre elle, sur elle – avec simplement le désir de l'embrasser. Mais elle se cabra soudain, et son menton vint heurter ma tête. Elle tenta de remuer les jambes – de les décaler – et il me fallut un moment pour comprendre qu'elle essayait simplement de les dégager de sous mon corps.

« Je suis désolée, dit-elle, donnant plus d'énergie à ses mouvements. Je suis désolée, je… je ne peux pas. »

Là encore, je pense que je compris une seconde trop tard ; ou peut-être étais-je allé si loin que j'avais simplement le besoin éperdu de conclure. Je baissai les bras, la saisis aux hanches. Elle se dégagea d'une torsion de tout le corps, avec une violence qui me laissa pantois. L'espace d'un instant, nous luttâmes, littéralement. Puis elle replia les genoux et se mit à me cribler de coups de pied, en aveugle. Son talon vint frapper ma mâchoire, et je basculai en arrière.

Je dus rester une seconde assommé. Je me rendis soudain compte que les sièges remuaient : sans la voir, je compris qu'elle avait déplié ses jambes et rajustait sa jupe, reboutonnait sa robe – tout cela en hâte, avec des gestes saccadés, presque comme prise de panique. Puis elle s'enroula dans le plaid et se détourna, s'écartant de moi aussi loin que l'étroitesse de la voiture le permettait, et mit son visage à la vitre, le front pressé contre la glace ; sur quoi elle demeura parfaitement, horriblement immobile. Je ne savais que faire. Je tendis un bras hésitant, touchai son bras. Elle tressaillit, puis me laissa le caresser – mais ç'aurait aussi bien pu être le plaid lui-même qui m'y autorisait, ou le siège de cuir ; elle semblait morte sous ma main.

« Juste ciel ! fis-je, consterné. Je pensais que vous vouliez cela. »

Quelques secondes passèrent. « Moi aussi », répondit-elle enfin.

Elle n'en dirait pas plus. Gêné, mal à l'aise, j'ôtai ma main, récupérai mon chapeau. Les vitres de la voiture, sinistre ironie, étaient couvertes de buée. Je baissai ma glace, espérant contribuer à alléger cette atmosphère d'intime malaise, de maldonne. L'air de la nuit s'engouffra dans la voiture comme un flot d'eau glacée, et je la sentis bientôt frissonner. « Je vous ramène à la maison, Caroline ? » demandai-je. Elle ne répondit pas, mais je lançai le moteur – un son discordant, brutal dans le silence nocturne – et amorçai lentement un demi-tour.

Elle ne reprit vie qu'une fois rejointe la route de Hundreds, tandis que défilait le mur du parc. Comme nous arrivions à la grille, elle se redressa vraiment, arrangeant ses cheveux, remettant ses souliers, mais sans me regarder. Quand je remontai au volant après avoir ouvert le portail, elle avait ôté le plaid de ses épaules et se tenait assise bien droit, prête. Je remontai prudemment l'allée verglacée jusqu'au terre-plein de gravier. Deux ou trois fenêtres capturèrent un instant la lueur des phares, nous la renvoyant avec ce lustre doux, incertain d'une flaque d'huile sur de l'eau. Mais les fenêtres elles-mêmes étaient sombres, et lorsque je coupai le moteur, la grande bâtisse parut s'approcher peu à peu, jusqu'à nous dominer, terriblement imposante et hostile contre le ciel parsemé de milliers d'étoiles.

Je tendis la main vers la poignée, avec l'intention de sortir pour lui ouvrir la portière. Mais elle fut plus rapide que moi : « Non, je vous en prie. Ça ira très bien. Je ne veux pas vous retenir. »

Plus trace d'ébriété dans sa voix, ni de coquetterie. Mais aucune émotion non plus. Son ton était imperceptiblement retenu, rien de plus. « Alors j'attends ici que vous soyez bien rentrée dans la maison », dis-je.

Mais elle secoua la tête. « Je n'entre pas par là. À présent que Roddie est parti, Maman demande que l'on verrouille la porte principale, la nuit. Je passe par le jardin. J'ai ma clef. »

Je dis que, dans ce cas, il n'était pas question de la laisser seule, et nous descendîmes ensemble et nous mîmes en marche, silencieux, tendus, passant devant les fenêtres de la bibliothèque avant de tourner pour emprunter la terrasse du côté nord de la maison. Il faisait si sombre que nous étions contraints d'avancer au jugé. De temps à autre, nos bras se touchaient, et nous prenions soin de nous écarter, pour nous heurter en aveugles quelques pas plus loin. Un instant, nos mains se rencontrèrent, nos doigts s'emmêlèrent ; elle retira la sienne comme si elle s'était brûlée, et je me crispai, repensant à cette courte lutte dans la voiture. L'obscurité devenait presque suffocante. On aurait cru une immense couverture posée sur nos têtes. Comme nous contournions de nouveau la maison, et que la lumière des étoiles nous était elle-même masquée par les ormes de ce côté de la demeure, je sortis mon briquet et fis une lanterne de mes paumes. Elle me laissa la guider jusqu'à la porte, la clef déjà à la main.

Une fois la porte ouverte, toutefois, elle s'immobilisa sur le seuil, comme hésitante soudain. L'escalier au-delà était faiblement éclairé, mais quand je soufflai la flamme de mon briquet, nous nous retrouvâmes totalement aveugles. Lorsque mes yeux se furent faits à l'obscurité, je vis qu'elle tournait son visage vers moi, mais gardait les yeux baissés. « Je me suis conduite comme une idiote, dit-elle lentement, à mi-voix. La soirée avait été si agréable. J'ai aimé danser avec vous. »

Elle leva les yeux et s'apprêtait peut-être à ajouter quelque chose, je n'en sais rien. À cet instant, la lumière de l'escalier s'alluma en grand. « C'est Betty qui vient à ma rencontre, dit-elle précipitamment. Il faut que j'y aille. » Elle se pencha vers moi et me posa un baiser sur la joue, un baiser un peu sec ; puis, comme le coin de ses lèvres frôlait les miennes, elle posa une main sur ma joue et me força maladroitement à tourner la tête. Nos lèvres se rencontrèrent franchement, l'espace d'une seconde, et je sentis une sorte de frisson parcourir les traits de son visage, sa bouche frémit, elle serra fort les paupières. Puis elle s'écarta.

Elle pénétra dans la maison comme si elle passait par une déchirure ouverte dans la nuit, avant de refermer aussitôt la porte sur ses pas. J'entendis la clef tourner dans la serrure, perçus le cliquètement de ses talons s'éloignant sur les marches de pierre nue. Et, étrangement, de l'avoir ainsi perdue me donna une envie d'elle totale, physique, plus forte que sa proximité même ne l'avait fait : je m'approchai de la porte et m'y collai, frustré, souhaitant qu'elle revienne. Mais elle ne revint pas. La maison silencieuse m'était fermée, le jardin à l'abandon se taisait. J'attendis encore une minute, une autre ; puis je fis lentement demi-tour et rejoignis la voiture dans une obscurité presque impénétrable.

IX

Après quoi je ne la revis pas pendant plus d'une semaine ; j'étais trop occupé. Et, pour être honnête, je fus heureux de cette impossibilité. Elle me donnait la chance, pensais-je, de faire le tri dans mes sentiments : de me remettre des bévues de cette nuit-là et de l'embarras qu'elles suscitaient ; de me dire que finalement il ne s'était pas passé grand-chose ; de mettre cela sur le compte de l'alcool, de l'obscurité, de la danse. Rencontrant Graham le lundi, je me fis un devoir de parler de Caroline, racontant qu'elle s'était assoupie dans la voiture et avait dormi « comme un bébé » jusqu'à Hundreds, avant de changer de sujet. Comme je l'ai sans doute déjà dit, je ne suis pas menteur de nature. J'ai trop vu, dans la vie de mes patients, les imbroglios auxquels mène le mensonge. Mais en l'occurrence il me paraissait préférable de mettre immédiatement fin à toute spéculation concernant Caroline et moi ; cela pour elle autant que pour moi. J'espérais plus ou moins tomber sur Seeley. J'avais l'intention de lui demander sèchement d'essayer de faire taire ces rumeurs auxquelles il avait fait allusion, et selon lesquelles j'avais une liaison potentielle avec Mrs ou Miss Ayres. Puis je commençai de me demander si ces rumeurs avaient réellement *existé*. Cette histoire n'aurait-elle pas simplement été une mauvaise blague de la part d'un

Seeley un peu éméché ? Je décidai que si et, quand nos routes se croisèrent enfin, je ne fis aucune allusion au bal, et lui non plus.

Néanmoins, au fur et à mesure que s'écoulait cette semaine chargée, je pensais souvent à Caroline. Le gel fit de nouveau place à la pluie, mais je savais que celle-ci ne l'empêchait guère de se promener : en prenant le raccourci par le parc, je me surpris à la chercher des yeux. Je la guettais également sur les petites routes autour de Lidcote, en vain, et je sentis la déception s'emparer de moi. Pourtant, quand une occasion se présentait de m'arrêter au Hall, je ne la saisissais pas… Je me rendis compte, presque à ma propre surprise, que j'avais le trac. Plus d'une fois, je décrochai le téléphone pour l'appeler ; chaque fois je raccrochai sans avoir composé le numéro. Bientôt, cet éloignement commença de paraître étrange. Il me vint à l'esprit que sa mère pourrait trouver bizarre de n'avoir aucune nouvelle de moi. Et ce fut, autant qu'autre chose, la perspective de susciter involontairement des soupçons chez Mrs Ayres qui me fit franchir le pas, car je m'apercevais que cette possibilité m'angoissait presque.

Je m'arrêtai au Hall un mercredi après-midi où j'avais une heure libre entre deux visites. La maison était déserte, à part Betty que je trouvai de bonne humeur, en train de faire les cuivres à la table de la cuisine, la radio allumée ; elle me dit que Caroline et sa mère étaient quelque part dans le jardin et, après une brève inspection, je les vis qui faisaient tranquillement le tour des pelouses. Elles examinaient l'effet, sur les massifs déjà hirsutes, des dernières violentes averses. Mrs Ayres était tout emmitouflée pour se protéger du froid et de l'humidité, mais m'apparut en bien meilleure forme que la dernière fois où je l'avais vue. Elle m'aperçut avant sa fille et vint à ma rencontre, souriante. Caroline, comme mal à l'aise, se pencha pour ramasser au sol un rameau garni de feuilles brunies et luisantes. Puis elle se redressa et suivit sa mère, croisa mon regard sans rougir le moins du monde, et l'une des premières choses qu'elle me dit fut : « Vous vous êtes remis de toutes ces danses ? J'ai eu les pieds en capilotade pendant toute la semaine dernière. Vous auriez dû voir quel sort nous avons fait subir à la piste, Maman ! Nous avons été magnifiques, n'est-ce pas, docteur ? »

C'était de nouveau la fille du châtelain, au ton léger mais résolu, sans faille. « Absolument », dis-je, et je dus aussitôt me détourner, incapable de la regarder, car je ressentais une cassure, un effondrement intérieur, et à cet instant seulement je sus ce qu'elle signifiait pour moi. Tout mon sage raisonnement des dix derniers jours n'était, je le comprenais soudain, qu'une sorte d'écran, de paravent élevé par mon propre cœur bouleversé. Et ce bouleversement, c'était elle qui en était responsable, qui avait fait se lever ce tourbillon d'émotions entre nous ; et la pensée qu'elle puisse à présent les enfermer – les sceller, comme elle l'avait fait de son chagrin à propos de Gyp – était extrêmement difficile à supporter.

Mrs Ayres s'était éloignée pour examiner un autre massif. Je me dirigeai vers elle et lui offris mon bras tandis que Caroline la rejoignait de l'autre côté, et nous passâmes ainsi, lentement, d'une pelouse à l'autre, Caroline se penchant régulièrement pour arracher les plants les plus abîmés, ou remettre en terre, bien calés, ceux qui pouvaient survivre. Je ne sais pas si elle m'adressa le moindre regard. Lorsque je lui jetais un coup d'œil, elle gardait les yeux fixés droit devant elle ou baissés vers la terre, de sorte que je ne voyais d'elle que son profil un peu camus et, comme nous marchions séparés par Mrs Ayres, son visage demeurait souvent partiellement ou entièrement caché à ma vue par celui de sa mère. Je me souviens qu'elles parlèrent sans fin des jardins. La pluie avait fait s'effondrer une clôture, et elles discutèrent pour savoir s'il convenait de la remplacer ou non. Une urne ornementale avait également été brisée, et il faudrait déplacer le gros buisson de romarin qu'elle contenait. C'était une urne ancienne, rapportée d'Italie avec sa jumelle par les arrière-grands-parents du colonel. Pouvait-elle être réparée, selon moi ? Nous restâmes un moment à l'examiner, abandonnée, sa vasque brisée, béante, dévoilant une masse de racines enchevêtrées. Caroline s'accroupit et enfonça son index dans les racines emmêlées. « On s'attend presque à les voir sursauter », dit-elle, levant les yeux vers le romarin au-dessus. Mrs Ayres aussi s'approcha, faisant glisser entre ses doigts gantés les branches vert et argent comme si elle peignait des mèches de cheveux, avant de porter ses doigts à son visage pour en respirer la fragrance.

« Délicieux », dit-elle, tendant la main vers moi pour que je la hume aussi, et automatiquement je courbai la tête vers ses doigts et souris – même si je ne sentais rien d'autre, je m'en souviens, que l'odeur amère de ses gants de chamois. Mon esprit était entièrement tourné vers Caroline. Je la vis asticoter les racines une nouvelle fois, puis se redresser et s'essuyer les mains. Je la vis rajuster la ceinture de son manteau et frapper légèrement un pied contre l'autre pour se débarrasser d'une motte de terre collée à son talon. Je la vis faire toutes ces choses sans une seule fois la regarder réellement – comme avec un nouvel œil, un œil invisible qu'elle avait elle-même créé et qu'à présent, dans son insouciance, elle venait agacer comme un cil perdu.

Mrs Ayres nous mena vers la pelouse ouest. Elle voulait examiner la maison de ce côté, car Barrett lui avait dit qu'une des gouttières fuyait, probablement bouchée. En effet, ayant tourné au coin, nous vîmes une grande tache sombre, irrégulière, là où l'eau s'était échappée d'un raccordement de la descente. La tache courait au-dessus de la fenêtre du grand salon pour disparaître dans la maçon-nerie, là où la pièce faisait une avancée dans la façade arrière, plate, de la maison.

« Je suis certaine que ce grand salon n'a été qu'une source d'ennuis depuis l'instant où ils l'ont ajouté », dit Caroline, posant une main sur l'épaule de sa mère et se dressant sur la pointe des pieds pour tenter de mieux voir. « Je me demande jusqu'où l'eau s'est infiltrée dans les murs. J'espère qu'il ne faudra pas rejointer les briques. Nous pouvons faire réparer la gouttière, mais financièrement nous ne pourrons rien nous permettre de plus lourd. »

Ce problème semblait la préoccuper. Elle en parla avec sa mère, toutes deux allant et venant sur la pelouse pour avoir une meilleure vue des dégâts. Puis nous montâmes sur la terrasse pour examiner la chose de plus près. Je restais très silencieux, incapable de m'intéresser outre mesure à cette tâche ; je me surpris à jeter des regards de l'autre côté de l'avancée anguleuse du grand salon, vers la porte du jardin, là où je m'étais tenu dans l'obscurité avec Caroline, où elle avait maladroitement levé la tête pour poser ses lèvres sur les miennes. Et l'espace d'une seconde, ce souvenir me saisit avec une telle violence que j'en demeurai presque étourdi. Mrs Ayres m'appela pour me montrer le mur ; je dus probablement faire quelques réflexions ineptes à propos de l'état des briques. Puis je m'éloignai, contournant la terrasse jusqu'à ce que cette porte qui me troublait tant soit bien hors de ma vue.

Tourné vers le parc que je parcourais des yeux sans le voir, je me rendis soudain compte que Caroline également s'était éloignée de sa mère. Peut-être, après tout, était-elle aussi troublée par la vue de cette porte. Elle me rejoignit à pas lents, ses mains nues au fond de ses poches. « Vous entendez les hommes de Babb ? me demanda-t-elle.

— Les hommes de Babb ? répétai-je, sottement.

— Oui, le son porte, aujourd'hui. »

Elle désigna de la tête, au loin, les échafaudages immenses qui se dressaient à présent comme des toiles d'araignée, et les maisons qui poussaient au milieu, carrées, insolentes. Prêtant attention aux bruits, je perçus dans l'air humide, immobile, les échos de coups et de clameurs du chantier, les appels des ouvriers, un bref fracas de planches ou de poteaux jetés au sol.

« On dirait un bruit de bataille, reprit Caroline. Vous ne trouvez pas ? Peut-être comme cette bataille fantôme de Edge Hill, que les campeurs entendent au milieu de la nuit, dit-on. »

Je la regardai bien en face, mais ne répondis rien, me méfiant de ma propre voix ; et ce silence, je suppose, était aussi éloquent que si j'avais murmuré son prénom ou posé une main sur elle. Elle vit l'expression de mon visage, puis jeta un bref regard vers sa mère, et...

je ne sais pas comment ceci put se produire, mais une sorte de courant électrique passa enfin entre nous, un flux qui charriait tout, la pression de ses hanches contre les miennes quand nous dansions, l'intimité obscure et glacée de la voiture, le désir, la frustration, la lutte, le baiser... De nouveau, le vertige faillit s'emparer de moi. Elle baissa la tête et nous restâmes une seconde ainsi, silencieux, ne sachant que faire. Puis je pris la parole, à voix basse : « J'ai beaucoup pensé à vous, Caroline. Je... »

« Docteur ! » Sa mère m'appelait de nouveau. Elle voulait me montrer un autre pan de mur. Un vieux crampon de plomb s'était détaché, et elle craignait que le mur qu'il maintenait ne commence à faiblir... Le flux électrique s'interrompit brusquement. Déjà Caroline s'était détournée et se dirigeait vers sa mère. Je les rejoignis, et nous contemplâmes d'un œil sombre les briques qui faisaient un ventre et les failles apparues dans la maçonnerie, sur quoi je fis encore quelques suggestions absurdes quant aux réparations possibles.

Bientôt, le froid la gagnant, Mrs Ayres passa de nouveau son bras sous le mien et me laissa la ramener à l'intérieur, dans le petit salon.

De toute la semaine passée, me dit-elle, elle n'était quasiment pas sortie de sa chambre, afin d'en finir avec les dernières traces de bronchite. Assise devant la cheminée, elle frictionnait ses mains tendues vers les flammes, avec un plaisir visible. Elle avait perdu du poids, depuis peu ; les bagues flottaient autour de ses doigts, et elle ne cessait de remettre les pierres à l'endroit. « Comme ça fait du bien d'être de nouveau sur pied ! s'exclama-t-elle néanmoins d'une voix éclaircie. Je commençais à me voir comme la poétesse... Dis-moi, Caroline, quelle poétesse, déjà ? »

Caroline s'installait sur le divan. « Je ne sais pas, Maman.

— Mais si, tu sais. Tu connais tous les poètes. Cette femme, terriblement timide...

— Elizabeth Barrett ?

— Non, pas elle.

— Charlotte Mew ?

— Dieu du ciel, elles sont si nombreuses ! Non, je veux parler de l'Américaine, qui a passé des années et des années enfermée dans sa chambre, à envoyer des petits textes, etc.

— Oh, vous voulez sans doute dire Emily Dickinson.

— Voilà, Emily Dickinson. Assez fatigante à lire, finalement, quand j'y pense. Avec ce côté haletant, sautillant. Qu'y a-t-il de mal à écrire de longs, beaux vers, à un rythme enjoué ? Lorsque j'étais enfant, savez-vous, docteur Faraday, j'avais une gouvernante allemande, Miss Elsner. Elle était folle de Tennyson… »

Elle s'embarqua ainsi dans des anecdotes sur son enfance, anecdotes que j'entendis à peine, je suis au regret de le dire. J'avais pris le fauteuil en face du sien, ce qui signifiait que Caroline, sur le divan, était à ma gauche, juste assez décalée dans mon champ de vision pour que je dusse délibérément tourner la tête pour croiser son regard. Chaque fois, ce mouvement se révélait de plus en plus contraint et artificiel ; il était tout aussi artificiel de ne jamais tourner la tête. Et si parfois nos regards se croisaient effectivement, et se soudaient, la plupart du temps ses yeux se refusaient, son visage demeurait sans expression. « Êtes-vous allée voir les nouvelles maisons, cette semaine ? » m'enquis-je comme Betty apportait le thé. « Avez-vous l'intention de passer à la ferme aujourd'hui ? » demandai-je également, dans l'idée de lui proposer de la déposer, et de profiter de quelques instants seul avec elle. Mais elle répondit d'une voix égale que non, elle avait diverses choses à faire et comptait passer le reste de l'après-midi à la maison… Que pouvais-je faire de plus, en présence de sa mère ? Une fois, comme Mrs Ayres se détournait, je la regardai plus franchement, avec une sorte de haussement d'épaule, un froncement de sourcils, et elle détourna brusquement les yeux, comme agacée. L'instant d'après, je l'observai qui tirait machinalement une couverture écossaise sur le dossier du divan, et je la revis brusquement resserrer le plaid autour d'elle dans ma voiture, et s'écartant de moi. J'entendais sa voix : *Je suis désolée. Je ne peux pas. Je ne peux pas !* Tout espoir m'abandonna.

Mrs Ayres finit par remarquer ma distraction.

« Vous êtes bien silencieux aujourd'hui, docteur. Pas de souci, j'espère ?

— J'ai commencé très tôt ce matin, c'est tout, dis-je d'un ton d'excuse. Et hélas, j'ai encore des patients à voir. Je suis très heureux de vous trouver en bien meilleure forme. Mais à présent », je consultai ostensiblement ma montre, « il va falloir que je parte, j'en ai bien peur.

— Oh, mais quel dommage ! »

Je me levai. Mrs Ayres sonna Betty et lui demanda d'aller chercher mes affaires. Comme je passais mon pardessus, Caroline se mit sur pied, et je pensai, avec un mélange de joie et d'appréhension, qu'elle avait l'intention de m'accompagner jusqu'à la porte. Mais elle se dirigea simplement vers la table pour poser les tasses sur le plateau. Tandis que nous échangions quelques derniers mots avec sa mère, toutefois, elle s'approcha de nouveau de moi. Elle penchait la tête, mais je vis qu'elle regardait mon manteau avec insistance. « Vous craquez aux coutures, docteur », murmura-t-elle soudain, sur quoi elle tendit la main et saisit le bouton du haut, qui ballottait, ne tenant plus que par deux fils de coton pelucheux. Pris de court, je reculai légèrement, et les fils se défirent ; le bouton resta dans sa main, et nous nous mîmes à rire. Elle caressa du pouce la surface de cuir tressé puis, comme vaguement mal à l'aise, le laissa tomber dans ma paume tendue.

Je mis le bouton dans ma poche. « Un des risques que l'on encourt à rester célibataire », dis-je.

En vérité, cette phrase ne voulait rien dire de particulier, c'était le genre de réflexion que j'avais mille fois faite à Hundreds. Mais comme le sous-entendu possible me frappait, je me sentis rougir jusqu'aux oreilles. Caroline et moi restions immobiles, comme pétrifiés ; je ne me sentais pas le courage de lever les yeux vers elle. C'est vers Mrs Ayres que je dirigeai mon regard. Elle observait sa fille avec une expression vaguement intriguée – comme si nous partagions une plaisanterie dont elle était exclue, mais dont elle était persuadée que nous allions la lui expliquer. Mais nous nous taisions – toujours immobiles, gênés, rougissants – et l'expression de son visage changea. Ce fut comme de survoler rapidement un paysage, la curiosité faisant place à un éclair de compréhension stupéfaite, puis la stupéfaction se transformant aussitôt en un sourire tendu, teinté d'autodérision.

Elle se détourna vers la table à ses côtés, tendant une main comme pour y chercher quelque chose, puis se leva.

« J'ai bien peur d'avoir été assez ennuyeuse, aujourd'hui, dit-elle, ramenant ses châles contre elle.

— Dieu du ciel, c'est une chose qui ne vous arrivera jamais ! » fis-je aussitôt.

Elle ne m'accorda pas un regard. C'est à Caroline qu'elle jeta un coup d'œil. « Tu ne raccompagnes pas le Dr Faraday à sa voiture ? »

Caroline se mit à rire. « Je pense qu'après tout ce temps le Dr Faraday est capable de retrouver sa voiture tout seul.

— Bien sûr ! fis-je. Ne vous dérangez pas.

— Non, dit Mrs Ayres, c'est moi qui vous ai dérangés. Je le vois bien à présent. À bavarder comme ça… docteur, je vous en prie, ôtez votre manteau et restez encore un peu. Il ne faut pas vous presser de partir à cause de moi. Et j'ai des choses à faire à l'étage.

— Oh, Maman, intervint Caroline. Franchement… Que se passe-t-il ? Le Dr Faraday a des patients à voir. »

Mrs Ayres continuait de rassembler ses affaires. « Je suis certaine que vous avez beaucoup de choses à vous dire, tous les deux, fit-elle comme si elle n'avait pas entendu.

— Mais non, dit Caroline. Rien du tout, je vous assure !

— Je dois vraiment y aller, vous savez, dis-je.

— Eh bien, Caroline va vous raccompagner. »

De nouveau, Caroline se mit à rire, mais son ton se fit plus dur. « Non, Caroline n'en fera rien ! Je suis désolée, docteur. Tout ceci est absurde. À cause d'un bouton. J'espère que vous êtes plus doué avec les seringues. Maman ne va plus me laisser en paix, maintenant… Maman, rasseyez-vous. Quoi que vous pensiez, c'est absolument faux. Vous n'avez pas besoin de sortir. C'est moi qui monte.

— Non, je vous en prie », dis-je vivement, tendant la main vers elle ; et le sentiment qui transparaissait dans le ton de ma voix, dans mon geste, dut nous trahir plus que toute autre chose. Elle avait déjà traversé la pièce d'un pas décidé ; elle eut un mouvement presque d'impatience – secouant la tête dans ma direction. À la seconde suivante, elle avait disparu.

Je regardai la porte se refermer derrière elle, puis me retournai vers Mrs Ayres.

« Est-ce *vraiment* absurde ? me demanda-t-elle.

— Je ne sais pas », répondis-je, impuissant.

Elle inspira profondément, puis ses épaules s'affaissèrent comme elle expirait. Elle retourna à son fauteuil et s'y assit lourdement, me faisant signe de reprendre ma place en face d'elle. Je me posai sur le bord du siège, toujours en pardessus, chapeau et écharpe à la main. Nous restâmes un moment sans rien dire. Je la voyais réfléchir. Quand elle ouvrit enfin la bouche, sa voix avait une sorte d'éclat artificiel – comme un métal que l'on a trop poli, jusqu'à le ternir.

« Bien entendu, dit-elle, j'ai souvent pensé à cette possibilité de vous et Caroline ! Je crois que j'y ai pensé dès la première fois que vous êtes venu ici. Il y a une différence d'âge ; mais cela n'a aucune importance pour un homme, et quant à Caroline, elle est trop intelligente pour se laisser influencer par ce genre de considération… Mais vous sembliez être simplement bons amis, tous les deux.

— J'espère que nous le sommes toujours, dis-je.

— Et un peu plus que cela, de toute évidence. » Elle jeta un regard vers la porte et fronça les sourcils, l'air songeur. « Comme elle est secrète ! Elle ne m'aurait rien dit, savez-vous. À moi, sa mère !

— C'est parce qu'il n'y a quasiment rien à dire.

— Oh, mais ce n'est pas le genre de chose qui arrive progressivement. On franchit le pas, voilà tout. En l'occurrence, je ne vous demanderai pas quand exactement le pas a été franchi. »

Je m'agitai sur mon siège, mal à l'aise. « Très récemment, en fait.

— Caroline est en âge pour cela, bien entendu. Et elle a toujours su ce qu'elle voulait. Mais son père ayant disparu, et son pauvre frère dans la situation que nous savons, je devrais sans doute vous poser quelques questions. Vous demander quelles sont vos intentions, ce genre de chose. Mon Dieu, que tout cela semble edwardien ! Vous n'avez aucune illusion quant à l'état de notre fortune ; c'est déjà une bénédiction. »

De nouveau, je m'agitai. « Écoutez, tout cela est un peu gênant pour moi. Vous devriez en parler à Caroline elle-même. Je ne peux rien dire à sa place. »

Elle eut un rire sans joie. « En effet, je ne vous le conseille pas.

— Pour être honnête, je préférerais que nous abandonnions ce sujet. Il faut vraiment que je parte. »

Elle baissa la tête, lentement, comme en un salut. « Mais bien sûr, si vous le souhaitez. »

Toutefois, je restai assis encore un moment, luttant contre mes sentiments contradictoires, perturbé par le tour qu'avait pris cette visite, et malheureux que cette situation – qui m'apparaissait toujours comme plus ou moins surgie de nulle part – ait creusé une distance aussi évidente entre nous. Finalement, je me levai brusquement. Je m'approchai de son fauteuil et, comme elle levait le visage vers moi, je fus effaré, et consterné, de voir des larmes briller dans ses yeux. Ses paupières semblaient avoir pris une teinte plus foncée, une texture plus flasque, et je me rendis compte que ses cheveux – pour une fois sans carré de soie ni mantille – étaient striés de gris.

Sa vivacité artificielle avait disparu, aussi. « Oh, que vais-je devenir, docteur ? fit-elle avec une autocomplaisance quelque peu surjouée. Mon univers se rétrécit, c'est une tête d'épingle à présent. Vous ne m'abandonnerez pas complètement, Caroline et vous ?

— Vous abandonner ? » Je reculai d'un pas, secouant la tête et esquissant un rire, comme si elle avait voulu plaisanter. Mais ma voix sonnait aussi faux que la sienne quelques minutes auparavant. « Tout cela est d'une précipitation absurde, dis-je. Rien n'a changé. Rien n'a changé, et il n'est question d'abandonner personne. Je peux vous le promettre. »

Sur quoi je la laissai, la tête me tournant un peu au long du couloir, plus bouleversé que jamais par le tour que prenaient les événements et par la rapidité avec laquelle, en un si court laps de temps, les choses paraissaient avoir fait un véritable bond en avant. Je ne songeai même pas à chercher Caroline, me semble-t-il. Je me dirigeai simplement vers la porte, mettant mon chapeau et mon écharpe en chemin.

Mais comme je traversais le hall, un bruit ou un mouvement attirèrent mon attention : levant les yeux vers l'escalier, je la vis là, sur le palier du premier étage, juste au coin de la rampe. La coupole de verre l'éclairait d'en haut, et ses cheveux châtains paraissaient presque blonds dans la lumière pâle et douce, mais son visage restait noyé d'ombre.

J'ôtai de nouveau mon chapeau et me dirigeai vers la première volée de marches. Comme elle ne bougeait pas, je l'appelai doucement.

« Caroline ! Je suis navré. Je ne peux vraiment pas rester. Allez parler à votre mère, voulez-vous ? Elle... elle s'est mis en tête que nous allions nous enfuir ensemble, ou quelque chose comme ça. »

Elle ne répondit pas. J'attendis, puis demandai, plus bas encore : « Nous n'allons pas nous enfuir, n'est-ce pas ? »

Elle s'accrocha d'une main à un des balustres et secoua imperceptiblement la tête.

« Deux êtres raisonnables comme nous, murmura-t-elle. Cela semble peu probable, n'est-ce pas ? »

Son visage étant plongé dans l'ombre, j'avais peine à distinguer son expression. Sa voix était basse, neutre ; je ne pense pas qu'elle plaisantait. Mais, après tout, elle avait dû attendre mon passage ; et, cela m'apparut soudain, elle m'attendait toujours – elle attendait que je monte les marches, que je vienne à elle, que je pousse les choses plus loin, jusqu'à les mener bien au-delà de toute incertitude, hors du doute. Mais comme je posais le pied sur la première marche, ce fut comme si quelque chose la dépassait : une expression d'angoisse lui monta au visage, que je discernai même dans l'ombre, et elle recula vivement.

Dépité, je redescendis, retrouvai le sol de marbre rose et vert. « Oui, cela semble très peu probable, pour le moment », dis-je sans la moindre chaleur – remettant mon chapeau et me détournant, avant de me glisser au-dehors par la porte gauchie par l'humidité.

Presque aussitôt, elle commença de me manquer, mais ce sentiment m'irritait à présent, et une sorte d'entêtement ou de lassitude m'empêcha de chercher à la revoir. Pendant quelques jours, j'évitai complètement le Hall – effectuant les trajets en contournant le parc, et gaspillant autant d'essence. Puis, de manière tout à fait inattendue, je tombai sur sa mère et elle dans une rue de Leamington. Elles étaient descendues faire quelques courses en ville. Je n'eus pas le temps de feindre de ne pas les avoir vues, et nous restâmes cinq ou dix minutes à parler de tout et de rien, un peu gênés. Caroline portait son disgracieux chapeau de laine, assorti d'une écharpe voyante que je ne lui connaissais pas. Elle avait une allure quelconque, le teint terne, une attitude lointaine, et une fois passé le choc initial de cette rencontre, je me rendis compte avec chagrin qu'aucun courant électrique ne passait plus entre nous, aucun élan particulier. De toute évidence, elle avait parlé à sa mère, qui ne fit aucune allusion à ma dernière visite ; de fait, nous nous comportâmes tous trois comme si celle-ci n'avait jamais eu lieu. Lorsque nous nous quittâmes, je soulevai mon chapeau pour les saluer, comme je l'aurais fait avec n'importe quelle personne de connaissance croisée dans la rue. Puis, morose, je me rendis à l'hôpital – et entamai une querelle terrible, je m'en souviens, avec la plus féroce des infirmières en chef.

Au cours des quelques jours qui suivirent, je me jetai à corps perdu dans le travail, afin de ne pas me laisser le temps de ressasser de sombres pensées. Puis la chance me sourit. Le comité médical auquel j'appartenais devait présenter le résultat de ses recherches lors d'une conférence à Londres ; l'homme censé les remettre tomba malade, et l'on me proposa d'y aller à sa place. Les choses étant si confuses avec Caroline, je sautai sur l'occasion ; et comme la conférence se révélait être un séminaire assez long, incluant un stage de quelques jours dans le service d'un hôpital londonien, je bénéficiai, pour la première fois depuis plusieurs années, d'une vraie coupure, loin de mon cabinet. Je confiai mes patients à Graham et à Wise, notre remplaçant. Je quittai le Warwickshire pour Londres le 5 février, et demeurai en tout absent pendant plus de deux semaines.

Cette absence ne pouvait, d'un point de vue pratique, avoir eu beaucoup de répercussions sur la vie à Hundreds, car il m'avait souvent été impossible de passer au Hall pendant d'assez longues périodes. Mais j'appris plus tard que l'on s'en était plaint. J'imagine qu'elles en étaient venues à s'appuyer sur moi, et aimaient cette idée de m'avoir sous la main, prêt à passer immédiatement, si nécessaire, sur un simple coup de fil. Mes visites avaient soulagé leur sensation d'isolement ; à présent, celui-ci semblait les rattraper d'autant plus cruellement. À la recherche de distractions, elles passèrent un après-midi chez Bill et Helen Desmond, à Lidcote, puis une soirée chez la vieille Miss Dabney. Une autre fois, elles se rendirent dans le Worcestershire, pour rendre visite à de vieux amis de la famille. Mais ce déplacement leur coûta presque toute leur ration d'essence ; puis le temps se remit à la pluie, et il devint plus délicat de s'aventurer sur les mauvaises routes de campagne. Craignant pour sa santé, Mrs Ayres restait prudemment à l'intérieur. Caroline, toutefois, ne supportait pas cette pluie permanente et ne tenait pas en place : vêtue d'un ciré, chaussée de bottes de caoutchouc, elle se mit à travailler dur sur la propriété. Elle passait parfois la journée à la ferme, à aider Makins pour les premiers semis de printemps. Puis elle se tourna vers le jardin, redressant la clôture tombée avec Barrett et faisant son possible pour réparer la gouttière bouchée. Cette dernière tâche se révéla déprimante : en examinant le mur de près, elle vit à quel point l'eau s'était vilainement infiltrée dans celui-ci. Ayant repéré l'endroit précis, elle retourna dans la maison pour évaluer les dégâts éventuels dans les pièces de la façade ouest. Sa mère l'accompagnait ; elles découvrirent des fuites sans gravité dans deux des chambres, dans la salle à manger et dans la « cordonnerie ». Puis elles ouvrirent le grand salon.

Cela non sans réticence. Dans la matinée suivant cette soirée désastreuse du mois d'octobre, Mrs Bazeley et Betty étaient montées pour essayer d'ôter les traces de sang sur les tapis et le divan – passant apparemment deux ou trois heures à aller et venir, sortant seau après seau d'eau souillée, rosâtre. Après quoi, dans l'atmosphère de catastrophe qui s'était abattue sur la maison, puis avec toutes ces angoisses à propos de Rod, personne n'avait eu le cœur d'y retourner, et le grand salon était demeuré plus ou moins condamné. Même lorsqu'elle avait parcouru toute la demeure à la recherche d'objets à mettre aux enchères, Caroline avait évité cette pièce – presque comme si, me souviens-je m'être dit à l'époque, une sorte de superstition lui interdisait de la déranger.

Mais à présent, en ouvrant les volets grinçants, sa mère et elle se maudissaient de ne pas y avoir jeté un coup d'œil auparavant. La pièce était beaucoup plus abîmée qu'elles n'auraient pu l'imaginer, le plafond décoré si imbibé d'eau qu'il s'affaissait littéralement, faisait un ventre. À d'autres endroits, l'eau avait simplement traversé, en empruntant des fissures dans le plâtre, pour goutter tranquillement sur les tapis et les meubles. Le clavecin, heureusement, avait été épargné, mais l'assise de tapisserie d'une des chaises Regency était irrécupérable. Plus frappant que tout, les coins du papier peint chinois jaune avaient échappé aux punaises rouillées avec lesquelles Caroline les avait fixés, et il pendait à présent, détaché du plâtre humide, en longues bandes déchirées, irrégulières.

« Ma foi, soupira Caroline, contemplant le désastre, nous avons déjà subi le châtiment par le feu. Nous devions bien nous attendre à avoir droit au châtiment par l'eau... »

Elles sonnèrent Betty et Mrs Bazeley et leur demandèrent de faire une bonne flambée dans la cheminée ; puis elles allumèrent le générateur, apportèrent des chauffages électriques et à pétrole, et durant le reste de la journée et toute celle du lendemain s'employèrent à sécher et ventiler la pièce. Pour le plafond, elles ne pouvaient rien faire, et le savaient. Les coupelles de cristal du lustre retenaient autant de petites flaques d'eau trouble, et comme elles tournaient l'interrupteur il se mit à crépiter et crachoter de manière alarmante, sur quoi elles n'osèrent plus y toucher. Le papier peint était irrécupérable. Mais elles pensaient pouvoir sauver les tapis et comptaient nettoyer les meubles trop importants pour être sortis et rangés ailleurs, avant de les recouvrir ou les emballer. Caroline elle-même mit la main à la pâte, passant un vieux pantalon de treillis et nouant ses cheveux avec un bout de ficelle. Toutefois, la santé de Mrs Ayres se révélait de nouveau fragile, et elle ne se sentait pas en assez bonne forme pour faire plus que regarder tristement la pièce peu à peu dénudée et humiliée devant ses yeux.

« Ta grand-mère en aurait eu le cœur brisé », déclara-t-elle le deuxième jour, palpant une paire de rideaux de soie sur lesquels l'eau avait imprimé des dessins fantasmagoriques.

« Ma foi, on n'y peut rien », répondit Caroline d'une voix lasse. Ce travail interminable commençait à l'épuiser. Elle se battait avec un rouleau de feutre descendu de l'étage et destiné au divan. « Cette pièce a vécu sa vie, et voilà. »

Sa mère se figea. « Mais tu dis ça comme si on la transformait en mausolée !

— J'aimerais bien ! Nous pourrions obtenir une subvention du conseil municipal. Et Babb serait prêt à faire les transformations, sans aucun doute. Mais quelle saleté, ce truc ! » Elle laissa tomber le rouleau de feutre. « Je suis désolée, Maman. Je ne voulais pas être aussi brutale. Pourquoi ne retournez-vous pas au petit salon, si voir tout cela vous bouleverse ?

— Quand je pense aux soirées que ton père et moi avons données ici, quand vous étiez petits !

— Oui, je sais. Mais Papa n'a jamais tellement aimé cette pièce, n'est-ce pas ? Il disait que le papier peint lui donnait le mal de mer. »

Elle regarda autour d'elle, cherchant quelque tâche aisée à confier à sa mère pour l'occuper ; finalement, elle la prit par la main et la guida vers une chaise, à côté de la vitrine où l'on rangeait le gramophone.

« Regardez », dit-elle, ouvrant la porte et tirant du meuble une pile de disques. « Autant faire les choses dans l'ordre. Cela fait des siècles que j'ai l'intention de les trier. Nous allons nous y mettre maintenant, toutes les deux, et voir ce que l'on peut jeter. Je suis sûre qu'ils n'ont aucun intérêt, pour la plupart. »

En fait, son initiative n'avait pour but que de distraire sa mère de l'activité déprimante qui régnait autour d'elles. Mais les disques étaient mélangés avec d'autres choses, fragments de partitions, programmes de concert et de théâtre, menus et cartons d'invitation, dont beaucoup dataient des premières années du mariage de sa mère, ou de sa propre enfance ; et cette tâche se révéla bientôt aussi absorbante qu'émouvante, pour toutes deux. Elles y consacrèrent presque une heure, s'exclamant sur tel ou tel objet exhumé. Elles découvrirent des disques que le colonel avait achetés et de vieux succès de danse appartenant à Rod. Elles mirent au jour les enregistrements d'un opéra de Mozart que Mrs Ayres avait vu pour la première fois lors de sa lune de miel, en 1912.

« Grands dieux, je revois encore la robe que je portais ! » fit-elle, laissant doucement glisser le disque sur ses genoux, le regard flou, tourné vers ses souvenirs. « Bleue, en mousseline, avec des manches de batiste. Cissie et moi nous étions disputées pour savoir laquelle de nous deux l'aurait. On avait le sentiment de flotter, dans une telle robe. Ma foi, à dix-huit ans, on flotte, en effet, ou du moins les jeunes filles flottaient, à l'époque, et nous n'étions guère que des enfants… Et ton père, dans son habit de soirée… et marchant avec une canne ! Il s'était fait une entorse. Enfin, il s'était simplement tordu la cheville en descendant de cheval, mais il s'était promené quinze jours avec cette canne. Il devait trouver cela distingué. Lui aussi, c'était un enfant : vingt-deux ans, plus jeune que Roderick aujourd'hui… »

La pensée de Roderick, se superposant soudain à ses souvenirs, était de toute évidence difficile à supporter, et elle parut soudain si mélancolique que, l'ayant observée un moment, Caroline reprit doucement le disque de ses mains, ouvrit le gramophone et l'alluma. Le disque était ancien, et l'aiguille de l'appareil avait grand besoin d'être remplacée : elles ne perçurent tout d'abord que le crachotement de la cire. Puis, de manière quelque peu aléatoire, leur parvint le son puissant de l'orchestre. La voix de la chanteuse semblait lutter contre lui, puis soudain le soprano s'éleva, lisse et pur, « comme une créature ravissante et fragile se libérant d'un buisson de ronces », me dirait plus tard Caroline.

Ce dut être un moment étrangement poignant. De nouveau, la pluie assombrissait la lumière du jour, plongeant le grand salon dans la pénombre. Le feu et les chauffages ronronnants donnaient une lueur presque romantique, de sorte que, l'espace d'une minute ou deux, la pièce – malgré les bandes de papier peint pendant des murs et le plafond affaissé – parut retrouver une séduction disparue. Mrs Ayres souriait, le regard de nouveau perdu, la main suspendue, les doigts montant et descendant aux variations de la musique. Même Mrs Bazeley et Betty étaient sous le charme. Elles continuaient d'aller et venir dans la pièce, mais avec une infinie discrétion, comme des mimes, déroulant silencieusement des longueurs de droguet sur les derniers tapis non recouverts et décrochant les miroirs avec mille précautions.

L'aria toucha à sa fin. L'aiguille du gramophone, coincée dans le sillon, n'émettait plus qu'un craquement rauque, répétitif. Caroline se leva pour la soulever, et dans le silence qui suivit, se fit entendre le goutte-à-goutte régulier de l'eau tombant du plafond dans les seaux et les cuvettes. Elle vit sa mère lever les yeux et cligner des paupières, comme si elle se réveillait d'un rêve ; pour chasser cette mélancolie, elle mit un autre disque, une vieille chanson de music-hall sur laquelle Roderick et elle s'amusaient à parader lorsqu'ils étaient enfants.

« *Bonne chance à celle qui aime un soldat !* » chanta-t-elle d'une voix légère. « *Jeune fille, connais-tu les soldats ?* »

Mrs Bazeley et Betty, soulagées, se mirent à s'agiter plus franchement, ajustant bientôt le rythme de leurs gestes sur celui de la musique entraînante.

« Ça, c'est une chanson comme on aime, approuva Mrs Bazeley.

— Elle vous plaît ? lança Caroline. À moi aussi ! Ne me dites pas que vous avez vu Vesta Tilley la chanter, pendant *votre* lune de miel ?

— Ma lune de miel, Miss ? » Mrs Bazeley rentra le menton. « Mais je n'en ai jamais eu, de lune de miel. Juste une nuit chez ma sœur, à Evesham. Elle et son mari sont allés dormir avec les petits, pour que Mr Bazeley et moi ayons notre chambre. Après, ça a été directement chez ma belle-mère, et là, on n'a jamais eu un lit à nous – pendant neuf ans, jusqu'à ce que la pauvre femme décède.

— Juste ciel ! s'exclama Caroline. Pauvre Mr Bazeley.

— Oh, ça lui était égal. Il avait toujours une bouteille de rhum et un pot de mélasse sous le lit ; certains soirs, il lui en donnait une bonne cuillerée, et elle dormait comme un loir – tiens Betty, passe-moi donc la boîte, là. Merci. »

Caroline se mit à rire, puis, toujours souriant, regarda Betty qui apportait à Mrs Bazeley la boîte de fer-blanc. Elle contenait de longs et étroits sacs de sable, que l'on disposait sous les portes pour couper les courants d'air, et que l'on avait coutume d'appeler dans la famille des « serpents » : Caroline les avait toujours vus dans son enfance, et c'est avec une vague nostalgie qu'elle regarda Mrs Bazeley traverser le salon pour en déposer sur les rebords de la fenêtre et sur les interstices entre les panneaux. Finalement, elle alla elle-même chercher un dernier sac demeuré dans la boîte et le rapporta, pour le plaisir de le tourner et retourner entre ses mains tout en triant les derniers disques et papiers.

Elle entendit vaguement Mrs Bazeley pousser soudain une exclamation d'agacement, puis demander à Betty de lui apporter un chiffon et de l'eau. Mais une bonne minute s'écoula avant qu'elle ne lève de nouveau les yeux vers la fenêtre. Là, elle vit les deux domestiques à genoux, côte à côte, en train de frotter maladroitement quelque chose au bas du lambris, s'interrompant de temps à autre, les sourcils froncés. « Qu'est-ce que c'est, Mrs Bazeley ? fit-elle, presque machinalement.

— Ma foi, Miss, je ne sais pas trop. Mais j'ai bien l'impression que c'est une marque qu'aurait faite cette malheureuse petite fille, celle qui s'est fait mordre. »

Caroline sentit le cœur lui manquer. Elle se rendit compte que la fenêtre qu'elles regardaient était celle où Gillian Baker-Hyde était assise lorsque Gyp l'avait attaquée. Le lambris et le parquet avaient été vilainement tachés de sang à cet endroit, mais on avait soigneusement lavé et relavé toute cette partie de la pièce, ainsi que le divan et le tapis. Elle supposa qu'une tache avait néanmoins échappé à leur attention.

Toutefois, quelque chose dans la voix de Mrs Bazeley, dans son attitude, l'intriguait. Elle laissa le sac de sable glisser de ses doigts et alla la rejoindre devant la fenêtre.

Sa mère leva les yeux. « Qu'y a-t-il, Caroline ?

— Je ne sais pas. Ce n'est sans doute rien. »

Mrs Bazeley et Betty s'écartèrent. Ce qu'elles tentaient en vain d'effacer n'était pas une tache, mais une série de graffitis enfantins, sur la boiserie : un mélange de S, apparemment faits au crayon de bois, griffonnés comme à la hâte, d'une main brusque, et de façon aléatoire. Quelque chose comme ça :

```
    S Ss                    SSSS
              SS S
    SS                SsS
```

« Juste ciel ! fit Caroline dans un souffle. Comme si ça ne lui suffisait pas de tourmenter Gyp ! » Puis, surprenant le regard de Mrs Bazeley : « Je suis désolée. Ce qui est arrivé à cette petite fille est épouvantable, et je donnerais n'importe quoi pour que ça n'ait pas eu lieu. Elle avait dû apporter un crayon avec elle, ce soir-là. À moins qu'elle n'ait pris l'un des nôtres. Parce que je suppose que c'est bien la petite fille des Baker-Hyde, qui a fait ça ? Les inscriptions vous semblent-elles fraîches ? »

Elle s'avança légèrement : sa mère, intriguée, les avait rejointes et se tenait à ses côtés. Elle observait les graffitis avec une expression que Caroline trouva étrange, moitié consternation, moitié désir de s'approcher, peut-être même de passer les doigts sur la plinthe.

Mrs Bazeley essora un chiffon et se remit à frotter les inscriptions.

« Je ne peux pas vous dire, Miss, fit-elle, soufflant tout en s'activant de plus belle. En tout cas, elles sont drôlement dures à partir, c'est bizarre ! Et puis elles n'étaient pas là – n'est-ce pas, Betty ? – quand on a préparé la pièce pour cette fameuse soirée. »

Betty jeta un regard nerveux à Caroline. « Je ne crois pas, Miss.

— Moi je suis sûre qu'elles n'étaient pas là, reprit Mrs Bazeley. Parce que c'est moi qui ai lavé les peintures ici, centimètre par centimètre, pendant que Betty s'occupait des tapis.

— Eh bien, ce doit donc être cette petite, dit Caroline. Quelle vilaine enfant. Vraiment. Faites tout votre possible pour effacer tout ça, n'est-ce pas ?

— Mais c'est ce que je fais ! s'exclama Mrs Bazeley, froissée. Mais je vais vous dire une bonne chose. Si ça, c'est du crayon, alors moi je suis le roi George. C'est drôlement incrusté, je vous jure.

— Incrusté ? Ce ne serait pas de l'encre ou du pastel, par hasard ?

— Je ne sais pas ce que c'est. J'ai presque l'impression que ça vient de *sous* la peinture.

— *Sous* la peinture », répéta Caroline, saisie.

Mrs Bazeley leva une seconde les yeux vers elle, frappée par le ton de sa voix ; puis son regard tomba sur la pendule, et elle fit claquer sa langue. « Encore dix minutes, et j'en ai terminé pour aujourd'hui. Betty, tu essaieras avec des cristaux de soude quand je serai partie. N'en mets pas trop, hein, sinon tu fais cloquer la peinture… »

Mrs Ayres se détourna. Elle n'avait fait aucun commentaire à propos des marques, mais Caroline eut l'impression qu'elle était accablée, comme si ce rappel inattendu de la soirée et de ses conséquences avait apposé un sceau sinistre sur cette fin de journée. Elle réunit ses affaires avec des gestes lents, incertains, disant qu'elle était fatiguée et avait l'intention de se reposer un peu dans sa chambre. Et comme le grand salon avait à présent définitivement perdu tout attrait, Caroline décida également de s'en aller. Elle prit la pile de disques à jeter et emboîta le pas à sa mère — se retournant une seule fois, sur le seuil, pour regarder encore le lambris griffonné, avec tous ses S indélébiles, comme un grouillement de minuscules anguilles.

Cela se passait le samedi — probablement au moment précis où je livrais mon rapport à la conférence de Londres, Caroline sans cesse présente à mes pensées, comme une douleur sourde, permanente. En fin d'après-midi, le nettoyage du grand salon était achevé, et la pièce fut effectivement condamnée, volets fermés, porte close ; quant aux graffitis sur le lambris — lesquels, après tout, ne représentaient qu'un détail dans le vaste panorama des malheurs de la famille —, on les oublia plus ou moins. Dimanche, lundi passèrent sans incident. Deux journées froides, mais sèches. De sorte que Caroline fut étonnée en passant devant la porte du grand salon, le mardi après-midi, d'entendre derrière un toc-toc étouffé, régulier, qu'elle prit d'office pour celui de gouttes d'eau de pluie. Consternée à l'idée qu'une nouvelle fuite avait dû se déclarer dans le plafond, elle ouvrit la porte pour jeter un coup d'œil. À cet instant, le bruit cessa. Elle demeura immobile, respirant à peine et tentant de voir quelque chose dans la pièce obscure, distinguant à peine les bandes de papier peint déchiré aux murs et la masse étrange, informe des divers meubles emballés, mais n'entendit plus rien. Elle referma donc la porte et s'éloigna.

Le lendemain, en repassant devant le grand salon, elle entendit de nouveau le bruit. Cette fois, c'étaient comme des pas ou de petits coups de baguettes de tambour, en succession rapide, légers mais si nets qu'elle entra franchement, et traversa la pièce pour ouvrir un volet. Comme la fois précédente, elle n'avait même pas entièrement ouvert la porte que le bruit s'arrêtait : elle vérifia les seaux et cuvettes disposés pour recueillir les gouttes tombant du plafond, et tâta rapidement le tapis recouvert de droguet, mais tout était sec. Perplexe, elle allait abandonner quand le bruit se fit de nouveau entendre. Cette fois, il lui parut provenir non pas du grand salon, du tout, mais d'une des pièces adjacentes. Un petit *rat-ta-ta-ta* doux mais bien net, me dirait-elle, comme un écolier qui ferait jouer une branche contre les barreaux d'une grille. Plus décontenancée et intriguée que jamais, elle ressortit dans le couloir et s'immobilisa, l'oreille tendue. Elle suivit le son jusqu'à la salle à manger, mais là encore il s'interrompit brusquement – pour mieux reprendre quelques secondes plus tard, cette fois de l'autre côté du mur, aurait-on dit, dans le petit salon.

Elle y trouva sa mère, en train de lire un journal datant d'une semaine. Mrs Ayres n'avait rien entendu. « Rien ? insista Caroline. Vous en êtes bien sûre ? » Puis : « Tenez ! Vous avez entendu, là ? » Elle leva une main. Sa mère écouta attentivement et convint au bout d'un instant qu'en effet, il y avait un bruit bizarre. Comme « quelqu'un qui frapperait à une porte », dit-elle, là où Caroline entendait un tapotement ; elle suggéra qu'il pouvait être produit par des bulles d'air emprisonnées dans les tuyaux du chauffage central. Sceptique, Caroline se dirigea vers le radiateur antédiluvien. Il était tiède sous sa paume, et parfaitement inerte, et à l'instant où elle ôtait sa main le bruit se fit soudain plus fort et plus net : il semblait à présent provenir d'au-dessus de sa tête. Le son était devenu si distinct que sa mère et elle purent le « suivre » tandis qu'il se déplaçait dans le plafond et dans les murs : il passa d'un côté de la pièce à l'autre « comme une petite balle qui rebondirait ».

Nous étions dans l'après-midi, et Mrs Bazeley était déjà partie ; mais bien sûr elles pensèrent à Betty, se demandant si elle n'était pas simplement occupée à quelque chose dans une des pièces à l'étage. Quand elles la sonnèrent, toutefois, elle arriva directement du sous-sol ; elle s'y tenait depuis une demi-heure, dit-elle, à préparer le thé. Elles la gardèrent avec elles dans le petit salon pendant presque dix minutes, durant lesquelles la maison demeura parfaitement silencieuse et tranquille ; mais à peine Betty était-elle partie que les coups reprenaient. Cette fois, ils provenaient de l'extérieur, dans le couloir. Caroline se dirigea en hâte vers la porte et, regardant au-dehors, trouva Betty pétrifiée sur le sol de marbre, au milieu du corridor, tandis qu'un tapotement rapide et assourdi provenait des lambris au mur, bien au-dessus de sa tête.

Aucune d'entre elles n'était effrayée, me dit Caroline, pas même Betty. Le bruit était étrange, mais aucunement menaçant ; il semblait les conduire, presque comme pour jouer aurait-on dit, d'un endroit à un autre, et devoir le suivre dans le couloir commençait de ressembler à une plaisanterie, comme « un jeu de piste ». Elles le suivirent toutes trois jusqu'au grand hall. C'était toujours l'endroit le plus froid de la maison et, cet après-midi-là, on se serait cru dans une glacière. Caroline se frotta les bras et jeta un regard vers l'escalier parcouru de courants d'air.

« S'il essaie de nous faire monter là-haut, eh bien, il ira tout seul, dit-elle. Je ne vais pas attraper la mort pour cette sottise. »

Rat-ta-ta-ta ! Les coups se firent plus forts, tambourinant, comme furieux de ses paroles, puis le bruit sembla « s'installer » dans un coin, comme boudeur, donnant à présent, curieusement, l'impression de provenir d'une petite armoire de cytise, peu profonde, adossée au mur lambrissé à côté de l'escalier. L'effet produit était si saisissant que Caroline hésita à ouvrir l'armoire. Elle saisit les poignées, mais demeura bien à l'écart tandis qu'elle les tournait — s'attendant presque à voir la chose en jaillir comme un diable hors de sa boîte, me dit-elle plus tard. Mais les portes s'ouvrirent complaisamment sans que rien ne se produise, ne dévoilant que quelques bibelots et babioles en vrac, et quand le bruit se fit de nouveau entendre, il apparut clairement qu'il ne provenait pas de l'intérieur de l'armoire elle-même, mais de quelque part derrière le meuble. Caroline referma donc les portes et s'avança pour jeter un coup d'œil entre le dos de l'armoire et le mur. Puis, non sans une réticence bien compréhensible, elle leva la main et passa doucement le bout de ses doigts dans cet espace étroit. Elle demeurait parfaitement immobile, retenant son souffle, la paume à plat sur le lambris de bois sec.

Le cognement se fit entendre, plus fort cette fois. Elle recula brusquement, à la fois effrayée et hilare.

« C'est là ! » fit-elle, secouant le bras comme pour se débarrasser de quelque chose. « Je l'ai senti, dans le mur ! C'est comme une petite main qui pianoterait. Ce doit être des bestioles quelconques, des insectes ou des souris, quelque chose comme ça. Betty, venez là et aidez-moi. » Elle saisit un des côtés du meuble.

Betty semblait effrayée, à présent. « Je n'ai pas envie, Miss.

— Allez, elles ne vont pas vous mordre ! »

La jeune fille s'approcha. L'armoire était légère, mais peu maniable, et il leur fallut une bonne minute pour la déplacer. Comme elles la reposaient, le tapotement cessa de nouveau, de sorte que quand Mrs Ayres, saisie par ce qu'elle venait de voir sur le mur fraîchement dévoilé, eut une sorte de hoquet, Caroline l'entendit très nettement ; de même, elle la vit faire le geste de tendre la main, avant de la retirer brusquement pour la porter à sa poitrine, comme effrayée.

« Qu'y a-t-il, Maman ? » demanda-t-elle, penchée, s'employant toujours à reposer délicatement les pieds de l'armoire. Mrs Ayres ne répondit pas. Caroline finit de stabiliser le meuble, puis rejoignit sa mère et vit ce qui l'avait bouleversée.

Le mur portait, lui aussi, ces mêmes graffitis enfantins :

SSS SSSS S Su S

Caroline demeura figée. « Ce n'est pas possible. Ce n'est pas croyable ! Elle n'a pas pu… cette enfant n'a pas pu… n'est-ce pas ? » Elle regarda sa mère ; sa mère restait muette. Elle se tourna vers Betty.

« Quand cette armoire a-t-elle été déplacée, la dernière fois ? »

Betty semblait franchement terrifiée, à présent. « Je ne sais pas, Miss.

— Eh bien, réfléchissez ! Était-ce après l'incendie ?

— Je… je crois bien que oui.

— Moi aussi, il me semble. N'avez-vous pas lavé ce mur, comme tous les autres ? Et vous n'avez pas remarqué d'inscriptions ?

— Je ne sais plus, Miss. Je ne crois pas, non.

— Vous les auriez vues, n'est-ce pas ? »

Tout en parlant, Caroline se dirigea vers le mur pour examiner les graffitis de plus près. Elle les frotta de la manche de son gilet de laine. Elle mouilla son pouce, frotta de nouveau. Les traces ne bougeaient pas. Elle secoua la tête, au comble de la perplexité.

« Mais la petite aurait *pu* faire ça ? Est-ce possible ? Il me semble qu'elle est allée aux toilettes, à un moment. Elle a pu en profiter pour se glisser jusqu'ici. Elle a peut-être trouvé amusant d'écrire quelque chose à un endroit où personne ne le trouverait avant des mois et des mois…

— Cachez ça », fit Mrs Ayres d'un ton sec.

Caroline se tourna vers elle. « On ne devrait pas plutôt le nettoyer ?

— Ce n'est pas la peine. Tu ne vois donc pas ? Ces marques sont exactement semblables aux autres. Nous n'aurions pas dû les découvrir. Je ne veux pas voir ça. Cachez-les.

— Bien sûr », dit Caroline, avec un coup d'œil à Betty. Sur quoi elles s'employèrent toutes deux à remettre l'armoire en place.

Et ce n'est que cela achevé, devait-elle me dire plus tard, que la réelle étrangeté de la chose commença de lui apparaître. Jusqu'alors, tout cela ne l'avait guère effrayée, mais à présent, les coups répétés, les marques sur le mur, la réaction de sa mère, le silence revenu, toute cette suite d'événements bizarres la saisissait, et elle sentit son courage vaciller. Dans un accès de bravade, elle se secoua. « J'ai l'impression que cette maison a envie de jouer avec nous à des jeux de salon, dit-elle. Eh bien, si elle recommence, elle jouera toute seule. » Elle haussa encore la voix, se tourna vers l'escalier, levant la tête : « Tu entends, maison ? Ce n'est pas la peine d'insister. Nous n'avons pas envie de jouer ! »

Aucun son en réponse, cette fois. Seul le silence avala ses paroles. Elle croisa le regard angoissé de Betty, puis se détourna et reprit, plus calmement :

« C'est bien, Betty, vous pouvez retourner à la cuisine. »

Betty hésita. « Tout va bien, Madame ?

— Madame va très bien. » Caroline posa une main sur le bras de sa mère. « Maman, revenons à la chaleur, d'accord ? »

Toutefois, comme cet autre jour, Mrs Ayres déclara qu'elle préférait être seule et se retirer dans sa chambre. Elle rajusta le châle sur ses épaules, et Caroline et Betty la regardèrent monter lentement l'escalier. Elle demeura là-haut presque jusqu'à l'heure du dîner ; quand elle réapparut, elle semblait s'être quelque peu remise. Caroline également s'était reprise. Ni l'une ni l'autre ne firent allusion aux graffitis. La soirée s'écoula sans événement notable, tout comme les deux jours suivants.

Mais un peu plus tard, cette même semaine, Mrs Ayres connut sa première nuit agitée. Comme nombre de femmes ayant traversé la guerre, le moindre bruit inhabituel la réveillait, et une nuit elle s'éveilla en sursaut, avec l'impression très nette que quelqu'un l'avait appelée. Elle resta figée, l'oreille tendue, dans la profonde obscurité hivernale ; n'entendant plus rien pendant plusieurs minutes, elle commença de se détendre et se prépara à replonger dans le sommeil. Puis, comme elle posait la tête sur l'oreiller, il lui sembla percevoir, au-delà du frottement du tissu contre son oreille, un autre bruit, et elle se rassit brusquement. Au bout d'un moment, elle l'entendit de nouveau. Ce n'était pas une voix, finalement. Ce n'était pas non plus des coups ou des pas. C'était comme un froissement régulier, léger mais distinct ; et il provenait, sans doute possible, de derrière une étroite porte presque invisible dans le mur, à côté de son lit – autrement dit de son ancienne penderie, qu'elle utilisait à présent comme cagibi, pour ranger les cartons et les malles d'osier. Le son était si étrange qu'il faisait se lever une image précise, particulière, et l'espace d'un moment elle eut réellement peur. On aurait dit que quelqu'un avait pénétré dans la penderie et ôtait les vêtements des malles pour les laisser un à un glisser au sol.

Puis, comme cela ne cessait pas, elle se rendit compte que ce qu'elle entendait était en réalité un battement d'ailes. Un oiseau avait dû trouver le moyen d'entrer par la cheminée et s'était retrouvé prisonnier.

C'était un soulagement, après toutes ces fantasmagories ; mais c'était agaçant aussi, car à présent elle était bien réveillée, écoutant le malheureux animal qui se débattait, paniqué, cherchant une issue. L'idée de devoir entrer dans la penderie et de l'attraper ne la réjouissait pas outre mesure. En réalité, elle n'avait jamais beaucoup aimé les oiseaux, ni en général les petits animaux qui vous échappaient ; elle ressentait une peur enfantine de les voir lui sauter au visage ou se prendre dans ses cheveux. Mais finalement elle n'y tint plus. Elle alluma une bougie et sortit du lit. Elle passa sa robe de chambre, prenant bien soin de la boutonner jusqu'au menton ; puis elle noua un foulard sur sa tête, bien serré, et enfila une paire de chaussures et ses gants de chamois. Cela fait – « un véritable épouvantail », dirait-elle plus tard à sa fille –, elle ouvrit avec précaution la porte de la penderie. Tout comme cela avait été le cas pour Caroline dans le grand salon, le battement d'ailes cessa à l'instant même où le panneau commençait de s'ouvrir, et la petite pièce lui apparut absolument déserte. Pas de fientes sur le sol ni de plumes éparses ; et, en se penchant pour l'examiner, elle s'aperçut que le rideau de la cheminée était abaissé, et scellé par la rouille.

Elle demeura éveillée tout le reste de la nuit, perturbée, inquiète, mais la maison resta silencieuse. Le lendemain soir, elle se coucha tôt et dormit sans trop de mal. La nuit suivante, toutefois, elle fut réveillée, exactement de la même manière. Cette fois, elle sortit sur le palier et alla secouer Betty, la ramena dans sa chambre et l'obligea à écouter avec elle devant la porte du cagibi. Il était environ trois heures moins le quart. Betty déclara qu'elle « avait bien entendu quelque chose, mais elle ne savait pas trop ce que c'était » ; mais là encore, quand elles eurent rassemblé assez de courage pour jeter un coup d'œil dans la petite pièce, elles trouvèrent celle-ci déserte et silencieuse... Il vint alors à l'esprit de Mrs Ayres que sa première intuition devait être la bonne. Les bruits, elle n'avait pas pu les inventer, ils étaient trop distincts pour cela ; donc l'oiseau devait se trouver coincé dans la cheminée elle-même, incapable de remonter par le conduit. Cette idée la saisit dans toute son horreur. Sans doute l'heure tardive, le silence, l'obscurité la rendaient-elles plus insupportable encore. Elle renvoya Betty au lit, mais une fois de plus demeura éveillée dans le noir, en proie au tourment et à la frustration. Et quand Caroline passa la voir le lendemain matin, elle la trouva déjà levée, dans la penderie, à genoux devant la cheminée, essayant de soulever le rideau de fer rouillé à l'aide d'un tisonnier.

L'espace d'une seconde, Caroline crut que sa mère avait perdu l'esprit. Puis, comprenant ce dont il s'agissait, elle aida Mrs Ayres à se redresser et s'empara elle-même du tisonnier pour faire levier sur le panneau. Une fois celui-ci ouvert, elle alla chercher un manche à balai et se mit à fourrager dans le conduit, jusqu'à en avoir mal au bras. Elle en sortit noire comme un nègre de music-hall, ayant fait tomber une averse de suie, suie dans laquelle on ne distinguait pas l'ombre d'une plume, mais Mrs Ayres tenait tellement à cette histoire d'oiseau emprisonné – et s'en montrait si « curieusement bouleversée », apparemment – que Caroline, après s'être nettoyée, sortit dans le jardin avec une paire de jumelles d'opéra pour examiner la cheminée du cagibi. Elle les trouva toutes, de ce côté du Hall, couvertes de leur grillage de protection, certes troué ici et là, mais si bien recouvert de feuilles mortes amalgamées par l'humidité qu'il semblait impossible qu'un oiseau ait pu pénétrer par là et tomber dans un conduit. Toutefois, après y avoir réfléchi en revenant vers la maison, elle dit à sa mère que le plot de cheminée en question pouvait bien, lui semblait-il, avoir récemment été utilisée pour bâtir un nid. Qu'elle avait vu un oiseau y entrer et en ressortir, sans aucun problème. Cela parut rasséréner Mrs Ayres, qui s'habilla et prit son petit déjeuner.

Mais à peine une heure plus tard, alors qu'elle venait de terminer son propre petit déjeuner, dans sa chambre, Caroline sursauta en entendant sa mère pousser un cri, un cri perçant, angoissant, qui la fit se ruer sur le palier. Elle trouva Mrs Ayres devant la porte ouverte de la penderie, apparemment en train de reculer, les jambes faibles, les bras tendus, devant quelque chose qui s'y trouvait. Ce n'est que beaucoup plus tard qu'il lui apparut que la posture de sa mère en cet instant pouvait, en réalité, ne pas exprimer une réaction de recul ; sur le moment, elle se précipita d'instinct à ses côtés, supposant qu'elle était victime d'une crise quelconque. Mais Mrs Ayres n'était pas malade – pas, du moins, ce que l'on entend généralement par ce terme. Elle laissa Caroline la guider jusqu'à son fauteuil et lui verser un verre d'eau avant de s'agenouiller et lui prendre la main. « Ça va », dit-elle, essuyant ses yeux brillants de larmes, larmes qui bouleversèrent d'autant plus Caroline. « Ne t'inquiète pas. C'est tellement sot de ma part, après tout ce temps. »

Tout en parlant, elle ne quittait pas des yeux la porte de la penderie. L'expression de son visage était si étrange – tout à la fois angoissée et comme *avide* – que Caroline prit peur.

« Mais qu'est-ce qu'il y a, Maman ? Que regardez-vous ? Que voyez-vous ? »

Mrs Ayres secoua la tête, sans répondre. Caroline se releva et se dirigea lentement, précautionneusement, vers la porte ouverte de la penderie. Elle devait me dire plus tard qu'elle ne savait pas ce qu'elle appréhendait le plus, de découvrir quelque chose d'horrible dans la petite pièce, ou bien – et en cet instant, cette possibilité semblait assez envisageable, compte tenu de l'attitude de sa mère – rien d'inquiétant. Dans un premier temps, elle ne vit là qu'un tas de boîtes que sa mère avait de toute évidence dérangées pour les nettoyer de la suie tombée par la cheminée béante. Puis son regard fut attiré par ce que, dans la pénombre, elle prit pour des macules de suie plus denses au bas d'un mur, dévoilé par la disparition des boîtes empilées. Elle s'approcha et, ses yeux se faisant à la demi-obscurité, les macules se transformèrent en une série de mots incompréhensibles, griffonnages d'une main enfantine, exactement semblables à ceux qu'elle avait récemment vus au rez-de-chaussée.

SSu SS Su

SSu

SSuCKY

SuCKeY

Ce qui la frappa tout d'abord, ce fut l'*ancienneté* des inscriptions. Elles étaient clairement beaucoup plus vieilles qu'on ne l'avait jusqu'alors imaginé, et ne pouvaient être l'œuvre de cette pauvre Gillian Baker-Hyde, mais celle d'un tout autre enfant, des années auparavant. Aurait-elle pu les faire elle-même ? se demanda-t-elle. Ou bien Roderick ? Elle pensa à des cousins, à des amis de la famille... Puis soudain, avec un étrange petit coup au cœur, elle relut les inscriptions et comprit brusquement le pourquoi des larmes de sa mère. À son propre effarement, elle se sentit rougir. Elle dut rester une minute ou deux dans la pénombre de la petite pièce, le temps de laisser la rougeur s'estomper.

« Eh bien, dit-elle en rejoignant finalement sa mère, au moins, nous sommes sûres à présent que ce n'était pas la petite Baker-Hyde.

— Je n'ai jamais pensé que c'était elle », répondit simplement Mrs Ayres.

Caroline vint près d'elle. « Je suis désolée, Maman.

— Mais pourquoi devrais-tu être désolée, ma chérie ?

— Je ne sais pas.

— Alors ne dis rien. » Mrs Ayers soupira. « Cette maison prend plaisir à se jouer de nous, n'est-ce pas ? Comme si elle connaissait toutes nos faiblesses et s'amusait à les mettre à l'épreuve, l'une après l'autre… Mon Dieu, que je suis fatiguée ! » Elle roula son mouchoir en boule et le pressa sur son front, les paupières serrées.

« Est-ce que je peux faire quelque chose, vous chercher quelque chose ? demanda Caroline. Pourquoi ne retournez-vous pas au lit, un moment encore ?

— Je suis même fatiguée de mon lit.

— Alors faites un somme dans le fauteuil. Je vais m'occuper du feu.

— Une vieille femme, voilà ce que je suis », marmonna Mrs Ayres.

Toutefois, elle s'installa pesamment dans le fauteuil tandis que Caroline se penchait sur l'âtre ; et le temps que les flammes commencent à lécher les bûches, elle avait renversé la tête en arrière et paraissait déjà sommeiller. Caroline l'observa un moment ainsi, frappée par les marques que l'âge et la tristesse avaient imprimées sur son visage, la voyant soudain – ainsi que, jeunes, nous sommes parfois frappés de voir nos parents – comme une personne singulière, faite de pulsions et d'expériences dont elle ne savait rien, avec un passé, et dans ce passé des chagrins impénétrables pour elle. Tout ce qu'elle pouvait faire pour sa mère, en cet instant, c'était lui rendre la vie plus douce, et elle traversa silencieusement la pièce, tirant à demi les rideaux, refermant la porte de la penderie, avant d'ajouter une couverture au châle qui recouvrait ses genoux. Puis elle descendit. Elle ne parla pas de cet incident à Betty ni à Mrs Bazeley mais, ayant soudain besoin de compagnie, s'inventa quelque chose à faire à la cuisine. Lorsque, plus tard, elle remonta jeter un coup d'œil dans la chambre de sa mère, elle la trouva profondément endormie, apparemment dans la même position.

Mais Mrs Ayres avait dû s'éveiller à un moment, car la couverture gisait à présent en tas sur le sol, comme si une main l'avait tirée ou rejetée ; et Caroline remarqua que la porte de la penderie, qu'elle avait fermée discrètement mais fermement, était de nouveau ouverte.

J'étais encore à Londres, pendant ce temps. Et c'est quelque peu perturbé que je rentrai à la maison, au cours de la troisième semaine de février. Mon déplacement s'était révélé très positif, à nombre d'égards. La conférence s'était très bien passée. J'avais tiré le meilleur profit de mon stage à l'hôpital et m'étais fait de bons amis parmi l'équipe soignante ; en fait, au cours de la dernière matinée, un des médecins m'avait pris à part pour me suggérer, dans un avenir relativement récent, la possibilité de me joindre à eux dans l'établissement. C'était comme moi un homme d'origine très modeste, qui avait fait seul son chemin dans la profession. Il se disait décidé à « secouer un peu les choses » et préférait travailler avec des médecins qui n'étaient pas « issus du sérail ». En d'autres termes, c'était le genre d'homme que, dans ma grande naïveté, j'avais autrefois espéré pouvoir devenir un jour ; mais le fait était que, à trente-trois ans, il était déjà à la tête de son service, tandis que moi, plus âgé de quelques années, je n'avais pas accompli grand-chose. Je passai tout le trajet en train jusque dans le Warwickshire à réfléchir, me demandant si je réussirais à me montrer à la hauteur de l'estime qu'il avait pour moi, débattant tout seul pour savoir si je pouvais sérieusement envisager d'abandonner David Graham ; je me demandais aussi, plus cyniquement, ce qui me retenait vraiment à Lidcote, et si je manquerais à quiconque, si j'en partais.

Entre la gare et la maison, le village m'apparut désespérément mesquin et démodé, la liste des visites qui m'attendait à mon cabinet n'était qu'une énumération des petits malheurs ruraux — arthrite, bronchite, rhumatismes, coups de froid —, et il m'apparut soudain que j'avais passé ma carrière à lutter en vain contre ce genre d'affections. Il y avait certes aussi deux ou trois cas d'autre nature, mais tout aussi décourageants. Une gamine de treize ans, tombée enceinte, s'était fait rouer de coups par son ouvrier de père. Le fils d'un métayer avait attrapé une pneumonie : lors de ma visite chez ses parents, je le trouvai très affaibli, dans un état préoccupant. C'était une fratrie de huit enfants, tous plus ou moins atteints de quelque chose ; le père, mutilé, était au chômage. La mère et la grand-mère avaient soigné le jeune garçon à coups de remèdes traditionnels, lui posant des peaux de lapin fraîchement dépouillé sur la poitrine pour « absorber la toux ». Je prescrivis de la pénicilline, payant plus ou moins le médicament de ma poche. Mais je doutais même qu'elles s'en servent. Elles observèrent le flacon d'un œil suspicieux, n'aimant guère « ce jaune bizarre ». Généralement, c'était le Dr Morrison qui le soignait, me dirent-elles, et son médicament à lui était rouge.

Je quittai la maison singulièrement déprimé et, en rentrant, pris le raccourci habituel par le parc de Hundreds. En franchissant la grille, je décidai de m'arrêter au Hall ; quoique rentré depuis trois jours, je n'avais encore eu aucun contact avec les Ayres. Mais au fur et à mesure que j'approchais de la maison et distinguais ses murs délabrés, je sentis monter en moi une vague de colère, de frustration, et j'appuyai finalement sur l'accélérateur et passai sans m'arrêter. Je me dis que j'étais trop occupé, et qu'il était absurde de m'arrêter pour simplement m'excuser de ne pas pouvoir rester davantage, avant de filer aussitôt...

La fois suivante où je traversai le parc, je me dis quelque chose d'équivalent, et la fois suivante aussi. De sorte que j'ignorais totalement le changement d'ambiance intervenu dans la maison lorsque, quelques jours plus tard, je reçus un coup de téléphone de Caroline, qui me demandait si je pouvais passer pour, ainsi qu'elle le dit, « voir si, selon moi, tout allait bien ».

Elle téléphonait rarement, et je ne m'attendais certes pas à ce qu'elle appelle, à présent. Entendre soudain sa voix basse et lisse, sa voix séduisante, me procura un frémissement de surprise mêlée de plaisir, qui se transforma presque aussitôt en léger frisson d'inquiétude. Il y a un problème ? lui demandai-je, et elle me répondit sans conviction que non, il n'y en avait aucun. Elles avaient eu « quelques soucis avec les fuites », mais tout était « réparé ». Allait-elle bien ? Et sa mère ? Oui, toutes deux allaient très bien. Il y avait juste « une ou deux petites choses », à propos desquelles elle aurait bien aimé avoir mon avis, si je pouvais « trouver un moment ».

Elle ne voulut pas en dire plus. Un sentiment de culpabilité s'empara de moi, et je me mis presque aussitôt en route, reportant un rendez-vous avec un patient ; je m'inquiétais de ce qui m'attendait là-bas ; j'imaginais qu'elle avait des choses graves à me dire, dont elle ne parlerait pas au téléphone. Mais en arrivant je la trouvai dans le petit salon éteint, et dans une position on ne peut plus triviale. À genoux devant l'âtre avec un seau d'eau et des feuilles de papier journal froissées, elle s'employait à faire des boules de papier mâché qu'elle roulait dans la poussière de charbon, pour le feu du soir.

Ses manches étaient roulées jusqu'au coude, ses avant-bras tout noirs. Ses cheveux pendaient devant son visage. On aurait dit une domestique, une véritable Cendrillon ; et la voir ainsi, pour quelque mystérieuse raison, me mit littéralement en rage.

Elle se redressa maladroitement, essayant autant que possible d'essuyer toute cette crasse de ses mains. « Ce n'était pas la peine de venir si vite, dit-elle. Je ne vous attendais pas.

— J'ai pensé que quelque chose n'allait pas, dis-je. Est-ce le cas ? Où est votre mère ?

— Là-haut, dans sa chambre.

— Encore malade ?

— Non, pas malade. Du moins… je n'en sais rien. »

Elle cherchait des yeux quelque chose avec quoi s'essuyer, et prit finalement une feuille de journal, avec laquelle elle se frotta les bras, sans grand effet. « Oh, mais pour l'amour de Dieu ! » fis-je, m'approchant et lui tendant mon mouchoir.

En voyant le carré de lin immaculé, elle se mit à protester. « Non, je ne vais pas…

— Prenez ça, coupai-je, le lui tendant d'autorité. Vous n'êtes pas une souillon, n'est-ce pas ? » Et comme elle hésitait toujours, je trempai le mouchoir dans le seau d'eau noirâtre et essuyai moi-même ses mains et ses avant-bras, peut-être sans grand ménagement.

Nous nous retrouvâmes tous deux légèrement maculés, mais elle, au moins, était plus présentable. Elle abaissa ses manches, recula. « Asseyez-vous, je vous en prie, dit-elle. Puis-je vous offrir une tasse de thé ? »

Je demeurai immobile. « Vous pouvez me raconter ce qui se passe, c'est tout.

— Il n'y a rien à raconter, franchement.

— Vous m'avez fait faire tout ce trajet pour rien ?

— Tout ce trajet », répéta-t-elle à mi-voix.

Je croisai les bras. « Je suis navré, Caroline, fis-je plus doucement. Allez-y, dites-moi.

« — Simplement… », commença-t-elle, hésitante ; puis, étape après étape, elle me raconta ce qui s'était passé depuis ma dernière visite : l'apparition des graffitis, tout d'abord dans le grand salon, puis dans le hall ; la « balle qui rebondissait » et l'« oiseau prisonnier » ; la découverte qu'avait faite sa mère de ces dernières inscriptions. Pour être franc, à ce stade de son récit, cela ne m'impressionna pas trop. Je n'avais pas encore vu les graffitis de mes propres yeux, mais même en allant finalement dans le grand salon examiner moi-même ces *S* fantomatiques, irréguliers, je ne les trouvai pas particulièrement troublants. « Mais enfin, ça me semble assez clair, non ? fis-je en réponse à ce que me racontait Caroline. Ces inscriptions datent sans doute de… », je réfléchis une seconde, « disons d'une trentaine d'années. La peinture a dû s'en aller peu à peu et les dévoiler. C'est sans doute un effet de l'humidité. Rien d'étonnant à ce qu'elles ne partent pas ; il doit rester juste assez de vernis par-dessus pour les rendre indélébiles.

— Oui, dit-elle d'un air perplexe. Ce doit être cela. Mais ces craquements, ou ces coups, appelez ça comme vous voudrez !

— Cette maison craque comme un vieux navire ! J'ai cent fois entendu des bruits.

— Elle n'avait encore jamais fait ça.

— Peut-être qu'il n'avait encore jamais fait si humide ; et, indiscutablement, le bâtiment n'a jamais été si peu entretenu. Ce sont peut-être les poutres qui bougent. »

Elle semblait toujours incrédule. « Mais vous ne trouvez pas bizarre la manière dont les tapotements conduisent aux inscriptions ?

— Trois jeunes enfants ont vécu ici. Il pourrait bien y avoir des graffitis sur tous les murs… et puis, il est aussi possible que… », ajoutai-je en y réfléchissant, « que votre mère ait su – de manière inconsciente, je veux dire, comme un souvenir oublié – qu'il y en avait à d'autres endroits. La découverte des premiers a pu ressusciter ce souvenir enfoui. Et quand les bruits ont commencé, elle a pu elle-même vous guider inconsciemment.

— Elle n'a pas pu faire ces bruits ! Je les ai sentis !

— Je dois dire que je n'arrive pas à trouver d'explication à cela – à moins que votre première idée n'ait été la bonne : des souris ou des insectes à bois ou Dieu sait quelles bestioles, et le bruit amplifié par le vide derrière les lambris. Quant à l'oiseau piégé… » Je baissai le ton. « Ma foi, il vous est sans doute déjà venu à l'esprit que votre mère aurait pu inventer toute cette histoire ?

— Oui, bien sûr, répondit-elle, elle aussi à voix basse. Elle ne dormait pas. Mais là encore, selon elle, c'est l'oiseau qui l'empêchait de dormir. Et Betty aussi l'a entendu, n'oubliez pas.

— Je pense que Betty, réveillée au milieu de la nuit, serait capable d'entendre à peu près n'importe quoi si on le lui suggérait. Ces choses-là sont communicatives. Quelque chose a réveillé votre mère, je ne mets pas cela en doute, mais ensuite le manque de sommeil lui-même a pu la maintenir éveillée – ou la faire rêver qu'elle était éveillée –, sur quoi son esprit était plus vulnérable à…

— Maintenant, il est vulnérable, coupa-t-elle.

— Que voulez-vous dire ? »

Elle hésita. « Je ne sais pas trop. Elle paraît… elle a changé.

— Comment, changé ? »

Mais un soupçon de lassitude devait commencer de transparaître dans ma voix, car il me semblait avoir déjà eu nombre de fois cette conversation avec elle, ou d'autres très similaires. Visiblement déçue, elle se détourna. « Oh, je ne sais pas. Je dois imaginer des choses, probablement. »

Elle n'en dit pas plus. Je l'observai, déçu moi aussi, à ma manière propre. Puis, disant que j'allais voir sa mère, je saisis ma sacoche et gravis l'escalier.

Ce faisant, je ressentais une légère appréhension, m'attendant, d'après l'attitude de Caroline, à trouver Mrs Ayres vraiment malade, peut-être de nouveau alitée. Mais, comme je frappais, c'est une voix sûre et claire qui me dit d'entrer ; je trouvai les rideaux presque fermés, mais, en contraste avec le petit salon, deux ou trois petites lampes étaient allumées, et un bon feu ronronnait dans la cheminée. Il régnait une odeur de camphre, un parfum de vieille fille, de grand-tante : la porte de la penderie était grand ouverte, et le lit recouvert d'un tas de robes et de fourrures, ainsi que des housses de soie, semblables à des vessies dégonflées, d'où les fourrures avaient été exhumées. Comme j'entrais, Mrs Ayres leva les yeux de ces dernières, l'air ravi de me voir. Betty et elle, me dit-elle, triaient de vieux vêtements.

Elle ne me demanda pas de nouvelles de mon séjour à Londres, ni ne parut remarquer que j'étais resté un moment seul avec sa fille au rez-de-chaussée. Elle s'avança vers moi et me prit la main, puis me guida vers le lit, désignant d'un mouvement de tête le tas de robes jetées en vrac.

« Je me suis sentie tellement coupable pendant la guerre, de garder tout cela, dit-elle. J'ai donné ce que j'ai pu, mais pour certaines tenues, oh, je n'ai pas *pu* me résoudre à m'en séparer, à les imaginer réduites en charpie et transformées en couvertures pour les réfugiés et Dieu sait quoi d'autre. À présent, je me félicite mille fois de les avoir gardées. Trouvez-vous cela affreusement égoïste de ma part ? »

Je souris, enchanté de la voir en si bonne forme, elle-même de nouveau. Sa chevelure me frappait encore d'être devenue si grise, mais elle l'avait tout particulièrement soignée, quoique dans un style curieusement démodé, avec des guiches sur les oreilles à la mode d'avant-guerre. Elle avait mis une touche de rouge sur ses lèvres, ses ongles étaient d'un rose impeccablement lustré, et son visage en forme de cœur paraissait presque vierge de rides.

Je me tournai vers l'amas de soies anciennes. « En effet, difficile d'imaginer tout cela distribué dans un camp de réfugiés.

— N'est-ce pas ? Mieux valait les garder ici, où l'on saurait les apprécier. » Elle souleva une robe du soir de satin impalpable, ornée d'un tombé à l'épaule et à la taille, très 1925. Elle la brandit pour la montrer à Betty, qui émergeait du cagibi, une boîte à chaussures à la main. « Que dites-vous de celle-ci, Betty ? »

La jeune fille croisa mon regard, et je lui adressai un signe de tête. « Bonjour, Betty. Tout va bien ?

— Bonjour, Monsieur. » Elle avait les joues roses et semblait excitée. De toute évidence, elle cherchait à contenir son animation mais, comme elle regardait la robe devant elle, sa petite bouche aux lèvres pleines se fendit en un large sourire. « Oh, elle est magnifique, Madame !

— Les choses étaient faites pour durer, à cette époque. Et ces couleurs ! On ne voit plus des couleurs comme ça, aujourd'hui. Et qu'avons-nous là ?

— Des chaussures, Madame ! Des chaussures dorées !

— Faites voir. » Mrs Ayres prit la boîte des mains de Betty, souleva le couvercle, le papier de soie au-dessous. « Ah, elles ont coûté une fortune, celles-là ! Et pour ce prix-là, elles faisaient un mal de chien ! Je ne les ai portées qu'une fois. » Elle les tint devant ses yeux. Puis, comme sur une impulsion : « Essayez-les, Betty.

— Oh, Madame… » Betty rougit et me jeta un regard gêné. « Je peux ?

— Mais oui, allez-y. Montrez-nous ça, au docteur et à moi. »

La jeune fille délaça donc ses lourdes chaussures noires, avant de passer d'un pied timide les escarpins de cuir doré ; puis, sur les injonctions de Mrs Ayres, elle effectua quelques allers et retours de la porte de la penderie à la cheminée, comme un mannequin. Ce faisant, elle éclata de rire, portant une main à sa bouche pour dissimuler ses dents irrégulières. Mrs Ayres riait également, et comme Betty trébuchait, car les escarpins étaient trop grands, elle en bourra la pointe avec des bas pour les ajuster au pied de la jeune fille. Elle y passa plusieurs minutes, et lui donna ensuite des gants et une étole et lui fit prendre la pose, marcher, se tourner sous son regard, l'applaudissant à petits coups rapides.

Je pensais au patient que j'avais décommandé pour venir. Mais, au bout de quelques minutes, Mrs Ayres parut soudain se fatiguer. « Bien, dit-elle à Betty, avec un soupir, contemplant le lit couvert de vêtements. Vous feriez bien de ranger tout ça, sinon je n'aurai nulle part où dormir, ce soir.

— Dormez-vous bien, au fait ? » m'enquis-je tandis que nous nous dirigions vers le feu. Puis, voyant Betty disparaître dans la penderie, les bras chargés de fourrures : « J'espère que cela ne vous ennuie pas, dis-je un ton en dessous, mais Caroline m'a parlé de vos… découvertes, la semaine dernière. Si j'ai bien compris, cela vous a vraiment bouleversée. »

Elle se penchait pour ramasser un coussin. « En effet. Suis-je sotte, n'est-ce pas ?

— Pas du tout.

— Après tout ce temps », murmura-t-elle, s'adossant dans son fauteuil et levant vers moi un visage qui, à ma grande surprise, n'exprimait nulle trace d'inquiétude ni de chagrin, mais tout au contraire une quasi-sérénité. « J'imaginais qu'il ne restait plus aucune trace d'elle, voyez-vous. » Elle porta une main à son cœur. « Sauf là. Ici, à l'intérieur, elle a toujours été présente. Et quelquefois plus réelle que toute autre chose… »

Elle gardait la main posée sur sa poitrine, lissant doucement sa robe. Son expression s'était faite vague – mais un certain vague dans l'expression était courant chez elle et faisait partie de son charme. Rien dans son comportement ne m'apparaissait étrange ni inquiétant ; je la trouvais somme toute plutôt en forme, et satisfaite. Je lui tins compagnie encore une quinzaine de minutes, puis je redescendis.

Caroline se tenait là où je l'avais laissée, appuyée à la cheminée. Le feu avait baissé dans l'âtre, la lumière était plus faible que jamais, et une fois de plus je fus frappé par l'absence de chaleur de cette pièce en comparaison de la chambre de sa mère, si accueillante. Et là encore, cette vision d'elle avec ses mains souillées de bonne à tout faire m'agaça plus qu'il n'était raisonnable.

« Alors ? me demanda-t-elle, levant les yeux.

— Je pense que vous vous inquiétez pour rien.

— Que fait ma mère ?

— Elle trie de vieux vêtements, avec Betty.

— Oui. C'est tout ce qui l'intéresse à présent, des choses comme ça. Hier, elle a ressorti toutes ces vieilles photos, celles qui étaient abîmées – vous vous souvenez ? »

J'étendis les mains en signe d'apaisement. « Elle a le droit de regarder des photos, n'est-ce pas ? Comment pouvez-vous lui reprocher de se tourner vers le passé, alors que le présent est si triste ?

— Ce n'est pas seulement ça.

— Qu'y a-t-il, alors ?

— C'est quelque chose dans sa façon d'être. Elle ne fait pas que *penser* au passé. On dirait que, quand elle vous regarde, elle ne vous voit pas, du tout. Qu'elle voit autre chose… Et elle se fatigue si vite. Elle n'est pas si âgée, vous savez, mais à présent elle monte se reposer presque chaque après-midi, comme une vieille femme. Jamais elle ne prononce le nom de Roderick. Elle ne s'intéresse pas aux rapports du Dr Warren. Elle ne veut voir personne… Oh, c'est tellement difficile à expliquer.

— Elle a eu un choc, dis-je. Tomber ainsi sur ces inscriptions qui lui rappellent votre sœur, cela n'a pu que la secouer. »

En disant ces mots, je me rendis compte que nous n'avions jamais parlé de Susan, la petite fille disparue. Elle aussi dut en être frappée : elle demeura immobile, silencieuse, porta à sa bouche ses doigts souillés et se mit à se triturer la lèvre. Lorsqu'elle reprit la parole, sa voix avait changé.

« C'est bizarre de vous entendre dire "votre sœur". Ça sonne faux. Maman ne nous a jamais parlé d'elle, voyez-vous, lorsque Rod et moi étions enfants. Pendant des années et des années, je n'ai rien su de son existence. Puis un jour je suis tombée sur un livre avec "Sukey Ayres" inscrit sur la page de garde, et j'ai demandé à Maman qui c'était. Elle a réagi de manière si étrange que j'ai pris peur. C'est alors que Papa m'a raconté l'histoire. Il en parlait comme d'un "terrible coup du sort". Mais je ne me souviens pas l'avoir plaint, ni Maman. Je me souviens juste avoir été très en colère, parce que tout le monde m'avait toujours dit que j'étais l'aînée, et je trouvais injuste que ce ne soit pas vraiment moi. » Elle baissa les yeux vers l'âtre, son front se plissa. « On dirait bien que j'étais sans cesse en colère, quand j'étais petite. J'étais infecte avec Roddie ; avec les bonnes, aussi. On est censé s'adoucir en grandissant, n'est-ce pas ? Pour ma part, je ne crois pas y être parvenue. Quelquefois, j'ai l'impression qu'il y a toujours quelque chose en moi, quelque chose de mauvais que j'aurais avalé et qui serait resté coincé... »

En cet instant, elle ressemblait de fait à une gamine difficile, avec ses mains sales, ses cheveux pas coiffés dont deux mèches commençaient de retomber sur son visage. Comme tous les enfants rebelles, elle paraissait aussi d'une tristesse infinie. J'esquissai un mouvement vers elle. Elle leva la tête, et dut percevoir mon hésitation.

Aussitôt, l'enfant en elle disparut, dans la seconde. « Je ne vous ai pas demandé des nouvelles de votre séjour à Londres, fit-elle d'une voix dure, mondaine. Comment cela s'est-il passé ?

— Très bien, merci.

— Vous êtes intervenu à la conférence ?

— Oui.

— Et les gens ont aimé votre intervention ?

— Énormément. En fait... » De nouveau, j'hésitai. « Eh bien, il est plus ou moins question que je retourne là-bas. Pour y travailler, je veux dire. »

Son regard parut se faire plus vif. « Vraiment ? Et c'est ce que vous avez l'intention de faire ?

— Je ne sais pas. Il faudrait que je réfléchisse à tout ceci. À ce que je... j'abandonnerais, pour ainsi dire.

— Et c'est pour cela que vous vous êtes tenu à l'écart de nous ? Pour ne pas vous laisser distraire ? J'ai aperçu votre voiture dans le parc, samedi. Je pensais que vous alliez peut-être vous arrêter. Comme vous n'en faisiez rien, j'ai deviné qu'il s'était passé quelque chose ; que quelque chose avait dû changer. C'est pour cela que je vous ai appelé aujourd'hui, parce que je savais que vous ne viendriez pas de vous-même, comme à l'habitude. Comme avant, je veux dire. » Elle rajusta la mèche de cheveux qui tombait sur son visage. « Aviez-vous l'intention de nous revoir un jour ?

— Mais bien entendu.

— Mais vous vous êtes *bien* tenu à l'écart, n'est-ce pas ? »

Sur cette question, elle releva légèrement le menton. Rien de plus. Mais comme un lait rétif finit par céder au mouvement de la baratte, la colère en moi se transforma, acquit une autre consistance, fort différente. Mon cœur commençait de cogner. « J'avais un peu peur, je le crains, dis-je enfin.

— Peur de quoi ? De moi ?

— Ce serait difficile.

— De ma mère ? »

Je pris une inspiration. « Écoutez, Caroline. L'autre nuit, dans la voiture…

— Oh, c'est *ça*… » Elle détourna la tête. « Je me suis conduite comme une idiote.

— Non, c'était moi, l'idiot. Et j'en suis désolé.

— Et maintenant tout a changé, tout est gâché… Non, arrêtez, je vous en prie… »

Car elle avait l'air si malheureux que je m'étais approché et avais commencé de l'enlacer ; et si elle demeura quelques instants figée, raidie, elle finit par se détendre un peu en comprenant que je ne voulais rien de plus que la prendre dans mes bras. La dernière fois que je l'avais tenue ainsi, c'était pour danser ; elle portait alors des talons, et ses yeux, sa bouche étaient à hauteur des miens. Avec des chaussures plates, elle se révélait plus petite de quelques centimètres : j'abaissai le visage, et mon menton mal rasé s'accrocha dans ses cheveux. Elle pencha la tête, et son front frais et lisse vint se loger dans le creux de mon cou, sous mon oreille… Et soudain je la sentis entièrement contre moi, je sentis la pression de ses seins, de ses hanches, de ses cuisses solides. Je glissai une main dans son dos et l'attirai plus fort contre moi. « Arrêtez », fit-elle de nouveau, mais d'une voix faible.

Le jaillissement soudain de mes sentiments me laissait effaré. Quelques instants auparavant, en la regardant, je n'éprouvais qu'agacement, voire exaspération. À présent je murmurais son nom dans ses cheveux, caressant sa tête de ma joue, de plus en plus fort, presque brutalement.

« Vous m'avez manqué, Caroline ! Dieu, que vous m'avez manqué ! » Je m'essuyai les lèvres d'une main mal assurée. « Regardez-moi ! Regardez quel pauvre idiot vous avez fait de moi ! »

Elle fit mine de se dégager. « Je suis désolée. »

Je resserrai mon étreinte. « Ne soyez pas désolée, pour l'amour de Dieu !

— À moi aussi, vous avez manqué, fit-elle d'une voix misérable. Chaque fois que vous vous éloignez, il se passe quelque chose, ici. Pourquoi cela ? Cette maison, et ma mère... » Elle ferma les yeux, porta la main à son front, comme saisie d'une terrible migraine. « Cette maison finit par vous faire imaginer des choses.

— Cette maison est un poids trop lourd pour vous.

— J'en ai presque peur.

— Il n'y a aucune raison d'avoir peur. Je n'aurais pas dû vous laisser, coincée ici, toute seule.

— Je voudrais... je voudrais pouvoir m'en aller. Et je ne peux pas, avec Maman.

— Ne pensez pas à votre mère. Ne pensez pas à partir. Vous n'avez pas besoin de partir. »

Et moi non plus, me disais-je. Car en cet instant tout me paraissait clair, avec Caroline entre mes bras. Mes projets – le médecin-consultant, l'hôpital de Londres –, tout cela s'évaporait. « J'ai été idiot, dis-je. Tout ce dont nous avons besoin se trouve ici. Réfléchissez-y, Caroline. Réfléchissez à moi. À nous.

— Non. Quelqu'un peut venir... »

Je m'étais mis à l'embrasser doucement, du bout des lèvres. Nous oscillions l'un contre l'autre et, dans ce mouvement de déséquilibre, devions remuer nos pieds qui finalement se séparèrent. Elle fit un pas en arrière, levant devant elle une main souillée. Ses cheveux étaient plus ébouriffés que jamais, à cause du frottement de ma joue ; ses lèvres entrouvertes, un peu humides. Elle avait l'apparence d'une femme que l'on vient d'embrasser et qui, pour être franc, demande à l'être encore. Mais comme je m'avançais vers elle, elle fit un nouveau pas en arrière, et je discernai soudain, mêlé à son désir, quelque chose d'autre – une innocence, ou plus que cela ; une réticence, peut-être même de la peur. Je ne tentai pas de l'enlacer encore. Je craignais de ne pas pouvoir le faire sans l'effaroucher. Mais je pris une de ses mains dans la mienne et la portai jusqu'à ma bouche, posai mes lèvres contre ses phalanges sales. Je baissai les yeux, passant mon pouce sur ses ongles noirs. « Regardez dans quel état vous vous êtes mise, dis-je d'une voix tremblante de désir et d'audace. Quelle enfant ! Il ne sera plus question de ce genre de chose, vous savez, quand nous serons mari et femme. »

Elle ne répondit rien. Brièvement, je ressentis la présence de la maison autour de nous, figée et silencieuse comme si elle retenait son souffle. Puis elle pencha la tête de nouveau, doucement – et là, avec la force de celui qui triomphe, je l'attirai à moi et embrassai non plus sa bouche, mais sa gorge, ses joues, ses cheveux. Elle eut un rire brusque, un rire nerveux.

« Attendez », fit-elle, plaisantant à demi, et à demi sérieuse, se débattant presque. « Attendez. Oh, attendez ! »

X

Je repense à présent aux trois ou quatre semaines suivantes comme à celles de la cour que je fis à Caroline ; même si ce ne fut jamais assez avoué, assez simple pour mériter vraiment ce nom. J'étais encore très occupé, et ne pouvais la voir que pendant de brefs moments volés ici et là. En outre, elle se révéla extrêmement timide lorsqu'il s'agit d'exposer à sa mère cette évolution notable de nos relations. J'étais impatient que les choses se fassent, qu'une sorte d'annonce officielle ait lieu. Mais elle trouvait que sa mère « n'était pas encore assez bien remise » ; que cette nouvelle ne ferait que « l'agiter ». Elle le lui dirait, m'assura-t-elle, « au moment favorable ». Toutefois, ce moment semblait très, très long à venir et le plus souvent, lorsque je passais au Hall au cours de ces quelques semaines, je me retrouvais assis avec les deux femmes dans le petit salon, à prendre le thé et bavarder de choses sans importance – absolument comme si rien n'avait changé.

Mais, bien sûr, tout avait changé, et je trouvais pour ma part ces visites parfois assez dures à supporter. Je pensais sans cesse à Caroline. En plongeant mon regard dans son visage puissant, aux lignes anguleuses, j'avais peine à imaginer l'avoir un jour trouvé quelconque. Levant les yeux vers elle au-dessus des tasses de thé, je me sentais devenu d'amadou, m'embrasant au simple croisement de nos regards. Quelquefois, après que j'avais présenté mes respects, elle me raccompagnait jusqu'à ma voiture ; nous traversions la maison en silence, passant devant les portes plongées dans l'ombre, et j'avais envie de l'entraîner dans une de ces pièces délabrées et de la serrer contre moi. J'essayai, une fois ou deux ; mais elle se montra mal à l'aise. Elle restait immobile contre moi, le visage détourné, les bras pendant à ses flancs. Je sentais son corps s'amollir et se réchauffer peu à peu contre le mien – mais lentement, très lentement, comme s'il se refusait à son propre relâchement. Et si, à bout de frustration, je tentais d'aller plus loin, le résultat était désastreux. Ses membres se durcissaient de nouveau, elle se protégeait le visage de ses mains. « Je suis désolée », disait-elle, comme lors de ce premier échec, dans ma voiture glacée. « Je suis désolée. C'est mal de ma part, je le sais. Mais j'ai juste besoin d'un peu de temps. »

J'appris donc à ne pas trop exiger d'elle. Ma grande crainte à présent était de la repousser. J'avais l'impression que, accablée de soucis comme elle l'était avec Hundreds, nos fiançailles n'étaient pour elle qu'une complication supplémentaire : je me dis qu'elle attendait que la situation du Hall s'améliore avant de s'accorder le droit d'échafauder des projets d'avenir.

Et une réelle amélioration semblait d'ailleurs devoir se produire. Le chantier des pavillons HLM progressait ; l'extension du réseau d'eau et d'électricité jusqu'au parc prenait forme ; apparemment, les choses allaient mieux à la ferme, et Makins était ravi de tous ces changements. Mrs Ayres également, malgré les doutes de Caroline, semblait en meilleure santé et de meilleure humeur qu'elle ne l'avait été depuis des mois. À chacune de mes visites, je la trouvais vêtue avec soin, avec un soupçon de rouge et de poudre sur les joues ; en réalité, et comme d'habitude, elle avait bien meilleure allure que sa fille qui, malgré l'évolution de nos rapports, s'en tenait toujours à ses vieux pulls et jupes informes, chapeaux de laine et godillots. Mais, comme le temps demeurait hivernal, je ne pouvais guère lui en vouloir. J'avais l'intention, une fois le printemps arrivé, de l'emmener à Leamington pour lui offrir quelques robes dignes de ce nom.

Je pensais souvent, avec une impatience croissante, à l'été à venir : le Hall avec toutes ses portes et fenêtres grandes ouvertes, Caroline en corsage léger, échancré, ses longs membres minces et hâlés, ses pieds nus dans la poussière... À présent, ma propre maison m'apparaissait aussi froide, aussi artificielle qu'une scène de théâtre entre deux représentations. La nuit, je demeurais éveillé dans mon lit, fatigué mais incapable de dormir, imaginant Caroline dans le sien. Mon esprit s'échappait, traversait doucement les kilomètres d'obscurité qui nous séparaient, pour se glisser comme un braconnier au travers des grilles de Hundreds, parcourir l'allée envahie d'herbe folle, ouvrir de force la porte gonflée par l'humidité et s'avancer, centimètre par centimètre, sur les dalles de marbre ; puis il montait, lentement, silencieusement, marche après marche, jusqu'à elle.

Puis, un jour de début mars, en arrivant à Hundreds, j'appris que quelque chose était arrivé. Ces manifestations étranges (ces « jeux de salon », comme les avait appelés Caroline) avaient repris, mais sous une forme différente.

Elle refusa tout d'abord de m'en parler. C'était « trop ennuyeux pour qu'on y fasse même allusion », dit-elle. Mais sa mère et elle avaient l'air fatigué, et je fis une réflexion à ce propos ; elle m'avoua alors que, depuis quelques nuits, elles étaient réveillées très tôt le matin par la sonnerie du téléphone. Cela s'était produit trois ou quatre fois, et toujours entre deux et trois heures ; et chaque fois, lorsqu'elles étaient allées décrocher l'appareil, elles n'avaient entendu que le vide d'une ligne inoccupée.

Elles s'étaient un moment demandé si ce ne pouvait pas être moi. « Vous étiez la seule personne à qui nous pouvions penser, me dit Caroline, susceptible d'être encore debout à une heure pareille. » Elle jeta un regard à sa mère et rougit légèrement. « Mais ce n'était pas vous, n'est-ce pas ?

— Mais non ! Jamais je n'appellerais si tard ! Et à deux heures du matin, j'étais au fond de mon lit. Donc à moins d'avoir passé un coup de téléphone somnambulique…

— Bien sûr, fit-elle en souriant. Non, il a dû y avoir une confusion quelconque au central. Je voulais juste en être sûre. »

Elle semblait vouloir mettre un terme à la discussion, et je n'insistai pas. Lors de ma visite suivante, toutefois, j'appris qu'un nouvel appel les avait réveillées une ou deux nuits auparavant, et une fois de plus à deux heures et demie. Cette fois, Caroline n'avait pas quitté son lit et avait laissé l'appareil sonner, peu désireuse de s'aventurer dans le froid et l'obscurité. Mais la sonnerie stridente, discordante, avait fini par être insupportable et, entendant sa mère s'agiter dans sa chambre, elle était finalement descendue décrocher – pour tomber, comme d'habitude, sur une ligne silencieuse.

« Enfin, pas vraiment, se reprit-elle. Pas totalement silencieuse. C'est ça le plus étrange. Je n'ai entendu aucune voix mais j'ai pensé – oh, ça semble idiot, mais j'aurais pu jurer qu'il y avait quelqu'un au bout du fil. Quelqu'un qui avait sciemment appelé ici, qui nous avait appelées. Et là encore, n'est-ce pas, j'ai pensé à vous.

— Et une fois de plus, dis-je, j'étais perdu dans mes rêves. Et je rêvais de vous, très probablement », ajoutai-je, car nous étions seuls en cet instant.

Je fis mine de lui caresser les cheveux ; elle saisit mes doigts, les immobilisa. « Oui. Mais *quelqu'un* a bien appelé. Et j'ai pensé à… je n'arrive pas à m'ôter cette idée de la tête : vous ne pensez pas que ç'aurait pu être Roddie, n'est-ce pas ?

— Rod ! fis-je effaré. Oh, sûrement pas.

— C'est quand même possible, non ? Imaginez qu'il ait des problèmes – là-bas je veux dire, dans cette clinique. Cela fait si longtemps que nous ne l'avons pas vu. Le Dr Warren dit toujours la même chose dans ses rapports. Ils pourraient très bien lui faire n'importe quoi, essayer sur lui n'importe quel médicament ou traitement. Nous ne savons pas ce qu'ils lui font, en réalité. Nous payons, c'est tout. »

Je pris ses deux mains dans les miennes. Elle vit l'expression de mon visage. « C'est simplement ce sentiment que j'ai eu, dit-elle, cette impression que quelqu'un nous appelait pour… pour nous dire quelque chose.

— Il était deux heures et demie du matin, Caroline ! N'importe qui aurait eu cette impression. Ce doit être tout simplement ce que vous disiez l'autre jour : il y a eu confusion des lignes au central. D'ailleurs, pourquoi ne pas l'appeler tout de suite pour en parler à la standardiste et lui expliquer ce qui est arrivé ?

— Vous pensez que je devrais ?

— Si cela peut vous tranquilliser, pourquoi pas ? »

Donc, fronçant les sourcils, elle se dirigea vers l'appareil démodé installé dans le petit salon et composa le numéro du central téléphonique. Elle me tournait le dos, mais je l'écoutai exposer les faits. « Oui, si cela ne vous ennuie pas », l'entendis-je dire, d'une voix artificiellement enjouée ; puis, un instant plus tard, d'un ton un peu moins vif : « Je vois. Oui, vous avez sans doute raison. Merci infiniment, désolée de vous avoir dérangée. »

Elle reposa le téléphone et l'écouteur et se retourna vers moi, l'air plus soucieux que jamais. Elle porta la main à sa bouche, mordillant l'extrémité de ses doigts : « La standardiste de nuit n'est pas là pour l'instant, naturellement. Mais la jeune fille que j'ai eue a regardé le cahier – enfin le registre, je ne sais pas, là où elles notent tous les appels. Elle dit que personne n'a demandé Hundreds cette semaine, absolument personne. Et que personne n'a appelé la semaine dernière, non plus.

— Eh bien, dis-je, voilà qui éclaircit les choses. Il doit bien y avoir un problème avec la ligne – ou plus probablement avec les branchements, ici même. Ce n'était pas Rod, pas du tout. Vous voyez. Ce n'était personne.

— Oui, dit-elle d'une voix lente, mordillant toujours ses doigts. C'est aussi ce que la fille m'a dit. Oui, ce doit être ça, n'est-ce pas ? »

Elle dit cela comme si elle voulait s'en convaincre elle-même. Mais le téléphone sonna de nouveau, cette nuit-là. Et lors de ma visite suivante, comme elle demeurait absurdement perturbée par cette idée que ce pouvait être son frère qui tentait de la contacter, je décidai, pour la tranquilliser, d'appeler la clinique à Birmingham et de demander s'il y avait la moindre possibilité pour que Rod ait pu lui-même passer ces coups de fil. On m'assura que non. C'est à l'assistant du Dr Warren que je parlai, et son ton me sembla nettement moins désinvolte que lors de ma dernière visite, juste avant Noël. Il me dit que Rod, après avoir paru faire des progrès légers, mais notables, en début d'année, avait récemment déçu tout le monde en traversant « une mauvaise passe » d'une quinzaine jours. Il n'entra pas dans les détails mais, comme un idiot, j'avais passé ce coup de téléphone avec Caroline à mes côtés. Elle comprit assez de la conversation pour deviner que les nouvelles n'étaient pas bonnes ; sur quoi elle se montra plus silencieuse et plus préoccupée que jamais.

Et, comme en réaction à cette nouvelle angoisse, les coups de téléphone cessèrent et une nouvelle vague de soucis prit le relais. Cette fois, j'étais présent, entre deux visites à des patients, quand ils commencèrent : Caroline et moi étions seuls dans le petit salon — en fait, je venais de l'embrasser pour lui dire au revoir, et elle venait de s'échapper de mes bras — quand la porte s'ouvrit brusquement, nous surprenant tous deux. Betty apparut, fit une petite révérence, et demanda « ce qu'elle pouvait faire ».

« Comment cela ? fit Caroline d'une voix dure, le rouge aux joues, remettant de l'ordre à ses cheveux.

— La cloche a sonné, Miss.

— Eh bien, ce n'était pas moi. Ce doit être ma mère qui a besoin de vous. »

Betty parut perplexe. « Madame est en haut, Miss.

— Oui, je sais bien qu'elle est en haut.

— Mais excusez-moi, Miss, mais c'est la cloche du petit salon qui a sonné.

— Ma foi, ça n'est pas possible, n'est-ce pas, puisque je n'ai pas sonné, et le Dr Faraday non plus ! Vous pensez qu'elle a sonné toute seule, c'est cela ? Montez plutôt voir à l'étage si ma mère a besoin de vous. »

Betty sortit à reculons, clignant des paupières. La porte refermée, je croisai le regard de Caroline, m'essuyant les lèvres, prêt à en rire. Mais elle ne me rendit pas mon sourire. Elle se détourna, comme agacée. « Oh, mais c'est odieux ! fit-elle avec une violence surprenante. Je ne supporte plus ça ! Cette manière d'aller et venir en douce, comme un chat.

— Comme un chat ! » répétai-je, amusé. Je tendis la main pour la ramener à moi. « Par ici, minou… gentil, minou…

— Arrêtez, pour l'amour de Dieu. Betty est capable de revenir.

— Ma foi, Betty est une fille de la campagne. Elle n'ignore rien des oiseaux et des abeilles et des chats… En outre, vous savez quelle est la solution, n'est-ce pas ? Épousez-moi. La semaine prochaine – demain – quand vous voudrez. Alors, je pourrai vous embrasser au vu et au su de tous. Et la petite Betty sera plus occupée que jamais, à nous apporter nos œufs au bacon au lit, chaque matin, et tout ça… »

Je souriais toujours, mais elle se détourna de nouveau, avec une étrange expression sur le visage. « Mais que voulez-vous dire ? Nous ne… Nous ne resterions pas *ici*, n'est-ce pas ? »

Nous n'avions jamais parlé des aspects pratiques de notre existence, une fois mariés. Il me semblait acquis que je la rejoindrais pour vivre ici, au Hall. « Ma foi, pourquoi pas ? fis-je d'une voix moins assurée. Nous ne pouvons abandonner votre mère, n'est-ce pas ? »

Elle plissait le front. « Mais comment feriez-vous, avec vos patients ? J'avais imaginé que… »

Je souris. « Vous ne préférez pas vivre chez moi, à Lidcote, dans l'affreuse vieille maison de Gill ?

— Non, bien sûr que non.

— Alors nous pouvons trouver un moyen terme. Je garderai mon cabinet au village, en instaurant peut-être un tour de garde de nuit avec Graham… je ne sais pas. De toute façon, tout va changer en juillet, avec l'arrivée de l'Assurance maladie.

— Mais quand vous êtes rentré de Londres, dit-elle, vous m'avez dit qu'il y avait peut-être un poste pour vous, là-bas. »

Je fus pris de court ; j'avais totalement oublié cette histoire. Mon séjour à Londres me semblait à des années-lumière à présent ; ce qui s'était passé entre nous deux avait chassé tout cela de mon esprit. « Oh, inutile d'y penser pour le moment, dis-je d'une voix insouciante. De toute façon, tout va changer en juillet. À partir de là, il peut y avoir pléthore de postes ; ou plus du tout, pour personne.

— Pour personne ? Mais alors, comment ferons-nous pour partir ? »

Je clignai des paupières. « Nous devrions partir ?

— Je croyais… », commença-t-elle, et elle paraissait si angoissée soudain que je lui pris de nouveau la main : « Ne vous inquiétez pas. Nous aurons largement le temps de réfléchir à tout cela, une fois mariés. Parce que c'est ça le plus important, n'est-ce pas ? C'est ce que nous désirons plus que tout ? »

Oui, répondit-elle, bien sûr… Je portai sa main à ma bouche, l'embrassai puis, ayant coiffé mon chapeau, me dirigeai vers la porte.

Et c'est là, arrivé dans le hall, que je vis de nouveau Betty. Elle descendait l'escalier, l'air plus perdu que jamais, et légèrement vexé aussi. Apparemment, Mrs Ayres était profondément endormie dans sa chambre, et n'avait donc pas pu la sonner. Mais de toute façon, ajouta-t-elle, elle était bien persuadée que ce n'était pas elle : c'était la clochette du petit salon qui avait résonné – elle était prête à le jurer sur le lit de mort de sa mère –, et si Miss Caroline et moi ne la croyions pas, eh bien ce n'était pas juste de douter comme ça de ce qu'elle disait. Sa voix monta d'un cran au fur et à mesure quelle parlait, et bientôt Caroline apparut, se demandant ce qui se passait. Trop heureux de m'échapper, je les abandonnai en pleine dispute et n'y pensai plus.

Toutefois, lors de ma visite suivante, à la fin de la semaine, je trouvai le Hall transformé en « maison de fous », selon les termes de Caroline. Les sonnettes s'étaient mystérieusement mises à vivre d'une vie propre, s'agitant à n'importe quelle heure, de sorte que Betty et cette pauvre Mrs Bazeley passaient leur temps à courir d'une pièce à l'autre en demandant ce qu'elles pouvaient faire, du même coup rendant folles Caroline et sa mère. Caroline était descendue vérifier la boîte de dérivation des câbles correspondant à chaque sonnette, au sous-sol, et n'avait rien trouvé de particulier.

« C'est comme si un lutin se glissait jusqu'ici, me dit-elle en me précédant dans le couloir voûté, pour s'amuser à nous faire perdre la tête en tirant sur les fils ! Et ce ne sont pas des souris ni des rats. Nous avons mis piège sur piège, sans en attraper aucun. »

J'examinai à mon tour la boîte en question : c'était, comme je l'avais imaginé, un système impressionnant reliant tous les câbles qui irriguaient les pièces supérieures par des tubes et des gaines, un peu comme le système nerveux de la maison. Je savais par expérience que les câbles n'étaient pas extrêmement sensibles, et qu'il fallait parfois tirer vigoureusement pour que la sonnette fonctionne, de sorte que le récit de Caroline me laissa quelque peu pantois. Elle m'apporta une torche et un tournevis, et je farfouillai dans le tableau pendant un bon moment, mais le mécanisme était très simple, aucun des câbles ne paraissait trop tendu et, tout comme Caroline, rien ne me parut clocher. Je ne pouvais, non sans malaise, que me souvenir de ces tapotements et craquements que les deux femmes avaient entendus quelques semaines auparavant ; je pensai aussi au plafond affaissé du grand salon, à l'humidité infiltrée, au ventre que faisait la maçonnerie… Je n'en dis rien à Caroline, mais il m'apparaissait assez évident que le Hall avait atteint ce point de délabrement où une faiblesse ne peut qu'en déclencher une autre ; et je me sentais plus que jamais consterné et frustré de voir ainsi la demeure partir à vau-l'eau.

Cependant, les clochettes continuaient leur sabbat permanent, insupportable, cela jusqu'au jour où Caroline, à bout de nerfs, prit une paire de pinces coupantes et mit la boîte de dérivation hors d'usage. Après quoi, quand on voulait Betty, il fallait aller jusqu'en haut de l'escalier de service et crier pour l'appeler. Arrivées là, elles descendaient souvent directement à la cuisine pour faire elles-mêmes ce dont elles avaient besoin – comme si elles n'avaient pas eu, en fait, de domestique.

Mais apparemment, la maison ne se laisserait pas circonvenir si facilement et, avant qu'une autre semaine ne passe, un nouveau souci avait surgi. Cette fois, le problème trouvait sa source dans une relique de l'époque victorienne – un ancien système acoustique installé dans les années 1880 pour permettre aux nurses de communiquer avec la cuisinière, un tube courant du haut en bas de la maison, depuis la nursery au deuxième étage jusqu'à un petit écouteur en ivoire, dans la cuisine. Celui-ci était muni d'un sifflet attaché par une chaînette en cuivre, sifflet qui résonnait quand on soufflait dans le tube, à l'autre extrémité. Bien sûr, Caroline et Roderick devenus adultes, des années s'étaient écoulées depuis que le système avait réellement servi pour la dernière fois. Les nurseries elles-mêmes avaient été dépouillées de leurs accessoires au début de la guerre, pour servir de logements aux officiers cantonnés chez Mrs Ayres. Somme toute, le tube acoustique devait être resté muet, poussiéreux et abandonné depuis une quinzaine d'années.

Toutefois, Mrs Bazeley et Betty vinrent un jour trouver Caroline pour se plaindre : l'écouteur désaffecté se mettait à donner de petits coups de sifflet.

C'est Mrs Bazeley elle-même qui me raconta l'affaire, un ou deux jours plus tard, alors que j'étais descendu à la cuisine pour voir quel était le problème. Elle me dit qu'au départ, en entendant siffler, elles n'avaient pas compris d'où provenait le son. Le sifflement était léger – « léger comme un coup de vent, me dit-elle. Que du souffle. Un peu comme quand l'eau commence à vraiment chauffer dans la bouilloire » – et elles en avaient déduit, quoi que non sans perplexité, que ce devait être le chuintement de l'air s'échappant des tuyaux du chauffage central. Mais, un matin, celui-ci s'était fait si net qu'on ne pouvait plus en ignorer la source. À cet instant, Mrs Bazeley était seule dans la cuisine, en train de mettre des petits pains au four, et le sifflement brutal, perçant, l'avait fait sursauter si fort qu'elle s'était brûlée au poignet. Elle ne savait même pas, me dit-elle en me montrant la cloque, ce qu'était ce système acoustique. Elle ne travaillait pas à Hundreds depuis assez longtemps pour l'avoir vu en service. Elle avait toujours cru que ce petit accessoire terni, avec son sifflet, était « un truc électrique ».

C'est Betty qui avait compris l'usage du tube et le lui avait expliqué ; et donc le lendemain, quand le sifflement perçant se fit de nouveau entendre, Mrs Bazeley supposa tout naturellement que Caroline ou Mrs Ayres voulait lui dire quelque chose, depuis une pièce à l'étage. Elle se dirigea prudemment vers le récepteur, ôta le sifflet et posa son oreille contre le cornet acoustique d'ivoire.

« Et qu'avez-vous entendu ? » demandai-je, suivant son regard inquiet jusqu'au tube pour l'instant silencieux.

Elle fit la grimace. « Un drôle de bruit.

— Comment cela, drôle ?

— J'aurais du mal à vous dire. Comme une respiration.

— Une respiration ? répétai-je. Vous voulez dire une personne qui respirerait ? Mais vous avez entendu une voix ? »

Non, aucune voix. Plutôt comme un froissement. Mais en même temps, pas exactement un froissement non plus… « Ma foi, c'est comme quand vous avez l'opératrice, au téléphone. Vous ne l'entendez pas parler, mais vous savez qu'elle écoute. Vous sentez qu'elle est là. Oh, c'était bizarre comme impression ! »

Je la regardai fixement, un instant frappé par la similarité entre ses propos et ce que Caroline m'avait dit à propos du téléphone silencieux. Elle croisa mon regard et frissonna ; elle ajouta qu'elle s'était dépêchée de remettre le sifflet dans son logement et avait couru chercher Betty, laquelle, après avoir rassemblé tout son courage, avait elle-même collé son oreille au cornet et avait eu cette même sensation de « quelque chose de bizarre » dans le tube. C'est alors qu'elles étaient montées pour en parler à Caroline et à sa mère.

Elles trouvèrent Caroline seule et lui expliquèrent ce qui se passait. Caroline, sans doute frappée, elle aussi, par les paroles de Mrs Bazeley, écouta attentivement leur histoire, puis les accompagna au sous-sol et colla à son tour l'oreille contre le récepteur. Mais elle n'entendait rien, rien du tout. Elle dit qu'elles avaient dû imaginer des choses ; ou que les sifflements étaient dus au « vent qui s'amusait à leur jouer des tours ». Elle accrocha une serviette à thé sur l'objet et leur dit que si par hasard le sifflement recommençait, elles n'avaient qu'à l'ignorer. Puis elle ajouta, comme après réflexion, qu'elle espérait qu'elles tiendraient leur langue et n'ennuieraient pas Mrs Ayres avec ce nouveau problème.

Son intervention ne les rassura aucunement. En fait, la serviette parut rendre les choses encore pires. Car à présent le cornet acoustique était devenu « comme un perroquet dans sa cage » : chaque fois qu'elles étaient sur le point de l'oublier et de vaquer l'esprit libre à leurs tâches habituelles, il laissait échapper un de ces affreux sifflements stridents et les faisait bondir de frayeur.

Dans n'importe quel lieu, une telle histoire m'aurait paru du plus haut comique. Mais il régnait à présent au Hall une curieuse atmosphère d'angoisse, de tension presque palpables ; les deux femmes se montraient fatiguées, nerveuses, et je vis bien que la peur de Mrs Bazeley, au moins, n'était pas feinte. Lorsqu'elle en eut fini, je traversai la cuisine pour aller examiner moi-même l'objet. Soulevant la serviette à thé, je découvris une simple coupelle d'ivoire, dont le fond était bouché par un sifflet, le tout fixé sur un montant de bois creux, à hauteur de tête. Il aurait été difficile d'imaginer un engin d'aspect plus inoffensif — et en même temps, en considérant la somme d'inquiétude qu'il avait réussi à inspirer, sa banalité même commença de me paraître un peu étrange. Je pensai soudain à Roderick avec un vague malaise. Je me souvenais de ces fameux « objets inanimés » — le col, les boutons de manchettes, le miroir — qui, dans son délire, semblaient acquérir une existence sournoise et malveillante.

Puis, comme j'ôtais le sifflet de son logement, une nouvelle pensée me frappa. C'était là un système utilisé par les bonnes d'enfants ; ma mère avait été bonne d'enfant ici. Elle avait dû plus d'une fois parler dans ce tube, quelque quarante ans auparavant… Cette coïncidence me prit de court. J'eus soudain cette idée absurde que, si je posais mon oreille contre l'écouteur, j'allais entendre la voix de ma mère. Que je l'entendrais m'appeler, tout à fait comme je l'entendais crier mon nom pour me dire de rentrer, en fin de journée, quand j'étais un petit garçon jouant dans le champ derrière la maison.

Je repris soudain conscience de la présence de Mrs Bazeley et de Betty qui m'observaient, s'interrogeant peut-être sur mon immobilité. Je baissai la tête vers l'écouteur… Et comme Caroline, je n'entendis rien, que le léger écho de mon propre sang battant à mon oreille — un son, m'apparut-il, qu'une imagination excédée pouvait aisément transformer en quelque chose de sinistre. Je me redressai, riant de moi-même.

« Je pense que Miss Caroline a vu juste, dis-je. Ce tube doit avoir au moins soixante ans ! Le caoutchouc doit être complètement fichu, et le vent pénètre à l'intérieur et provoque ces sifflements. Et je dirais même que c'est aussi le vent qui a fait tinter les clochettes. »

Mrs Bazeley paraissait sceptique. « Je ne sais pas, docteur, dit-elle avec un bref regard vers Betty. Ça fait des mois que cette petite dit qu'il y a des trucs bizarres, dans cette maison. Et si…

— Cette maison tombe en ruine, coupai-je d'une voix ferme. C'est la triste vérité, et il n'y a pas à chercher plus loin. »

Et, afin de mettre un terme à toute cette histoire, je fis ce que Mrs Bazeley ou Caroline, eussent-elles été plus avisées, auraient aisément pu faire elles-mêmes : j'arrachai le sifflet d'ivoire de sa chaîne et le rangeai dans la poche de mon gilet, avant de le remplacer par un bouchon de liège.

Je pensais qu'on en aurait fini avec tout ça ; et pendant plusieurs jours d'affilée, de fait, le calme régna dans la maison. Mais, le samedi matin suivant, en entrant dans la cuisine, Mrs Bazeley remarqua que la serviette qu'elle avait reposée sur l'écouteur après mon intervention, et qui était demeurée intouchée depuis lors, traînait au sol. Elle se dit que Betty avait dû la faire tomber, ou un courant d'air venu du couloir, et, du bout des doigts, elle la ramassa et la remit en place. Une heure plus tard, elle la retrouvait par terre. Betty l'accompagnait à présent, ayant terminé son travail à l'étage : et c'est *elle* qui ramassa la serviette et la remit sur l'écouteur – en prenant bien soin, me dit-elle, de la coincer dans l'espace entre le support de bois et le mur. Mais, une fois de plus, la serviette se décrocha et tomba, et cette fois Mrs Bazeley l'aperçut. Debout devant la table de la cuisine, elle la vit tomber du coin de l'œil : selon elle, elle n'avait pas voleté, comme prise dans un courant d'air ; au contraire, elle avait chuté d'un seul coup, tout droit, comme si quelqu'un avait tiré dessus.

Elle était soudain lasse de sa propre peur, et la vue de l'objet la mit hors d'elle. Elle saisit la serviette et la jeta au loin, puis s'immobilisa bien en face de l'écouteur avec son bouchon de liège et secoua le poing dans sa direction.

« Vas-y, s'écria-t-elle, espèce de vieille saleté ! Tout le monde s'en fiche, de toi ! Tu entends ? » Elle posa une main sur l'épaule de Betty. « Ne le regarde pas, Betty. Viens, éloigne-toi. S'il veut continuer ses imbécillités, eh bien, qu'il continue. Moi, j'en ai jusque-là. » Sur quoi elle tourna les talons et revint vers la table.

Elle n'avait pas fait trois pas que lui parvint le son de quelque chose heurtant doucement le carrelage de la cuisine. Se retournant, elle constata que le bouchon de liège, qu'elle m'avait vu une semaine auparavant insérer profondément, en tournant bien, dans le cornet d'ivoire, avait sauté ou été arraché de son trou et roulait à présent à ses pieds.

Sur quoi toute forfanterie l'abandonna. Elle poussa un cri et se précipita vers Betty – laquelle avait également entendu le bouchon sauter, si elle ne l'avait pas vu au sol – et toutes deux se ruèrent hors de la pièce, claquant la porte derrière elles. Elles restèrent un moment figées dans le couloir voûté, presque folles de terreur ; puis, entendant du bruit au-dessus de leur tête, elles gravirent l'escalier en titubant. Elles espéraient tomber sur Caroline, et je regrette à présent que ce n'ait pas été le cas ; elle, je pense, aurait su les calmer et garder la situation sous contrôle. Mais Caroline, hélas, était descendue au chantier, voir Babb. C'est Mrs Ayres qu'elles trouvèrent là, sortant juste du petit salon. Elle y avait passé un moment à lire paisiblement et, prise de court en les voyant si affolées, elle s'imagina que quelque nouvelle catastrophe venait de se produire – encore un incendie, peut-être. Elle ne savait rien de cette histoire de tube acoustique et, ayant réussi à rassembler les bribes confuses de leur récit, à base de serviette à thé et de bouchon de liège, elle n'en fut guère plus éclairée.

« Mais qu'est-ce qui vous a tant effrayées ? » s'enquit-elle.

Elles ne pouvaient pas vraiment le dire. Tout ce qu'elle comprit, somme toute, c'est que les deux femmes étaient fort bouleversées.

Tout cela ne lui semblait pas bien grave, mais elle accepta néanmoins d'aller jeter un coup d'œil. Quel ennui, dit-elle. Mais mon Dieu, ce n'étaient guère les ennuis qui manquaient dans cette maison, ces derniers temps.

Elle les précéda jusqu'au seuil de la cuisine, et elles refusèrent d'aller plus loin. Elles restèrent à la porte, accrochées au chambranle, les yeux écarquillés, tandis que Mrs Ayres, au comble de la perplexité, examinait la serviette inerte, le bouchon, et finalement le cornet acoustique ; et quand, rejetant délicatement en arrière ses boucles grises, elle s'approcha de l'écouteur, elles tendirent les bras en s'écriant : « Oh, faites attention, Madame ! Faites bien attention, surtout ! »

Mrs Ayres hésita un instant – peut-être frappée, comme je l'avais été quelques jours auparavant, par l'accent de réelle terreur perceptible dans leur voix. Puis elle posa doucement son oreille contre l'entrée du tube et écouta. Lorsqu'elle se redressa, son expression était presque d'excuse.

« Vous me voyez navrée, mais je ne sais pas trop ce que j'étais censée entendre. Il n'y a rien, apparemment.

— Il n'y a rien pour l'instant ! s'écria Mrs Bazeley. Mais ça va revenir, Madame. C'est là-dedans, à attendre !

— À attendre ? Mais que voulez-vous dire ? À vous entendre, on croirait qu'il y a là une sorte de génie caché ! Comment quoi que ce soit pourrait-il pénétrer là-dedans ? Ce tube monte directement aux nurseries… »

Et là, devait me dire plus tard Mrs Bazeley, Mrs Ayres vacilla légèrement et changea de visage. « Ces pièces sont condamnées, ajouta-t-elle, plus lentement. Elles n'ont pas été ouvertes depuis le départ des militaires. »

Betty prit la parole, d'une voix chargée d'angoisse. « Oh, Madame, vous ne pensez pas que… vous ne pensez pas que quelqu'un a pu monter, que quelqu'un serait là-haut ?

« — Juste ciel ! renchérit Mrs Bazeley. Elle a raison, cette petite. Dans des pièces fermées, toute noires comme ça, comment peut-on savoir ce qui peut arriver ? Il peut se passer n'importe quoi ! Oh, si vous demandiez au Dr Faraday de passer, qu'il aille jeter un coup d'œil ? Ou bien Betty peut aller chercher Makins, ou Babb.

— Makins ou Babb ? répéta Mrs Ayres, se reprenant. Il n'en est absolument pas question. Miss Caroline sera bientôt rentrée, et je ne peux pas vous dire ce qu'elle pensera de tout cela, ni ce qu'elle décidera. En attendant, si vous pouvez reprendre votre travail…

— On ne peut pas avoir la tête à travailler, Madame, avec ce sale truc qui nous surveille !

— Qui vous surveille ? Il y a une minute, il n'avait que des oreilles, pas des yeux !

— Oui, eh bien en tout cas, avec des oreilles, des yeux ou une queue, il n'est pas normal, dit Mrs Bazeley. Et il n'est pas gentil. Oh, demandez au moins à Miss Caroline de monter voir là-haut, quand elle rentrera. Miss Caroline, on ne la lui fait pas, à elle. »

Mais comme à Caroline qui, une semaine auparavant, avait tenté de garder sa mère à l'écart de cette histoire, il apparut à Mrs Ayres qu'elle pourrait très bien régler ce problème elle-même, avant le retour de sa fille. Qu'elle ait eu quelque autre motif en tête ou non, je n'en sais rien, mais j'aurais tendance à penser que oui – que, à peine effleurée par une vague idée, elle se sentait presque obligée d'en suivre le fil. Quoi qu'il en soit, et au grand effroi de Mrs Bazeley et de Betty, elle déclara qu'elle allait mettre fin à ces sornettes en montant elle-même jeter un coup d'œil dans les pièces abandonnées.

Elles la suivirent donc de nouveau, empruntant cette fois le couloir nord jusqu'au hall d'entrée ; et tout comme elles étaient demeurées figées sur le seuil de la cuisine, elles s'arrêtèrent au pied de l'escalier, accrochées à la boule en forme de tête de serpent, et la regardèrent gravir les marches, ce qu'elle fit rapidement et sans bruit, avec ses chaussures d'intérieur. Une fois passé le premier palier, toutefois, elles ne purent que se pencher, la tête en arrière, pour suivre sa progression, surveillant l'apparition des jambes gainées de bas entre les élégants balustres et les doigts bagués qui glissaient puis enserraient la rampe d'acajou. Arrivée au deuxième étage, elle fit une pause et leur jeta un bref coup d'œil, tout en bas ; puis elle continua, le parquet craquant sous ses pieds. Les craquements persistèrent après que le bruit de ses pas se fut éteint, mais finirent eux-mêmes par disparaître. Surmontant sa peur, Mrs Bazeley gravit quelques marches ; rien, toutefois, n'aurait pu la forcer à dépasser le premier palier. Elle restait accrochée à la rampe, l'oreille tendue, essayant de capter le moindre son dans le silence qui enveloppait Hundreds, « comme si j'essayais de voir des silhouettes dans le brouillard ».

Mrs Ayres aussi, au fur et à mesure qu'elle s'éloignait de la cage d'escalier, avait conscience d'un silence grandissant. Cela ne l'inquiétait nullement, me dit-elle plus tard, mais l'appréhension de Mrs Bazeley et de Betty avait dû la contaminer, si peu que ce fût, car si elle avait gravi l'escalier d'un pas ferme, elle se surprenait à présent à avancer plus précautionneusement. Cet étage était distribué différemment des deux étages inférieurs, avec des couloirs plus étroits, au plafond notablement plus bas. La coupole de verre donnait dans l'escalier une lueur froide et laiteuse, mais, comme dans le hall tout en bas, cette lueur avait pour effet de plonger dans l'ombre les recoins, de tous côtés. Avant d'arriver aux nurseries, Mrs Ayres devait passer devant plusieurs portes, essentiellement de cagibis ou de chambres de bonne, depuis longtemps désaffectés. Toutes ces portes étaient closes pour éviter les courants d'air, et certaines avaient été assujetties dans leur chambranle par des tortillons de papier ou des cales de bois. De sorte que le couloir ici était plus sombre que jamais ; et, le générateur n'étant pas allumé, les interrupteurs ne répondaient pas.

Elle continua donc de progresser dans l'ombre jusqu'au couloir des chambres d'enfant, et trouva la porte de la nursery de jour verrouillée comme toutes les autres, la clef sur la porte. C'est en la prenant dans sa main qu'elle éprouva pour la première fois une réelle appréhension, de nouveau consciente du lourd silence qui semblait plomber la maison, soudain sottement effrayée de ce qu'elle pourrait découvrir en ouvrant la porte. Elle sentait renaître, trop présentes, d'anciennes émotions ; se revoyait arriver au même endroit, tout aussi silencieusement, pour rendre visite à ses enfants quand ils étaient petits. Des moments lui revenaient : Roderick courant vers elle et se jetant dans ses bras, s'accrochant comme un petit chimpanzé, avec sa bouche toute mouillée contre sa robe ; Caroline bien calme, un peu distante, concentrée sur ses pots de peinture, ses cheveux retombant sur les couleurs fraîches… Puis, comme venue de plus loin, d'une autre époque, elle vit Susan dans une robe impeccablement amidonnée. Elle se souvenait de sa nurse, Miss Palmer. Toujours un peu rigide et solennelle, elle lui donnait l'impression que ces visites étaient importunes, comme si l'on voulait voir ses enfants plus qu'il n'était convenable ou agréable… En déverrouillant la porte, Mrs Ayres s'attendait presque à entendre sa voix, à tout retrouver intouché. *Regarde, Susan, c'est maman qui vient encore te voir ? Mon Dieu, mais maman vient sans arrêt !*

Mais la pièce dans laquelle elle pénétra n'aurait pu, somme toute, être plus anonyme ni plus sinistre. Comme je l'ai dit, elle était depuis des années dépouillée de tous ses meubles et accessoires de nursery, et possédait à présent cette atmosphère particulière de vide, résonnant d'échos, propre aux pièces abandonnées. Le parquet était poussiéreux, et le papier peint fané moisi par endroits. Une paire de rideaux noirs datant du black-out, rayés d'indigo par les rayons du soleil, était toujours accrochée à un fil de fer, devant la fenêtre à guillotine condamnée. L'âtre démodé était balayé, mais le garde-cendres de cuivre constellé de particules de suie, là où la pluie avait pénétré par la cheminée. Un coin du manteau de cheminée, brisé, montrait sa matière plus pâle, comme une dent récemment ébréchée. Mais là, juste au-dessus, comme s'en souvenait Mrs Ayres, se trouvait l'extrémité du tube acoustique : il s'arrêtait à cet étage, sous la forme d'un court tuyau gainé de tissu, avec à son extrémité, là aussi, un écouteur d'ivoire terni. Elle traversa la pièce, le prit et en ôta le sifflet, sur quoi une désagréable odeur de renfermé l'assaillit aussitôt — un peu comme une mauvaise haleine, se dit-elle, de sorte que, portant la coupelle à son oreille, elle pensa non sans malaise aux innombrables lèvres qui, au fil des années, avaient dû s'appuyer et glisser dessus… Comme précédemment, elle n'entendit rien, que le grondement assourdi de son propre sang. Elle demeura ainsi presque une minute, attentive, portant l'objet à son oreille sous différents angles. Puis elle remit le sifflet dans son logement, reposa le tube et s'essuya les mains.

Elle se rendit compte qu'elle était déçue – profondément, terriblement déçue. Rien dans cette pièce ne semblait vouloir l'accueillir, lui souhaiter la bienvenue : elle la parcourut des yeux, cherchant quelque trace de son ancienne vie de chambre d'enfant, mais il ne restait rien des images sentimentales jadis accrochées au mur, plus rien de ce genre. Seul demeurait l'écho bourru du séjour des soldats, ronds de verres, éraflures et brûlures de cigarettes, traces noires sur les plinthes ; quant aux rebords de fenêtres, elle les découvrit ponctués de vilains petits ronds de chewing-gum. Il faisait très froid

devant la vitre des fenêtres à guillotine mal jointes, mais elle y demeura un moment, le regard perdu sur le parc, légèrement intriguée par la perspective nouvelle qui, de si haut, de biais, s'ouvrait sur le chantier au loin, et apercevant soudain la silhouette de Caroline qui commençait de rentrer vers la maison. La vue de sa fille, avec sa grande taille, son allure si gauche, traversant seule les pelouses la fit se sentir plus triste que jamais, et au bout d'un moment elle s'écarta de la vitre. À sa gauche se trouvait une autre porte donnant sur la pièce adjacente, l'ancienne nursery de nuit. C'était dans celle-ci que sa première fille était demeurée alitée, victime de la diphtérie ; dans cette pièce, en fait, qu'elle était morte. La porte était entrouverte. Mrs Ayres ne put résister à la tentation de l'ouvrir entièrement et d'entrer.

Mais, là encore, il ne restait guère de témoignages du passé, rien que la désolation, l'abandon, la déréliction. Deux des vitres étaient fendues, et l'encadrement des fenêtres s'affaissait. D'un petit lavabo d'angle émanait une odeur âcre d'urine, et le plancher au-dessous était presque pourri, là où un robinet avait fui goutte à goutte. Elle alla examiner les dégâts ; elle se pencha, posa une main sur le mur. Le papier peint était autrefois orné de boucles et d'arabesques vivement colorées, elle s'en souvenait soudain. Depuis, on l'avait enduit d'une détrempe terne, que l'humidité transformait à présent en une sorte d'amalgame pâteux. Elle baissa les yeux sur le bout de ses doigts souillés, avec un sentiment de dégoût, puis se redressa et frotta ses mains l'une contre l'autre pour essayer de se débarrasser de la peinture. Elle regrettait soudain d'être entrée dans cette pièce – regrettait d'être simplement montée jusqu'ici. Elle se dirigea vers le lavabo, fit couler un filet d'eau crachotant sur ses mains. Puis elle s'essuya les doigts sur sa jupe et se détourna pour sortir.

C'est à cet instant qu'elle sentit le courant d'air – ou du moins quelque chose de cette nature, un mouvement d'air froid qui la balaya soudain, glaça sa joue, joua dans ses cheveux, la faisant brusquement frissonner ; une seconde plus tard, elle tressaillait violemment, effarée, saisie jusqu'au fond d'elle-même par un coup violent résonnant dans la pièce voisine. Elle devina presque immédiatement ce qui s'était produit : le courant d'air venu des fenêtres disjointes avait brusquement fait claquer la porte qu'elle avait laissée ouverte. Mais le bruit avait été si inattendu, si incroyablement violent dans cette pièce nue et déserte, qu'il lui fallut un moment pour se reprendre et que son cœur retrouve un rythme normal. Tremblant légèrement, elle repassa dans la nursery de jour et, comme elle s'y attendait, trouva la porte fermée. Elle se dirigea vers elle et tourna la poignée ; impossible de l'ouvrir.

Elle demeura un instant figée, perplexe. Elle tourna de nouveau la poignée vers la gauche, puis vers la droite, se disant, au désespoir, que l'axe avait dû se briser ou le mécanisme se détraquer, sous la violence avec laquelle la porte avait claqué. Mais la serrure était d'un ancien modèle, encastré dans la porte et repeint : il y avait un minuscule interstice entre la serrure et la gâche, comme c'est toujours le cas, et, se baissant pour y coller son œil, elle constata que l'axe fonctionnait parfaitement – mais aussi que le pêne du verrou était enfoncé dans son logement, comme si l'on avait tourné la clef de l'autre côté. Un courant d'air pouvait-il provoquer une telle chose ?

Une porte qui claque pouvait-elle se verrouiller toute seule ? Certainement pas. Elle commençait de ressentir un vague malaise. Elle retourna dans la nursery de nuit et essaya d'ouvrir la porte de celle-ci. Elle aussi était fermée à clef – mais il n'y avait là rien que de très normal. Comme toutes les autres dans ce couloir, elle était verrouillée pour éviter les courants d'air.

Elle retourna donc à la première porte, pour essayer de nouveau – luttant à présent pour garder patience et dominer ses nerfs ; se disant, raisonnablement, que cette satanée porte ne *pouvait* en aucun cas être fermée à clef, qu'elle devait être simplement voilée, comme tant de portes à Hundreds, et s'être coincée dans le chambranle. Mais la porte s'était ouverte sans difficulté quand elle était entrée et, collant de nouveau son œil à l'interstice entre la serrure et la gâche, elle vit bel et bien le pêne dormant inséré dans son logement – il n'y avait pas à s'y tromper malgré le manque de lumière. Regardant par le trou de la serrure, elle aperçut même le bout arrondi de la clef. Elle tenta de penser à un moyen de l'attraper – une épingle à cheveux, peut-être ? — et de la faire tourner dans l'autre sens. Elle supposait toujours que la porte avait réussi, de manière extraordinaire, à se verrouiller toute seule.

Puis elle entendit quelque chose. Un bruit qui s'élevait, bien distinct dans le silence : des pas légers, rapides. Et dans l'espace infime de lueur laiteuse qui filtrait par le trou de la serrure, elle perçut un mouvement. Comme un éclair sombre, dirait-elle, comme quelqu'un qui passerait rapidement dans le couloir, de gauche à droite – autrement dit, emprunterait le couloir des nurseries depuis l'escalier du fond à l'angle nord-ouest de la maison. Elle supposa tout naturellement que ladite personne ne pouvait être que Mrs Bazeley ou Betty, et en conçut tout d'abord un immense soulagement. Elle se redressa et frappa à la porte. « Qui est-ce ? Mrs Bazeley ? Betty ? C'est vous, Betty ? Qui que ce soit, peu importe, vous m'avez enfermée à clef ! » Elle secoua la poignée. « Est-ce que vous m'entendez ? ! »

De manière étrange, personne ne répondit, personne ne vint ; le bruit de pas s'éloigna, s'éteignit. Mrs Ayres se baissa de nouveau devant le trou de la serrure, cherchant à distinguer quelque chose, jusqu'à ce qu'enfin – et là encore, à son immense soulagement – l'écho de pas précipités se fasse de nouveau entendre, de plus en plus proche. « Betty ! » appela-t-elle – car elle se rendait soudain compte que des pas si rapides, si légers, pouvaient difficilement être ceux de Mrs Bazeley. « Betty ! Ouvrez-moi, mon enfant ! Vous ne m'entendez pas ? Vous ne voyez pas la clef ? Approchez et tourner cette clef ! » Et à sa totale stupéfaction elle ne vit qu'un nouvel éclair sombre passer – de droite à gauche, cette fois – et, au lieu de s'arrêter devant la porte, les pas s'éloignèrent dans le couloir. « Betty ! » appela-t-elle encore, d'une voix stridente à présent. Un silence ; puis les pas, de nouveau. Puis l'ombre qui repassait devant la porte, une fois, puis une autre : elle voyait un simple éclair noir chaque fois ; comme un fantôme sombre qui courait, sans visage ni silhouette précise. L'idée qui lui vint enfin, idée épouvantable, était que ce devait bien être Betty, mais que celle-ci avait mystérieusement perdu la tête et parcourait sans cesse, d'un bout à l'autre, le couloir des nurseries, comme une démente.

Puis, la fois suivante, la forme parut s'approcher de la porte, la frôler du coude ou de la main ; après quoi, les pas semblèrent s'accompagner d'une sorte de petit grattement… Mrs Ayres comprit soudain que, tout en courant, la silhouette tapotait les panneaux de bois avec ses ongles. Elle eut l'impression très nette que c'était là une petite main, aux doigts fins – une main d'enfant, en réalité ; et cette pensée la saisit avec une telle violence qu'elle se jeta en arrière et recula en rampant presque, s'écartant de la porte dans un réflexe de panique, déchirant son bas au genou sur le parquet. Elle se remit sur pied au milieu de la pièce, tremblante, glacée d'effroi.

Et soudain, alors qu'ils étaient le plus sonore, les pas cessèrent brusquement. Elle savait que la silhouette devait s'être immobilisée là, juste derrière la porte ; elle vit même celle-ci frémir légèrement dans le chambranle, comme si quelqu'un s'y appuyait de l'épaule pour vérifier sa solidité. Elle fixa la serrure des yeux, s'attendant à entendre la clef tourner, à voir la poignée remuer, et rassemblant son courage face à ce qui pouvait apparaître lorsque le panneau s'ouvrirait. Mais au bout d'un long moment de tension la porte redevint inerte dans ses gonds. Elle retint son souffle, jusqu'à ne plus entendre, comme à la surface du silence, que les cognements précipités de son propre cœur.

Puis, de derrière son épaule, s'éleva brusquement un sifflement strident provenant du tube acoustique.

Elle s'était si bien préparée à un choc de nature différente qu'elle bondit loin de l'écouteur d'ivoire, poussant un cri et manquant tomber. Le tube acoustique se tut, puis siffla de nouveau ; puis encore une fois, et une autre, en une série de cris réguliers, perçants, prolongés. Impossible, dirait-elle, que ceux-ci pussent être dus à un courant d'air ou à quelque facétie du système : c'était un sifflement délibéré, exigeant – un peu comme le cri d'une sirène ou les vagissements incessants d'un bébé affamé. La demande était si délibérée, en fait, que la pensée lui vint soudain, au travers de sa panique, que l'explication pouvait en être très simple ; n'était-il pas possible que Mrs Bazeley, inquiète mais toujours réticente à gravir l'escalier, soit redescendue à la cuisine et tente ainsi d'entrer en communication avec elle ? Le tube acoustique, au moins, faisait partie du paysage ordinaire, humain de Hundreds – rien à voir avec cette silhouette arpentant le couloir. Et, rassemblant tout son courage, Mrs Ayres se dirigea vers la cheminée et décrocha de nouveau l'objet criant toujours. De deux doigts tremblants, maladroits, elle ôta le sifflet d'ivoire de la coupelle – sur quoi, bien sûr, le silence tomba d'un coup.

Mais ce qu'elle tenait en main n'était pas totalement silencieux, en fait. Comme elle portait le récepteur à son oreille, elle perçut une sorte de susurrement vague, mouillé – comme si l'on tirait lentement dans le tube, par à-coups, un foulard de soie humide ou quelque chose de ce genre. Elle se rendit compte avec effroi que ce bruit était celui d'une respiration difficile, l'air s'étranglant sans cesse, faisant des bulles dans une gorge étroite, contractée. En une fraction de seconde, elle se sentit transportée vingt-huit ans en arrière, au chevet de sa première fille malade. Elle chuchota son nom – « Susan ? » – et la respiration s'accéléra, se fit plus liquide. Une voix commençait d'émerger des gargouillements : une voix d'enfant, lui sembla-t-il, aiguë, pitoyable, essayant dans un effort surhumain d'articuler des paroles intelligibles.

Mrs Ayres laissa le tube lui échapper, au comble de l'horreur. Courut vers la porte. Peu lui importait ce qui se trouvait derrière, à présent : elle se mit à marteler le panneau de toutes ses forces, appelant Mrs Bazeley d'une voix éperdue, et, comme aucune réponse ne lui parvenait, elle se précipita en titubant, comme ivre d'angoisse, vers une des fenêtres à barreaux de la nursery, et tira sur le loquet qui la maintenait fermée. Les larmes coulaient à présent, des larmes d'effroi qui l'aveuglaient presque. Larmes et panique devaient la priver de ses dernières forces, car le système était des plus simples, et très lâche dans son logement, mais refusait de s'ouvrir et lui entaillait la peau.

Mais là, en bas, elle aperçut Caroline qui, ayant traversé la pelouse, arrivait au coin sud-ouest de la terrasse ; en la voyant, Mrs Ayres abandonna le loquet pour se mettre à tambouriner sur la fenêtre. Elle vit sa fille faire halte, lever la tête, regarder autour d'elle, entendant bien un bruit mais sans parvenir à le localiser ; une seconde plus tard, à l'immense soulagement de Mrs Ayres, elle leva la main et fit un signe. Puis Mrs Ayres perçut plus clairement la direction dans laquelle Caroline regardait. Elle ne levait pas les yeux vers les fenêtres de la nursery, mais droit devant elle, de l'autre côté de la terrasse. Se pressant contre la vitre, elle aperçut une femme corpulente qui courait sur le gravier, et reconnut la silhouette de Mrs Bazeley. Celle-ci rejoignit Caroline en haut des marches de la terrasse et se mit à lui désigner le Hall avec mille gestes précipités, effrayés. Au bout d'un moment, Betty les rejoignit, traversant la terrasse en courant et leur faisant de grands signes… Durant tout ce temps, le tube acoustique, débouché, n'avait cessé d'émettre ses gémissements pitoyables. Voyant les trois femmes réunies en bas, au-dehors, Mrs Ayres se rendit soudain compte qu'elle et la présence souffreteuse qui se manifestait à l'autre bout du tube acoustique étaient seules ensemble dans cette vaste demeure.

C'est à ce moment que la panique qui l'emplissait bascula dans l'hystérie. Elle leva les poings et se mit à marteler les vitres – dont deux des précieux carreaux anciens cédèrent sous ses coups. Caroline, Mrs Bazeley et Betty, entendant le fracas de verre brisé, levèrent des yeux effarés. Elles aperçurent Mrs Ayres, hurlant entre les barreaux de la nursery – des cris d'enfant, dirait plus tard Mrs Bazeley – et frappant de ses mains nues le châssis d'une fenêtre aux carreaux brisés.

Ce qui lui arriva durant le laps de temps qu'il fallut aux trois femmes épouvantées, titubantes, pour parvenir au deuxième étage, personne ne pourrait le dire. Elles trouvèrent la porte de la chambre entrouverte, le tube acoustique silencieux, avec son sifflet d'ivoire soigneusement enfoncé dans l'écouteur. Mrs Ayres s'était réfugiée dans un coin de la pièce et avait littéralement perdu connaissance. Les coupures de ses mains et de ses bras saignaient abondamment, et toutes trois firent de leur mieux pour la panser, en déchirant un de ses propres foulards de soie pour improviser des bandages. Elles la firent se relever et la portèrent à demi jusqu'à sa chambre, où elles lui firent boire un peu de cognac et tentèrent de la réchauffer en allumant un feu dans la cheminée et en l'entourant de couvertures – car, en état de choc, elle s'était mise à grelotter.

Elle tremblait toujours violemment quand je la vis, un peu plus d'une heure plus tard.

J'étais en visite chez un patient – par chance un patient habituel, et disposant du téléphone – de sorte que, quand Caroline appela au cabinet, l'opératrice du central put me transmettre sa demande que je passe au plus vite, sur le chemin du retour. Je m'arrêtai donc à Hundreds dès que possible, sans savoir du tout ce qui m'attendait là. Je fus sidéré en trouvant la maisonnée dans un tel état. Une Betty pâle comme un linge me fit monter chez Mrs Ayres : celle-ci était assise à côté de Caroline, prostrée et grelottante, sursautant comme un lièvre au moindre bruit ou mouvement ; en la voyant, je sentis le cœur me manquer. Son expression hagarde me rappelait celle de son fils Roderick dans la dernière, la pire phase de son délire. Ses cheveux étaient éparpillés sur ses épaules, et ses bras, ses mains étaient affreux à voir. Le sang coagulé s'était incrusté dans ses lourdes bagues, faisant de chaque pierre un rubis.

Toutefois, ses blessures se révélèrent, miraculeusement, superficielles. Je les désinfectai et les pansai puis, prenant la place de Caroline, je demeurai simplement là, à lui tenir la main. Peu à peu, l'horreur commença de quitter son regard, et elle se mit à me raconter ce qui lui était arrivé – frissonnant et pleurant à chaque nouvelle étape, et se couvrant le visage de ses mains bandées.

Enfin, elle me fixa droit dans les yeux, d'un regard éperdu.

« Comprenez-vous ce qui s'est passé ? Voyez-vous ce que cela signifie ? Je l'ai abandonnée, docteur ! Elle est venue, et je l'ai ignorée ! »

Elle s'accrocha à mes doigts – si fort que je vis le sang suinter à la surface des bandages, les plaies se rouvrant.

« Mrs Ayres… », fis-je tentant de la calmer.

Elle ne voulait rien entendre. « Ma petite fille chérie. J'avais tant voulu qu'elle revienne. J'avais *senti* sa présence, ici, dans cette maison. Allongée dans mon lit, je la sentais toute proche. Et elle l'était ! Mais j'en ai trop demandé. Je la voulais encore plus proche. Je l'ai attirée, à force de le vouloir. Et finalement elle est venue – et j'ai eu peur. J'ai eu peur d'elle, et je l'ai repoussée ! Et maintenant, je ne sais plus ce qui me fait le plus peur, l'idée qu'elle ne revienne plus jamais, ou l'idée qu'en l'ignorant ainsi je l'ai fait me haïr. Croyez-vous qu'elle me déteste, docteur ? Dites que non !

— Personne ne vous déteste. Vous devez vous reprendre.

— Mais je l'ai ignorée ! Je l'ai repoussée comme une indésirable !

— Vous n'avez repoussé personne. Votre fille vous aime. »

Elle me regarda dans les yeux. « Vous croyez ?

— Bien sûr que oui.

— Vous me le promettez ?

— Je vous le promets », dis-je.

En cet instant, j'aurais dit n'importe quoi pour simplement la calmer ; bientôt, je lui interdis de parler davantage, lui administrai un sédatif et la mis au lit. Elle resta agitée un moment encore, sa main bandée agrippant la mienne, mais le médicament était puissant et, quand elle fut endormie, je dégageai doucement mes doigts des siens et descendis pour discuter de l'incident avec Caroline, Mrs Bazeley et Betty. Toutes trois étaient réunies dans le petit salon, presque aussi blêmes et bouleversées que Mrs Ayres elle-même. Caroline avait servi du cognac, et l'alcool ajouté au choc rendait Mrs Bazeley larmoyante. Je l'interrogeai, ainsi que Betty, aussi précisément que possible, mais tout ce qu'elles purent confirmer de l'histoire de Mrs Ayres, c'est qu'elle était montée seule au deuxième étage ; qu'elle y était restée si longtemps – un quart d'heure, vingt minutes, selon elles – qu'elles avaient fini par s'inquiéter et étaient sorties pour prévenir Caroline ; sur quoi toutes les trois l'avaient soudain vue et entendue hurler horriblement derrière cette fenêtre cassée.

Ayant réuni les éléments qu'elles m'avaient fournis, je montai à la nursery de jour afin d'examiner les lieux par moi-même. Jamais encore je ne m'étais rendu au second étage, et je gravis l'escalier avec appréhension, saisi par l'atmosphère qui régnait dans la demeure. Je découvris une pièce nue, affreuse, avec ses vitres brisées et ses éclaboussures et traînées sanglantes allant noircissant. Mais la porte tournait aisément sur ses gonds, et de même la clef dans la serrure. Je fis jouer celle-ci, porte ouverte et porte fermée ; je claquai même la porte, pour voir si le choc pouvait déclencher le mécanisme – sans le moindre effet. Je posai de nouveau mon oreille contre ce satané tube acoustique et, comme d'habitude, n'entendis rien du tout. Je passai donc dans l'ancienne nursery de nuit, comme l'avait fait Mrs Ayres, et m'immobilisai, aux aguets – pensant à Susan, la petite morte ; pensant à ma mère aussi, et à mille choses sinistres –, le souffle suspendu, mettant presque au défi quelque chose ou quelqu'un de se manifester. En vain. La maison était glacée, emplie d'un silence de mort, la pièce morne et imprégnée de chagrin – mais totalement sans vie.

Toutefois, j'envisageais une possibilité : celle que quelqu'un ait pu mettre en scène toute cette histoire afin de tourmenter Mrs Ayres, soit comme une sorte d'atroce plaisanterie, soit par pure malveillance. Je pouvais difficilement soupçonner Caroline ; et comme je ne pouvais non plus imaginer une telle chose de la part de Mrs Bazeley, qui servait dans la maison depuis avant la guerre, mes soupçons se portèrent nécessairement sur Betty. Il était possible, après tout, qu'elle ait été à l'origine de cette histoire de tube acoustique, dès le départ ; et Mrs Ayres elle-même disait que les pas qu'elle avait perçus dans le couloir étaient légers – comme ceux d'un enfant. Selon Mrs Bazeley, Betty était demeurée tout le temps avec elle, bien qu'elle reconnût aussi, dans son inquiétude, avoir gravi quelques marches tandis que Betty restait en arrière. La jeune fille aurait-elle pu courir jusqu'à l'escalier de service, monter à toutes jambes, fermer à clef la porte de la nursery, avant de se mettre à courir de long en large dans le couloir – tout cela sans que l'autre femme se soit aperçue de sa disparition ? C'était très peu probable. J'étais moi-même monté par l'escalier du fond et l'avais soigneusement examiné à la flamme de mon briquet. Les marches étaient recouvertes d'une fine couche de poussière sur lesquelles mes semelles laissaient aussitôt une empreinte, et je n'avais remarqué aucune autre trace de pas, lourd ou léger, j'en étais absolument certain. En outre, l'émotion de Betty semblait tout à fait sincère ; je savais qu'elle aimait beaucoup sa maîtresse ; et enfin, bien sûr, il y avait le récit de Mrs Ayres elle-même pour la disculper, puisqu'elle l'avait vue au-dehors avec Mrs Bazeley, tandis que le tube acoustique continuait d'émettre ces fameux bruits...

Toutes ces pensées défilaient dans mon esprit tandis que je parcourais des yeux cette pièce lugubre ; mais bientôt l'atmosphère oppressante qui y régnait eut raison de moi. J'allai mouiller mon mouchoir au lavabo et nettoyai tant bien que mal les taches de sang. Puis je pris des morceaux de linoléum détachés et fis mon possible pour boucher les vitres cassées aux fenêtres. Enfin, je redescendis d'un pas accablé, par l'escalier principal, et rencontrai Caroline sur le palier du premier étage, comme elle sortait de la chambre de sa mère. Elle posa un doigt sur ses lèvres, et nous nous dirigeâmes silencieusement vers le petit salon.

« Comment va-t-elle ? » m'enquis-je une fois la porte refermée.

Elle frissonna. « Elle dort. Je croyais l'avoir entendue appeler, c'est tout. Je ne veux pas qu'elle se réveille effrayée.

— Ma foi, dis-je, elle devrait dormir pendant des heures, avec le Véronal que je lui ai administré. Venez vous asseoir près du feu. Vous êtes gelée. Et moi aussi, Dieu sait. »

Je la conduisis devant l'âtre et rapprochai les fauteuils l'un de l'autre, et nous nous assîmes. Les coudes aux genoux, je plongeai mon visage dans mes mains et me frottai les yeux, épuisé, défait.

« Vous êtes monté », dit-elle.

Je hochai la tête, la regardant, la vision brouillée. « Oh, Caroline, quelle horreur, cette pièce ! On dirait une cellule d'asile de fous. Je l'ai refermée à clef. Je pense qu'elle devrait rester verrouillée dorénavant. N'y allez pas. »

Elle détourna le regard, contempla le feu. « Encore une pièce condamnée », laissa-t-elle tomber.

Je frottais toujours mes paupières rougies. « Mon Dieu, c'est bien le moindre de nos soucis, pour le moment. C'est à votre mère que nous devons penser. Je n'arrive pas à croire que tout cela soit réellement arrivé. Et vous ? Était-elle tout à fait elle-même, ce matin ?

— Elle n'était pas différente d'hier, si c'est ce que vous voulez dire, répondit Caroline sans quitter les flammes des yeux.

— Elle avait passé une bonne nuit ?

— Pour autant que je sache… Je n'aurais sans doute pas dû descendre au chantier. Je n'aurais pas dû la laisser. »

J'abaissai les mains. « Ne soyez pas sotte. Si quelqu'un est responsable, c'est moi ! Cela fait des semaines que vous me dites qu'elle ne va pas bien. J'aurais dû y prêter plus d'attention. Je suis vraiment navré, Caroline. Je n'imaginais pas qu'elle était déstabilisée à ce point. Si elle s'était coupée plus profondément, si une artère avait été atteinte… »

Elle parut effrayée. Je lui pris la main. « Pardonnez-moi. C'est terrible pour vous. Voir votre mère dans un tel état… Avec ces… ces fantasmes. » J'avais peine à parler. « Ces idées à propos de votre sœur, cette illusion que votre sœur est… venue la voir. Vous étiez au courant ? »

De nouveau, elle tourna son regard vers le feu. « Non. Mais c'est cohérent, maintenant. Elle a passé tant de temps seule. Je pensais qu'elle était fatiguée. Mais non, là-haut, toute seule dans sa chambre, elle devait imaginer que… que Susan… Oh, mais c'est grotesque ! C'est… c'est répugnant. » Ses joues blêmes reprenaient couleur. « Et c'est *ma* faute, quoi que vous en disiez. Je savais qu'il allait arriver quelque chose de ce genre. Que ce n'était qu'une question de temps.

— Eh bien, dans ce cas, j'aurais dû le savoir aussi, dis-je d'une voix sans timbre. Et je l'aurais surveillée plus attentivement.

— Ça n'aurait rien changé. Nous avons bien surveillé Roderick, n'est-ce pas ? Non, j'aurais dû l'emmener au loin – l'obliger à quitter Hundreds, tout de suite. »

Il y avait quelque chose d'étrange dans sa manière de s'exprimer ; et tout en parlant elle me regarda, puis baissa aussitôt les yeux,

comme prise en faute. « Que voulez-vous dire, Caroline ? demandai-
je.

— Ma foi, n'est-ce pas évident ? Il y a quelque chose, dans cette
maison ! Une chose qui a toujours été présente, et qui vient de… de
se réveiller. Ou bien quelque chose qui est entré ici pour nous punir,
nous tourmenter. Vous avez vu comment était Maman, en arrivant.
Vous avez entendu ce qui lui est arrivé. Vous avez entendu les
histoires de Mrs Bazeley et de Betty. »

Je la fixais, incrédule. « Vous ne voulez pas dire, sérieusement…
vous ne croyez pas que… écoutez, Caroline. » Je pris son autre main,
serrai fort ses doigts entre les miens. « Vous, votre mère, Mrs Bazeley, Betty : vous êtes toutes les quatre au bout du rouleau ! Cette
maison vous a mis des idées en tête, évidemment. Mais en quoi est-
ce surprenant ? Les malheurs se sont succédé : Gyp, ensuite Roderick, et maintenant ça. Vous vous en rendez compte, n'est-ce pas ?
Vous n'êtes pas votre mère, Caroline. Vous êtes plus forte qu'elle.
Mon Dieu, mais je la revois assise en larmes, exactement là où vous
êtes assise maintenant, il y a des mois de cela ! Elle a dû ressasser
encore et encore le souvenir de votre sœur, dès l'instant où ces mau-
dites inscriptions sont apparues. En être affectée, passer des nuits
blanches ; l'âge joue contre elle, aussi. Et puis cette histoire insensée
de tube acoustique…

— Et la porte refermée à clef ? Et les pas ?

— Cette porte n'a même probablement jamais été fermée ! Elle
était bien ouverte, n'est-ce pas, quand vous êtes arrivée avec Mrs Bazeley ? Quant aux bruits de pas… disons qu'elle a entendu quelque
chose. Une fois, elle a cru entendre ce pauvre Gyp trottiner, vous
vous en souvenez ? Un bruit, il ne lui en fallait sans doute pas plus
pour que son esprit s'égare. »

Elle secoua la tête. « Vous avez réponse à tout.

— Une réponse rationnelle, oui ! Vous n'êtes pas en train de suggérer, sérieusement, que votre sœur…

— Non, coupa-t-elle d'une voix ferme. Non, ce n'est pas ce que je suggère.

— Quoi, alors ? Qu'un autre fantôme a pris possession de votre mère ? Celui, probablement, qui a fait ces marques dans la chambre de Roderick…

— Mais *quelque chose* les a bien faites, n'est-ce pas ? » s'écria-t-elle soudain, retirant ses mains des miennes. « Il y a quelque chose ici, je le sais. Je le sais depuis que Rod est tombé malade, mais j'avais trop peur pour regarder les choses en face… Et je ne cesse de penser, aussi, à ce que ma mère a dit quand nous avons trouvé les dernières inscriptions. Elle a dit que la maison connaît toutes nos faiblesses et les met à l'épreuve, une à une. Le point faible de Roddie, c'était la maison elle-même, vous voyez. Le mien – ma foi, peut-être que le mien c'était Gyp. Mais le point faible de Maman, c'est Susan. Et entre les inscriptions, les pas, la voix – c'est comme si on la harcelait. Comme si quelque chose s'amusait à *jouer* avec elle.

— Caroline, vous ne pouvez pas croire cela, ce n'est pas possible.

— Oh, fit-elle, en colère soudain, c'est facile, pour vous ! Vous pouvez parler de fantasmes, d'hallucinations, de tout ça. Mais vous ne connaissez pas cette famille ; pas vraiment. Vous ne nous avez connus qu'ainsi. Il y a un an, nous étions très différents. J'en suis certaine. Les choses ont changé – elles se sont dégradées, terriblement, et à une vitesse folle. Vous ne voyez donc pas qu'il y a forcément *quelque chose* ? »

Elle était blanche à présent, l'air prête à craquer. Je posai une main sur son bras.

« Écoutez, vous êtes fatiguée. Vous êtes toutes fatiguées.

— Vous ne cessez pas de répéter cela !

— Malheureusement, ça ne cesse pas d'être vrai !

— Mais là, il ne s'agit pas que d'une simple fatigue ! Pourquoi refusez-vous de le voir ?

— Je vois ce que j'ai sous les yeux. Et j'en tire des conclusions raisonnables. C'est ainsi que procède un médecin. »

Elle laissa échapper une exclamation, moitié dépit, moitié mépris ; mais ce cri parut la vider de ses dernières forces. Elle se cacha les yeux, demeura une seconde immobile, raidie, puis ses épaules s'affaissèrent.

« Je ne sais pas, je ne sais pas, dit-elle. Quelquefois, tout m'apparaît clair. Et à d'autres moments, c'est... c'est trop pour moi. Tout cela est trop pour moi. »

Je l'attirai à moi, lui caressai, lui embrassai la tête. Puis je parlai lentement, calmement.

« Ma chérie, je suis navré. C'est difficile, je le sais. Mais cela ne sera bon pour personne, et pour votre mère encore moins que pour quiconque, si nous ne voulons pas nous rendre à l'évidence... La situation est devenue trop dure pour elle. Il n'y a rien d'étrange ni de surnaturel dans tout cela. Je pense qu'elle tente de se réfugier dans le passé, rien de plus, dans une époque où la vie était plus facile. Combien de fois n'a-t-elle pas évoqué le passé, et avec quelle nostalgie ? Elle a dû faire de votre sœur une sorte de symbole de tout ce qu'elle a perdu. Et je crois qu'avec du repos son esprit finira par s'éclaircir. Je le pense réellement. Je pense aussi qu'elle irait mieux si la propriété pouvait retrouver un équilibre. » Je fis une pause. « Si nous nous marions... »

Elle eut un mouvement de recul. « Je ne vais pas penser à me marier, alors que ma mère est dans cet état !

— Mais cela la rassurerait certainement, de voir que les choses se stabilisent. De *vous* voir stabilisée.

— Non. Non, ce ne serait pas correct. »

L'espace d'un instant, je dus lutter contre ma propre frustration ; puis je repris la parole, d'une voix mesurée.

« Très bien. Mais votre mère va avoir besoin de soins et de surveillance, à présent. Besoin de toute notre aide. Il ne faut pas l'inquiéter ni l'effrayer, en aucune manière, pour des sottises. C'est bien compris ? Caroline ? »

Après une légère hésitation, elle ferma les yeux et hocha la tête. Sur quoi nous demeurâmes silencieux. Elle croisa les bras et se pencha en avant dans son fauteuil, le regard fixé sur le feu, comme si elle broyait du noir à la vue des flammes.

Je restai auprès d'elle aussi tard que possible, puis dus finalement la laisser pour me rendre à l'hôpital. Je lui dis de se reposer. Je promis de revenir le lendemain matin à la première heure et lui enjoignis de m'appeler, d'ici là, si sa mère montrait le moindre signe d'angoisse ou d'agitation. Puis je descendis silencieusement à la cuisine pour dire la même chose à Betty et à Mrs Bazeley – leur demandant aussi de garder un œil sur Caroline elle-même, qui me semblait « un peu à bout ».

Avant de partir, je montai voir Mrs Ayres. Elle dormait profondément, ses pauvres bras bandés en croix, ses cheveux éparpillés, emmêlés sur l'oreiller. Comme je me tenais immobile à son chevet, elle commença de remuer et de murmurer quelque chose, et je posai une main sur son front, caressai doucement son visage blême aux traits tirés ; et bientôt elle s'apaisa de nouveau.

XI

Je ne savais pas à quoi m'attendre en revenant à Hundreds le lendemain matin. C'en était arrivé au point où j'avais l'impression qu'en mon absence absolument n'importe quoi pouvait arriver. Mais en pénétrant dans le hall, vers huit heures, je vis Caroline descendre l'escalier pour venir à ma rencontre, l'air fatigué, mais avec aux joues quelques couleurs retrouvées, plutôt rassurantes. Elle me dit que tout le monde avait passé une nuit tranquille. Sa mère avait dormi profondément et s'était montrée très calme depuis son réveil.

« Dieu merci, dis-je. Et elle vous semble comment ? Pas trace de confusion mentale ?

— Apparemment pas.

— A-t-elle reparlé de ce qui s'est passé ? »

Elle hésita, puis se détourna et commença de gravir l'escalier.

« Venez lui parler par vous-même. »

Je la suivis donc.

Je fus heureux de voir que la pièce était lumineuse, rideaux largement tirés, et de trouver Mrs Ayres, quoique toujours en tenue de nuit, assise près du feu, les cheveux retenus en une tresse lâche. Comme la porte s'ouvrait, elle leva des yeux inquiets, mais sa brève appréhension cessa quand elle vit que c'était Caroline et moi. Son regard croisa le mien, et elle cligna des paupières et rougit un peu, comme vaguement embarrassée.

« Eh bien, Mrs Ayres ! fis-je. Je suis venu de bonne heure, en me disant que vous aviez besoin de moi. Et finalement, je vois qu'il n'en est rien. » Je me dirigeai vers elle, tirai le tabouret capitonné de sous sa coiffeuse et m'assis à ses côtés pour l'examiner. « Comment vous sentez-vous ? » demandai-je doucement.

De près, je voyais ses yeux encore sombres et un peu vitreux, à cause du sédatif que je lui avais administré la veille, et sa posture trahissait une certaine faiblesse. Mais sa voix, quoique basse, était ferme, son élocution très claire. Elle baissa la tête.

« Je me sens parfaitement idiote, voilà comment je me sens, dit-elle.

— Allons, fis-je en souriant. Comment avez-vous dormi ?

— Si profondément que... que je ne m'en souviens même pas. C'est grâce à votre médicament, je suppose.

— Pas de mauvais rêve ?

— Il ne me semble pas.

— Très bien. Maintenant, procédons par ordre. » Je pris doucement ses mains dans les miennes. « Je peux jeter un coup d'œil à vos pansements ? »

Elle détourna le visage, mais tendit docilement les bras. Elle avait abaissé ses poignets pour dissimuler les bandages, et en les retroussant je vis que les bandes étaient souillées de sang et devaient être changées. Je sortis sur le palier et me rendis à la salle de bains, d'où je revins avec une cuvette d'eau tiède ; même avec de l'eau, toutefois, décoller la gaze des plaies n'était pas une tâche très plaisante. Caroline se tenait immobile et silencieuse, me regardant travailler. Mrs Ayres supporta l'opération sans un murmure, retenant simplement sa respiration de temps à autre, quand une bande résistait.

Somme toute, les coupures cicatrisaient bien. Je posai soigneusement de nouveaux pansements. Caroline s'approcha pour rouler les bandages souillés et emporter la cuvette d'eau rougie, et pendant ce temps je pris le pouls et la tension de sa mère, puis écoutai son cœur. Sa respiration était quelque peu encombrée, mais je fus heureux de constater que son rythme cardiaque demeurait rapide, ferme et régulier.

Je refermai les revers de sa robe de chambre et rangeai mes instruments. « Vous vous remettez très bien, dis-je, lui reprenant doucement les mains. Me voilà soulagé. Vous nous avez fait vraiment peur à tous, hier »

Elle ôta ses doigts. « Ne parlons pas de cela, si vous voulez bien.

— Mais vous avez eu une terrible frayeur, Mrs Ayres.

— Je me suis comportée comme une vieille sotte, c'est tout ! » Pour la première fois, sa voix perdait un peu de sa fermeté. Elle ferma les yeux, esquissa un sourire. « J'ai bien peur que mon esprit n'ait complètement déraillé. Cette maison fait naître des aberrations ; des idées absurdes. Nous sommes trop isolées, ici. Mon époux disait toujours que le Hall était la demeure la plus isolée de tout le Warwickshire. Ton père disait toujours cela, n'est-ce pas, Caroline ? »

Celle-ci s'employait toujours à rouler les bandages usagés. « Tout à fait », répondit-elle doucement, sans lever les yeux.

Je me tournai de nouveau vers sa mère. « Ma foi, compte tenu de son état, cette maison porte certainement une part de responsabilité. Mais vous avez raconté des choses très surprenantes, quand je vous ai vue hier.

— J'ai raconté sottise sur sottise ! J'ai honte rien que d'y penser. Quant à ce que Betty et Mrs Bazeley doivent imaginer, je n'ose même pas… oh, je vous en prie n'en parlons plus, docteur.

— Cela me semblerait ignorer quelque chose d'important, dis-je avec précaution.

— Nous n'avons rien ignoré. Vous m'avez donné un médicament. Caroline s'est occupée de moi. Et je suis… je suis tout à fait bien, à présent.

— Vous n'avez pas ressenti de nouvelles angoisses ? Une peur ?

— Peur ? » Elle se mit à rire. « Juste ciel, mais peur de quoi ?

— Eh bien, hier, vous sembliez réellement effrayée. Vous avez parlé de Susan… »

Elle s'agita dans son fauteuil. « Mais je vous l'ai dit, j'ai raconté des sottises ! J'avais… j'avais trop de soucis en tête. Je suis restée trop souvent toute seule. Je m'en rends compte, à présent. Dorénavant, je passerai plus de temps avec Caroline. Le soir, notamment. Oh, arrêtez, ne me tourmentez pas comme ça. Je vous en prie. »

Elle posa sa main bandée sur la mienne, me fixant de ses yeux sombres, comme agrandis, et encore un peu vitreux. Mais sa voix avait retrouvé sa fermeté, et son ton semblait sincère. Il n'y avait là plus trace de la femme hagarde, balbutiante que j'avais trouvée la veille.

« Très bien, dis-je enfin. Mais j'aimerais que vous vous reposiez, maintenant. Je pense que vous devriez retourner vous coucher. Je vais donner une ordonnance à Caroline – un sédatif léger, rien de plus. Je veux vous voir faire des nuits de huit heures, et sans rêve, jusqu'à ce que toutes vos forces soient revenues. Qu'en dites-vous ?

— Que l'on me traite comme une invalide, répondit-elle, avec une pointe d'humour dans la voix.

— Oui, eh bien, c'est moi le médecin, ici. Il faut me laisser décider qui est invalide ou pas. »

Elle se leva, grommelant un peu, mais me laissa l'aider à aller jusqu'au lit. Je lui administrai un autre Véronal – plus faiblement dosé, cette fois – et Caroline et moi restâmes à son chevet jusqu'à ce qu'elle s'assoupisse, entre soupirs et murmures. Une fois certains qu'elle dormait profondément, nous nous glissâmes hors de la chambre.

Sur le palier, je me retournai vers la porte, secouant la tête.

« Elle va tellement mieux ! C'en est incroyable. A-t-elle été ainsi toute la matinée ?

— Absolument, répondit Caroline, sans vraiment croiser mon regard.

— Elle semble presque complètement remise.

— Vous trouvez ? »

Je la regardai. « Pas vous ?

— Je n'en suis pas si sûre. Ma mère est très douée pour dissimuler ses sentiments, vous savez. Toute cette génération l'était ; les femmes en particulier.

— En tout cas, elle semble en bien meilleure forme que je ne l'aurais pensé. Si nous pouvons simplement faire en sorte qu'elle demeure au calme, maintenant... »

Elle me jeta un bref coup d'œil. « Au calme ? Vous croyez réellement cela possible, ici ? »

La question me parut étrange, alors que nous étions là à murmurer, au cœur de cette vaste demeure silencieuse. Mais, avant que j'aie pu répondre, Caroline s'était éloignée. « Vous voulez bien descendre un moment ? À la bibliothèque ? Je voudrais vous montrer quelque chose. »

Perplexe, je la suivis jusque dans le hall, puis le couloir où elle ouvrit la porte de la bibliothèque, et s'effaça pour me laisser entrer le premier.

Après les pluies hivernales, l'odeur d'humidité était plus prégnante que jamais. Les étagères toujours recouvertes de draps gardaient leur aspect fantomatique dans la pénombre. Mais Caroline ou Betty avait ouvert l'unique volet encore en état, et les reliefs brasillants d'un feu se consumaient dans la cheminée. Deux lampes avaient été disposées de part et d'autre d'un fauteuil. Je les regardai non sans surprise.

« Vous étiez installée ici ?

— J'ai lu, pendant que Maman dormait. J'ai parlé avec Betty, hier, vous savez, après votre départ. Et elle m'a dit des choses qui m'ont fait réfléchir. »

Elle recula d'un pas dans le couloir et appela Betty. Elle avait dû lui demander de rester à proximité car, bien qu'elle ait prononcé son nom d'une voix normale, la jeune fille apparut presque aussitôt. Elle entra à la suite de Caroline puis, m'apercevant dans l'ombre, hésita. « Entrez et refermez derrière vous, s'il vous plaît », dit Caroline.

La jeune fille avança, tête basse.

« Bien », fit Caroline. Elle avait joint les mains et passait les doigts de l'une sur les jointures de l'autre, comme si elle essayait machinalement de lisser sa peau desséchée. « Je voudrais que vous disiez au Dr Faraday ce que vous m'avez dit hier. »

Betty hésita de nouveau, puis marmonna : « J'ai pas envie, Miss.

— Allons, ne soyez pas sotte. Personne ne vous en voudra. Qu'êtes-vous venue me dire, hier après-midi, après que le docteur est parti ?

— Eh bien, Miss, fit-elle avec un coup d'œil dans ma direction, je vous ai dit qu'il y avait quelque chose de mauvais dans cette maison. »

Je dus laisser échapper quelque son ou mouvement de consternation. Betty releva la tête, pointant le menton en avant. « Et c'est la vérité ! Et ça fait des mois que je le sais ! Et je l'ai dit au docteur, et il m'a dit que j'étais bête. Mais je n'étais pas bête ! Je *savais* qu'il y avait quelque chose ! Je l'ai *senti* ! »

Caroline m'observait. Je croisai son regard. « C'est tout à fait exact, j'ai demandé à Betty de ne pas parler de cela, dis-je d'un ton sec.

— Dites au Dr Faraday ce que vous avez ressenti, précisément, fit Caroline, comme si elle n'avait pas entendu.

— J'ai senti la chose, dans la maison, dit Betty, d'une voix moins assurée. C'est comme un... un domestique, mais méchant.

— Un méchant domestique ! » m'exclamai-je.

Elle frappa du pied. « Oui ! Il bougeait tout le temps les choses, ici ; en bas, il n'a jamais rien fait. Mais il dérangeait tout, et il salissait tout – comme s'il touchait les meubles avec des mains dégoûtantes. J'ai failli le dire, après l'incendie. Mais Mrs Bazeley m'a dit de me taire, parce que c'était Mr Roderick qui faisait tout ça. Et puis ensuite il y a eu toutes ces histoires bizarres avec Mrs Ayres – tous les cognements, les bruits d'ailes – et *là*, j'en ai parlé. J'en ai parlé à Madame, directement. »

Je commençais à comprendre. Je croisai les bras. « Je vois. Eh bien, cela explique pas mal de choses. Et qu'en a dit Mrs Ayres ?

— Elle a dit qu'elle était au courant de tout. Que c'était un fantôme ! Et qu'elle l'aimait ! Elle a dit que c'était un secret entre elle et moi, et que je ne devais pas en parler. Et après, moi, je n'ai plus rien dit, même pas à Mrs Bazeley. Et moi ça me semblait très bien comme ça, parce que Mrs Ayres avait l'air vraiment contente. Mais maintenant le fantôme s'est retourné contre elle, c'est ça ? Et moi maintenant je regrette de n'avoir rien dit ! Parce que Madame n'aurait pas été blessée, sinon. Je suis désolée ! Mais ce n'est pas ma faute ! »

Elle se mit à pleurer, le visage dans les mains, ses épaules toutes secouées. « C'est bon, Betty, dit Caroline, se dirigeant vers elle. Personne ne vous accuse. Vous vous êtes montrée très dévouée et très raisonnable, hier, alors que tout le monde était bouleversé. Essuyez vos yeux. »

La jeune fille finit par se calmer, et Caroline la renvoya au sous-sol. Elle se retira docilement, mais non sans m'adresser un regard noir ; quand elle fut sortie, je demeurai un moment immobile, les yeux fixés sur la porte refermée, extrêmement conscient du silence qui régnait et du regard attentif de Caroline.

Je me tournai enfin vers elle. « Elle m'a fait part de quelque chose, le matin où j'ai euthanasié Gyp. Vous étiez tous si malheureux que je ne voulais pas vous bouleverser davantage. Quand toutes ces histoires ont commencé, avec Rod, j'ai pensé qu'elle pouvait en être en partie responsable, qu'elle avait pu lui mettre ces idées en tête. Elle m'a juré que non.

— Je ne le crois pas non plus », dit Caroline.

Elle était allée jusqu'au fauteuil et saisit deux gros volumes posés sur la table à côté. Elle les tint contre sa poitrine, retenant son souffle ; quand elle reprit la parole, il y avait une sorte de dignité sereine dans son ton.

« Peu importe que vous ne m'ayez jamais parlé de tout cela, dit-elle. Peu importe que ce soit Betty qui me l'ait appris, et non pas vous. Je sais ce que vous pensez de tout ce qui se passe dans cette maison. Mais j'aimerais que vous m'écoutiez – quelques instants. Vous me devez bien cela, n'est-ce pas ? »

J'esquissai un pas vers elle, mais sa posture, son visage s'étaient faits dissuasifs. Je m'arrêtai. « Très bien. »

Elle prit une nouvelle inspiration.

« Après que Betty m'a parlé, hier, je me suis mise à réfléchir. Je me suis soudain souvenue de certains livres de mon père. J'avais encore les titres en tête et je suis allée les chercher hier soir. Je pensais qu'ils avaient pu être donnés ou vendus… Mais finalement je les ai retrouvés. »

D'un geste étrangement mal assuré, elle me tendit les deux gros volumes. Je ne sais pas à quoi je m'attendais. D'après leur aspect, j'aurais pensé à des manuels de médecine. Puis je lus les titres : *Fantasmes du vivant*, et *Le Côté nocturne de la nature.*

« Caroline, fis-je, laissant les livres retomber à bout de bras, je ne pense pas que ceci puisse nous aider. »

Voyant que je n'avais pas l'intention de les ouvrir, elle les reprit et en ouvrit un elle-même, d'un geste compulsif, comme si elle avait peine à contrôler ses propres mouvements ; de nouveau, j'observais la couleur qui lui montait aux joues et compris que ce que j'avais pris pour un signe de bonne santé était en fait dû à une sorte d'agitation intérieure. Elle trouva une page marquée d'une feuille de papier et se mit à lire à voix haute.

« Le premier jour, commença-t-elle, toute la famille fut soudain surprise par de mystérieux mouvements d'objets dans le salon et la cuisine, et d'autres lieux de la demeure. Sans aucune intervention extérieure, un pot se décrocha de son clou au-dessus du buffet et se brisa ; un autre fit de même, puis un autre, le lendemain. Une théière de porcelaine, fraîchement remplie de thé brûlant, posée sur la cheminée, alla s'écraser au sol. »

Elle leva vers moi un regard timide, mais aussi empli d'un vague défi. « C'était à Londres, dans les années 1800, dit-elle. Elle tourna quelques pages, jusqu'à une autre feuille de papier. « Et ceci, à Édimbourg, en 1835 : ils eurent beau faire, les manifestations persistèrent : bruits de pas, coups sur les portes, grattements, froissements, d'un côté puis de l'autre, se faisaient entendre de jour comme de nuit.

— Caroline… »

Elle tourna encore des pages – dont une si vivement qu'elle se déchira en partie. « Et ceci, tenez : J'entends de nombreux et extraordinaires récits de bruits de cloches sonnant de façon surnaturelle dans certaine maison ; le phénomène se produit périodiquement, sur des laps de temps importants, et continue bien que toutes les vérifications aient été effectuées et les précautions prises pour éliminer toute possibilité d'erreur ou de mauvaise plaisanterie. »

Je lui pris le livre des mains. « Très bien, dis-je, laissez-moi voir ça. »

J'ouvris l'ouvrage à la première page. Le titre des divers chapitres me saisit et je les lus à haute voix, non sans un certain dégoût. « Les Habitants du Temple. Rêve double et transe. Les Esprits troublés. Les Maisons hantées. » De nouveau, je laissai le livre retomber. « Nous en avons bien parlé hier, n'est-ce pas ? Croyez-vous réellement que votre mère pourra se remettre, si vous l'encouragez dans cette idée qu'un fantôme hante cette maison ?

— Mais ce n'est pas ce que je pense, dit-elle en hâte. Pas du tout. Je sais que c'est ce que croit Maman ; je sais que c'est aussi ce que croit Betty. Mais ce dont parle ce livre, ce ne sont pas de fantômes. S'il faut leur donner un nom, ce sont des... des poltergeists.

— Des poltergeists ! Dieu du ciel ! Pourquoi pas des vampires, ou des loups-garous ? »

Elle secoua la tête, agacée. « Il y a un an, j'aurais réagi de la même manière. Mais ce n'est qu'un mot, n'est-ce pas ? Un mot pour désigner une chose que nous ne comprenons pas, une sorte d'énergie, ou une somme d'énergies. Ou bien quelque chose qui est en nous. Je ne sais pas. Ces auteurs, là : Gurney et Myers. » Elle ouvrit l'autre livre. « Ils parlent de "fantasmes". Pas de fantômes. Et les fantasmes font partie de l'individu.

— Partie de l'individu ?

— Ils font partie de l'inconscient, ils sont une part de l'inconscient, quelquefois si puissante et si agitée qu'elle peut s'incarner, dans le réel. » Elle me montra une page. « Regardez. Voilà, ici, un homme qui se trouve en Angleterre et veut parler à son ami — et qui apparaît à la femme et à son compagnon, à cet instant précis, dans une chambre d'hôtel du Caire ! Il apparaît comme son propre fantôme ! Et là, une femme qui, la nuit, entend un oiseau se débattre — exactement comme maman ! Et soudain elle voit devant elle son époux qui se trouve en Amérique ; plus tard, elle apprend qu'il vient de mourir ! D'après ce que dit ce livre, certaines personnes, quand elles sont malheureuses ou tourmentées, ou quand elles veulent quelque chose désespérément — et parfois sans même se rendre compte de ce qui arrive —, quelque chose... quelque chose sort d'elles, se libère. Et je ne cesse de repenser à... ces coups de téléphone. Si c'était Roddie qui les avait provoqués ?

— *Quoi ?* fis-je, effaré.

— Eh bien, si ces livres disent vrai, il y a *quelqu'un* à la base de ces phénomènes. Et si c'était mon frère qui avait créé tout ceci ? Imaginez qu'il veuille revenir parmi nous ? Vous savez combien il peut se montrer terrible, quand il est malheureux. Ce fameux fantôme de Betty : ce peut être *lui*, depuis le début.

— Ce pourrait aussi bien être Betty elle-même ! Y avez-vous songé ? Parce que, depuis qu'elle est arrivée dans cette maison, vous n'avez eu que des ennuis, n'est-ce pas ? »

Elle écarta l'idée d'un geste impatient.

« Dans ce cas, autant dire que nous n'avons eu que des ennuis depuis que *vous* êtes arrivé dans cette maison ! Vous ne m'écoutez pas. Les bruits, les clochettes... tout cela, ce sont des appels, n'est-ce pas ? Même les graffitis sur les murs. Hier, la voix dans le tube acoustique... selon Maman, elle était très faible, juste un souffle. Elle a peut-être imaginé que c'était celle de Susan parce que c'était cela qu'elle voulait entendre. Mais c'était peut-être la voix de *Rod*.

— Mais il n'y avait *pas* de voix ! C'est impossible. Quant aux sonnettes, on en a déjà parlé. Ce sont les câbles qui...

— Mais là, dans ce livre... »

Je posai une main sur la sienne, le livre entre nous. « Caroline, je vous en prie. Tout cela est absurde. Et vous le savez. Ce sont des contes de fées ! Franchement... Une fois, j'ai eu un patient qui avait essayé de frapper son épouse à coups de marteau sur la tête. Il disait que ce n'était pas sa femme, en réalité ; une autre femme l'avait « avalée », et il était obligé d'ouvrir le crâne de la fausse épouse pour libérer la vraie ! Ce livre le cautionnerait, sans aucun doute. Un joli cas de possession. Mais nous avons préféré faire hospitaliser cet homme, lui donner du bromure, et huit jours plus tard il avait recouvré ses esprits. Comment votre livre expliquerait-il cela ? À votre frère aussi, on administre du bromure. Il a été extrêmement malade. Mais imaginer qu'il puisse hanter Hundreds comme une espèce d'ectoplasme... »

Je vis une lueur de doute passer sur son visage. Mais elle reprit, obstinée : « Si vous utilisez des termes pareils, cela sonne comme une absurdité, évidemment. Mais vous ne vivez pas ici. Vous ne savez pas ce que c'est. Hier soir, tout m'est apparu clairement. Écoutez. »

Elle ouvrit de nouveau le livre, trouva encore un passage qui semblait corroborer son point de vue. Puis un autre. J'observais son visage, réellement empourpré à présent, le sang presque visible sous la peau, circulant comme affolé. J'observais son regard agrandi, presque hagard. Et j'avais peine à la reconnaître. Je pris une de ses mains. Elle ne s'en aperçut pas, elle lisait toujours, à voix haute. Je glissai les doigts jusqu'à son poignet, tentant de prendre son pouls. Je réussis à capter le battement, excessivement rapide.

Elle s'aperçut soudain de ce que je faisais. Elle s'écarta, presque avec horreur. « Qu'est-ce que vous faites ? Arrêtez-vous ! Arrêtez !

— Caroline...

— Vous me traitez comme vous avez traité ma mère ! Comme vous avez traité Rod ! C'est donc tout ce que vous savez faire ?

— Mais je suis médecin, nom d'un chien ! » m'écriai-je, la lassitude et la colère me submergeant soudain. « À quoi vous attendez-vous ? Vous êtes là, à me lire cette somme d'imbécillités – comme si vous étiez une gamine de la campagne, bourrée de superstitions. Mais regardez autour de vous ! Regardez tout ça ! Cette maison est en train de vous tomber sur la tête ! Votre frère a mené la propriété au bord de la ruine et rejeté son échec sur le dos d'une prétendue *contamination*. Et à présent vous achevez le travail – en parlant de spectres et de poltergeists ! Je ne peux plus en entendre davantage ! Ça me rend malade ! »

Je me détournai, tremblant presque de colère, saisi par la violence de mes propres paroles. Je l'entendis reposer le livre et me forçai à me calmer, non sans difficulté. Je posai une main sur mes yeux. « Pardonnez-moi, Caroline. Je ne voulais pas dire ça.

— Non, répondit-elle d'une voix calme. Je suis contente que vous l'ayez dit. Vous avez raison. Même pour Roddie. Je n'aurais pas dû vous montrer cela. Ce n'est pas votre problème. »

Je lui fis de nouveau face, la colère rejaillissant en moi. « Bien sûr que si, c'est mon problème ! Nous allons nous marier, n'est-ce pas ? Même si… Dieu seul sait quand. Oh, ne me regardez pas comme ça. » Je lui pris les mains. « Je ne supporte pas de vous bouleverser ainsi ! Mais je ne supporte pas de vous voir vous égarer dans l'erreur. Vous ne faites qu'ajouter à vos soucis. Et vous en avez déjà assez comme ça, n'est-ce pas ? Des vrais soucis, je veux dire, des choses matérielles, dans la vraie vie, et que nous pouvons tenter de régler ? »

De nouveau, j'entrevis le doute dans ses yeux. « Mais hier soir, tout cela semblait si clair, reprit-elle néanmoins. Tout se mettait en place. J'ai pensé si fort à Roddie que je sentais presque sa *présence* ici.

— Il y a quelques jours, dis-je, en collant mon oreille à ce satané tuyau acoustique, je me suis presque persuadé que j'entendais la voix de ma mère ! »

Elle fronça les sourcils. « Vraiment ? »

Je portai ses mains à mes lèvres et les embrassai. « Cette maison nous rend tous fous, dis-je. Mais pas de la manière que vous pensez. Les choses sont devenues… tout est allé à vau-l'eau. Mais nous pouvons reprendre le contrôle, vous et moi. En attendant… ma foi, je comprends très bien que vous vous inquiétiez pour Rod. Nous… allons lui rendre visite, si cela peut vous aider. »

Elle gardait la tête baissée, mais à ces mots elle leva les yeux, et pour la première fois depuis des semaines je vis un petit éclair de vie illuminer son regard. Ce qui me bouleversa d'autant plus, mais de manière autre. J'aurais préféré que cette lueur, là, soit due à moi. « Vous êtes sérieux ? demanda-t-elle.

— Bien sûr. Je ne suis pas pour. Je ne pense pas que ce soit une bonne idée, pour Rod. Mais c'est un autre problème. C'est à vous que je pense, pour l'instant. C'est toujours à vous que je pense, Caroline. Vous devez le savoir. »

Et comme cela s'était déjà produit, ma colère changea de nature pour se transformer en désir. Je l'attirai à moi. Elle résista un instant, puis ses bras m'entourèrent, minces, forts.

« Oui, murmura-t-elle. Oui, je le sais. »

Nous nous rendîmes à la clinique dès le dimanche suivant, laissant Mrs Ayres endormie, sous la garde de Betty. Il ne pleuvait pas, mais c'était une sombre journée ; la route, bien sûr, se fit dans une certaine tension. J'avais appelé pour préparer notre visite. « Et s'il ne voulait pas nous voir ? » me demanda néanmoins Caroline, une bonne douzaine de fois durant le trajet. « Et s'il allait encore plus mal ? S'il ne nous reconnaissait même pas ?

— Eh bien, au moins, nous serions au courant, répondis-je. C'est déjà quelque chose, non ? »

Elle finit par se résigner au silence, se mordillant les ongles. Lorsque nous nous arrêtâmes dans la cour, elle demeura un instant figée, réticente à descendre de voiture. Et quand nous franchîmes le seuil de la clinique, elle s'accrocha à mon bras, saisie d'une vraie panique.

Mais une infirmière vint nous accueillir et nous conduisit jusqu'à la salle de jour où nous vîmes Roderick qui nous attendait, assis seul à une table ; alors elle me quitta pour le rejoindre en hâte, riant de soulagement, ses nerfs se relâchant.

« Rod ! C'est toi ! Je t'avais à peine reconnu ! Tu as l'air d'un vieux loup de mer ! »

Il avait pris du poids. Ses cheveux étaient coupés plus court que la dernière fois que nous l'avions vu, et il s'était laissé pousser une barbe roussâtre, inégale à cause de ses cicatrices. Derrière cette barbe, son visage me parut avoir perdu sa juvénilité et s'être figé dans une expression dure, dépourvue de tout humour. Il laissa sa sœur l'embrasser et le prendre dans ses bras, mais alla s'asseoir de l'autre côté de la table – y posant les mains d'une manière délibérée, je le remarquai, comme s'il voulait en apprécier la solidité.

Je pris une chaise à côté de Caroline. « Cela fait plaisir de vous voir, Rod.

— Oui, c'est merveilleux ! renchérit Caroline, riant de nouveau. Comment vas-tu ? »

Il passa sa langue à l'intérieur de sa joue, la bouche sèche. Son expression était distante, soupçonneuse. « Ça va.

— Tu es devenu gras ! Au moins, on doit bien te nourrir, ici. N'est-ce pas ? La nourriture est bonne ? »

Il fronça les sourcils. « Ça peut aller.

— Es-tu content de nous voir ? »

423

À cela, il ne répondit pas, mais jeta un coup d'œil en direction de la fenêtre. « Comment êtes-vous venus ?

— Avec la voiture du Dr Faraday. »

De nouveau, le mouvement de la langue dans sa joue. « La petite Ruby.

— Voilà », dis-je.

Il me regarda, l'air toujours méfiant. « On ne m'a prévenu que ce matin que vous veniez.

— Nous avons pris la décision cette semaine.

— Maman ne vous accompagne pas ? »

Je la vis hésiter. Je pris la parole.

« Je suis navré, votre mère à une petite bronchite, Rod. Mais rien de grave. Elle sera vite sur pied.

— Elle t'envoie tout son amour, dit Caroline avec un grand sourire. Elle est très... très triste de ne pas avoir pu nous accompagner.

— Ils ne m'ont prévenu que ce matin, répéta-t-il. Ils sont comme ça, ici. Ils ne disent pas les choses, pour ne pas nous effrayer. Ils ne tiennent pas à ce qu'on perde la boule, vous voyez. En fait, c'est exactement comme dans la RAF. »

Il remua les mains, et je constatai alors qu'elles tremblaient. Les garder bien à plat sur la table devait l'aider à contenir ce tremblement.

Je pense que Caroline aussi s'en aperçut. Elle couvrit les mains de Rod des siennes. « Nous voulions simplement te voir, Rod. Cela fait des mois. Nous voulions nous assurer que tu... que tu allais bien. »

Il baissa les yeux vers ses doigts, sourcils froncés, et nous restâmes un moment sans rien dire. Puis Caroline s'extasia de nouveau sur sa barbe, sur le poids qu'il avait pris. Elle lui demanda ce qu'il faisait de ses journées, et il nous dit, avec une sorte d'indifférence, comment il passait son temps : des heures à « l'atelier », devant des modèles réduits en argile ; les repas, les moments de loisir, la chorale, parfois un peu de jardinage. Il s'exprimait relativement clairement, mais ses traits ne se départaient jamais de cette sorte de raideur nouvellement acquise, et sa posture demeurait très distante. Les questions de Caroline se firent plus hésitantes – allait-il vraiment bien ? Sinon, il le dirait, n'est-ce pas ? Avait-il besoin de quoi que ce soit ? Pensait-il souvent à la maison ? – et il se mit alors à nous considérer tous deux avec une méfiance glacée.

« Le Dr Warren ne te dit pas comment je vais ?

— Si. Il nous écrit chaque semaine. Mais nous voulions te *voir*. Je m'imaginais…

— Tu t'imaginais quoi ? fit-il aussitôt.

— Que tu étais peut-être… malheureux. »

Le tremblement de ses mains se fit plus violent, et ses lèvres se durcirent. Il resta un instant figé, raidi, puis se rejeta en arrière, croisant les bras.

« Je ne reviendrai pas, dit-il.

— Comment ? » fit Caroline, éberluée. Son brusque mouvement l'avait fait sursauter.

« Si c'est pour ça que vous êtes ici.

— Mais nous voulions simplement te voir.

— C'est pour *ça* que vous êtes venus ? Pour me ramener ?

— Mais non, bien sûr que non. J'espérais simplement…

— Si c'est pour ça, ça ne va pas du tout. On ne peut pas amener un type dans un endroit comme ça, le laisser s'y habituer – le laisser s'habituer à être libre – pour ensuite le ramener dans ce genre de piège.

— Roddie, je t'en prie ! s'écria Caroline. J'aimerais que tu rentres à la maison. Je le souhaite plus que tout. Je souhaiterais que tu rentres avec le Dr Faraday et moi, tout de suite. Mais si tu préfères rester ici, si tu te sens plus heureux ici…

— La question n'est pas de savoir où je suis le plus *heureux* ! fit-il avec un mépris affiché. La question est de savoir où je suis en sécurité. Tu ne te rends donc compte de rien ?

— Roddie…

— Tu veux que je reprenne le collier ? C'est cela ? Alors que le dernier des imbéciles verrait que si l'on me confie quelque chose, je… je le détruis ?

— Non, ça n'aurait plus rien à voir, intervins-je, voyant Caroline toute secouée par ces paroles. Hundreds est entre de bonnes mains, à présent. Caroline s'en occupe, et je l'aide. Vous n'auriez rien à faire que vous ne souhaitiez. Nous le ferions pour vous.

— Oh oh, très malin, ricana-t-il, comme s'il s'adressait à un étranger. Excellent, vraiment. Vous croyez m'avoir comme ça. Vous voulez tout simplement m'exploiter – m'exploiter, et ensuite me le reprocher. Eh bien je n'y retournerai *pas* ! Je ne me laisserai pas *accuser* ! Vous entendez ?

— Je t'en prie, fit Caroline, arrête de dire des choses comme ça ! Personne ne veut te ramener là-bas. Je m'imaginais simplement que tu étais malheureux, rien de plus. Que tu avais envie de me voir. Je suis désolée. J'ai… j'ai fait une erreur.

— Tu me prends pour un idiot ?

— Non.

— Alors c'est *toi* qui es idiote ? »

Elle accusa le coup. « Je me suis trompée, c'est tout.

— Rod... », commençai-je. Mais une infirmière était assise non loin de nous, surveillant discrètement le déroulement de la visite, et, ayant perçu le changement en lui, elle s'approcha de la table.

« C'est quoi, tout ça ? fit-elle doucement. Vous n'êtes quand même pas en train de fâcher votre sœur ?

— Je n'ai pas envie de discuter avec des crétins ! fit-il, détournant un regard furieux, les bras toujours croisés.

— Et moi, je ne veux pas de ce genre de langage, répondit l'infirmière, croisant les bras à son tour. Alors, vous vous excusez ? Non ? » Elle battait la semelle. « Nous attendons... »

Rod restait silencieux. Elle secoua la tête et, le visage tourné vers lui, mais nous regardant, Caroline et moi, elle déclara en articulant bien, d'un ton typique d'infirmière : « Roderick est un mystère dans cette clinique, Miss Ayres, docteur Faraday. Quand il est d'humeur, c'est le garçon le plus gentil du monde, et nous l'adorons toutes. Mais quand il est mal luné... » Elle secoua de nouveau la tête, inspira, fit claquer sa langue.

« C'est bon, fit Caroline. Il n'a pas besoin de s'excuser s'il ne veut pas. Je ne... je ne veux pas le forcer à faire quoi que ce soit s'il n'y tient pas. »

Elle contempla son frère, puis tendit la main au travers de la table et lui parla d'une voix calme, presque humble. « Tu nous manques, Roddie, c'est tout. Tu nous manques terriblement, à Maman et à moi. Nous pensons sans cesse à toi. Hundreds est affreux, sans toi. Je me disais simplement que peut-être tu... tu pensais à nous, toi aussi. Mais je vois que tu t'en sors très bien comme ça. Et j'en suis... très heureuse. »

Rod demeurait muré dans le silence. Mais ses traits se durcirent, tandis que sa respiration se faisait laborieuse, comme s'il cherchait à contenir une immense émotion. L'infirmière s'approcha de nous et nous parla à voix basse.

« À votre place, je le laisserais, à présent. Je n'aimerais pas que vous ayez à assister à une de ses crises de rage. »

Nous avions passé moins de dix minutes auprès de lui. Caroline se leva, non sans réticence – n'arrivant pas à croire que son frère nous laisserait partir sans un mot, sans un regard. Mais il ne se retourna pas, et nous dûmes finalement le quitter ainsi. Elle se dirigea seule vers la voiture pendant que j'échangeais quelques mots avec le Dr Warren, et en la rejoignant je lui vis les yeux rougis, mais secs : elle avait pleuré, et avait séché ses larmes.

Je lui pris la main. « Cela a été terrible. Je suis navré.

— Non, fit-elle d'une voix sans expression. Nous n'aurions pas dû venir. J'aurais dû vous écouter. J'ai été stupide de croire que nous allions trouver quelque chose ici. Parce qu'il n'y a rien, n'est-ce pas ? Rien. Exactement comme vous me l'aviez dit. »

Nous commençâmes notre long trajet de retour vers Hundreds. Je passais un bras autour de ses épaules dès que la route me le permettait. Elle gardait les mains ouvertes, inertes sur ses cuisses, et sa tête ballottait parfois contre mon épaule selon les oscillations de la voiture – comme si, abattue, vaincue, elle avait perdu toute résistance, toute énergie vitale.

Rien de tout cela, bien entendu, ne poussait à la romance ; et nos rapports, à cet égard, marquaient le pas. Entre frustration et inquiétude pour elle et pour Hundreds en général, je commençai de me sentir accablé, à cran, passant de mauvaises nuits peuplées de rêves agités. Plus d'une fois je songeai à me confier à Graham et Anne. Mais de nombreuses semaines s'étaient écoulées depuis que je leur avais réellement accordé du temps ; j'avais le sentiment qu'ils étaient quelque peu froissés de cette désaffection, et ne tenais guère à revenir vers eux comme un mendiant, dans une posture de vaincu. Finalement, même mon travail commença de pâtir de cette situation. Un soir, à l'hôpital, alors que j'étais assistant chirurgien sur une intervention mineure, je me débrouillai si mal que le médecin responsable se moqua de moi et acheva lui-même le travail.

Il se trouva que c'était Seeley. Tandis que nous nous lavions les mains côte à côte, après l'opération, je lui présentai mes excuses pour mon manque de concentration. Il répondit avec sa jovialité coutumière.

« Mais non. Vous avez l'air crevé ! Je connais ça. Trop d'urgences nocturnes, sans doute ? Et puis, avec ce sale temps, ça n'arrange rien.

— Non, n'est-ce pas ? »

Je me détournai, mais je sentais toujours son regard sur moi. Nous passâmes dans la salle commune pour récupérer nos affaires ; comme je décrochais ma veste de la patère, elle me glissa des doigts et le contenu de mes poches se répandit sur le sol. Jurant, je me penchai pour tout ramasser et, en me relevant, m'aperçus que Seeley continuait de m'observer.

« Vous filez un mauvais coton », laissa-t-il tomber en souriant. Puis, d'une voix plus basse : « C'est quoi, le problème ? Ce sont les patients ou c'est personnel ? Je vous demande ça, excusez-moi.

— Non, il n'y a rien. Ce sont les patients, je suppose. Mais c'est moi aussi, d'une certaine manière. »

Je faillis lui en dire plus – avec ce besoin terrible de décharger ce que j'avais sur le cœur, mais sans oublier cet instant fort déplaisant lors du bal du mois de janvier. Peut-être Seeley s'en souvenait-il aussi et voulait compenser sa conduite d'alors, ou bien peut-être voyait-il simplement, à mon comportement, que ça n'allait pas bien du tout.

« Écoutez, dit-il, j'en ai terminé pour ce soir, et vous aussi, je suppose ? Si vous veniez prendre un verre à la maison ? Imaginez-vous que j'ai réussi à me procurer une bouteille de scotch. Cadeau d'une patiente reconnaissante. Ça vous dit ?

— Chez vous ? fis-je un peu surpris.

— Pourquoi pas ? Allez, venez. Vous rendrez service à mon foie en prenant un verre ou deux, parce que sinon je vide la bouteille à moi tout seul. »

Il me semblait soudain que des mois s'étaient écoulés depuis que j'avais pour la dernière fois fait cette chose si banale : partager un verre d'alcool avec un homme, assis dans un fauteuil, chez lui. J'acceptai. Nous nous emmitouflâmes contre le froid et nous dirigeâmes vers nos voitures respectives – lui, toujours avec son goût de la parade, enveloppé dans un épais manteau brun et avec aux mains des gants de conduite garnis de fourrure, qui lui donnaient vaguement l'allure d'un ours débonnaire ; moi, plus modestement, en pardessus et passe-montagne. Je démarrai le premier, mais il ne tarda pas à me dépasser au volant de sa Packard, roulant à une vitesse déraisonnable sur les routes de campagne blanches de givre. Lorsque, vingt-cinq minutes plus tard, je m'arrêtai devant le portail, il était déjà entré et s'employait à sortir la bouteille et les verres après avoir allumé le feu.

Il habitait une vaste demeure edwardienne pleine de pièces claires et en désordre. Il s'était marié assez tard, et lui et sa jeune épouse, Christine, avaient quatre beaux enfants. Quand j'ouvris la porte non verrouillée, deux des petits se poursuivaient avec acharnement de bas en haut de l'escalier. Un autre faisait rebondir une balle de tennis contre la porte du salon.

« Nom d'un chien, les sacrés mômes ! » brailla Seeley depuis le seuil de son bureau. Il me fit signe de le rejoindre, s'excusant pour la pagaille ambiante. Mais il avait également l'air de s'en féliciter en secret et d'en être fier – comme souvent, je l'avais déjà remarqué, les gens qui se plaignaient des nuisances d'une grande famille à un célibataire comme moi.

Cette pensée creusa une distance entre nous. Lui et moi étions collègues et concurrents depuis une vingtaine d'années, mais n'avions jamais réellement été amis. Tandis qu'il débouchait la bouteille, je consultai ma montre : « Deux doigts seulement. J'ai une tonne d'ordonnances à rédiger pour demain. »

Mais il nous servit généreusement. « Justement, autant ne pas lésiner. Comme ça, ça fera des surprises à vos patients ! Dieu du ciel, quel arôme, n'est-ce pas ? C'est du fameux. »

Nous trinquâmes et prîmes une gorgée de whisky. Le verre à la main, il me désigna une paire de fauteuils fatigués, en tirant un plus près de l'âtre pour moi, avec son pied. Puis il fit de même avec l'autre, plissant le tapis poussiéreux, et s'en moquant. Le vacarme des enfants nous parvenait toujours depuis l'entrée et, quelques secondes plus tard, la porte s'ouvrait à toute volée et un des charmants petits garçons passait la tête dans la pièce : « Papa !

— Sors d'ici ! rugit Seeley.

— Mais Papa…

— Sors, ou je te coupe les oreilles en pointe ! Où est ta mère ?

— Dans la cuisine, avec Rosie.

— Bon, eh bien, va plutôt l'embêter, espèce de vaurien ! »

La porte claqua. Seeley prit une redoutable gorgée de whisky, tout en fouillant dans sa poche pour y prendre son étui de Player's. Pour une fois, je fus le plus rapide et produisis mon propre étui et mon briquet, sur quoi il se laissa aller dans son fauteuil, la cigarette calée entre les lèvres.

« Scènes de la vie domestique, laissa-t-il tomber avec une lassitude contrefaite. Vous m'enviez, Faraday ? Eh bien, vous ne devriez pas. Un médecin chef de famille ne fait jamais un bon médecin de famille ; il a trop de soucis à la maison. Il devrait y avoir une loi obligeant les toubibs à rester célibataires, comme les prêtes catholiques. Ils n'en seraient que meilleurs praticiens.

— Vous ne le pensez pas une seconde, dis-je après avoir pris une bouffée de ma cigarette. En outre, si c'était le cas, j'en serais la preuve vivante.

— Et vous l'êtes, tout à fait. Vous êtes un bien meilleur médecin que moi. Et vous avez dû travailler plus dur que moi pour y arriver, en plus. »

Je haussai une épaule. « Je n'en ai pas donné un exemple particulièrement brillant, ce soir.

— Oh, c'était la routine. On met le paquet quand c'est nécessaire. Vous avez dit vous-même que vous aviez des soucis en tête… Vous voulez qu'on en parle ? Je ne veux pas vous forcer, cela dit. Simplement, je sais que ça aide, quelquefois, de discuter d'un cas délicat avec un collègue. »

Son ton était léger, mais sincère, et ma vague réticence – une résistance devant la chaleur de ses manières, sa maison en désordre, sa famille charmante – commençait de s'éroder. Peut-être aussi était-ce le whisky qui faisait son effet, ou la chaleur du feu. La pièce offrait un violent contraste avec mon triste logement de célibataire – et un contraste tout aussi fort, je m'en rendis soudain compte, avec Hundreds Hall. J'eus la vision de Caroline et de sa mère telles qu'elles devaient être en cet instant, recroquevillées de froid au cœur de cette grande maison sombre et sinistre.

Je fis tourner le verre de whisky dans ma main. « Vous pouvez peut-être deviner quel est mon problème, Seeley, dis-je. En partie, au moins. »

Sans lever les yeux, je le vis lever son propre verre. Il reprit une gorgée. « Caroline Ayres, vous voulez dire ? fit-il d'une voix calme. Je pensais bien que c'était quelque chose de ce genre. Vous avez suivi mon conseil, après ce fameux bal, n'est-ce pas ? »

Je remuai, mal à l'aise, et avant que j'aie pu répondre il reprit : « Je sais, je sais, j'étais affreusement saoul ce soir-là, et je me suis montré odieux. Mais je pensais ce que je disais. Que s'est-il passé ?

Ne me dites pas qu'elle vous a envoyé paître. Elle avait peut-être trop de soucis, elle aussi ? Allez, vous pouvez me faire confiance, je ne suis pas saoul, là. En outre… »

Je levai les yeux. « Oui… ?

— Eh bien, on ne peut pas ne pas entendre certaines rumeurs.

— À propos de Caroline ?

— À propos de toute la famille. » Son ton se fit plus grave. « Un ami à moi, de Birmingham, travaille comme consultant à mi-temps avec John Warren. Il m'a dit dans quel état est Roderick. Sale histoire, n'est-ce pas ? Cela ne me surprend pas que Caroline en ait été affectée. Et puis, d'après ce que j'ai compris, il y a eu d'autres genres de problèmes, au Hall ?

— Il y en a eu, oui, dis-je après un silence. Et je peux bien vous dire, Seeley, que c'est une affaire sacrément bizarre. Je ne sais pas trop qu'en penser… »

Sur quoi je lui racontai quasiment toute l'histoire, en commençant par Rod et ses hallucinations, puis l'incendie, les inscriptions sur les murs, les sonnettes qui s'agitaient toutes seules, pour finir par résumer l'horrible mésaventure de Mrs Ayres dans la nursery. Il m'écouta sans m'interrompre, hochant la tête de temps à autre, et de temps à autre laissant échapper un bref rire sinistre. Mais ce rire se fit plus rare au fur et à mesure que je poursuivais mon récit, et lorsque j'en eus terminé il demeura un moment immobile, puis se pencha pour faire tomber d'une pichenette la cendre de sa cigarette. Puis il se radossa dans son fauteuil et dit : « Pauvre Mrs Ayres. Une manière plutôt compliquée de s'ouvrir les veines, vous ne trouvez pas ? »

Je le regardai. « C'est ainsi que vous voyez la chose ?

— Sinon quoi, mon cher ami ? À moins que la malheureuse n'ait été victime d'une mauvaise plaisanterie. Mais je suppose que vous avez éliminé cette possibilité ?

— Oui, bien sûr.

— Eh bien dans ce cas… les bruits de pas dans le couloir, la respiration dans le tube acoustique : à mes yeux, c'est clairement un cas de psychonévrose. Elle se sent coupable de la perte de ses enfants – que ce soit Roderick ou la petite fille. Elle s'est mise à s'autopunir. Vous dites que c'est dans les nurseries que l'incident a eu lieu ? Aurait-elle pu trouver un endroit plus symbolique ? »

Je dus avouer que cette idée m'était également venue – tout comme, trois mois auparavant, j'avais été frappé par le fait que l'incendie de Hundreds s'était déclenché dans ce qui était de fait le bureau du domaine – dans les papiers du domaine ! –, comme s'il était le produit de la frustration et du désarroi de Roderick.

Mais quelque chose ne sonnait pas juste. « Je ne sais pas, dis-je. Même à supposer que ce qu'a vécu Mrs Ayres soit une pure illusion, et que nous puissions trouver une explication rationnelle à chaque incident, à tout ce qui s'est produit au Hall – ce qui doit être possible selon moi. C'est l'*accumulation* de tous ces incidents qui me trouble. »

Il prit une nouvelle gorgée de whisky. « Que voulez-vous dire ?

— Eh bien par exemple : un enfant vient vous trouver avec un bras cassé ; vous réduisez la fracture et vous le renvoyez chez lui. Quinze jours plus tard, il revient, avec des côtes cassées cette fois. Disons que vous lui mettez une bande bien serrée et que vous le renvoyez chez lui. Une semaine plus tard, le revoilà, avec encore quelque chose de cassé… le problème ne se borne plus à une suite de fractures distinctes les unes des autres, n'est-ce pas ?

— Mais il ne s'agit pas d'os cassés, là, dit Seeley. Il s'agit d'un cas d'hystérie. Et l'hystérie est largement plus bizarre – et hélas, contrairement aux fractures, contagieuse. J'ai été médecin scolaire dans une école de filles, il y a des années de cela, et certain trimestre, la grande mode était de s'évanouir. On n'a jamais vu un truc pareil : les gamines tombaient par douzaines, l'une après l'autre, comme des quilles. À la fin, même les enseignantes s'y sont mises. »

Je secouai la tête. « Nous sommes là devant une situation encore plus étrange que l'hystérie. C'est comme si… ma foi, c'est comme si quelque chose aspirait lentement la vie de cette famille.

— Sans aucun doute ! fit-il avec un nouvel aboiement de rire. Et cette chose s'appelle Gouvernement Travailliste. Le problème des Ayres – ne croyez-vous pas –, c'est qu'ils ne peuvent pas, ou ne veulent pas s'adapter. Comprenez-moi bien ; j'ai beaucoup de compassion pour eux. Mais que reste-t-il pour une famille comme la leur, dans l'Angleterre d'aujourd'hui ? Du point de vue social, ils sont fichus. Et d'un point de vue nerveux, ils sont peut-être en bout de course. »

On aurait cru entendre Peter Baker-Hyde, à présent, et je trouvai sa brusquerie quelque peu repoussante. Après tout, il n'était pas devenu, comme moi, ami de la famille. « Ceci est peut-être assez juste en ce qui concerne Rod, dis-je. N'importe qui, connaissant assez bien ce garçon, aurait pu prévoir qu'il filait droit vers une sorte de dépression. Mais Mrs Ayres, se suicider ? Ça, je ne peux pas le croire.

— Oh, mais je ne suggère pas une seconde qu'en fracassant les vitres à mains nues, elle ait voulu mettre fin à ses jours. Non, je dirais que, comme la plupart des femmes prétendument suicidaires, elle créait simplement une petite tragédie dont elle serait le centre. Elle est habituée à l'attention, ne l'oubliez pas, et elle n'en a guère reçu beaucoup, ces derniers temps… Il faudra veiller à ce qu'elle ne recommence pas ce petit jeu, une fois que cette histoire se sera tassée. Vous la gardez à l'œil ?

— Bien sûr. Elle me semble se remettre parfaitement. Ce qui me rend aussi perplexe, d'ailleurs. » Je pris une gorgée de whisky. « Toute cette histoire me laisse sans voix ! Il est arrivé à Hundreds des choses que je n'arrive pas à m'expliquer. C'est comme si la maison était la proie d'une espèce de *virus*. Caroline…, fis-je avec réticence, Caroline s'est même mis en tête qu'il y avait quelque chose de quasiment surnaturel – que Roderick hantait la demeure pendant son sommeil, quelque chose de ce genre. Elle a lu des livres à faire froid dans le dos. Des trucs grand-guignolesques. Frederic Myers, des gens comme ça.

— Ma foi, fit Seeley, écrasant sa cigarette, elle a peut-être mis le doigt sur quelque chose. »

Je le fixai. « Vous ne parlez pas sérieusement ?

— Pourquoi pas ? Les théories de Myers ne sont qu'un prolongement naturel de la psychologie, n'est-ce pas ?

— Certainement pas de la psychologie telle que je l'entends !

— En êtes-vous certain ? Vous adhérez, je suppose, au principe général : une personnalité consciente avec, derrière ou à côté, un soi subliminal – une sorte de moi onirique ?

— En gros, oui.

— Eh bien, supposez que ce moi onirique, en certaines circonstances, se *libère* : qu'il se détache du moi conscient, traverse l'espace, devienne visible aux autres ? N'est-ce pas la théorie de Myers ?

— Si, pour autant que je le sache. Et ça donne d'excellentes histoires à se raconter au coin du feu. Mais pour l'amour de Dieu, il n'y a pas une once de propos scientifique, là-dedans !

— Non, pas encore, fit-il en souriant. Et je n'aimerais certes pas développer ces thèses devant l'ordre des médecins. Mais peut-être que d'ici cinquante ans on aura trouvé un moyen d'isoler ce phénomène, et de l'expliquer. Entre-temps, les gens continueront de parler d'ectoplasmes et de fantômes et d'animaux monstrueux, simplement parce qu'ils n'auront pas les clefs... »

Il but une petite gorgée d'alcool et reprit sur un ton différent. « Mon père a vu un fantôme, savez-vous. Ma grand-mère est apparue un soir sur le seuil de son cabinet. Elle était morte depuis dix ans.

Elle a dit : "Jamie, rentre vite à la maison !" Il n'a pas pris le temps de réfléchir ; il a enfilé son manteau et il s'est rendu aussitôt à la maison familiale. Son frère préféré, Henry, s'était blessé à la main, et la plaie s'infectait rapidement. Il l'a amputé d'un doigt, et lui a probablement sauvé la vie. Alors, comment expliquez-vous ça ?

— Je ne l'explique pas. Mais je vais vous dire une chose. Mon père à *moi* accrochait un cœur de bœuf piqué d'épingles dans la cheminée. Pour éloigner les mauvais esprits. Et *ça*, je l'explique très bien. »

Seeley se mit à rire. « Ce n'est pas très équitable, comme comparaison.

— Pourquoi ? Parce que votre père était un gentleman, et le mien un petit boutiquier ?

— Ne soyez pas si susceptible, mon vieux ! Écoutez-moi plutôt. Je ne pense pas une seconde que mon père ait réellement vu un fantôme, ce soir-là, pas plus que je ne crois que cette pauvre Mrs Ayres ait reçu des signes de sa fille morte. Cette idée des proches décédés flottant dans l'éther, toujours en train d'épier ce que vous faites, est impossible à avaler. Mais imaginez que l'angoisse de la blessure de mon oncle, combinée avec le lien entre lui et mon père – supposez que tout cela, de quelque manière, ait généré une sorte de… de puissance psychique ? Cette force a simplement pris la forme qui attirerait le plus sûrement l'attention de mon père. Très futée, d'ailleurs.

— Mais dans tout ce qui est arrivé à Hundreds, il n'y a rien de bienveillant. Tout au contraire.

— Est-ce surprenant, quand cette famille est dans une si triste situation ? Après tout, le moi subliminal ne manque pas de recoins sombres, douloureux. Imaginez que quelque chose s'échappe d'un de ces recoins. Appelons ça un… un microbe. Et disons que les conditions sont idéales pour que ce microbe puisse se développer – comme un enfant dans la matrice. Que deviendra ce petit indésirable ? Une sorte de *doublure du soi*, peut-être : un Caliban, un Mr Hyde. Un être que motivent toutes les pulsions et les désirs mauvais que le soi conscient avait espéré parvenir à dissimuler : des choses comme l'envie, la malveillance, la frustration... Caroline soupçonne son frère. Eh bien, comme je l'ai déjà dit, elle a peut-être raison. Peut-être ne s'est-il pas brisé que des os, dans cet accident d'avion. Peut-être aussi des choses plus profondes... En même temps, ce sont généralement les femmes qui sont à la source de ce genre de chose. Il y a Mrs Ayres, bien sûr, la mère en pleine ménopause : c'est une période bizarre, du point de vue psychique. Et n'y a-t-il pas aussi une servante adolescente ? »

Je détournai les yeux. « Si. C'est elle qui leur a fait songer à des fantômes, la première.

— Vraiment ? Et quel âge a-t-elle ? Quatorze ans ? Quinze ? J'imagine qu'elle n'a pas beaucoup l'occasion de flirter avec des garçons, coincée là-bas.

— Oh, mais c'est encore une enfant !

— Ma foi, la pulsion sexuelle est la plus obscure de toutes, et elle doit bien se manifester d'une manière ou d'une autre. C'est comme un courant électrique ; elle a tendance à trouver d'elle-même ses conducteurs. Mais quand elle n'est pas canalisée – eh bien, c'est une énergie plutôt redoutable. »

Le mot me frappa. « Caroline aussi parlait d'énergies, dis-je lentement.

— Caroline est une fille intelligente. J'ai toujours pensé qu'elle n'avait pas eu la part belle, dans cette famille. On l'a gardée à la maison avec une gouvernante de deuxième zone pendant qu'on envoyait son frère en école privée. Et ensuite, juste au moment où elle en était sortie, où elle s'émancipait, voilà que sa mère la rappelle et qu'elle se retrouve à véhiculer Roderick d'un bout à l'autre de la terrasse, dans sa chaise roulante ! Je suppose qu'ensuite, ce sera le tour de Mrs Ayres. Ce qu'il lui faut, bien sûr, c'est... » Il sourit, d'un sourire rusé. « Ma foi, ça ne me regarde pas. Mais en attendant, elle ne rajeunit pas ; et vous non plus, mon cher ami ! Vous me racontez toute cette histoire, mais vous n'avez pas une seule fois fait allusion à votre position à vous. Qu'en est-il exactement ? Elle et vous avez une sorte de... d'arrangement, c'est cela ? Rien de plus sérieux ? »

Je ressentais les effets du whisky. « Le sérieux, c'est surtout de mon côté. Et un peu trop, pour être tout à fait franc. »

Il parut surpris. « Ah bon ? »

Je hochai la tête.

« Eh bien... Je n'aurais jamais pensé cela. De la part de Caroline, je veux dire... Cela dit, peut-être que vous tenez là la source de votre fameux *microbe*. »

Son expression s'était faite plus espiègle que jamais, et il me fallut une seconde pour comprendre. « Vous n'êtes pas en train de suggérer que... », fis-je.

Il soutint mon regard, puis se mit à rire. Je me rendis soudain compte qu'il s'amusait énormément. Il vida son verre de whisky, puis nous resservit généreusement et alluma une deuxième cigarette. Sur quoi il se lança dans une nouvelle histoire de fantôme, encore plus délirante que la précédente.

Mais j'écoutais à peine. Il avait amorcé une réflexion en moi, et rien ne pouvait plus ralentir ni enrayer le rythme de mes pensées, battant tel un métronome. Tout cela était absurde ; et je le savais. Autour de moi, toutes ces choses ordinaires me le disaient. Le feu craquant dans l'âtre. Le vacarme des enfants dans l'escalier. La fragrance du whisky dans mon verre... Mais la nuit noire se plaquait derrière les vitres, aussi, et à quelques kilomètres, dans la campagne obscure, se dressait Hundreds, où tout était différent. Ce qu'il venait de suggérer *pouvait-il* être vrai ? Y avait-il, en liberté dans cette maison, quelque énergie avide, frustrée, dont Caroline serait le cœur et le moteur ?

Je repensai au moment où tout avait commencé – le soir de cette réception funeste, quand Caroline avait subi une telle humiliation, et la petite fille des Baker-Hyde s'était retrouvée mutilée. Et si quelque mystérieux processus s'était amorcé à cet instant, comme si l'on avait semé une graine étrange ? Je me rappelais, dans les semaines qui avaient suivi, l'hostilité croissante de Caroline envers son frère, son agacement face à sa mère. Et tous deux, son frère comme sa mère, avaient subi des blessures physiques, comme la petite Gillian. Et c'était Caroline qui, la première, m'avait prévenu de ces blessures – Caroline encore qui avait remarqué les brûlures dans la chambre de Rod, qui avait découvert le début d'incendie, entendu les cognements et le bruit d'une « petite main qui tapote » derrière le mur.

Puis je songeai à autre chose. Cette chose qui avait commencé avec Gyp, un « chuchotement » – comme l'avait dit Betty à l'époque, je m'en souvenais soudain —, cette chose avait peu à peu gagné en intensité. Elle s'était mise à déplacer des objets, à mettre le feu, à griffonner sur les lambris. À présent, la chose pouvait courir d'un pied léger. Elle pouvait se faire entendre, en une voix inarticulée. Elle poussait, cette chose, elle se développait…

Où s'arrêterait-elle ?

Déstabilisé, je me penchai, les coudes aux genoux. Seeley leva de nouveau la bouteille, mais je secouai la tête.

« J'ai assez abusé de votre temps. Il faut vraiment que je m'en aille. C'était gentil à vous d'écouter tout ça.

— Je crains de ne pas avoir fait grand-chose pour vous rassurer. Vous avez l'air encore plus crevé que quand vous êtes arrivé ! Vous ne voulez pas rester encore un peu ? »

Mais il fut interrompu par la bruyante réapparition de son petit garçon. Galvanisé par le whisky, il se leva d'un bond et le chassa dans l'entrée ; à son retour, j'avais fini mon verre et déjà mis mon pardessus et mon chapeau, prêt à partir.

Il tenait mieux l'alcool que moi. Lui m'accompagna vivement jusqu'à la porte, mais c'est d'un pas mal assuré que je sortis dans la nuit, le whisky brûlant et âcre dans mon estomac comme à vif. Je parcourus la courte distance jusque chez moi, puis demeurai immobile dans mon bureau, la nausée montant en moi comme une vague – et avec elle une chose pire que la nausée : presque une angoisse. Mon cœur battait trop fort, de manière déplaisante. J'ôtai mon manteau et m'aperçus que j'étais en sueur. Après un moment d'hésitation, je passai dans la salle de consultation. Je décrochai le téléphone et, d'un doigt malhabile, composai le numéro de Hundreds.

Il était onze heures passées. Le téléphone sonna, encore et encore. Puis enfin j'entendis la voix prudente de Caroline : « Oui ? Allô ?

— Caroline ! C'est moi. »

Son ton se fit immédiatement anxieux. « Il se passe quelque chose ? Nous étions couchées. J'ai cru que…

— Non, non, rien du tout. Rien. Je… j'avais juste envie d'entendre votre voix. »

J'avais dû dire cela de façon toute naturelle. Il y eut un silence, puis elle se mit à rire. Un rire un peu fatigué, également naturel. Je sentis l'angoisse, la nausée commencer de dégonfler en moi, comme une balle que l'on perce avec une épingle.

« J'ai l'impression que vous êtes légèrement ivre. »

Je m'essuyai le visage. « J'en ai aussi l'impression. J'étais chez Seeley, et il m'a imbibé de whisky. Dieu, quel animal, ce type ! Il a réussi à me faire penser des choses… des choses grotesques. C'est si bon de vous entendre, Caroline ! Parlez encore. »

Elle fit claquer sa langue. « Mais que vous êtes sot ! Que va penser la demoiselle du téléphone ? Que voulez-vous que je dise ?

— N'importe quoi. Récitez-moi un poème.

— Un poème ! Très bien. » Sur quoi elle enchaîna rapidement, d'une voix machinale : « Le gel poursuit son ministère secret, sans l'agence du vent[1]... » Bien, vous allez vous coucher, maintenant, d'accord ?

— Dans un instant. Je veux juste penser à vous là, au bout du fil. Tout va bien, n'est-ce pas ? »

Elle soupira. « Oui, tout va bien. La maison se tient tranquille, pour une fois. Maman dort, si vous ne l'avez pas réveillée.

— Je suis navré. Je suis désolé, Caroline. Bonne nuit.

— Bonne nuit », répondit-elle avec, de nouveau, un rire un peu las.

Elle éloigna le combiné, et j'entendis son rire diminuer. Puis il y eut le cliquètement de la communication que l'on coupait, suivi du chuintement vague fait des voix mélangées d'autres interlocuteurs, prisonnières du fil.

---

1. « Frost at Midnight », Coleridge. Traduction Jacques Darras. *(N.d.T.)*

XII

Lors de ma visite suivante à Hundreds Hall, j'y trouvai Barrett. Caroline l'avait fait venir pour arracher ce maudit tube acoustique. Je le vis tandis qu'il l'emportait, et comme je l'avais supposé, le gainage de tissu était par endroits décollé, déchiré, et le caoutchouc au-dessous fort abîmé ; enroulé entre ses bras, il semblait aussi inoffensif et pitoyable qu'un serpent empaillé. Mrs Bazeley et Betty, toutefois, se félicitèrent de sa disparition, et commencèrent de quitter cet air d'angoisse et de nervosité qui s'était emparé d'elles depuis le jour auquel nous faisions à présent tous référence comme celui de « l'accident » de Mrs Ayres. Mrs Ayres elle-même continuait également de bien se remettre. Ses plaies cicatrisaient sans problème. Elle passait ses journées dans le petit salon, à lire ou sommeiller sur sa chaise. Ne demeurait chez elle qu'une imperceptible trace de flou, d'absence, pour suggérer le calvaire qu'elle avait subi – que je mettais essentiellement, d'ailleurs, sur le compte du Véronal qu'elle continuait de prendre pour l'aider à dormir la nuit, ce qui à court terme, me semblait-il, ne pouvait lui nuire. Je regrettais un peu que Caroline dût demeurer si souvent à la maison à présent, à tenir compagnie à sa mère, car cela impliquait qu'elle et moi avions encore moins d'occasions de nous retrouver seuls. Mais j'étais heureux de la voir, elle aussi, moins préoccupée, moins sur les nerfs. Par exemple, elle semblait s'être fait une raison quant à la perte de son frère, depuis notre visite à la clinique ; et à mon immense soulagement, il n'était plus question d'esprits frappeurs ni d'ectoplasmes.

Mais il est vrai que toute manifestation curieuse avait cessé – plus de sonnettes déchaînées, ni de coups dans les murs, ni de bruits de pas, plus rien de ce genre. La maison continuait de « se tenir tranquille », pour reprendre les termes de Caroline. Et tandis que le mois de mars s'acheminait vers sa fin, et que les jours se suivaient sans incident notable, je commençai véritablement à penser que cet étrange épisode d'angoisse qu'avait traversé Hundreds avait d'une manière ou d'une autre, un peu comme la fièvre, atteint son paroxysme puis décru de soi-même, jusqu'à extinction.

Puis, à la fin du mois, un changement se fit dans le climat. Le ciel s'assombrit, la température dégringola, et la neige fit son apparition. La neige était chose inédite cette année – rien de comparable aux épouvantables blizzards de l'hiver précédent –, mais elle constituait un réel handicap pour tous les médecins de campagne et, même chaussée de chaînes, ma Ruby avait peine à affronter la route. Ma tournée devint une véritable épreuve ; plus d'une semaine durant, le parc de Hundreds fut impraticable, sa traversée trop traître pour que l'on s'y risque. Toutefois, je m'arrangeais pour passer assez souvent au Hall, laissant la voiture aux grilles est, et faisant le reste du trajet à pied. Je m'y rendais essentiellement pour Caroline, n'aimant pas la savoir si isolée là-bas, coupée du reste du monde. J'y allais aussi pour jeter un œil sur Mrs Ayres, bien sûr. Mais j'aimais également cette promenade pour elle-même. Après le pénible trajet en voiture, je ne pouvais apercevoir la maison pour la première fois sans un frisson de plaisir mêlé d'admiration, car elle était magnifique contre le blanc parfait du sol, le rouge de la brique et le vert du lierre plus vifs, et toutes les flétrissures adoucies par une voilette de glace. Nul ronronnement de générateur, nul grondement rauque en provenance de la ferme, nul fracas métallique venu du chantier : celui-ci avait été interrompu à cause de la neige. Seuls mes pas étouffés troublaient le silence, et j'essayais de les faire plus discrets encore, comme si je parcourais un lieu enchanté – comme si c'était là le château de la *Belle au bois dormant*, ainsi que Caroline l'avait suggéré quelques semaines auparavant – et que je craignais de rompre le charme. Le temps métamorphosait subtilement l'intérieur même de la maison, la coupole en haut de la cage d'escalier à présent translucide sous la neige, et donnant au hall une lumière encore plus tamisée, tandis que les fenêtres reflétant la lueur blanche, glacée du sol au-dehors, projetaient des ombres soudain tranchantes.

La plus parfaite de ces journées enneigées fut un mardi, le 6 avril précisément. Je me rendis à la maison dans l'après-midi, m'attendant à trouver Caroline assise avec sa mère au rez-de-chaussée, comme de coutume ; mais c'était Betty, apparemment, qui tenait compagnie à Mrs Ayres ce jour-là. Une table était installée entre elles, et elles jouaient aux dames avec des jetons de bois ébréchés. Un feu ronflait dans la cheminée, il faisait bon, un peu étouffant dans la pièce. Caroline s'était rendue à la ferme, me dit sa mère ; elle serait rentrée d'ici une heure. Voulais-je l'attendre ? J'étais déçu de ne pas la voir et, comme c'était pour moi l'heure creuse avant les consultations du soir au cabinet, je dis que oui, je l'attendrais. Betty alla nous préparer le thé, et je pris sa place devant le damier, le temps de deux parties.

Mais Mrs Ayres jouait d'un air absent et perdait pièce sur pièce. Et lorsque le damier eut été mis de côté pour faire place au plateau du thé, nous demeurâmes quasiment silencieux ; nous n'avions apparemment pas grand-chose à nous dire. Elle avait perdu son goût pour les potins du comté, au cours des dernières semaines. J'exhumai quelques anecdotes, qu'elle écouta poliment, mais ses réactions, quand elle en manifestait, étaient vagues ou curieusement décalées, comme si elle s'évertuait à écouter une autre conversation, plus intéressante, se poursuivant dans une pièce voisine. Je finis par épuiser ma petite réserve d'histoires. Me levant, je me dirigeai vers la porte-fenêtre et demeurai immobile, contemplant le paysage étincelant. Lorsque je me retournai vers Mrs Ayres, je la vis se frotter les avant-bras, comme si elle avait froid.

Elle croisa mon regard. « Je dois être bien ennuyeuse pour vous, docteur ! Veuillez m'excuser. C'est ce qui arrive quand on reste trop longtemps enfermée. Voulez-vous que nous sortions dans le jardin ? Nous tomberons peut-être sur Caroline. »

Sa proposition me surprit, mais j'étais heureux de quitter cette pièce confinée. J'allai moi-même lui chercher des vêtements appropriés, m'assurant qu'elle était convenablement équipée pour affronter le froid ; je passai mon pardessus et mon chapeau, et nous sortîmes par la porte principale. Nous dûmes faire une pause pour laisser nos yeux s'habituer à tout ce blanc aveuglant, puis elle glissa un bras sous le mien et nous nous mîmes en route, contournant la maison avant de traverser lentement, un peu au hasard, la grande pelouse ouest.

L'étendue de neige était aussi moelleuse que de la mousse, presque laiteuse à l'œil, mais craquante, poudreuse sous le pas. Ici et là, elle était ponctuée de traces de pattes d'oiseau, comme dans les dessins animés, et nous ne tardâmes pas à tomber sur d'autres traces, plus importantes, celles d'un renard, aux coussinets et aux griffes semblables à ceux d'un chien. Nous les suivîmes une minute ou deux ; elles menaient aux anciennes dépendances. Cette atmosphère d'enchantement y était encore plus prégnante, avec la pendule des écuries immobilisée sur neuf heures moins vingt, depuis cette sinistre plaisanterie dickensienne, les écuries toujours équipées, leur porte bien verrouillée, mais tout recouvert de poussière et de toiles d'araignée, de sorte que l'on s'attendait presque, en risquant un œil à l'intérieur, à découvrir une rangée de chevaux somnolents, également couverts de toiles d'araignée. Au-delà commençait un fouillis de buissons, à l'intérieur duquel disparaissaient les empreintes du renard. Mais notre promenade nous avait menés presque jusqu'aux potagers abandonnés et, flânant toujours, nous franchîmes l'arche ménagée dans le haut mur de brique, vers les carrés au-delà.

Caroline m'avait fait visiter ces jardins, au cours de l'été. Ils n'étaient plus guère en usage, à présent que le train de la maison s'était tant réduit, et ce lieu m'apparut comme le plus solitaire, le plus mélancolique de tout le parc. Barrett entretenait toujours plus ou moins un ou deux carrés, mais d'autres parties du potager, probablement charmantes jadis, avaient été retournées par les soldats pour cultiver des légumes pendant la guerre et étaient demeurées en friche depuis lors. Les ronces traversaient le toit sans vitre des serres. Les allées de cendrée suffoquaient sous les orties. Ici et là, de grands pots de plomb, des coupelles géantes sur de fines tiges, basculant comme ivres là où le plomb avait gonflé sous la chaleur de trop nombreux étés.

Nous passâmes d'un jardin clos abandonné à l'autre.

« Quelle misère ! » disait doucement Mrs Ayres, s'arrêtant ici et là pour écarter une écume de neige et observer la plante au-dessous, ou simplement demeurer immobile, regardant autour d'elle, presque comme si elle voulait mémoriser la scène. « Feu mon époux le colonel adorait ces jardins. Ils dessinent une sorte de spirale, chacun un peu plus petit que le précédent, et il disait toujours qu'ils lui faisaient penser aux alvéoles d'un coquillage marin. Quel homme fantaisiste c'était, quelquefois. »

Nous continuâmes, arrivant bientôt à une ouverture étroite, sans grille, donnant sur le plus petit jardin, celui des plantes aromatiques. Au centre se trouvait un cadran solaire, lui-même au centre d'un bassin ornemental. Mrs Ayres dit qu'il devait encore y avoir des poissons dans le bassin, et nous nous approchâmes pour voir. L'eau était gelée, mais en surface seulement, et nous pûmes, en appuyant, observer les bulles argentées qui se pressaient immédiatement au-dessous, comme les perles d'acier dans un jeu d'adresse. Puis soudain, un éclair coloré, une fulgurance dorée dans l'eau trouble. « Tenez, en voilà un », fit Mrs Ayres. Elle semblait contente, mais nullement surprise. « En voilà un autre, vous le voyez ? Les pauvres. Ne vont-ils pas mourir par manque d'oxygène ? Ne faudrait-il pas casser la glace ? Caroline saurait, elle. Moi, j'ai oublié. »

Exhumant un vague souvenir du temps où j'étais chez les scouts, je répondis que nous devrions peut-être la faire fondre un peu. Je m'accroupis au bord du bassin, soufflai dans mes mains dégantées et posai la paume à plat sur la glace. Mrs Ayres me regarda faire puis, relevant élégamment ses jupes, s'accroupit à mes côtés. La glace me brûlait les mains. Lors que je les portai de nouveau à ma bouche pour les réchauffer, elles étaient devenues insensibles, presque comme du caoutchouc. Je secouai les doigts, avec une grimace.

Mrs Ayres sourit. « Vous êtes de véritables bébés, vous les hommes.

— C'est ce que disent les femmes, en effet, répondis-je en riant. Mais *pourquoi* les femmes disent-elles toujours ça ?

— Parce que c'est la pure vérité. Les femmes sont bâties pour souffrir. Si vous deviez endurer les affres de l'accouchement... »

Elle n'acheva pas, et son sourire s'éteignit. Je tenais toujours mes mains contre ma bouche, et ma manche en retombant avait découvert ma montre-bracelet. Son regard tomba sur le cadran. « Caroline doit être rentrée à présent, dit-elle d'une voix changée. Vous avez envie de la voir, bien entendu.

— Je suis très bien ici, dis-je poliment.

— Je ne veux pas vous empêcher de la retrouver. »

Il y avait quelque chose dans la manière dont elle avait dit cela. Je croisai son regard et je compris que, malgré toutes nos précautions, elle savait parfaitement ce qui existait entre Caroline et moi. Je me détournai vers le bassin, un peu gêné. Je posai de nouveau mes mains à plat sur la glace, puis les ôtai et les réchauffai, cela plusieurs fois de suite, jusqu'à ce qu'enfin la glace cède, laissant la place à deux ouvertures irrégulières dans l'eau couleur de thé.

« Voilà, dis-je, satisfait. À présent, les poissons peuvent faire comme les Eskimos, mais à l'envers. Attraper des mouches ou Dieu sait quoi. Nous continuons ? »

Je lui tendis la main, mais elle ne répondit pas, ne fit pas mine de se redresser. Elle me regarda secouer mes doigts trempés pour en chasser l'eau. « Je suis contente, docteur Faraday, dit-elle enfin. Pour Caroline et vous. Je dois reconnaître que ce n'était pas le cas, au début. Lorsque vous avez commencé de venir à la maison, et que j'ai vu que ma fille et vous pouviez vous attacher l'un à l'autre, je n'ai pas aimé cette idée. Je suis une vieille femme, et vous n'étiez pas exactement le compagnon que j'avais espéré pour elle... J'espère que vous ne l'avez jamais deviné. »

Je réfléchis un moment. « Je crois que si.

— Alors j'en suis navrée. »

Je haussai les épaules. « Quelle importance, à présent ?

— Avez-vous l'intention de l'épouser ?

— Oui.

— Elle compte beaucoup pour vous ?

— Énormément. Vous tous comptez énormément pour moi. Un jour, vous m'avez confié votre crainte d'être... abandonnée. Eh bien, en épousant Caroline, j'ai l'intention non seulement de prendre soin d'elle, mais également de vous, et de la maison ; et de Roderick, aussi. Vous avez traversé des moments terribles, ces derniers temps. Mais à présent que ça va mieux, Mrs Ayres, à présent que vous êtes plus calme et redevenue vous-même... »

Elle me regarda sans rien dire. Je décidai d'insister, de prendre le risque.

« L'autre jour, dans la nursery... Ma foi, c'était une bizarre chose, n'est-ce pas ? Une chose horrible ! Je suis heureux que tout cela soit du passé. »

Elle sourit – d'un étrange sourire, serein, secret. Ses pommettes se haussèrent, ses yeux se plissèrent. Elle se redressa, ôtant avec soin la neige de ses gants de chamois.

« Oh, docteur Faraday, dit-elle ce faisant, quel merveilleux innocent vous faites. »

Elle avait parlé si doucement, et avec une telle indulgence dans le ton, que je faillis me mettre à rire. Mais son expression demeurait bizarre, et sans savoir pourquoi je commençais d'être effrayé. Je me relevai à mon tour en hâte, pas très gracieusement, me prenant le talon dans le bas de mon pardessus et manquant tomber à la renverse. Elle s'éloignait déjà. Je la rattrapai, lui touchai le bras.

« Attendez, dis-je. Que voulez-vous dire ? »

Elle avait le visage détourné et ne me répondit pas.

« Y a-t-il eu… d'autres choses ? Vous n'imaginez pas encore que… que Susan… ?

— Susan », fit-elle dans un murmure, son visage toujours à demi dissimulé. « Susan ne me quitte pas. Elle me suit, où que j'aille. Tenez, elle est avec nous dans ce jardin. »

L'espace d'un instant, je réussis à me convaincre que c'était une métaphore, qu'elle voulait simplement dire que sa fille était toujours présente dans son esprit et dans son cœur. Mais elle se tourna soudain vers moi, et il y avait dans son expression quelque chose de terrible, un mélange de solitude absolue et de peur, comme l'angoisse d'une bête traquée.

« Dieu du ciel, mais pourquoi n'avoir rien dit de cela ?

— Pour que vous me testiez, me soigniez, et finissiez par conclure que je rêve ?

— Mais enfin, ma chère, chère Mrs Ayres, mais vous rêvez, *tout à fait*. Vous ne le voyez donc pas ? » Je pris ses deux mains gantées dans les miennes. « Regardez autour de vous ! Il n'y a personne ici. Sauf dans votre esprit ! Susan est *morte*. Vous le savez, n'est-ce pas ?

— Bien sûr que je le sais ! fit-elle d'un ton presque dédaigneux. Comment pourrais-je l'ignorer ? Ma petite fille est morte… Mais à présent, elle est revenue. »

Je pressai ses doigts. « Mais comment, *comment* ? Comment pouvez-vous penser une chose pareille ? Vous êtes une femme raisonnable, Mrs Ayres. *Comment* revient-elle ? Dites-moi ? Vous la *voyez* ?

— Oh, non, je ne l'ai pas encore vue. Je la sens.

— Vous la sentez.

— Je la sens qui m'observe. Je sens ses yeux. Ce doit être ses yeux, n'est-ce pas ? Son regard est si fort que ses yeux sont comme des doigts ; ils vous touchent. Ils appuient, ils pincent.

— Arrêtez, Mrs Ayres.

— J'entends sa voix. Je n'ai plus besoin de tube ni de téléphone pour l'entendre, maintenant. Elle me parle.

— Elle parle… !

— Elle chuchote. » Elle pencha la tête, comme si elle tendait l'oreille, puis leva une main. « Là, elle chuchote. »

Il y avait quelque chose d'étrange et d'horrible dans l'intensité de son attention. « Que chuchote-t-elle ? » demandai-je d'une voix mal assurée.

Son visage s'assombrit de nouveau. « Elle dit toujours la même chose, chaque fois. Elle dit *Où êtes-vous ?* Elle dit *Pourquoi ne voulez-vous pas venir ?* Elle dit : *Je vous attends.* »

Elle-même répétait ces paroles en chuchotant ; elles parurent se figer un instant dans l'air, suspendues, comme la buée de l'haleine de celle qui les prononçait. Puis elles disparurent, avalées par le silence.

451

Je demeurai un moment figé, ne sachant que faire. À peine quelques minutes auparavant, le petit jardin m'apparaissait presque intime, chaleureux. À présent, le mur délabré, avec son unique ouverture étroite ne menant qu'à un autre espace clos, isolé, me semblait lourd de menaces. La journée, comme je l'ai dit, était particulièrement calme. Nul vent ne faisait remuer les branches des arbres, aucun oiseau ne s'élevait dans l'air cristallin, glacé, et si le moindre son s'était fait entendre, je l'aurais capté. Rien n'avait changé, absolument rien – et pourtant je commençais d'avoir l'impression que quelque chose était là, avec nous, s'approchant, comme rampant vers nous dans la neige immaculée, craquante. Pire encore, j'avais le sentiment que cette chose, quoi qu'elle fût, était d'une certaine manière *familière* : comme si son approche timide était, plus précisément, un *retour*. Je sentis un frisson me parcourir le dos, m'attendant à sentir un contact – comme dans un jeu de chat. Je lâchai ses mains et me retournai brusquement, regardant en tous sens, les yeux fous.

Le jardin était désert, la neige intacte, mis à part l'empreinte de nos pas. Mais je sentais le cœur me manquer, mes mains se mettaient à trembler. La sueur perlait à mon front, à ma lèvre, et au contact de l'air glacé ma peau mouillée me brûlait.

Je remettais mon chapeau quand j'entendis soudain Mrs Ayres retenir son souffle, brusquement. Me retournant, je la vis portant sa main gantée à son col, le visage plissé, le sang aux joues. « Qu'y a-t-il ? Que se passe-t-il ? » fis-je. Elle secoua la tête, sans répondre. Mais elle avait l'air si désemparée que je pensai à son cœur : j'écartai sa main, puis les écharpes et le manteau. Elle portait un gilet de laine au-dessous ; et sous le gilet un corsage de soie. Celle-ci était claire, de la nuance de l'ivoire, et sous mes yeux incrédules trois petites gouttes écarlates parurent jaillir à la surface du tissu puis, comme sur un buvard, s'étendirent rapidement. Tirant sur le col du corsage, je vis sur sa peau nue une sorte d'écorchure, assez profonde et visiblement toute fraîche, où le sang continuait de perler.

« Qu'avez-vous fait ? demandai-je, horrifié. Comment vous êtes-vous fait ça ? » Je regardai sa robe, à la recherche d'une épingle ou d'une broche. Puis je saisis ses mains, examinai ses gants. Il n'y avait rien. « Qu'avez-vous utilisé ? »

Elle baissa les yeux. « Ma petite fille…, murmura-t-elle. Elle a tellement envie que je la rejoigne. Elle n'est pas… pas toujours gentille avec moi. »

En comprenant ce qu'elle disait, je sentis une brusque nausée me gagner. Je reculai d'un pas. Puis, soudain furieux de ce que j'avais compris, je saisis de nouveau ses mains et arrachai les gants avant de retrousser ses manches, sans ménagement. Les coupures faites par la vitre brisée avaient cicatrisé, roses et saines sur la peau plus pâle. Ici et là, toutefois, il me sembla distinguer de nouvelles éraflures. L'une d'elles montrait une petite ecchymose de forme bizarre, comme si une main avait pincé la chair de son bras, en tournant, une petite main d'enfant mauvais.

Ses gants étaient tombés au sol. Je les ramassai d'une main tremblante et l'aidai à les remettre. Puis je la pris par le coude.

« Je vous raccompagne à la maison, Mrs Ayres.

— Vous essayez de m'éloigner d'elle ? C'est inutile, vous savez. »

Je me retournai, la secouai. « Arrêtez ! Vous entendez ! Pour l'amour de Dieu, arrêtez de dire des choses comme ça ! »

Elle se laissa guider, sans réaction, sur quoi je me surpris à ne plus vraiment oser la regarder. Je me sentais étrangement honteux. La prenant par le poignet, je la tirai hors du dédale de jardins, et elle me suivit sans résistance. Nous passâmes de nouveau devant la pendule arrêtée, retraversâmes la grande pelouse, arrivant enfin à la maison ; je l'emmenai directement à l'étage, sans même faire halte pour la débarrasser de ses vêtements d'extérieur. Ce n'est qu'une fois dans la tiédeur de sa chambre que je lui ôtai enfin son manteau, son chapeau, ses chaussures couvertes de neige, avant de la faire asseoir dans un fauteuil au coin du feu.

Puis j'observai les objets autour d'elle, le charbon dans l'âtre, les tisonniers, les pincettes, les verres à eau, les miroirs, les bibelots… tout m'apparaissait dangereux, trop dur ou trop cassant, capable de la blesser. Je sonnai Betty. Je sentis le cordon sans résistance dans ma main, et me souvins que Caroline avait coupé les câbles. Je sortis donc sur le palier et appelai Betty du haut de l'escalier. Elle apparut au bout de quelques instants.

« N'ayez pas peur, dis-je avant qu'elle n'ait pu parler, je voudrais que vous restiez en compagnie de Mrs Ayres, c'est tout. » Je pris un fauteuil et l'y conduisis. « Vous allez vous asseoir là, et veiller à ce qu'elle n'ait besoin de rien, pendant que je… »

Mais en fait, ayant à peu près installé Mrs Ayres, je ne savais plus que faire d'elle. Je ne cessais de songer à toute cette neige au-dehors ; à quel point cette demeure était isolée. Il me semble que même la présence de Mrs Bazeley m'aurait un peu rasséréné. Mais seul avec Betty pour m'aider… ! Je n'avais même pas pris ma sacoche dans la voiture. Je n'avais aucun instrument, aucun médicament. Je restai là, désorienté, presque saisi de panique, sous le regard des deux femmes.

Puis j'entendis des pas sur le sol de marbre du hall. Je sortis jeter un coup d'œil et, saisi d'une vague de soulagement, vis Caroline qui commençait de gravir l'escalier. Elle dénouait son écharpe et ôtait son chapeau, ses cheveux châtains cascadant sur ses épaules. Je l'appelai. Surprise, elle leva les yeux, puis accéléra le pas.

« Que se passe-t-il ?

— C'est votre mère. Je… un instant. »

Je retournai en hâte auprès de Mrs Ayres. Je lui pris la main et m'adressai à elle comme je l'aurais fait avec un enfant ou un blessé grave.

« Il faut que je parle deux minutes avec Caroline, Mrs Ayres. Je vais laisser la porte ouverte, et vous devez m'appeler – vous devez m'appeler tout de suite, si quoi que ce soit vous effraie. Vous avez bien compris ? »

Elle ne répondit pas, l'air épuisé à présent. Je jetai un regard lourd de signification à Betty, puis sortis, pris Caroline par le bras et l'entraînai vers sa propre chambre, au coin du palier. Nous entrâmes, et je laissai la porte entrouverte, demeurant tout près de celle-ci.

« Qu'est-il arrivé ? » demanda-t-elle.

Je posai un doigt sur mes lèvres. « Doucement… Caroline, ma chérie, il s'agit de votre mère. Dieu me pardonne, mais apparemment je me suis trompé en ce qui la concerne, lourdement trompé. J'avais réellement l'impression qu'elle se remettait. Pas vous ? Mais ce qu'elle vient de me dire… Oh, Caroline. Vous n'avez pas remarqué des changements chez elle, depuis la dernière fois que je suis passé ? Elle ne vous a pas paru particulièrement tourmentée, nerveuse ou effrayée ? »

Caroline semblait tomber des nues. Elle me vit reculer d'un pas pour jeter un coup d'œil sur le palier, en direction de la chambre de sa mère : « Mais enfin que se passe-t-il ? Je ne peux pas la voir ? »

Je posai les mains sur ses épaules. « Écoutez… je crois qu'elle s'est blessée.

— Blessée ? Mais comment ?

— Je crois qu'elle… qu'elle se blesse elle-même. »

Sur quoi je lui racontai, aussi brièvement que possible, ce qui s'était passé dans le jardin clos. « Elle croit que votre sœur l'accompagne sans cesse, Caroline. Elle avait l'air terrifiée ! Torturée ! Elle… elle m'a dit que votre sœur lui fait mal. J'ai vu une égratignure ici, juste là, sur sa clavicule. Je ne sais pas comment elle se l'est faite, ce qu'elle a utilisé. Et puis j'ai regardé ses bras, et j'y ai vu ce qui pourrait bien être d'autres écorchures, et des bleus. N'avez-vous rien remarqué ? Vous avez forcément dû voir quelque chose. N'est-ce pas ?

— Des écorchures et des bleus, répéta-t-elle, peinant visiblement à accepter cette idée. Je ne suis pas sûre. Maman a toujours marqué très facilement, me semble-t-il. Et je sais que le Véronal la rend maladroite.

— Il ne s'agit pas de maladresse. Il s'agit de… je suis désolée, ma chérie. Elle perd l'esprit. »

Elle me regarda bien en face, et son visage parut se fermer. Elle se détourna. « Laissez-moi la voir.

— Attendez », fis-je, la retenant.

Elle se dégagea, en colère soudain. « Vous m'aviez promis ! Cela fait des semaines que je vous le dis. Je vous ai *prévenu* qu'il y avait quelque chose dans cette maison. Et vous vous êtes moqué de moi ! Vous m'avez dit que si je faisais ce que vous me demandiez de faire, elle s'en tirerait sans problème. Eh bien je l'ai surveillée, encore et encore. Je suis restée avec elle, sans cesse, jour après jour. Je lui ai fait avaler ces affreux cachets. Vous m'aviez promis !

— Je suis navré, Caroline. J'ai fait de mon mieux. Je ne pouvais pas savoir qu'elle était dans un tel état. Si nous pouvions encore la tenir à l'œil un moment, juste ce soir…

— Et demain, alors ? Et les jours suivants ?

— L'état de votre mère ne relève plus d'une surveillance ordinaire, à présent. Je vais m'occuper moi-même de tout, je vous le promets. Je fais le nécessaire dès ce soir. Et demain, je l'emmène. »

Elle ne comprenait pas. Elle secoua la tête, agacée. « Vous l'emmenez où ? Que voulez-vous dire ?

— Elle ne peut pas rester ici.

— Comme Roddie, c'est cela ?

— C'est la seule solution, je le crains. »

Elle porta une main à son front, et tout son visage se convulsa. Je crus qu'elle allait se mettre à pleurer. Mais c'est un rire qui s'éleva.

Un rire sans aucune joie, terrible à entendre. « Dieu du ciel ! fit-elle enfin, à quand mon tour ? »

Je lui pris la main. « Ne dites pas des choses comme ça ! »

Elle emprisonna mes doigts, les posa contre son pouls. « Non, je suis sérieuse. Allez-y, dites-moi. Vous êtes médecin, n'est-ce pas ? J'en ai pour combien de temps ? »

J'ôtai sa main. « Eh bien, sans doute pas très longtemps, si votre mère reste ici, et qu'il arrive un drame ! Et c'est très précisément ce que je redoute. Regardez dans quel état vous vous mettez ! Comment pourriez-vous tenir le coup, Betty et vous ? C'est la seule solution.

— La seule solution. Une clinique, encore.

— Oui.

— Nous n'en avons pas les moyens.

— Je vous aiderai. Nous trouverons quelque chose. Une fois mariés...

— Nous ne sommes pas encore mariés. Juste ciel ! » Elle joignit les mains. « Vous n'avez donc pas peur ?

— Peur de quoi ?

— De la tare des Ayres.

— Caroline.

— C'est le genre de chose que les gens disent dans ces cas-là, n'est-ce pas ? Je sais qu'il en est déjà question, à propos de Roddie.

— Il me semble que là où nous en sommes, on se moque un peu de ce que les gens disent !

— Oh, ça n'a aucune importance, évidemment, pour quelqu'un comme *vous*. »

Elle avait prononcé ses mots avec une violence presque féroce. « Qu'entendez-vous par là ? » demandai-je, pris de court.

Elle se détourna, confuse. « Simplement que votre idée, ce que vous voulez faire avec ma mère… elle *haïrait* cela. Si elle redevenait elle-même, je veux dire. Vous ne comprenez donc pas ? Dans notre enfance, quand nous étions malades, elle ne nous autorisait pas la moindre plainte. Elle disait toujours que des familles comme la nôtre avaient une… une responsabilité, qu'elles devaient donner l'exemple. Elle disait que si nous n'y arrivions pas, si nous ne pouvions pas nous montrer plus solides, plus courageux que les gens ordinaires, alors à quoi bon exister ? La honte de voir mon frère partir a déjà été terrible. Si vous essayez de l'emmener, elle aussi… je ne pense pas qu'elle vous laissera faire.

— Ma foi, dis-je d'une voix lugubre, je crains que nous n'ayons pas grand choix. Je vais revenir avec Graham. Si elle se comporte devant lui comme elle l'a fait avec moi cet après-midi, il n'y aura même pas à discuter.

— Elle préférerait *mourir*.

— Eh bien, c'est de rester ici, qu'elle pourrait mourir ! Et en outre – c'est ce qui me soucie le plus, pour vous dire les choses crûment – vous aussi pourriez en mourir. Il n'est pas question pour moi de vous mettre en danger. J'ai hésité pour Roderick, et je m'en suis toujours repenti. Je ne ferai pas deux fois la même erreur. Si c'était possible, je l'emmènerais sur-le-champ. »

Tout en parlant, je jetai un regard par la fenêtre. Le sol blanc reflétait encore la lumière du jour, mais le ciel s'assombrissait, à présent d'un gris de zinc. Néanmoins, j'envisageais toujours de l'emmener immédiatement, sans attendre. « Cela pourrait se faire, repris-je, exprimant ma pensée. Je peux lui donner un sédatif. Nous pourrions la transporter à nous deux. La neige nous retarderait, mais dans un premier temps nous n'avons qu'à l'emmener à Hatton…

— L'asile du comté ? coupa-t-elle, épouvantée.

— Juste pour ce soir. Le temps que je fasse le nécessaire. Je connais une ou deux cliniques privées qui pourraient la prendre, mais ils demanderont au moins vingt-quatre heures de délai. Dans l'immédiat, elle a besoin d'être mise sous surveillance, de près. Cela complique les choses. »

Elle me regardait d'un air horrifié, comprenant enfin à quel point la situation était grave. « Vous dites cela comme si elle était dangereuse, dit-elle.

— Je la crois dangereuse pour elle-même.

— Si vous m'aviez laissée l'emmener quand je le voulais, il y a des semaines de cela, rien de tout ça ne serait arrivé. Et maintenant, vous voulez l'envoyer dans une maison de fous, comme une pauvre démente ramassée dans la rue !

— Je suis désolé, Caroline. Mais je sais ce qu'elle m'a dit. Je sais ce que j'ai vu. Vous ne pouvez pas me demander de la laisser sans soins, tout de même ? Vous ne croyez pas réellement que je vais l'abandonner à son délire, simplement pour préserver une espèce de… d'orgueil de classe ? »

Elle avait de nouveau porté ses mains à son visage, les doigts pressés contre sa bouche et son nez, l'extrémité contre le coin interne de ses yeux. L'espace d'un moment, elle me regarda fixement, sans rien dire. Je la vis prendre une inspiration et, en exhalant, elle parut être arrivée à une décision. Ses mains retombèrent.

« Non, dit-elle, ce n'est pas ce que je pense. Mais je ne vous laisserai pas l'emmener à Hatton, au vu et au su de tout le monde. Elle ne me le pardonnerait jamais. Vous pouvez l'emmener demain, discrètement. D'ici là, je… je me serai faite à l'idée. »

Je ne l'avais pas vue aussi sûre d'elle, aussi déterminée depuis les jours qui avaient précédé la mort de Gyp. « Très bien, dis-je, légèrement décontenancé. Mais dans ce cas je reste ici, avec vous, cette nuit.

— Ce n'est pas la peine.

— Ce sera plus facile pour moi, moralement. Je devrais être à l'hôpital à huit heures, mais pour une fois j'annulerai. Je dirai qu'une urgence m'est tombée dessus. Parce que Dieu sait que *c'est* une urgence. » Je consultai ma montre. « Je peux assurer mes consultations du soir et revenir passer la nuit ici. »

Elle secoua la tête. « J'aimerais mieux pas.

— Votre mère a besoin de surveillance, Caroline. Toute la nuit.

— Je peux veiller sur elle, n'est-ce pas ? Vous ne croyez pas que c'est avec moi qu'elle sera le plus en sécurité ? »

J'ouvris la bouche pour répondre, mais cette dernière question avait fait résonner quelque sonnette d'alarme en moi, et je me rendis compte, avec un choc, que je pensais à la conversation que j'avais eue avec Seeley. Je ressentis, vaguement, la vilaine suspicion qu'elle avait alors éveillée en moi. L'idée était absurde, grotesque... Mais bien d'autres choses absurdes et grotesques étaient arrivées ici, à Hundreds ; et si Caroline était *réellement* à la source de ces choses ? Si elle avait inconsciemment donné naissance à quelque créature de l'ombre, quelque créature de violence, qui hantait effectivement la demeure ? Devais-je laisser Mrs Ayres sans protection, même pour une seule nuit de plus ?

Elle me regardait, attendant, perplexe devant mon hésitation. Je vis une lueur de soupçon se faire jour dans ses yeux bruns, clairs.

Je me secouai, rejetant ces pensées folles. « Très bien. Elle peut rester ici avec vous. Mais ne la laissez pas seule – c'est tout ce que je demande. Et vous devez me téléphoner immédiatement, si quoi que ce soit arrive. Je dis bien quoi que ce soit. »

Elle m'assura qu'elle le ferait. Je passai mes bras autour d'elle, une seconde, puis la ramenai vers la chambre de sa mère. Mrs Ayres et Betty étaient assises exactement là où je les avais laissées, dans la pénombre grandissante. Je voulus tourner un interrupteur, puis me rappelai que le générateur était silencieux, et j'allai chercher du feu à la cheminée et allumai deux lampes à pétrole, puis tirai les rideaux. Aussitôt, la pièce parut plus chaleureuse. Caroline s'approcha du fauteuil de sa mère.

« Le Dr Faraday me dit que vous n'allez pas très bien, Maman », dit-elle presque avec maladresse. Elle tendit la main, ajusta une boucle de cheveux grisonnante. « C'est vrai, vous ne vous sentez pas bien ? »

Mrs Ayres leva vers elle un visage fatigué. « Non, sans doute, dit-elle, si le médecin le dit.

— Je suis venue vous tenir compagnie. Que voulez-vous faire ? Voulez-vous que je vous lise quelque chose ? »

Elle croisa mon regard et m'adressa un petit signe de tête. Je la laissai au moment où elle prenait la place de Betty dans le deuxième fauteuil. Quant à Betty, je l'accompagnai au rez-de-chaussée. Je lui demandai, comme je l'avais fait avec Caroline, si elle n'avait pas remarqué de changement récent chez Mrs Ayres, et si elle n'avait pas vu sur elle des petites plaies, écorchures ou coupures.

Elle secoua la tête, l'air effrayé. « Mrs Ayres est encore pas bien ? Ça va... ça va recommencer ?

— Rien ne va "recommencer", dis-je. Je sais ce que tu penses, et je ne veux pas vous entendre parler de tout cela dans cette maison. Et ce n'est pas la peine de se mettre la rate au court-bouillon... » J'utilisais inconsciemment les expressions populaires du Warwick-shire. « Ça n'a aucun rapport avec ce qui est arrivé avant. Je te demande simplement d'être gentille et sage pour Mrs Ayres, et raisonnable, et de faire ce qu'on te dit. Et, Betty... » Elle avait commencé de s'éloigner. Je posai la main sur son bras. « Fais aussi attention à Miss Caroline, d'accord ? ajoutais-je à mi-voix. Je compte sur toi, maintenant. Et si quelque chose ne va pas, tu m'appelles ? »

Elle hocha la tête, les lèvres serrées, et un peu de sa juvénilité avait soudain disparu.

Au-dehors, la neige avait perdu son éclat avec la tombée du jour, et il faisait plus froid que jamais ; seule la marche forcée jusqu'à la grille put maintenir un peu de chaleur dans mon corps, et une fois dans la voiture je commençai de grelotter, glacé. Grâce au ciel, le moteur démarra du premier coup, et le trajet jusqu'à Lidcote se révéla laborieux, mais sans histoire. Mais je grelottais toujours en pénétrant dans la maison, et encore en me postant près du poêle, entendant mes patients arriver un à un dans la salle d'attente. Ce n'est qu'en laissant mes mains sous un jet de ce qui me parut de l'eau bouillante, au lavabo du bureau, que je parvins enfin à me débarrasser de cette glaciation interne qui les faisait trembler.

Devoir gérer sans discontinuer les éternelles petites affections hivernales me ramena à moi-même. Le cabinet à peine fermé, j'appelai le Hall ; la voix claire et ferme de Caroline, m'assurant que tout allait bien, acheva de me rasséréner.

Sur quoi je passai deux autres coups de téléphone.

Le premier à une femme que j'avais connue à Rugby, une infirmière de la région à laquelle j'adressais de temps à autre des patients, comme hôtes payants. Elle était plus accoutumée à s'occuper de problèmes physiques que nerveux, mais c'était une femme fort compétente et, après avoir écouté mes explications partielles concernant Mrs Ayres, elle accepta très volontiers de l'héberger pour les vingt-quatre ou quarante-huit heures dont j'avais besoin pour lui trouver un placement plus approprié. Je lui dis que, si l'état des routes le permettait, je lui amènerais la dame en question le lendemain, et nous réglâmes les conditions de ce séjour.

Pour le deuxième coup de téléphone, j'hésitais, car je voulais simplement discuter de tout cela, et j'aurais dû tout naturellement me tourner vers Graham. Toutefois, c'est Seeley que je finis par appeler. C'était lui qui connaissait cette affaire en détail. Et ce fut pour moi un grand soulagement de pouvoir lui raconter ce qui était arrivé, là encore sans prononcer un seul nom, à cause de l'opératrice, mais faisant en sorte que mon récit soit bien clair, sur quoi j'entendis son habituel grondement débonnaire se faire de plus en plus grave, au fur et à mesure que les informations lui parvenaient.

« C'est moche, dit-il enfin. Tout a craqué, comme vous l'aviez prédit.

— Vous ne pensez pas que j'agis un peu trop à la hâte ? demandai-je.

— Pas du tout ! Vu ce que vous me dites, il n'y a pas lieu de traîner.

— Je n'ai pas eu beaucoup de preuves qu'il y ait eu de réelles blessures physiques.

— En aviez-vous besoin ? Les symptômes mentaux sont suffisamment inquiétants. Bien entendu, personne n'a envie de prendre ce genre d'initiative avec des gens comme ça, et encore moins quand il y a d'autres… enfin, d'autres liens en cause. Mais quel choix avez-vous ? Laisser le délire continuer et gagner en puissance ? Vous voulez que je passe avec vous, demain matin ? Si vous avez besoin de moi, c'est volontiers.

— Non, non, dis-je. Le Dr Graham m'accompagnera. J'avais simplement besoin d'être conforté… Écoutez, Seeley. » Il était sur le point de raccrocher. « Il y a encore une chose. La dernière fois que nous nous sommes vus… vous vous souvenez de ce dont nous avons parlé ? »

Il demeura une seconde silencieux. « Vous voulez dire, toutes ces balivernes à propos de Myers ?

— Étaient-ce vraiment des *balivernes* ? Ne pensez-vous pas que… j'ai le sentiment d'un danger, Seeley. Je… »

Il attendait. Et comme je n'achevais pas, il reprit d'un ton ferme : « Vous avez fait tout ce que vous pouviez. Ne commencez pas à vous mettre martel en tête avec des idées absurdes. Rappelez-vous ce que je vous ai dit une fois : la seule chose essentielle, c'est donner de l'attention. C'est aussi simple que ça. Notre patiente risque de se cabrer, le moment venu. Mais d'une certaine manière, vous lui apporterez ce dont elle a le plus besoin, au fond. Et maintenant, octroyez-vous une bonne nuit de sommeil et arrêtez de ressasser tout ça. »

La situation eût-elle été inverse, je lui aurais dit exactement la même chose. Je montai à demi convaincu ; je pris un verre, fumai une cigarette, je dînai sans grand appétit, puis filai à Leamington, agité de sombres pensées.

C'est l'esprit ailleurs que j'effectuai mon service à l'hôpital, et en rentrant chez moi, juste avant minuit, j'étais toujours aussi tourmenté. Comme si la pensée de Caroline et de sa mère exerçait quelque attraction magnétique sur moi, je pris la mauvaise direction au carrefour, m'éloignant de Lidcote, et ce n'est qu'au bout d'un kilomètre sur la route de Hundreds que je me rendis compte de mon erreur. La blancheur sépulcrale du paysage ajoutait à mon malaise. Je me sentais étranger, incongru dans ma voiture noire. L'espace d'un moment, je songeai sérieusement à continuer jusqu'au Hall ; puis je me rendis compte que mettre la maisonnée en émoi, en arrivant si tard, ne serait bénéfique pour personne. Je fis donc demi-tour — parcourant du regard les champs blafards, comme si je cherchais une lueur, quelque signe improbable de Hundreds, pour me dire que tout allait bien.

Le coup de téléphone arriva le lendemain matin, alors que je prenais mon petit déjeuner, après une nuit de sommeil entrecoupé. Il n'y avait rien d'inhabituel à ce que le téléphone sonne à cette heure de la matinée ; souvent, des patients m'appelaient pour me demander de passer les voir pendant ma tournée. Mais j'étais déjà dans un état de grande tension, en pensant à la journée difficile qui s'annonçait, et je me raidis, dressant l'oreille pour essayer d'entendre ce que disait la femme de ménage. Elle réapparut presque aussitôt, l'air perplexe, anxieux.

« Excusez-moi, docteur, mais c'est quelqu'un qui veut vous parler. J'ai eu du mal à comprendre. Mais je *crois* qu'elle a dit qu'elle appelait de Hundreds... »

Je lâchai couteau et fourchette et bondis dans le couloir.

« Caroline, fis-je, le souffle court, en prenant le combiné. Caroline, c'est vous ?

— Docteur ? » La communication était mauvaise, à cause de la neige, mais je sus immédiatement que ce n'était pas sa voix. Elle était aiguë comme celle d'un enfant, et toute contractée par l'angoisse et les larmes. « Oh, docteur, vous pouvez venir ? Il faut que je vous demande de venir. Il faut que je vous dise... »

Je compris enfin que c'était Betty. Mais sa voix me parvenait comme d'une distance infranchissable, entrecoupée de trous de silences et de parasites stridents. Je l'entendis répéter, « Il faut que je vous dise... un accident...

— Un accident ? » Mon cœur se serra. « Qui est blessé ? C'est Caroline ? Qu'est-il arrivé ?

— Oh, docteur, c'est...

— Mais non d'un chien, m'écriai-je, je n'entends rien ! Qu'est-ce qui se passe ? »

Puis, dans un bref moment de clarté : « Oh, docteur Faraday, elle m'a dit de ne rien dire ! »

Et là, je sus qu'il était arrivé quelque chose de grave.

« Bon, fis-je, j'arrive. J'arrive aussi vite que possible ! »

Je dévalai l'escalier jusqu'à mon cabinet, pris ma sacoche et passai à la hâte mon pardessus et mon chapeau. Mrs Rush descendit derrière moi, alarmée. Elle avait l'habitude de mes départs précipités, pour des accouchements difficiles ou autres urgences, mais jamais elle ne m'avait vu aussi éperdu. Mes premiers patients du matin allaient bientôt arriver ; je lui lançai de leur dire d'attendre ou de revenir le soir ou d'aller consulter ailleurs, comme ils voulaient. « Très bien, docteur, dit-elle, me tendant une tasse. Mais vous n'avez rien avalé ! Buvez votre thé, au moins. » Je pris donc encore une minute, le temps d'avaler mon thé brûlant, avant de me ruer hors de la maison et de sauter dans la voiture.

Il avait encore neigé dans la nuit, pas énormément, mais assez pour rendre traître le trajet jusqu'à Hundreds, une fois de plus. Naturellement, je roulais trop vite, et malgré les chaînes je sentis plus d'une fois la voiture chasser et déraper. Eus-je croisé un autre véhicule dans ces moments-là, j'aurais probablement ajouté un désastre à cette journée déjà désastreuse, mais la neige avait dissuadé les conducteurs, et je ne vis presque personne. Je consultais ma montre en conduisant, angoissé de voir les minutes filer si vite. Je pense n'avoir jamais vécu aussi intensément un trajet en voiture ; j'avais l'impression que chaque kilomètre s'échappait de moi comme la sueur, mètre à mètre, goutte à goutte. Arrivé aux grilles, je dus carrément abandonner la voiture pour emprunter l'allée à pied, dérapant sans cesse. Dans ma hâte, j'avais enfilé mes chaussures de ville, et en une minute j'eus les pieds trempés et gelés. À mi-chemin, je me tordis vilainement la cheville et dus continuer à courir malgré la douleur.

Betty m'attendait quand, boitant et haletant, j'arrivai à la porte, et à son visage je vis aussitôt que la situation était aussi grave que je l'avais craint. Comme je la rejoignais en haut du perron, elle pressa ses petites mains calleuses sur son visage et éclata en sanglots.

Son impuissance ne m'aidait en rien. « Où a-t-on besoin de moi ? » demandai-je, agacé. Elle secoua la tête, sans pouvoir répondre. La maison était silencieuse derrière elle. Je jetai un regard dans l'escalier. « Là-haut ? Dis-moi ! » Je la pris par les épaules. « Où est Caroline ? Où est Mrs Ayres ? »

Elle fit un geste vague vers l'intérieur de la maison. Je me précipitai dans le couloir en direction du petit salon et, voyant la porte entrouverte, j'y entrai, le cœur battant comme un poing martelant ma gorge.

Caroline était assise sur le divan, seule. « Oh, Caroline, merci mon Dieu ! fis-je en la voyant, presque malade de soulagement. J'ai cru que… je ne sais pas ce que j'ai cru. »

Puis je notai l'étrangeté de son attitude. Son visage n'était pas tant pâle que d'un blanc cendreux ; mais elle ne tremblait pas, elle semblait très calme. Me voyant surgir sur le seuil, elle leva la tête, comme vaguement intriguée – rien de plus.

Je me dirigeai vers elle, lui pris la main. « Que se passe-t-il ? Qu'est-il arrivé ? Où est votre mère ?

— Maman est là-haut, dit-elle.

— Là-haut, toute seule ? »

Je me détournai, mais elle me retint. « Ce n'est plus la peine ».

Sur quoi, bribe par bribe, l'affreux récit sortit de ses lèvres.

La veille au soir, elle était apparemment restée auprès de sa mère, comme je le lui avais enjoint. D'abord, elle lui avait fait un peu de lecture ; puis, Mrs Ayres ayant commencé de somnoler, elle avait reposé le livre et avait demandé à Betty de lui apporter sa couture. Elles étaient restées ainsi, tranquillement, jusque vers sept heures, lorsque Mrs Ayres s'était rendue seule à la salle de bains. Caroline se voyait mal accompagner sa mère jusque-là, et de fait celle-ci réapparut après s'être débarbouillée et lavé les mains, l'air « plus frais » qu'auparavant, insistant même pour changer de vêtements et se faire plus élégante pour le dîner. Elles prirent leur repas au petit salon, comme elles le faisaient régulièrement depuis quelque temps. Mrs Ayres semblait manger de bon appétit. Inquiète, angoissée par mes recommandations, Caroline l'observait attentivement, mais elle paraissait « tout à fait elle-même » — en d'autres termes, elle-même telle qu'elle était devenue depuis peu, « silencieuse, l'air fatigué ; un peu ailleurs, mais pas du tout nerveuse ». La table débarrassée, les deux femmes restèrent au petit salon, écoutant à la radio portable un programme musical ponctué de parasites et de crachotements. À neuf heures, Betty leur apporta du chocolat chaud ; elles lurent ou firent de la couture jusque vers dix heures et demie. C'est à ce moment, me dit Caroline, que sa mère commença de paraître agitée. Elle se leva, se dirigea vers une fenêtre et écarta le rideau, puis demeura ainsi, regardant la pelouse blanche de neige. Une fois, elle pencha la tête : « Tu entends, Caroline ? » fit-elle. Mais Caroline n'entendait rien. Mrs Ayres resta ainsi à la fenêtre jusqu'à ce que le courant d'air la force à revenir vers le feu. Son instant d'agitation était apparemment passé ; elle parlait de choses et d'autres, d'une voix normale, et semblait redevenue « elle-même ».

Si calme même qu'au moment de se coucher Caroline fut presque gênée d'insister pour demeurer avec elle dans la chambre. Sa mère, dit-elle, était également ennuyée de la voir s'installer avec une couverture dans le fauteuil au confort très relatif, tandis qu'elle se mettait seule au lit. « Le Dr Faraday a dit qu'il le faut, dit-elle, et sa mère sourit.

— Vous pourriez déjà être mariés, tous les deux.

— Chut, Maman, fit Caroline, embarrassée. Ne soyez pas sotte. »

Elle avait administré un Véronal à sa mère, et celui-ci avait rapidement fait son effet ; Mrs Ayres s'endormit en quelques minutes. Caroline s'approcha sur la pointe des pieds, pour s'assurer que les couvertures étaient bien en place, puis s'installa de nouveau aussi confortablement que possible dans le fauteuil. Elle avait monté une thermos de thé et, à la lueur d'une petite lampe, elle se plongea assez agréablement dans la lecture d'un roman, pendant les deux premières heures. Puis ses yeux commencèrent de picoter, et elle referma le livre, alluma une cigarette, et resta simplement ainsi, à regarder sa mère dormir ; puis, son esprit vagabondant, ses pensées se firent peu à peu plus sombres. Elle se mit à imaginer ce qui l'attendait le lendemain, ce que j'avais l'intention de faire, débarquer avec David Graham, emmener sa mère… Mon angoisse, l'urgence que je ressentais l'avaient impressionnée. À présent, elle commençait de douter. Les mêmes idées surgissaient de nouveau, à propos de la maison – d'une présence dans la maison, de quelque chose qui voulait du mal à sa famille. Regardant sa mère gisant, inerte, dans la pénombre, elle se dit : « Il se trompe, ce n'est pas possible. Il se trompe forcément. Demain matin, je le lui dirai. Je ne le laisserai pas l'emmener comme ça. C'est trop cruel. C'est moi – moi qui vais l'emmener. Je vais partir avec elle, sans attendre. C'est cette maison qui lui fait du mal. Je l'emmènerai au loin, et elle guérira. Et j'emmènerai Roddie, aussi… ! »

Ainsi tourbillonnaient ses pensées, jusqu'à ce qu'elle sente sa tête semblable à une machine qui tourne à plein régime, un moteur brûlant. Plusieurs heures s'étaient écoulées : consultant sa montre, elle s'aperçut qu'il était presque cinq heures, bien au-delà du plus creux de la nuit, mais encore une heure ou deux avant que l'aube ne se lève. Elle avait besoin d'aller aux toilettes, et avait envie de se rafraîchir le visage. Sa mère semblait toujours profondément endormie, et elle sortit sur le palier, passant devant la porte fermée de la chambre de Betty, jusqu'à la salle de bains. Ensuite, la thermos de thé vide et les yeux toujours fatigués, elle pensa s'apaiser et se maintenir éveillée en fumant encore une cigarette. Le paquet était vide dans la poche de son cardigan, mais elle en avait un autre dans le tiroir de sa table de chevet ; et comme de sa chambre elle voyait parfaitement l'intérieur de celle de sa mère, en face, de l'autre côté de la cage d'escalier, elle passa chez elle, s'assit sur son lit, prit une cigarette et l'alluma. Pour plus de confort, elle ôta ses chaussures d'un coup de pied et replia les jambes, de sorte qu'elle était assise adossée à son oreiller, le cendrier posé dans son giron. Elle avait laissé la porte de sa chambre grande ouverte et avait une vue parfaite sur l'autre côté du palier. Me racontant la chose, plus tard, elle ne cesserait d'insister sur ce point. En tournant la tête, me dirait-elle, elle pouvait réellement distinguer le pied du lit de sa mère, dans la pénombre. Et le silence était si total qu'elle percevait même sa respiration régulière, calme, légère…

Et soudain, Betty fut à ses côtés, avec le plateau du petit déjeuner. Un plateau destiné à Mrs Ayres attendait sur le palier. Betty voulait savoir ce qu'elle devait en faire.

« Quoi ? » fit Caroline d'une voix rauque. Elle sortait du plus profond du sommeil et ne comprenait pas pourquoi elle se trouvait sur son lit, et non pas à l'intérieur, tout habillée, glacée, avec un cendrier débordant sur les genoux. Elle se redressa contre les oreillers, se frotta le visage. « Eh bien, portez-le à ma mère, bien sûr. Mais si elle dort, ne la réveillez pas. Vous n'aurez qu'à le déposer à côté du lit.

— C'est justement, Miss. Madame doit dormir, parce que j'ai frappé et elle n'a pas répondu. Et je ne peux pas lui apporter son plateau, parce que la porte, elle est fermée à clef. »

Cela acheva de réveiller complètement Caroline. Un coup d'œil à la pendule lui apprit qu'il était huit heures passées. Le jour était levé derrière les rideaux – d'un éclat artificiel, à cause de la neige. Angoissée, un peu nauséeuse et tremblante de manque de sommeil, elle se leva et se dirigea en hâte vers la chambre de sa mère. Comme l'avait dit Betty, la porte en était fermée et verrouillée, et quand elle frappa contre le panneau – légèrement d'abord, plus fort au fur et à mesure que son anxiété grandissait –, ce fut sans obtenir de réponse.

« Maman ! appela-t-elle. Maman, êtes-vous réveillée ? »

Toujours rien. Elle fit signe à Betty de venir. Entendait-elle quelque chose ? Betty écouta, puis secoua la tête. « Elle doit dormir trop profondément, dit Caroline. Mais la porte... elle était fermée quand vous vous êtes levée ?

— Oui, Miss.

— Mais je me souviens très bien – je suis *certaine* que les deux portes étaient ouvertes. Nous n'avons pas de double pour celle-ci, n'est-ce pas ?

— Je ne crois pas, Miss.

— Non, moi non plus. Oh, mon Dieu, mais pourquoi l'ai-je laissée ? »

Tremblant de plus belle, elle frappa de nouveau, plus fort cette fois. Toujours pas de réponse. Puis elle songea à ce que Mrs Ayres avait fait peu de temps auparavant, en se trouvant devant une porte inexplicablement verrouillée : elle se pencha et colla son œil au trou de la serrure. Elle fut rassurée de voir que la clef n'y était pas insérée, et que le jour éclairait la chambre. Tout naturellement, elle crut qu'en fait sa mère avait quitté la pièce. Elle avait dû verrouiller la porte en sortant et emporter la clef. Mais pourquoi cela ? Caroline ne voyait pas du tout. Elle se redressa. « Je pense que ma mère n'est pas dans sa chambre, Betty, dit-elle avec plus d'assurance qu'elle n'en ressentait en réalité. Elle doit être quelque part dans la maison. Vous êtes allée au petit salon, je suppose ?

— Oh oui, Miss. J'ai été allumer le feu là-bas.

— J'imagine qu'elle n'est pas dans la bibliothèque. Et elle ne serait pas montée au deuxième étage… n'est-ce pas ? »

Toutes deux se regardèrent, songeant à cet horrible incident, quelques semaines auparavant.

« Je ferais mieux de monter jeter un coup d'œil, déclara enfin Caroline. Attendez-moi là. Non, finalement, ne m'attendez pas. Vérifiez dans toutes les pièces à cet étage, et ensuite en bas. On ne sait jamais, il a pu lui arriver quelque chose. »

Elles se séparèrent, Caroline courant à l'étage, et là essayant chaque porte l'une après l'autre, en appelant. Les sombres couloirs ne l'effrayaient pas. Elle trouva, tout comme moi, les nurseries sinistres mais silencieuses et en tout cas désertes. Bredouille, elle revint à la porte de la chambre de sa mère, bientôt rejointe par Betty. Elle non plus n'avait rien trouvé. Elle avait vérifié chaque pièce – et avait également regardé par les fenêtres, pour le cas où Mrs Ayres serait sortie. Il n'y avait aucune empreinte de pas dans la neige, dit-elle ; et le manteau de Madame était toujours accroché sous le porche, et ses bottes à leur place, sèches.

Caroline, angoissée, commençait de se mordre les ongles. De nouveau, elle secoua la poignée de porte, frappa, appela. Toujours rien.

« Juste ciel, fit-elle, ça n'est pas possible ! Ma mère est forcément sortie. Elle a dû partir avant que la dernière neige ne couvre ses empreintes de pas.

— Sans son manteau et sans ses bottes ? » fit Betty, horrifiée.

Une fois encore, elles se regardèrent, muettes ; puis, se détournant, se mirent à dévaler l'escalier et ouvrirent les verrous de la porte d'entrée. L'éclat du jour les aveugla presque, mais elles traversèrent aussi vite que possible le terre-plein de graviers, se hâtant le long de la terrasse sud jusqu'aux marches qui descendaient sur la pelouse. Là, aveuglée et consternée devant le manteau immaculé, intact qui couvrait toute la pelouse, Caroline s'arrêta et, plissant les yeux, parcourut le jardin du regard. Elle mit ses mains en porte-voix : « Maman ! Maman, êtes-vous là ?

— Mrs Ayres ! appelait Betty. Madame ! Mrs Ayres ! »

Elles tendirent l'oreille. Rien.

« Essayons les anciens jardins, dit Caroline, se remettant en marche. Ma mère y est allée hier, avec le Dr Faraday. Je ne sais pas, il lui a peut-être pris l'envie d'y retourner. »

Mais comme elle disait ces mots, son œil fut attiré par une petite imperfection dans tout le blanc devant elle ; elle s'approcha, prudemment. Quelque chose était tombé là, un petit objet métallique : un instant, elle crut que c'était une pièce de monnaie puis, en s'approchant, s'aperçut que ce qu'elle avait pris pour un shilling coincé de biais était l'extrémité ovale, miroitante d'une clef à longue tige. C'était celle – ce ne pouvait être que celle-ci, elle le savait – de la chambre de sa mère, mais elle ne voyait pas comment elle avait pu tomber, atterrir ici, sur ce tapis de neige intacte. L'espace d'un instant, elle pensa, de manière insensée, à un oiseau qui l'aurait laissée tomber de son bec, et elle leva les yeux, tourna la tête, cherchant une pie ou un corbeau. Au lieu de quoi son regard tomba sur les fenêtres de la chambre de sa mère. L'une était fermée, rideaux tirés. L'autre était ouverte – grande ouverte sur l'air glacé. En voyant cela, elle eut l'impression que son cœur s'arrêtait dans sa poitrine. Elle comprenait soudain que, si la clef se trouvait là, c'est que sa mère, après avoir verrouillé sa porte, l'avait elle-même jetée à l'extérieur. Sa mère était donc toujours dans sa chambre et ne tenait pas à ce qu'on la découvre facilement ; déjà elle devinait pourquoi.

Alors elle courut – tout comme je courrais bientôt –, courut maladroitement dans la neige poudreuse, attrapant au passage une Betty pétrifiée et l'entraînant avec elle dans la maison, l'escalier. La clef était froide comme un glaçon entre ses doigts, tandis qu'elle l'introduisait dans la serrure. Sa main tremblait si fort qu'elle n'arrivait pas à la faire tourner, et elle ressentit un élan d'espoir éperdu : elle s'était trompée, ce n'était pas cette clef-là, pas celle de cette chambre... puis le pêne céda. Elle saisit la poignée, poussa la porte. Celle-ci s'ouvrit de deux ou trois centimètres puis s'arrêta, bloquée par quelque chose derrière, quelque chose de lourd, d'inamovible.

« Mais aidez-moi, pour l'amour de Dieu ! » cria-t-elle d'une voix terrible, brisée, et Betty s'approcha pour pousser sur la porte avec elle, jusqu'à ce que le panneau soit suffisamment écarté pour leur permettre de passer la tête et regarder derrière. Ce qu'elles virent alors les fit pousser un seul hurlement. C'était Mrs Ayres, immobile et penchée, la tête ballante, dans une pose étrange, disgracieuse, comme si elle s'était laissée tomber à genoux, à demi évanouie, sur le seuil de la porte. Ses cheveux gris, défaits, dissimulaient son visage, mais comme elles parvenaient à repousser encore la porte, sa tête retomba de côté, inerte. Alors elles virent ce qu'elle avait fait.

Elle s'était pendue, avec la ceinture de sa robe de chambre, à un vieux crochet de cuivre fixé au dos de la porte.

S'ensuivirent alors quelques minutes atroces, tandis qu'elles tentaient de la libérer, de la réchauffer, de la ressusciter. Le poids de son corps maintenait le cordon si serré qu'elles ne parvenaient pas à défaire le nœud. Betty était allée chercher des ciseaux, mais quand elle revint avec une cisaille à volaille, elles s'aperçurent que les lames étaient trop émoussées et ne purent que scier la ceinture de soie tressée jusqu'à ce qu'elle s'effiloche, et durent ensuite littéralement arracher la ceinture de la chair enflée du cou. Un pendu offre toujours un visage particulièrement horrible, et celui de Mrs Ayres était abominable, bouffi et rouge sombre. De toute évidence, elle était morte depuis un moment – son corps était déjà froid – mais toutefois – et là encore, selon Betty quand je lui parlai plus tard ce jour-là – Caroline se pencha sur elle, la secouant et la grondant d'une voix non pas affectueuse ou désespérée, mais en lui enjoignant, de manière presque amusée, de se réveiller, se reprendre, se tenir.

« Elle ne savait plus ce qu'elle disait, Monsieur, ajouta Betty, assise à la table de la cuisine, s'essuyant les yeux. Elle a continué à la secouer, encore et encore, et j'ai fini par dire qu'on devrait peut-être l'allonger sur le lit. Alors on a soulevé Madame, toutes les deux… » Elle se cacha le visage. « Oh mon Dieu, c'était affreux ! Elle n'arrêtait pas de glisser, et chaque fois Miss Caroline lui disait de ne pas faire la sotte, comme si Madame avait fait quelque chose d'ordinaire, comme perdre ses lunettes ou quelque chose. On a réussi à l'allonger, et elle était encore plus terrible à voir, sur l'oreiller tout blanc, mais Miss Caroline continuait comme si elle ne voyait rien. Alors j'ai dit : "Est-ce qu'on ne devrait pas appeler quelqu'un, Miss ? On ne devrait pas faire venir le Dr Faraday ?" Et elle a dit : "Oui, appelez-le ! Il va remettre ma mère sur pied." Et puis comme j'allais sortir, elle a ajouté, avec une voix différente : "Mais ne lui dites pas ce qui s'est passé ! Pas au téléphone ! Maman ne voudrait pas que tout le monde entende ça ! Dites juste qu'il y a eu un accident !"

« Et après, elle a dû réfléchir à ce qu'elle avait dit, vous voyez, docteur. Parce que, quand je suis revenue dans la chambre, elle était assise tranquillement sur le bord du lit, et elle m'a regardé et elle a juste dit : "Elle est morte, Betty", comme si je ne le savais pas. J'ai dit : "Oui Miss, je sais, et je suis vraiment désolée." Alors on est restées comme ça toutes les deux, sans plus savoir quoi faire… Et puis tout d'un coup je n'ai plus supporté ça. J'ai tiré Miss Caroline par le bras, et elle s'est levée, comme si elle rêvait. On est sorties de la chambre et j'ai fermé la porte à clef. Et vraiment ça semblait horrible de laisser Mrs Ayres comme ça, toute seule. C'était une si gentille dame, toujours si bonne avec moi… Et tout d'un coup je nous revois juste avant, quand on était derrière la porte, à nous demander où elle pouvait bien être, sans rien deviner, en train de coller notre œil à la serrure, et elle, pendant ce temps-là… Oh ! » Elle se remit à pleurer. « Mais pourquoi est-ce qu'elle a fait une chose pareille, docteur Faraday ? Pourquoi ? »

J'étais arrivé depuis une bonne heure lorsqu'elle me raconta cela, et entre-temps j'étais moi-même monté dans la chambre de Mrs Ayres. Il fallait que je rassemble tout mon courage, immobile devant la porte, la main posée sur la poignée. Et je pensais aussi à Caroline qui s'était trouvée là, en train d'essayer d'ouvrir la porte bloquée… J'eus un frisson en voyant Mrs Ayres, son visage sombre et boursouflé ; mais le pire était à venir, car quand j'ouvris sa chemise de nuit pour examiner son corps, je découvris son torse et ses membres apparemment couverts d'une quantité de petites coupures et d'ecchymoses. Certaines étaient récentes, d'autres plus anciennes. Mais une ou deux, je m'en aperçus avec horreur, revêtaient l'apparence d'une *morsure*. La plus fraîche, encore souillée de sang, avait visiblement été faite peu avant son décès – en d'autres termes, durant ce laps de temps relativement bref entre le départ de Caroline, à cinq heures du matin, et l'arrivée de Betty avec le petit déjeuner, à huit heures. Quelle terreur, quel affreux désespoir avait pu s'emparer d'elle durant ces heures obscures, je ne pouvais même pas l'imaginer. Le Véronal aurait dû la faire dormir jusque bien après le départ de Caroline ; mais, étrangement, elle s'était réveillée, levée, avait délibérément fermé et verrouillé la porte de sa chambre avant de jeter la clef, puis commencé de s'autotorturer systématiquement, cela jusqu'à la mort.

Puis je me surpris à repenser à notre conversation dans le jardin clos. Je revis ces trois affreuses petites gouttes de sang. *Ma petite fille… elle n'est pas toujours gentille avec moi…* Serait-ce possible ?

Était-ce possible ? Ou bien était-ce encore pire ? Et si, en appelant ainsi sa fille, elle avait donné puissance, volonté à quelque chose d'autre, de plus sinistre ?

Je ne pouvais supporter de penser à cela. Je remontai la couverture sur elle, pour la cacher à ma vue. Et tout comme Betty, je me sentis submergé par le désir violent, presque coupable de quitter cette chambre et toutes les horreurs qu'elle suggérait.

Je verrouillai la porte et redescendis au petit salon. Caroline était toujours assise sur le divan, atone ; Betty avait apporté du thé, mais celui-ci avait refroidi dans les tasses, et la jeune fille elle-même semblait passer du salon à la cuisine, assurer ses tâches quotidiennes, dans une sorte de transe somnambulique. Je lui demandai de préparer du café et, après une tasse du breuvage bien fort, je me dirigeai lentement vers le hall pour téléphoner.

Ce fut comme une répétition cauchemardesque de la veille au soir. J'appelai d'abord l'hôpital local, pour que l'on envoie un véhicule mortuaire, pour le corps de Mrs Ayres. Puis, avec plus de réticence, je prévins le brigadier de police du district, pour déclarer le décès. Je lui donnai un minimum de détails et nous convînmes de sa venue pour qu'il recueille nos déclarations. Enfin, je passai mon dernier coup de téléphone.

Il était destiné à Seeley. Je le trouvai juste comme il achevait ses consultations du matin. La ligne était mauvaise, mais je me félicitai de ces parasites. Comme j'entendais sa voix à l'autre bout du fil, la mienne faillit me manquer.

« C'est Faraday. Je suis là-bas. Chez notre patiente, docteur Seeley. J'ai bien peur qu'elle nous ait pris de vitesse.

— Pris de vitesse ? » Soit il entendait mal, soit il ne comprenait pas. Puis il retint son souffle. « Nom d'un chien ! Ce n'est pas possible. Comment est-ce arrivé ?

— D'une sale manière. Je ne peux pas vous expliquer.

— Non, bien sûr… Mon Dieu, c'est terrible. Il ne manquait plus que ça !

— Oui, je sais. Mais voilà la raison de mon appel : cette dame de Rugby dont je vous ai parlé, l'infirmière. Pourriez-vous avoir la gentillesse de l'appeler, pour lui expliquer ce qui est arrivé ? D'ici, je ne peux pas.

— Oui, bien sûr. »

Je lui donnai le numéro ; puis nous parlâmes encore une minute ou deux. « Une sacrée vilaine histoire pour toute la famille – enfin, pour ce qu'il en reste, dit-il encore. Et pour vous aussi, Faraday ! Je suis vraiment désolé.

— C'est ma faute », dis-je. La communication était toujours aussi mauvaise, et je pensai qu'il avait mal entendu. Je répétai. « J'aurais dû l'emmener tant qu'il était temps. J'avais cette possibilité.

— Quoi ? Vous ne vous accusez pas, tout de même ! Allons, allons. On connaît tous ça. Quand un patient a décidé de passer à l'acte, il n'y a pas grand-chose à faire pour l'en empêcher. Il devient très roublard, vous le savez bien. Allons, mon vieux…

— Oui, oui, sans doute. »

Mais je ne parvenais guère à me convaincre. Et après avoir raccroché, je levai les yeux vers la courbe de la rampe, vers la chambre de Mrs Ayres, et me surpris à m'éloigner comme en fraude, tête basse, avec sur les épaules un poids abject.

Je rejoignis Caroline au petit salon et m'assis à ses côtés, lui pris la main. Ses doigts entre les miens étaient aussi froids, aussi impersonnels que ceux d'un mannequin de cire ; quand je les portai doucement à mes lèvres, elle ne réagit pas. Elle se contenta d'incliner un peu la tête, comme si elle écoutait quelque chose. Ce qui me fit tendre l'oreille, moi aussi. Nous demeurâmes ainsi figés – elle la tête penchée, moi avec sa main toujours immobilisée contre ma bouche –, mais le Hall était parfaitement silencieux. Pas même le tic-tac d'une pendule. Toute vie semblait suspendue, pétrifiée.

Elle croisa mon regard. « Vous sentez ? La maison est enfin tranquille. La chose qui était là, quoi que ce fût, a emporté tout ce qu'elle voulait. Et savez-vous quel est le pire ? La chose que je ne lui pardonnerai jamais ? C'est de m'avoir fait l'aider à cela. »

XIII

Elle ne s'étendit pas sur ce sujet. La police et les hommes de la morgue arrivèrent, et l'on enregistra nos témoignages – le sien, le mien et celui de Betty – pendant que le corps était emporté. Tout le monde parti, elle demeura encore un moment inerte, figée, puis, comme un pantin qui prend soudain vie, elle s'assit au bureau et commença de dresser la liste de tout ce qu'il faudrait faire dans les jours suivants ; sur une feuille séparée, elle nota le nom des amis et parents à prévenir de la mort de sa mère. J'aurais préféré qu'elle laisse cela à plus tard ; elle secoua la tête et continua, obstinée, et je compris que devoir s'acquitter de ces corvées amortissait un peu le choc et se révélait peut-être la meilleure chose à faire. Je lui fis promettre de se reposer bientôt, de prendre un sédatif et d'aller se coucher, et l'entourai d'une couverture écossaise prise sur le divan, afin qu'elle reste au chaud. Je quittai enfin la maison, accompagné du choc sourd des volets de bois que l'on rabattait, et du raclement métallique des rideaux tirés : elle avait envoyé Betty faire le noir dans les pièces, en un geste désuet de deuil et de respect pour les morts. En traversant la terrasse, j'entendis le dernier volet que l'on refermait et, me retournant vers le Hall depuis l'entrée de l'allée, j'eus l'impression qu'il regardait sans le voir, aveuglé de douleur, le paysage enneigé et silencieux.

Je n'avais aucune envie de quitter la maison, mais j'avais mes propres tâches ennuyeuses à remplir et je me rendis non pas chez moi, mais à Leamington, pour parler de la mort de Mrs Ayres avec le coroner du district. Je m'étais déjà rendu compte qu'il serait impossible de faire passer ce décès, comme je l'avais fait de temps en temps pour d'autres familles endeuillées, pour une mort naturelle ; mais ayant déjà soigné Mrs Ayres pour instabilité mentale, et vu de mes yeux des preuves d'automutilation, j'avais l'espoir bien chimérique de pouvoir épargner à Caroline l'épreuve d'une enquête. Toutefois le coroner, quoique compréhensif, était un homme de scrupule. La mort avait été brutale et violente ; il ferait son possible pour ne pas ébruiter l'affaire, mais une enquête était inévitable.

« Ce qui implique une autopsie, bien sûr, me dit-il. Et puisque vous êtes son médecin traitant, je me dois de vous demander de la pratiquer vous-même. Vous en sentez-vous le courage, cela dit ? » Il connaissait mes liens avec la famille. « Il n'y aurait aucune honte à déléguer cette tâche. »

J'y réfléchis quelques secondes. Je n'ai jamais beaucoup apprécié les autopsies, et elles sont particulièrement pénibles à réaliser quand la personne en question était un ami personnel. En même temps, mon esprit se révoltait à l'idée de confier le pauvre corps abîmé de Mrs Ayres à Graham ou à Seeley. J'avais l'impression de l'avoir déjà bien assez abandonnée ; s'il n'y avait aucun moyen de lui épargner cette ultime indignité, le moins que je pouvais faire était de m'en charger moi-même, et de procéder à la chose le plus délicatement possible. Je secouai donc la tête et lui dis que je m'en sortirais. Et comme il était à présent midi largement passé, mes consultations de la matinée perdues et l'après-midi s'étirant, disponible, devant moi, je me rendis directement à la morgue en quittant le bureau du coroner, pour en finir aussitôt que possible avec cet examen.

C'était, quoi qu'il en soit, un moment horrible à passer, et je demeurai immobile dans la salle glacée, carrelée de blanc, face au corps recouvert, avec les instruments prêts sur le plateau, me demandant si je parviendrais réellement à continuer. Ce n'est qu'après avoir baissé le drap que je commençai de récupérer mon calme. L'état du corps semblait moins choquant, maintenant que je savais à quoi m'attendre ; ces ecchymoses et coupures, qui m'avaient tant épouvanté à Hundreds, commençaient, à l'examen, à perdre un peu de leur caractère horrible. Je m'étais imaginé que tout le corps de Mrs Ayres en était couvert ; à présent, je voyais que la plupart étaient localisées à des endroits largement à sa portée – son dos, par exemple, était intact. Si elle avait souffert, de toute évidence elle s'était elle-même infligé cela : je ne savais pas trop pourquoi, mais c'était un soulagement pour moi. Je continuai et commençai d'inciser… je devais peut-être m'attendre à découvrir quelque secret ; mais je ne trouvai rien de ce genre. Aucun signe de maladie, seules les légères dégradations de l'âge. Aucune preuve de violence, de contention dont Mrs Ayres aurait été la victime au cours de ses dernières heures ; ni fracture ni hématome. La cause de la mort était de toute évidence l'asphyxie par strangulation, absolument compatible avec les faits tels que rapportés par Caroline et Betty.

Une fois de plus, je ressentis du soulagement ; et cette fois il n'y avait pas à se tromper sur la nature de ce sentiment. Je me rendis alors compte que j'avais une raison plus secrète d'avoir voulu pratiquer moi-même l'autopsie. J'avais craint que quelque détail ne jette un soupçon – sans savoir lequel, sans savoir comment exactement – sur Caroline. Ce doute taraudant demeurait en moi. Il était là, enfin, levé. Et j'avais honte de l'avoir jamais nourri.

Je recousus et préparai le corps aussi bien que possible, et envoyai mon rapport au coroner. L'enquête eut lieu trois jours plus tard, mais avec des éléments aussi clairs ce ne fut guère qu'une formalité, sommairement menée. La conclusion en fut « suicide sous l'effet d'un dérangement mental », et toute l'affaire pris moins d'une demi-heure. Le pire était le caractère public de la chose, car si l'on avait fait en sorte de rassembler le moins de gens possible, plusieurs journalistes étaient présents et se rendirent relativement odieux quand je sortis du tribunal avec Caroline et Betty. L'affaire parut cette semaine-là dans tous les journaux des Midlands et fut promptement reprise par deux ou trois titres nationaux. Un reporter fit le déplacement de Londres et se présenta au Hall, désirant interviewer Caroline et se faisant passer à cet effet pour un policier. Elle et Betty réussirent à s'en débarrasser sans trop de difficultés, mais l'idée que ce genre de chose se reproduise me consternait. Me souvenant de l'époque où le parc était provisoirement barricadé pour empêcher les Baker-Hyde d'y pénétrer, j'exhumai les chaînes et les cadenas, et bouclai les grilles. Je laissai une clef au Hall et gardai l'autre accrochée à mon propre trousseau ; je fis également faire un double de celle de la porte du jardin. Sur quoi je me sentis plus à l'aise, avec la possibilité d'entrer et de sortir de la propriété comme j'en avais besoin.

La mort de Mrs Ayres, comme il était prévisible, secoua et stupéfia toute la région. Si on l'avait rarement vue en dehors de Hundreds au cours des dernières années, elle n'en restait pas moins une figure connue et appréciée et, pendant quelques jours, je ne pus traverser un village sans que quelqu'un vienne m'arrêter pour écouter avidement ma version des faits, mais aussi me faire part de son émotion, ayant peine à croire qu'une « si gentille dame », une « vraie dame comme autrefois », « si élégante et si aimable » ait pu faire une chose aussi affreuse – « en laissant deux enfants derrière elle, en plus ». Beaucoup de gens demandaient où se trouvait Roderick, et quand il reviendrait. Je répondais qu'il passait des vacances quelque part avec des amis et que sa sœur essayait de le joindre. Aux Rossiter et aux Desmond seuls je donnai une réponse plus conforme à la vérité, car je ne voulais pas les voir importuner Caroline avec des questions délicates. Je leur dis, franchement, que Rod se trouvait en maison de repos, soigné pour dépression.

« Mais c'est terrible ! fit aussitôt Helen Desmond. Je n'arrive pas à y croire ! Pourquoi Caroline ne nous a-t-elle pas prévenus ? Nous nous doutions bien qu'il y avait des problèmes dans la famille, mais ils semblaient s'en tirer tout seuls. Bill leur a plus d'une fois proposé son aide, vous savez, et ils ont toujours refusé. Nous pensions qu'il ne s'agissait que d'une question d'argent. Si nous avions su que cela allait si mal...

— Je pense qu'aucun d'entre nous n'aurait pu prévoir une telle chose, répondis-je.

— Mais que peut-on faire ? Caroline ne peut pas rester seule dans cette grande maison sinistre. Elle devrait se rapprocher de ses amis. Venir chez nous. Oh, la malheureuse, la malheureuse enfant. Bill, nous devons aller la chercher.

— Absolument », dit Bill.

Ils étaient prêts à filer au Hall sur-le-champ. Les Rossiter réagirent exactement de la même manière. Mais je n'étais pas certain que Caroline apprécie ces interventions, si bien intentionnées fussent-elles. Je leur demandai de me laisser lui en parler d'abord ; et comme je m'y attendais, lorsque je lui fis part de leurs propositions, elle frissonna.

« C'est très gentil à eux, dit-elle. Mais la simple idée de vivre chez quelqu'un d'autre, avec des gens en train de me surveiller à chaque seconde pour voir comment je vais… je ne supporterais pas ça. J'aurais peur de paraître trop malheureuse ; ou bien de ne pas le paraître assez. Non, je préfère rester ici, pour le moment au moins.

— Vous en êtes bien sûre, Caroline ? »

Comme tout le monde, je n'aimais pas du tout l'imaginer seule dans cette demeure, avec pour toute compagnie la pauvre, triste Betty. Mais elle semblait bien décidée à y demeurer ; donc, revoyant les Desmond et les Rossiter, je leur expliquai de manière très claire que Caroline n'était pas tout à fait aussi abandonnée qu'ils le craignaient ; en réalité, j'étais présent, et bien présent, pour prendre soin d'elle. Après un moment d'incompréhension, ils saisirent ce que j'entendais par là et parurent surpris. Les Desmond furent les plus prompts à me féliciter ; ils déclarèrent que c'était la meilleure chose qui puisse arriver à Caroline et que cela leur « ôtait un grand poids de l'esprit ». Les Rossiter, quoique polis, se montrèrent plus réservés. Mr Rossiter me serra la main fort aimablement, mais je vis son épouse évaluer rapidement la situation et devais apprendre plus tard que, peu après mon départ, elle avait téléphoné à Caroline pour que celle-ci lui confirme la chose. Prise de court, la tête ailleurs, épuisée, celle-ci avait peu à dire. Oui, je lui étais d'une grande aide. Oui, un mariage était prévu. Non, la date n'était pas encore fixée. Elle n'avait pas trop le temps d'y songer dans l'immédiat. Tout était trop « sens dessus dessous ».

Mais au moins, après cela, il n'y eut plus de tentatives pour la déloger de la maison, et les Desmond et les Rossiter durent discrètement annoncer la nouvelle de nos fiançailles à quelques voisins, qui durent eux-mêmes, tout aussi discrètement, passer l'information à leurs propres amis. Et, les quelques jours qui suivirent, je sentis un imperceptible changement d'attitude à mon égard, dans les environs ; on commençait à me regarder moins comme le médecin de famille des Ayres, source de renseignements sur cette horrible affaire qui avait endeuillé Hundreds, que comme presque un membre de la famille elle-même, digne de respect et de compassion. La seule personne à qui j'en parlai directement fut David Graham, qui se montra absolument ravi de la nouvelle. Depuis des mois, il savait bien qu'il y avait « anguille sous roche », me dit-il. Anne avait « flairé » la chose, mais ils ne voulaient pas se montrer indiscrets. Il regrettait simplement qu'il eût fallu ce drame pour révéler la situation au grand jour... Il tenait absolument à ce que Caroline soit pour le moment ma priorité absolue, et s'arrangea pour me soulager en prenant lui-même en charge certains de mes patients. De sorte que, durant cette première semaine qui suivit le décès de Mrs Ayres, je passai une bonne partie de mes journées au Hall, à aider Caroline dans ses diverses tâches ; parfois aussi nous faisions une petite promenade dans les jardins ou au travers du parc, et parfois nous restions simplement assis, elle silencieuse, moi lui tenant la main. Elle paraissait toujours comme vaguement absente à sa propre douleur, mais je pense que mes visites donnaient une structure à ses journées désormais vacantes, décousues. Elle ne parla jamais de la maison ; mais de celle-ci, assez étrangement, continuait d'émaner un silence saisissant. Au fil des mois, j'avais vu dans cette demeure la vie se réduire peu à peu, jusqu'à des proportions infimes ;

à présent, de manière stupéfiante, elle se réduisait encore, pour ne plus être que murmures et pas étouffés entre deux ou trois pièces plongées dans la pénombre.

L'enquête effectuée, la corvée suivante était celle des funérailles. Caroline et moi les avions organisées ensemble, et elles auraient lieu le vendredi de la semaine suivante. Compte tenu des circonstances du décès, nous étions tombés d'accord pour dire que la cérémonie devrait rester discrète ; notre premier dilemme était de savoir s'il fallait faire venir Rod ou non. Il semblait hors de question qu'il pût ne pas y assister, et nous réfléchîmes longuement à la manière de gérer sa présence – nous demandant, par exemple, s'il ne devrait pas venir de Birmingham accompagné d'un infirmier que l'on pourrait faire passer pour un ami. Mais nous aurions pu nous épargner toutes ces discussions : lorsque je me rendis moi-même à la clinique pour lui apprendre le suicide de sa mère, sa réaction m'emplit d'horreur. Il parut à peine réagir au décès lui-même. C'est la nature de celui-ci qui le frappa. Car il y voyait la preuve qu'elle aussi avait été victime de cette « contamination » diabolique qu'il avait lutté si dur pour contenir.

« Cette chose devait attendre, me dit-il, attendre son heure, en se propageant dans les recoins de la maison. Je pensais l'avoir vaincue ! Mais vous voyez, vous voyez de quoi elle est capable ? » Il tendit la main, m'agrippa le bras au-dessus de la table. « Personne n'est plus à l'abri ! Caroline… mon Dieu ! Vous ne devez pas la laisser seule là-bas. Elle est en danger ! Vous devez l'emmener ailleurs ! Il faut l'éloigner de Hundreds, tout de suite ! »

L'espace d'un bref moment je me sentis déstabilisé ; cette mise en garde sonnait presque comme crédible. Puis je perçus l'éclair de folie dans son regard et compris à quel point il s'était éloigné au-delà des limites de la raison – et me rendis compte que j'encourais le risque de l'y suivre. Je lui parlai rationnellement, calmement. Ce qui ne fit qu'aggraver son agitation. Deux infirmières surgirent en toute hâte pour le maintenir, et je l'abandonnai, se débattant et hurlant entre leurs bras. À Caroline, je dis simplement que « ça n'allait pas mieux ». Elle vit à mon expression ce que cela signifiait. Nous abandonnâmes donc l'idée de le faire revenir à Hundreds, ne fût-ce que pour une journée, et, avec la complicité des Desmond et des Rossiter, fîmes courir le bruit qu'il se trouvait à l'étranger et, victime d'ennuis de santé, ne pouvait faire le voyage pour le moment. Je ne sais combien de gens cette histoire trompa réellement. Je pense que des rumeurs quant aux raisons véritables de son absence circulaient depuis un bon moment déjà.

Quoi qu'il en soit, les obsèques se déroulèrent sans lui, et aussi bien, j'imagine, que ce genre de cérémonie puisse se dérouler. Le cercueil partit du Hall et je suivis le corbillard dans la voiture du croque-mort, elle-même suivie de trois ou quatre autres voitures dans lesquelles avaient pris place les amis de la famille les plus proches et les relations qui étaient parvenues à faire le trajet difficile depuis le Sussex et le Kent. Le temps s'était vraiment levé, mais la neige avait tenu au sol ; les autos noires paraissaient sinistres, impressionnantes sur les petites routes blanches, bordées d'arbres nus, et les efforts que nous avions faits pour faire de l'événement quelque chose de discret se révélèrent finalement vains. La famille était trop connue, et l'esprit féodal trop bien ancré dans la région ; en outre, une sorte de mystère tragique avait toujours entouré Hundreds Hall, et la manière dont les journaux avaient couvert le drame n'avait fait que l'accentuer. À la porte des fermes et des maisons, les gens s'étaient réunis, pleins d'une curiosité solennelle, pour voir passer le cercueil, et une fois dans la grand-rue de Lidcote nous découvrîmes les trottoirs envahis de badauds qui faisaient silence à notre approche, les hommes ôtant leur chapeau ou leur casquette, quelques femmes en larmes, mais tous tendant le cou pour mieux voir. Je repensais à la fois, trente ans auparavant, où je m'étais ainsi trouvé avec mes parents, dans mon blazer de l'école, pour assister à un autre enterrement dans la famille Ayres, avec un cercueil deux fois plus petit que celui-ci ; cette pensée m'étourdit presque, comme si toute ma vie se retournait sur elle-même pour tenter d'attraper sa queue. Comme nous arrivions en vue de l'église, la foule se fit plus dense, et je sentis Caroline se raidir. Je pris sa main gantée de noir. « Ils veulent vous montrer leur respect, c'est tout », dis-je doucement.

Elle porta son autre main à son visage, tentant d'échapper aux regards.

« Ils m'observent tous. Mais que cherchent-ils ? »

Je serrai ses doigts. « Soyez courageuse.

— Je ne sais pas si je peux.

— Si, vous pouvez. Regardez-moi. Je suis là. Je ne vous quitterai pas.

— Non, ne me quittez pas ! » fit-elle, se tournant vers moi et s'accrochant à ma main, comme si cette idée la terrifiait brusquement.

Le glas résonnait tandis que nous traversions le parvis, étrangement sonore et plaintif dans l'air glacé, sans un souffle de vent. Caroline gardait la tête baissée, lourdement appuyée à mon bras, mais une fois dans l'église elle se calma un peu, car il n'y avait plus qu'à assister au service funèbre et prononcer les réponses qui convenaient, ce dont elle s'acquitta avec cette même efficacité machinale dont elle avait fait preuve pour toutes les tâches et devoirs qui lui étaient incombés au cours des derniers jours. Elle chanta même les hymnes avec la foule. Jamais jusqu'alors je ne l'avais entendue chanter. Sa voix chantée était la même que sa voix parlée, juste et bien timbrée, les paroles sortaient clairement, nettement de sa bouche bien ourlée.

La messe en soi ne fut pas longue, mais le pasteur, le révérend Spender, connaissait Mrs Ayres depuis bien des années et lui rendit un hommage bref et émouvant. Il parla d'elle comme d'une « dame d'autrefois » – exactement comme je l'avais entendu dire par d'autres gens. Il dit qu'elle appartenait à « une autre époque, plus douce et plus élégante », comme si elle avait été plus âgée qu'elle ne l'était en fait, et presque la dernière de sa génération. Il se souvenait de la mort de sa fille Susan ; il était certain, dit-il, que la plupart d'entre nous s'en souvenaient également. Mrs Ayres, nous rappela-t-il, suivait le cercueil de sa fille ce jour-là, et il lui semblait que, dans son cœur, elle n'avait jamais dû cesser de le suivre, chaque jour de sa vie. Notre consolation, dans cette tragédie, était de savoir qu'elle l'avait enfin retrouvée.

Jetant un regard sur la foule rassemblée tandis qu'il parlait, je vis beaucoup de gens hocher tristement la tête à ces paroles. Aucun d'entre eux, bien entendu, n'avait vu Mrs Ayres au cours des dernières semaines de sa vie, alors qu'elle était la proie d'un délire si puissant, si absurde qu'il semblait avoir pris possession des choses inanimées qui l'entouraient pour en faire des objets de tourment. Mais tandis que nous nous dirigions vers le cimetière attenant à l'église, vers le caveau de famille, il m'apparut que Spencer avait peut-être raison. Il n'y avait là ni possession, ni ombre, ni aucun mystère d'aucune sorte. Les choses étaient fort simples. Caroline se tenait à mes côtés, innocente ; Hundreds, construction humaine de brique et de ciment, était également innocente ; et Mrs Ayres, la malheureuse Mrs Ayres, allait enfin retrouver sa petite fille disparue.

On prononça les prières, le cercueil fut descendu, et nous nous éloignâmes du caveau. Des gens commençaient de s'approcher de Caroline pour échanger quelques paroles de condoléances. Jim Seeley et son épouse lui serrèrent la main, imités par Maurice Babb, le promoteur, puis par Graham et Anne. Ils restèrent quelques minutes auprès d'elle et, tandis qu'ils parlaient, je vis Seeley, quelques pas en arrière, qui regardait dans ma direction. Après une légère hésitation, je le rejoignis.

« Sale journée, murmura-t-il. Comment Caroline tient-elle le coup ?

— Plutôt bien, compte tenu des circonstances. Un peu absente, c'est tout. »

Il lui jeta un regard. « C'est normal. C'est maintenant qu'elle va commencer à réaliser. Mais vous êtes là pour vous occuper d'elle.

— C'est juste.

— Oui, j'ai entendu des commentaires, sur ça. Je pense que je devrais vous féliciter, en fait, non ?

— Ça ne me semble pas le jour idéal pour des félicitations mais… » J'inclinai la tête, tout à la fois content et un peu gêné. « Oui, en effet. »

Il me donna une petite accolade. « Je suis heureux pour vous.

— Merci, Seeley.

— Et pour Caroline aussi. Dieu sait qu'elle mérite sa part de bonheur. Si vous voulez mon avis, ne traînez pas dans le coin tous les deux, une fois tout ça terminé. Emmenez la quelque part au loin, offrez-lui une vraie lune de miel. Un nouveau départ, tout ça…

— J'en ai bien l'intention.

— Vous êtes un brave garçon. »

Sa femme l'appela. Caroline se retourna, comme si elle me cherchait des yeux, et je retournai à ses côtés. Elle passa de nouveau son bras sous le mien, bien fermement, et je n'eus qu'une envie, celle de la ramener à Hundreds pour qu'elle se couche et se repose enfin. Mais elle avait invité un groupe de gens au Hall, pour la collation traditionnelle, et suivirent quelques minutes pénibles, tandis que nous déterminions qui monterait dans la voiture de qui, véhicules des pompes funèbres ou voiture privée. Voyant Caroline s'angoisser peu à peu, je l'expédiai à la garde de son oncle et de sa tante du Sussex, et courus chercher ma Ruby qui offrait quatre places en tout. Je fus rejoint par les Desmond accompagnés d'un jeune homme solitaire qui avait quelque chose de Roderick et se révéla être un cousin de Caroline, du côté paternel. Le garçon était aimable, sympathique, mais de toute évidence assez peu affecté par le décès de

Mrs Ayres, car il ne cessa de bavarder de tout et de rien jusqu'à l'arrivée à Hundreds. Il n'était plus venu au Hall depuis plus de dix ans et semblait naïvement ravi de cette occasion de revoir les lieux. Il y venait avec ses parents, dit-il, et avait gardé de beaux souvenirs de la maison, des jardins, du parc… Il ne se tut que quand nous commençâmes à cahoter dans l'allée envahie d'herbe folle. Et lorsque nous nous fûmes extirpés du fouillis de laurier et d'orties pour déboucher sur le gravier, je le vis lever les yeux vers la maison aveugle, avec sur le visage une expression d'incrédulité.

« Vous la trouvez changée, j'en ai bien peur ? fit Bill Desmond, comme nous mettions pied à terre.

— Changée ! s'exclama-t-il. Je ne l'aurais pas reconnue ! On dirait une maison dans un film d'horreur. Pas étonnant que ma tante… »
Il s'interrompit, embarrassé, piqua un fard.

Mais comme nous rejoignions le petit groupe en deuil qui se dirigeait vers le petit salon, je vis d'autres gens parcourir les lieux du regard et penser de toute évidence la même chose. Nous étions environ vingt-cinq : trop nombreux pour la pièce, en fait, mais il n'en existait aucune autre où nous eussions pu nous réunir, et Caroline avait fait de la place en repoussant les meubles – exhibant hélas, ce faisant, l'usure des tapis et les accrocs et la fatigue des meubles eux-mêmes. Pour certains des invités, tout cela devait paraître simplement original, mais pour quiconque avait connu le Hall du temps de sa gloire, la déréliction de la demeure devait être choquante à voir. L'oncle et la tante du Sussex, en particulier, en avaient déjà plus ou moins fait le tour. Ils avaient visité le grand salon, avec son plafond fléchissant et son papier peint en lambeaux, et la ruine fuligineuse qui était autrefois la chambre de Roderick ; ils avaient parcouru des yeux le parc à l'abandon et découvert les maisonnettes de brique rouge qui semblaient y avoir poussé comme des champignons. Ils en avaient encore l'air assommé. Tout comme les Rossiter et les Desmond, ils estimaient hors de question que Caroline reste seule au Hall. Lorsque j'entrai, ils l'avaient prise à part et tentaient de la convaincre de rentrer avec eux dans le Sussex, l'après-midi même. Elle secouait la tête.

« Mais je ne peux pas penser à partir tout de suite, l'entendis-je dire. Je ne peux penser à rien, dans l'immédiat.

— Eh bien, raison de plus pour que nous prenions un peu soin de toi, tu ne crois pas ?

— Je vous en prie... »

Elle tenta de coincer une mèche de cheveux en arrière, maladroitement, et ils retombèrent sur ses joues. Elle portait une robe noire toute simple qui dévoilait sa gorge, si pâle que l'on distinguait les veines sous la peau, bleues comme des ecchymoses. « N'insistez pas, je vous en prie, disait-elle comme je m'approchais d'elle, même si je sais que vous me dites tout ça par affection. »

Je posai une main sur son bras, et elle se retourna vers moi, reconnaissante. « Vous êtes là, dit-elle d'une voix adoucie. Tout le monde est arrivé ?

— Oui, tout le monde, ne vous inquiétez pas. Tout va bien. Voulez-vous boire ou manger quelque chose ? »

Un assortiment de sandwiches était disposé sur la table. À côté, Betty servait les assiettes, remplissait les verres, les joues presque aussi blêmes que celles de Caroline, et les yeux rouges. Elle n'était pas venue à l'enterrement ; elle était demeurée ici pour tout préparer.

Caroline secoua la tête, comme si l'idée même lui donnait la nausée. « Je n'ai pas faim.

— Je pense qu'un verre de sherry vous ferait du bien.

— Non, même pas ça. Mais mon oncle, ma tante, peut-être... ? »

Ceux-ci semblaient pour le moment soulagés de mon intervention. On m'avait présenté à eux, avant la cérémonie, comme le médecin de la famille ; nous avions un peu parlé de l'état de santé de

Mrs Ayres et de celui de Roderick, et je pense qu'ils avaient été heureux de voir avec quel soin je m'occupais de Caroline – car, tout naturellement, ils supposaient que ma présence était essentiellement d'ordre professionnel, et la jeune femme paraissait bien pâle et épuisée. « Docteur, apportez-nous votre soutien, je vous en prie, dit soudain sa tante. Ce serait différent si Roderick était là. Mais Caroline ne peut pas rester toute seule dans cette grande maison. Nous voulons qu'elle vienne dans le Sussex avec nous.

— Et elle, que veut-elle ? » fis-je.

La femme rentra le menton. Elle ressemblait à sa sœur, Mrs Ayres, mais dans un format plus imposant, et avec moins de charme. « Tout bien considéré, reprit-elle, je ne pense pas que Caroline soit réellement en situation de savoir ce qu'elle veut ! Elle tient à peine debout. Un changement de décor ne pourra que lui faire du bien. En tant que médecin, vous approuverez certainement.

— En tant que médecin, probablement, en effet. Mais à d'autres égards... ma foi, je ne me féliciterais pas du tout de voir Caroline quitter le Warwickshire, j'en ai bien peur. »

Je dis cela avec un sourire et pris de nouveau le bras de Caroline. Celle-ci remua, sentant la pression de mes doigts, mais je pense que ce que je venais de dire lui avait pour l'essentiel échappé ; elle parcourait la pièce des yeux, inquiète que tout se passe pour le mieux. Je vis l'expression de sa tante changer. Il y eut un silence. Puis elle reprit, d'une voix imperceptiblement plus sèche : « Je crains d'avoir oublié votre nom, docteur. »

Je le lui rappelai. « Faraday..., répéta-t-elle. Non, je n'ai pas le souvenir que ma sœur m'aie jamais parlé de vous.

— J'imagine que non, en effet. Mais il me semble que c'est de Caroline qu'il était question.

— Caroline est fort vulnérable, pour le moment.

— Je suis entièrement d'accord.

— Quand je pense à elle, si seule, sans amis…

— Mais ce n'est pas le cas. Regardez autour de vous : elle a beaucoup d'amis. Plus, me semble-t-il, qu'elle n'en aurait dans le Sussex. »

La femme me jeta un regard contrarié. Elle se tourna vers sa nièce.

« Caroline, souhaites-tu réellement rester ici ? Cela ne va pas être facile, tu sais. S'il devait jamais t'arriver quoi que ce soit, ton oncle et moi-même ne nous le pardonnerions jamais.

— M'arriver quoi que ce soit ? répéta Caroline, perplexe, reportant soudain son attention sur nous. Que voulez-vous dire ?

— Je veux dire, si quelque chose t'arrivait pendant que tu es toute seule, ici, dans cette maison.

— Mais rien ne peut plus m'arriver, à présent, Tante Cissie. Il n'y a plus aucune raison. »

Je pense qu'elle parlait sérieusement. Mais la femme leva les yeux vers elle et s'imagina sans doute qu'elle faisait là une réflexion d'un humour douteux. Je distinguai, dans son expression, une imperceptible lueur de haine. « Ma foi, bien sûr, tu n'es plus une enfant, dit-elle, et ton oncle et moi ne pouvons pas te forcer… »

À cet instant, la discussion fut interrompue par l'arrivée d'un autre invité. Caroline s'excusa et s'avança pour l'accueillir comme il convenait ; je m'éloignai également.

La réception, comme il se devait, demeura très simple. Pas de discours, aucune tentative pour suivre l'exemple du pasteur et trouver quelque lueur dans l'ombre. Il était plus difficile d'y parvenir ici, dans cette maison, ce décor si perturbés, où tout rappelait les propres tourments de Mrs Ayres ; impossible aussi de ne pas se souvenir que le suicide avait eu lieu dans une pièce juste au-dessus de nos têtes. Les gens demeuraient figés sur place, échangeant des propos contraints, murmurant, l'air non seulement triste, mais aussi comme déstabilisé, troublé. De temps à autre, ils jetaient vers Caroline un regard vaguement inquiet, comme sa tante l'avait fait. Passant de groupe en groupe, j'entendis plusieurs personnes spéculer à voix basse sur ce qu'il allait advenir du Hall à présent – bien certains, apparemment, que Caroline serait obligée de l'abandonner et que l'histoire des lieux allait prendre fin.

Je commençai de les trouver odieux. Il me semblait qu'ils avaient débarqué ici sans rien savoir de la maison, sans rien savoir de Caroline et de ce qui serait le mieux pour elle, et émettaient néanmoins force jugements et affirmations, comme s'ils en avaient le droit. Je me sentis soulagé quand, au bout d'une heure à peu près, les invités commencèrent de s'excuser et de partir discrètement. Comme ils étaient nombreux à partager des voitures, la foule se clairsema rapidement. Bientôt, les gens venus du Sussex et du Kent commencèrent aussi à consulter leur montre, pensant au long et pénible trajet en auto ou en train qui les attendait. Un à un, ils se dirigèrent vers Caroline pour l'embrasser et l'étreindre non sans émotion ; son oncle et sa tante firent une dernière et vaine tentative pour la convaincre de les suivre. Je la voyais un peu plus épuisée à chaque au revoir : elle évoquait une fleur passant de main en main, s'amollissant, fléchissant à mesure. Lorsque les derniers invités partirent, elle et moi les accompagnâmes jusqu'à la porte d'entrée, observant du haut des marches craquelées les voitures s'éloigner en faisant crisser le gravier. Sur quoi elle ferma les yeux, se cacha le visage ; ses épaules s'affaissèrent, et j'eus juste le temps de la saisir par les épaules et de la raccompagner, titubante, vers la chaleur du petit salon. Je la fis s'asseoir dans un des fauteuils à oreilles – naguère encore celui de sa mère – à côté du feu.

Elle se frotta le front. « C'est vraiment terminé ? Cela a été la journée la plus longue de ma vie. J'ai l'impression que ma tête va éclater.

— Je suis surpris que vous ne vous soyez pas évanouie, dis-je. Vous n'avez rien mangé.

— Je ne peux pas. Je ne peux pas.

— Un petit quelque chose, quand même ? Je vous en prie… »

Mais elle ne voulait rien avaler, quoi que je lui propose. Finalement je lui préparai un cocktail de sherry, sucre et eau chaude, qu'elle but avec deux aspirines, sous mon regard attentif. Comme Betty commençait de débarrasser et de ranger la pièce, elle se leva automatiquement pour l'aider ; je la repoussai doucement mais fermement dans son fauteuil, et lui apportai un coussin supplémentaire et une couverture, puis lui ôtai ses chaussures et frictionnai brièvement ses pieds gainés de bas. Elle observait d'un œil chagrin Betty qui empilait les assiettes, mais la fatigue prit bientôt le dessus. Elle replia les jambes, appuya la joue au velours râpé du fauteuil et ferma les yeux.

Je regardai Betty, un doigt posé sur mes lèvres. Nous continuâmes de concert, en silence, chargeant les plateaux avec précaution avant de sortir de la pièce sur la pointe des pieds et de gagner la cuisine où j'ôtai ma veste et rejoignis la jeune fille devant l'évier, essuyant les couverts et les verres qu'elle me passait encore tout savonneux. Elle ne semblait pas trouver cela étrange. Moi non plus. Les vieilles habitudes du Hall avaient été secouées, et il y avait presque un certain plaisir – j'avais déjà vu cela dans d'autres maisons endeuillées – à s'absorber dans de menues tâches ordinaires.

Mais une fois la vaisselle terminée, ses épaules étroites retombèrent, comme épuisées ; et en partie parce que j'avais une faim de loup, je venais de m'en apercevoir, mais aussi simplement pour l'occuper, je lui demandai de réchauffer une casserole de soupe, dont nous nous servîmes chacun un bol, à table. Tout en posant bol et cuiller sur le bois récuré de la table de cuisine, je sentis une mélancolie s'emparer de moi.

« La dernière fois que je me suis assis pour manger à cette table, Betty, j'avais dix ans. Ma mère m'accompagnait – elle était assise juste à ta place. »

Elle tourna vers moi ses yeux rougis, l'air hésitant. « Ça doit vous faire drôle de penser à ça, hein, docteur ? »

Je souris. « Un peu, oui. Je n'aurais certainement jamais imaginé me retrouver un jour ici, dans ces circonstances. Et ma mère encore moins, j'en suis bien sûr. Dommage qu'elle n'ait jamais pu voir ça... Je regrette de ne pas avoir été meilleur avec ma mère, Betty. Et avec mon père, aussi. J'espère que tu es plus gentille avec tes parents ! »

Elle posa un coude sur la table, appuya la joue sur sa main. « Ils m'énervent, soupira-t-elle. Mon père a fait tout une histoire pour que j'entre ici. Et maintenant il veut que je parte.

— Ce n'est pas vrai ? fis-je, soudain alarmé.

— Si. Il a lu les journaux, il dit que c'est une maison bizarre. Mrs Bazeley dit la même chose. Elle est bien venue ce matin, mais en repartant elle a pris son tablier avec elle. Elle dit qu'elle ne reviendra plus. Elle dit que ce qui s'est passé avec Madame, ça dépasse tout ; c'est au-dessus de ses forces. Elle dit qu'elle aime encore mieux entrer à la laverie, comme blanchisseuse... Je crois qu'elle n'en a pas encore parlé à Miss Caroline.

— Eh bien, voilà qui est désolant. Tu ne vas pas nous donner tes huit jours, n'est-ce pas ? »

Elle prit une gorgée de soupe, sans lever les yeux. « Je sais pas. Ce n'est plus pareil, sans Madame.

— Oh, Betty, non, je t'en prie ! Je sais bien que la maison n'est pas très rigolote, ces temps-ci. Mais Miss Caroline n'a plus que nous deux. Je ne peux pas rester tout le temps ici pour la surveiller ; toi si. Si tu partais...

— Je n'ai pas vraiment envie de partir. En tout cas, je ne veux pas rentrer à la maison ! Mais c'est mon père... »

Elle semblait réellement à la torture, et je trouvai sa fidélité à la maison assez touchante, après tout ce qui s'était passé. Je la regardai manger tout en réfléchissant à ce qu'elle venait de me dire, puis je repris, avec précaution : « Et si nous pouvions dire à ton père que, ma foi, il risque d'y avoir du changement à Hundreds, dans les temps qui viennent ? » J'hésitai. « Si tu lui disais, par exemple, que Miss Caroline va se marier…

— Se marier ! » Elle semblait stupéfaite. « Avec qui ? »

Je souris. « Devine… »

Elle comprit, rougit ; sottement, je rougis à mon tour. « Bon, pas un mot là-dessus, d'accord ? Quelques personnes sont au courant, mais la plupart, non. »

Elle s'était redressée, tout excitée soudain. « Oh, mais c'est prévu pour quand ?

— Je ne sais pas encore. On n'a pas fixé de date.

— Et qu'est-ce qu'elle va porter, Miss Caroline ? Elle devra être en noir, à cause de Madame ?

— Grands dieux, je ne pense pas, non ! On n'est plus au dix-huitième siècle. Allez, finis ta soupe. »

Mais ses yeux se remplissaient de larmes. « Oh, mais quel dommage que Madame ne soit pas là pour voir ça ! Et qui va amener Miss Caroline à l'autel ? Ça devrait être Mr Roderick, non ?

— Ma foi, j'ai bien peur que Mr Roderick ne soit pas encore assez en forme pour ça.

— Ce sera qui, alors ?

— Je ne sais pas. Mr Desmond, peut-être. Ou bien personne. Miss Caroline peut arriver toute seule à l'autel, non ? »

Betty parut horrifiée. « Elle ne peut pas faire ça ! »

Nous en discutâmes encore quelques minutes – tous deux contents d'avoir trouvé un sujet plus léger après une journée aussi dure. Le dîner terminé, elle s'essuya les yeux et se moucha, puis emporta les bols et les cuillers à l'évier. Je remis ma veste et emplis un autre bol que je posai, couvert, sur un plateau, pour le porter au petit salon.

Je trouvai Caroline toujours endormie, mais comme je m'approchais elle s'éveilla dans un sursaut, déplia les jambes et se redressa à demi. Sa joue portait une marque, comme un linge froissé, là où elle s'était appuyée sur le fauteuil.

« Quelle heure est-il ? demanda-t-elle, encore dans son rêve.

— Il est six heures et demie. Regardez, je vous ai apporté un peu de soupe.

— Oh. » Elle parut s'éveiller, se frotta le visage. « Vraiment je ne me sens pas capable de manger quoi que ce soit. »

Je déposai néanmoins le plateau sur les bras du fauteuil, la coinçant littéralement derrière, puis étalai une serviette sur ses genoux. « Essayez un peu, quand même. Je n'ai pas envie que vous tombiez malade.

— Non, réellement, ça ne me dit rien.

— Allons. Sinon vous allez froisser Betty. Et moi aussi… Voilà, c'est bien. »

Elle avait saisi sa cuiller et commencé de touiller la soupe, d'un geste peu convaincu. J'apportai un petit tabouret et m'assis à ses côtés, le menton appuyé sur mon poing fermé, l'observant d'un air sévère tandis qu'elle commençait de manger, très lentement, une petite cuillerée après l'autre. Elle se forçait visiblement à avaler les morceaux de viande et de légumes, mais cela fait elle reprit meilleure mine, ses joues se colorèrent. Elle avait moins mal à la tête, dit-elle ; simplement, elle se sentait absolument épuisée. Je déposai le plateau de côté et lui pris la main, mais elle me la retira pour la poser devant sa bouche et bâiller, encore et encore, ses yeux remplis de larmes.

Puis elle s'essuya le visage et se pencha vers le feu.

« Dieu du ciel, fit-elle, le regard fixé sur les flammes. Cette journée m'a fait l'effet d'un cauchemar. Mais ce n'en était pas un, n'est-ce pas ? Ma mère est morte. Morte et enterrée, morte et enterrée pour toujours. Je n'arrive pas à y croire. J'ai l'impression qu'elle est encore là-haut – à l'étage, en train de se reposer. Et pendant que je sommeillais, tout à l'heure, j'imaginais presque Roddie dans sa chambre, et Gyp couché juste là, à côté de mon fauteuil… » Elle leva vers moi des yeux agrandis. « Comment tout cela a-t-il pu arriver ? »

Je secouai la tête. « Je ne sais pas. J'aimerais le savoir.

— Aujourd'hui, j'ai entendu une femme dire que cette maison devait être maudite.

— Qui a dit cela ? Qui était-ce ?

— Je ne la connaissais pas. Une nouvelle arrivante, je suppose. C'était au cimetière, elle a dit ça à quelqu'un d'autre. Et elle m'a regardée comme si j'étais maudite, moi aussi. Comme si j'étais la fille de Dracula… » Elle bâilla de nouveau. « Oh, mais pourquoi suis-je à ce point fatiguée ? Je n'ai qu'une envie, dormir.

— Eh bien, c'est sans doute la meilleure chose que vous ayez à faire. Je regrette simplement que vous deviez dormir ici, toute seule. »

Elle se frotta les yeux. « On croirait entendre tante Cissie. Betty s'occupera de moi.

— Betty aussi est épuisée. Laissez-moi vous coucher. » Puis, lisant quelque chose sur son visage, j'ajoutai : « Mais non, ce n'est pas ça ! Pour quel genre de goujat me prenez-vous ? Vous oubliez que je suis médecin. Je passe ma vie à voir des jeunes femmes au lit.

— Mais je ne suis pas une patiente, n'est-ce pas ? Non, vous devez rentrer.

— Je n'aime pas l'idée de vous laisser comme ça.

— Je suis la fille de Dracula, n'oubliez pas. Je m'en sortirai très bien. »

Elle se mit sur pied. Elle vacilla ce faisant, et je la pris aux épaules pour l'empêcher de tomber, puis caressai ses cheveux châtains, dégageant son front et prenant son visage entre mes mains. Elle ferma les yeux. Et comme souvent lorsqu'elle était fatiguée, ses paupières semblaient nues, humides, un peu gonflées. Je les effleurai de mes lèvres. Ses bras pendaient, inertes, comme ceux d'une poupée. Elle rouvrit les yeux. « Vous devez rentrer, dit-elle d'une voix plus ferme. Merci. Merci pour tout ce que vous avez fait. Vous avez été très bon avec nous aujourd'hui. » Elle se reprit. « Très bon pour moi, je veux dire… »

J'allai chercher mon manteau et mon chapeau et lui pris la main, et nous allâmes jusqu'au hall. Il était glacé, et je la vis frissonner. Je ne tenais pas à ce qu'elle reste ainsi dans le froid, mais après que nous nous fûmes embrassés, séparés, sa main lâchant peu à peu la mienne, je jetai un coup d'œil vers l'escalier, par-dessus son épaule, imaginant les pièces vides et sombres au-dessus de nous ; et la voir s'éloigner ainsi, seule, après une telle journée, me fut insupportable.

Je resserrai ma prise sur ses doigts, la retins.

« Caroline… »

Elle se laissa faire, mais non sans protester. « Je vous en prie. Je suis si fatiguée. »

Je l'attirai tout contre moi, lui parlai doucement à l'oreille. « Dites-moi juste une chose. Quand pourrons-nous nous marier ? »

Son visage glissa contre le mien. « Il faut que j'aille me coucher.

— Quand, Caroline ?

— Bientôt.

— Je veux pouvoir rester ici, avec vous.

— Je sais. Je sais.

— J'ai été patient, n'est-ce pas ?

— Oui. Mais pas tout de suite. Pas si tôt après que Maman…

— Non, non… mais dans un mois, peut-être ? »

Elle secoua la tête. « Nous pourrons en parler demain.

— Je pense qu'un mois sera juste suffisant pour faire la demande de certificat et tout ça. Mais il faut que je puisse prévoir la chose, vous voyez. Si nous pouvions simplement fixer une date…

— Mais nous devons discuter de tellement de choses…

— Pas de l'essentiel, en tout cas. Nous disons un mois ? Ou six semaines tout au plus ? Six semaines, à partir d'aujourd'hui ? »

Elle hésita, luttant contre la lassitude. « Oui, dit-elle enfin, se détachant de moi. Oui, si vous voulez. Mais laissez-moi aller me coucher, maintenant ! Je suis tellement, tellement fatiguée. »

Cela semble surprenant, compte tenu de toutes ces choses terribles qui venaient d'arriver, mais je me souviens de la période qui suivit l'enterrement comme d'une des plus ensoleillées de ma vie. Je quittai la maison débordant de projets ; le lendemain même, je me rendis à Leamington pour déposer une demande de certificat prénuptial et, quelques jours plus tard, la date de la cérémonie était fixée : le jeudi 27 mai. Comme s'il anticipait cet événement, le temps se fit plus clément au cours des quinze jours qui suivirent, et les journées rallongèrent visiblement ; les arbres nus et les paysages défleuris parurent soudain se gorger de vie et de couleur. Le Hall était demeuré volets fermés depuis le matin de la mort de Mrs Ayres, et par contraste avec le bouillonnement pressenti de la saison, les ciels d'azur éclatant, le silence qui y régnait commença de se faire oppressant. Je demandai à Caroline l'autorisation de rouvrir la maison et, le dernier jour d'avril, fis le tour de toutes les pièces du rez-de-chaussée, écartant avec précaution les volets. Certains étaient demeurés clos depuis des mois : ils grinçaient sur leurs gonds, la poussière faisait un nuage, la peinture se craquelait et tombait en éclats. Mais pour moi, ces sons étaient ceux d'une créature reconnaissante, émergeant après un long sommeil, et les parquets craquaient presque avec volupté sous la tiède lumière retrouvée, comme des chats qui s'étireraient au soleil.

Je voulais voir Caroline elle-même reprendre ainsi vie. Je voulais la ranimer, réveiller doucement ses sens. Car la première phase du deuil passée, son moral avait quelque peu sombré ; sans plus de courrier à rédiger, ni d'arrangements funéraires pour l'occuper, elle se retrouvait désœuvrée, ne sachant que faire d'elle-même. J'avais dû reprendre mes tournées et mes gardes, ce qui impliquait de la laisser seule pendant de longs moments ; Mrs Bazeley étant partie, il y avait nombre de tâches à assurer, mais Betty me dit qu'elle ne faisait rien de ses journées, à part rester assise ou immobile devant une fenêtre, à soupirer, bâiller, fumer des cigarettes et se ronger les ongles. Elle semblait incapable du moindre projet en vue du mariage, ni des changements qui allaient s'ensuivre ; elle se désintéressait de la propriété, du jardin, de la ferme. Elle avait même perdu son goût pour la lecture : les livres l'ennuyaient, l'agaçaient, disait-elle ; les mots semblaient ricocher sur son esprit comme s'il était de verre...

Me souvenant des paroles de Seeley, lors de l'enterrement – « Emmenez-la au loin... un nouveau départ » –, je commençai à songer à notre lune de miel. J'imaginais tout le bien que cela lui ferait de quitter cette région – pour trouver, vraiment ailleurs, un paysage totalement différent, des montagnes, ou des plages et des falaises. Un moment, j'envisageai l'Écosse ; puis les lacs, peut-être. Puis, de manière tout à fait fortuite, un de mes patients me parla de la Cornouaille et me décrivit un hôtel niché dans une petite baie où il avait récemment séjourné : un endroit merveilleux, me dit-il, tranquille, romantique et pittoresque... Cela tombait à point nommé. Sans en parler à Caroline, je dénichai l'adresse de cet hôtel, m'enquis des tarifs, et finalement réservai une chambre pour une semaine, au nom du « Dr et Mrs Faraday ». Je me disais que nous pourrions passer la nuit de noces à bord du train de nuit, au départ de Londres ; il y avait là un côté fantasque et un peu absurde qui, me semblait-il, plairait à Caroline. Et durant les longues heures où j'étais loin d'elle, je pensais souvent à ce voyage : la couchette étroite de la British Railways, la lune argentée derrière le store, le contrôleur passant discrètement devant la porte ; le grondement assourdi, les mouvements légers, rythmiques du train filant sur les rails luisants.

Cependant, la date du mariage approchait, et je tentai de l'encourager à se préparer pour la cérémonie.

« J'aimerais beaucoup avoir David Graham comme témoin, vous savez », lui dis-je comme nous nous promenions dans le parc, un samedi après-midi du début mai. « Il a toujours été un très bon ami. Anne doit être présente aussi, bien entendu. Et il serait temps de choisir votre demoiselle d'honneur, Caroline. »

Nous marchions parmi les jacinthes sauvages. Presque du jour au lendemain, la terre nue de Hundreds s'était vue transformée par leur éclosion, d'hectare en hectare. Elle fit halte pour en cueillir une et fit rouler la tige entre ses doigts, observant, les sourcils froncés, les clochettes bleues qui tournoyaient.

« Une demoiselle d'honneur », répéta-t-elle d'une voix sans timbre, comme nous nous remettions en marche. « C'est obligatoire ? »

J'éclatai de rire. « Mais il vous faut une demoiselle d'honneur, chérie ! Quelqu'un pour tenir votre bouquet.

— Je n'y avais pas pensé. Il n'y a personne à qui j'aie envie de demander ça.

— Mais si, il doit bien y avoir quelqu'un. Et cette amie à vous que nous avions rencontrée au bal de l'hôpital ? Brenda, c'est cela ? »

Elle cligna des paupières. « Brenda ? Oh, non. Non, ça ne me dit rien… Non.

— Alors pourquoi pas Helen Desmond, en… comment l'appellerait-on ? Chaperon d'honneur ? Je pense que ça la toucherait beaucoup. »

Elle s'était mise à effeuiller les fleurs, arrachant maladroitement les clochettes une à une avec ses ongles rongés.

« Oui, nous pouvons faire ça, sans doute.

— Très bien. Je l'appelle, pour lui en parler ? »

De nouveau, elle fronça les sourcils. « Ce n'est pas la peine. Je peux bien le faire moi-même.

— Je ne veux pas vous ennuyer avec tous ces petits détails.

— Une jeune mariée est bien censée s'en occuper, n'est-ce pas ?

— Pas une jeune mariée qui vient de traverser ce que vous avez traversé. » Je glissai mon bras sous le sien. « Je tiens à vous faciliter les choses, ma chérie.

— À me faciliter les choses ? fit-elle, résistant à la pression de mon bras. Ou bien… ? » Elle n'acheva pas.

Je m'immobilisai, la regardai. « Que voulez-vous dire ? »

Elle gardait la tête baissée, maltraitant toujours les fleurs. « Tout ce que je veux dire, c'est : est-ce que tout doit aller si vite ? dit-elle enfin, sans lever les yeux.

— Ma foi, qu'avons-nous à attendre ?

— Je ne sais pas. Rien, sans doute… J'aimerais simplement que les gens arrêtent un peu. Hier, le type de chez Paget m'a félicitée, en livrant la viande ! Quant à Betty, elle n'a que ça à la bouche. »

Je souris. « Quel mal y a-t-il ? Les gens sont contents, c'est tout.

— Vraiment ? J'ai plutôt l'impression qu'ils se moquent. On se moque toujours d'une vieille fille qui se marie. Ils doivent trouver très amusant de me voir… sortir du placard. Comme si on m'avait exhumée du fond de la vitrine et qu'il fallait me dépoussiérer.

— Vous pensez que c'est ça, que j'ai fait ? Que je vous ai dépoussiérée ? »

Elle jeta au loin la fleur mutilée. « Oh, je ne sais pas ce que vous avez fait », fit-elle d'un air las, presque en colère.

Je lui pris les mains et la forçai à se tourner vers moi.

« Il se trouve, dis-je, que je suis tombé amoureux de vous ! Si cela fait rire des gens, c'est que ce sont des abrutis, avec un sens de l'humour complètement imbécile. »

Jamais je ne lui avais encore parlé en ces termes, et elle sembla saisie, l'espace d'une seconde. Puis elle baissa les paupières et détourna la tête. Le soleil tomba sur sa chevelure ; je distinguai un fil argenté dans la masse châtain.

« Je suis désolée, murmura-t-elle. Vous êtes toujours si bon, n'est-ce pas. Et moi je suis infecte. C'est dur, c'est tout. Tellement de choses ont changé. Mais d'une certaine manière, rien ne semble changer, du tout. »

Je l'entourai de mes bras, l'attirai contre moi. « Nous pourrons opérer tous les changements que nous voudrons, une fois que Hundreds sera bien à nous. »

Elle avait posé la joue sur mon épaule, mais je sentais, à la raideur de sa posture, quelle avait ouvert les yeux et contemplait la maison, à l'autre bout du parc.

« Nous n'avons jamais parlé de tout cela, dit-elle. Je serai femme de médecin.

— Et vous serez merveilleuse dans ce rôle. Vous verrez. »

Elle s'écarta pour me regarder. « Mais comment ferons-nous, pour Hundreds ? Vous parlez sans cesse de la propriété comme si vous aviez le temps et les moyens de la remettre sur pied. Comment comptez-vous faire ? »

Je la fixai, ne souhaitant que la rasséréner, mais en réalité je ne savais pas trop comment j'allais faire. J'avais récemment parlé à Graham de mon projet de m'installer à Hundreds après le mariage, et il m'avait paru pris de court. Il avait imaginé, me dit-il, que Caroline vendrait Hundreds, et que nous allions tous deux vivre chez Gill, ou bien trouver un endroit plus agréable pour un jeune couple. Je finis par lui dire que « rien n'était décidé », que Caroline et moi en étions encore à « envisager diverses possibilités ».

Voilà ce que je répétais plus ou moins, à présent.

« Les choses s'arrangeront toutes seules. Vous verrez. Tout ça nous apparaîtra clairement le moment venu. C'est promis. »

Elle parut frustrée par ma réponse, mais ne dit rien. Elle me laissa la ramener contre moi, mais de nouveau je sentis son regard fixé sur le Hall, tendu, intense. Et au bout d'un moment elle se dégagea et s'éloigna de moi, toujours en silence.

Peut-être un homme ayant davantage l'expérience des femmes aurait-il agi différemment ; je ne sais pas. J'imaginais qu'une fois mariés, les choses se mettraient en place d'elles-mêmes. Je misais énormément sur ce jour-là. Caroline, toutefois, continuait d'évoquer le mariage, même quand elle en parlait, avec une nonchalance déconcertante. Elle n'appela pas Helen Desmond : finalement, c'est bien moi qui dus le faire pour elle. Helen se révéla enchantée, mais les questions enthousiastes qu'elle me posa sur nos projets me firent me rendre compte qu'il y avait encore mille choses à prévoir, et lorsque j'en parlai à Caroline, la fois suivante, je m'aperçus, un peu choqué, qu'elle n'y avait absolument pas pensé – elle n'avait même pas songé à sa propre tenue pour la cérémonie. Je lui dis de laisser

Helen la conseiller ; ce à quoi elle répondit qu'elle n'avait « pas envie qu'on la tiraille dans tous les sens ». Je lui proposai de l'emmener à Leamington – comme nous avions un jour projeté de le faire, de toute façon – pour lui acheter une nouvelle garde-robe ; elle répondit que je ne devais pas « gaspiller mon argent », et qu'elle « trouverait bien quelque chose dans les affaires qu'elle avait à l'étage ». Je visualisai ses robes et chapeaux disgracieux, et ne pus m'empêcher de frissonner intérieurement. Je m'adressai donc à Betty, en secret, lui demandant de m'apporter quelques robes de Caroline et, après avoir choisi celle qui nous semblait la plus correcte, je la portai un jour à un tailleur pour dames de Leamington, demandant à la vendeuse si je pouvais faire faire une tenue correspondant à cette taille.

J'expliquai que la robe était destinée à une jeune dame sur le point de se marier, mais actuellement indisposée. La jeune fille appela deux collègues, et toutes trois, ravies, déployèrent des patrons, déroulèrent des métrages de tissu, produisirent force cartons de boutons. De toute évidence, elles voyaient déjà la jeune mariée comme une sorte d'invalide romantique. « La dame pourra-t-elle marcher ? » me demandèrent-elles non sans délicatesse. « Peut-elle porter des gants ? » Je pensai aux jambes fortes, solides de Caroline, à ses doigts fuselés, aguerris au travail manuel… Nous nous fixâmes sur un modèle simple, à ceinture étroite, dans un tissu léger de couleur fauve qui, je l'espérais, mettrait en valeur ses cheveux châtains et ses yeux noisette ; pour la chevelure et les mains, je commandai de simples arrangements de fleurs de soie pâle. L'ensemble revenait à un peu plus de onze livres, soit l'équivalent de tous mes coupons de textile. Ayant commencé à dépenser sans compter, toutefois, j'y découvris une sorte de plaisir vaguement malsain, et continuai. À quelques pas-de-porte du tailleur se trouvait une bijouterie, la plus luxueuse de Leamington. J'y entrai et demandai à voir leur choix d'alliances. Ils n'en avaient pas énormément, et la plupart étaient de modèle courant, purement symboliques : neuf carats, légères, voyantes, elles m'apparaissaient comme provenant de chez Woolworth. Sur un plateau de bijoux plus chers, je pris un simple anneau d'or, mince mais lourd dans la paume, à quinze guinées. Ma première voiture m'avait coûté moins cher. Je rédigeai le chèque et signai d'une main nerveuse et assurée, essayant de donner l'impression que je dépensais chaque jour une telle somme.

Je dus laisser l'alliance chez le bijoutier, afin qu'il l'agrandisse légèrement pour aller, d'après mon estimation, au doigt de Caroline. Je rentrai donc à la maison les mains aussi vides que les poches, mon enthousiasme diminuant à chaque kilomètre, mes jointures blanchissant sur le volant au fur et à mesure que je me rendais compte de ce que je venais de faire. Je passai les jours suivant dans un état de panique propre au futur époux, faisant et refaisant mes comptes, et me demandant comment diable j'allais pouvoir subvenir aux besoins d'une épouse ; l'inquiétude quant à l'Assurance maladie n'était pas étrangère à cela. À bout d'angoisse, je me rendis chez Graham – lequel se moqua de moi, me servit un whisky et parvint finalement à me rasséréner.

Quelques jours plus tard, je retournai à Leamington pour récupérer l'alliance et la robe. La bague était plus lourde que dans mon souvenir, ce qui me rassura grandement ; elle se lovait dans un petit chou de soie, au creux d'un luxueux écrin de chagrin. Robe et fleurs étaient également présentées dans des boîtes, ce qui me réjouit aussi. La robe était exactement celle que j'avais souhaitée : pure de ligne, sans ornement inutile, et comme étincelante d'être neuve.

Les jeunes filles espéraient que la dame se remettait. Elles se montrèrent fort sentimentales, lui souhaitant « bonne chance, bonne santé, et une union longue et heureuse ».

Nous étions le mardi, soit deux semaines et deux jours avant la date de la cérémonie. Ce soir-là, je travaillai à l'hôpital, avec l'alliance dans ma poche et la robe dans son carton déposée dans le coffre de ma voiture. Le lendemain me vit terriblement occupé, et je n'eus pas la possibilité de passer au Hall. Mais je m'y rendis le jeudi après-midi – pénétrant dans le parc verrouillé avec mon double de clef, comme toujours, puis traversant le parc en sifflotant, glace baissée, car la journée était magnifique. Je calai les boîtes sous mon bras et entrai discrètement dans la maison par la porte du jardin. Arrivé en haut de l'escalier du sous-sol, j'appelai à mi-voix :

« Betty ! Tu es là ? »

Elle émergea de la cuisine et s'immobilisa, les yeux levés vers moi, clignant des paupières.

« Où est Miss Caroline ? Au petit salon ? »

Elle hocha la tête. « Oui, docteur. Elle y a passé la journée. »

Je brandis les boîtes. « Qu'est-ce qu'il y a là-dedans, à ton avis ? »

Elle plissa les yeux, perplexe. « J'en sais rien. » Puis son visage changea. « Des trucs pour le mariage de Miss Caroline !

— C'est bien possible.

— Oh ! Je peux voir ?

— Pas tout de suite. Plus tard, peut-être. Apporte-nous du thé dans une heure. Miss Caroline te les montrera sans doute à ce moment-là. »

Ravie, elle sauta sur place, de manière drolatique, et retourna à la cuisine. Je me dirigeai vers l'entrée, glissant avec précaution les boîtes sous le rideau de feutre vert, et arrivai au petit salon. J'y trouvai Caroline assise sur le divan, fumant une cigarette.

La pièce était étouffante, la fumée planait, visqueuse dans l'air immobile, comme du blanc d'œuf en suspension dans l'eau. De toute évidence, elle était là depuis un long moment. Je déposai les boîtes sur un siège à côté d'elle et l'embrassai. « Une si belle journée ! fis-je. Ma chère, mais vous allez finir enfumée. Je peux ouvrir la porte-fenêtre ? »

Elle ne jeta pas un regard aux boîtes. Elle demeurait immobile, l'air tendu, me regardant en se mordant l'intérieur des joues. « Si vous voulez », dit-elle.

Je pense que cette fenêtre n'avait plus été réellement ouverte depuis le jour où nous étions passés par là, elle et moi, pour aller inspecter le chantier, au mois de janvier. La poignée était grippée, et les panneaux tournèrent difficilement ; au-delà, les marches étaient couvertes de plantes rampantes en pleine renaissance. Mais une fois la fenêtre ouverte, l'air s'engouffra dans la pièce, un air frais et humide sentant bon le jardin, la verdure.

Je revins vers Caroline. Elle écrasait sa cigarette, penchée en avant, comme sur le point de se lever.

« Non, restez ainsi, dis-je. J'ai quelque chose à vous montrer.

— Il faut que je vous parle, dit-elle.

— Moi aussi, il faut que je vous parle. J'ai été très occupé, pour vous. Pour nous, devrais-je dire. Regardez.

— J'ai réfléchi... », commença-t-elle, comme si elle ne m'avait pas entendu et tenait à continuer. Mais j'avais déjà avancé vers elle la plus grande boîte, et elle baissa les yeux, lut l'étiquette. « Qu'est-ce que c'est ? » fit-elle, comme méfiante.

Son ton me rendait nerveux. « Je vous l'ai dit, j'ai fait des choses, pour vous. » Je passai la langue sur mes lèvres ; j'avais la bouche sèche et, en lui tendant la boîte, je sentis mon assurance vaciller. Je parlai donc très vite.

« Écoutez, je sais que cela ne se fait pas, en principe, mais je pense que vous ne vous en formaliserez pas. Parce que, de toute façon, il n'y a jamais rien eu, disons, de très conventionnel entre nous, n'est-ce pas. Je tiens à ce que ce jour-là soit vraiment particulier. »

Je déposai la boîte sur ses genoux. Elle semblait à présent presque effrayée. Elle souleva finalement le couvercle, écarta les plis du papier de soie et contempla la robe toute simple à l'intérieur. Elle demeurait silencieuse, immobile. Ses cheveux dissimulaient son visage.

« Elle vous plaît ? » demandai-je.

Elle ne répondait pas.

« J'espère qu'elle vous ira, en tout cas. J'ai utilisé une de vos robes comme modèle. C'est Betty qui m'a aidé. Nous avons joué les agents secrets, tous les deux. Et puis nous avons largement le temps de faire des retouches, si besoin est. »

Elle n'avait pas esquissé un geste. Mon cœur s'arrêta une seconde, puis repartit, plus vite. « Mais est-ce qu'elle vous *plaît* ?

— Oui, beaucoup, dit-elle à mi-voix.

— Et j'ai aussi apporté quelque chose pour vos cheveux, et pour tenir entre vos mains. »

Je lui tendis la deuxième boîte, qu'elle ouvrit lentement. Elle regarda l'arrangement de fleurs de soie à l'intérieur, mais, là encore, elle ne les ôta pas du papier ; elle restait simplement là, à les regarder fixement, ses cheveux dissimulant toujours son visage à ma vue. Comme un idiot, je continuai, portant la main à la poche de ma veste et produisant le petit écrin de chagrin.

Elle se tourna, et la vue de l'écrin parut brusquement la galvaniser. Elle se leva d'un seul coup, les boîtes glissant de ses genoux et tombant au sol.

Elle se dirigea vers la porte-fenêtre ouverte et s'immobilisa, me tournant le dos. Je voyais ses épaules remuer : elle se tordait les mains. « Je suis désolée, je ne peux pas. »

Je m'étais mis à quatre pattes pour ramasser la robe et les fleurs. « Pardonnez-moi, ma chérie, dis-je en remettant la robe dans ses plis, je n'aurais pas dû vous surprendre comme ça. Nous pourrons voir tout ça plus tard. »

Elle se tourna à demi vers moi. Sa voix était blanche. « Je ne parle pas de la robe. Je parle de tout. Je ne peux pas. Je ne peux pas vous épouser. C'est impossible. »

Je m'employais toujours à replier la robe, et mes doigts refusèrent une seconde de m'obéir. Puis je remis soigneusement la robe dans sa boîte et déposai celle-ci sur le divan avant de me diriger vers elle. Elle me regarda approcher, raidie, avec sur le visage presque une expression de crainte. Je posai une main sur son épaule. « Caroline…

— Je suis désolée, dit-elle encore. Je vous aime tellement. Je vous ai toujours beaucoup aimé. Mais j'ai dû confondre cette affection avec… avec autre chose. Pendant un moment, je n'ai pas été très sûre. C'est pour cela que c'était si difficile. Vous avez été un ami si cher, et j'avais tant de reconnaissance envers vous. Vous m'avez tellement aidé, avec Rod, avec Maman. Mais je ne pense pas que l'on doive se marier par gratitude, n'est-ce pas ? Dites quelque chose, je vous en prie.

— Ma chérie, je pense que… je pense que vous êtes fatiguée. »

Une sorte d'angoisse apparut sur ses traits. Elle se dégagea d'un mouvement de l'épaule. Ma main glissa le long de son bras, saisit son poignet. « Compte tenu de tout ce qui est arrivé, je ne suis pas surpris que vous soyez un peu perdue. La mort de votre mère…

— Mais je ne suis pas perdue, pas une seconde, dit-elle. C'est justement la mort de ma mère qui m'a permis de commencer à voir les choses plus clairement. À réfléchir à ce que je voulais et à ce que je ne voulais pas. À réfléchir à ce que vous vouliez, aussi. »

Je la tirai par la main. « Venez vous asseoir, d'accord ? Vous êtes fatiguée. »

Elle se libéra, et sa voix se durcit encore. « Arrêtez de répéter cela ! Vous n'avez que ça à la bouche ! Quelquefois… quelquefois j'ai l'impression que vous voulez que je *reste* fatiguée, que cela vous *plaît* que je sois fatiguée. »

Je la regardai, effaré, consterné. « Mais comment pouvez-vous dire cela ? Je ne me préoccupe que de votre santé. Je ne veux que vous voir heureuse.

— Mais vous ne voyez donc pas que je ne serai jamais ni en bonne santé ni heureuse, si je vous épouse ? »

Je dus accuser le coup. Son visage s'adoucit. « Je suis navrée, mais c'est la vérité, dit-elle. J'aimerais qu'il en soit autrement. Je ne veux pas vous faire de mal. J'ai trop d'affection pour vous. Mais vous préférez que je sois honnête, n'est-ce pas ? Plutôt que de devenir votre épouse tout en sachant au fond de mon cœur que... mon Dieu, que je ne vous aime pas ? »

Sa voix fléchit sur ces derniers mots, mais elle continua de me fixer, d'un regard si intense que je commençai d'en être effrayé. Je tendis de nouveau la main vers la sienne.

« Caroline, je vous en prie. Réfléchissez à ce que vous dites... »

Elle secoua la tête, son visage se plissa. « Réfléchir, je n'ai fait que ça, depuis l'enterrement de Maman. J'ai tellement réfléchi, si fort, que mes pensées ont fini par s'embrouiller, comme une pelote de ficelle. Elles viennent seulement de se démêler.

— Je sais que j'ai un peu précipité les choses. C'était idiot de ma part. Mais nous pouvons... recommencer, autrement. Nous ne sommes pas obligés d'avoir des rapports de mari et femme. Pas dans un premier temps. Pas tant que vous ne serez pas prête. Est-ce cela le problème ?

— Il n'y a pas de problème de ce genre. Pas vraiment.

— Nous pouvons prendre notre temps. »

Elle retira sa main. « J'ai déjà perdu trop de temps. Vous ne voyez donc pas ? Toute cette histoire entre nous n'a jamais réellement existé. Après le départ de Rod, j'étais terriblement malheureuse, et vous avez toujours été si gentil. Je pensais que vous étiez malheureux, vous aussi ; que vous aviez envie de partir, autant que moi. Je me disais que si je vous épousais, vous pourriez... changer ma vie. Mais vous ne seriez jamais parti, n'est-ce pas ? Et ma vie n'aurait pas changé comme ça, de toute façon. Je n'aurais fait qu'échanger

une somme de devoirs contre une autre. Et je suis fatiguée des devoirs ! Je n'en peux plus. Je ne peux pas devenir épouse de médecin.
Je ne peux être épouse de personne. Et surtout, surtout, je ne peux
plus rester ici. »

Ces derniers mots, elle les prononça avec une sorte de haine dans
la voix, et comme je la regardais sans comprendre, elle ajouta : « Je
pars. Voilà ce que je suis en train de vous dire. Je quitte Hundreds.

— Vous ne pouvez pas faire ça, dis-je.

— J'y suis obligée.

— Vous ne pouvez pas ! Mais où pensez-vous pouvoir aller ?

— Je n'ai encore rien décidé. À Londres, pour commencer. Mais
ensuite, ça peut être l'Amérique, ou le Canada. »

Elle aurait aussi bien pu dire « la Lune ». Elle lut l'incrédulité sur
mon visage. « Il le faut ! insista-t-elle. Vous ne voyez donc pas ? J'ai
besoin de… de respirer. De partir d'ici, tout de suite. L'Angleterre
n'est plus faite pour quelqu'un comme moi. Je suis devenue indésirable ici.

— Mais pour l'amour de Dieu, *moi*, je vous veux ! Cela ne signifie
rien pour vous ?

— Est-ce moi que vous voulez, vraiment ? Ou bien est-ce cette
maison ? »

Sa question me fit l'effet d'un coup de massue, et je ne pus y
répondre. Elle reprit, plus calmement : « Il y a une semaine, vous
m'avez dit que vous étiez amoureux de moi. Pouvez-vous honnêtement affirmer que vous diriez la même chose si Hundreds ne m'appartenait pas ? Vous avez eu cette idée, n'est-ce pas, que nous
pourrions vivre ici comme mari et femme. Le châtelain et sa dame…
Mais cette maison ne veut pas de moi. Et je ne veux pas d'elle. Je
déteste cette maison !

— Ce n'est pas vrai.

— Si, bien sûr que c'est vrai ! Comment pourrais-je ne pas la haïr ? Ma mère a été tuée ici, Gyp a été tué ici ; Rod aurait très bien pu être tué ici. Je ne sais pas pourquoi j'y ai échappé, moi. Au contraire, j'ai cette occasion de partir… Non, ne faites pas cette tête. » Je m'étais approché d'elle. « Je ne suis pas en train de devenir folle, si c'est ce que vous pensez. Même si je ne suis pas certaine que cela ne serait pas pour vous déplaire, aussi. Vous pourriez m'enfermer là-haut, dans la nursery. Après tout, il y a déjà des barreaux aux fenêtres. »

J'avais soudain une étrangère devant moi. « Comment pouvez-vous dire des choses aussi horribles ? Après tout ce que j'ai fait, pour vous, pour votre famille ?

— Vous pensez que je devrais vous rembourser en vous épousant ? C'est ainsi que vous concevez le mariage ? Comme une dette que l'on rembourse ?

— Vous savez très bien que non. Pour l'amour de Dieu ! Je… mais notre vie ensemble, Caroline ? Vous allez jeter tout cela aux orties ?

— Je suis désolée. Mais je vous l'ai déjà dit : rien de tout ça n'a jamais été réel. »

Ma voix se brisa. « Mais *moi*, je suis réel. *Vous* êtes réelle. *Hundreds* est bien réel, n'est-ce pas ? Que croyez-vous qu'il va arriver à cette maison, si vous partez ? Elle va s'effondrer ! »

Elle se détourna. « Eh bien, que quelqu'un d'autre s'en occupe, fit-elle d'une voix lasse.

— Que voulez-vous dire ? »

Elle se tourna de nouveau vers moi, les sourcils froncés. « Je veux dire que je vais mettre la propriété en vente, évidemment. La maison, la ferme – tout. J'aurai besoin de cet argent. »

Je pensais l'avoir comprise ; je n'avais rien compris, du tout. « Vous ne parlez pas sérieusement ! fis-je, horrifié. La propriété risque d'être démembrée, morcelée ; il peut lui arriver n'importe quoi. Vous ne pouvez pas souhaiter ça, ce n'est pas possible ! Et de toute façon, vous ne pouvez pas la vendre seule. Elle appartient aussi à votre frère. »

Ses paupières frémirent. « J'ai parlé au Dr Warren, dit-elle. Et avant-hier, je suis allée voir Mr Hepton, notre avocat. Lorsque Rod était malade, juste après la guerre, il a fait établir un document lui donnant tout pouvoir en son nom, pour le cas où Maman et moi devrions prendre des décisions concernant la propriété. Mr Hepton dit que ce document demeure valable. Je peux mettre le domaine en vente. Et je ne ferais rien d'autre que ce que Rod lui-même ferait, s'il était en état pour cela. Et je pense qu'il commencera d'aller *mieux* quand nous serons débarrassés de la maison. Et quand il sera vraiment remis – eh bien, où que je sois, je le ferai venir, il me rejoindra. »

Elle avait dit tout cela d'une voix égale, posée, et il m'apparut qu'elle le pensait réellement, du premier au dernier mot. Une vague de panique me saisit à la gorge, et je me mis à tousser. La quinte monta en moi comme une sorte de convulsion sèche, soudaine, violente. Je dus m'éloigner et m'appuyer à l'embrasure de la porte-fenêtre ouverte, grelottant et secoué de haut-le-cœur sur les marches couvertes de plantes rampantes.

Elle tendit la main vers moi. « Ne me touchez pas, ça ira », articulai-je, comme la toux se calmait. Je m'essuyai les lèvres. « Moi aussi, j'ai vu Hepton, avant-hier. Je suis tombé sur lui dans la rue, à Leamington. Nous avons eu une petite conversation très agréable. »

Elle savait ce que je voulais dire et, pour la première fois, parut honteuse. « Je suis désolée.

— C'est ce que vous ne cessez de dire.

— J'aurais dû vous le dire avant. Je n'aurais pas dû laisser les choses aller si loin. Je… je voulais être certaine. J'ai été lâche, j'en suis bien consciente.

— Et moi, j'ai été plutôt crétin, n'est-ce pas ?

— Ne dites pas ça, je vous en prie. Vous avez été terriblement bon, et patient.

— Eh bien, tout le monde va se tordre de rire sur mon passage à Lidcote, à présent ! J'imagine que ça m'apprendra à vouloir sortir de mon milieu.

— Arrêtez, je vous en prie.

— Ce n'est pas ce que les gens diront ?

— Pas les braves gens, non.

— Non, dis-je, me redressant. Vous avez raison. Voilà ce qu'ils diront, ils diront : "Cette pauvre Caroline Ayres, si quelconque. Elle ne se rend pas compte que, même au Canada, elle ne trouvera pas un homme pour vouloir d'elle !" »

Je lui jetai cette phrase d'une voix dure, en plein visage. Puis je traversai la pièce jusqu'au divan, pris la robe dans son carton.

« Vous feriez aussi bien de garder ça, dis-je, la froissant en boule et la lui jetant. Dieu sait que vous en avez besoin. Et puis ça, aussi. » Je lui jetai les fleurs. Elles atterrirent, pantelantes, à ses pieds.

Puis je vis le petit écrin de chagrin que j'avais reposé machinalement en commençant de lui parler. Je l'ouvris, y pris la lourde alliance en or et la lui jetai également. J'ai honte de l'avouer, mais je la jetai avec force, espérant la blesser au visage. Elle fit un écart, et la bague passa par la porte-fenêtre ouverte. Je croyais qu'elle volerait au-dehors, mais elle dut heurter une des portes vitrées, et un claquement se fit entendre, comme un coup de feu, incroyablement sonore dans le silence de Hundreds, et une fêlure apparut, comme venue de nulle part, dans un des élégants carreaux anciens.

Le bruit, la fêlure m'effrayèrent. Je regardai Caroline et vis qu'elle aussi avait peur. « Oh, pardonnez-moi, Caroline », dis-je, esquissant un pas vers elle, les bras tendus. Mais elle recula vivement, manquant trébucher, et la voir ainsi s'écarter de moi me rendit presque malade de dégoût de moi-même. Je me détournai et sortis, pris le couloir, me heurtant presque à Betty. Elle apportait le plateau du thé – les yeux brillants, espérant comme je le lui avais promis découvrir enfin les affaires toutes neuves de Miss Caroline, pour son mariage.

XIV

J'aurais peine à décrire mes sentiments au cours des quelques heures qui suivirent. Le simple retour à Lidcote fut une torture en soi, mes pensées comme fouettées par les mouvements de la voiture, tourbillonnant comme des toupies déchaînées. Pour comble de malchance, en pénétrant dans le village, je croisai Helen Desmond : elle me fit un joyeux signe de la main, et il n'était pas question de ne pas m'arrêter pour échanger quelques mots par la vitre baissée. Elle voulait me demander quelque chose, à propos du mariage ; je n'eus pas le courage de lui dire ce qui venait de se passer entre Caroline et moi, et dus donc écouter patiemment, hochant la tête et le sourire aux lèvres, avant de feindre de réfléchir à sa question et de dire que j'en parlerais à Caroline, et que je la tiendrais au courant, sans faute. Dieu seul sait ce qu'elle perçut de mon état. J'avais l'impression d'avoir un masque rigide à la place du visage, et ma voix me semblait à demi étranglée. Je parvins enfin à me débarrasser d'elle en prétendant avoir une urgence chez un patient ; arrivé chez moi, je constatai que j'avais, de fait, un message me demandant d'intervenir dans une situation apparemment sérieuse, à environ trois kilomètres de là. Mais la simple idée de reprendre le volant m'accablait littéralement. Je craignais de foncer droit dans le décor. Après quelques instants d'hésitation cauchemardesque, j'envoyai un mot à David Graham, lui expliquant que j'étais victime d'une vilaine gastrite et lui demandant d'y aller à ma place, et de prendre mes patients du soir aussi, si cela lui était possible. Je dis la même chose à ma femme de ménage et, quand elle fut revenue avec une réponse tout à fait aimable de Graham, je lui donnai congé pour la journée. Elle était à peine partie que je punaisai un mot à la porte de mon cabinet, tirai le verrou et les rideaux. J'allai prendre la bouteille de madère que je gardais dans un tiroir et, dans mon bureau plongé dans la pénombre, tandis que derrière la fenêtre les gens passaient, vaquant à leurs affaires, je me mis à boire verre sur verre d'alcool, jusqu'à la suffocation.

Je ne voyais pas quoi faire d'autre. À jeun, j'avais l'impression que mon cerveau allait exploser. Perdre Caroline était déjà assez terrible en soi, mais c'était aussi perdre tant d'autres choses... Tout ce que j'avais prévu, tout ce que j'avais espéré – je voyais tout disparaître, fondre sous mes yeux ! J'étais semblable à un homme assoiffé qui tend les mains vers le mirage d'un lac – qui tend les lèvres vers cette vision et la voit soudain se transformer en poussière. Et il y avait aussi ce coup de poignard, cette humiliation d'avoir cru que cela m'appartiendrait. Je songeais à tous les gens auxquels il faudrait le raconter : Seeley, Graham, les Desmond, les Rossiter – tout le monde. Je voyais déjà leur expression de compassion ou de sympathie, et j'imaginais, dans mon dos, cette compassion, cette sympathie virer à l'excitation du scandale et à la secrète satisfaction... C'était insupportable. Je me remis sur pied et fis les cent pas – comme j'avais souvent vu des patients le faire, pour tenter de dompter la douleur. Je buvais tout en allant et venant, ayant abandonné le verre pour me saouler directement au goulot, l'alcool ruisselant sur mon menton. La bouteille vidée, je montai à l'étage et me mis à retourner les tiroirs et placards pour en trouver une autre. Je dénichai une flasque de cognac et un petit tonnelet encore scellé de vodka polonaise datant d'avant la guerre, que j'avais gagné un jour lors d'une loterie et n'avais jamais eu le courage d'ouvrir. Je les mélangeai en un cocktail infâme que j'avalai en toussant et crachant. J'aurais mieux fait de prendre un tranquillisant, mais je suppose que je désirais l'avilissement de l'ivresse. Je me souviens m'être allongé sur mon lit en bras de chemise, buvant toujours, jusqu'à m'endormir ou perdre connaissance. Je me souviens m'être réveillé quelques heures plus tard, dans le noir, et avoir été pris d'une terrible nausée. Puis je me rendormis, et quand je m'éveillai de nouveau, je grelottais ; la nuit avait fraîchi. Je me glissai sous les couvertures, malade, honteux. Et ne me rendormis pas. J'observais la fenêtre qui blanchissait, et mes pensées coulaient, d'une clarté impitoyable, comme un torrent d'eau glacée. *Bien sûr que tu l'as perdue. Comment as-tu pu jamais croire autre chose ? Regarde-toi ! Regarde dans quel état tu es ! Tu ne la mérites pas.*

Mais par un de ces réflexes instinctifs de résilience, une fois levé, lavé, et m'étant préparé, encore nauséeux, un pot de café bien fort, mon humeur commença de s'alléger un peu. C'était une douce journée de printemps, comme la veille, et il m'apparaissait soudain impossible que d'une aube à l'autre tout ait pu changer de manière aussi dramatique. Je revécus en pensée ma conversation avec Caroline et, à présent que le choc initial de ses paroles, de son attitude, s'était amorti, je commençai de me sentir stupéfait de l'avoir ainsi prise au sérieux. Je me souvenais qu'elle était épuisée, déprimée, toujours sous le coup de la mort de sa mère et de tous les événements sinistres qui l'avaient précédée. Cela faisait des semaines qu'elle se comportait de façon incohérente, se laissant aller à telle ou telle pensée incongrue, et chaque fois j'étais parvenu, à force de paroles raisonnables, à la remettre sur les rails. Sans aucun doute, c'était là un dernier sursaut de son esprit perturbé, le point culminant de toutes ces angoisses, de toute cette tension. Je pourrais certainement la ramener à la raison, une fois encore. Je commençais d'en être persuadé. Je commençais de me dire qu'en fait elle n'attendait que cela de moi. Elle avait peut-être été jusqu'à me tester, en quelque sorte, tenter d'obtenir de moi une chose que je ne lui avais pas encore apportée.

Cette pensée me ragaillardit et acheva presque de dissiper ma gueule de bois. Ma femme de ménage arriva, heureuse de me voir en meilleure forme ; elle me dit qu'elle s'était fait du souci pour moi toute la nuit. Arriva l'heure de mes consultations du matin, et je prêtai une oreille particulièrement attentive à mes patients, souhaitant compenser ma défection peu élégante de la veille au soir. J'appelai David Graham pour lui dire que ma crise était passée. Soulagé, il me retransmit toute une liste de visites à effectuer, et je passai le reste de la matinée à filer d'une maison à l'autre.

Puis je retournai à Hundreds. De nouveau, j'entrai par la porte du jardin et allai directement au petit salon. La maison était si inchangée par rapport à ma dernière visite, et à chaque visite précédente, que je sentais l'assurance me revenir un peu plus à chaque pas. Trouvant Caroline assise à son bureau, devant une pile de papiers divers, je m'attendais presque à la voir se lever et me saluer d'un sourire un peu contraint. Je fis même quelques pas vers elle, esquissant déjà un geste des bras. Puis je vis son visage, et son expression de désarroi ne put pas m'échapper. Elle revissa le capuchon de son stylographe et se leva lentement.

Mes bras retombèrent. « Caroline, mais quelle absurdité, dis-je. J'ai passé une nuit absolument épouvantable. J'étais mort d'inquiétude pour vous. »

Elle fronça les sourcils, comme perplexe et navrée.

« Il ne faut plus vous inquiéter pour moi. Et il ne faut plus venir.

— Ne plus venir ? Êtes-vous folle ? Comment pourrais-je ne plus venir, en sachant que vous êtes là, et dans cet état...

— Je ne suis dans aucun "état".

— Mais il y a à peine un mois que votre mère est morte ! Vous êtes en deuil. Vous êtes en état de choc. Toutes ces choses que vous voulez faire, ces décisions que vous prenez à propos de Hundreds, de Rod... vous allez regretter tout cela. J'ai déjà vu ce genre de chose. Ma chérie...

— Veuillez ne plus m'appeler votre chérie, je vous en prie. »

Elle avait dit cela sur un ton à demi suppliant, mais aussi avec une nuance de désapprobation dans la voix ; comme si j'avais prononcé une grossièreté. Je m'étais encore approché d'elle, mais je fis de nouveau halte. Et après un silence, je lui parlai autrement, de manière plus pressante.

« Écoutez, Caroline. Je comprends que vous puissiez avoir des doutes. Vous et moi ne sommes pas de jeunes inconscients. Le mariage est un pas capital. La semaine dernière, j'ai moi-même réussi à me mettre dans un état de quasi-panique, comme vous maintenant. David Graham a dû me calmer à coup de whisky ! Je pense que si vous pouviez, à votre tour, vous apaiser un peu... »

Elle secoua la tête. « Je me sens plus calme que je ne l'ai été depuis des mois. À l'instant même où j'ai accepté de vous épouser, j'ai su que c'était une erreur, et hier, pour la première fois depuis lors, je me suis sentie en paix. Je suis absolument navrée de ne pas avoir été plus honnête envers vous – ni envers moi-même – dès le départ. »

Son ton, à présent, n'était pas tant désapprobateur que simplement froid, lointain, retenu. Elle portait une de ses tenues typiques de la maison, un cardigan fatigué, une jupe reprisée, et ses cheveux étaient retenus en arrière par un bout de ruban noir, mais elle paraissait étrangement séduisante et sûre d'elle, avec un air de fermeté que je ne lui avais plus vu depuis des semaines. Ma belle confiance de la matinée commençait de s'émietter. Je ressentais, juste derrière, toute l'angoisse, toute l'humiliation de la nuit précédente. Pour la première fois, je regardai vraiment autour de moi, et la pièce m'apparut légèrement différente, mieux rangée, plus anonyme, avec un tas de cendres dans la cheminée, comme si elle y avait fait brûler des papiers. Mon regard tomba sur la vitre fêlée, et je me souvins, honteux, des choses que je lui avais dites la veille. Puis je remarquai, posées sur une table basse, les boîtes que j'avais apportées, en une pile bien nette : la robe, les fleurs, l'écrin de chagrin.

Suivant mon regard, elle alla les soulever.

« Il faut reprendre tout ça, dit-elle d'une voix neutre.

— Ne soyez pas absurde. Que voulez-vous que j'en fasse ?

— Vous pouvez les rendre aux magasins.

— J'aurais l'air d'un bel imbécile ! Non, je tiens à ce que vous les gardiez, Caroline. Vous les porterez pour notre mariage. »

Elle ne répondit pas, mais continua de me les tendre, jusqu'à ce qu'il apparaisse clairement que je ne les saisirais pas. Elle reposa donc les deux cartons, mais garda l'écrin en main.

« Ceci, vous devez absolument le reprendre. Si vous refusez, je vous l'enverrai par la poste. J'ai retrouvé l'alliance sur la terrasse. C'est un très beau bijou. J'espère… j'espère que vous pourrez l'offrir à quelqu'un d'autre, un jour. »

J'émis un son de dégoût. « Elle a été faite à votre taille. Vous ne comprenez donc pas ? Il n'y aura jamais *personne* d'autre. »

Elle me tendait l'écrin. « Reprenez-la. Je vous en prie. »

Je lui pris la petite boîte des mains, non sans réticence. Mais en la laissant tomber au fond de ma poche, je tentai une dernière pro-vocation : « Je la reprends, mais provisoirement. Je la garderai jusqu'au jour où je pourrai vous la passer au doigt. N'oubliez jamais cela. »

Elle parut mal à l'aise, mais son ton demeura serein.

« Ne faites pas ça. Je sais que c'est dur, mais ne rendez pas les choses plus difficiles encore. Et ne croyez pas que je sois perturbée, ou effrayée, ou capricieuse. N'imaginez pas que je fais… je ne sais pas, ces choses que les femmes sont censées faire, quelquefois… une sorte de scène, de drame, pour pousser un homme à bout… » Elle fit une grimace comique. « J'espère que vous me connaissez assez pour savoir que je ne ferais jamais une chose pareille. »

Je ne répondis pas. La panique s'emparait de moi, une fois de plus : la panique et la frustration, à la simple idée que je la voulais, et que je ne l'aurais pas. Elle s'était approchée pour me rendre la bague. Il n'y avait entre nous qu'un mètre de distance, un mètre de vide. Ma chair me semblait comme aimantée par elle. Je me sentais si attiré, avec une telle puissance, une telle urgence, que je ne pouvais pas croire qu'il n'y ait pas chez elle ce même élan. Mais comme je tendais la main, elle recula. « Non, je vous en prie », dit-elle encore, d'un air d'excuse. De nouveau je tendis la main vers elle, et de nouveau elle recula, plus vivement. Je me souvins de la manière dont elle s'était brusquement écartée, effrayée, lors de ma dernière visite. Mais cette fois elle ne semblait pas effrayée ; et quand elle reprit la parole, toute nuance d'excuse avait même disparu de sa voix. Il me semblait presque l'entendre comme dans ces tout premiers jours où je l'avais connue, et avais parfois pensé qu'elle était dure.

« Si vous avez la moindre affection pour moi, dit-elle, n'essayez plus jamais de faire cela. J'ai énormément d'estime pour vous, et je serais navrée que cela change. »

Je rentrai à Lidcote dans un état presque aussi épouvantable que la veille. Je luttai tout l'après-midi contre le cafard, et ce n'est qu'une fois mes consultations du soir terminées, avec devant moi la perspective d'une nuit d'angoisse, que mes nerfs commencèrent de lâcher. De nouveau je me mis à faire les cent pas, incapable de rester en place, de travailler, tout à la fois stupéfait et torturé à l'idée qu'en une seconde – en quelques mots prononcés – j'avais perdu Caroline, le Hall et notre brillant avenir. Cela n'avait aucun sens. Je ne pouvais pas laisser cela arriver. Je mis mon chapeau, montai en voiture et repartis pour Hundreds. J'avais l'intention de saisir Caroline aux épaules et de la secouer, la secouer encore et encore jusqu'à ce que la raison lui revienne.

Puis j'eus ce qui m'apparut comme une meilleure idée. Arrivé au carrefour de Hundreds, je pris vers le nord, en direction de Leamington, et me rendis chez Harold Hepton, l'avocat des Ayres.

J'avais perdu tout sens du temps. Lorsque la bonne des Hepton me fit entrer, je perçus un cliquètement de couverts : je vis à l'horloge de l'entrée qu'il était huit heures passées, et compris avec consternation que la famille était réunie dans la salle à manger, en train de dîner. Hepton en personne vint m'accueillir avec sa serviette à la main, essuyant encore un peu de sauce sur ses lèvres.

« Je suis désolé de vous déranger ainsi. Je reviendrai une autre fois », dis-je.

Mais il déposa sa serviette, aucunement gêné.

« Allons donc ! Nous avons presque terminé, et je ne refuserais pas une petite pause avant le pudding. En outre, ça fait plaisir de voir un visage masculin. Je suis cerné par les femmes, dans cette maison… Venez par ici, nous serons plus tranquilles. »

Il me précéda dans son bureau qui donnait sur le jardin plongé dans le crépuscule, derrière la maison. C'était une belle demeure. Son épouse et lui ne manquaient pas de moyens, et avaient su les préserver. Tous deux étaient des personnages éminents dans le milieu local de la chasse au renard, et les murs de la pièce étaient ornés de divers souvenirs de chasse, sticks, trophées et photographies.

Il referma la porte et m'offrit une cigarette avant d'en prendre une lui-même. Puis il s'assit négligemment sur le bord de son bureau, tandis que, tendu, je prenais place dans un des fauteuils.

« Je ne vais pas y aller par quatre chemins, dis-je. Vous devez savoir pourquoi je suis ici. »

Occupé à allumer sa cigarette, il eut un geste vague.

« Il s'agit de toute cette histoire avec Caroline, repris-je, et avec Hundreds. »

Il referma son briquet. « Vous savez, bien entendu, que je n'ai pas le droit d'évoquer les affaires de la famille.

— Vous rendez-vous compte, fis-je, que j'étais sur le point de *faire partie* de cette famille ?

— C'est ce que je me suis laissé dire.

— Caroline vient d'annuler notre mariage.

— J'en suis navré.

— Mais vous le saviez, également. Vous l'avez su avant moi, en réalité. Et vous savez aussi, j'imagine, quels sont ses projets pour la maison et la propriété. Elle dit que Roderick vous a fait une sorte de pouvoir pour décider en son nom. Est-ce exact ? »

Il secoua la tête. « Je n'ai pas le droit de vous parler de ça, Faraday.

— Vous ne pouvez pas la laisser faire une chose pareille ! Roderick est malade, mais pas au point de se faire voler sa propriété sous le nez, comme ça ! Éthiquement, c'est irrecevable.

— Bien entendu, je ne ferai rien de ce genre sans un rapport médical approprié.

— Mais pour l'amour de Dieu, m'écriai-je, mais c'est *moi* son médecin ! Et aussi celui de Caroline, d'ailleurs !

— Baissez d'un ton, jeune homme, voulez-vous ? fit-il d'une voix sèche. Vous avez vous-même signé, si vous vous en souvenez, un papier confiant Roderick aux mains du Dr Warren. J'ai pris soin de m'en assurer. Le Dr Warren estime que le pauvre garçon n'est aucunement en état de gérer ses propres affaires ; et cela ne devrait guère évoluer dans l'avenir, qu'il soit proche ou lointain. Je ne fais que vous répéter ce que Warren dirait s'il était présent.

— Eh bien, c'est peut-être à Warren que je devrais m'adresser, dans ce cas.

— Allez-y, tout à fait. Mais, personnellement, je ne reçois pas mes instructions de lui. C'est Caroline qui me les donne. »

Son obstination m'exaspérait. « Vous devez bien avoir une opinion sur tout cela, insistai-je. Je veux dire une opinion personnelle. Vous voyez bien quelle absurdité cela constituerait. »

Il examina l'extrémité de sa cigarette. « Je n'en suis pas si sûr. C'est sans aucun doute une grande tristesse pour notre région de perdre encore une de ses vieilles familles. Mais cette maison s'effondre littéralement sur les épaules de Caroline. Le domaine a besoin d'une reprise en main sérieuse et efficace. Comment pourrait-elle espérer gérer cela ? Et comment se sent-elle dans cet endroit, qui lui évoque à présent tant de souvenirs funestes ? Sans ses parents, sans son frère, sans époux…

— Mais *j'étais* censé devenir son époux.

— Là, je ne peux me permettre aucun commentaire… je suis navré. Je ne vois pas vraiment ce que je peux faire pour vous.

— Vous pouvez empêcher cette affaire d'aller plus loin, en attendant que Caroline revienne à la raison ! Vous évoquiez la maladie de son frère, mais ne vous semble-t-il pas évident que Caroline elle-même n'est pas dans son état normal ?

— Croyez-vous ? Elle me semblait tout à fait bien portante, la dernière fois que je l'ai vue.

— Je ne parle pas de maladie physique. C'est à ses nerfs que je pense, à son équilibre mental. Je pense à tout ce qu'elle a traversé au cours des derniers mois. Toute cette tension a affecté sa capacité de jugement. »

Il parut embarrassé, mais également vaguement amusé.

« Mon cher Faraday, dit-il, si chaque fois qu'un type se faisait rembarrer il essayait de faire interner la jeune personne… »

Il étendit les mains, sans achever sa phrase. À l'expression de son visage, je vis à quel point je me rendais ridicule, et l'espace d'une brève seconde j'eus conscience de la réalité de ma situation, et de son caractère absolument désespéré. Mais cette conscience était trop dure à supporter. Je la chassai, je lui tournai le dos. Je me dis avec amertume que je perdais mon temps avec lui ; que je ne faisais pas partie de son « milieu ». Je me levai, me dirigeai vers un cendrier – un truc en étain, avec motif de chasse au renard – et écrasai ma cigarette.

« Je vais vous laisser à votre famille. Je suis désolé de vous avoir dérangé. »

Il se leva à son tour. « Mais pas du tout. J'aimerais simplement trouver un moyen pour vous rasséréner. »

Nous parlions tous deux de façon neutre, à présent. Je le suivis dans le hall, lui serrai la main en le remerciant pour le temps accordé. Sur le seuil, il leva les yeux vers le ciel crépusculaire, d'un bleu lumineux, et nous échangeâmes encore quelques mots badins sur les jours qui rallongeaient. En retournant à ma voiture, je jetai un regard vers les fenêtres dépourvues de rideaux de la salle à manger, et le vis se rasseoir à table : il expliquait déjà les raisons de ma visite à son épouse et à ses filles – secouant la tête et m'oubliant d'un haussement d'épaules, avant de terminer son dîner.

Je passai une deuxième mauvaise nuit, suivie d'une journée tourmentée ; la semaine se traîna ainsi, péniblement, jusqu'à ce que mon propre malheur finisse par me suffoquer. Jusqu'alors, je ne m'étais confié à personne ; au contraire, j'avais soigneusement gardé un masque de bonne humeur, car à présent la plupart de mes patients avaient entendu parler du mariage à venir et ne manquaient pas de me féliciter et de me demander force détails. Le samedi soir arrivé, je n'en pouvais plus. Je me rendis chez David et Anne

Graham et leur racontai toute l'histoire, assis sur le divan, la tête dans les mains, dans leur jolie petite maison.

Ils se montrèrent adorables. « Mais c'est dingue ! s'exclama aussitôt Graham. Caroline a perdu la tête. Oh, mais c'est un coup de panique avant le mariage, rien de plus. Anne était exactement pareille. Je ne comptais plus le nombre de fois où elle m'a rendu ma bague de fiançailles. Nous avions fini par la surnommer "le boomerang". Tu te souviens, chérie ? »

Anne sourit, mais elle semblait inquiète. Dans mon récit, j'avais inclus certaines paroles que m'avait dites Caroline, et de toute évidence ces mots lui avaient fait une impression plus forte qu'à son époux.

« Je suis certaine que tu as raison. Bien sûr, Caroline ne m'est jamais apparue comme facilement effrayée, ni impulsive. Mais il est vrai qu'elle a traversé des choses pénibles, ces derniers temps. Et la voilà seule à présent, sans sa mère… J'aurais dû faire plus d'efforts pour devenir amie avec elle, mais je ne sais pas, elle n'a pas l'air de vouloir d'amies. Mais j'aurais dû essayer davantage, insister.

— Est-il trop tard pour ça ? fit Graham. Pourquoi ne pas passer la voir demain et lui parler de Faraday ? »

Elle leva les yeux vers moi. « Voulez-vous que j'essaie ? »

Sa proposition était sans réel enthousiasme. Mais j'étais, moi, à bout de ressources.

« Oh, Anne, je vous en serais tellement reconnaissant, dis-je. Vous iriez, vraiment ? Je ne sais plus que faire. »

Elle posa une main sur la mienne et me dit qu'elle serait heureuse de m'aider. « Et voilà, le tour est joué, Faraday, intervint Graham. Ma femme pourrait faire plier Staline. Elle va vous arranger ça, vous allez voir. »

Il en parlait avec une telle décontraction que je me sentis presque idiot d'avoir fait tant d'histoires et, pour la première fois depuis le début de ces événements, je passai une bonne nuit et me réveillai le dimanche matin légèrement moins oppressé. Plus tard dans la journée, je conduisis Anne à Hundreds. Je n'entrai pas et me contentai de la regarder depuis la voiture, tendu, tandis qu'elle gravissait le perron et sonnait à la porte. Betty lui ouvrit et la fit entrer sans un mot ; la porte refermée, je m'attendais à la voir réapparaître presque aussitôt, mais en fait elle resta dans la maison une vingtaine de minutes – le temps pour moi de passer par tous les stades de l'anxiété avant de retrouver un certain optimisme.

Mais en la voyant sortir – accompagnée par une Caroline au visage de pierre, qui jeta un bref regard vers la voiture avant de réintégrer la pénombre rosée du hall et de refermer la porte sur elle –, je sentis le cœur me manquer.

Elle s'assit à côté de moi, demeura un instant silencieuse. Puis elle secoua la tête.

« Je suis navrée. Apparemment, Caroline a pris sa décision. Toute cette histoire lui fait horreur. Elle a le sentiment de vous avoir honteusement fait marcher. Mais elle ne changera pas d'avis.

— Vous en êtes sûre ? » Je jetai un regard vers la porte close. « Vous ne pensez pas qu'elle a pu ne pas apprécier votre démarche, et finalement parler plus durement qu'elle ne le pensait ?

— Je ne crois pas. Elle a été extrêmement aimable avec moi ; heureuse de me voir, en fait. C'est pour vous qu'elle s'inquiète.

— Vraiment ?

— Oui. Elle a été très contente d'apprendre que vous vous étiez confié à David et à moi. »

Elle dit cela comme si c'était censé m'apporter quelque réconfort. Mais l'idée que Caroline puisse être *contente* que j'aie commencé à faire savoir autour de moi que notre histoire était terminée – qu'elle soit *contente* d'avoir, en quelque sorte, vu passer le relais à des amis à moi –, cette idée me rendait malade d'angoisse.

Celle-ci dut se lire sur mon visage. « J'aimerais qu'il en soit autrement, reprit Anne. Réellement. J'ai dit tout ce que je pouvais dire en votre nom. Et Caroline, en fait, parle de vous avec beaucoup d'affection ! Elle vous aime beaucoup, c'est évident. Mais elle a aussi évoqué ce qui, disons… manque à ses sentiments, à ce qu'elle éprouve pour vous. Je crois qu'une femme ne se trompe jamais sur ce genre de chose… Et puis aussi tout le reste : quitter cette maison, mettre Hundreds en vente. Elle y est tout à fait décidée. D'ailleurs elle a commencé à emballer les affaires, vous ne le saviez pas ?

— Quoi ?

— Apparemment, elle s'active à cela depuis des jours. Un antiquaire est déjà passé, paraît-il, et lui a fait une offre pour les meubles, les bibelots, tout ça. Toutes ces jolies choses ! Quel dommage. »

Je demeurai une seconde silencieux, figé, les nerfs tendus à craquer. « Je ne supporterai pas ça ! » fis-je soudain, et j'ouvris la portière, bondis hors de la voiture.

Il me sembla entendre la voix d'Anne me rappeler. Je ne me retournai pas. Je traversai le terre-plein de gravier d'un pas furieux, gravis le perron quatre à quatre et, ouvrant la porte d'un coup d'épaule, je découvris Caroline juste derrière, Betty à ses côtés : elles déposaient un coffre à thé sur le sol de marbre. D'autres coffres et caisses étaient éparpillés au pied de la cage d'escalier. Le hall d'entrée semblait ravagé, avec ses murs dénudés, couverts de marques là où les ornements avaient été décrochés, tables et vitrines posées n'importe comment, de biais, comme autant d'invités mal à l'aise lors d'une soirée ratée.

Caroline portait son vieux pantalon de treillis. Elle avait fourré ses cheveux dans un turban. Ses manches étaient roulées, ses mains crasseuses. Une fois encore, au-delà de ma colère, je sentis une attirance désespérée, diabolique, s'emparer de mon corps, de mon sang, de mes nerfs, de tout en moi.

Son expression était glacée. « Je n'ai rien à vous dire, fit-elle. J'ai déjà tout dit à Anne.

— Je ne peux pas me passer de vous, Caroline. »

Elle faillit lever les yeux au ciel. « Il le faut ! Et il n'y a rien d'autre à ajouter.

— Caroline, je vous en prie. »

Elle ne répondit pas. Je me tournai vers Betty, qui demeurait immobile, gênée.

« Betty, dis-je, peux-tu nous laisser une ou deux minutes ? »

Mais comme Betty commençait de s'éloigner, Caroline intervint. « Non, inutile. Le Dr Faraday et moi n'avons rien à nous dire que vous ne puissiez entendre. Finissez de remplir ce carton. »

La jeune fille parut un instant déchirée, puis baissa la tête et se détourna à demi. Je demeurai silencieux, frustré ; puis je parlai, d'une voix plus basse.

« Caroline, dis-je, je vous en supplie. Réfléchissez encore. Peu m'importe si vous ne… ne m'aimez pas assez. Vous m'aimez un peu, je le sais. Ne prétendez pas qu'il n'y a rien entre nous. Cette fois-là, au bal… ou bien quand nous étions au-dehors, sur la terrasse…

— J'ai commis une erreur, dit-elle d'une voix lasse.

— Ce n'était pas une erreur.

— Si. Une erreur, du début à la fin. Et j'en suis désolée.

— Je ne vous laisserai pas partir.

— Mon Dieu, mais vous voulez que je finisse par vous haïr ? Ne revenez plus ici comme ça. C'est fini. C'est terminé. »

Je la saisis au poignet, soudain furieux de nouveau.

« Comment pouvez-vous parler ainsi ? Comment pouvez-vous agir ainsi ? Nom d'un chien, mais regardez-vous ! Vous détruisez cette maison. Abandonner Hundreds ! mais *comment* pouvez-vous faire ça ? Comment… comment *osez*-vous ? Ne m'avez-vous pas dit un jour que vivre ici impliquait une sorte de contrat moral ? Que vous deviez vous montrer à la hauteur ? C'est ce que vous faites, là ? »

Elle se dégagea d'une torsion du poignet. « Ce contrat me tuait ! Et vous le savez. J'aurais dû partir il y a un an de cela, en emmenant mon frère et ma mère. »

Elle commençait de s'éloigner pour continuer sa tâche. « En êtes-vous bien certaine ? » fis-je d'une voix égale.

Une fois de plus, j'étais frappé par son assurance, la fermeté de sa posture. Elle se tourna vers moi, fronçant les sourcils. « Il y a un an, repris-je, qu'aviez-vous ? Une maison qui vous prenait tout votre temps. Une mère âgée, un frère malade. À quoi ressemblait votre avenir ? Et pourtant, regardez-vous, à présent. Vous êtes libre, Caroline. Vous serez riche, je suppose, une fois Hundreds vendu. Vous savez, il me semble que vous vous en êtes plutôt pas mal tirée, somme toute. »

Elle me fixa pendant une seconde, puis le sang lui monta au visage. Je me rendis compte de l'horreur de ce que j'avais suggéré, et me sentis rougir à mon tour.

« Pardonnez-moi, Caroline.

— Sortez.

— Je vous en prie…

— Sortez d'ici. Sortez de ma maison. »

Je ne regardai pas Betty, mais je devinai son expression embarrassée, effarée et un peu affligée. Je me détournai, tirai maladroitement la poignée, descendis les marches et traversai le terre-plein en aveugle, retrouvai la voiture. Anne vit mon visage. « Ça n'a servi à rien, n'est-ce pas ? fit-elle avec douceur. Je suis vraiment, vraiment désolée. »

Je nous ramenai à Lidcote sans desserrer les dents, définitivement abattu – non pas tant de savoir que j'avais perdu Caroline, mais par cette idée que j'avais eu une chance de la reconquérir, et que j'avais sacrifié cette occasion. En me rappelant ce que je lui avais dit, ce que cela impliquait, je me sentais accablé de honte. Mais je savais au fond de moi que cette honte passerait, que mon désarroi reprendrait le dessus, et que je retournerais à Hundreds et finirais par dire des choses pires encore. Donc, afin de rendre la situation parfaitement irrécupérable, après avoir déposé Anne, je me rendis tout droit chez les Desmond pour leur annoncer que Caroline et moi avions rompu, et que le mariage était annulé.

C'était la première fois que je prononçais ces paroles, et elles sortirent de ma bouche plus facilement que je ne l'aurais cru. Bill et Helen firent preuve de sympathie et de compassion. Ils m'offrirent un verre de vin et une cigarette. Me demandèrent qui d'autre était au courant ; je leur répondis qu'ils étaient plus ou moins les premiers à le savoir, mais qu'en ce qui me concernait ils pouvaient annoncer la nouvelle à qui bon leur semblait. Plus tôt tout le monde serait prévenu, mieux ce serait, ajoutai-je.

« Il n'y a vraiment aucun espoir ? me demanda Helen en me raccompagnant à la porte.

— Aucun, j'en ai bien peur », fis-je avec un sourire lugubre, parvenant à donner l'impression, me sembla-t-il, que je m'étais fait à cette idée, laissant même peut-être supposer que Caroline et moi l'avions prise en commun.

Il y avait trois pubs à Lidcote. Je sortis de chez les Desmond à l'heure de l'ouverture, et m'arrêtai pour boire un verre dans chacun des trois. Au dernier, j'achetai une bouteille de gin – le seul alcool fort qu'ils eussent – à emporter ; une fois de plus je me retrouvai dans mon bureau, en train de me saouler méthodiquement. Cette fois, cela dit, bien que je n'eusse pas lésiné, je demeurai obstinément lucide, et lorsque je pensais à Caroline son visage m'apparaissait avec une clarté parfaite. C'était comme si mes tourments des jours passés avaient simplement épuisé ma capacité à éprouver encore des émotions violentes. Quittant le bureau, je montai à l'étage, et mon logement, qui depuis quelque temps m'apparaissait aussi artificiel qu'un décor de théâtre, sembla soudain se densifier, se réaffirmer, dans toutes ses couleurs ternes, ses angles tristes. Mais même cela ne réussit pas à me déprimer davantage. Dans une sorte d'effort pour susciter le chagrin, je montai jusqu'à ma chambre mansardée et sortis tout ce qui me venait de Hundreds, ou avait un lien avec la maison. Il y avait la médaille de l'Empire Day, bien entendu, et la photo sépia que Mrs Ayres m'avait offerte lors de ma première visite, et sur laquelle pouvait ou non figurer le visage de ma mère. Mais il y avait aussi le petit sifflet en ivoire que j'avais arraché du tube acoustique de la cuisine, en ce jour de mars : je l'avais alors rangé dans la poche de mon gilet et rapporté par inadvertance à la maison. Depuis lors, il était rangé dans un tiroir, avec mes boutons de col et mes boutons de manchettes, et je l'en sortis, le posai sur ma table de chevet, à côté de la photo et de la médaille. J'ajoutai la clef des grilles du parc et celle de la maison, et à côté posai enfin l'écrin de chagrin renfermant l'alliance de Caroline.

Une médaille, une photo, un sifflet, une paire de clefs, une alliance anonyme. Tout cela composait l'écume du temps passé à Hundreds : une étrange petite collection. Une semaine auparavant, cela aurait raconté une histoire, dont j'étais le personnage principal. À présent, ce n'étaient plus que des babioles abandonnées. Je les observai, y cherchant quelque signification, en vain.

Je raccrochai les clefs à mon trousseau ; je n'arrivais pas à m'en séparer, pas encore. Mais je cachai tout le reste, comme honteux. Je me couchai tôt, et le lendemain entrepris sans joie de reprendre le fil de ma routine – celle qui était mienne avant que la vie à Hundreds m'ait tant absorbé. L'après-midi même, j'appris que la maison et les terres étaient mises en vente dans une agence locale. À Makins, le métayer, on avait donné le choix entre quitter la ferme ou l'acheter, et il avait décidé de partir : il n'avait pas les moyens de monter sa propre exploitation ; cette vente soudaine l'avait mis en situation délicate, et il ne décolérait pas, disait-on. D'autres informations me parvinrent ainsi par bribes, au fur et à mesure que la semaine s'avançait ; on voyait des camions entrer et sortir de la propriété, vidant progressivement le Hall de son contenu. La plupart des gens supposaient tout naturellement que c'était là notre plan, à Caroline et moi, et je passai quelques journées pénibles à devoir expliquer encore et encore que le mariage était annulé, et que Caroline quittait seule la région. Puis la nouvelle dut finalement se répandre, car les questions cessèrent brusquement, et la gêne qui s'ensuivit se révéla presque plus insupportable encore. Je me jetai à corps perdu dans mon travail à l'hôpital. Il y avait fort à faire, à cette époque. Je ne retournai pas à Hundreds ; j'avais déjà renoncé à mon raccourci par le parc. Je ne voyais plus du tout Caroline, même si je pensais à elle, rêvais d'elle, beaucoup trop souvent à mon gré. J'appris enfin par Helen Desmond qu'elle devait partir définitivement, et en toute discrétion, le dernier jour de mai.

Après quoi je n'eus plus qu'un désir : que le mois passe le plus vite et le moins douloureusement possible. J'avais un calendrier au mur de mon cabinet, et lorsque nous avions décidé de la date du mariage, je l'avais décroché pour ajouter de joyeuses fioritures à l'encre, à la date du 27. À présent, une sorte d'orgueil ou d'obstination m'empêchait de m'en débarrasser. Je voulais voir passer cette date : quatre jours après, Caroline aurait totalement disparu de ma vie, et je m'abandonnais à cette superstition que, une fois tournée la page du mois de juin, je serais un homme nouveau. Entre-temps, je regardais approcher la case encrée avec un mélange nauséeux d'impatience et d'angoisse. Au cours de la dernière semaine du mois, je devins de plus en plus distrait, incapable de me concentrer sur mon travail, et passai de nouveau de mauvaises nuits.

Résultat, le jour dit s'écoula presque inaperçu. À une heure – l'heure fixée du mariage –, j'étais au chevet d'un patient âgé qui requérait toute mon attention. En quittant son domicile, entendant sonner la demi-heure, je ne ressentis presque rien – me demandant seulement, machinalement, quel autre couple avait pris notre créneau devant monsieur le maire. Je passai voir d'autres malades ; la consultation du soir fut tranquille, et je passai le reste de la soirée à la maison. Dix heures et demie arrivées, je me sentis fatigué et songeai à aller me coucher ; en fait j'avais déjà ôté mes chaussures et gravissais l'escalier chaussons aux pieds, quand j'entendis frapper et sonner furieusement à la porte du cabinet. Je trouvai là un gamin d'environ dix-sept ans, tellement hors d'haleine qu'il avait peine à parler. Il venait de parcourir huit kilomètres au pas de course pour venir me chercher, pour le mari de sa sœur qui, me dit-il, souffrait horriblement du ventre. Je réunis mon matériel et le ramenai chez sa sœur ; l'endroit se révéla immonde au-delà de l'imaginable – une masure abandonnée, avec des trous dans la toiture et des fenêtres disjointes, sans eau ni lumière. La famille, des gens de l'Oxfordshire qui étaient montés vers le nord pour chercher du travail, s'était installée là sans autorisation. Cela faisait des jours que le mari était malade, « un jour ça va un jour ça va pas », me dit-on, il vomissait, avait de la fièvre et souffrait du ventre ; ils lui avaient donné de l'huile de castor, mais depuis quelques heures il allait si mal qu'ils avaient fini par prendre peur. N'ayant pas de médecin traitant, ils ne savaient à qui s'adresser. Ils étaient finalement venus me trouver pour s'être souvenu d'avoir vu mon nom dans le journal local.

Le malheureux gisait dans la salle éclairée à la bougie, sur une sorte de lit gigogne, tout habillé, sous une couverture grise de l'armée. Il avait une forte fièvre et son ventre était tout gonflé, et si douloureux que, quand je commençai de l'examiner, il cria, repliant les genoux et essayant faiblement de m'écarter d'un coup de pied. C'était là le plus beau cas d'appendicite aiguë que j'aie vue de ma carrière, et il fallait le transporter à l'hôpital de toute urgence, avant que son appendice n'éclate. La famille fit des mines horrifiées en pensant aux frais qu'impliquait une telle opération. « Vous ne pouvez rien faire ici, sur place ? » me demandait sans cesse son épouse en me tirant par la manche. Sa mère et elle connaissaient une fille à qui l'on avait administré un lavage d'estomac, après qu'elle avait avalé un flacon de pilules ; elles voulaient que je fasse la même chose avec lui. Le malade lui-même s'était fixé sur cette idée : si je pouvais juste « lui laver le ventre de cette saloperie », il se remettrait sans problème ; c'était tout ce qu'il voulait, et tout ce qu'il accepterait. Il n'avait pas envoyé quelqu'un me chercher pour se retrouver Dieu sait où, à se faire ouvrir le bide et triturer dans tous les sens par des toubibs à la c...

Sur quoi il fut pris d'une terrible crise de vomissements, et ne put plus rien articuler. La famille était plus angoissée que jamais. Je réussis enfin à les convaincre de la gravité du cas, et le problème fut alors de trouver comment le transporter à l'hôpital au plus vite. Dans l'absolu, il lui aurait fallu une ambulance. Mais la maison était isolée, et la cabine téléphonique la plus proche se trouvait près d'un bureau de poste à trois kilomètres de là. Je ne voyais d'autre possibilité que de l'emmener moi-même, et son beaufrère et moi le transportâmes, toujours sur sa couche, sur le siège arrière de ma voiture. Son épouse se casa comme elle le put près de lui, tandis que le jeune garçon s'asseyait devant, le reste des enfants confié à la garde de la mère âgée. Ce fut un trajet assez éprouvant, dix ou douze kilomètres de petites routes et de chemins à peine goudronnés, le malheureux gémissant ou poussant un cri à chaque cahot, entre deux vomissements dans une cuvette ; sa femme pleurait tant qu'elle n'était d'aucun secours ; le gamin était mort de peur. La seule chose positive était la présence de la pleine lune, qui éclairait le paysage comme une lampe pâle. Une fois sur la route de Leamington, je pus accélérer ; à minuit et demi, nous arrivions aux urgences de l'hôpital de Leamington, et vingt minutes plus tard l'homme filait en salle d'opération — l'air si mal en point que j'eus quelques doutes quant à ses chances de survie. Je demeurai avec son épouse et le jeune garçon, ne voulant pas les quitter sans savoir comment la chose s'était déroulée. Finalement, Andrews, le chirurgien, vint nous dire que tout s'était bien passé. Il avait pu effectuer l'ablation de l'appendice avant qu'une perforation ne se déclare, donc tout risque de péritonite était écarté ; le patient était faible, mais sinon se remettait normalement.

Andrews avait un accent de la haute à couper au couteau, et l'épouse était si abrutie d'angoisse qu'elle ne le comprenait pas, je le vis bien. Lorsque je lui expliquai que son époux était hors de danger, elle manqua s'évanouir de soulagement. Elle voulait le voir ; pas question pour le moment. De même, on ne pouvait les laisser, elle et son frère, rester toute la nuit dans la salle d'attente. Je proposai de les ramener chez eux en rentrant à Lidcote, mais ils ne voulaient pas s'éloigner de l'hôpital – pensant probablement au bus qu'il faudrait payer pour revenir le lendemain. Ils déclarèrent avoir des amis tout près de Leamington, qui leur prêteraient leur carriole attelée d'un poney ; le garçon rentrerait à la cabane pour prévenir leur mère que tout allait bien, et la femme passerait la nuit en ville et reviendrait voir son mari le lendemain matin. Ils semblaient aussi fixés sur cette carriole qu'ils l'avaient été précédemment sur le lavage d'estomac, et je me demandai s'ils n'allaient pas tout simplement dormir dans un fossé en attendant le lever du jour. Mais comme je leur proposais de nouveau de les conduire quelque part, ils finirent par accepter ; l'endroit où je les menai était une autre maison empruntée, tout aussi misérable que la leur, avec deux ou trois chiens et chevaux à l'attache au-dehors. À notre arrivée, les chiens se mirent à faire un raffut de tous les diables, et la porte s'ouvrit, laissant apparaître un homme armé d'un fusil de chasse. En reconnaissant ses visiteurs, il déposa son arme et les fit aussitôt entrer. Ils m'invitèrent chaleureusement à me joindre à eux – ils avaient « plein de thé et de cidre ». L'espace d'une seconde, je fus presque tenté de dire oui. Mais finalement, je les remerciai et pris congé. Avant que la porte ne se referme, j'entrevis la pièce au-delà, au sol jonché de matelas et de corps endormis : des adultes, des enfants, des bébés, des chiens, et des chiots nouveau-nés qui se tortillaient comme des vers, encore aveugles.

Après cette course à l'hôpital, suivie de l'attente angoissée et du soulagement final, toute cette aventure prenait un aspect vaguement hallucinatoire, et tandis que je m'éloignais, ma voiture m'apparut subitement, par contraste, d'un silence, d'un isolement singuliers. C'est une chose étrange que de plonger ainsi dans les drames intimes des patients, avant d'en sortir aussi vite – surtout la nuit. Cela peut vous laisser sur le flanc, mais aussi, parfois, curieusement en éveil, à vif, et là, mon esprit n'ayant plus rien à quoi s'accrocher se mit à dérouler le fil des événements des dernières heures, comme un film que l'on passerait en boucle. Le jeune garçon, muet, haletant à la porte de mon cabinet ; l'homme repliant les jambes pour tenter faiblement de m'écarter à coups de pied ; les larmes de la femme, les vomissements, les cris ; Andrew, avec ses manières, sa voix de chirurgien ; la masure épouvantable ; les corps allongés, les chiots – tout cela défilait encore et encore, obsédant, épuisant, et je finis par baisser ma vitre et allumer une cigarette pour essayer d'y mettre fin. Et quelque chose dans ce simple geste, dans l'obscurité de la voiture, la lueur pâle de la lune et des phares éclairant ma main – quelque chose me fit me souvenir que ce trajet était celui que j'avais emprunté au mois de janvier, après le bal de l'hôpital. Je consultai ma montre : deux heures du matin, en ce qui aurait dû être ma nuit de noces. À cette heure-là, j'aurais dû me trouver dans le compartiment d'un train de nuit, Caroline entre mes bras.

Le sentiment de perte, le chagrin m'envahirent et me submergèrent de nouveau, pires que jamais. Je ne voulais pas regagner ma chambre vide, ma maison sans joie, sans chaleur. C'est Caroline que je voulais ; et je ne pouvais l'avoir – c'est tout ce que je savais. J'avais atteint la route qui menait à Hundreds, et de la savoir tout à la fois si proche et si hors de portée me fit littéralement trembler. Je fus contraint de jeter ma cigarette et d'arrêter la voiture, le temps que la crise se calme. Mais je ne pouvais toujours pas envisager de rentrer chez moi. Je repris la route, lentement ; bientôt, j'arrivai au tournant qui menait à l'étang entouré d'herbe folle. Je m'y engageai, cahotant sur le mauvais chemin de terre, et m'arrêtai là où Caroline et moi nous étions arrêtés cette nuit-là – la nuit où j'avais tenté de l'embrasser et où, pour la première fois, elle m'avait repoussé.

La lune était si claire que les arbres projetaient leur ombre, et que l'étang paraissait d'un blanc laiteux. La scène évoquait une photographie d'elle-même, en un tirage étrange, légèrement irréel : je la fixai des yeux, et eus l'impression d'être absorbé complètement par cette image, me sentis soudain hors du temps, hors de tout, un étranger absolu. Il me semble que je fumai une autre cigarette. Je sais que j'avais froid, et que je cherchai à tâtons le vieux plaid rouge sur la banquette arrière – celui que j'avais naguère enroulé autour de Caroline – et m'en enveloppai. Je ne me sentais absolument pas fatigué, au sens habituel du mot. J'avais sans doute l'intention de passer là le reste de la nuit, éveillé. Mais je finis par me tourner, replier les jambes, poser la joue sur le dossier du siège ; et presque immédiatement je sombrai dans une sorte de demi-sommeil agité. Dans un vague rêve, il me semblait sortir de l'auto et marcher jusqu'à Hundreds : je me voyais faire tout cela avec cette même sorte de clarté artificielle, un peu incohérente, avec laquelle je m'étais remémoré la soirée et tout le trajet jusqu'à l'hôpital, un moment auparavant. Je me voyais parcourir le paysage argenté, traverser comme un ectoplasme les grilles de Hundreds. Je me voyais emprunter l'allée qui menait à la maison.

Mais soudain la panique s'emparait de moi – car l'allée avait changé, l'allée était bizarre, déformée, invraisemblablement longue, interminable, et n'aboutissait qu'à un enchevêtrement obscur.

Je me réveillai au grand jour, péniblement, les membres ankylosés. Il était six heures passées. Les glaces de la voiture ruisselaient de condensation, j'avais la tête nue : mon chapeau, ayant glissé entre mes épaules et le siège, était tout écrasé, fichu, et le plaid enroulé autour de ma taille comme si j'avais lutté pour m'en débarrasser. J'ouvris la portière et pris pied maladroitement au-dehors, inspirant la fraîcheur de l'air. Je sentis quelque chose remuer contre mon pied et pensai à des rats, mais ce n'était qu'un couple de hérissons venus flairer les pneus et qui disparaissaient à présent dans l'herbe haute, laissant un sillage sombre derrière eux : l'herbe était pâlie par la rosée. Un léger brouillard planait au-dessus de l'étang – dont l'eau était passée du blanc au gris ; l'endroit avait perdu cet air irréel qu'il avait dans la nuit. Je me sentais un peu comme après un terrible raid aérien dans la grande ville : sortant de l'abri en clignant des yeux, voyant les maisons abîmées mais encore debout, alors qu'au plus fort du bombardement on aurait cru que le monde entier volait en éclats.

Toutefois, j'étais moins étourdi ou sonné que simplement vidé. Toute émotion m'avait quitté. J'avais envie d'un café, de me raser ; il fallait aussi que je me soulage, d'urgence. Je trouvai un coin adéquat ; puis je me peignai, et fis de mon mieux pour rajuster mes vêtements froissés. J'essayai de démarrer la voiture. Dans le froid et l'humidité, elle refusa, mais après que j'eus soulevé le capot et soigneusement essuyé la tête d'allumage, je réussis à lancer le moteur – un grondement sonore dans le silence de la campagne, qui effraya les oiseaux dans les arbres et les fit s'égailler. Je repris le chemin de terre, puis brièvement la route de Hundreds, avant de bifurquer vers Lidcote. Je ne croisai personne en chemin, mais le village s'éveillait, les familles laborieuses commençaient leur journée, la cheminée de la boulangerie fumait ; le soleil était encore bas, les ombres s'allongeaient, et chaque détail de l'église de moellons, des maisons de brique rouge, des vitrines, des trottoirs et de la chaussée déserts – tout ressortait avec une clarté, une netteté, une fraîcheur parfaites.

Ma maison est située au bout de la rue principale, et en m'approchant j'aperçus un homme devant la porte du cabinet : il tirait la sonnette de nuit, avant de mettre ses mains en visière pour tenter de voir quelque chose au travers de la vitre dépolie, à côté de la porte. Il portait un chapeau et son col était relevé, et je ne distinguai pas son visage ; supposant que c'était déjà un patient, je sentis le cœur me manquer. Mais il se détourna en entendant la voiture approcher, et je reconnus David Graham. Quelque chose dans son attitude me fit immédiatement penser qu'il était porteur d'une mauvaise nouvelle. Et lorsque je m'arrêtai et vis son visage, je sus que ce devrait être une très, très mauvaise nouvelle. Je me garai, descendis de voiture, et il s'approcha d'un pas accablé.

« J'ai essayé de vous trouver… Oh, Faraday… » Il passa une main sur ses lèvres. Le silence du matin était tel que je perçus le crissement de son menton pas rasé contre sa paume.

« Qu'y a-t-il ? demandai-je. C'est Anne ? » Je n'imaginais pas autre chose.

« Anne ? » Il cligna des yeux, les paupières rougies. « Non. C'est… Faraday, c'est Caroline, malheureusement. Il y a eu un accident à Hundreds. Je suis absolument navré. »

Un coup de téléphone était parvenu du Hall, vers les trois heures du matin. C'était Betty qui me demandait. Elle était dans un état effroyable ; comme je n'étais pas à la maison, bien sûr, l'opératrice avait transmis le message à Graham. Sans lui donner de détails, on lui avait dit de se rendre à Hundreds aussi vite que possible. Il s'était habillé en toute hâte et avait filé là-bas – pour se trouver bloqué à l'entrée de la propriété. Betty avait oublié le cadenas. Il avait tenté d'ouvrir une grille, puis contourné le parc et essayé l'autre, mais toutes deux étaient bel et bien condamnées, et beaucoup trop hautes pour qu'il puisse les escalader. Il était sur le point de rentrer chez lui et de rappeler Betty au téléphone lorsqu'il avait songé aux nouveaux pavillons et à la brèche dans le mur d'enceinte. Les maisons étaient à présent entourées de jardins rudimentaires, délimités au fond par des chaînes ; il put crapahuter au-dessus de l'une d'elles, et rejoindre le Hall à pied.

Betty lui ouvrit, une lampe à huile à la main. Elle était, dirait-il, « au-delà de l'hystérie », presque assommée par le choc, la terreur, et à peine était-il entré qu'il comprit pourquoi. Derrière elle, dans la clarté de la lune, sur le sol de marbre rose et vert, gisait Caroline. Elle portait sa chemise de nuit, dont le bas était relevé de biais. Ses jambes étaient dénudées, ses cheveux déployés semblaient faire un halo autour de sa tête, et l'espace d'une seconde, dans cette pénombre, il crut qu'elle avait pu être victime d'un simple évanouissement ou d'une crise de tétanie. Puis il prit la lampe des mains de Betty, s'approcha, et constata avec horreur que ce qu'il avait pris pour la chevelure de Caroline était en réalité une flaque de sang presque coagulé ; il comprit qu'elle avait dû tomber d'un des paliers, au-dessus. Automatiquement, il leva les yeux pour chercher une rampe brisée ; tout paraissait intact. Il alluma une autre lampe et examina succinctement le corps de Caroline, mais il était évident qu'il n'y avait plus rien à faire. Elle avait dû mourir sur le coup, estima-t-il, à la seconde où sa tête avait heurté le sol. Il alla chercher une couverture et l'étendit sur elle, puis emmena Betty au sous-sol, où elle leur prépara un thé.

Il espérait qu'elle pourrait lui raconter ce qui s'était passé. Mais hélas, Betty n'avait pas grand-chose à dire. Elle avait entendu le pas de Caroline sur le palier, au beau milieu de la nuit. Et en sortant de sa chambre pour voir ce qui se passait, elle avait littéralement vu son corps tomber, puis entendu le choc affreux contre le sol de marbre en bas. Elle ne « supportait même pas d'y penser ». Cette image de Caroline plongeant tête la première dans le clair de lune était la chose la plus horrible qu'elle ait jamais vue de sa vie. Dès qu'elle fermait les yeux, elle la revoyait. Elle disait qu'elle « ne s'en remettrait jamais ».

Graham lui administra un sédatif puis, comme je l'avais fait récemment, décrocha le téléphone antédiluvien pour prévenir la police et faire venir un fourgon funéraire. Il appela aussi chez moi, pour me prévenir de ce qui venait d'arriver ; une fois de plus, bien sûr, il n'y eut pas de réponse. Il pensa aux voitures qui n'allaient pas tarder à arriver, et aux grilles cadenassées ; il demanda la clef à Betty et retourna à sa voiture, traversant le parc sous la lune. Il était soulagé de quitter la maison, me dit-il, et n'avait aucune envie d'y pénétrer de nouveau. Il avait la sensation irrationnelle d'une sorte de malaise inhérent au lieu, comme une infection latente qui aurait imprégné les murs, le sol. Mais il demeura présent pendant toutes les démarches qui suivirent ; arrivée du brigadier et transport du corps de Caroline dans le fourgon. Vers les cinq heures, tout était terminé ; il n'y avait plus que Betty à prendre en charge. Elle paraissait si secouée, dans un état si pathétique, qu'il songea un moment à la ramener chez lui ; là encore, il éprouva cette étrange répulsion à rester une seconde de plus dans la demeure. Mais il était hors de question de la laisser seule dans ce décor de terreur, et il attendit qu'elle réunisse ses affaires, puis la conduisit chez ses parents, à presque une quinzaine de kilomètres ; il dit qu'elle n'avait cessé de trembler durant tout le trajet. Après quoi il était rentré à Lidcote, pour raconter à Anne ce qui s'était passé ; et puis il était venu chez moi, espérant me trouver enfin.

« Vous n'auriez rien pu faire de plus, Faraday, dit-il. Et pour être franc, je pense que c'est un coup de chance que ce soit à moi que l'appel soit parvenu. Elle n'a pas souffert, je vous l'assure. Mais la plupart des blessures… ma foi, elles étaient à la tête. C'est aussi bien que vous n'ayez pas vu ça. Simplement, je ne voulais pas que vous l'appreniez par quelqu'un d'autre. Vous étiez chez un patient, je suppose ? »

Nous étions installés au salon à présent, à l'étage. Il m'avait aidé à monter, m'avait offert une cigarette. Mais la cigarette se consumait seule dans le cendrier, sans que j'y touche : je me tenais penché dans mon fauteuil, les coudes aux genoux, la tête dans les mains. « Oui, dis-je sans lever les yeux. Appendicite aiguë. J'ai craint le pire, pendant un moment. J'ai emmené moi-même le gars à Leamington. Andrews l'a tiré d'affaire.

— Ma foi, il n'y avait absolument rien de plus que vous auriez pu faire, répéta Graham. Cela dit, j'aurais bien aimé savoir que vous étiez à l'hôpital, j'aurais pu vous joindre là-bas, plus tôt. »

J'avais peine à reprendre mes esprits, et il me fallut un moment pour comprendre : il supposait que j'avais passé toute la nuit à Leamington. J'ouvris la bouche pour lui expliquer que, par une affreuse coïncidence, j'étais en réalité en train de dormir dans ma voiture, à même pas trois kilomètres de Hundreds, quand Caroline avait dû faire sa chute mortelle. Mais comme j'écartais les mains de mon visage, je me souvins de l'état très particulier dans lequel je m'étais mis la nuit précédente, et en ressentis une étrange honte. J'hésitai donc, et la seconde passa : il était trop tard pour parler. Voyant ma confusion, Graham la prit pour de la douleur. De nouveau, il me dit combien il était navré. Il me proposa de faire chauffer du thé, de préparer un petit déjeuner. Il dit qu'il n'aimait pas l'idée de me laisser seul. Il voulait que je rentre avec lui, afin qu'Anne et lui puissent s'occuper de moi. Mais à chaque proposition, je me contentai de secouer la tête.

Voyant qu'il ne parviendrait pas à me convaincre, il se leva lentement. Je me mis aussi sur pied pour le raccompagner, et nous descendîmes l'escalier jusqu'à la porte du cabinet.

« Vous avez une mine terrible, Faraday, dit-il. Je préférerais vraiment que vous rentriez avec moi. Anne ne me pardonnera jamais de vous avoir laissé. Ça va aller, vraiment ?

— Oui. Oui, aucun problème.

— Vous n'allez pas rester là à broyer du noir ? Je sais que c'est un sacré choc à passer. Mais… », il se fit hésitant, « n'allez pas vous torturer avec toutes sortes de suppositions, d'accord ?

— Des suppositions ? fis-je, le regardant fixement.

— Quant à la manière exacte dont Caroline est morte. L'autopsie nous en révélera peut-être plus. Elle a pu avoir une espèce de crise, qui sait ? On a toujours tendance à penser au pire, mais c'est sans doute un bête accident, et de toute façon nous ne saurons jamais avec certitude ce qui est arrivé… Pauvre Caroline. Après tout ce qu'elle avait traversé. Elle méritait mieux, n'est-ce pas ? »

Je me rendis alors compte que je ne m'étais même pas encore interrogé sur la cause de sa chute ; comme s'il y avait dans cette mort quelque chose d'inévitable, qui dépassait toute logique. Puis, remâchant les dernières paroles de Graham, autre chose me vint à l'esprit.

« Vous ne suggérez pas qu'elle serait tombée délibérément ? Vous ne pensez pas à un… un suicide ?

— Oh, je ne pense à rien de précis, fit-il en hâte. Simplement, je veux dire que, compte tenu de ce qui est arrivé à sa mère, les gens vont forcément se poser des questions. Mais bon, quelle importance, n'est-ce pas ? Vous allez oublier tout ça ?

— Mais ça ne peut pas être un suicide, dis-je. Elle a dû glisser, ou perdre l'équilibre. La nuit, dans cette maison, avec le générateur éteint… »

Mais je pensais au clair de lune, qui devait pénétrer à flots dans la cage d'escalier, par la coupole de verre. Je pensais aux rampes massives de Hundreds. Je revoyais Caroline arpenter les paliers, les escaliers si familiers, de sa démarche assurée, un peu lourde.

Je fixai Graham, et il dut voir le bouillonnement effréné de mes pensées dans mon regard. Il posa une main sur mon épaule. « Ça suffit, répéta-t-il d'une voix ferme. Ce n'était pas votre faute. Vous n'auriez rien pu y faire. Vous m'entendez ? »

Et peut-être y a-t-il une limite à la souffrance qu'un cœur humain peut tolérer. Tout comme lorsqu'on verse du sel dans un verre d'eau, arrive un moment où il ne pourra plus se dissoudre. Mes sombres pensées se succédèrent un moment, se chassant en cercles concentriques, puis finirent par se lasser. Les jours suivants, je me sentis presque calme, comme si presque rien n'avait changé ; et d'une certaine manière, pour moi, *rien* n'avait changé. Mes voisins, mes patients se montraient très gentils, mais eux-mêmes semblaient avoir peine à réagir comme il convenait à la mort de Caroline : elle était arrivée trop vite après celle de sa mère, et s'intégrait trop bien dans toutes ces tragédies, tous ces mystères dont Hundreds avait été récemment le théâtre. On débattait un peu, à voix basse, pour savoir comment la chute s'était produite, la plupart des gens privilégiant la thèse du suicide, comme l'avait prédit Graham, et beaucoup d'entre eux, aussi – pensant à Roderick, j'imagine – une crise de folie. On espérait que l'autopsie en révélerait davantage ; le résultat de l'examen, toutefois, n'éclaira en rien les choses. Il confirma simplement que Caroline était morte en parfaite santé. Il n'y avait pas eu de crise d'épilepsie, ni de crise cardiaque, ni d'attaque cérébrale, et aucune lutte.

J'aurais bien aimé, dans tout ce chagrin, que les choses en restent là. Nul débat, nulle spéculation ne ramènerait Caroline à la vie ; rien ne me la ramènerait. Mais d'un point de vue légal, il fallait bien déterminer la cause du décès. Tout comme lors de celui de Mrs Ayres, six semaines auparavant, le coroner dut mener une enquête. Et en tant que médecin de la famille Ayres, je fus assigné à comparaître.

J'y fus avec Graham à mes côtés. Nous étions le lundi 14 juin. La salle d'audience n'était guère remplie, mais il faisait un temps superbe ; nous étions tous vêtus, comme pour un enterrement, d'épais costumes gris et noirs, et la salle fut bientôt surchauffée. Jetant un regard autour de moi, je distinguai les diverses personnes présentes : journalistes, amis de la famille, Bill Desmond et les Rossiter. Je vis même Seeley : il croisa mon regard et inclina la tête. Puis je repérai l'oncle et la tante du Sussex, assis aux côtés de Harold Hempton. Ils venaient de rendre visite à Roderick et étaient encore secoués de l'avoir trouvé dans un tel état. La nouvelle de la mort de sa sœur l'avait apparemment précipité dans une véritable hystérie. Compte tenu de son incapacité, ils s'étaient installés à Hundreds pour essayer tant bien que mal de débrouiller la situation financière, devenue inextricable, de la propriété.

La tante m'apparut malade. Elle semblait chercher à éviter mon regard. Elle et son mari avaient dû apprendre ce qui s'était passé, pour le mariage.

La procédure s'engagea. Les membres du jury jurèrent sur l'honneur ; le coroner, Cedric Riddell, résuma l'affaire, puis commença d'appeler les témoins à la barre. Nous n'étions guère nombreux. Le premier à parler fut Graham, qui donna un compte rendu tout professionnel de son intervention au Hall cette nuit-là et fit connaître ses conclusions quant au décès probable de Caroline. Il rappela les résultats de l'autopsie, qui selon lui écartaient toute possibilité d'une défaillance physique. Il lui semblait donc infiniment plus probable, dit-il, que Caroline était simplement tombée de manière – ainsi qu'il le formula – « accidentelle ou délibérée ».

Le brigadier du district prit la parole à son tour. Il confirma que la maison ne présentait aucune trace d'effraction, portes et fenêtres hermétiquement fermées et verrouillées. Puis il produisit des clichés du corps de Caroline, que l'on fit passer au jury et à deux ou trois autres personnes. Pas à moi toutefois, et je m'en félicitai ; je devinai, d'après le visage des jurés, que ce n'était pas beau à voir. Mais l'homme avait également pris des photos du palier du deuxième étage, avec sa rampe solide ; Riddell examina soigneusement ces dernières, et demanda des précisions quant aux dimensions de la rambarde – hauteur au sol, largeur de la rampe. Puis il demanda à Graham quelle était la taille de Caroline et, Graham ayant prestement trouvé les renseignements dans ses notes, il dit à l'un de ses clercs d'improviser une simulation de garde-fou, puis à la secrétaire du tribunal, qui mesurait à peu près la même taille que Caroline, de se poster à côté. La rampe arrivait un peu plus haut que sa hanche. Il lui demanda alors si elle avait l'impression qu'il lui serait facile de basculer par-dessus – après avoir titubé, par exemple. Ce à quoi elle répondit : « Non, ça ne me semble pas du tout évident ».

Il invita le brigadier à se retirer et appela Betty à la barre. Elle était, bien entendu, le témoin clef.

C'était la première fois que je la revoyais depuis ma dernière et désastreuse visite au Hall, quinze jours avant la mort de Caroline. Elle était venue au tribunal accompagnée de son père et demeurait assise avec lui sur un côté de la salle ; elle s'avança, petite silhouette mince, l'air plus enfantine que jamais au milieu de ce cercle d'hommes en costume noir, la figure toute pâle, sa frange terne retenue sur le côté par une broche tordue, tout à fait comme lors de ma première visite à Hundreds, presque un an auparavant. Seuls ses vêtements me surprirent, habitué que j'étais à la voir en tenue de femme de chambre. Elle portait une jupe et une veste toutes simples, et un corsage blanc. Ses chaussures étaient à petits talons, et ses bas foncés, à couture.

Elle embrassa la Bible dans une inclinaison nerveuse de la nuque, mais prêta serment et répondit aux questions préliminaires de Riddell d'une voix claire et sonore. Je savais que ce qu'elle dirait ne serait qu'un développement de ce qu'elle avait déjà raconté à Graham, et je redoutais de devoir entendre le même récit avec de nouveaux détails. J'appuyai les coudes sur la table devant moi et me cachai les yeux.

Le soir du 27 mai, commença-t-elle, Miss Ayres et elle-même s'étaient couchées tôt. La maison était « toute bizarre », ce soir-là, parce que presque tous les tapis, rideaux et mobiliers avaient disparu. Miss Ayres devait quitter la région le 31, et Betty avait décidé de rentrer chez ses parents ce même jour. Elles passaient ces dernières journées à vérifier que tout était en ordre avant de laisser la maison aux mains des agents immobiliers. Ce jour-là, elles avaient passé leur temps à nettoyer et balayer les pièces vides et étaient très fatiguées. Non, Miss Ayres ne paraissait pas particulièrement déprimée ni découragée. Elle avait travaillé tout autant que Betty – sinon plus. Il semblait à cette dernière qu'elle était impatiente de partir, même si elle ne lui avait pas vraiment fait part de ses projets. Plus d'une fois, elle avait dit qu'elle « tenait à laisser la maison en ordre pour les gens qui la reprendraient, qui que ce soit ».

Betty s'était couchée à dix heures. Miss Ayres avait regagné sa chambre environ une demi-heure plus tard. Elle l'avait très nettement entendue, car la chambre de Miss Ayres se trouvait juste au coin du palier, à côté de la sienne. Au premier étage, oui. Il y avait un second étage, et les deux paliers donnaient sur la même cage d'escalier, et étaient tous deux éclairés par la coupole de verre au-dessus.

Vers les deux heures et demie du matin, elle avait été réveillée par le craquement des marches de l'escalier. Elle avait tout d'abord eu peur. Pourquoi cela ? lui demanda Riddell. Elle ne savait pas trop. Peut-être la maison, si grande, si isolée, était-elle vaguement effrayante, la nuit ? Oui, ce devait être ça. Quoi qu'il en soit, sa peur n'avait pas duré. Elle avait reconnu les pas de Miss Ayres. Elle avait pensé que celle-ci s'était levée pour aller aux toilettes, par exemple, ou peut-être pour boire un verre de lait chaud dans la cuisine, au sous-sol. Puis elle avait encore perçu des craquements, et s'était rendu compte avec surprise que Miss Ayres ne descendait pas l'escalier, mais au contraire montait en direction du deuxième étage de la maison. Pourquoi, selon elle, Miss Ayres aurait-elle fait cela ? Elle n'en savait rien. Y avait-il autre chose que des pièces vides, à l'étage supérieur ? Non, rien du tout. Elle avait entendu Miss Ayres prendre très lentement le couloir au-dessus, comme si elle avançait à tâtons dans le noir. Puis elle s'était arrêtée, et elle avait émis un son.

Miss Ayres avait émis un son ? Quel genre de son ?

Elle avait crié quelque chose.

Eh bien, qu'avait-elle crié ?

Elle avait crié : « Vous. »

Entendant cela, je levai les yeux. Riddell fit une pause dans ses questions. Il fixa Betty d'un regard dur, derrière ses épaisses lunettes. « Vous avez entendu Miss Ayres prononcer ce simple mot : "Vous" ? »

Betty hocha la tête, l'air misérable. « Oui, Monsieur.

— Vous en êtes absolument certaine ? Ça ne pouvait pas être un simple cri, inarticulé ? De surprise disons, ou de douleur ?

— Oh, non, Monsieur. J'ai très bien entendu.

— Vraiment ? Et comment était-il, ce cri ?

— Elle a crié ça comme si elle voyait quelque chose qu'elle connaissait, Monsieur, mais aussi comme si ça lui faisait peur. Une peur bleue. Et ensuite je l'ai entendue courir. Elle est revenue en courant vers l'escalier. Moi je suis sortie du lit et j'ai vite été ouvrir ma porte. Et c'est là que je l'ai vue tomber.

— Vous avez clairement vu la chute ?

— Oui, Monsieur, parce que c'était pleine lune.

— Et Miss Ayres a-t-elle prononcé quelque chose d'autre, en tombant ? Je sais que c'est difficile pour vous, de vous remémorer tout cela. Mais vous a-t-il semblé qu'elle s'était débattue avant de tomber ? Ou bien est-elle tombée toute droite, les bras ballants ?

— Elle n'a rien dit ; simplement, elle semblait respirer fort. Et non, elle n'est pas tombée toute droite. Elle agitait les bras et les jambes dans tous les sens. Comme… comme quand on soulève un chat qui ne veut pas qu'on le prenne. »

Sa voix avait commencé de trembler sur ces derniers mots, et elle ne put aller plus loin. Riddell demanda à un des greffiers de lui apporter un verre d'eau ; il lui dit qu'elle était très courageuse. Mais tout cela, je l'entendis plus que je ne le vis. De nouveau, j'avais posé la main sur mes yeux, le front penché. Car si ce souvenir se révélait insupportable pour Betty, il en était presque de même pour moi. Je sentis la main de Graham sur mon épaule.

« Ça va ? » murmura-t-il.

Je hochai la tête.

« C'est sûr ? Vous avez une mine à faire peur. »

Je me redressai. « Non, ça va aller. »

Il ôta sa main, non sans réticence.

Betty aussi s'était un peu remise. Et de toute façon Riddell en avait presque fini avec elle. Il se dit désolé de devoir la garder si longtemps à la barre, mais il y avait un dernier point troublant, et qui méritait d'être éclairé. Elle déclarait que, quelques secondes avant de tomber, Miss Ayres avait crié, comme effrayée, et comme devant quelqu'un qu'elle connaissait, et qu'ensuite elle s'était enfuie. Betty avait-elle entendu d'autres pas que les siens, ou une autre voix – ou un son, n'importe lequel – avant sa chute, ou après ?

« Non, Monsieur, dit Betty.

— Il n'y avait absolument personne d'autre que vous et Miss Ayres, dans la maison ? »

Betty secoua la tête. « Non, Monsieur. Et c'est justement… »

Elle hésita, et Riddell, devant cette hésitation, se mit à l'observer plus attentivement encore. Comme je l'ai dit, c'était un homme fort scrupuleux. Une minute auparavant, il s'apprêtait à la libérer. Mais il poursuivait à présent : « C'est justement quoi ? Avez-vous quelque chose à nous dire ?

— Je ne sais pas, Monsieur. Je n'ai pas envie.

— Vous n'avez pas envie ? Comment cela, pas envie ? Vous ne devez pas vous montrer timide, ni effrayée, pas ici. Nous sommes là pour confirmer les faits. Il faut dire la vérité, exactement comme vous la voyez. Alors, qu'y a-t-il ? »

Elle se mordit l'intérieur des joues, puis se lança : « Il n'y avait pas quelqu'un dans la maison, Monsieur. Mais je crois qu'il y avait quelque chose d'autre. Quelque chose qui ne voulait pas que Miss Caroline s'en aille. »

Riddell parut perplexe. « Quelque chose d'autre ?

— Oui. Le fantôme, excusez-moi, Monsieur. »

Elle parlait d'une voix assez faible, mais le silence régnait dans la salle ; ces mots planèrent sur l'assistance et firent une grande impression. On murmura ; un rire se fit même entendre. Riddell parcourut la salle d'un regard furieux, puis demanda à Betty ce que diable elle entendait par là. Et, à ma grande consternation, elle se mit à le lui dire, sans se faire prier.

Elle lui dit que la maison avait de quoi « vous glacer les sangs », selon son expression. Qu'un « fantôme y habitait » ; c'était ce fantôme qui avait fait mordre Gillian Baker-Hyde par Gyp. Elle dit qu'ensuite le fantôme avait allumé des incendies, et que les incendies avaient rendu Mr Rodercik fou ; et après ça le fantôme s'était « mis à parler à Mrs Ayres, en lui disant des choses affreuses, et c'est pour ça qu'elle s'était tuée ». Et maintenant le fantôme avait aussi tué Miss Caroline, en l'attirant au deuxième étage, avant de la pousser ou de lui faire tellement peur qu'elle était tombée. Le fantôme ne « voulait pas d'elle dans la maison, mais il ne voulait pas non plus qu'elle parte ». C'était un « mauvais fantôme, qui voulait garder la maison pour lui tout seul ».

J'imagine que, s'étant vu plusieurs fois refuser son témoignage officiel à Hundreds même, elle était bien déterminée, dans son innocence, à tirer le maximum de l'occasion qui s'offrait là. Comme des murmures s'élevaient de nouveau, elle haussa la voix, et son ton se fit obstiné. Jetant un regard sur l'assistance, je vis plusieurs personnes sourire ouvertement ; la plupart, toutefois, la fixaient avec une incrédulité fascinée. L'oncle et la tante de Caroline étaient hors d'eux. Les journalistes, bien entendu, n'avaient pas assez de mains pour prendre des notes.

Graham se pencha vers moi, sourcils froncés. « Vous étiez au courant de tout ça ? »

Je ne répondis pas. Ces grotesques, puériles affabulations avaient pris fin, et Riddell réclamait un peu de calme.

« Bien, fit-il, une fois celui-ci rétabli. Vous venez de nous raconter des choses bien extraordinaires. N'étant aucunement expert dans la chasse aux fantômes et autres sports de ce genre, je ne me sens guère qualifié pour émettre un commentaire. »

Betty rougit. « Mais c'est vrai, Monsieur ! Ce n'est pas des mensonges !

— Bon, parfait. Laissez-moi vous poser juste une question : Miss Ayres elle-même croyait-elle au "fantôme" de Hundreds ? Pensait-elle comme vous qu'il avait fait toutes ces choses horribles que vous avez évoquées ?

— Oh, oui, Monsieur ! Elle y croyait plus que personne. »

Riddell prit l'air grave. « Merci. Nous vous sommes très reconnaissants. Je pense que vous avez largement éclairé pour nous l'état psychologique de Miss Ayres. »

Il lui fit signe d'aller se rasseoir. Elle hésita, ne comprenant pas bien ni ses paroles ni son geste. Il la congédia plus clairement, et elle retourna s'asseoir auprès de son père.

C'était à présent mon tour. Riddell m'appela, et je me présentai à la barre avec presque un sentiment d'angoisse – comme s'il s'agissait d'une sorte de procès d'assises, dont j'aurais été l'accusé. Le greffier me fit prêter serment, et je dus m'éclaircir la voix et m'y reprendre à deux fois. Je demandai un peu d'eau et Riddell attendit patiemment tandis que je buvais mon gobelet.

Puis il commença son interrogatoire. Dans un premier temps, il rappela à la cour les témoignages et éléments de preuve que nous avions déjà.

Nous étions là, dit-il, pour déterminer les circonstances exactes de la chute fatale de Miss Ayres, et, en l'état actuel des choses, plusieurs possibilités demeuraient. L'acte criminel, dit-il, en était exclu ; aucune preuve n'allait dans ce sens. Il semblait tout aussi peu probable, compte tenu du rapport du Dr Graham, que Miss Ayres ait pu être victime d'un malaise physique – bien qu'il fût parfaitement possible qu'elle-même, pour quelque raison, se *soit crue* victime d'un malaise ou d'une crise, et que cette idée l'ait effrayée ou affaiblie au point de causer sa chute. Ou bien, si nous gardions en mémoire ce que l'employée de la famille avait déclaré, à savoir qu'elle l'avait entendue crier, nous pouvions arriver à la conclusion que quelque chose d'autre l'avait effrayée, une chose effectivement vue ou imaginée, ce qui lui aurait fait perdre l'équilibre et tomber. Toutefois, un élément s'opposait à ces théories, et cet élément était la hauteur et l'évidente solidité de la rampe des paliers de Hundreds.

Mais il existait encore deux autres possibilités. Toutes deux ressortissaient à une forme de suicide. Miss Ayres avait pu se jeter du palier pour mettre fin à ses jours, de manière préméditée, en toute clarté d'esprit – en d'autres termes, commettre un *felo de se*. Toutefois, elle avait pu aussi sauter délibérément, mais en réaction à quelque illusion.

Il jeta un coup d'œil sur ses notes, puis se tourna vers moi. J'étais, il le savait, le médecin de la famille Ayres. Miss Ayres et moi-même étions – il était navré de devoir soulever ce point –, mais selon ses informations Miss Ayres et moi étions, récemment encore, fiancés et sur le point de nous marier. Il tenterait, dit-il, de formuler ses questions avec toute la délicatesse requise, mais il tenait à établir aussi clairement que possible quel était l'état émotionnel de Miss Ayres au soir de sa mort ; il espérait que je pourrais l'y aider.

M'éclaircissant de nouveau la gorge, je dis que je ferais de mon mieux.

Il me demanda quand j'avais vu Caroline pour la dernière fois. Je répondis que c'était dans l'après-midi du 16 mai, lorsque je m'étais rendu au Hall avec Mrs Graham, l'épouse de mon confrère.

Il me demanda quel était l'état d'esprit de Caroline, lors de cette dernière fois. Elle et moi venions tout juste de rompre nos fiançailles – était-ce exact ?

« Oui », dis-je.

Cette décision avait-elle été prise d'un commun accord ?

« Vous me pardonnerez cette question, ajouta-t-il, peut-être en voyant mon expression. J'essaie simplement de faire savoir à la cour si cette séparation aurait pu laisser Miss Ayres particulièrement déprimée. »

Je jetai un regard vers le jury et me dis combien Caroline elle-même aurait haï tout cela ; combien elle aurait détesté nous voir là, dans nos costumes noirs, en train de décortiquer et picorer les derniers jours de sa vie comme des corbeaux dans un champ de maïs.

« Non, dis-je calmement, je ne pense pas que cela l'ait déprimée outre mesure. Elle avait… elle avait changé d'idée, voilà tout.

— Changé d'idée, je vois… et l'une des conséquences de ce changement était, si je ne me trompe, que Miss Ayres avait décidé de mettre en vente sa maison de famille et de quitter le pays. Que pensiez-vous de cette décision ?

— Eh bien, elle m'a surpris. Je l'ai trouvée plutôt excessive.

— Excessive ?

— Irréaliste. Caroline parlait de s'installer en Amérique ou au Canada. Elle avait évoqué la possibilité d'emmener son frère avec elle.

— Son frère, Mr Roderick Ayres, est actuellement soigné dans une clinique privée pour malades mentaux.

— Oui.

— Son état, si j'ai bien compris, est assez sérieux. Miss Ayres était-elle affectée par cette maladie ?

— Bien sûr, qu'elle l'était.

— Excessivement affectée ? »

Je réfléchis. « Non, je ne dirais pas cela.

— Vous a-t-elle montré des tickets, des réservations, ou quoi que ce soit d'autre, en vue d'un voyage en Amérique ou au Canada ?

— Non.

— Mais vous pensez qu'elle en parlait sérieusement ?

— Ma foi, pour autant que je le sache. Elle s'était mis en tête… », je fis une pause, « eh bien, que l'Angleterre ne voulait plus d'elle. Qu'il n'y avait plus de place pour elle ici, à présent. »

Ce à quoi deux ou trois personnes, visiblement membres de la gentry, hochèrent la tête avec un visage sinistre. Riddell lui-même parut pensif et demeura un moment silencieux, ajoutant quelques mots aux notes posées devant lui. Puis il se tourna vers le jury.

« Je trouve particulièrement intéressants ces projets qu'avait Miss Ayres, dit-il. Je me demande dans quelle mesure il convient de les prendre au sérieux. D'une part, voyez-vous, nous avons entendu qu'elle s'apprêtait à commencer une nouvelle vie et envisageait l'avenir avec un grand optimisme. D'autre part, ces projets ont pu vous paraître, comme au Dr Faraday et comme à moi-même, je dois l'avouer, quelque peu "irréalistes", en effet. Il n'existe aucune preuve pour étayer leur réalité ; tous les éléments dont nous disposons, en fait, suggèrent que Miss Ayres s'employait davantage à en *finir* avec une vie qu'à en commencer une nouvelle. Elle venait de rompre des fiançailles ; elle s'était débarrassée de l'essentiel des biens de la famille ; et elle prenait soin de laisser derrière elle une maison vide et propre. Tout cela *pourrait* nous amener à la conclusion d'un suicide soigneusement préparé, décidé de sang-froid. »

Il se retourna vers moi.

« Docteur Faraday, Miss Ayres vous a-t-elle jamais paru être le genre de personne susceptible de mettre fin à ses jours ? »

Après une seconde de réflexion, je répondis que je pensais que n'importe qui était susceptible de mettre fin à ses jours, si les conditions l'y poussaient.

« A-t-elle jamais parlé de suicide devant vous ?

— Jamais.

— Sa mère, bien sûr, venait récemment de se donner la mort, de la façon la plus tragique qui soit. Cela a dû l'affecter ?

— Cela l'a affectée, dis-je, exactement comme on peut s'y attendre en pareil cas. Cela l'a profondément touchée moralement.

— Voulez-vous dire qu'elle était désespérée, qu'elle n'attendait plus rien de la vie ?

— Non, je… non, je ne dirais pas cela. »

Il inclina la tête. « Diriez-vous que cela l'a perturbée mentalement ? »

J'hésitai. « L'équilibre mental d'une personne, dis-je enfin, est une chose délicate à déterminer.

— Sans aucun doute. C'est pourquoi je me donne tant de mal pour essayer de déterminer quel était celui de Miss Ayres. Avez-vous jamais eu quelque doute sur ce point, docteur Faraday ? Le moindre doute ? Le fait d'avoir "changé d'avis", par exemple, à propos de votre mariage. Cela vous a-t-il semblé cohérent avec la personne que vous connaissiez ? »

Après une nouvelle hésitation, j'admis qu'en effet Caroline me semblait agir de manière quelque peu erratique, dans les dernières semaines.

« Qu'entendez-vous par "erratique" ?

— Elle était devenue distante, différente. Elle avait… de curieuses idées en tête.

— De curieuses idées ?

— À propos de sa famille, et de la maison. »

La voix me manqua sur ces derniers mots. Riddell me regarda attentivement, comme il l'avait fait avec Betty. « Miss Ayres vous a-t-elle jamais parlé de fantômes ou de revenants, des choses de ce genre ? »

Je ne répondis pas.

« L'employée de la famille vient de nous faire un récit pour le moins extraordinaire de la vie à Hundreds, reprit-il, et c'est pourquoi je vous pose cette question. Vous considérerez, je pense, que c'est un point non négligeable. Miss Ayres vous a-t-elle en quelque occasion parlé de fantômes ou de revenants ?

— Oui », dis-je enfin.

De nouveau, des murmures s'élevèrent. Cette fois, Riddell les ignora. « Miss Ayres croyait-elle sérieusement que la demeure était hantée ? » me demanda-t-il, sans me quitter des yeux.

J'avouai, non sans réticence, que Caroline croyait que le Hall était sous l'influence de quelque chose. De quelque chose de surnaturel. « Je ne pense pas qu'elle ait jamais cru à la présence d'un fantôme en tant quel tel.

— Mais elle pensait avoir vu des preuves de cette... influence surnaturelle ?

— Oui.

— Quelles formes revêtaient ces preuves ? »

J'inspirai profondément. « Elle croyait que c'est ce qui avait plus ou moins rendu son frère fou. Elle croyait également que sa mère en était victime.

— Croyait-elle, comme l'employée de la famille, que cette influence était responsable du suicide de sa mère ?

— En substance, oui.

— L'avez-vous encouragée dans cette idée ?

— Bien sûr que non. Je la réfutais. Je la trouvais morbide. J'ai au contraire fait tout mon possible pour la *décourager*.

— Mais en vain ?

— Oui.

561

— Comment expliquez-vous cela ?

— Je ne l'explique pas, dis-je d'une voix défaite. J'aimerais pouvoir.

— Ne pensez-vous pas que c'était la preuve d'un déséquilibre mental ?

— Je ne sais pas. Caroline elle-même m'a un jour parlé d'une… d'une tare familiale. Elle en avait peur, cela, je le sais. Mais il faut comprendre que des choses arrivaient dans cette maison… je ne sais pas. »

L'air troublé, Riddell ôta ses lunettes, se pinça la racine du nez. Puis il les remit, assujettissant les fines branches de métal. « Je dois vous dire, docteur Faraday, que j'ai plus d'une fois rencontré Miss Ayres ; nombre de gens dans cette salle l'ont connue bien mieux que moi. Eux comme moi, je pense, pourrions affirmer de manière unanime que c'était la jeune femme la plus équilibrée du monde. Que la jeune bonne des Ayres ait pu se laisser aller à des fantasmes de surnaturel, c'est une chose. Mais pour qu'une femme intelligente, en pleine santé, dotée d'une éducation remarquable comme Caroline Ayres, ait pu en arriver à se croire hantée – ma foi, quelque détérioration mentale a forcément dû intervenir ? Cette affaire est affreusement triste, et je reconnais qu'il doit être douloureux pour vous d'admettre que la personne pour qui vous aviez un profond sentiment ait pu être mentalement perturbée. Mais il m'apparaît assez clair que ce dont nous parlons là est un cas de folie héréditaire – de "tare familiale", pour reprendre l'expression de Miss Ayres elle-même. Serait-il possible que, quelques secondes avant de mourir, ce "Vous !" qu'elle a lancé ait été adressé à une hallucination ? Que la folie se soit déjà emparée d'elle ? Nous ne le saurons jamais. Je serais fortement tenté, toutefois, de recommander au jury le verdict de "suicide sous l'emprise d'une crise de démence".

« Toutefois, je ne suis pas médecin, poursuivit-il. C'est vous qui êtes le médecin de la famille, et j'aimerais avoir votre aval pour établir ce verdict. Si vous ne vous sentez pas à même de me le donner, vous devez refuser, purement et simplement ; auquel cas, la recommandation que je ferai au jury sera probablement différente. Pouvez-vous ou non me donner votre aval quant à cela ? »

Je baissai les yeux sur mes mains ; elles tremblaient légèrement. Il faisait plus étouffant que jamais dans la salle, et j'avais la conscience horrible du regard des jurés fixé sur moi. Une fois de plus, j'eus le sentiment d'un procès criminel, dans lequel j'étais personnellement impliqué, soupçonné, ou même accusé.

Cette fameuse tare *existait-elle* ? Était-ce elle qui avait terrorisé la famille, jour après jour, mois après mois, jusqu'à la détruire ? De toute évidence, c'était ce que pensait Riddell, et naguère j'aurais été d'accord avec lui. J'en aurais avancé les preuves, comme lui, jusqu'à ce qu'elles cautionnent cette version. Mais ma confiance en cette version était à présent ébranlée. Il m'apparaissait que les catastrophes qui avaient secoué Hundreds Hall étaient de nature beaucoup plus étrange ; d'une nature dont on ne pouvait décider ainsi, tranquillement, dans la banale petite salle d'une cour de justice.

Mais alors, de *quoi* s'agissait-il ?

Je levai les yeux vers l'océan de visages attentifs. Je repérai ceux de Graham et de Hepton, de Seeley. Il me sembla que Seeley hochait légèrement la tête – mais qu'il m'encourageât à parler ou à me taire, je ne pouvais le dire. Je vis Betty qui me fixait de ses yeux clairs, un peu égarés... Puis une autre image m'apparut, en superposition : le palier de Hundreds, baigné du clair de lune. Et une fois de plus je crus voir Caroline traverser le palier, de son pas assuré. Je la vis monter l'escalier, perplexe, comme attirée là-haut par une voix familière ; je la vis avancer dans la pénombre, sans trop savoir ce qu'elle allait trouver. Puis je vis son visage – aussi nettement que ceux qui m'entouraient. Je vis la stupéfaction, la compréhension et l'horreur peintes sur ses traits. L'espace d'une seconde – comme reflétée à la surface argentée de son œil éclairé par la lune – il me sembla même distinguer une forme sombre et malfaisante...

Je m'accrochai à la barre de bois devant moi, entendis Riddell prononcer mon nom. Le greffier m'apporta en hâte un autre verre d'eau ; de nouveaux murmures s'élevaient dans la salle. Mais déjà mon étourdissement était passé, et les bribes de ce cauchemar de Hundreds s'évanouissaient, regagnaient leur obscurité. Quelle importance, à présent ? Tout était terminé ; gâché, perdu. Je m'essuyai le visage et me redressai, puis me tournai vers Riddell pour déclarer d'une voix sans timbre que oui, en tant que médecin, j'avalisais cette version des faits. L'esprit de Caroline, au cours des dernières semaines de sa vie, semblait s'être obscurci, et sa mort devoir être un suicide.

Il me remercia et me pria d'aller me rasseoir, puis donna son compte rendu d'audience. Le jury se retira, mais avec des indications si claires qu'il n'y avait guère lieu de débattre : il réapparut bientôt avec le verdict escompté et, après les formalités habituelles, l'enquête fut déclarée close. Les gens se levèrent dans des raclements et grincements de chaises. On recommençait à parler. « Pour l'amour de Dieu, filons d'ici, d'accord ? » fis-je à Graham.

Il me prit par le bras et m'entraîna hors de la salle.

Je ne jetai pas un regard aux journaux qui parurent cette semaine-là, mais je compris qu'ils faisaient grand cas du témoignage de Betty expliquant que Hundreds était « hanté ». J'entendis même dire qu'un certain nombre de charognards contactèrent l'agent immobilier, se présentant comme des acheteurs potentiels désireux de faire du Hall un lieu de visites ; et une fois ou deux, roulant sur la route de Hundreds, je vis des voitures ou des bicyclettes arrêtées aux grilles du parc, et des gens qui collaient leur visage entre les barreaux — comme si la maison était devenue une attraction touristique, tels un château ou une superbe demeure. L'enterrement de Caroline attira la grande foule, pour le même genre de raisons, quoique son oncle et sa tante aient tenté d'en faire l'événement le plus discret possible, sans glas, sans débauche de fleurs ni veille funéraire. Les personnes présentes à l'enterrement étaient en nombre restreint, et je restai bien en arrière du petit cortège. J'avais pris avec moi l'alliance jamais portée, et la fis tourner et retourner entre mes doigts, au fond de ma poche, tandis que le cercueil descendait dans la fosse.

XV

Tout cela est arrivé il y a un peu plus de trois ans. Depuis, je n'ai cessé d'être très occupé. Lors de l'instauration du système d'Assurance maladie, je n'ai pas perdu de patients, comme je le craignais ; en fait, j'en ai gagné de nouveaux, en partie, probablement, grâce à mes liens avec les Ayres, car, comme ces malheureux de l'Oxfordshire, beaucoup de gens étaient tombés sur mon nom dans les journaux locaux et semblaient voir en moi l'« homme qui monte ». À présent, on me dit que je suis un médecin apprécié pour mes manières sans façon. J'exerce toujours dans l'ancien cabinet du Dr Gill, en haut de la rue principale de Lidcote ; cela convient à peu près au célibataire que je suis. Toutefois le village s'agrandit rapidement, de nombreux jeunes couples s'y installent, et la salle d'attente et le cabinet de consultation paraissent de plus en plus désuets. Graham, Seeley et moi songeons à nous regrouper dans un centre médical flambant neuf, dont nous confierions la construction à Maurice Babb.

L'état de Roderick, hélas, n'est pas allé en s'améliorant. J'avais espéré que la perte de sa sœur le libérerait de ses fantasmes : que pourrait-il, franchement, craindre de Hundreds, après cela ? Mais la mort de Caroline, si elle a eu un effet sur lui, n'a fait qu'aggraver les choses. Il se reproche tous ces drames, et marque une tendance appuyée à l'automutilation. Il s'est tant de fois brûlé, meurtri et ébouillanté qu'on le garde à présent sous sédatifs de manière quasi permanente, et il n'est plus que l'ombre du jeune homme qu'il était autrefois. Je vais lui rendre visite quand je le peux. C'est plus facile à présent car, avec la perte des dernières ressources de la famille, il lui devenait impossible de rester à la clinique privée du Dr Warren, relativement coûteuse. Il est maintenant interné à l'hôpital psychiatrique du comté, et partage une salle commune avec onze autres patients.

Les pavillons HLM en bordure du parc de Hundreds ont remporté un grand succès – tant et si bien que, l'an dernier, une douzaine de nouvelles maisons ont poussé, et d'autres sont à venir. Nombre de ces familles font partie de ma liste de patients, donc je me rends assez souvent là-bas. Les maisons sont plutôt charmantes, avec des petits jardins bien entretenus, un coin potager, des balançoires et des toboggans pour les enfants. Un seul changement réel est intervenu, et il s'agit du remplacement des clôtures de chaîne, au fond du lotissement, par de vraies barrières de bois. Ce sont les habitants eux-mêmes qui les ont demandées : apparemment, personne n'appréciait trop la vue du Hall, depuis les fenêtres de derrière ; cette maison faisait « froid dans le dos », disaient-ils. Des anecdotes à propos du fantôme de Hundreds continuent de circuler, surtout parmi les plus jeunes et les nouveaux venus, des gens qui n'ont jamais vraiment connu les Ayres en personne. La plus populaire, si j'ai bien compris, est que le Hall serait hanté par l'esprit d'une ancienne servante maltraitée par le maître des lieux, et qui finit par sauter, ou être poussée, d'une des fenêtres du dernier étage. On la verrait régulièrement arpenter le parc en pleurant toutes les larmes de son corps de fantôme.

Un jour, je suis tombé sur Betty, sur la route qui dessert les pavillons. Une des familles installée là est liée à la sienne. C'était quelques mois après la mort de Caroline. En garant ma voiture, je vis une jeune femme et un jeune homme sortir par le portillon d'un jardin ; comme je refermais la portière pour les laisser passer, la jeune

femme s'arrêta. « Vous ne me reconnaissez pas, docteur Faraday ? »
En la dévisageant, je reconnus les grands yeux gris, les petites dents
irrégulières ; sinon, je ne l'aurais pas identifiée. Elle portait une robe
d'été bon marché, à jupe ample, comme c'était la mode. Ses cheveux
ternes étaient permanentés et avaient bénéficié d'un rinçage
éclaircissant, et ses lèvres étaient d'un rouge franc ; elle demeurait
petite, mais la gracilité avait disparu, à moins qu'elle n'ait trouvé
quelque astuce pour améliorer sa silhouette. J'imagine qu'elle devait
avoir presque seize ans. Elle me dit qu'elle vivait toujours chez ses
parents, et que sa mère continuait à être « infernale », mais au moins
elle avait enfin trouvé un emploi qui lui convenait, dans une fabrique
de bicyclettes. C'était un travail assez ennuyeux, mais ses collègues
ouvrières étaient « trop marrantes » ; elle avait ses soirées et ses week-
ends, et allait souvent danser à Coventry. Tout en parlant, elle n'avait
pas lâché le bras du jeune homme qui l'accompagnait. Celui-ci
devait avoir dans les vingt-deux ou vingt-trois ans : presque le même
âge que Roderick.

Elle ne fit aucune allusion à l'enquête ni à la mort de Caroline et,
tandis qu'elle continuait de bavarder, je commençai à penser qu'elle
ne parlerait même pas du tout de Hundreds – comme si cette
sombre période de sa vie n'était qu'un passage sans importance, qui
n'avait laissé aucune trace en elle. Puis les gens chez qui elle s'était
rendue sortirent et appelèrent le jeune homme, et, une fois celui-ci
disparu, sa gaieté parut quelque peu s'altérer.

« Alors, ça ne te fait rien de revenir si près de Hundreds, Betty ? »
demandai-je doucement.

Elle rougit et secoua la tête.

« Mais en tout cas je ne retournerais pas dans la maison, ça c'est
sûr. Pas même pour un million de livres ! J'en rêve tout le temps.

— C'est vrai ? » Moi, je n'en rêvais plus jamais.

« C'est pas des mauvais rêves », dit-elle. Elle fronça le nez. « Mais
c'est des rêves bizarres. Je rêve surtout de Mrs Ayres. Je rêve qu'elle

voudrait m'offrir des choses, des bijoux, des broches et des trucs comme ça. Et moi je ne veux jamais les accepter, je ne sais pas pourquoi ; et à la fin, ça la fait pleurer… Pauvre Mrs Ayres. Elle était tellement gentille. Et Miss Caroline aussi. Ce n'est pas juste, hein, ce qui leur est arrivé ? »

Je convins que ce n'était pas juste. Nous demeurâmes un moment ainsi, sans plus rien avoir à dire. Je songeai que nous devions former un couple bien singulier aux yeux d'un quelconque observateur ; et en même temps, de ce naufrage horrible qui avait duré un an, nous étions les seuls survivants.

Sur quoi le jeune homme nous rejoignit, et elle se fit de nouveau plus alerte au fur et à mesure qu'il approchait. Elle me tendit la main, puis passa un bras sous le sien, et ils s'éloignèrent vers l'arrêt d'autobus. Je les y vis encore vingt minutes plus tard, en reprenant ma voiture : ils faisaient les fous sur le banc, elle assise sur ses genoux et battant des jambes en riant à gorge déployée.

Hundreds Hall n'est toujours pas vendu. Personne n'a assez d'argent, ou personne n'en a envie. Un moment, il a été question que le conseil municipal le transforme en centre d'apprentissage pour les futurs enseignants. Ensuite, un homme d'affaires de Birmingham a eu le projet d'en faire un hôtel. Mais les rumeurs vont et viennent, et souvent ne se concrétisent jamais ; et depuis quelque temps il semblerait même qu'elles se fassent rares. L'allure générale de la propriété a probablement commencé de décourager les gens – car, bien entendu, les jardins sont à présent dans un état d'abandon épouvantable, et même la terrasse a disparu sous les mauvaises herbes ; les gamins ont couvert les murs de graffitis à la craie et brisé les vitres à coups de pierres, et la maison semble posée là au milieu de la dévastation, comme quelque gros animal blessé, agonisant.

Je m'y rends encore quand mes journées chargées me le permettent. Les serrures n'ont pas été changées, et j'ai toujours mes doubles de clefs. Très occasionnellement, je constate que quelqu'un a pénétré dans la propriété en mon absence – un clochard, un squatter – et a essayé de forcer la porte ; mais les portes sont solides, et somme toute la réputation qui entoure le Hall ne pousse guère les gens à s'en approcher. En outre, il n'y a rien à voler, car pour ce qui est des meubles et objets que Caroline n'avait pas encore vendus dans les dernières semaines de sa vie, son oncle et sa tante s'en sont chargés.

Généralement, je laisse les volets fermés dans les pièces du bas. Le deuxième étage m'a donné quelques soucis, récemment : des trous apparaissent dans la toiture, là où des ardoises ont glissé ou se sont envolées à cause du mauvais temps ; une famille d'hirondelles s'est carrément installée dans l'ancienne nursery de jour et y a bâti son nid. J'ai disposé des seaux pour récupérer l'eau des fuites et cloué des planches sur les fenêtres les plus abîmées. Régulièrement, je fais le tour de la maison pour balayer et ôter les crottes de souris. Le plafond du grand salon tient encore, mais ce n'est évidemment qu'une question de temps avant que le stuc gorgé d'eau ne s'effondre d'un seul coup. Dans la chambre de Caroline, les couleurs continuent de passer doucement. Celle de Roderick, aujourd'hui encore, exhale une vague odeur d'incendie… Malgré tout, la maison garde toute sa beauté. D'une certaine façon, elle est plus belle que jamais, car sans les tapis, le mobilier, le fouillis du quotidien, on en apprécie mieux les lignes et la symétrie géorgiennes, les délicats passages de l'ombre à la lumière, la sereine succession des pièces. En arpentant doucement ces espaces baignés de crépuscule, il me semble même voir la demeure telle que l'architecte a dû la voir lorsqu'elle était neuve, avec ses motifs de plâtre encore frais et intacts, ses pans de murs immaculés. Dans ces instants-là, il n'existe plus aucune trace des Ayres. C'est comme si la maison les avait chassés, comme le gazon en poussant fait peu à peu disparaître une empreinte de pas dans la terre.

Je ne comprends pas plus aujourd'hui qu'il y a trois ans ce qui s'est passé au Hall. Une ou deux fois, j'en ai parlé avec Seeley. Il a réaffirmé avec force son point de vue rationnel, selon lequel

Hundreds a été purement et simplement vaincu par l'histoire, détruit par sa propre incapacité à se mettre au rythme d'un monde qui change si rapidement. Selon lui, les Ayres, incapables d'avancer avec leur époque, ont simplement choisi de battre en retraite – par le suicide ou la folie. Partout en Angleterre, dit-il, d'autres familles de la gentry sont probablement en train de disparaître exactement de la même manière.

Cette théorie est assez convaincante ; et pourtant, je sens quelquefois le trouble s'emparer de moi. Je me souviens de ce pauvre, de ce brave Gyp ; je me souviens de ces mystérieuses taches noires sur les murs et sur le plafond de la chambre de Roderick ; je revois surgir les trois petites gouttes de sang à la surface du corsage de soie de Mrs Ayres. Et puis je pense à Caroline. Je pense à Caroline dans les secondes qui ont précédé sa mort, marchant sur ce palier baigné de clair de lune. Je pense à elle quand elle a crié : *Vous !*

Je n'ai plus jamais essayé de parler à Seeley de cette autre théorie, plus étrange : cette idée que Hundreds était rongé par quelque microbe malin, quelque avide créature de l'ombre, comme un corps étranger, indésirable, surgi de la conscience malade d'une personne attachée à la maison elle-même. Mais, lors de mes visites solitaires, je me surprends à être de plus en plus aux aguets. Il m'arrive de temps à autre de ressentir une présence, ou de percevoir un mouvement furtif, du coin de l'œil, et mon cœur bondit d'angoisse et d'espoir : j'imagine que le secret va m'être enfin révélé ; que je vais voir ce qu'a vu Caroline, et le reconnaître, comme elle.

Toutefois, si Hundreds Hall est hanté, son fantôme ne se montre pas à moi. Car si je me détourne alors, c'est pour être déçu, en me rendant compte que ce que j'ai là, devant les yeux, n'est rien d'autre qu'une vitre fêlée, et que le visage déformé qui me fixe, l'air perplexe, en attente, est le mien.

REMERCIEMENTS

Merci à tous mes premiers lecteurs, si généreux et encourageants : Alison Oram, Sally O-J, Antony Topping, Hirani Himona, Jennifer Vaughan et Ceri Williams. Merci à mon agent, Judith Murray ; et à mes éditeurs pour le Royaume-Uni, les États-Unis et le Canada : Lennie Goodings, Megan Lynch et Lara Hinchberger. Merci à l'équipe de Greene & Heaton Ltd ; Little, Brown, Riverhead ; et à McCleland & Stewart qui ont lu le manuscrit et apporté leurs commentaires. Merci à Hilda Walsh pour ses conseils en matière de muscles. Merci particulièrement à Angela Hewins pour ses patientes réponses à mes questions maladroites sur la vie dans le Warwickshire. Et tout particulièrement merci à Lucy Vaughan.

Une partie de *L'Indésirable* a été écrite au cours d'un mois enrichissant passé à la résidence des femmes écrivains de Whidbey Island, et je suis immensément reconnaissante à l'équipe de Hedgebrook pour l'avoir facilité, ainsi qu'aux auteurs rencontrés lors de ce séjour.

Sarah Waters est née à Neyland, dans le comté de Pembroke (pays de Galles) en 1966. Titulaire d'un doctorat en littérature anglaise, elle a été libraire et professeure. Son premier roman, *Caresser le velours,* a été adapté pour la télévision, tout comme *Affinités* et *Du bout des doigts,* finaliste aux prix Orange et Booker. La romancière, reconnue mondialement pour la somptuosité de ses fresques historiques baroques et sensuelles, a remporté le British Book Award en 2002 et a été nommée trois fois Auteur de l'année en Angleterre. Finaliste au prix Booker, son cinquième roman, *L'Indésirable,* est en cours de traduction dans plus de vingt-cinq pays. Elle vit aujourd'hui à Londres.

DÉJÀ PARUS CHEZ ALTO

ó

Composition : Isabelle Tousignant
Conception graphique : Géard DuBois et Antoine Tanguay

Diffusion pour le Canada : Gallimard ltée
3700A, boulevard Saint-Laurent, Montréal (Québec) H2X 2V4
Téléphone : 514-499-0072 Télécopieur : 514-499-0851
Distribution : SOCADIS

Éditions Alto
280, rue Saint-Joseph Est, bureau 1
Québec (Québec)
G1K 3A9
www.editionsalto.com

ACHEVÉ D'IMPRIMER
CHEZ TRANSCONTINENTAL GAGNÉ
LOUISEVILLE (QUÉBEC)
EN JUILLET 2010
POUR LE COMPTE DES ÉDITIONS ALTO

Dépôt légal, 3e trimestre 2010
Bibliothèque et Archives nationales du Québec